【北京社科名家文库】

露珠与野草

LUZHU YU YECAO

孙玉石自选集

孙玉石◎著

首都师范大学出版社
CAPITAL NORMAL UNIVERSITY PRESS

图书在版编目(CIP)数据

露珠与野草：孙玉石自选集/孙玉石著．—北京：首都师范大学出版社，2018.12

ISBN 978-7-5656-4865-6

Ⅰ.①露… Ⅱ.①孙… Ⅲ.①中国文学—现代文学—文学研究—文集②中国文学—当代文学—文学研究—文集 Ⅳ.①I206.6—53

中国版本图书馆 CIP 数据核字(2018)第 285297 号

北京社科名家文库
LUZHU YU YECAO
露珠与野草
孙玉石自选集
孙玉石　著

项目统筹：杨林玉　　责任编辑：刘　冉
责任设计：王征发　　封面绘画：王征发
责任校对：李佳艺　　责任印制：李春雷
首都师范大学出版社出版发行
地　址　北京西三环北路 105 号
邮　编　100048
电　话　68418523(总编室)　68982468(发行部)
网　址　http://cnupn.cnu.edu.cn
印　刷　三河市博文印刷有限公司
经　销　全国新华书店
版　次　2018 年 12 月第 1 版
印　次　2018 年 12 月第 1 次印刷
开　本　710mm×1 000mm　1/16
印　张　30.25　　插页　2
字　数　356 千
定　价　78.00 元

出版说明

1978年，中国改革开放的元年。自那一年开始，中国已经走过了波澜壮阔的30年。这是伟大的30年，是改变中国的30年，是震惊世界的30年，也是哲学社会科学蓬勃发展的30年。

在哲学社会科学这30年的辉煌成就里，浸透着为新中国哲学社会科学奠基的老一辈专家呕心沥血的求索，也镌刻着寻着他们足迹的后来者追求真理的步伐。“学之大者，国之重器”。我们有责任将这些“大者”潜心研究的成果，重新编辑出版以飨读者。为此，北京市社会科学界联合会和首都师范大学出版社将这一套《北京社科名家文库》奉献给读者。她以自选集的体例形式，每年推出一批，争取在几年内达到百种以上。《北京社科名家文库》将系统展示当代哲学社会科学名家学者30年来的学思精华，展示他们的学术探索历程和风采。同时，为使这套《北京社科名家文库》更加丰富，编委会决定在首都师范大学出版社已出版的《当代著名学者自选集》中挑选符合体例的图书，编辑成《北京社科名家文库·纪念辑》，这将更完整地反映北京学人在学术风范和学术使命上的历史延续。

我们相信，《北京社科名家文库》将能够成为具有文化传承价值的经典性大型出版工程，成为集中展示首都哲学社会科学重要成果的一个窗口。由于我们水平所限，定有不足之处，希望读者和同仁给予批评指正。

编　委　会

2009年11月

孙 玉 石 先 生

目录

北京社科名家文库

学术自述

一、徜徉于鲁迅研究与新诗探索之间

是受一位写诗的语文老师的影响，或是别的什么说不清楚的原因，我在读中学的时候，就喜欢读诗，也学着写诗了。进了大学之后，我读了郭沫若、冰心、闻一多、徐志摩、艾青、卞之琳、何其芳、林庚、蔡其矫、公刘、闻捷等人的诗；外国诗人的作品，特别喜欢读普希金、莱蒙托夫、涅克拉索夫、歌德、海涅、洛尔伽、聂鲁达、希克梅特、泰戈尔、阿拉贡等诗人当时翻译过来的名篇。我当然也迷恋于屈原、杜甫、李白、李商隐、杜牧、苏东坡、陆游、辛弃疾的那些脍炙人口的楚辞、古风、律诗、绝句和词。

每当课余时间，我常常躲在文史楼阶梯教室的一个角落里，悄悄地写着那些自己心爱的破“诗”。1957 年春天，大学二年级的时候，我借鉴与模仿林庚先生的诗，写了一些格律体的现代四行绝句，自己还从中挑了十首，题目叫《露珠集》，取“即使一滴小小的露珠，也会映射出太阳的光亮”之意，偷偷地投给了北大当时颇引人注目的校园刊物《红楼》，记得好像就投在古色古香的旧图书馆门前的稿箱里。不久，这组自己写着好玩的“诗”，竟在《红楼》第 4 期出乎意料地被刊登出来了。自己的“诗”，第一次由墙报的书写，变成铅印的文字，我为此委实高兴了好一阵子。

但是，紧接着一期的《红楼》上，就发表了有人写的文章，批评这些“露珠”，有“冰心小诗一样的颓废”，感情“不健康”等。不久灾难性的“反右派斗争”开始了，眼看参加北大诗社的写诗或喜欢诗的学生，同班的“诗友”，很多人被打成了“右派分子”。艾青刚刚受批评的时候，我还默默写了一封信给他，寄到《文艺报》编辑部，请他们转交，信里表示我非常喜欢他的诗，并希望他能检讨自己的错误……不久艾青成了“右派”，我很害怕我的那封信，被转回学校来，成为我同情“右派”的一个“罪名”。那年头，同情“右派”就是划“右派”的一个条件。《露珠集》里有一首诗《是时候了……》：“我爱听也爱唱美丽的歌曲，但我却久久吹着别人的芦笛。是时候了，如今我已经长大，我要把自己的号角含在嘴里。”因为这首诗的题目，与当时张元勋、沈泽宜“右派进攻”的大字报诗题《是时候了！》完全一样，也被班里党小组暗暗地审查过。由于这样的形势与气候的关系，自己也越来越发现自己没有写诗的才能，我那种偷着写诗的激情与冲动，和一心想当诗人的“好梦”，也就随之冷却下来，“灰飞烟灭”了。这是与传说里系主任杨晦先生对学生说的“谁想当作家，到中文系来，是走错门了”的劝告，是毫不相干的。

搜集史料与理论思考的训练养成，有另一番机缘。1958 年暑假，我参加了 1955 级学生编写《中国文学史》的活动，还滥竽充数地担任了隋唐五代文学编写组的组长。这次学生自己动手编写教材，是当时最高权威发动的“批判反动学术权威”的“拔白旗插红旗”错误运动的一个恶劣的延续、发展和实践。今天回头想起来，它的方向与成果，应该说是完全错误的、负面的。我们在实践中，对于一些我们所尊敬的老师们学术思想的批判和否定，对于他们学术成果与人格尊严的轻浮、粗暴与蹂躏，所能带给他们的精神伤痛，至今使我们应当感到愧疚不已。用错误行动与别人痛苦的代价，换来的我个人的“收获”是：我开始训练自己文学史研究的理论能力与逻辑思维，学会如何阅读材料，提炼观点，按照文学史的框架来撰写和修改文章。进入古典诗歌世界，更给了我对于诗的艺术审美的迷恋与沉醉。1957年春天，开始做学年论文。我选了冯钟芸先生指导的题目：论杜甫的《秋兴八首》。我将亲手抄录的作品，贴在我的床头，几乎背得滚瓜烂熟，但论文的写作，却不知如何下手。“反右”开始后，此事告吹。经过撰写文学史的训练，我开始写学术文章的尝试。我发现自己没有创作的才华而决定开始理论研究的自觉意识，也由此而开始萌生了。一个偶然的机遇，刺激了我从事新诗研究的兴趣。大约1959年冬天的寒假里，当时任《诗刊》副主编的我所景仰的著名诗人徐迟，邀请北大中文系55、56级喜欢诗歌的六个人：谢冕、孙绍振、刘登翰、洪子诚、殷晋培和我，利用放寒假的时间，借了和平里作家协会宿舍的一间房子，还给我们借来了一堆有关新诗的书，我们自己生炉子烧水取暖，在街上小馆子里胡乱吃饭，就这样开始动手写作《中国新诗发展概况》。我负责写抗战诗歌一章。暑假后，《诗刊》开始分章连载《概况》，到第四章抗战诗歌以后，因“反右倾”开始，徐迟担心出问题，挨批判，后面的就停发了。我写的稿子，交给徐迟先生后，从内容到文字，他都亲自动手作了详细修改，特别是他所熟悉的抗战时期各地的诗歌活动、刊物和诗人的情况，增添了许多为我所不知悉的材料。看了先生修改的稿件，我是深为感动的。我始终以为，徐迟先生是亲手教我写新诗研究文章的第一人。这次短暂的“学术”活动，也刺激了我从事新诗研究的兴趣。

1960年秋天，作为研究生留校后，我的导师王瑶先生，指定我们读的第一个作家，是鲁迅。也许由于个人兴趣的契合，我认真阅读了《鲁迅全集》之后，一个重要的感觉就是：鲁迅不仅是一个伟大的作家，而且是一个伟大的诗人。从“我以我血荐轩辕”的《自题小像》，经过《摩罗诗力说》《野草》《朝花夕拾》，前期一些杂文，到他晚年的杂文《故事新编》，都充满了诗情诗意；他作为“民族魂”代表与人民之间的那种气壮山河的永诀，更是一首充满诗人气质和充满大恨大爱的辉煌的诗。他对于新诗运动的许多真知灼见，深深地吸引了我。我做研究生写的第一份像样的读书报告，就是《鲁迅对于中国新诗运动的贡献》。王瑶先生阅后，很快推荐给《北京大学学报》，并于1963年发表了。我的这第一篇学术性论文，就是“脚踏两只船”：鲁迅与新诗。1964年，我完成了自己的研究生论文，题目是《鲁迅改造国民性思想问题的考察》，进入鲁迅纯学术世界的探索。1982年，恢复学术研究后我出版的第一本专著《〈野草〉研究》，又在一个特殊层面，回到“鲁迅与诗”的原初话题的探索。1986年，在鲁迅逝世50周年的北京国际学术讨论会上，我还写了《鲁迅诗人气质的形成与中外文化》的文章，发表在《鲁迅研究》第12辑上。我始终认为，鲁迅以自己的大恨与大爱矢志于国民灵魂的探索与民族精神的改造。这大恨根植于他的大爱。而大爱与美的追求，体现了一个民族灵魂的精华，也是一个民族精神生的希望与根本所在。鲁迅就是这样的国民灵魂的诗化的代表。我指导的一位韩国博士研究生，在一篇作业里曾写道：鲁迅是20世纪中国产生的一个非常伟大的作家，韩国文学里没有这样的作家，这是我们韩国的悲哀。鲁迅就是一首永远读不完的诗。一个没有诗的民族是悲哀的，而一个有了诗却不能读懂它的意义和美丽的民族，则更加悲哀。这就是为什么，我多年里学术研究的选择始终是：徜徉于鲁迅研究与新诗艺术探索之间。

二、自《野草》象征主义研究为开端

20世纪70年代末至80年代初，我读鲁迅《野草》的时候，一个重要的发现，是这本散文诗集的许多篇章，都是用象征主义的方法写成的。《野草》与《呐喊》《彷徨》不同，不是写实主义的作品，而是象征主义创作的典范。

1979年秋天，鲁迅研究学会的刊物《鲁迅研究》在筹办中。王士菁先生通过王瑶先生约我为这个刊物写一篇稿子。我在病中，阅读了许多关于象征主义的论述，读了鲁迅接触并介绍过的波特莱尔、屠格涅夫的散文诗各种翻译文本，翻阅了他们的作品五四前后在中国报章杂志上的传播情况，也重读了鲁迅翻译并作为讲课教材的厨川白村的《苦闷的象征》，基本弄清了鲁迅以及《野草》与象征主义散文诗艺术的关系，然后我写了《〈野草〉研究》书稿中的第一篇论文《〈野草〉的艺术探源》，后来在《鲁迅研究》第1期上发表了。论文里没有正面论述《野草》的象征主义艺术特征，而是通过鲁迅《野草》与西方象征主义艺术潮流的资源关系的讨论，实证性的考辨，和鲁迅自身接受象征主义艺术营养的可能与实践，给《野草》作了一种艺术谱系的定位。稍后，我因全身神经痛，到京郊小汤山疗养院治疗休养。在那里，我重新仔细并反复阅读了《野草》的每一篇散文诗。全书的艺术传达方法的独特性，引起了我更深的注意。许多是用虚幻奇异的手法，甚至是超现实的荒诞离奇的“故事”，传达作者的“小感想”。有些明显的是象征的作品，一看就很清楚；有的则有浓重的写实成分，是象征，还是写实？界限不是很清楚。如《颓败线的颤动》一篇，写两段梦境里的故事：一个母亲年轻时，用出卖自己青春所得，养育了自己年幼的女儿，而女儿长大后，老妇人得到的却是全家的抱怨与嫉恨：因过去的事而丢脸，被亲人申斥不已；连不懂事的小孩子，也拿枯干的芦苇叶，向她喊："杀！杀！"遭到侮辱的年迈的母亲，于极端痛苦中，赤身裸体，走向旷野，用她年迈者全身的"颓败线的颤动"，和无言词的呼喊，向忘恩负义者及其丑恶行为，进行了极端痛楚的复仇。冯雪峰1956年发表的《论〈野草〉》里就说过，这里面有"作者自己曾经经验过"的"最痛苦的情绪"。这个意见，一直未被注意，更没有从象征主义的角度阐释。那时是不能讲鲁迅内心世界的消极和黑暗一面的。比较流行的解释，是鲁迅通过这位如祥林嫂一样的母亲的遭遇，写出了一位下层社会劳动妇女的痛苦与悲哀。因此与《祝福》一样，这是一篇杰出的现实主义的作品。我以为这篇作品比较典型，又比较好把握它的抒情内涵，很可以由此进入，进行《野草》象征主义创作方法的探索。1980年初夏，在大连召开的为纪念鲁迅100周年诞辰的"北片"预备会议上，我发表了这样的观点，曾引起很大的争论，有不少人赞同，也有许多人反对。后来经过近一年多时间的写作，《〈野草〉研究》一书出版了。《野草》创作方法与象征主义之间的关系，《野草》与波特莱尔、屠格涅夫、夏目漱石等人作品之间的关系，逐渐成为一个时期里更多人关注的话题。尽管还有鲁迅研究前辈在一个主流杂志上，发表了如下题目的文章进行质疑：《鲁迅是一个象征主义者吗？》但是，我以为，没有人说，也不可能有人说"鲁迅是一个象征主义者"，但鲁迅自觉地接受了象征主义艺术资源的影响，《野草》的主要篇章（不是全部）是用象征的手法或象征主义艺术方法写成的，这已经是不争的事实。

一种创获性观念的形成，应该有一定程度的学术史的支撑。为了《〈野草〉研究》的写作，能够建立在此前研究者构建的全部学术成果的基础上，也为了摸清从象征和象征主义视角，观照《野草》的历史足迹和走向，我翻检各种期刊和论文专著，几乎搜集阅读了包括只言片语在内的论述《野草》的全部文字；厘清了这种观点，怎样由片断的闪光思考，到形成谈论的重要话题，再至自觉意识很强的完整学术探讨。在此基础上，我依据全部卡片材料，写了《〈野草〉研究五十年》(上)(下)两章的文字(当时被美国学者李欧梵教授称为全书最有学术价值的两章)，而且提出了我关于《野草》与象征主义之关系的思考，也就获得了坚实的学术史的基础，并清楚自己在什么地方，在怎样的起点上，进行理论论述的超越。有时一条材料的获得，会给我带来极大的喜悦。章衣萍在1925年3月31日的《京报副刊》上发表的《古庙杂谈(五)》，还是在鲁迅《野草》刚刚于《语丝》发表十一篇的时候，就传达了鲁迅亲自对他讲这样极为重要的话："我的哲学都包含在我的《野草》里了。"以及读者对于《野草》大都"看不懂"的信息。章衣萍与鲁迅之间往来甚密，此后的往来鲁迅《日记》亦多清楚记载。因此我以为，章衣萍的这篇记述，不可能是失实的臆造，而应视为相当可靠的资讯。(这条材料，日本木山英雄教授早在1963年就用在他题为《〈野草〉主体构建的逻辑及其方法——鲁迅的诗与哲学的时代》这一长篇精彩的论文里了，我1983年4月到日本东京大学讲学的时候才读到)。当时与方锡德同志在《国民公报》上关于新发现的鲁迅7篇佚文《自言自语》散文诗，其中的《火的冰》《古城》《螃蟹》等篇，就是鲁迅散文诗写作与象征主义方法结合的重要尝试成果。鲁迅自述与研究者论析的学术历史，都更加坚定了我这样的信念：现代性意识，世界的眼光，开放的襟怀，是鲁迅与五四新文学固有的精神品格，也是我们认识与讨论《野草》与世界象征主义艺术之间深刻联系的一把钥匙。

通过众多人关于《野草》与象征主义艺术之关系的探索，我更加意识到经典文本的细读和重释，对于学术研究的突破性价值与文学史意义。在学术领域受意识形态的影响制约还严重存在，象征主义被视为艺术发展的颓废和反动逆流的时候，用已经被经典化了的鲁迅和他的

《野草》为范例和源点，直接进入现代文学与象征主义之间关系的讨论，比起一般作家，或较小历史价值的文学现象来，可能获得一种学术研究认识突破的更大的冲击性和有效性。它的冲击所及，可能带来一系列的学术突破的连锁反应，从而引起改写文学史观念的变革和冲动，并探索用纯学术性的历史研究为现实艺术争论发言的可能性。我在这时候开始的关于李金发及其象征派诗的研究，就是在这种观念变革和冲动之下进行的。

三、新诗流派研究可能带来一些什么

1978年恢复大学教学和学术研究正常秩序以后，我在参与注释《鲁迅全集》工作，写作鲁迅、《野草》及其他课题研究文章的同时，又“脚踏两只船”，开始走进新诗研究的领域，试图作一些“冒险性”的学术探索。

最早开始的是对于新诗流派的研究。当时的文学界、学术界，正在进行朦胧诗与现代主义合法性的讨论。主流意识形态和一些维护传统的文学家、诗人和研究者，给予这些刚刚“崛起”的新生文学现象以强势的重压。北京大学又一次成为支持“崛起”诗潮的重要渊薮。因为自己所从事的学科限制，自身学养的先天不足，或者也含有勇气与胆量的缺乏，没有过多地直接参与激烈的现实论争的发言。但是我的艺术观念选择与艺术趣味偏好，又使我不能在现实取向与历史重估面前保持沉默。我于是自觉地选择了“走近历史”的学术姿态。让历史为现实发言，是我这一选择的内在基础与动因。

与《野草》艺术方法思考相关联的，是我对于五四以来的一些被冷落的重要诗歌流派现象的关注。自1979年开始，我为本科生和研究生开设了“中国现代诗歌流派”研究的课程，最早在国内开始了新诗流派与诗潮的研究，最早在大学课堂上开始讲授“象征派、新月派和现代派”这“三大流派”诗歌。我讲徐志摩、闻一多、朱湘及新月派诗人群，讲戴望舒及现代派诗人群，讲李金发、穆木天等象征派诗人这些过去课堂不能讲授的诗人代表的诗歌思潮、流派和作品。大概因为有一点开风气的意义吧，当时的《北京日报》，还特别发了消息，给予具体报道。

这些讲授，受到当时77、78级如饥似渴的同学们的欢迎。我给他们讲授初期象征派与李金发诗研究专题研究的时候，第一次上课，就因听课的人太多，坐不下，曾临时三易教室，将教室门的玻璃都挤碎了。在此授课讲义的基础上，我完成了《中国初期象征派诗歌研究》的专著，1983年交给出版社，最终于1985年出版了。这算是在朦胧诗争论中我用历史为现实发言的一个成果。

在“崛起”的诗人群引起激烈争论的时候，同学们不仅颇有兴味地听我的讲授，跟随我走近陌生的历史，重读那些沾满历史尘土的文学旧迹，体会先驱者们艰难探索的蹒跚脚步和心理滋味，在被遗忘和尘封的历史记忆中，发现了令他们感到的芜杂、陌生与令人惊异的美，而且让自己走进这个陌生的艺术世界，从中吸取自己所需要的营养资源。并将这种重读历史与认识现实结合思考，开启了自己打破文化禁锢思想，寻求合理文化生态的想象、智慧与学理性思考。对于李金发、戴望舒、卞之琳、何其芳、废名、林庚等诗人的作品，他们表现了极大兴趣和理解力。许多同学所写的优秀的解诗作业，在我主编的《中国现代诗导读1917—1938》一书里。77级学生、作家陈建功，听我的象征派诗研究课程，因外出开会，还向我特意请假。我说，你可以不必听讲了。他说，不，李金发诗里，对于自然的新奇感觉与拟人化的书写，对于我的小说写作，很有好处。一位学生、诗人熊光炯的作业《关于新诗主流、支流、逆流的杂感》，全文引述于我的《中国初期象征派诗歌研究》书后的“结语”中。他的表述所表现的为象征派、现代派等“另类”诗歌进行的价值重估与历史定位的见解，其开放的意识与坚定的姿态，不仅比我更为大胆，而且给我注入了继续探索的自信与勇气。

李金发与他的象征派诗产生之后，一直是处于毁誉参半的境遇。虽然周作人、苏雪林、朱自清等著名理论家，都曾给予他和他的象征派诗以深刻的理解和很高的评价。20世纪30年代戴望舒代表的现代派诗歌潮流蓬勃兴起之后，李金发又加入了这一潮流，但影响力已不如朦胧的《微雨》带给诗坛的刺激了。左翼思想与理论的领导文学运动，更给象征派、现代派诗歌以自权势至理论层面的压抑。此后乃至60年代以来至“文革”结束前的主流文学史，更将李金发、戴望舒代表的这些复杂新异的现代性艺术探索，说成是文学发展“颓废”“唯美”的艺术“逆流”。为了做出学理意义上的有说服力的“反驳”，并正面建设这一艺术潮流的科学阐释，我开设了新诗“三大流派研究”“象征派诗研究”“现代派诗研究”等系列诗歌流派的研究课程。我撰写了较早梳理整体新诗流派发展轨迹的《中国新诗流派发展的历史启示》的长文，先是作为讲义在课堂多次讲授，当时发表于《诗探索》杂志，产生了较好的影响，推进了诗歌流派的研究，后来并作为“导言”收在《中国初期象征派诗歌研究》一书中。我的关注李金发及初期象征派诗歌，对于他们艺术潮流的自身生成，外国诗学资源，艺术探索得失，接受舆论历史，以及20世纪20、30年代，波特莱尔等西方象征派诗在中国的传播过程，都做了理论探讨与史料实证结合的研究。

这些有关诗歌流派研究工作显在的和潜在的理论意图，大体有三，就是：第一，就历史的书写而言，想以文学发展事实的坚实论述，推翻与改写以往主流文学史既成的理论观念和叙述格局，摘掉象征派、现代派诗的资产阶级或小资产阶级的“颓废”“唯美”“欧化”与艺术“逆流”的帽子，从世界诗歌发展与美学探索历史进程中解释他们产生的必然性，为他们争一个现代诗歌史“支流”或“旁流”的生存地位。当时，我无论在学术意识上，还是学术胆量上，都还没有将他们抬至与现实主义诗歌“主流”平分秋色、一争高下的欲望与认识。对于被指责的“晦涩”“假洋鬼子”等不实之词，采取的也是辩护的姿态。所以，当时我对于书里面用了学生作业的话说的“谁占据了主航道谁就是文学的主流”这样的观点，不仅自己认识上还有距离，就是将它拿出来发表本身，也存有一定的疑虑和担心，是隐隐带有某种试探性的策略的。第二，就文学的发展而言，我力图提倡一种“文学生态平衡”的思想，描绘出一个理想的诗歌图景。全书所努力追求的，就是实现这个意图。这里有一个未曾透露过的“秘密”：1983年《中国初期象征派诗歌研究》一书交出版社，大约为了“保险”起见，责任编辑要求我请王瑶先生为此书稿写一份“鉴定意见”。后来，当书决定出版的时候，也许还是出于更为“保险”考虑，又要求我请王先生将“鉴定意见”改成一篇“序言”。王瑶先生是出于“疏懒”，还是因为忙于他事，对我说：“我不写了，你自己去动手吧。”于十分尴尬的处境，我在给自己“补写”的序言中，没有改动原来“鉴定意见”文字的原文，只是加了一些无关痛痒的串联性的文字。写好交给王瑶先生阅后，就算过了。我当时究竟加了哪些文字，至今已不记得。唯一让我不能忘记的，是我在补写的序言中，增加了这样一段属于我自己有意发挥的话：“自然界的许多事物是互相依存、互相竞争而发展的，科学家们叫它为生态平衡；文艺的现象属于社会历史的范畴，当然不同于自然界的关系。但各种艺术流派的同时并存，相互竞争，彼此借鉴和吸收，恐怕也是有利于文学创作发展繁荣的一个事实吧。”这段话当时并没有引起多大注意，我后来也没有专门著文去进行更深理论发挥。身处那种“乍暖还寒”的季候，我确实还有“如履薄冰”的余悸。但是这段由我增添而强加给王瑶先生的文字，至少隐约透露了我在进行象征主义等诗歌流派研究时候，深埋在我意识深处的一种潜在的追寻和思考：左的狭窄的理论系统和权势话语对于异己文艺的压抑，确然破坏了五四新文学发展的文艺生态平衡。唯有各种流派思潮的文艺生态共生与平衡发展，才是保持文学多元繁荣的必要条件。在当时看来，提倡和维护各种流派思潮文艺生态的平衡，仍然应该是历史研究与现实论争的至高无上的理论生命。它是我针对当局文艺政策和朦胧诗论争的一个“发言”。虽然当时并没有多少人读出我的这种用心。第三，就文本的接受而言，由于进入李金发、戴望舒、卞之琳、林庚、废名、穆旦，反复阅读和讲解他们的诗歌作品，为人民文学出版社编选了现代社团流派丛书的《象征派诗选》，编选《朱湘选集》，主编《戴望舒作品赏析》，写了许多难懂作品的解诗与鉴赏的文字，我对于内涵比较幽深隽永的象征性比较强的作品，产生了浓厚的兴趣。对于那些过分直白一览无余的诗，那些夸饰气很重，缺少真情实感而经不起艺术咀嚼的诗，则比较疏远和淡漠。对于难懂而晦涩的诗，我想怎样通过自己的工作，让自己和更多的别人走近它。在诗人和读者之间作艺术沟通和“搭桥”的工作，就成了我的一个意识和习惯。一种解诗学理论与实践的诗学形态，就伴随着象征派、现代派诗的深入研究，而成为我流派思潮研究中产生的一个重要的诗学思考与理论关注。这一点，留待后面去讲述。

实践这个恢复历史本来面貌，以历史为现实发言的学术研究策略性的思路，初期象征派诗研究工作结束后，我构想了自己需要继续完成的一项工作，这就是在清理从新诗象征主义萌芽，诞生，经20世纪30年代的现代主义“黄金时代”(林庚先生语),到40年代“中国新诗”诗人群体的逐渐走向丰富成熟的过程,回顾和总结历史经验,探讨艺术起落得失,阐释经典性文本,透视内在发展规律,描绘诗歌艺术的理想图景,从理论思考与创作实践的结合上,写出一本自20世纪20年代至40年代末的中国现代主义诗歌潮流发展的历史。

为此,20世纪80年代末,大约在《文艺报》的一个“稿荒”期间,应编辑者的厚爱约稿,我一边写作,一边刊载,分十期连续发表于1987年2月至8月的《文艺报》上的长文《面对历史的沉思——关于中国现代主义诗歌源流的回顾与评析》。它算为我实现自己的最终心愿完成的一个轮廓和框架。此个应景式的长文,在连载过程中,就听到有的前辈老诗人传过来的话,大意是:对于现代主义诗歌评价太高了。我认真听取了一些反映,坚持探索同时,有意冷却了我的写作激情,力图在这一课题处理中能够保持更多一点科学和清醒。此后多年里,我曾以《面对历史的沉思》这篇长文为提纲,开设了“现代主义诗歌流派研究”的专题课程,作了不同分课题的讲授,也听取了许多来自青年学生的意见。我边讲授,边搜阅材料,边写作,终于1999年完成了《中国现代主义诗潮史论》一书。这本书的出版,算是我对于现代诗的一个被冷漠的艺术潮流梳理评析的一个小结,也隐含了我探索中国新诗现代性道路和走向的一个理想性的图景。为80年代朦胧诗以来诗歌的发展,找寻一种艺术的历史渊源与联系,这个隐藏的现实意图,或多或少地已经在这里得到了局部的或整体的显现。

学术探索一个方面的获得,可能是另一个方面的丧失。完成近20年这样一些诗歌流派探索以后,我越来越发现自己的工作所存在的局限:从流派视角研究诗歌或其他文类,可能会易于发现一些被忽略的现象,放大一些被淡漠了的问题,但是同时带来的流弊,如对于历史复杂现象与诗人个人风格多样的思考与探索，对于原始形态的历史丰富现象的扭曲和不恭，流派名称或群体的主观捏合而取消了流派形成与命名的自然或历史的依据。它的理论与操作的遮蔽性和主观色彩带给诗歌历史研究的负面影响，使我开始反思这种研究思路的无法避免的缺憾。理论设想给理论自身带来了许多无法克服的限囿与尴尬。我自己与林庚接近很多，也作过他诗歌的研究，但他却多次对我和我的学生说："我不是现代派。"我很早就不赞成用缺少历史根据的"九叶诗派"的名称，而一直代之以"中国新诗"派或"中国新诗"诗人群体。很多诗人既属于现代风，又属于写实派，或同时是浪漫派，不同流派色彩交叉存在同一诗人或诗人群体。因为不属于哪一个派，一些的诗人作家、重要诗人或作家被排除于研究视野之外。这些诗歌史的事实，也促使我于研究中注意作了新的选择与姿态的调整。在2001年纪念《九叶集》出版20周年北京的座谈会上，有这一选集中诗人参加的本来是强化诗歌流派的讨论氛围里，我却明确提出了自己在诗歌史研究中"淡化或消解流派"的理论意向和呼吁。我在题为《一个富有悠久艺术魅力的诗歌流派》的发言(载《诗探索》2001年第4期)中说："在诗歌艺术探索的历史潮流中，每个流派都为历史提供了自己独特的探索成绩；同时各个流派又在总体的诗歌潮流中，存在一种互相吸收、互相补充的互动作用。把《九叶集》看成是单一潮流的作品选集，恐怕是不符合作品实际，也不符合历史发展的实情。在研究突出一个流派特征的时候，认识流派构成的复杂性，为流派大堆积大加码的现象减负，还原流派中的诗人个性的探索，甚至淡化或颠覆流派的观念，可能倒是一种新的思路。"当然淡化或消解，不等于取消。历史研究应该以历史现象的客观存在为依据。尊重历史自身的生存形态，吸取历史已经形成的理论观念或学术概括，应该是我们研究的基础与出发点。

四、追踪"荒原意识"与"晚唐美丽"

新诗的流派思潮的发展，与西方现代诗歌接受和传统诗歌承传这两个方面的艺术资源之间的重要关系，是一个永远纠缠不清也永远言说不尽的话题。这种影响和承传，不同的诗歌追求，可能于普遍性中蕴藏有各自的个性特点。一些有内在联系的突出的诗歌现象，就成了各自诗人群体关注的差异。在中国现代主义诗潮谱系中，西方诗歌影响至深者，自19世纪的波特莱尔之后，当属20世纪的T.S.艾略特；而在古典诗歌传统中，最为现代派诗人所钟情的，则是李商隐、温庭筠和某些宋代词人代表的晚唐诗词。考察它们的传播与影响的历史踪迹，研究新诗人与它们之间的艺术特质追求与承传接受，在诗学理论与创作实践方面的吸收与创造性转化，以及他们之间深层的审美联系，于是就最早地进入了我的诗学研究视野。

走进20世纪30年代现代派诗歌整体研究，我在学术界最早考察了美国意象派诗与30年代施蛰存、戴望舒等人的影响，最早考察了T.S.艾略特的长诗《荒原》在中国的介绍与传播，以及从批判意识到艺术表现方面对于中国新诗的影响。我撰写并发表了长文《现代诗歌中的现代主义》，载于乐黛云主编的《西方文艺思潮与二十世纪中国文学》(中国社会科学出版社，1990)一书中。其中专门有一节的题目，就是《在〈荒原〉冲击波下现代诗人们的探求》，并以此为题，单独发表于《中国现代文学研究丛刊》上。此文后来又收入我的《中国现代诗歌艺术》(人民文学出版社，1992)一书中。越搜集阅读材料，我越加感觉到，长诗《荒原》以及艾略特的《传统与个人的才能》等诗学批评理论的被介绍、被吸收，它所产生的深远影响与渗透力，几乎可以说在新诗现代性发展进程中起了催生与转折性的作用。《荒原》影响在中国现代诗歌发展中留下了不可泯灭的历史性的足迹。资料发现充分证明：

现代派诗的领袖戴望舒最初提议并邀请赵萝蕤翻译《荒原》，西方现代诗研究专家、清华大学外文系主任叶公超教授为《荒原》的中译本写序进行大力支持与介绍，当时还在就读于清华大学外文系的女诗人赵萝蕤艰苦而出色翻译的《荒原》在1937年的出版，这种珠联璧合的成功，几乎可以说是新诗史中一个带有奇迹性的重大事件。30年代、40年代一些进行先锋性探索的诗人，自戴望舒、孙大雨、徐志摩、卞之琳、何其芳、曹葆华、徐迟，邵洵美、路易士，至辛笛、穆旦、唐湜、袁可嘉、郑敏，他们都曾浸润于《荒原》的思想与艺术光辉的笼罩。中国新诗中确然存在着《荒原》影响的几代人。《荒原》所带给新诗的冲击和诗人美学意识的改变，无论怎么估计都不过高。我在自己研究成果中所提出现代诗中的“《荒原》冲击波”，现代诗人创作中存在的“荒原意识”等概念，集中传达了我考察诗歌发展历史，进入作家文本探索时的独特感受。这些铺路性的学术阐释中提出的理论“意象”，已经为后来许多研究者所接受，并在我所从事的工作基础上，做出了向前掘进发挥的成果。为了准确把握T.S.艾略特的诗学理论和他的《荒原》在先锋性的北平诗人群中的传播与接受情况，我于90年代中期，花了两三个月时间，天天到国家图书馆查阅《北平晨报·学园》副刊《诗与批评》。已60余岁的老花了的眼睛，连续一百来天里，往来于北大与国图之间，中午吃点简单的盒饭，连续阅读字迹难认的缩微胶卷。我抄录和整理了94期附刊的全部目录，仔细阅读了其中的涉及艾略特、瑞恰兹等人的主要文章，翻译文字，诗歌创作与理论批评。我第一次发现了何其芳从未被发现的多首珍贵佚诗和不为人所知的“劳之风”等笔名，其中有些诗所表现的“荒原意识”和超现实的荒诞性探索，在艺术上达到了很高的水平。曹葆华主编的《诗与批评》，以及他的译著《现代诗论》《科学与诗》，对于T.S.艾略特、瑞恰兹等许多西方现代性经典诗歌理论与新批评派诗学思想的介绍，不仅在30年代，就是到40年代末期，就其广度与深度来讲，在学院派内外的影响，至今仍可以说既是空前，也为绝后。为此次发现，我专门写了长篇的考辨与介绍性的文字《〈北平晨报·学园〉附刊〈诗与批评〉读札》(上、下)、《何其芳的〈岁暮怀人〉及一组佚诗》等，在1977年的《新文学史料》第3、4期，日本《古田教授颂寿纪念中国文学论集》(1977)上发表了。它大大补充了我对于"《荒原》冲击波"的认识。因为时间关系，这个课题在40年代的发展与延伸，我没有再继续做下去。如今别的研究者的成果已经补上了我的这个缺憾。但这段追踪、开掘、考辨与诠释带给我的，不仅是对于"荒原意识"与"《荒原》冲击波"认识的加深，也给了我这样一种"田野作业"式的体认：现代报纸文艺副刊还是一片尚待开发的沃土。

中国现代派诗与传统诗歌联系的思考，我采取了与其全面论述不如定点开掘的姿态。我思路的来源根据于这样一个已为学界公认的事实：自龚自珍等启蒙的先驱，到梁启超、鲁迅、周作人等一些末代士人的知识分子，再至许多20世纪30、40年代的现代诗人，都非常喜欢晚唐诗。我选择废名在《谈新诗》中反对胡适以"元白"诗为白话诗渊源而寻找晚唐"温李"诗为新诗艺术存在依据的论说，作为进入问题研究的视角，对于现代诗与晚唐诗之间的艺术联系所在，进行了追踪性的诠释和思考。废名所开辟的结论成了我研究思考的起点。这个问题最初进入具体思考与动手写作，是1995年初。那时我在神户大学讲学期间，应邀在京都文学研究会上作了一次讲演，讲演稿的日文文本，发表在关西中国文学研究会1996年8月出版的《野草》杂志第58号上。这篇文章的题目发表时改为：《在中国传统诗中探求现代诗的矿脉——废名的新诗观》。回国以后，论文的中文稿，于1997年以原题《对中国传统诗的现代性呼唤——废名关于新诗本质及其与传统关系的思考》，在《烟台大学学报》上首次发表了。此后，我于相同思考的课题，写成内容不尽相同的论文，分别在福建武夷山诗歌学术研讨会、武汉文艺理论学术会议上发表。后来经过多次修改，在香港岭南大学的一次学术会议上发表。论文的最后改定的稿本，全文以《新诗：现代与传统的对话——兼释20世纪30年代的“晚唐诗热”》为题，发表于2001年北京大学的《现代中国》杂志第1辑上。这算是我对于这个问题的系统思考告一段落。这篇论文里，我从“白话”与“反白话”、“兴”与“象征”、“象”与“隐”、“诗形”与“诗质”四个方面，对于西方诗的象征、中国现代诗的朦胧与晚唐代表的古代诗歌美学“兴”“象”“隐”等传统之间的“对话”性联系，为“晚唐诗热”现象作了一次较为深入的阐释。如此为了同一个话题，我不厌其烦地翻写了几遍，然后以定稿的形式最后发表，还以这个题目，在几个大学作过讲演。这在我的研究工作中，还是第一次。也是我自认为我学术研究诸多成果中做得最费力气、最坚实的一次。

这样几近“卖狗皮膏药”式的极尽“鼓吹”一个话题，一个重要的原因，如废名所讲的，不是因为温李代表的晚唐诗，是20世纪30年代现代派诗产生的根源；而是30年代的现代派诗，在晚唐诗的艺术追求中看到了自己存在的依据。任何时代先锋性的现代性艺术探求，都要在自己的老祖宗那里找到依据。当我写作过程中，读到钱钟书先生这样一段关于一切革新者如何进行自我传统选择的论述的时候，我是那样兴奋不已：“新风气的代兴也常有一个相反相成的表现。它一方面强调自己是崭新的东西，和不相容的原有传统立异；而另一方面更要表示自己大有来头，非同小可，向古代也找出一个传统作为渊源所自。……这种事后追认先驱(Préfiguration rétroactive)的事例，仿佛野孩子认父母，暴发户造家谱，或封建皇帝的大官僚诰赠三代祖宗，在文学史上屡见不鲜。它会影响创作，使新作品从自发的天真转而为自觉的有教养，有师法；它也改造传统，使旧作品产生新意义，沾上新气息，增添新价值。”(《中国诗与中国画》，见《七缀集》第2～3页，上海古籍出版社，1985)写作中，我读到梁启超在1922年清华学校文学社一次长篇讲演中，如何从“象征派的表情法”的视角肯定李商隐、温庭筠代表的晚唐诗的时候，也无异于获得一次学术发现所得的快乐。由废名的《谈新诗》里所讲的：林庚在新诗里，“很自然的，同时也是突然的，来一份晚唐的美丽”，我得到启发和冲动，又写了一篇3万余字的论文《论林庚诗歌的精神世界》，得到学术同行的好评和林庚先生阅读之后非常激动的首肯。以后，我还指导自己的学生在博士论文里，以专门两章的篇幅，论述了30年代北平“少数先锋诗人”所表现的“荒原意识”与“晚唐诗热”的理性探索与阐释，将我提出和开辟的这两个新诗中外艺术资源的重要学术话题，通过新的史料开掘和学理性的分析，推向了更加深入的论述。

五、文本分析与宏观把握与现代解诗学

由《野草》解读，到李金发及其他诗人的象征派、现代派诗的讲授，我一直面临两个方面的压力：一个压力，来自理论研究的读者反映。很多为象征诗、朦胧诗辩护的评论文章，宏观的理论概括与论述，多于复杂文本的解析，价值判断的是非诉说，大于晦涩难懂作品的进入，这样就使读者对于双方争论中作品的阅读接受，仍然处于束手无策的尴尬境地，也给了反对“晦涩”诗者以更多的口实。几十年前读者面对象征派诗和现代派诗说“不懂”的接受状态，至今又为面对朦胧诗的无奈局面所重复显现了。另一个压力，来自课堂教学的学生迫使。我给学生讲《野草》，讲李金发那些艰涩难懂的象征派诗，讲卞之

琳意义幽深的智性诗，讲穆旦那样的深层复杂的现代派风格的诗，仅仅靠宏观的理论分析已经不能满足学生求知的饥渴，还要求必须反复阅读，弄懂每个作品的整体思路、意象蕴藏、文句关系和书写意义。带领学生一起读诗、讲诗、解诗，就要自己首先对于诗文本有一个具体的了解，而且要逐步更多地掌握读解的方法。这样，即迫使自己的研究工作，做了策略性的调整：既注意历史的宏观的理论把握，又注意对经典的或复杂的文本的具体解析，并努力做到将两者很好地结合起来，贯穿于自己的课堂讲授和诗学研究工作之中，这样的思考与姿态遂成为我诗学研究中的一种自觉的学术追求。

在这个时期里，我读了朱自清、废名、苏雪林等人对于难懂作品具体分析的解诗的文章，读了李健吾与卞之琳为《鱼目集》中的诗作所进行的“对话”式解读和往复讨论的文字，特别是读了朱自清《新诗杂话》一书中几篇连续性“解诗”的论述，他在该书序言里提出自己所做的“解诗”的工作和相关的理论思考，他运用西方新批评派瑞恰兹、燕卜荪的理论方法，对于《古诗十九首》等作品“多义”的解读，都使我深受启发，开始朦胧地将他的这种理论与实践，称为“现代解诗学”，并开始将自己对于朱自清等人所进行诗的文本细读与解释欣赏的诠释与实践，叫作“重建中国现代解诗学”的工作。当时刚刚介绍进来并在学界非常流行的德国 H. R. 姚斯的《走向接受美学》、美国 R. C. 霍拉勃的《接受理论》等西方“接受美学”的思想，对于文本阐释重要性与读者阅读能动作用的强调，也给我很大的启示，读了有一拍即合之感，成为我思考解诗学思想的一种重要的理论资源。

我将有关这个现代诗歌阐释思想的思考，写成了《重建中国现代解诗学——中国现代诗歌批评史札记之一》《现代诗人的玄想思维与文化结构——再谈重建中国现代解诗学》等系列论文，先后在 1987、

1994年的《中国现代文学研究丛刊》上发表。我出版的《中国现代诗歌艺术》一书中，特别列入"解诗篇"，对一些难懂的名诗作了讲解和赏析。还有我主编的《中国现代诗导读1917—1938》在20世纪90年代初的出版，更集中地进行了这方面的实践与倡导。我在自己的一些专著里和其他《诗歌鉴赏辞典》中，对于李金发、卞之琳、废名、林庚等人上百余篇难诗的解读，在《导读》一书诸篇《小议》及《后记》中对于解诗学思想的阐发，我主编的《戴望舒作品欣赏》《20世纪中国文学典藏》(浙江文艺出版社)诗歌散文部分，以及此书的台湾版《星光灿烂的文学的花园》的出版等等，这些理论与实践，都使这一诗歌复杂文本阐释的思想，被学界同人所接受和肯定，并产生了一定的学术影响。有的学者，在我的基础上，著文进一步论述了朱自清等人的现代解诗学思想。

当然也不是没有不同的声音。20世纪90年代初，《中国现代诗导读》一书中的《解诗学小议》之一：《可以到达的星光》这篇短文，讲难懂的美丽的诗，是可以通过读解而为读者接受的。短文在当时的《文汇报》上发表后，很快有人撰写文章，在该报发表，题目大约为《诗还需要解吗?》因为作者是站在反对或不赞成诗的"朦胧""晦涩"的立场和角度，提出自己的异议，认为诗本来就应该写得明白清楚，不需要别人去加以解释，需要解释的朦胧晦涩的诗，就不是好诗了。因为没有美学立场的共识，我又不愿意参与辩论，当然就没有进行答辩的必要。但从这个反对的声音里，我恰恰得到了一种解诗必要性信念的验证：被一些人当成晦涩而排斥的作品的存在本身，正需要解诗理论与实践的美学思考、操作的参与到达。

后来，对于所谓"朦胧"或"后朦胧"诗歌作品的文本细读，已经成为当代新诗批评的一种形态，进入文学批评和文学课堂。许多成果已经见诸报刊和专著。诗歌文本细读的诸种方法，已经作为一种批评形态进入诗学研究。但是，朱自清与其他学者诗人这种中国形态的现代解诗学理论的梳理与重建，作为20世纪现代文学历史的一份遗产，还没有得到最终的实现。我在《中国现代主义诗潮史论》一书中，在其他的诗人研究和批评论文里，努力贯彻这一解诗学思想，已经为许多论者所发现与认同。我在完成两篇重建中国现代解诗学的文章发表之后，又继续写了与此有关的系列论述。包括讨论闻一多的古典与现代解诗学思想，讨论闻一多怎样在《诗经》解读中，引进民俗学和西方其他文学理论，完成了解诗学由古典形态向现代的转变；包括对于朱自清、李健吾与卞之琳之间的诗歌阐释，如何完成了“对话”——互动形态的解诗学的理论建构与思考；包括通过对于朱自清《日记》所载关于新批评文本细读的发掘吸收及他对于古典诗歌、现代诗歌的应用，讨论了这一解诗学思想的中外理论资源及建构的科学性质；包括讨论朱光潜怎样在自己诗学阐释中，实现了这一思想在文艺哲学、美学与心理学层面的古今汇通；包括废名怎样将解诗的理论与实践率先引进大学课堂，提出了一种以感悟为主的解诗形态；也包括唐湜、袁可嘉在“意象”批评背后、新综合传统理论探求中所进行的解诗追求。这些系统的论述，已经发表或未曾发表的文字，将汇成《中国现代解诗学的理论与实践》一书即将问世。随之而出的，还有《中国现代诗导读1917—1937》的重版，和对于包括冯至、“中国新诗”诗人群体及其他诸位诗人的诗，穆旦的近50首诗，一一进行文本解读的《中国现代诗导读1937—1949》的面世。

我在自己的许多文章和学术会议发言中，反复说明自己这些工作的意图，不厌其烦地发出一种理论的呼唤：面对当代新诗由于过分追求“私人化写作”所造成的极度陌生与读者接受的严重隔膜，诗人“自言自语”的写作姿态必须进行适度的调整。“诗不能解释”的拒绝读者的神秘姿态应该走下自己制造的“神坛”。对于那些“晦涩”难懂的好的作品，批评者和读者有义务去征服，也有权利去遗弃。历史上已经发生效应而现实诗歌阅读中又需要的解诗学理论与实践，可以成为具有这样精神的读者在艺术沟通中所实现：“知其不可为而为之”。

只有如此，诗才能走近读者，走近更广大的精神世界，一个拥有诗的历史的民族才可能再度为历史的诗所拥有，所提升。

我在解诗学的理论与实践中，一贯主张“文本开放的解读与有限的文本阐释结合”的原则。这最初见诸于我的《导读》一书的《后记》。对于董仲舒提出的“诗无达诂”的理论，我肯定它文本接受阐释开放性一面，而不赞成它的文本解释无限制的另一面。朱自清早在20世纪40年代就提出了对于“诗无达诂”的某种保留，反复强调“广求多义，却全以‘切合’为准”“多义当以切合为准”这样一种科学把握的思想。20世纪80年代意大利符号学家昂贝多·艾柯的《诠释与过度诠释》一书中的系列讲演，更深刻阐发了这样的诗学思想命题。“过度诠释”忽略或否定了文本的限制，将解诗者的权利无限的夸大，强调得太“过火”了，甚至以随心所欲的任意猜想式的诠释冲淡了文本限制的权利与阐释者权利的辩证关系。我在自己的学术研究与诗学研究中，始终遵循这样的原则，并一直对“过度诠释”保持应有的警觉。我于2001年出版的《现实的与哲学的——鲁迅〈野草〉重释》一书，既是出于在日本教学的需要，也有感于《野草》的一些过分哲学化的阐释，进行一点辩证的工作。

六、历史、审美与文化研究的三维度

在鲁迅研究，特别是新诗研究中，我追求一种比较稳定性的学术思路与品格。这就是我在许多地方曾经表述并努力实践的“历史的、审美的、文化的”三者的结合。

历史的，就是要依据历史提供的资源、史料、文学现象，尽可能地回到历史的现场，遵循学术研究的历史性原则，对于所研究的对象，做出尽量接近客观实际的描述与说明。在可能的情况下，坚持做到“四不”：不跟一时的潮流风尚，不做随意性的发挥，不做主观性的扭曲，不做唯我所用的实用主义阐释。在呈现历史原貌中，努力去发现一些属于过去现在或未来有用的东西，让自己的学术成果要经得起历史的检验，不成为时过境迁的“随风飘散”的东西。审美的，就是在作家思想、作品意义、文人心态、文学现实的阐释中，我更重视文本的审美意蕴和价值的挖掘，用自己的有限理解与作家创造的无限世界作审美的沟通与对话，通过自己的体悟、发现和诠释，将这种美再传达感染于更多的读者。我以为文学作品各种构成因素中，审美是一切生命的根本。其他都可能淡化消失，而只有审美永恒。我之喜欢朱光潜先生的《诗论》和他的“距离”说，原因就在这里。文化的，就是将文学作品和作家创造，放置于他所生存依赖或他所独特拥有的文化背景中进行思考，讨论。如讨论《野草》，不能离开20世纪20年代各种西方文学思潮涌进的大背景，也不能离开鲁迅20年代翻译并多次讲授的厨川白村《苦闷的象征》的小背景。理解废名的一些新诗，不能离开他与佛教之间的深厚因缘这个重要文化背景。即如要阐释清楚穆旦的有些诗意与意象，也不能离开基督教这个文化背景一样。依据作家、诗人创造的作品所拥有的文化场，进入他的“背景”，才能真正进入每个作家拥有的独特的世界。我的一些关于现代文学和新诗的研究工作，大体都是按照“历史的，审美的，文化的”三个维度结合的思路进行的。

历史的与审美的原则，是黑格尔等一些经典学者早已坚守的学术思路。而我所谓的"文化的"，多少受了20世纪80年代后出现的"文化热"的影响。即使不可能全部从文化视角来探讨新诗的蕴藏，也应该不要忽略了新诗产生的文化背景与更广泛的文化内涵，基于这种多少有些"趋时"想法的驱动，我想往"文化"的边上靠，但可以尝试做的一些工作，还是与文学审美研究本身密切相关的问题，如废名一些诗歌的具体阐释、《新青年》与五四反孔思潮研究等，而多数情况的研究，就基本上对于"文化"弃置不顾了。我始终不渝而更多坚守的，还是"历史的与审美的"这样的原则与思路。在处理历史性问题时，我赞成解志熙教授80年代末至90年代初针对周作人"附逆"论说中的现象，提出的现代文化研究要坚持"历史性原则"的思想；在给他的《和而不同》一书所写序言中，还进一步阐发了他重新提出的这一"古老"的思想。在给王光明《现代汉诗的百年演变》的序里，我又用著名清史学家孟森《董小宛考》中的论述，阐述了反对以自己的主观扭曲历史，任意"臆造历史"的治学方法，而坚持一个严肃的学者应该努力追求一种"信史"的境界。坚持"历史的与审美的"原则，是实现学术科学化的重要条件。我对于过分强调现代文学研究的"当代性""当下性"或"现实性"或"启蒙性"，始终抱着保留的态度，原因也在于此。

"三维"统一的追求中，核心是历史与审美的结合。"历史性原则"是治一切历史者的学术生命。而对于治现代文学史、诗歌史者，"审美的"原则追求则是它的灵魂。治新诗史，给学生讲授诗歌研究，不能枯燥无味地只叙述历史过程、烦琐现象和僵硬的诗句，而对于活生生的，充满生命和美的诗篇，如解剖尸体的医生一样在艺术审美上毫无感觉。我尽量培养自己这样的习惯：撰文的余暇，多读一些优秀的古典诗歌与当代外国诗歌，多读一些当下青年诗人创作的探索性的作品，以及对于自己陌生的新鲜的诗歌理论，努力保持自己对于诗的独特艺术感觉的敏锐与活跃。有些难懂的好诗，读不懂，就多读几遍，或暂时搁下，不轻易放弃排斥，等过一段时间后，再来重读，直到大体弄懂了为止。每次诗的“破译”，常常都会成为我的一种艺术审美的获得和愉悦。研究诗者自己，应该尝试学习和感受写诗的过程，体验诗的表述与逻辑表述的差异与艰难。我自己有时也苛求自己，做一点这样的“练习”，写一些或“隐藏”(即使学不会)的或明白的“诗”。有旧体诗，有新诗，也有散文诗。我曾多次跟学生和研究生讲：不要拒绝陌生，不要拒绝晦涩，不要拒绝象征，不要拒绝对于诗的接近和尝试，要在阅读、理解与创作的实践中培养自己的审美的感觉、诗的感觉。对于诗的艺术感受的敏感与悟性，是一个研究诗歌者或一个诗美的接受者必须具备的心态、学识和品格。没有接受多元形态探索作品的诗的感觉，停留于诗的外部而不能进入诗的内部，用干巴巴的思维、理论和语言对于诗美进行评骘、描述和阉割，就不能在诗中发现史，在史中发现诗。要做到这些，当然非常不容易。这些是我自身诗学研究追求的愉悦，也是我作为一个诗学研究者必须品尝的“痛苦”。

七、史料发掘与理论深度结合的追寻

我是一个有史料癖的人。我进入研究生学习之后，开始发表自己最初的研究成果，就是从史料的发掘开始的。在广泛阅读创造社的一本杂志上，我发现了殷夫署名“徐文雄”的一封珍贵佚信。这是他在上海一个大学读德语时为纠正刊物上的德文翻译错误而写的。它的发现价值，是纠正了流传甚久的阿英 1931 年撰写的《殷夫小传》中一些错误或不足，如其不清楚殷夫大学读书时所用的名字，将“文雄白”说成是殷夫的一个笔名，其实殷夫根本就没有这个笔名，而是“文雄、白”的手民之误等等。当时我写成一篇考辨性的文字，题目是《关于殷夫笔名的一点辨证》，用“一石”(当时王瑶先生时常提醒我们说：“要想文字变成铅字是很容易的”，要我们尽量利用学习时间多读书，不许我们乱写文章发表，故此“伪装”）的笔名，偷偷寄给了上海文艺出版社的《中国现代文艺资料丛刊》，“左联五烈士”研究专家丁景唐先生阅后，将此文很快在1963年第3期上发表了，他并据此铺衍，写成另文阐述殷夫生平史迹，在《江海学刊》上发表。1965年，他作为上海出版局长来北京开会，还与我写信联系，约我在新桥饭店与他匆匆见了一面。因此我遂成了喜欢现代文学资料工作的丁景唐先生的“小朋友”，1978年后，我多次去上海家里拜访丁景唐先生；新时期复出之后，他来北京时，也曾与我见面，我们因资料的同好也成了四十余年的学术上的“忘年交”。先生曾多次对我说，我有几个喜欢做现代文学史料研究的“小朋友”，另外两个，是中山大学的李伟江、北京师范大学的朱金顺等。

王瑶先生在我们入学不久，就告诉我们说，做学问，要像打井一样，要一直到打出水来为止；不能像种树刨坑，你花了许多时间，刨了很多的坑，但都很浅，没有一点水流出来。我在自己的研究中，一直记着先生这样的教导。但是，对于资料发现与理论深度结合的训练养成，是一个长期的追寻积累过程，也几乎是我终生的追求。

自大学三年级到研究生时期，我两次参与《中国文学史》的编写工作，这使我认真接受了古典文学研究方法的严格训练；特别是后一次（1961—1962）参加游国恩先生等主编的《中国文学史》教材编写，于长达一年多的时间里，朝夕相处地接近游国恩、萧涤非、王季思、季镇淮、廖仲安等名师，一起讨论写好的提纲与稿子，倾听他们的意见与见解，受到了他们近于“朴学”风范的熏陶与启益；王瑶先生所著的《中古文学史论》《中国新文学史稿》给我的示范与浸润，他三年多时间里给予我学习研究的具体指导和影响；我经过研究生毕业论文《鲁迅改造国民性思想问题的考察》这样选题的实际训练；研究生毕业后，我被分配在哲学系王庆淑创办的“文艺理论研究室”，因北大“四清”开始，王已自身难保，无暇顾及，暂由中文系文学史教研室代管期间，彭兰先生让我参与了《魏晋南北朝文学资料》一些诗篇的注释工作，并让我给吴组缃先生讲授《中国小说史》课做了半年的辅导工作，使我又接受一次古典文学的基本训练；我开始上课后，面对学生教学渴求理论能力与历史知识双向提高的需要……这种种的机遇与因素，迫使我在走上学术道路之初，就隐约遵循这样的信念：坚持一切研究从史料出发，追求一种史料发掘梳理与理论深度结合的学术之路。

我注意让自己的研究，能够建立在丰富翔实的史料搜集基础上，以冷静客观态度进行考察论析，力求实现自己的学术研究成果，有更多一点的科学性、稳定性和永久性。1963 年开始，我仔细阅读鲁迅著作，查阅了晚清至五四时期的《新民丛报》《民报》《东方杂志》《新青年》《新潮》等许多报纸杂志，翻阅了梁启超、严复、章太炎、王国维、邹容、孙中山、李大钊、陈独秀、蔡元培、周作人等人的著述，考察了近代改造国民性思想的发生与基督教传教士的关系，论述了晚清“新民说”思潮以及鲁迅改造国民性思想的思想渊源与发展轨迹，经过一年多的时间，写成了《鲁迅改造国民性思想问题的考察》一文。在论文答辩中得到王瑶先生的肯定，也受到唐弢、川岛先生的好评。1964 年答辩后，文艺界学术界形势的恶性发展，这样敏感问题的论文已经无法发表。一直到 1979 年才在胡从经负责编辑的上海《鲁迅研究集刊》第 1 辑上得以刊出。虽然时间过去了 15 年，文章的观点今天看起来也多已落伍了，但对于这个问题思考的丰富资料和探索视角，仍然没有随时间过去而丧失其某种学术史价值。学术研究的稳定性，是一个重要原因。我和许多同龄人一样，丧失了许多宝贵的学术生命时间，但自己过去的这点学术实践的一些踪迹，却让我更加坚定了自己恪守科学的学术研究之路的信心，也明确了自己应当清醒坚守的方向。有几点，我在学术意识中是经常注意的。首先，我在自己的学术意识中努力做到：尽可能地不依靠第二手材料进行研究，努力多进行原始资料发掘与发现。我充分利用蕴藏丰富的北大图书馆这个宝地，经常在那里的蒙蒙灰尘中，埋头阅读新中国成立前的已经发黄变脆了的旧期刊，报纸文艺副刊等原始的文献，充实补充学术研究的新鲜血液，努力保持自己课堂教学、论文或专著资料引述的新鲜感。1978年，为了五四一段文学史教学需要，我到图书馆泛览查阅那时的一些新文化刊物，在《每周评论》上，偶然发现了鲁迅署名“庚言”的《美术杂志第一期》、《随感录》(三则)等四篇重要佚文。经过我的认真考证，唐弢、李何林、王瑶等先生的鉴定，便在《北京大学学报》复刊的第1期上发表了。新华社还写成消息，作为新闻通稿广播，全国各大报纸都予以转载。后来，方锡德在《国民公报》上，首先发现了鲁迅的七篇散文诗《自言自语》、四则随感录《寸铁》等重要佚文，我与他一起参与考证和介绍，成为20世纪80年代初期鲁迅作品最有价值的一次发现。这些发现，不仅有益于鲁迅作品的补遗，揭开了鲁迅“神飞”笔名不见作品的存疑，而且改变了文学史的叙述：将鲁迅散文诗创作的时间由《野草》发表的1924年整整提前了5年，同时有些趋于成熟的作品出现，也更加丰富了散文诗发生期的历史论述。1978年，我最早发现郭沫若20年代对于《女神》中《凤凰涅槃》《巨炮的教训》等篇章的重要修改，依据原版做了校勘，并撰写《读〈女神〉随笔——现代文学史研究中的一个问题》一文，批评了臧克家、张光年等依据修改后版本拔高了《女神》的论述，在1979年2月出版的《文学评论丛刊》第2辑发表，还收入1979年第6期《新华月报·文摘版》里。1987年，我在20世纪30年代《新语林》杂志上，发现了以“莪伽”等为笔名的艾青两首散文诗《海员烟斗》《灰色鹅绒裤子》，以《被遗忘了的歌声——读艾青的两篇散文诗佚作》为题，在《名作欣赏》上重新发表和介绍，这两篇散文诗精品可以证明艾青与惠特曼、玛雅可夫斯基之间深刻的艺术联系，也改变了艾青新中国成立前没有散文诗创作的既成结论。90年代，我用几个月时间翻阅了全部94期曹葆华主编的《诗与批评》附刊，发现了何其芳所作的一批佚诗，曹葆华翻译的英美新批评派的诗学论文，写成论文在《新文学史料》上发表，纠正了台湾新文学史料学家秦贤次在《朱湘纪念集》一书中，因没有查看发表的原副刊，将朱湘死前或无干系的何其芳所写的怀念别人的《岁暮怀人》二诗，误收为悼念朱湘诗作的史料错误；更重要的是改变和丰富了对于北平诗坛接受《荒原》影响和现代主义诗歌理论传播的论述。翻阅原版的图书，翻阅旧杂志、旧报纸文艺副刊，可以使自己走进新文学发生发展的现场，触摸原生态的历史情境，大大增强论述的历史感，避免由于用第二手材料或经过后来修改过的文本所带来的历史叙述的偏误，也给研究成果带来历史的气氛和学术的新鲜感。这样追求更高一点的学术效果，则是在自己发现新资料的基础上，并以由此抽象出来的新的观点，力求个别的、局部的或整体的改写文学史的叙述。这一点，应该是每一个严肃诚实的文学史研究者的追求。

其次，我在自己的学术意识中努力做到，不离开材料原意说空话，说过头话，说扭曲、超越材料本来意义限制的话。我与一切尊重历史的严肃的研究者一样，努力于在搜集梳理更多史料的基础上，进行分析归纳，审慎创新。做到许多汉学先贤一直躬行的，如傅斯年早就通俗表述过的中国传统做学问的精髓那样：有一分资料说一分话，有十分材料说十分话，有百分的材料说百分的话，没有材料就不说话。任何历史性研究中，史料都为理论思考提供了广阔的空间，史料又对于言说界域提出了理性的限度。我常常警惕自己：不对于材料作断章取义，不扭曲材料原义去作过分的阐释，不利用史料服从主体性或当下启蒙的需要作无节制无限度的发挥。如鲁迅的改造国民性思想，“立人”的思想，晚年的思想，《野草》的绝望与存在主义哲学，《野草》与鲁迅和许广平恋爱与爱情纠葛之间的联系，都要实事求是地根据史料的原来意义和当时的历史处境说话，不要离开当时历史的现场，离开文本或史料本来意义的制约，随意性的“挖掘”和无限度的发挥，让文学论述成为一种主观情绪释放和文学猜谜。这些年的研究中，我觉得史料的运用论述比史料的发现开掘存在更多违背学术研究科学化的问题。

再次，我觉得研究者中于史料搜集运用与论述深度追求的结合，应该尊重课题的学术史与历史资料的两种处理方式。现在存在的一个突出问题是，不少研究者，进入一个或大或小的课题，不怎么花力气去看该课题的学术史。曾记得一个传说，何其芳在纪念曹雪芹时，为写《红楼梦》研究的文章，让别人将此前关于《红楼梦》研究的重要成果，尽量不遗漏地搜集起来给他参阅，然后才敢动笔。前人研究的终点应该是自己研究的起点。这是我们古代汉学研究的很好传统。前人或同时代此前的研究是怎么说的，已经论说清楚了那些问题，自己所论述的命题观点，别人在什么时候什么地方提出并已论述，自己要在他的怎样的基础上做怎样的工作，这些都是必须搞清楚的。将早已经得到论述的问题当作自己的发现，或在低水平重复上耗费学术精力，在自然科学研究中不被允许，而在现代文学研究中却屡见不鲜，已经成为一种普遍存在的现象。我的《〈野草〉研究》中的《野草》研究史，看去只有两章，叙述的又都是对于别人研究成果的评述，与全书似无甚关系。但是为写那些文字我所耗费的工夫，却远远大于其他理论探讨的篇章。它是我能够写出全书的重要学术史基础。

搜集资料，王瑶先生的代表性研究成果，为我们提供了两种方式。一种是在“竭泽而渔”式的搜集资料(程千帆先生纪念王瑶先生文章中对《中古文学史论》的评语)基础上的历史抽象、概括与论述。如他的《中古文学史论》一书。他为从几个侧面描述和研究中古文人的思想、生活和风貌，对于这一时期里的史书和文学典籍的有关资料，几乎是“竭泽而渔”，搜罗殆尽，使他的概括梳理具有极为坚实的基础，也使这部著作有了奠基性与悠久性的学术价值。他的《中国新文学史稿》，以五四以来的文学运动、作家创作、文学批评的史料搜集为主，在一个严谨宏大的框架里论述简约，做到了史观、史识、史述与丰富史料的结合。我自己的研究，多年里意识上潜在地追寻这样的目标，但都只是望书兴叹，无法达到这样的境界。《中国初期象征派诗歌研究》，关于李金发和初期象征派诗在中国的传播，跑了很多图书馆，翻阅了不少报纸副刊与期刊，想将资料搜罗的尽量全一些，但因教学需要或急于完稿，也还是急功近利，“适可而止”了。李伟江在给我的长信里，就给我指出了许多资料错讹的地方。其他一些书和学术论文的写作，方法上更近后一种。但又往往论述多于资料搜寻，理论大于历史叙述，缺乏点到为止的简约与凝练，更缺乏学术的大气，空话、废话、旧话还是多了一些。这把年纪了，虽尚可努力为之，但真正做到前辈学者们那样的史料发现开掘与理论深度结合的学术境界，只能是“高山仰止，心向往之”了。

上辑　野原钩沉

作为追求诗与美之气质的鲁迅

——浅议《新青年》中鲁迅新诗与杂文之诗人气质

鲁迅是一位具有浓厚诗人气质的作家。从个人素质、艺术情趣，到文学作品的创造里，他都是一位懂得美、深爱美、努力创造美，并将这种追求与创作内容之间融而为一，以自己灵魂之美的结晶作为文学创作最高追求的具有浓厚诗人气质的作家。

淡淡的抒情与隐隐的诗意，既充满于他像“灵魂无计逃神矢，风雨如磐暗故园。寄意寒星荃不察，我以我血荐轩辕”这样书写充满大爱的年轻灵魂闪光的短吟里，也流淌在他《斯巴达之魂》《摩罗诗力说》这样凝心构想气势磅礴的长篇译作和论诗文字中。即使在中国社会黑暗弥漫但也是黎明曙光到来的前夜，他于1912年所写的小说《怀旧》、1919年发表的一组小散文诗《自言自语》，以及他于20世纪20年代中期精心创作的《野草》，包括他的成绩辉煌的小说和杂文作品，均清晰地表明：鲁迅是一位拥有深刻人生思考和浓厚诗人气质的文学家。

这种富有个性的沉思才情和诗人气质，也体现在他在

《新青年》上发表的多样体裁的文学创作里。富于将哲思、真情和诗意三者融合如一的气质韵味，或淡或浓，或潜或露的诗性蕴藏的存在，已经成为《新青年》里面鲁迅多样创作成果有别于其他作家文学作品的一种深蕴诗美的亮色。

《新青年》杂志是中国新诗的最初发源地。摆脱传统文学范畴的束缚、破土萌生的现代新诗，成为五四文学革命最早尝试和诞生的“幼苗”。自1917年2月1日《新青年》第2卷第6号上，首次刊出胡适“尝试”创作的《白话诗八首》，宣告了新诗的诞生。1917年6月15日出版的《新青年》第3卷第4号上，再次发表胡适的《白话词》，1918年1月15日《新青年》第4卷第1号上，又以更大的声势，同时刊出了胡适、刘半农、沈尹默三人创作的9首新诗，包括胡适的《鸽子》《人力车夫》《一念》《景不屣》，刘半农的《相隔一层纸》《题女儿小惠周岁日造像》和沈伊默的《鸽子》《人力车夫》《月夜》这样一些开荒性的作品，便以更多的创作实绩，展示了中国新诗诞生期的成果，他们也因此而成为中国新诗最早尝试和创造的实践者。沉思与稚气、新颖与旧痕、蕴藏与浅露、美丽与生涩，纠缠存在于刚刚诞生的果实中，让这些革新与创造的先驱者们，获得了新诗开路先锋者这样的肯定和赞誉，也领受到来自守护旧体诗传统文学观念者们的压力和恶评。

本来并不善于、也从未曾写过作新诗的鲁迅，在新的文学生命艰难破土诞生的时候，为了支持发难者们这样一种革故创新的精神，立即奋力支持，并积极加入了他们这种新诗自幼稚“尝试”到自觉创造的革故更新的潮流。

鲁迅先后在1918年5月15日《新青年》第4卷第5号，1918年7月1日出版的《新青年》第5卷第1号上，1919年4月15日《新青年》第6卷第4号上，发表了《梦》《爱之神》《桃花》《他们的花园》《人与时》

和《他》等6首新诗作品。诚如鲁迅自己后来所说的："但不幸而我于诗又偏是外行"(《集外集拾遗·诗歌之敌》)。他在《新青年》上的这几首新诗的写作，确实是如他自己说的那样：是为了壮大新诗创造者们的声威，于寂寞中"敲敲边鼓"，等到真正新诗人产生之后，自己就"洗手不作"了。它们留下来的这种为新诗诞生呐喊助威的意义，确然是远远大于诗作本身的艺术价值的。

自胡适于1917年2月1日《新青年》2卷6号发表的《白话诗八首》开始，到鲁迅的创作的第6首新诗《他》于《新青年》1919年4月15日第6卷第4号刊出止，这期间里在《新青年》杂志上发表诗作的情况是：胡适26首、刘半农13首、沈尹默14首、周作人5首。而在此间整个《新青年》杂志上刊有诗作3首以上的则有：胡适50首、刘半农28首、周作人26首、沈尹默18首、沈兼士9首、俞平伯8首、"唐俟"6首、玄庐4首、陈衡哲3首、康白情3首。另外刊出诗作2首者有：李大钊、汪静之、夬、庵、双明；其余如林损、常惠、李剑农、"Y. Z."、陈子诚、陈建雷、陈绵、大白等，均为1首。

由这些粗略的统计数字中可以看出，并非以写诗为主的诗人身份出现的鲁迅，在新诗初期为之"敲敲边鼓"的"战斗"中，为新诗的诞生和发展是发挥了热情，并付出了热诚和心血了。1935年，朱自清在他编选的《中国新文学大系·诗集》中，选入了鲁迅的《梦》《爱之神》《他》这三首诗；2010年出版的由江涛编选的《中国新诗总系》(1917—1927卷)一书里，全部选入了鲁迅的《梦》《爱之神》《桃花》《他们之花园》《人与时》《他》等6首诗，由此可见，鲁迅发表于《新青年》上的这些他自己认为仅仅是"敲敲边鼓"的新诗作品，在中国新诗发展的历史上，即使从它们的时代色彩与艺术价值本身来看，应该是有着重要的历史地位和悠久的历史价值。早在20世纪30年代，废名就曾经如是评价说："鲁迅先生也写了几首新诗，当时署名'唐俟'，在《新青年》杂志上发表""鲁迅先生的《他》我觉得是他的新诗写得最美的一首，即是说他这首《他》是新诗，其余几首便像短文，写得很峻绝罢了。"①

在《新青年》上先后发表的这6首新诗中，鲁迅不拘束于诗形与韵式的限制，任自己诗性的想象力，自由创造的精神，和内在蕴蓄的思想与诗情，在无拘束的形式中自由书写，于看似无韵而拙朴的诗行中，隐隐地传达出自己一种富有时代精神的诗意情感和内在思绪。

其中被朱自清选入《中国新文学大系·诗集》三首之一、被废名于20世纪30年代赞誉为"他的新诗写得最美的一首"的《他》，全诗是这样的：

一

"知了"不要叫了，他在房中睡着；"知了"叫了，刻刻心头记着。太阳去了，"知了"住了，——还没有见他，待打门叫他，——锈铁链子系着。

二

秋风起了，快吹开那家窗幕。开了窗幕，会望见他的双靥。窗幕开了，——一望全是粉墙，白吹下许多枯叶。

三

大雪下了，扫出路寻他；这路连到山上，山上都是松柏，他是花一般，这里如何住得！不如回去寻他，——啊！回来还是我家。

① 废名、朱英诞：《新诗讲稿》，66～67页，北京，北京大学出版社，2008年。

这是鲁迅在《新青年》上所刊出的几首新诗作品中最富诗意和隐藏性的一首。诗里面于简约委婉而平静叙事的书写中，讲述了一个令人深深哀恸的爱情悲剧“故事”。诗里的“他”字，为当时还没有发明的汉字书写的“她”。全诗以一个男性恋者的口气，写了一位因渴望自由的爱，被封建家长用“旧铁链子系着”——禁锢于自己闺房中的少女，她怎样为爱情而死去的悲剧。爱恋着她的这位年轻男子，夏、秋、冬三个季节里，三次去想与“她”相会，两次均因为家长之命，不得见面，直到她最后绝望痛苦而寂寞悲惨地死去了。在如此极为简单而凝练的三节诗里，非常生动地抒写了两位年轻少男少女，因为封建观念和旧家族势力的阻挠，无法实现相恋相爱愿望的震撼人心的爱的悲剧。这是一曲青春和生命的悲歌。

我熟悉并且至今仍然很喜欢这样一首陕北民歌：

> 人家都说咱们两个好，到今儿个还没有拉过一回手。第一次找你你不在，你家的小黄狗把我咬出来。第二次找你你不在，你爹爹打了我一烟袋。第三次找你你不在，你妈妈打了我一锅盖。第四次找你你不在，你家里把你嫁给了老财。第五次找你你不在，人家说你进了棺材。

两段词句简单重复而用哀伤色调传达的信天游旋律，一对农村少男少女爱情与生命的悲剧，写得那样的令人心酸泪落，而又是那样的“惊心动魄”！当时的鲁迅肯定完全不知道这首陕北民歌的。他当时所写的这首短诗，却与这首民间“绝唱”之间，有着怎样一种异曲同工之妙！在七十多年前，废名曾经如此说过：《他》这一短诗，是鲁迅当时几首新诗中“写得最美的一首”。今天，我们说这是一个真正懂得诗美真谛的诗人，对于鲁迅《他》这首诗独具慧眼的评价，应该是一点也不过分的。

从《新青年》中诞生的新诗最初萌芽的时候，鲁迅就非常关心新诗自身的成绩和弱点，并做出直率的批评。胡适、刘半农、沈尹默三人，是《新青年》新诗最初的拓荒者。当时的鲁迅，非常关注他们在新诗发生期的成绩和弱点，有时还会做出坦率而尖锐的批评。鲁迅与诗人刘半农，为《新青年》的同事，个人交往密切，诗作往来也较多。他在支持这些先驱者进行新诗创作的同时，对刘半农有些新诗作品的弱点，会做出坦率的"酷评"。在《新青年》杂志上，我就读到这样一段看似不太为人们关注却又似乎颇为珍贵的《补白》文字。

1918年5月15日出版的《新青年》杂志第4卷第5号上，刊出了7首新诗作品，包括"唐俟"(鲁迅)的《梦》《爱之神》《桃花》，胡适的《"赫贞旦"答叔永》，俞平伯的《春水》，与刘半农的《买萝蔔人》《三月廿四夜听雨》。刘半农的《三月廿四夜听雨》一诗，全文是这样的："我来北地将一年，今日初听一宵雨。若移此雨在江南，故园新笋添几许?"该期《新青年》杂志，在此诗的后面，附有如此一段用小号字排印的刘半农自己写的《补白》：

> 周氏兄弟，都是我的畏友。一天，我做了首斗方派的歪诗，寄去请他哥儿俩指教，诗曰：
>
> "'苍天万丈高，翠柏千年古。我身高几何?我寿长几许?以此问夕阳，夕阳默无语!'
>
> 寒食前一日，中央公园即目一首，录呈　五六两兄郢正。寒星(是半农的别号……)　是稿。"
>
> 明天接到回信，说道：

“半农兄：

今早接到大作，读过后，便大家‘月旦’起来：家兄说，‘形式旧，思想也平常。我觉得：稍偏于感情的，伤感的（senthimental）一面，也不大好。’于是‘信口雌黄’，将贵诗翁骂得‘身无完肤’，得罪得罪！而且我又用顽固的物质主义，作了一首和诗，就想来破你的感情的气氛。别纸抄上，请‘郢正’。四月四日，弟周作人白。”

其诗曰：

“寒食这‘一日’，奉和寒星诗翁《中央公园即目一首》。”

“苍天”不知几“丈高”，“翠柏”也不知几“年古”。“我身”用尺量，就知“高几何”；“我寿”到死时，就知“长几许”。你去“问夕阳”，他本无嘴无耳朵，自然是“黯无语”。

从这段堪称“新诗诗话”的珍贵文字里面，可以看出：当时，鲁迅、周作人与刘半农三人，在共事编辑《新青年》和倡导“文学革命”的期间里，有着怎样频繁的交往和深挚的友情；也可以看出，鲁迅对于新文学积极精神的坚守，和对自己不甚首肯现象批评的直率。这段“补白”文字里，表现了他们当时的交往之间，对于“文学革命”，对于编辑《新青年》，对于提倡新诗创作，有着怎样相互的理解和共同的热忱。就在此段文字刊出的前两个月，即1918年3月15日出版的《新青年》第4卷第3号里，刘半农在一首《除夕》诗里，曾这样描写了他与周氏兄弟，在绍兴会馆里一起共度除夕的情景：

除夕是寻常事，做诗为什么？不当他除夕，当作平常日子过。这天我在绍兴县馆里；馆里大树甚多。风来树动，声如大海生波，静听风声，把长夜消磨。主人周氏兄弟，与我谈天：——欲招缪撒，欲造‘蒲鞭’，说今年已尽，这等事，待来年。夜已深，辞别进城，满街车马纷扰；远远近近，多爆竹声。此时谁最闲适？——地上只一个我，天上三五寒星！

这首诗的后面，有下面这样的一段小注：

(1)缪撒，拉丁文作“musa”，希腊“九艺女神”之一，掌文学美术者也。

(2)“蒲鞭”一栏，日本杂志中有之；盖与“介绍新刊”对待，用消极法笃促编译界之进步者。余与周氏兄弟(豫才、启明)，均有在《新青年》增设此栏之意；唯一时恐有窒碍，未易实行耳。

由此可见他们三人之间来往的频繁，文学趣味追求的相近，和为《新青年》之新诗及其他文学创作的发展，努力做一个“窃火者”的共同心愿。鲁迅对刘半农诗作，进行的这些真挚而诚恳的评论，或尖锐，或平缓，均能在简约的文字里，直率地表现出他对于一起倡导文学革命的挚友，对于新诗创作的严肃真诚与坦率恳切；这些往昔不被注意的《补白》里的文字，遂成了中国新诗批评思想的萌芽。它的核心内蕴，是要求《新青年》同仁和同道者们，如何坚持新诗创作的内容的严肃，传达境界给人应有之诗的美感，以及他们借别人的“火”来点燃自己民族文学的创造和前行。

后来鲁迅曾如此说过："不幸我于诗又偏是外行"。[①] 其实，从前面所引述的他对《新青年》杂志上刘半农因仓促而就造成某些诗作缺乏认真艺术构思和传达美感的评论，以及稍后他读了北京大学青年学生创办的《新潮》杂志中的诗歌作品后，曾经发表如是坦率而简约的珍贵批评意见："《新潮》里的诗写景的多，抒情的少，所以有点单调。"[②] 从这些零散而简约的见解里，可以清晰看出，鲁迅对于启蒙期的中国新诗，所表现出来的真诚爱护和关心，批评态度的直率和热忱。对于熟悉友人和陌生的青年诗作，同样的坦率而诚恳的评论，也体现了鲁迅对于初期新诗作品严肃而诚恳的审美感觉。其核心的内蕴，是要求坚持中国新诗创作内容的严肃深邃，与传达境界的多样丰富，给读者一种应有的诗意的厚重和美感。夸张一点也可以说：这些"补白"文字，代表了《新青年》时期里鲁迅新诗批评思想珍贵的萌芽。

从鲁迅当时的《日记》里可以看到，仅在 1918 年 2 月 10 日至 1919 年 12 月末这段时间里，从不完的统计，鲁迅与这些友人之间来往交谈的情况：钱玄同夜间来访，约有 21 次；刘半农夜间来访，约有 7 次；夜间及其他时段里，刘半农、钱玄同一起来访，约有 7 次；与刘半农书信往来记载 7 封，与沈尹默书信往来 6 封。此外，他们之间，还有一些为节日或别事而互相晤面交谈与小宴相聚。如《鲁迅日记》1918 年中所载：9 月 10 日："午后小雨。往大学作证讫，访尹默，又遇幼渔，谈少顷出。"7 月 20 日："钱玄同来，交与二弟十四日所寄译文一篇，并自所作文一篇。"（按：《我之节烈观》）7 月 29 日："夜钱玄

① 鲁迅：《集外集拾遗·诗歌之敌》，245 页，《鲁迅全集》第七卷，北京，人民文学出版社，2005 年。

② 《对于〈新潮〉一部分到底意见》，《新潮》第 1 卷第 5 号，1919 年 5 月。

同来并持《易卜生号》十册”。8月16日：“钱玄同来并交二弟薪水百廿，七月下半”。9月10日：“午后小雨。往大学作证讫，访尹默，又遇幼渔，谈少顷出。”12月22日：“星期休息。……刘半农邀饮于东安市场中兴茶楼，晚与二弟同往，同席徐悲鸿、钱秣陵、沈士远、君默、钱玄同，十时归”。12月26日：“晚往东板桥马幼渔寓，吴稚晖、钱玄同及二弟具先在，陈百年、刘半农亦至，饭后归”。由这些抽象的文字记载，回到对鲁迅当时与诸多友人们来往诸多场景的想象，我们可以更为具体地想象和领悟：鲁迅当时在自身公职繁忙之余，与《新青年》杂志及其周边文人群体之间的交往，他与《新青年》及五四“文化革命”思潮倡导者们之间的密切联系，以及他自己如何参与那个代表时代先进思潮的文化场域，创作了那些显示“文学革命”实绩的富有新鲜思想和激情诗意的新诗、小说、杂文，具有别一番革新意义的历史场景和生活氛围，领略其中蕴藏深厚或令人向往的生活氛围、时代韵味和真情诗意。

鲁迅在《新青年》这个新文化诞生摇篮的场域里，也是现代杂文文学的一位最初开创者。《新青年》改为白话体之后，也曾发表过如胡适《旅京杂记》[①]这样的笔记一类随想式的散文作品。但是，将杂文作为独立文类独立出来，是一个月之后的事。自1918年4月15日《新青年》第4卷第4号起，正式开辟了《随想录》这一栏目，中国现代“杂文”作为新文学中一种的独立文体，也自此而产生了。最初几期的杂文作者，主要是《新青年》杂志的编辑同仁。其中最早的，有陈独秀、陶履恭、刘半农、钱玄同等人。自1918年9月15日《新青年》第5卷第3号起，《随感录》的作者，于钱玄同、陶履恭之外，才出现了另外

① 见《新青年》第4卷第3号。

的新的作者：周作人和“唐俟”(鲁迅)。

周作人的一篇《随感录(二四)》，是讲丹麦诗人作家安徒生之童话的特点价值和在中国被错误翻译的“不幸”情况的，篇幅较长，属于学术推介性质。与周作人这篇文字相比较，同期《新青年》刊出的署名“俟”的鲁迅的《随感录(二五)》，篇幅短了很多，创作意图为针对现实而发，内容尖锐深刻，意蕴发人深省。鲁迅所作现实性很强的这篇《随想录》的凝想构思和传达方式，不但给人一种沉思震撼的思考，也让人读了之后，能够感到一种值得反复品味的深邃思想和浓厚诗意。

鲁迅这篇杂文，开头引了严又陵一本书里对于北京街上许多“辗转于车轮马足之间”的穷人家的孩子们命运的担忧，很怕他们被车碰死，更进一步“又想起他们的将来，怎样得了，很是害怕”。现在自己到了北京，看到这样情形并无任何改变。于是，“我也时时发起这样的忧虑；一面又佩服严又陵究竟是做过赫胥黎《天演论》的，的却与众不同；是一个 19 世纪末年中国感觉敏锐的人”。由此，鲁迅生发开来，进行如此具体的叙述描写，并发表了进一步升华性的深刻议论：

> 穷人的孩子，蓬头垢面的在街上转；阔人的孩子，妖形妖势娇声娇气的在家里转。转得大了，都昏天黑地的在社会上转。同他们的父亲一样，或者还不如。
>
> 所以看十来岁的孩子，便可以逆料二十年后中国的情形；看二十多岁的青年，——他们大抵有了儿子，尊为爹爹了。——便可以推测他儿子孙子，晓得五十年后七十年后中国的情形。
>
> 中国的孩子，只要生，不管他好不好，只要多，不管他才不才。生他的人，不负教他的责任。虽然“人口众多”这一句话，很可以闭了眼睛自负，然而这许多人口，便只在尘土中辗转。小的

时候，不把他当人，大了以后，也做不了人。

中国娶早是福气，儿子多也是福气。所有小孩，只是他父母福气的材料，并非将来的“人”的萌芽。所以随便辗转，没人管他。因为无论如何，树木和材料的资格，总还存在。即使偶尔送进学堂，然而社会和家庭的习惯，尊长伴侣的脾气，却多与教育反背，仍然使他与新时代不合。大了以后，幸而生存，也不过“仍旧贯如之何”，照例是制造孩子的家伙，不是“人”的父亲。他生了孩子，便仍然不是“人”的萌芽。

最看不起女人的奥国人华宁该尔(Otto Weininger)曾把女人分成两大类：一是母妇，一是娼妇。照这分法，男人便也可分作父男和嫖男两类了。但这父男一类，却又可以分成两种：其一是孩子之父，其一是“人”之父。第一种只有会生，不会教，还带点嫖男的气息。第二种是生了孩子，还要想怎样教育；才能使这生下来的孩子，将来成一个完全的人。

前清末年，某省初开师范学堂的时候，有一位大老先生，便以为父亲的资格，只要能生。能生这件事，自然便会，何须受教呢。却不知中国现在，正须父范学堂；这位先生，便须编入初等第一年级。

因为我们中国，所多的是孩子之父；以后是只要“人”之父！

鲁迅在《新青年》之《随感录》栏里，刊出的这则自己所写的第一篇“杂感”作品，其中所表现的眼光之独到，构思之精湛，思想之深刻，诗意蕴藏的平淡自然而余味幽远，在当时同一栏目里先后刊出的诸多杂文作品中，几乎可以说是绝无仅有，无可超越的。它表现了一个思想家兼诗人型的作家，在杂文这一体裁中，所具有的观察的敏锐、思想的深沉，和传达技术的高远和超越。甚至可以这样说，这篇不长的杂文作品，它本身就富有沉思哲理性散文诗的某些特色。

在1919年1月15日出版的《新青年》上刊发的《随感录(四十)》里面，表现了一位不相识的少年寄来的一首题为《爱情》的散文诗，其中讲述了由父母包办的无爱的婚姻带给自己的无爱的不幸故事，怎样触动了鲁迅自己的创作灵感和诗性激情。鲁迅为此而写的这则“随感录”里，破例地全文引录了这篇未刊的散文诗，然后写了这样一篇富有动人真情和浓浓诗意的杂感，其中于引诗之后如此说道：

诗的好歹，意思的深浅，姑且勿论；但我说，这是血的蒸汽，醒过来的人的声音。……

可是东方发白，人类向各民族所要的是“人”，——自然也是“人之子”——我们所有的是单是人之子，是儿媳妇与儿媳之夫，不能献出于人类之前。

可是魔鬼手上，终有漏光的处所，掩不住光明：人之子醒了；他知道人类间应有爱情；知道了从前一班少的老的所犯的罪恶：于是起了苦闷，张口发出这叫声。

但在女性一方面，本来也没有罪，现在是做了旧习惯的牺牲。我们既然自觉着人类的道德，良心上才不肯犯他们少的老的的罪，又不能责备异性，也只好陪着做一世牺牲，完结了四千年的旧账。

做一世的牺牲，是万分可怕的事；但血液究竟干净，声音究竟醒而且真。

我们能够大叫，是黄莺便黄莺般叫；是鸱鸮便鸱鸮般叫。我们不必学那才从私窝子里跨出脚，便说：“中国道德第一”的人的声音。

我们还要叫出没有爱的悲哀，叫出无所可爱的悲哀。……我们要叫到旧账勾消的时候。

旧账何时勾消？我说："完全解放了我们的孩子！"

出于或是对于这首《爱情》散文诗内容的共鸣，或要叫出无所可爱的悲哀，或要喊出"完全解放了我们的孩子"呼声的需要，这篇由一位陌生少年的散文诗稿而引发的思考和批判性议论，本身就是一篇充满真情和诗意的文字。它道出了鲁迅自己内心深处隐藏甚久的真实声音，也发出了一个先驱者为当下以及未来的那些婚姻不幸者们进行痛苦抗争的满带血丝的强烈呼喊。

就在半年之前，《新青年》杂志第4卷第5号上，鲁迅刊出了中国现代文学第一篇小说《狂人日记》，鲁迅在作品里以一个大勇者的清醒与勇气，向旧世界、旧礼教、旧传统，喊出了"救济孩子"这样叛逆者的呼声；半年之后，鲁迅通过这篇杂感文字，为当时青年人因受封建礼教束缚而无所可爱的沉痛悲哀，作出了撕心裂肺而又充满诗性的呼号。

这些满带血丝的文字，它的蕴含，它的思绪，它的充满激情而又诗意盎然的控诉和抗争光亮，是与《狂人日记》的精神和思绪系统一脉相通的。《新青年》中鲁迅之新诗、杂感及其他作品中的诗人气质和诗意之美，在这里得到了一种最充分的别样的展现。

它似乎至今依然还在如此呼唤后来的和更后来的人们：面对窒息人的生命自由精神与美的渴望追求的一切羁绊和束缚，作为醒来了的"人之子"，面对窒息人精神的污泥浊水，仍须努力谛听、葆有、坚守并发扬鲁迅于一百年之前发出的如此深沉而有力的精神与呼喊：

我们能够大叫，是黄莺便黄莺般叫；是鸱鸮便鸱鸮般叫。我们不必学那才从私窝子里出脚，便说“中国道德第一”的人的声音。

我们还要叫出没有爱的悲哀，叫出无所可爱的悲哀。……我们要叫到旧账勾消的时候。

旧账何时勾消？我说：“完全解放了我们的孩子！”

2015 年 5 月 29 日

介绍鲁迅五四时期的四篇佚文

——关于《美术杂志第一期》和《随感录》三则

近日，于北京大学图书馆查阅五四新文化运动的刊物，在 1918 年 12 月 29 日出版的第 2 号《每周评论》上，发现了一篇署名庚言的短文，题为《美术杂志第一期》。这篇文章引起了我的注意。接着，又在该刊 1919 年 3 月 30 日出版的第 15 号上，查到同一署名的《随感录》三则。根据文章的署名、鲁迅与《每周评论》的关系和文章的内容风格，我断定这四篇短文是出于鲁迅的手笔。

一

查过去所有鲁迅的文集，均未收这几篇文章。鲁迅的日记和书信，也无有关这 4 篇文章写作的记述。为什么说这些短文是鲁迅的作品呢？

先看署名。4 篇文章的署名庚言，应是鲁迅在五四时期所用的一个笔名。这一笔名，又见于 1919 年 2 月 16 日鲁迅致钱玄同的信。这封信见《鲁迅书信集》上卷第 22 页。鲁迅写这封信的时间，距《美术杂志第一期》发表日期，后一个半月。离《随感录》三则发表日期，前一个半月。文章的署名和信的落款完全一样。4 篇短文是鲁迅所写，这是一个有力的证明。

鲁迅用庚言笔名发表文章，这里还是第一次见到。但是对这个名字我们并不陌生。1936 年，鲁迅曾说：自己不到 1 岁时，父亲迷信，望子长寿，便领他到家乡一个寺庙里，拜了一位和尚为师，并“由此得到一个法名叫作‘长庚’，后来我也偶尔用作笔名”①。如从 1931 年至 1935 年，鲁迅有 9 篇文章分别署名长庚、常庚、庚。后两者，是长庚的谐音或简称。庚言，就是从鲁迅幼年时的法名长庚演化而来的。

为什么这些文章不署当时鲁迅在《新青年》上发表文章的笔名呢？鲁迅曾说：“那时的《新青年》编辑者不愿意有别号一般的署名”②。《每周评论》却不同。上面的文章颇多“别号一般的署名”。由于《每周评论》比《新青年》批评时政色彩更浓，此种避人耳目、免遭文网的做法，是为了斗争的需要。鲁迅是“听将令的”。他为《每周评论》撰稿，不用《新青年》常用的署名，而以庚言为笔名，十分自然。

再看鲁迅同《每周评论》的关系。1918 年冬，随着新文化运动的迅猛发展，迫切要求有一个比《新青年》更能迅速发表新思想、尖锐批评时政的刊物。《每周评论》就是《新青年》同人开辟的另一个思想阵地。据《新青年》同人周作人回忆说：“但是月刊的效力，还觉得是缓慢，何况《新青年》又并不能按时每月出版，所以大家商量再来办一个周刊之类的东西，可以更为灵活方便一点。这事仍由《新青年》同人主

---

① 见鲁迅《且介亭杂文末编·我的第一个师父》。

② 见鲁迅《华盖集续编·阿 Q 正传的成因》。

持，在民七(1918)的冬天筹备起来”①。周作人1918年11月27日日记有如下记载：“下午至学长室，议创刊《每周评论》，12月14日出板(版)，任月助刊资3元”。② “学长”，即当时北京大学文科学长陈独秀。周作人当时与鲁迅同住。在讨论创办《每周评论》会议的第二天晚上，刘半农、钱玄同又来访鲁迅③。鲁迅是《新青年》的编辑成员之一。他们无疑会把创办《每周评论》的事宜告诉他。

《每周评论》正式创刊于1918年12月22日。李大钊、陈独秀主编。每星期日出刊，共四版。除国内外政事评述报道、随感录等项内容之外，也设有文艺时评、新文艺、新刊批评栏。它“虽非纯粹的文学刊物，在文学方面，是尽了很多力量的”④。实际上，《每周评论》和《新青年》是同一团体所办的姊妹刊物。在《新青年》上，编者即用大字刊登告白说：“看《新青年》的，不可不看《每周评论》。”“《新青年》是重在阐明学理，《每周评论》是重在批评事实。”“但是——输入新思想——提倡新文学——宗旨却是一样，并无不同。”⑤《新青年》的编辑同时大都为《每周评论》撰稿。有些文章又同时在两个刊物上发表。1919年2月16日鲁迅致钱玄同的信就明确说，《每周评论》出得快，《新青年》出得慢，并建议“悠悠我思”(即陈百年)的一篇短文在两个刊物上同时发表，以便“出而又出，传播更广”。又查鲁迅日记，自1919年2月15日至8月20日，记载给三弟及张梓生寄《每周评论》和《新青年》之事，达七八处之多。可见鲁迅与《每周评论》关系十分密切。

---

① 见周作人《知堂回想录》。

② 据手写本，原件无标点，存北京鲁迅博物馆。下同。

③ 见1918年11月28日《鲁迅日记》。

④ 见阿英《中国新文学大系·史料索引》序例。

⑤ 见《新青年》5卷6号。

还有一个更重要的事实。1918 年 12 月 14 日陈独秀致周作人信中说："周刊已批准，定于本月 21 日出版；印刷所之要求，下星期二即须交稿。(惟纪事文可在星期五交稿。)文艺时评一栏，望先生有一实物批评之文。豫才先生处，亦求先生转达。"①这说明，在《每周评论》创办酝酿之时，陈独秀已向鲁迅约稿。鲁迅应陈独秀之约，便写了评介《美术》新刊的短文，发表在第二号《每周评论》上。说《美术杂志第一期》是鲁迅所作，这又是一个有力的证明。

第三，《美术杂志第一期》是否可能是周作人写的呢？有人提出此议，主要是依据周作人日记的有关记载。在《美术杂志第一期》发表前后的 1918 年 12 月，周作人日记有如下一些记载：

> 九日　独秀函送《美术》一本，属阅还。
>
> 十七日　下午作小文了，予《每周评论》，定二十一日首期出板(版)。晚录文未了。
>
> 十八日　上午往校，还独秀《美术》一本。……录前文至晚了。
>
> 十九日　上午寄仲甫稿一篇。
>
> 二十日　下午……作小文了。
>
> 二十二日　下午……录小文至四时了。
>
> 二十三日　上午往校寄仲甫稿，得《每周评论》六份。

诚然，当时周作人曾用鲁迅的笔名在《新青年》上发表了某些文

---

① 原件存北京鲁迅博物馆。

章①。但是，离开这四篇短文的署名、内容风格，以及陈独秀约鲁迅写稿等主要证据，仅仅依据上述日记，便断定周作人17日所作的“小文”是《美术杂志第一期》，是缺乏充分根据的逻辑推理。

我认为，17日所作的“小文”，不是《美术杂志第一期》，而是《论黑幕》。这首先有周作人关于他为《每周评论》撰稿情况的叙述为证。周作人说：《每周评论》议定于12月14日创刊，“结果是14日来不及出，延至21日方才出第1号(实际改为22日创刊——笔者注)，也是印刷得很不整齐。当初我做了一篇《人的文学》送给《每周评论》，得独秀复信云：‘大著(作)《人的文学》做得极好；惟此种材料，以载月刊为宜，拟登入《新青年》，先生以为如何?’(余已见前引，此处略——笔者)我接到此信后，改写《平民文学》与《论黑幕》二文，先后在第四五两期上发表”。② 他又说，接陈信后，“因此我就改做了一篇《平民的文学》，是20日做成的，此外又做了一篇《论黑幕》，这两篇文章在《每周评论》第4期和第5期两期上登载了出来”③；从这些叙述里，我们清楚看到，接到陈独秀信之后，周作人应约改作了《平民文学》与《论黑幕》二文。在此期间，他没有关于写作其他文章的忆述。《知堂回想录》一书是周作人参阅日记写成的。书中引述了许多日记片断。17日“作小文”与18日“还独秀《美术》一本”的记载，他是一定会看到的。但他在书中却只字未提《美术杂志第一期》一文，这显然不是记忆所不及，而是该文与自己无关。查《每周评论》，《论黑幕》刊载于第4号，发表在前；《平民文学》刊载于第5号，发表于后。《论黑幕》写作

---

① 见周启明《鲁迅的青年时代》。

② 见周作人《知堂回想录》。

③ 见周作人《知堂回想录》。

时间应早于《平民文学》。周作人说《平民文学》“是20日作成的”，日记载20日“作小文了”，即指此。那么17日作的“小文”，即应是在此前写作的《论黑幕》。陈独秀14日信说：“文艺时评一栏，望先生有一实物批评之文。”《论黑幕》《平民文学》均刊于“文艺时评”栏，与陈信要求一致；而《美术杂志第一期》则登载于“新刊批评”栏，与陈信之约不符。《美术杂志第一期》非周作人所作，这些，都是有力的证明。

那么，怎么理解陈独秀函寄和周作人送还《美术》杂志的记载呢？我们把它与陈独秀在信中通过周作人向鲁迅约稿之事联系起来看，就清楚了。周作人的记述告诉我们，在议论创刊《每周评论》之后，陈独秀将新出版的《美术》杂志函寄周作人，请他转给鲁迅，约谙熟美术的鲁迅为《每周评论》“新刊批评”栏写稿。文章写毕，鲁迅于18日托周作人往校之时，将杂志与文稿一并交与陈独秀。这种推想，倒是更合理一些。因为有另一事实证明，鲁迅当时确实是详细地阅读了《美术》杂志第一期的。在这篇评介《美术》杂志的短文发表之后不久出版的《新青年》6卷2号刊登的“什么话(三)”一栏里，有如下一段摘录：

> 唐熊撰《国粹画源流》有曰：“……熟知欧亚列强方广集名流，日搜致我国古来画事，以供众人之博览；俾上下民庶悉心参考制作，以致艺术益精。虽然，彼欧洲之人有能通中国文字语言，而未有能通中国之画法者，良以斯道进化，久臻神化，实予彼以不能学。此足以自豪者也。”(以上鲁迅辑)①

鲁迅这里辑录的唐熊撰《国粹画源流》一文，即刊载于《美术》杂志

① 见鲁迅《集外集拾遗》。

第1期。在署名庚言的《美术杂志第一期》短文中，批判的“其中虽偶有令人吃惊的话，如中国画久臻神化，实与欧人以不能学”的错误观点，恰恰就是出自鲁迅辑录的这一段。这就更加有力地证明，《美术杂志第一期》，应是鲁迅读了该刊之后撰写的一篇评介性的短文。

在《每周评论》上，自1919年1月12日起，到1919年7月20日止，周作人共发表了文艺时评、社论、新诗、散文、翻译作品12篇，全部署名仲密。除两首短诗外，大都可以在日记中找到相应的记载。在周作人日记中，更找不到有关署名庚言的《随感录》三则写作的记述。这也可以反过来说明，《美术杂志第一期》绝非周作人的作品。这一篇确是鲁迅文章无疑，其他各文也就迎刃而解，不须赘述了。有具名庚言的鲁迅致钱玄同信在，有陈独秀为《每周评论》向鲁迅约稿的信在，有鲁迅辑录唐熊撰《国粹画源流》这一事实在，在同一刊物上又有风格不同的周作人署名仲密的12篇文章在，这4篇短文是鲁迅的作品，这是毫无疑义的。

二

鲁迅在《每周评论》“新刊批评”栏里发表《美术杂志第一期》一文，不是偶然的。1918年3月，刘半农发表一首《除夕诗》，叙述了他到鲁迅住的地方绍兴会馆共度除夕的情景：“主人周氏兄弟，与我谈天：——欲招缪撒，欲造《蒲鞭》。说今年已尽，这等事，待来年”。刘半农在注释中说：缪撒，是指希腊“掌文学美术”的女神；“《蒲鞭》一栏，日本杂志中有之；盖与‘介绍新刊’对待，用消极法笃促编译界之进步者。余与周氏兄弟(豫才、启明)，均有在《新青年》增设此栏之意；唯一时恐有窒碍，未易实行耳”。[①] 这段记述说明，开辟“新刊批评”栏，提倡文学和美术，是鲁迅的夙愿。他第一个在《每周评论》“新刊批评”栏里发表介绍《美术》杂志的短文，正是这一夙愿的“实行”。

鲁迅长期以来热心提倡进步的美术事业。就在发表这篇短文的稍后，他在《新青年》上连续发表了谈美术问题的《随感录》四十六、五十三，批判了当时上海的一些“美术家”，用讽刺画来“攻击新文艺新思想”的“卑劣”和“可怜”，对进步的美术事业表示了深切的关注和期待。他说：“我于美术虽然全是门外汉，但很望中国有新兴美术出现。”“我期望有个美术家的幼虫，不要是似是而非的木叶蝶。”上海图画美术学校创办的《美术》杂志，虽然其中也有一些芜杂错误，甚至是维护国粹的“令人吃惊”的观点，但整个看来，是提倡用进步的美术“贡献于社会”[②]，注意美术“于人生之价值”的；同时以大量篇幅介绍了西方美术的透视、色彩、写生等绘画方法，报道了国内进步美术活动的要闻。在这一期杂志上，还刊登了当时北京大学校长蔡元培为该校题赠的匾额：“闳约深美”，并附信：“敬祝图画美术学校进步”。在当时美术界那种“寂寞胡（糊）涂”的时光，鲁迅看到这样一本新的“美术的萌芽”的“产出”，怎能会不产生一种空谷足音之感呢？

在这篇短文中，表现了鲁迅进步的革命民主主义的美学观点。鲁迅批判了“革新派”的“时髦人物”美术家“说的多，实做的却少”的毛病，揭露了守旧派的“美术界人物”靠“翻印点旧画”招摇撞骗的行径，对辛亥革命以来美术界寂寞腐败的状况做了简要而精当的概括。同时着重介绍了《美术》杂志第一期的主要内容和分类情况，批评了其中维

---

① 见《新青年》4卷3号。

② 载《美术》杂志第1期《发刊词》。

护封建国粹、盲目蔑视西方美术的错误观点，热情肯定了杂志的成绩和特色。文中说：“但开创之初，自然不能便望纯一。就大体着眼，总是有益的事居多，其余记述，也可以看出主持者如何热心经营，以及推广的劳苦的痕迹。”“但开美花的，不必定是块根。我希望从此能够引出许多创造的天才，结得极好的果实。”说得多么好！有介绍，有分析，有批评，有赞誉，有鼓励，有期望。言简而意赅，文短而情长，包含了精湛深刻的思想内容。鲁迅那种务去空言、力倡实践的可贵精神，那种反对一切笃守国粹的复古思想的战斗笔锋，那种论人论事要顾及全般的科学态度，那种扶植美术幼芽的满腔热忱，那种朴实亲切委婉深邃的文章风格，表现得真是力透纸背，感人至深！

三

《随感录》三则，发表于五四运动爆发前一个月。这是“山雨欲来风满楼”的革命高潮时代。新文化运动洪水奔腾一般的革命潮流，猛烈地冲击着复古守旧派的反动营垒。一些封建复古派的遗老遗少，纷纷鼓噪，掀起了一股妄图扑灭新文化运动的反动逆流。对此，以《新青年》《每周评论》为主要阵地的新文化阵营，进行了猛烈的反击。新旧文化思潮出现了一种短兵相接的斗争局面。后来鲁迅说：“记得当时的《新青年》是正在四面受敌之中，我所对付的不过一小部分”。① 发表在《每周评论》上的这三则《随感录》，就是鲁迅在这场捍卫新文化运动斗争中向封建营垒投出的锋利匕首。

《随感录·敬告遗老》和《随感录·旧戏的威力》，是为揭露封建遗老遗少林纾、张厚载疯狂攻击新文化运动的反动嘴脸而写的。林纾极

① 见鲁迅《热风·题记》。

端仇视新文化运动。1919 年 2 月至 3 月间，他连续发表了《致蔡鹤卿太史书》和反动小说《荆生》《妖梦》等捏造罪名、谩骂诬蔑的文章，充当了妄图扑灭《新青年》为代表的新文化运动的主要敌手。在第一则随感录中，鲁迅抓住了林纾给蔡元培信中的“公为民国宣力，弟仍清室举人”这句自外民国、效忠清廷的自炫之语，随手拈来小说《荆生》中谩骂新文化运动主张是“禽兽自语，于人胡涉”的卑劣谰言，以极为幽默辛辣的笔调，把林纾这个自称“年垂七十”“尚抱守残缺，至死不易其操”的封建卫道者的面目，勾画得惟妙惟肖。既然你自称是“清室举人”，却又来维持“中华民国的名教纲常”，岂不是自相矛盾？鲁迅抓住了这一矛盾，挖苦地讽刺林纾“你老既不是敝国的人，何苦来多管闲事，多淘闲气”，并“敬告”他，以后“不要再干涉敝国的事情罢”。这种以子之矛攻子之盾的笔法，寓讽刺于幽默辛辣的语言，击中了林纾维护封建制度和封建礼教的反动立场的要害。

《随感录·旧戏的威力》，是针对封建遗少张厚载制造谣言的鬼蜮行径而发的。张厚载，当时是北京大学法科学生。中学时为林琴南的门生。他曾写了《我的中国旧剧观》，全盘维护中国旧剧，竭力反对戏剧改良。《新青年》发表文章批判了他的观点，并把他的文章附录刊登。因而引起了他的忌恨。他便与林琴南同流合污，不仅平常替林“做些情报。报告北大的事情”，把林的小说寄到上海《新申报》发表，而且在 3 月 4 日上海《申报》上假造了一条“北京电”。其中造谣说：“北京大学有教员陈独秀胡适等四人，驱逐出校，闻与出版物有关。”谣言一出，京沪等地新闻界教育界为之哗然。各报纷纷刊文，形成了一场关于新旧思潮论争的轩然大波。林琴南还“去运动他同乡的国会议员，在国会里提出弹劾案，来弹劾教育总长和北京大学校长”。[1]欲胁迫他们驱逐《新青年》编者。

围绕关于北京大学谣言所展开的论争的这“一大事件”，实质上是捍卫还是反对《新青年》阵营为代表的新文化运动的一场生死斗争。《新青年》《每周评论》，以及其他新文化报刊，都发文参战，声讨复古派遗老遗少。李大钊首先发表了《新旧思潮之激战》一文，痛斥了林纾、张厚载等“顽固鬼祟抱着腐败思想的人”，并正气凛然地宣布：“直到今日这样滔滔滚滚的新潮，一决不可复遏”。[2] 陈独秀也写了《关于北京大学的谣言》一文，揭露了“迷顽可怜的国故党”用“依靠权势”和“暗地造谣”两种武器，妄图扑灭新文化运动的卑劣行径。《随感录·旧戏的威力》就是在这场斗争中写下的战斗檄文。

这则匕首似的短文，通过分析制造谣言的原因，深刻揭示了五四运动前夕新旧思想斗争的重要规律。用暗地造谣之类鬼蜮手段反对新文化运动的，不只是“迷顽可怜的老辈所为”，而且有拼命维护封建国粹的遗少。张厚载只是其中的一个代表。他是旧戏迷，曾在《晨报》副刊发了几篇剧评文章。林琴南在小说《荆生》中托称其为“门人李生”。鲁迅以极大的轻蔑口吻，谈到这位所谓的“剧评家”李四，所以造谣攻击《新青年》，“全是因为骂了旧戏惹出来的”。这就告诉我们，维护封建国粹，就必然要投入复古派的怀抱。新老勾结，沆瀣一气，组成反对新文化的反动营垒，是阶级斗争发展的必然。鲁迅提醒人们，维护封建国粹的旧势力是可怕的，但是几千年来的封建国粹本身的“威力”则更加“可怕”。新文化运动要向前发展，必须进行更为艰巨的战斗。

---

① 见《每周评论》第 15 号。

② 见《每周评论》第 15 号。

发生在五四运动前夕的《新青年》阵营同林琴南之流的斗争，是新文化运动中反对封建复古派的一场大仗。这场斗争以复古派的失败而告终。“林琴南写信给各报馆，承认他自己骂人的错处”[①]。张厚载也写了检讨自己炮制那“无聊的通信”和“荒谬绝伦的新闻”的谢罪信[②]，并被开除学籍[③]。过去，除了鲁迅辑录的《什么话(三)》《〈孔乙己〉篇末附记》之外，还未发现鲁迅在1919年2月至3月间这场斗争当时写的文章。这两则新发现的《随感录》，对于我们了解鲁迅在这场关系新文化运动生死攸关的斗争中所表现的鲜明立场和批判锋芒，有着重要的价值。

《随感录·孔教与皇帝》，迎头痛击了现实中尊孔复辟的反动逆流。

当时，袁世凯、张勋复辟的丑剧虽已破产，但尊孔复辟的逆流依然存在。《每周评论》第2号刊登的一篇《随感录》即说：“清室虽然退了位，每月初一、十五，满街都是出入清宫戴大红顶子的主人，戴红缨帽子的奴仆”。1919年3月3日《顺天时报》也载：“衍圣公孔令贻，昨于1号上午，进东华门，乘坐二人肩舆，进内觐见。清帝在乾清宫招见，并在南书房赐宴，有世续及各师傅等作陪云”。时值五四运动前夕，鲁迅看到报载孔令贻“骑朝马”、上折谢恩之类尊孔复辟的丑闻，怎能不感到愤慨呢？他抓住此种咄咄怪事，一针见血地揭露了封建复辟势力的顽固，指出“孔教与帝制及复辟，都极有关系”这一阶级

① 见《每周评论》第15号。

② 参见1919年3月10日、21日、31日《北京大学日刊》，载附张厚载答蔡元培、胡适之信及《学校布告》。

③ 参见1919年3月10日、21日、31日《北京大学日刊》，载附张厚载答蔡元培、胡适之信及《学校布告》。

斗争的客观规律。

这则《随感录》中讲到有筹安君子和南海圣人在袁世凯称帝及张勋复辟中的著作作证，“但终觉得还未十分确实”。这是为了更深刻地揭示尊孔复辟关系而用的曲笔。其实，鲁迅对亲历目睹的这两场复辟丑剧中筹安君子及康有为之流保皇派的丑恶表演是十分清楚的。这篇《随感录》，就是鲁迅根据自己对现实阶级斗争观察的丰富经验，对当时军阀势力勾结封建遗老利用尊孔大搞复辟帝制的倒行逆施所做的简要的概括和深刻的批判。

鲁迅说：“‘讽刺’的生命是真实”。这三则《随感录》，抓住现实斗争中的大事进行针砭，文短词锋，幽默辛辣，表现了鲁迅杰出的讽刺才能和特有的艺术风格。

在60年前风雨如晦的春天，鲁迅为“十月革命”的伟大曙光所照耀，拍案而起，挥戈上阵，在《新青年》上发表了《狂人日记》这篇中国现代文学史上划时代的第一篇白话小说。

此后，鲁迅即高举彻底地不妥协地反帝反封建的大旗，投入了无产阶级领导的新民主主义革命在文化战线上的斗争，成为中国文化革命的伟大旗手和主将。新发现的这几篇鲁迅佚文，就是他当时光辉战斗业绩的珍贵记录的一部分。

“这么大的中国，这么多的人民，又在这个时候，却只看见这一点美术的萌芽，真可谓寂寥之至了。”今天，我们重温鲁迅这些早期的战斗文章，回想鲁迅一生，为中国人民的解放事业和文学美术事业的发展，呕心沥血，孜孜不倦，一息尚存，永不休战，直到生命的最后几天，还扶病参观木刻展览，这一切，怎能不激励我们为促进无产阶级文学艺术开出更美的鲜花，结出“极好的果实”而奋然前行呢！

现实的与哲学的(上)

——鲁迅《野草》重释

关于《野草·题辞》

《野草·题辞》写于1927年4月26日，最初发表于1927年7月2日北京《语丝》周刊第138期。

《野草·题辞》一文，是《野草》的23篇散文诗完成之后，鲁迅经厦门到广州，整理这组作品，准备出版的时候，为之写的一篇序言性的东西。因为当时鲁迅在一种特殊的境况下，内心有很多比平常更深切，更愤激的人生感触；政治风云的凌厉变化，使他有些话更加难于直说；再加上鲁迅自认这组散文诗的“技术还不算坏”，诗情的余绪还没有全然消去；而这一组散文诗又需要一个高屋建瓴式的笼罩全书情绪与哲理的说明，这样，一篇普通的序文也就成了充满了现实的与哲学的一首深邃优美的散文诗了。《野草·题辞》不仅成为与《野草》的其他篇章文体风格显出一致，与其他散文诗构成一个整体；也为了解鲁迅写作《野草》的心境，他对于《野草》的态度，以及在残酷的时代环境之下他思想矛盾的连续性和新的升华所闪烁的前所未有的光亮和色彩，提供了一个独特的文本。它“浓缩着作者的思绪，几乎总括着《野草》的全部作品以及作者的内心世界。”①

鲁迅《野草》的其他诸篇，如果大多是从真实的人生经验中抽出来的随时的“小感触”，不一定都有一个具体的社会事件作为写作背景的话(《淡淡的血痕中》除外)，那么，这篇《题辞》就有些不同了。鲁迅的《野草·题辞》，是在非常特殊的环境和心情之下写成的。

鲁迅是1927年1月18日从厦门到广州中山大学任教的。他开始还比较乐观，很想在那里联合新的战友，“造成一条新的战线，更向旧社会进攻”。但通过他的政治敏锐的直感，很快地发现，这个有很多的革命新贵聚集的革命中心，实为“红中夹白”地方，它依然是“军人和商人所主宰的国土”。在表面上轰轰烈烈的反对军阀统治的北伐声中，“反革命的工作也正在默默地进行”。他真实地预感到，所谓的“革命的策源地”，可能很快会变成“反革命的策源地”。所谓的“人类”战胜了“魔鬼”，争取了地狱的统治权，地狱会变得更加黑暗和悲惨。鲁迅在《失掉的好地狱》中的预见，变成了现实。

《野草·题辞》写作的时间是1927年4月26日深夜里。这个日子，离蒋介石在上海发动“四一二”反革命政变，开始对共产党人和民众进行血腥的屠杀，只有14天；离广州的“四一五”反革命政变，实行白色恐怖只有11天。在广东，当时被杀害的共产党人和工人在两千名以上。鲁迅任教的中山大学就有40多名学生被捕。这是一个震惊世界和人心的大事变。鲁迅的改革中国社会的思绪与生命存在的哲理思考，自然不能避免受到这一政变的冲击和影响。离开这一现实的

---

① ［日］片山智行《鲁迅〈野草〉全释》，李冬木译，4页，长春，吉林大学出版社，1993年。

存在就很难说清楚《题辞》的复杂的内涵。

鲁迅不仅耳闻目睹这一政变前所未有的残酷性，而且亲身经受了一些努力和失望。当时鲁迅担任中山大学文科系主任兼教务主任。“四一五”反革命政变的当天，他两次从白云楼寓所到中山大学，出席了由各系主任参加的紧急会议，在会上和一些教授一起力主学校应该尽力救援被捕的学生。但是校方并未采纳鲁迅的意见。与鲁迅往来较多为鲁迅所器重的学生、共产党人毕磊，也被捕了，后来惨遭杀害。鲁迅当时的悲愤与痛苦，对于生与死的巨大冲击和不安，在当时是十分厉害的。他想得很多，也很深。希望与失望，理想与幻灭，生与死，朋友和敌人，兽性的野蛮的杀戮与人的文明……生活现实与生命存在中最尖锐对立的两难问题，一时间都涌上他的思绪。于这样的情境之下，于血腥味很浓的深夜里，鲁迅动手写下了这篇《野草·题辞》。鲁迅当时编定了《野草》，又在编《朝花夕拾》。他在写完了《野草·题辞》后的几天里写的一篇文章中说，当时自己的心境是“虽生之日，犹死之年”①。离开鲁迅的这种内心的独特的经验，也很难理解这篇《野草·题辞》内容所具有的现实的和哲学的性质。

散文诗的一开头，就以凝练的哲理式的语言，写出一个反抗绝望者在更深的恐怖下产生的最痛苦的生命体验。“当我沉默着的时候，我觉得充实；我将开口，同时感到空虚。”

这句话里当然隐含着鲁迅对于当时白色恐怖下的现实体验和愤懑心境。他当时没有自由发表自己的抗争与愤怒的心情。“在无言的沉默中，回顾过去呕血战斗的生活，会感到一种欣慰和满意；想想现在目不忍睹的惨象，也有一肚子仇恨和愤火，即使是无法诉诸言语吧，

① 见《〈朝花夕拾〉小引》。

这总还是令人有一种充实的感觉。但是，倘一开口，在那种环境里怎么能说真话呢？而在那个极度痛苦的时候，内心忧愤的千言万语，又从何说起呢？这样开口，自然不免产生一种空虚之感。”①

这种深切而痛苦的体验，主要是来自现实的压力。鲁迅在过了一个多月时对他的朋友说：“这里言论界之暗，实在过于北京。”②比这话更早一点，在写《野草·题辞》的20天之后，北京的友人来信约稿，鲁迅说：“你要我的稿子，实在是一个问题，因为我现在无话可说。”③这种恐怖的阴影对于鲁迅创作心理的影响，一直到几个月后我们还可以感觉到。他于广州在给北京友人的信中说：“我眼前所见的依然黑暗，有些疲倦，有些颓唐，此后能否创作，尚在不可知之数。”④在面临着死亡威胁和恐怖的异常“黑暗”的言论界，只有沉默，才有一种生命的充实之感；只要一开口，不能说出伸张正义与真理的心里话，对于那个残酷到“杀人如草不闻声”的现实来说，那就等于无用之言的“空虚”。

过了几个月，鲁迅用他在厦门的孤独寂寞的体验，说明了这句话包蕴的现实感和生命哲学的内涵。他这样写道：

> 记得还是去年躲在厦门岛上的时候，因为太讨人厌了，终于得到“敬鬼神而远之”式的待遇，被供在图书馆楼上的一间屋子里。白天还有馆员，钉书匠，阅书的学生，夜九时后，一切星散，一所很大的洋楼里，除我以外，没有别人。我沉静下去了。

---

① 参见拙作《〈野草〉研究》，131页，北京，中国社会科学出版社，1982。

② 见《致章廷谦(1927年6月12日)》。

③ 见《致章廷谦(1927年5月15日)》。

④ 见《致台静农(1927年9月25日)》。

> 寂静浓到如酒，令人微醺。望后窗外骨立的乱山中许多白点，是丛冢；一粒深黄色火，是南普陀寺的琉璃灯。前面则海天微茫，黑絮一般的夜色简直似乎要扑到心坎里。我靠了石栏远眺，听得自己的心音，四远还仿佛有无量悲哀，苦恼，零落，死灭，都杂入这寂静中，使它变成药酒，加色，加味，加香。这时，我曾经想要写，但是不能写，无从写。这也就是我所谓"当我沉默着的时候，我觉得充实，我将开口，同时感到空虚"。
>
> 莫非这就是一点"世界苦恼"么？我有时想。然而大约又不是的，这不过是淡淡的哀愁，中间还带些愉快。我想接近它，但我愈想，它却愈渺茫了，几乎就要发见仅只我独自倚着石栏，此外一无所有。必须待到我忘了努力，才又感到淡淡的哀愁。①

历史的现实感和现实的历史感在鲁迅的叙述中融成一体。在厦门的时候，鲁迅就产生了相同的生命体验。当时，他于 1926 年 11 月 28 日曾这样告诉许广平说："我自到此地以后，仿佛全感空虚，不再有什么意见，而且有时确也有莫名其妙的悲哀"②，稍后他又说，有些思想，常使他"沉闷"或"静下去"，虽然有时还不免"间或形于词色"③。"四远还仿佛有无量悲哀，苦恼，零落，死灭，都杂入这寂静中，使它变成药酒，加色，加味，加香"。这"世界苦恼"，叙述的是在厦门

---

① 见《三闲集·怎么写(夜记之一)》。

② 见《两地书·八三》(1926 年 11 月 28 日)。

③ 如当时鲁迅给许广平的信中说："其实我这半年来并不发生什么'奇异感想'，不过'我不太将人当作牺牲么'这一思想——这是我向来常常想到的思想——却还有时起来，一起来，便沉闷下去，就是所谓'静下去'，而间或形于词色。"(《两地书·八八》，1926 年 12 月 6 日)

时的感觉，实在包含着在广东“四一五”反革命政变之后的心境。文学是苦闷的象征。生命在大苦闷中就会有一种创作冲动的充实感，所以说“我曾经想写”，但是，这无量的“世界苦恼”与现实悲愤又无法自由吐出来。结果，只能是“但是不能写，无从写”。生命存在本来具有的空虚感与现实压迫无法表达自己真实感情的空虚感，这两者在这里结合在一起了。

鲁迅在历史的一个转折的关键时刻，对于过去的自我生命历程和创作生命的价值，进行了坦然的总结。“过去的生命已经死亡。我对于这死亡有大欢喜，因为我借此知道它曾经存活。死亡的生命已经朽腐。我对于这朽腐有大欢喜，因为我借此知道它还非空虚。”许杰先生说，鲁迅这话的意义，是“歌颂生命和充实的生活的”①。片山智行先生认为，这个部分的解释，“作为不惜牺牲自己的鲁迅式的‘进化论’的一种表现来接受更为恰当吧。‘自己背着因袭的重担，肩住了黑暗的闸门，放他们(下一代人)到宽阔光明的地方去。’对于希冀于此的鲁迅来说，‘死亡’‘朽腐’的本身并不可悲，而耕耘的土地能否收获则是问题。倘若自己的‘死亡’和‘朽腐’能换来收获，能对下一代有益，这便可带来‘大欢喜’”。②

我以为这段话包含了鲁迅对于过去自己生命存在价值的思考与确认。在这之前，他写过一篇杂文《坟》的后记。他要用一座小小的“坟”，埋葬掉自己的过去。是埋葬，也是回顾的记念。那里面，就已经包含这一段《野草·题辞》中的思想。生命的死亡正是它曾经存活过的证明。生命的朽腐也正是它曾经并非空虚的存在过的标志。鲁迅这

① 许杰《〈野草〉诠释》，88 页，天津，百花文艺出版社，1981 年。

② 见[日]片山智行《鲁迅〈野草〉全释》，李冬木译，6～7 页，长春，吉林大学出版社，1993 年。

些话，既是对于自我生命的一个总结，也是对于人的生与死的价值论的哲学思考。鲁迅在这个时期写的《华盖集》的题记中，同样总结性地说到，他的生命的一部分，耗费在写文章当中，而并不感到有什么懊悔。它的价值就在于：我“所获得的，乃是我自已的灵魂的荒凉和粗糙”；这在鲁迅看来，不是生命的丧失，乃是生命的充实。我“还是站在沙漠上，看看飞沙走石，乐则大笑，悲则大叫，愤则大骂，即使被沙砾打得遍身粗糙，头破血流，而时时抚摩自己的凝血，觉得若有花纹……”①这种生命存在价值的感觉，正好可以作为《野草·题辞》中对生命与朽腐“还非空虚”的一个很好的注脚②。

作为一本书中的序文，在一句深切的感慨之后，很快就进入对于《野草》的产生及其命运的说明。

> 生命的泥委弃在地面上，不生乔木，只生野草，这是我的罪过。
>
> 野草，根本不深，花叶不美，然而吸取露，吸取水，吸取陈死人的血和肉，各各夺取它的生存。当生存时，还是将遭践踏，将遭删刈，直至于死亡而朽腐。
>
> 但我坦然，欣然。我将大笑，我将歌唱。

---

① 见鲁迅《华盖集·题记》。

② 片山智行先生的关于这段话的另外一段阐释，可以引在这里作我们解读时的参考。他说：“‘朽腐’之所以不是‘空虚’，只是因为‘朽腐’意味着滋养下一代。即使是‘死亡’，反过来说，其前提便意味着‘生存’。如此推论，就没有必要一定要在‘死亡’中寻找否定的意义。我们可以把这正话反说的表现，整体看作老子的‘大道废，有仁义。智慧出，有大伪。六亲不和，有孝慈。国家昏乱，有忠臣’以来的传统的影响(包括其中对句的形式)。然而给予作者更大影响的则是尼采(《查拉图斯特拉如是说》)吧。老子也好，尼采也好，他们在否定儒教和基督教的‘大权威’时，经常是正话反说的方式。而在反抗儒教权威(坚固的旧体制)的鲁迅身上，亦可略微看到如此倾向。”(《鲁迅〈野草〉全释》，7页，长春，吉林大学出版社，1993年)。

“生命的泥委弃在地面上”，即我“过去的生命已经死亡”的意思。这死去的生命，在以它的存在换取新的生命的时候，不生乔木，只生野草，没有更完美雄伟的作品产生，“这是我的罪过”，是一种自谦，也是自责。说这句话里与“有着四千年吃人履历”的旧中国“吃人”社会的作者的“原罪”意识有着微妙的共鸣①，似乎有些求之过深。接着这自谦而来的，就是对于《野草》自身的生存的描述。一般形容好的文学作品，称作“根深叶茂”。鲁迅说自己的作品，与此恰好相反，根不深，花叶也不美，然而它是植生于中国的现实生活的大地上的。它是在吸取露与水与陈死人的血和肉中间“各各夺取它的生存”而长大的。而且，在那个暗夜一般的社会里，它的生存备受摧残。遭践踏，遭删刈，一直到它的死亡和朽腐。对于《野草》，也是鲁迅生存的这种命运，看到生存与死亡，永恒与朽腐的相对性的辩证关系的鲁迅，他并不感到失落与悲哀，而是表示一种彻悟历史发展必然者那种自信与豪情。他坦然，欣然，将大笑而又歌唱。这是对践踏者删刈者的蔑视，也是对于现实的杀戮者的示威和挑战②。

---

① ［日］片山智行《鲁迅〈野草〉全释》中译本，7页，长春，吉林大学出版社，1993年。

② 片山智行先生在阐释这段话的时候，引用了《题辞》写作5个月前所作的一篇文章中的话，说明鲁迅的坦然于自身的“朽腐”与“灭亡”，同他的进化论思想之间的关系，是可以供我们理解作品精神时的参考的。鲁迅在他的《写在〈坟〉后面》中说：“当开首改革文章的时候，有几个不三不四的作者，是当然的，只能这样，也需要这样。他的任务，是在有些警觉之后，喊出一种新声；又因为从旧垒中来，情形看得较为分明，反戈一击，易制强敌的死命。但仍应该和光明偕逝，逐渐消亡，至多不过是桥梁中的一木一石，并非什么前途的目标，范本。跟着起来便该不同了，……”在这引文之后，片山先生说，鲁迅就是这种“过渡期的人”。“强烈具有‘进化论’观念的鲁迅，并不认为自己是‘新文化运动的主将’，而是认为，‘应该和光明偕逝，逐渐消亡，至多不过是桥梁中的一木一石’。作者之所以一方面知道‘死灭’和‘朽腐’行将到来，一方面又坦然地说‘我坦然，欣然’，就因为鲁迅式‘进化论’的那种‘过渡期的人’的精神准备和气概的缘故。”(《鲁迅〈野草〉全释》，8页，长春，吉林大学出版社，1993年)

正是从这种感情出发，下面就将写作《题辞》时候的批判意识转向过去整体的旧制度和当前残酷的社会现实。

我自爱我的野草，但我憎恶这以野草作装饰的地面。

地火在地下运行，奔突；熔岩一旦喷出，将烧尽一切野草，以及乔木，于是并且无可朽腐。

鲁迅对于自身的野草生存的那个社会的不合理性有深刻的认识，他表示了自己对它的神圣的憎恶，并诅咒它的灭亡。他对于当时的以黑暗和杀戮来建立新的统治的"地狱"中"人类"(参见后面的《失掉的好地狱》)，作出了"地火"将有一天喷出，把它们烧尽的预言。鲁迅是冒着死亡的危险写下这些诗句的。这里，他又重复地写出这句话："但我坦然，欣然。我将大笑，我将歌唱。"这就不仅仅是示威与挑战，这简直是"时日曷丧，予及汝偕亡"那种与旧制度，与新的屠戮者们同归于尽的视死如归的誓言了。后来，这篇《野草·题辞》，遭到国民党的检查官们长期的删刈，就是这些语句中所含有的现实的战斗的力量的证明。鲁迅《野草》中哲学的与现实的思想的逻辑统一，在这里得到很好的表现。

鲁迅知道，残酷的现实并不能保证个人誓言实现的自由。由此，鲁迅进一步把自己的抒情与沉思引向更广远的接近于抽象的哲学层面。他说："天地有如此静穆，我不能大笑而且歌唱。天地即不如此静穆，我或者也将不能。我以这一丛野草，在明与暗，生与死，过去与未来之际，献于友与仇，人与兽，爱者与不爱者之前作证。"天地"静穆"，是一处反语，指的是当时的白色恐怖造成的"杀人如草不闻声"的社会现实。在这样的环境中，鲁迅当然只能沉默，不能大笑而歌唱。诚如他这个时候在香港讲学所说的，那个时代就是一个“无声的中国”。难于理解的是第二句：“天地即不如此静穆，我或者也将不能”。我以为鲁迅在这个时候清醒地看到自己思想上的深刻矛盾。这矛盾给他带来了前进的负累。他在“四一二”之前于广州的一次讲演中就说：如果“脑中满载着旧思想旧东西”，只能唱旧制度的挽歌，不能唱出新社会建设的颂歌①。后来，他多次说到，文学家要改变旧的思想，“明白革命的实际情形”，不然，就会像许多俄国的“希望革命的文人，革命一到，反而沉默下去”②了。李何林先生对于这段文字，也是这样理解的。他解说道：“地下火如果喷射出来，天地不像现在这样平和安静，我面对着革命的风暴，能否欢迎革命，经得起革命的考验，大笑而歌唱呢？我或者也将不能大笑而且歌唱罢？这是作者检查自己，向自己提出问题，考验自己。”③

鲁迅在这里和后面用了一些对立性的词语。他们暗示着丰富的历史内涵。这里的“明与暗，生与死，过去与未来”，是空间的社会环境与时间的纵横发展的概括；“友与仇，人与兽，爱者与不爱者”，是直面的人类群体的对象的概括。鲁迅在一个生死的关头，让斗争着的两

① 见鲁迅《而已集·革命时代的文学》。

② 见鲁迅《三闲集·现今的新文学的概观》。

③ 李何林：《鲁迅〈野草〉注解》，17 页，西安，陕西人民出版社，1981 年。关于这句话，许杰先生用《影的告别》中鲁迅说的“有我所不乐意的”在你们的天堂里，在你们的地狱里，在你们的将来的黄金世界里，“我不愿去”那段话，来说明：“那样的社会，我还是，或者同样不能大笑而且歌唱”。(《〈野草〉诠释》89 页)片山智行先生关于这句话的阐释是：作者冷静地认为，“在‘熔岩’喷发，‘天地’不再‘静穆’之时，‘歌唱’的是新势力，而完成了任务的‘过渡期的人’——自己却或许没有了歌唱。”(《〈野草〉全释》，9 页，长春，吉林大学出版社，1993 年)。

种势力，来证明这一丛“野草”的生存价值。他在自己的生命历程中，第一次这样尖锐地面对死的考验和威胁。这些语言，包含了鲁迅在生与死、友与仇的两极对立中沉着的心态。这是生命的自信，也是对作品价值的自信。

最后，作者以“死亡”和“朽腐”的旋律重复出现，暗示了自己对于“地火”的喷发的渴望的心境：

> 为我自己，为友与仇，人与兽，爱者与不爱者，我希望这野草的死亡与朽腐，火速到来。要不然，我先就未曾生存，这实在比死亡与朽腐更其不幸。

“去罢，野草，连着我的题辞!”

这种渴望里，有鲁迅对于那个残酷时代的诅咒，也包含着他对于攻击时弊的战斗性的文学作品的存在与社会灭亡的关系的思考。他在一篇文章中说：

> 我以为凡对于时弊的攻击，文字须与时弊同时灭亡，因为这正如白血轮之酿成疮疖一般，倘非自身也被排除，则当它的生命的存留中，也即证明着病菌尚在。①

为了上面说的无论哪一种人，“我”都希望这个产生“野草”的社会尽快地灭亡，连同这丛“野草”本身。如果不是这样，那么这“野草”就未曾生存过，即不曾有生存本身的价值。它就比死亡与朽腐更加不幸。作

① 见鲁迅《热风·题记》。

者那种希望“吃人”的旧制度火速灭亡的心境，表现得十分决然。

鲁迅说，在他的《野草》中包含了他的全部哲学[①]。许寿裳先生也曾说：《野草》不是别的，“可说是鲁迅的哲学”[②]。鲁迅文学作品中的哲学的特色，是不作形而上的玄想性的论述，它总是来自现实社会而又具有很强的现实感和深切的个人的体验，它通过个人的独特体验与现实保持着一种特殊的联系。李欧梵先生把这种哲学叫作“得自认真感觉的经验中对人生的一般看法”[③]。《野草·题辞》中所包含的鲁迅的人生哲学就是与他的现实的真实感觉分不开的。在厦门到广州这段时间，鲁迅对于人生的经验感受了许多，思考了许多。如他对许广平曾说，“我对于名声，地位，什么都不要，只要枭蛇鬼怪够了，对于这样的，我就叫作‘朋友’”[④]。这是思考“友与仇”的。他在广州事变后写给另一个友人的信中说：“我这十个月中，屡次升沉，看看人情世态，有趣极了。”[⑤]稍后，他又这样写道：“已经一年多了，我漂流了两省，幻梦醒了不少，现在是胡胡涂涂。”[⑥]这是关于人情世态和时势变迁的。也是这时，他在一封信里说：“我想不做‘名人’了，玩玩。一变‘名人’，‘自己’就没有了。”[⑦]这是关于思考怎样拥有他的“自己”的。这些，都是得自认真感觉的经验中对于人生的一般看法，也就是鲁迅式的生命存在的哲学。《野草·题辞》中所包含的哲学也带有这种

---

① 见章衣萍《古庙杂谈(五)》，载1925年3月31日《京报副刊》。

② 见许寿裳《我所认识的鲁迅》，42页，北京，人民文学出版社，1978年。

③ 李欧梵《铁屋中的呐喊——鲁迅研究》，尹慧敏译，96页，中国香港，香港三联书店，1991年。

④ 见《两地书·一一二》。

⑤ 见《致章廷谦(1927年6月12日)》。

⑥ 见《致翟永坤(1927年9月19日)》。

⑦ 见《致章廷谦(1927年2月25日)》。

非思辨与非玄学的特色。

《野草·题辞》中运用了很多两极对立的概念，表达自己深广的批判情绪和人生哲学。对于这一点，李欧梵先生引阿伯的《〈野草〉：鲁迅散文诗中的对称和平行》一文中的观点，加以阐发，给我们从哲学的层面进入《野草·题辞》提供了新的视角。李欧梵先生说："阿伯在他论《野草》的一篇文章中曾归纳其主要的结构原则包含着对立的两极的相互作用，即'对称和平行'。鲁迅本人在集子完成以后的'题辞'中，也将集子内容概括为以下一些成对的形象和观念：空虚和充实，沉默和开口，生长和朽腐，生和死，明和暗，过去和未来，希望和失望。这些都被置于互相作用、互相补充和对照的永恒的环链里：朽腐促进生长，但生长又造成朽腐；死肯定了生，但生也走向死；充实让位于空虚，但空虚也会变成充实。这就是鲁迅的矛盾的逻辑，他还给这逻辑补上、染上感情色彩的另一些成对的形象，爱与憎，友与仇、大欢喜与痛苦，静穆与放纵。诗人似乎是在对这些观念的重复使用中织成了一幅只有他自己能捉住的多层次的严密的网。就这样，他的多种冲突着的两极建立起一个不可能逻辑地解决悖论的漩涡。这是希望与失望之间的一种心理的绝境，隐喻地反映出鲁迅在他生命的这一关键时刻的内心情绪。"①鲁迅的人生哲学思考就是这样和他现实的内心情绪不可分割地纠缠在一起而呈现于他的《题辞》以及《野草》的其他作品中的。

1995 年 8 月 15 日

---

① 李欧梵：《铁屋中的呐喊——鲁迅研究》，尹慧敏译，103 页，中国香港，香港三联书店，1991 年。阿伯(Charles Alber)的论文《〈野草〉：鲁迅散文诗中的对称与平行》，见尼恩豪瑟(Wiliam H. Nienhauere)编《中国文学批评论集》(Crtical Essays on Chinese Literature)，1～29 页，中国香港，香港中文大学出版社，1979 年。

关于《秋夜》

《秋夜》是《野草》集子中的第一篇散文诗。它的写作时间是 1924 年 9 月 15 日，最初发表于 1924 年 12 月 1 日出版的《语丝》周刊第 3 期上。

20 世纪 20 年代中叶，也就是鲁迅写作他的第二本小说集《彷徨》和我们面对面进行解读的这本散文诗集《野草》的时候，他在精神上和心理上正处于他的生命经历中又一个特有的孤独苦闷、阴暗虚无，同时又进行悲壮性的反抗与寻求的时期。就一个层面的意义来说，关于为《彷徨》出版的题诗："寂寞新文苑，平安旧战场，两间余一卒，荷戟独彷徨"，大体可以写出鲁迅自己那个时候所有的寂寞孤独而又坚持反抗斗争的痛苦的心境。这种心境来源于鲁迅作为一个先驱者的生命的体验，来源于他的心灵的敏感，来源于那个令人沉闷窒息的社会现实，也来源于鲁迅这一时代的寻梦者在短暂的长虹一般美丽热烈的时代过去之后，置身于荒漠一般的生存环境无法协调所形成的心理空间上的沉重的压力和他那绝不屈服的抗争者的性格。问题是鲁迅对于这种现实处境和生命存在的悲剧性的各种挑战，没有简单地从生活层面的抗争性来思考，而是进行了哲理性的升华和抽象，然后又以象征的境界和意象与意象组合，表达出来，暗示给自己的读者。《秋夜》就远远超出一般自然景物咏怀式的抒情传统，用了传统中几乎没有的西方象征派散文诗的方法，通过诗的主述者"我"所感受到的并且都已象征化了的外在景物和内在心理活动的描写，向人们展示了作者内心世界思考的关于同黑暗制度及其代表势力如何进行反抗斗争的主题。这种反抗斗争，又与不同的生命存在形态的哲学思考融合在一起。孤独的反抗和韧性的精神，构成了这一主题的两个重要的旋律。

作品一开始的描写，就很不同寻常，值得我们去仔细体味，也向历来的研究者提出了文学语言变换所带来的张力的探讨的课题。这是一句非常著名的然而又是很普通的写景的话：

> 在我的后园，可以看见墙外有两株树，一株是枣树，还有一株也是枣树。

这里的枣树是全篇的传达作者情绪的主体性的形象。它既是鲁迅生活的现实中自然景物的真实的写照，当时鲁迅所住的居所确然存在着两棵枣树；同时又是全篇主要揭示的孤独的战斗者精神世界的一种艺术象征。作者没有直接地说“我家的后园有两株枣树”，而是用了现在的这种类似烦琐重复和非同寻常的表现方法，是有他表达思想的特别的意图的。当时和后来，不少的研究者们不能理解这种意图，便产生了不同的反应。如有的认为，这是按照作者看到的外面的景色的自然顺序而进行写作的方法，它符合实在的真实；还有的认为，这样的描写，是一种“故作闹剧”，“徒弄花样”；说得更厉害的话，是认为一个大作家这样的描写，是“简直堕入恶趣”①。

事实上，这种不同凡响的纷争本身的出现，就说明鲁迅的独特的表达方法所追求的特有的文学效果。鲁迅是在写散文诗。他对于自己开始创作这一组文章有很强的文体意识。他的这一经过深思而运用的这一富于诗意的笔法，是颇费心思而别有意味的。它比习惯地叙述方法，更能引起人们的兴味，给阅读的人以一种反常规思维性的新的刺激，这样，也就达到了作者在修辞学方面的创造性的实验所追求的美

---

① 李长之《鲁迅批判》，136页，上海，上海北新书局，1935年。

学效果。即在人们的阅读接受的印象中，大大强化了“枣树”这一意象给他们留下的影响。它的文学意象的嵌入力因此而增强了几倍。

早在20世纪30年代，一些深谙文体学与修辞学的作家，在自身的体味中就认识到了鲁迅所追求的这种特殊的审美效应。他们说：像演剧第一幕开始的一刹那情景，选择得适当，“足以奠定全幕的情调，笼罩全幕的空气，使人家立刻把纷乱的杂念放下，专心一致看下文的发展”一样，《秋夜》的开头这种“不寻常的说法，拗强而特异，足以引起人家的注意，而以下文章的情调，差不多都和这一句一致”。①

近几年来，人们论述《野草》的时候，对这一新颖的开头，仍然兴味不减，而且提出了自己新的阐释。著名的中国现代文学研究学者、哈佛大学李欧梵教授说：“这种看来平实的句子其实是障眼法，因为随着作者想象的飞翔，这种实境立即转化为仙境了。”②我理解他所说的“仙境”就是一种完全的象征的世界。日本鲁迅研究专家、大阪市大学教授片山智行说得更为实在一些，对于它的用意和效果的理解也更深入了一步：“不管怎么说，如此重复地叙述，是使‘枣树’的形象更鲜明，更具有存在感，从而引起读者的注意。同时，分别表述两株枣树，也自然地流露出作者当时的‘寂寞’与孤立感。”③值得补充的是，鲁迅这一笔法所包含的语气与情绪，具有一种执拗的反抗绝望的顽强性和倔强感。这是很容易理解的。鲁迅在1925年给许广平的信里说：“总结起来，我自己对于苦闷的办法，是专与袭来的苦痛捣乱，将无

① 见夏丏尊、叶圣陶《文章讲话》。

② 见李欧梵《铁屋中的呐喊》，99页，中国香港，香港三联书店，1991年。

③ 见片山智行《鲁迅〈野草〉全释》中译本，13页，长春，吉林大学出版社，1993年。

赖手段当作胜利，硬唱凯歌”[1]。他向黑暗与虚无作着“绝望的抗战”，所以很多“偏激的声音”[2]。在孤立而倔强挺立的枣树的形象反复中，就在一种孤独气氛里，给人以一种在“反抗绝望”中的愤激与抗战的悲剧感。

散文诗给人们一个非常完整的艺术构思所造成的境界。接着开头的描写，散文诗从全然对立的阵势的两个方面，一步一步地展开了与枣树相对立的拟人化了的象征世界。这一世界中出现的都是幻象化了的自然景物；同时，它们又都是作者传达自己的某种哲理思绪的象征。

势不两立的对立面的一个重要的方面，是秋夜的天空。这“天空”是可憎的世界的象征。它与人，与枣树形成一种冷酷无情的关系。它不仅“奇怪而高”，而且仿佛要“离开人间而去”，而且对人世间和自然界，鼠窃狗偷般地“闪闪地䀹着几十个星星的眼，冷眼”。这个“秋夜”世界中的“奇怪而高”的“天空”的形象，就是《野草》中后来所写的《失掉的好地狱》中那个残酷黑暗的“地狱”的形象。几千年的中国封建社会的摧残人性的制度和现实社会的黑暗与野蛮，都在这一象征性的形象中凝聚了。这“天空”，至高无上，远离人间，不仅“奇怪而高”，而且冷酷无情。它以自己得意的凶残屠戮着人间的弱者。“似乎自以为大有深意，而将繁霜洒在我的园里的野花草上”。秋夜的“天空”是以摧残压迫弱小者而自乐的。

与“天空”对立的另一方面，是“我的园里”的那些可怜的“小粉红花”。这“小粉红花”，在凛冽的秋风中仍然开着，开得“极细小”，而

---

① 见鲁迅《两地书·二》。

② 见鲁迅《两地书·四》。

且，她们是那么的单纯而天真，“她在冷的夜气中，瑟缩地作梦，梦见春的到来，梦见秋的到来，梦见瘦的诗人将眼泪擦在她最末的花瓣上，告诉她秋虽然来，冬虽然来，而此后接着还是春，胡蝶乱飞，蜜蜂都唱起春词来了”。这是一种理想世界的慰安，她感到些微的快乐，“她于是一笑，虽然颜色冻得红惨惨地，仍然瑟缩着”。

这是在秋天的夜空的威严的压迫之下的另一个世界。鲁迅对于一些一向做着好梦而又备受压迫的青年，一直怀有深深的同情。这些“小粉红花”们，就是这一类青年们的生存命运的象征。他们在凛秋中生活的命运是很悲惨的，但他们的内心世界却以一种梦一样空幻的理想喂养着自己。

当然，鲁迅内心世界中，对于“理想”“未来”，也是绝望多于希望，但仍然不能证明绝望与虚无乃是实有。因此，这“瑟缩地做梦”的小粉红花的形象及其际遇，也或许有鲁迅过去的自身经历和内心世界矛盾的影子。鲁迅称他的散文诗作是开在“地狱边沿的惨白色的小花”。这里的象征物，也是“地狱边沿上的惨白色的小花”。

“瘦的诗人”，当是暗示英国的青年诗人雪莱。鲁迅早在1908年发表的《摩罗诗力说》中，就对雪莱作了介绍，并给以很高的评价。雪莱的著名的《西风歌》中有“冬天来了，春还会远吗”这样的诗句。

在这幅凛秋的夜空与园中的花草的对立的背景下，散文诗进入它的主题部分的描写。这揭示主题的象征性形象，就是文章一开头出现的两株枣树。这枣树，带有一个进入中年的先驱者为下一代奉献自己，而却为之深感快乐的情感色彩。他们“简直落尽叶子”。他们为孩子们奉献了果实，剩下的只是落尽了叶子的枝干。他比起小粉红花来，阅世更多一些，也就更为清醒，因此他们也就没有那“秋后要有春”，而是更知道落叶的梦，“春后还是秋”。他毫无羁累，“脱了当初满树是果实和叶子时候的弧形，欠伸得很舒服”，他身上带着打枣的竹竿所得的“皮伤”，但是他以不屈的姿态，向“天空”抗战了：“而最直最长的几枝，却已默默地铁似的直刺着奇怪而高的天空，使天空闪闪地鬼䀹眼；直刺着天空圆满的月亮，使月亮窘得发白”。

这段描写，象征性揭示了鲁迅对于那个“黑暗王国”进行反抗的强烈的情绪和精神。枣树的形象，与他对立的天空、月亮相比较，显得挺拔、洒脱、自信，充满了不屈之感，没有一点妥协的奴颜和媚骨。他一身正气，而又乐于牺牲。他的精神和品格，给人以耶稣受难的印象，却丝毫没有一点耶稣式的宽容。到了下边一段，就把枣树的这种精神与品格渲染得更加突出了：

> 鬼䀹眼的天空越加非常之蓝，不安了，仿佛想离去人间，避开枣树，只将月亮剩下。然而月亮也暗暗地躲到东边去了。而一无所有的干子，却仍然默默地铁似的直刺着奇怪而高的天空，一意要制他的死命，不管他各式各样地䀹着许多蛊惑的眼睛。
>
> 哇的一声，夜游的恶鸟飞过了。

鲁迅对于黑暗势力的斗争，对于自身绝望与虚无的思想的反抗，有一种绝不退让和妥协的精神品格。他自己把这种精神与品格叫作“韧性”。他在很多的文章中都表述过这一思想。在写《秋夜》的前一年，他在给北京女子高等师范学校的讲演中，就提出了同旧的社会制度及其黑暗势力斗争，要提倡“韧”的精神。他以挪威剧作家易卜生的在中国五四时代产生过很大影响的话剧《玩偶之家》(又译《娜拉》)作例子，说争取妇女自由的权利，不能像娜拉出走那样，将门一关，走出家庭就算了事。而应该效法天津火车站的脚夫“青皮”那样，对所要达到的目的“咬住不放”。他说：“世间有一种无赖精神，那要义就是韧性。……青皮固然是不足为法的，而那韧性却大可以佩服。要求经济权也一样，有人说这事情太陈腐了，就答道要经济权；说是太卑鄙了，就答道要经济权；说是经济制度就要改变了，用不着再操心，也仍然答道要经济权。”①写作《野草》的时候，鲁迅给许广平的信里，更清楚地从他的处世和生存的哲学的高度，阐明了他的“韧性”的思想②。我以为，鲁迅《秋夜》这段象征世界所展示的自身的精神特征的要义，就在这里。

对于“哇的一声，夜游的恶鸟飞过了”这一句，研究者，有不同的解释，有的把夜游的恶鸟看成与秋夜同一阵势的不祥声音的象征，有的把它看作鲁迅所喜爱的猫头鹰，是对于旧势力唱出不祥声音的代表。日本大阪市立大学片山智行教授的看法，则兼容了两种意见，最终的解释是偏重后一种意见的。他说：

> 这短短的一行，巧妙地展示了夜空的可怕。夜是以黑暗蒙面的“夜游的恶鸟”出来撒欢儿的时刻。“夜游的恶鸟”的“哇”的叫声，增添了夜里世界的阴森恐怖。这阴森恐怖，也许是针对着只愿自己平安无事的不“自觉”的民众而言的，不一定是作者的敌对物。如果是这样的话，或许可把这“夜游的恶鸟”看作是“给旧时

---

① 见鲁迅《坟·娜拉走后怎样》。

② 鲁迅在《两地书·二》中说：“对于社会的战斗，我是并不挺身而出的，我不劝别人牺牲什么之类者就为此。欧战的时候，最重‘壕堑战’，战士伏在壕中，有时吸烟，也唱歌，打纸牌，喝酒，也在壕内开美术展览会，但有时忽向敌人开他几枪。中国多暗箭，挺身而出的勇士容易丧命，这种战法是必要的罢。但恐怕也有时会逼到非短兵相接不可的，这时候，没有法子，就短兵相接。”

代报丧"的猫头鹰。作者在《"音乐"?》(1924)中说:"只要一叫而人们大抵震悚的怪鸱的真的恶声在那里?!"那"哇"一声的恶鸟,很有可能是猫头鹰。①

两种解释,都可以同时存在。但这里都较少涉及这一事实:在鲁迅构建的象征世界里,这句话在思路转移中的作用。它实际上是上一个图景(枣树与夜空斗争)的结束,下一个图景(屋内对灯的沉思)的开始,这两个图景中间的一个过渡性的情景。它是散文诗抒情转折中必需的一个环节。从这个意义上讲,我仍然认为这句话中的恶鸟是夜空这一黑暗势力象征的附着物,是在枣树战斗胜利之后的一个渺小的逃亡者。

枣树对于夜空、月亮等的孤独的斗争胜利了。那么,做着美梦的小粉红花,倘真的未被摧残而死,那么,又会怎样呢?

"我忽而听到夜半的笑声","四围的空气都应和着笑"。作者即刻明白,在这夜半的时刻,四周是空无一人的,这声音"就在我嘴里"。这是一种胜利之感的表述,也是孤独之感的状写。总之是一种散文诗的表达技巧而不是什么故弄玄虚。

作者在自己的笑声中,回到屋子里之后描写的另一番图景,对这个问题作了回答。

旋高了的灯火带子,把屋子里照得更亮了。许多小飞虫,往玻璃上乱撞,弄得后窗的玻璃上丁丁地响。不多久,几个进来了,许多是从窗纸的破孔进来的。他们一进来,"又在玻璃的灯罩上撞得丁丁地

① 见[日]片山智行《鲁迅〈野草〉全释》中译本,13页,长春,吉林大学出版社,1993年。

响”。一个从上面撞进去烧死了。两三个休息在纸罩上喘气。而昨晚新换的灯罩，“雪白的纸，折出波浪纹的叠痕，一角还画出一枝猩红色的栀子”。那些可怜的小青虫，为了追求光明和温暖，为那栀子花的美丽，以全生命投入他们的理想的“梦”。

接着是，“猩红的栀子开花时，枣树又要做小粉红花的梦，青葱地弯成弧形了……。我又听到夜半的笑声”，这思绪是深沉的：夜正长，一个秋夜的天空结束了，还有另一个秋夜的到来。因此枣树与他的对手的战斗也会长期继续下去的。“我又听到夜半的笑声”，是一种对于现在斗争的自慰，也是对于未来斗争的一种自信。一个真正的战士当然不能沉醉于暂时的小小的胜利之中。于是“我赶紧砍断我的心绪”，让流动的思绪，又回到这幅图景的开始：

> 看那老在白纸罩上的小青虫，头大尾小，向日葵子似的，只有半粒小麦那么大，遍身的颜色苍翠得可爱，可怜。
>
> 我打了一个呵欠，点起一支纸烟，喷出烟来，对着灯默默地敬奠这些苍翠精致的英雄们。

鲁迅以充满爱护关注的心情，来写那些在白纸灯罩上的小青虫的“可爱，可怜”，他以真诚的心境，“默默地敬奠这些苍翠精致的英雄们”。鲁迅这里对于小青虫的扑火自死没一点嘲讽的味道。他是想揭示一个道理：小粉红花倘若生存到了春天，他们如果不抛弃那些不切实际的幻想中的“好梦”，其结果的命运，就是小青虫悲剧的演出。这悲剧，蕴藏着鲁迅对于自身生命的痛苦的体验，蕴藏着鲁迅对于自身经历的历史的体会和观察，是有血的教训和经验在内的。这其中，就或许包括了鲁迅对于秋瑾、徐锡麟、邹容等同龄人的奋斗与被害的悲剧命运的思考。

鲁迅的深情的话，是“敬奠”，也是规谏：在与黑暗社会和黑暗势力的斗争中，不要作无谓的牺牲。鲁迅之所以在对敌人斗争中，提倡“壕堑战”，就是为了这个原因。《秋夜》的抗战者主体给人的感觉，是很孤独的、寂寞的，整个的《野草》所充溢的反抗绝望的孤独感，在这个开篇性的作品中就有浓重的流露。但是，人们读了这篇作品，不能不承认，它的强大的基调乃是肯定枣树所象征的一种精神：面对如何强大的敌人，都要坚持韧性的抗战。即使这抗战，是绝望的，是孤独的，抗战者的内心永远是一个胜利者。散文诗中的“笑声”就是一种内心情绪的象征。与此意图相同的，是他含有敬意的爱惜、同情地否定了小粉红花、小青虫们的为一种不可能实现的“理想”之梦，而轻易地献出生命。鲁迅说：“正无需乎震骇一时的牺牲，不如深沉的韧性的战斗。”①鲁迅在他的内心世界中精心构建了一个完全象征意义上的超现实的幻象的世界，通过这个世界的图景与意象之间发生的对立或相连的关系，似乎在回答一个他以血的教训换取的生命存在价值及生命的追求与抗争的经验，一种人类与自身对立的社会力量抗争的真理。《秋夜》在思考并试图揭示不同的抗争者所有的不同的命运：在强大而悠久的旧制度与旧势力面前，反抗者应该选择一条什么样的更符合生命存在价值的实现的道路呢？

1926 年，鲁迅从创作《野草》的北京，到了南国海边的厦门。在写给朋友的通信中，他婉转地说明了写作《野草》这篇散文诗的寓意：“然而荷叶却早枯了；小草也有点萎黄。这些现象，我先前总以为是

---

① 见鲁迅《坟·娜拉走后怎样》。

‘严霜’之故，于是有时候对于那‘凛秋’不免口出怨言，加以攻击。”①我以为这句话很值得重新体味。

从行文来看，他是在说明《秋夜》的主要旨旨，是表明作者对于“凛秋”象征的世界进行韧性的反抗的精神；同时，也对“严霜”摧残的“小粉红花”以及“小草”们表示了深深的同情，对于追求光明而献身的小青虫表示了悲悼与敬意。但是，这句话里的“我先前总以为是‘严霜’之故”，就含有经过新的思考之后的保留或进一步的认识之意。这意蕴，即在“严霜”之外，而应该从小粉红花、小青虫自身的认识（梦也在内）与行为去思考。也就是说，对于做着好梦的“小粉红花”一类天真的青年，和以身殉火的小青虫式的“英雄”，隐藏在内心深处的批评之意，浮上思考的表层。由潜在的主题变为意识表层的存在。历史已经过去，牺牲者是值得尊敬和祭奠的；但是面对强大的“凛秋”和“奇怪而高的天空”，未来的反抗者又应该是选择什么样的方式和道路呢？青年的反抗者除了“严霜之故”以外，自身有没有什么值得反思的呢？

我以为，作为自己的生命哲学思考结晶的《野草》中第一篇创作的《秋夜》，他除了开掘了自身孤独抗战的精神品格之外，与之不可分割地纠结在一起的是，它提出并回答了一个非常深刻而又严肃的反抗者的自身生命价值这一人类生存的哲学问题。

1994年11月1日初稿

1995年7月14日修改

① 见鲁迅《华盖集续编·厦门通信（二）》。

关于《影的告别》

《影的告别》写于1924年9月24日，最初发表于1924年12月8日《语丝》周刊第4期。

鲁迅在20年代初的几年里，有过一段非常寂寞孤独的心灵历程。他的孤独的内心里有阴暗和虚无的一面。这一情绪，在《秋夜》里，被那种韧性的抗战精神所淹没了，没有成为散文诗中表达的自己生命存在哲学的主潮。但是，就是在《秋夜》里，也还是显露了鲁迅的生命感中存在的孤独和虚无思想的影子。枣树满身皮伤而与天空孤军奋战的形象和潜在的心境，枣树超越小粉红花“秋后要有春”，有更实在的梦，“他也知道落叶的梦，春后还是秋”，这本身就隐藏了不相信廉价的光明的许诺与预言的虚无思想观念在内的。

鲁迅没有隐藏自己。这种黑暗和虚无思想情绪的存在及自己生命与之抗争的矛盾痛苦的心境，鲁迅写在继《秋夜》之后的第二篇散文诗《影的告别》中了。

《影的告别》是鲁迅解剖自己内心深处和生命哲学中存在的阴暗面的一篇特异的作品。这种阴暗的心境和生命哲学的内涵是什么？在写《影的告别》同一天夜里，鲁迅在给一位青年的信中坦率地自白道：

> 我自己总觉得我的灵魂里有毒气和鬼气，我极憎恶他，想除去他，而不能。我虽然竭力遮蔽着，总还恐怕传染给别人，我之所以对于和我往来较多的人有时不免觉到悲哀者以此。①

---

① 见鲁迅《致李秉中》(1924年9月24日)。

《影的告别》一方面揭示了自己“灵魂”深处存在的“毒气和鬼气”的现实生活中的和生命哲学中的内涵，另一方面，也表现了自己“极憎恶他”，但是又“想除去他，而不能”的极端矛盾的心境。

散文诗的第一段，在艺术构思上是一个设想新颖奇异的小引，它是讲“影的告别”这一特定境况产生的时间背景：“人睡到不知道时候的时候，就会有影来告别，说出那些话——”这是说，人在深夜梦沉的时候，影子会来向自己的实有的存在“形”进行告别，并且会说出人们在白天隐藏着或者对于别人“竭力遮蔽着”的内心深处的一些思想来。下面的全篇，均是“影”告别“形”，也就是“你”的时候的影所作的独白。这“独白”，可以说是鲁迅内心矛盾和生命哲学的最紧张最曲折的表述。

第一段是讲“影”的告别的原因。它一开始就逼近了自己的生命哲学。其中包含了浓重深刻的虚无思想。

> 有我所不乐意的在天堂里，我不愿去；有我所不乐意的在地狱里，我不愿去；有我所不乐意的在你们将来的黄金世界里，我不愿去。
>
> 然而你就是我所不乐意的。
>
> 朋友，我不想跟随你了，我不愿住。
>
> 我不愿意！
>
> 呜乎呜乎，我不愿意，我不如彷徨于无地。

“影”不愿跟随“形”——“你”或“你们”而前往了。它有自己的哲学支配自己的行动。“有我所不乐意的在天堂里”，这句话有两个意思，一个是现实中根本就不存在什么虚无缥缈的超然于人间生活的天堂；一个是“你们”要实现的所谓“天堂”般的世界不一定就是人类完美的理想。“有我所不乐意的在地狱里”，如果天堂还太虚幻与遥远了，而对于鲁迅来说，他太熟悉充满苦难和折磨的人间地狱了。他把无论是魔鬼或人类统治的封建社会和新旧军阀统治的现实，通通说成是已经废弛的或重经整饬过的“地狱”。这种“天堂”，这种“地狱”，当然是“我”所不愿去的。这两句话的意思，接近现实生活的层面，比较好理解。第三句，就有很大的不同了。“有我所不乐意的在你们将来的黄金世界里”，因为它所包蕴的特定的内涵比较复杂，离人们正常的思路远了一些，就难于理解了。而恰好这句话，能够代表鲁迅的清醒的现实主义精神和他的执着于实有的生命哲学。这种被瞿秋白先生称为是“黎明期”的“最清醒的现实主义”的表现，一方面是他这时拥有的“路漫漫其修远兮，吾将上下而求索”的执着的斗争精神和意识，另一方面是对一些现实中存在的“理想家”们廉价地预约的将来的“黄金世界”的否定。自然也包含作者自己的真正的信念和希望在内的。

坚持实有的人生的现在和反对空幻的美好的未来，无论就形而上的哲学层面，还是就形而下的现实生活的层面，都一直是鲁迅战斗生涯中一个长期深度探寻的思想。

还在五四新文化运动刚刚退潮的1920年，鲁迅就在小说《头发的故事》里，借着作品中的一个人物的嘴，向世人提出了这样的一个疑问：“我要借了阿尔志跋绥夫的话问你们：你们将黄金时代的出现豫约给这些人们的子孙了，但有什么给这些人们自己呢?”以后，1923年，在给北京女子高等师范学校的讲演《娜拉走后怎样》中，鲁迅又谈过同样的意思。

《野草》的写作过程中，1925年3月11日给许广平的信中，鲁迅又引了波兰作家显克微支小说《炭画》中的故事说：“记得有一种小说里攻击牧师，说有一个乡下女人，向牧师沥诉困苦的半生，请他救助，牧师听毕答道：‘忍着罢，上帝使你在生前受苦，死后定当赐福的。’”叙述完了这个故事之后，鲁迅说道：“其实古今的圣贤以及哲人学者之所说，何尝能比这高明些。他们之所谓‘将来’，不就是牧师之所谓‘死后’么。”①鲁迅对于古今圣贤及哲人学者所廉价预约的“将来”，看得是非常的透底的。它的作用不过是一种麻痹人们痛苦的精神安慰。因此，他对此的思索与批评，几乎是从不放松的。

写过上面的话的一个星期之后，鲁迅对于古今圣贤和哲人学者们所宣传的“将来的黄金世界”的胆怯于面对现实的思想本质作了更明白的揭示。他说：“我看一切理想家，不是怀念‘过去’，就是希望‘将来’，而对于‘现在’这一个题目，都缴了白卷，因为谁也开不出药方。所有最好的药方，即所谓‘希望将来’的就是。”②

从上面比较烦琐的引述中，我们可以略微清晰地看到鲁迅所坚信的生命哲学，他内心世界所存在的不可排解的矛盾。强调同非常黑暗又十分强大的现实社会作执着的斗争，反对用不切实际无法实现的美丽的幻想和梦，麻醉与抚慰人们的心灵。这就是鲁迅不相信“将来的黄金世界”的哲学中所包含的现实主义精神的极可宝贵的思想。“影”所袒露的襟怀就包含了这一思想。但是，这只是一个方面。

另一方面，从“影”的这一别辞里，我们也看到了鲁迅思想中消极阴暗的一个方面。他在批评古今圣贤、哲人学者以及一切“理想家”所许诺的“将来的黄金世界”的虚妄的时候，同时就流露了他自身对于真正未来的希望所抱的某种程度的虚无思想。这种哲学上与现实斗争生

---

① 见鲁迅《两地书·二》。

② 见鲁迅《两地书·四》。

活中的双重性的思考，就构成了“影”的，也就是鲁迅的思想中无法排遣的矛盾。他处于这样令一个先驱者感到深刻痛苦的两难的境地：他执着于对黑暗现实的战斗，却又找不到真正改变这种现实的出路。他否定了廉价预约给人们的对于将来的黄金世界的幻想，却又看不见真正给人们带来光明和信心的未来的希望在哪里。这种虚无思想所带来的深刻矛盾，给正在同黑暗势力孤军作战的鲁迅，带来了前进的羁绊和沉重的阴影①。

诚然，如片山智行先生在他的著作中说的：“作者多次谈到这个问题，只是因为作者对于这个问题是有共鸣的。特别是在《两地书·四》这种私信(虽然最后被公开了)的场合，也无顾忌地表达了自己的意见。”在上面所引的鲁迅的关于批评“理想家”的一段话之前，鲁迅还说了更直接的意见。片山先生把引文补全了：

> 现在的所谓教育，世界上无论那一国，其实都不过是制造许多适应环境的机器的方法罢了。要适如其分，发展各各的个性，这时候还未到来，也料不定将来究竟可有这样的时候。我疑心将来的黄金世界里，也会有将叛徒处死刑，而大家尚以为是黄金世界的事，其大病根就在人们各各不同，不能像印版书似的每本一律。要彻底地毁坏这种大势的，就容易变成“个人的无政府主义者”，如《工人绥惠略夫》里所描写的绥惠略夫就是。这一类人物的运命，在现在——也许虽在将来——是要救群众，而反被群众所迫害，终至于成了单身，忿激之余，一转而仇视一切，无论对

① 参见拙作《〈野草〉研究》，46页，北京，中国社会科学出版社，1982年。

谁都开枪，自己也归于毁灭。①

阿尔志跋绥夫的《工人绥惠略夫》中所说的不相信耶稣预言式的将来的黄金世界的批判性思想与哲学，明显地为鲁迅先生所接受，并通过“影”的话，再次表达了出来。在这里不同的是，由外在的社会思想性的否定变成内在生命哲学性的剖白。

如李何林先生说的，这三个地方影都不愿去，但它更不愿意继续作个影，生活于不明不暗之间。“然而你就是我所不乐意的。朋友，我不想跟随你了，我不愿住。”这里似指“你”(即鲁迅自己)当时所处的“荷戟独彷徨”的境遇。后面说“我不愿意，我不如彷徨于无地”，即不愿彷徨于明暗之间(黑暗与光明之间)的现实，而甘愿脱离这现实而沉入“无地”，也就是说，即使无地可以彷徨，我也要离你而去了。影不愿作为影而存在，这里的意思就是要消失，泯灭。

第二段写“影”的，也即是鲁迅内心的犹豫和阴暗虚无的选择。

“我”只是一个“影”。它的生命是由光的存在来决定的。在明暗之间的境遇里彷徨是一种极端的痛苦。可是离开“你”，就是“要别你而沉没在黑暗里了”。这样的结果，“我”就会完全被黑暗所吞没，失去“我”的生命存在；然而，想不“沉没在黑暗里”，结果，“光明又会使我消失”，同样失去“我的”生命的存在。生命存在与否的两难选择，是生命中最痛苦的处境。“影”在犹豫之中，最后还是下了一个决心：宁肯自己的生命消失，也不愿再继续彷徨于明暗之间：“我不如在黑暗里沉没”。这种“在黑暗里沉没”的痛苦选择，是一种彻底的虚无的存在的生命选择。它反映了鲁迅当时寻求道路时彷徨中内心的虚无与

① 见鲁迅《两地书·四》。

阴暗的情绪。

第三段，写“影”在自白中无可奈何的现实处境和它向“形”(即“你”)告别的决心。上面已经说了自己“不如在黑暗里沉没”的决定；然而，现实的羁绊又是一下子无法摆脱。在这个光明与黑暗交织存在的过渡性的时期，“然而我终于彷徨于明暗之间”，以至于“我不知道是黄昏还是黎明”。但是决意已定，告别时的心境不免有些悲凉。鲁迅在这里发挥他的想象力，用诗的语言，作了很新奇的表达：“我姑且举灰黑的手装作喝干一杯酒，我将在不知道时候的时候独自远行”。这大约是指人深夜酣睡的时候，与文章的开头“人睡到不知道时候的时候，就会有影来告别”是前后相呼应的。后面的一句感叹性的话“呜乎呜乎，倘若黄昏，黑暗自然会来沉没我，否则我要被白天消失，如果现是黎明”。黎明于现实中尚是一个不存在的虚构。那么“影”的生命存在的选择只有一个：被黑暗沉没。

第四段，显然“影”的告别的时间更为逼近了。“影”真的要告别“你”而去了。这里写到将要告别时候“影”的对于“形”的心境。这段心境在全文中对于传达作者内心的虚无而又充满先驱者味思想的意义存在是十分重要的。在“我将向黑暗里彷徨于无地”的时候，“我”能献于“你”一点什么“赠品”呢？“无已，则仍是黑暗和虚空而已。但是，我愿意只是黑暗，或者会消失于你的白天；我愿意只是虚空，决不占你的心地”。“影”宁肯被黑暗所吞没，也不愿意苟活偷生于明暗之间的人间社会。它所拥有的，只是“黑暗和虚空”。无论是被黑暗与光明所吞没或消失，无论是只剩下“虚空”与自己为伴，但这些只属于我自己，而不愿意“你”和“我”一样的牺牲掉自己。这个意思，也就是我们在这一篇文章开头引用的鲁迅给李秉中的信里所说的：“恐怕传染给别人”。李何林先生解释说：“我所有的是黑暗，和你所有的光明不一样，它将被你的光明所消失；我所有的是虚空，就不会在你的心中占据一点地方，不会对你有所影响。那么，我就赠你黑暗和虚空吧。”这似乎与原来的意思不甚一致。前一句的“我愿意只是黑暗”，和后一句的“我愿意只是虚空”之间，没有什么因果关系。后一句，也不是因为虚空不会对你有什么影响，才赠给你虚空。这两个“我愿意”，其实包含了鲁迅的生命哲学中的两个重要命题：一个是，宁肯在黑暗或光明中死去，也绝不作一个苟且于明暗世界之间的偷生者。一个是，宁肯独自嚼味着黑暗与虚无的痛苦，绝不让黑暗与虚空占有他所关切的别人的心地。鲁迅的原意是无所赠予，决心被黑暗吞没或被光明消失，以黑暗与虚空为实有。它的赠予，只是一种无所赠予。这个意思，在写这篇散文诗半年以后，鲁迅给许广平的信里，说得比较清楚：

> 你好像常在看我的作品，但我的作品，太黑暗了，因为我常觉得惟“黑暗与虚无”乃是“实有”，却偏要向这些作绝望的抗战，所以很多着偏激的声音。其实这或者是年龄和经历的关系，也许未必一定的确的，因为我终于不能证实：惟黑暗与虚无乃是实有。①

我的理解，《影的告别》里说的“虚空”，和这里所说的“虚无”是一样的意思。这里讲的是对于那个社会绝望到了极点，似乎并不是讲自身生命的死亡。“惟黑暗与虚无”乃是“实有”。这是一种虚无者的充满现实感的生命哲学观。他明知社会如此，人生如此，却偏要向这些作“绝望的抗战”。《秋夜》中枣树以孤独的姿态向夜空所做的反抗，就是这

① 见鲁迅《两地书·四》。

一现实的和哲学的思想的一种形象的表达。自己并不热切地渴望光明的到来。因为它知道落叶的梦:“春后还是秋”。即使光明真的到来了,自己也愿意消失于光明之中(鲁迅杂文中说过,自己只是一点火,等太阳出来了,这微光就会自行消失)。它将独自承担黑暗与虚空,并将与之抗战的责任,落在自己的肩上。这些自白,在悲观与虚无中有一种先驱者的献身精神在的。这两个方面,我们都应该看到。

到了散文诗的最后一段,把这种虚无感和牺牲精神,表现得更为清楚了:

> 我愿意这样,朋友——
>
> 我独自远行,不但没有你,并且再没有别的影在黑暗里。只有我被黑暗沉没,那世界全属于我自己。

这种面对“黑暗和虚无”的“实有”,进行“绝望的抗战”的精神,是鲁迅的生命哲学,也是鲁迅在现实斗争中的精神特征和基本立场。对此,我认为片山智行阐释这篇散文诗的文章最后所说的一段话,是富于见地而又比较客观的。他说“鲁迅之所以是鲁迅,就在于他一方面确信‘惟黑暗和虚无’才是‘实有’,另一方面,又从未停止过‘面对它们进行绝望的抗战’。就是说,为了新势力的成长,不惧怕自己的‘死亡’和‘朽腐’而进行战斗。这是堪称鲁迅‘进化论’的富于自我牺牲的反抗精神”。“作好了自我消灭准备的‘影’,希望‘自己背着因袭的重担,肩住了黑暗的闸门’,甘愿以此的。‘影’不求青年们同行。‘影’的此种心境和《墓碣文》里死者说的‘待我成尘时,你将见我的微笑!’几乎是同样的意思。”①

片山先生和许多研究者，引述鲁迅这一时期的一些文字，说明鲁迅的这种生命哲学，斗争精神和对于青年人的态度，丰富了人们对于此文的理解。鲁迅说：“我现在愈加相信说话和弄笔的都是不中用的人，无论你说话如何有理，文章如何动人，都是空的。他们即使怎样无理，事实上却着着得胜。然而，世界岂真不过如此而已么？我要反抗，试他一试。”②“至于‘还要反抗’，倒是真的，但我知道这‘所以反抗之故’，与小鬼截然不同。你的反抗，是为了希望光明的到来罢？……但我的反抗，却不过是与黑暗捣乱。”③鲁迅的“绝望的抗战”，常常思虑不以自己战阵中的别人的牺牲为代价，特别是他所爱护关怀的青年们。“我已在《呐喊》的序上说过：不愿将自己的思想，传染给别人。何以不愿，则因为我的思想太黑暗，而自己终不能确知是否正确之故。”“总而言之，我为自己和为别人的设想，是两样的。所以者何，就因为我的思想太黑暗，但究竟是否真确，又不得而知，所以只能在自身试验，不敢邀请别人。”④鲁迅又说：“我最不愿使别人做牺牲”⑤。

联系1919年鲁迅所写的小散文诗《古城》，联系他稍后写的与此文思路完全一致的杂文《我们现在怎样做父亲》，理解他说的“背着因袭的重担，肩住黑暗的闸门，放他们到宽阔光明的地方去”这些话中包含的生命存在的价值观和献身的精神，再来读这篇散文诗，对于鲁

① 见片山智行《鲁迅〈野草〉全释》中文译本，24～25页，长春，吉林大学出版社，1993年。

② 见鲁迅《两地书·二二》。

③ 见鲁迅《两地书·二四》。

④ 见鲁迅《两地书·二四》。

⑤ 见鲁迅《两地书·八》。

迅反复说的，自己要独自沉没于黑暗里，并希望“独自远行”，在那个世界里，“不但没有你”，“并且再没有别的影子在黑暗里”，这些思想所体现的精神和哲学，就会做出从一个新视角透射得到的全面的阐释了。

《影的告别》是一篇曲折的自喻性的作品。鲁迅所设拟的“影”与它的依附的“你”的“告别”，不过是鲁迅内心的一种对话的表现形式。“影”的充满矛盾的声音，深刻地展示了鲁迅所处的时代与生活环境中内心深处所有的黑暗与虚无的一个方面，同时也展示了一个先驱者在矛盾四伏中而进行的“绝望的反抗”的悲凉色彩。关于这一点，著名的中国现代文学研究者、哈佛大学教授李欧梵先生，在他的出色的鲁迅研究的专著中，正确地说明，鲁迅《野草》中的“多种冲突着的两极建立起一个不可能逻辑地解决的悖论的漩涡”，“这是希望与失望之间的一种心理的绝境，隐喻地反照出鲁迅在他生命的这一关键时刻的内心情绪”。而《影的告别》就是这种矛盾情绪的“最好的说明”。“‘影’的形象显然是代表着诗人的另一个自我”，“‘影’的两件赠品，黑暗和虚空，应视为不仅是‘影’的自然属性，也是用以刻画诗人内心自我的隐喻的代称”。同时，在解释散文诗的最后一句“我独自远行，不但没有你，并且再没有别的影在黑暗里”的时候，说明这是在恶性矛盾中“影”所选取的“逃离的办法”，“这是自我毁灭的结束形式，传达出一种浓重的悲观失望”。[①] 最后的结论，对于鲁迅内心所一直拥有的自我牺牲的一面，似乎是被完全忽略了。

1994 年 11 月 8 日写

1995 年 7 月 19 日修改

---

① 见李欧梵《铁屋中的呐喊——鲁迅研究》，103～105 页，中国香港，香港三联书店，1991 年。

关于《我的失恋》

《我的失恋》写于1924年10月3日，最初发表于1924年12月8日《语丝》周刊第4期。

这一篇《我的失恋》，本不是与《野草》其他各篇相同的散文诗，鲁迅自己就在本文的正题下注明是“拟古的新打油诗”。只是由于当时在《晨报》副刊任编辑的孙伏园和由国外留学回来新上任的代理总编辑刘勉己之间，为此打油诗在《晨报》副刊的刊出与否，曾经有过一场争执。孙伏园因这篇稿子于他不在的时候，被刘勉己无理撤掉，愤而辞去《晨报》副刊的编辑职务。鲁迅为孙伏园的友情，将这篇并不看重的稿子，又增写了最后一段，顺便转给了刚刚创刊不久的《语丝》，列于正在连载的《野草》系列中，与《影的告别》《求乞者》在同一期上发表了。孙伏园离开《晨报》副刊，与鲁迅一起，成为《语丝》的创办者之一。这篇在文体与风格上都和《野草》中其他篇散文诗完全不协调的新打油诗，也就“混入”《野草》，成为其中的一个篇章了。这段新文学史上的佳话，在鲁迅写的《我和〈语丝〉的始终》，孙伏园写的《鲁迅和当年北京的几个副刊》等文章中，都有记述。

关于《我的失恋》的写作意图，鲁迅说得很明白。他在《〈野草〉英文译本序》中说：“因为讽刺当时盛行的失恋诗，作《我的失恋》。”在《三闲集·我和〈语丝〉的始终》一文中，鲁迅谈到这篇打油诗的时候，又说：“不过是三段打油诗，题作《我的失恋》，是看见当时‘阿呀阿唷，我要死了’之类的失恋诗盛行，故意作一首用‘由她去罢’收场的东西，开开玩笑的。这首诗后来又添了一段，登在《语丝》上。”从鲁迅的说明里可以看到，这首“拟古的新打油诗”实在并没有什么幽深的微言大义，只是与这种青年人以感伤的恋爱为题材的文学创作风气和轻浮的感情抒写的现象“开开玩笑”而已。

所谓“拟古”，这里指的是梁昭明太子编的《文选》中，选入的东汉的文学家、天文学家张衡写的《四愁诗》。这首诗共四节，每首诗均以“我所思兮在××”开头，以“何为怀忧心××”的忧愁无奈作结尾，因此称为“四愁诗”。

张衡《四愁诗》的全文是：

我所思兮在太山，欲往从之梁父艰，侧身东望涕沾翰！美人赠我金错刀，何以报之英琼瑶。路远莫致猗逍遥，何为怀忧心烦劳！

我所思兮在桂林，欲往从之湘水深，侧身南望涕沾襟！美人赠我金琅玕，何以报之双玉盘。路远莫致猗愁怅，何以怀忧心烦伤！

我所思兮在汉阳，欲往从之陇阪长，侧身西望涕沾裳！美人赠我貂襜褕，何以报之明月珠。路远莫致猗踟蹰，何以怀忧心烦纡！

我所思兮在燕门，欲往从之雪纷纷，侧身北望涕沾襟！美人赠我锦绣缎，何以报之青玉案，路远莫致猗增叹，何为怀忧心烦惋！

张衡这首《四愁诗》，写自己所思念的美人住在很远的地方，分别为东、南、西、北四个方向，由于山高与水深，路遥与雪大的阻隔，不能相见，只好遥遥相望而涕泪沾襟。美人赠自己以宝物，自己也报之以珍品。但是，无奈路远莫致，只能徒增叹息，心中永怀忧愁与烦恼。鲁迅模仿吸收了《四愁诗》的这种写思念恋人而不能相见，赠予信物而路远不致，徒增烦恼忧愁的框架，但又将传说唐代张打油创造的常用俚语俗话，以诙谐形式寓讽刺内涵的打油诗的方法，作为创作的另一种范式，融会贯通，别有新构，形成了自己的独具现代色彩的“拟古的新打油诗”，虽说是“开开玩笑”之作，但用意和创作还是认真严肃的。这在五四以后的新文学创作的文体形式上，也可以说是一种新的尝试吧。

张衡的《四愁诗》，写思念美人之深，在形式上和词句上，重复咏叹，比较庄重；而鲁迅的《我的失恋》，写失恋者无谓的痛苦，重在讽刺，内容进展变化节奏较快，且多诙谐讽刺的语气和色彩。说的是“开开玩笑”游戏的作品，内容的讽刺性却是很严肃的，没有失之油滑的毛病。每一节诗均分为三层意思：第一层是讲“我的所爱”在山腰，在闹市，在河滨，在豪家，因为山太高，人拥挤，河水深，没有汽车的缘故，无法会面，只能流泪不止。第二层意思，是“我”与“爱人”的赠答。爱人赠以代表思念和爱情之物的百蝶巾、双燕图、金表索、玫瑰花这样珍贵的东西，但是“我”的回报却全是令“爱人”失望的东西：猫头鹰、冰糖壶卢(葫芦)、发汗药、赤练蛇。第三层意思，因为上面说的回赠的东西太不珍贵了，所以“爱人”就“从此翻脸不理我”，而“我”怎么样呢？这里才一反那些无聊的失恋诗的感情逻辑，故作不明白的样子，说“不知何故兮”使“我”心惊，使“我”胡涂(糊涂)，使“我”神经衰弱，最后更一反失恋诗前三节的表现方式，不说因为恋人不理而造成自己的痛苦，而是以“不知何故兮——由她去罢”这样不以为然，没有无谓的苦恼，而又对于女方的生气不理我抱不予理睬的态度作结。整首诗是“打油诗”的性质，就不能不用很多的俗言俚语，词句的调子比较诙谐，无论写失恋的痛苦，或回赠物的平常，都含有对于一些无聊的失恋诗的讽刺的意味。诙谐里有认真，嘲讽中存严肃，玩笑中带真情，使这首“打油”一类的东西，并不带油滑的色彩。这正是鲁迅所追求的喜剧性的审美效果。鲁迅说他的《野草》包含了他的全部哲学，这首当然是例外，但最早透露鲁迅这一说明的章衣萍的文章里，就认为，对于一切无聊的事情采取“由她去罢”的态度，也是鲁迅的一种人生哲学。这个看法语焉不详，但应该是符合鲁迅的思想实际的。鲁迅后来给许广平的信里说：“我所要多登的是议论，而寄来的偏多小说，诗。先前是虚伪的‘花呀’‘爱呀’的诗，现在是虚伪的‘死呀’‘血呀’的诗。呜呼，头痛极了！”[①]可见鲁迅对于那些虚伪无聊的失恋诗，确然是抱着一种烦厌的态度。对于无聊事物最后的办法，只能是“由她去罢”。对于他在北京的时候，关于他的恋爱等一些无聊的流言谣诼，鲁迅后来在厦门听说之后就曾说过：“但这些都由它去，我自走我的路。”[②]这种人生哲学，在鲁迅同依附于旧势力的文人政客的斗争中，也是常常坚守的。

我们说这首打油诗玩笑中带真情，指的是鲁迅写的回几种赠物，虽然不是什么珍贵值钱的东西，不是平常习俗中爱情的信物，但它们也并非鲁迅随心所欲的拿来充数，或故意嘲弄对方的东西。这里面实在包含了鲁迅的情趣与爱好。最熟悉鲁迅的学生、朋友孙伏园，应该是最熟知这首打油诗了。还于鲁迅在世的时候，他就说过这样的话：“他所爱好的东西，未必是人人所能了解。这一层鲁迅先生自己同我

---

① 见鲁迅《两地书·三四》。

② 见鲁迅《两地书·一一二》。在《两地书·一〇九》中，离开厦门之前，鲁迅又说：“不过我是不管这些的，我被各色人物用各色名号相加，由来久矣，所以被怎么说都可以。这回去厦，这里也有各种谣言，我都不管，专用徐大总统哲学：听其自然。”徐世昌于1918年到1922年曾任北洋政府总统。“听其自然”是他常说的处世方法的一句话。鲁迅说的“听其自然”与“由她去罢”是同样的意思。这确实已成为他对于一切无聊之至的事物的一种人生“哲学”。

说过，如果别人以为‘回他什么’以下的四样东西(猫头鹰、赤练蛇、发汗药、冰糖“壶卢”)有失‘投我以木桃，报之以琼瑶’的意义，那是完全错误的，因为他实在喜欢这四样东西。”[1]鲁迅的老友许寿裳先生后来也说过：“这首诗是挖苦当时那些‘阿唷！我活不了罗，失了主宰了’之类的失恋诗的盛行而作的。……阅读者多以为信口胡诌，觉得有趣而已，殊不知猫头鹰本是他自己钟爱的，冰糖壶卢是爱吃的，发汗药是常用的，赤练蛇也是爱看的。还是一本正经，没有什么做作。”[2]除了以普通对珍贵这一反差造成的讽刺效果之外，鲁迅对于赠物的选择，都是他所钟爱和喜欢的，“我”喜欢，而“她”却讨厌，为此“从此翻脸不理我”，这里就有爱好和审美的情趣的差距在内。“我”不能改变自己的情趣。怎么办？只能“由她去罢”。鲁迅在作品里实在是没有恶作剧的意思在内的。

这首讽刺的打油诗，我以为还是在泛指的意义上进行理解与阐释更好一些。鲁迅自己关于此诗写作用意的两次说明，就证明这一点。许寿裳先生也认为，鲁迅先生并不具体指什么人。有的研究者，在回忆的文章中，作这样的推断：这首新打油诗，是专为讽刺当时刚从英国留学回来的“诗哲”徐志摩的爱情诗而写的。并认为，鲁迅先生之所以写这首《我的失恋》，表面上是说讽刺当时盛行的失恋诗而作，实则是用这首讽刺诗形式，对于现代评论派的正人君子们进行战斗的。而

---

① 见孙伏园《京副一周年》。

② 许寿裳：《鲁迅先生的游戏文章》，《我所认识的鲁迅》，111页，北京，人民文学出版社，1978年。

且从这个角度，对诗中的赠答之物，作了实证性的索引和解释①。对此，我还是相信孙伏园文章所述内容的可靠性的。因为它发在鲁迅创作《野草》之后不久，文章中又明确地说，诗中的回赠物这四样东西，都是鲁迅自己所喜欢的，“这一层鲁迅先生自己同我说过”。孙伏园不能当着健在的鲁迅虚构鲁迅没有说过的话。相反，脱离开鲁迅当时面对的“大生存环境”，过分求于实证，把一首诗的创作意图的理解，限制于一个人的身上，然后又由此引申出它同“现代评论派的正人君子们”的战斗意义。对于这样的阐释我持保留的态度。至于这种讽刺中，是不是也包含了徐志摩的一些诗的内容及情感在内，那是另外一回事。总之，我以为，对于此打油诗的赠答物及其讽刺意义的理解，宁肯趋于过虚而不要求之过实，可能会更接近作品的实际一些。

---

① 孙席珍先生在他的回忆文章中说：“诗中‘爱人赠我’和‘回她什么’各四，一般认为这是先生顺手写下的，未必有深意存乎其间，而实则不然。‘爱人’既然是豪门巨室的‘千金小姐’，所赠当然都是华美精巧的礼品，如‘百蝶巾’‘双燕图’‘金表索’‘玫瑰花’之类。‘诗哲’比较寒酸，献不出奇珍异宝，只能羞答答地报之以自作的诗文：一是猫头鹰，暗指所作的散文《济慈的〈夜莺歌〉》；二曰冰糖壶卢，暗指所作题为《冰糖壶卢》的二联诗；三曰发汗药，是从‘诗哲’与人论争理屈词穷时的詈人之语抽绎出来的，说是‘你头脑发热，给你两粒阿司匹灵清醒清醒吧！’四曰赤练蛇，是从‘诗哲’某篇文章提到希腊神话中人首蛇身的女妖引伸出来，这一点我一时记不大清楚了。总之，四个‘回她什么’，个个都是有来历的，决非向壁虚造。”(转引自许杰《〈野草〉诠释》)对这一考证性的阐述，我读了不免有许多疑问。仅就考证本身，就很难自圆其说。(1)猫头鹰与济慈的《夜莺歌》的夜莺，两种鸟实在相差甚远；(2)鲁迅未必读过徐志摩的《冰糖壶卢》二联诗；(3)徐志摩同别人争论理屈词穷时的詈人的话，鲁迅何以那么熟知？即使知道，也不是他的文章，怎能用以赠人？(4)赤练蛇与希腊神话中人首蛇身的女妖，也不完全是一回事，且鲁迅不一定就读到过徐志摩的有关文章；孙伏园亲自听到鲁迅对他说，他“实在是喜欢这四样东西”，而且有很多的材料可以证明这一说明。

至于诗的最后一节："我的所爱在豪家；想去寻她兮没有汽车，摇头无法泪如麻。爱人赠我玫瑰花；回她什么：赤练蛇。从此翻脸不理我，不知何故兮——由她去罢。"是被刚刚从欧洲留学回国的《晨报》副刊代理总编辑刘勉己由报纸大样抽下来之后，为在《语丝》上发表时重新增写的。这里的"豪家""没有汽车""玫瑰花"等，都带外国和富家之"洋味"，是不是鲁迅在写作的时候，有对刘勉己这类人物的爱憎感情的参与其中，这里无法决断，只是在重读时提出来供阅读者的思考。但是，我想，即使有，也不能改变诗意的讽刺意义的广泛性。鲁迅的为文，即使有时是对一人而发的，也常作社会的一种类型而已。

1995 年 8 月 9 日写

关于《复仇》

《复仇》写于 1924 年 12 月 20 日，发表在 1924 年 12 月 29 日出版的《语丝》杂志第 7 期上。

《复仇》是一篇构思精美、意蕴深刻的散文诗。它的写作时间，约在《求乞者》的两个月之后。两者之间，在鲁迅的哲学思路上是有深层的联系的。《求乞者》中于满是"灰土"中"各自走路"的冷漠的人群们，倘若在他们的生活中出现了意想不到的热闹事，他们将会怎样呢？《复仇》中的爱与杀戮的围观的"路人们"的精神与心态，就是一个回答。

关于《复仇》的写作意图与文章主旨，鲁迅曾经两次直接的谈到过。

1931 年，《野草》被译成英文本，就要出版。鲁迅在为英译本所写的序言里说道:"因为憎恶社会上旁观者之多,作《复仇》第一篇"①。

1934年5月16日,在致郑振铎先生的信中,说明得更清楚:"我在《野草》中,曾记一男一女,持刀对立旷野中,无聊人竟随而往,以为必有事件,慰其无聊,而二人从此毫无动作,以致无聊人仍然无聊,至于老死,题曰《复仇》,亦是此意。但此亦不过愤激之谈,该二人或相爱,或相杀,还是照所欲而行的为是。"②

作者的反复说明,标示这篇散文诗是为了批判社会上"旁观者"之多而写作的。我们对于这篇作品内涵的理解和把握,就是比较容易的了。但是,当我们把这篇作品和鲁迅接着创作的下一篇散文诗联系起来读的时候,我们会提出这样的问题:鲁迅在这两篇精心构思的作品里,除了社会批判的意义之外,还包含着他所思考的怎样的哲学?属于鲁迅所特有的"复仇"哲学中都有什么样的内涵?

让我们还是从《复仇》的文本自身来寻找这个问题的答案吧。

这篇散文诗里描写的完全是一个超现实的幻想出来的"故事":人是一种有生命的渴求的有血性的生命的存在。他们的血管里有奔流的"温热",于是为这"温热"所蛊惑、煽动、牵引,他们便有了爱的接吻和拥抱,"以得生命的沉酣的大欢喜";或者,用一柄利刃,直刺透人的皮肤,那鲜红的热血就会激箭似的以"所有温热直接灌溉杀戮者",得到的人的死亡,死者,"得到生命的飞扬的极致的大欢喜",而杀戮者自身,"则永远沉浸于生命的飞扬的极致的大欢喜中"。人的爱和杀戮,热烈的拥抱和壮观的死亡,都是生命中的一种有意味的"大欢

---

① 见鲁迅《二心集·〈野草〉英文译本序》。

② 见鲁迅《鲁迅全集》,第12卷,415页,北京,人民文学出版社,2005年。

喜”。它可以成为吸引无数看客的壮剧①。

这样，便有一男一女，赤身裸体，持刀相立于广漠的旷野之上。他们两人，将要拥抱，将要杀戮。无数的路人们从四面八方奔来，而且伸长颈子，要鉴赏这拥抱或杀戮。“他们已经豫觉着事后的自己的舌上的汗或血的鲜味”。然而，他们两人，持利刃立于旷野上，既不拥抱，也不杀戮，而且连这样做的意思也没有。时间过去很长，这样的姿态，以至于永久，圆活的身体，已将干枯，然而毫不见有拥抱或杀戮之意。那些无热闹可看的路人们，于是觉得无聊了。散文诗中，鲁迅把“路人们”的这种“无聊”的抽象的情感写得十分形象而具体。人的自然本能中存在的一种非常抽象的感觉被充分的具象化了。

> 路人们于是乎无聊；觉得有无聊钻进他们的毛孔，觉得有无聊从他们自己的心中由毛孔钻出，爬满旷野，又钻进别人的毛孔

---

① 片山智行教授在他的著作中说明，关于这段描写，日本年青学者藤井省三在他的《鲁迅·〈故乡〉的风情》一文中认为，鲁迅是直接受了日本作家长谷川如是闲的《血的奇论》(收入《真实如此虚伪》，1924 年)的影响。《鲁迅日记》1924 年的“书帐”里有《真实如此虚伪》的题名，可推断作者购入此书且有一读，而且，作者在此后的一两年里还翻译了其中的两篇。《血的奇论》中的有以下一段：鲜红的血迸出皮肤的时候，人们在贪婪地彼此杀戮。鲜红的血将洁白的皮肤染成淡红色，流下来的时候，人们在贪婪地彼此拥抱。血的凶暴在强者面前平静。任何东西都无法使之平静的是爱的凶暴。流在皮肤下的血，比迸出皮肤外的血还恐怖。那里不存在两种东西，只有同样的“血”。那里不存在两种东西，只有同样的“人”。片山先生认为：这里看得很明白，长谷川如是闲一方面主张“爱”的“凶暴”之优越，一方面又基本主张人们“贪婪地彼此杀戮”，“贪婪地彼此拥抱”的根源是相同的，那就是“血”(人)。这里体现为一种“生命哲学”：一切人的行为之根源，是“血”所象征的“生命力”本身。《复仇》里出现的部分，只是将此解释并且进而艺术性地刻画出来的“散文诗”。“血”的作用在这里被追究到了极限，甚至被假定设置了近乎被虐狂的场面来说明。(《鲁迅〈野草〉全释》第 33 页)

中。他们于是觉得喉舌干燥，脖子也乏了；终至于面面相觑，慢慢走散；甚而至于居然觉得干枯到失了生趣。

写到这里，已经把作者批判社会的“旁观者”之多和自己“复仇”的意思表达得够充分的了。从一般的思路看来，到这里已经足够了。但是，鲁迅超越于他所说明的主题的思考的地方，是他的更深一步的在哲学层面上的思考。他要在自己的异常的“愤激”的进一步的描写中，传达他的近于冷酷的彻底的“复仇”观。他想告诉人们：即使要“路人们”无戏可看，感到极端的无聊，还远远不够。他要更无情面地让这些“路人们”反过来成为这一场“无血的大戮”中的“干枯者”，以留给那立于旷野之上的一男一女，以“干枯”的“死人的眼光”去“鉴赏”。鲁迅正是在这“鉴赏”的“大欢乐”里，才达到了他传达自己实现了彻底的无情面的“复仇”观的目的：

于是只剩下广漠的旷野，而他们俩在其间裸着全身，捏着利刃，干枯地立着；以死人似的眼光，赏鉴这路人们的干枯，无血的大戮，而永远沉浸于生命的飞扬的极致的大欢喜中。

要“赏鉴”别的人的爱与杀戮的“路人们”，最终反而变成了被那别的人所“鉴赏”的对象。那立于旷野上的一男一女，虽然生命已经干枯，但他们以“死人似的眼光”，来“赏鉴”这些麻木的“路人们”的“干枯”。一男一女，没有拥抱，也没有杀戮，而“路人们”的“干枯”，在他们俩的眼里，也就是作者的眼里，却是一场“无血的大戮”。他们复仇了。所以他们永远沉浸在生命的飞扬的极致的大欢喜中。

这些描写，看去是特别的无情，充满了一个先觉者对于群众落后麻木的“愤激”之感。而恰恰就在这种“愤激”之感中，表现了鲁迅所坚信的生命哲学中包含的“复仇”的哲学观的一个极为重要的方面：即在对于他所爱的民众的压迫者进行复仇和反抗的同时，一直伴随着他对于中国不觉悟的精神麻木的群众的“复仇”，也就成了鲁迅“复仇”的生命哲学中的一种感情形式的呈现。

鲁迅生命的哲学中这种“复仇”观的一个极为重要的表现形态，就是他多年里坚持的对于中国民族性中“戏剧的看客”的精神和心理的揭露和批判。如片山智行教授在他的关于《野草》的著作中谈到的那样，在中国这一个世纪之初，最早批判中国人作为“旁观者”存在的，是清代末年的思想家和革命家梁启超。梁启超写过《斥旁观者》，揭示了对于各种事件的“旁观”态度是中国国民性中的一个大的积弊。接着，他又在《中国积弱溯源论》一文中，提出了中国的民众麻木得甚至对于民族的屈辱事件都“无感觉”的精神痼疾。为此，梁启超提出了著名的“新民说”，就是为了实现改造国民性的麻木这一思想的开端。鲁迅的改造国民性的思想应该是受到了梁启超的影响的①。

鲁迅 1903 年留学日本的时候，与他的好友许寿裳先生最关心和经常讨论的问题，就是包括“旁观者”冷漠麻木的态度在内的“奴隶的根性”的国民性的病根及其改造的问题。他在仙台课堂上发生的“幻灯事件”中愤而弃医学文的原因，最直接的刺激，就是愤激于中国人看热闹于敌人杀自己的同胞这种可怕的精神的麻木。救助或唤醒“旁观者”们，使他们自身起来与压迫者抗争，几乎是鲁迅从事文学活动的一个最重要的动因。因而，这一对于麻木者“复仇”的现实的与生命哲

---

① 见[日]片山智行《鲁迅〈野草〉全释》，34 页，长春，吉林大学出版社，1993 年。

学，便深深地酝酿于鲁迅的心中。1908 年发表的《摩罗诗力说》，就借诗人拜伦对于不觉悟的希腊群众的态度，表达了“衷悲疾视”的态度和“哀其不幸，怒其不争”的思想。用这“疾视”和“怒”的字眼和情感，来对待麻木与奴性十足的群众，就已经具有“复仇”的意思。以后，他在小说《狂人日记》《阿 Q 正传》《明天》和《示众》里，深刻形象地揭示了“旁观者”或“路人们”所表现的那种令人战栗的精神麻木。他的对于麻木的群众的“复仇观”在深刻的理性思考中逐渐形成为逻辑的思维存在。到了写作这篇题为《复仇》的散文诗的前一年，鲁迅更愤激也更清晰地把中国民众中麻木的“旁观者”概括为“戏剧的看客”。这是向年青(轻)人袒露自己愤激的感情的一段为人们所熟悉的文字：

群众，——尤其是中国的，——永远是戏剧的看客。牺牲上场，如果显得慷慨，他们就看了悲壮剧；如果显得觳觫，他们就看了滑稽剧。北京的羊肉铺前常有几个人张着嘴看剥羊，仿佛颇愉快，人的牺牲能给与他们的益处，也不过如此。而况事后走不几步，他们并这一点愉快也就忘却了。

对于这样的群众没有法，只好使他们无戏可看倒是疗救……①

这段文字写于 1923 年。在此后的小说《祝福》里，鲁迅不仅以极深的同情和愤怒，写了中国劳动妇女祥林嫂的一生悲剧，而且在揭示了造成这悲剧的原因时，也无情地展示了咀嚼祥林嫂悲剧的人们精神上的愚昧和麻木。1925 年，他写的小说《示众》，既写了那些麻木的中国

① 见鲁迅《坟·娜拉走后怎样》。

的“戏剧的看客”们，如何热心而互不相让地去争着“鉴赏”被“示众”的犯人，更无情地描写了这些“戏剧的看客”们麻木的状态而被作者拉出来“鉴赏”和“示众”。而这一篇以超现实的想象的处境和形式来表现自己“愤激”心境的《复仇》，则是鲁迅长期批判“戏剧的看客”这一思想，由客观的展示转向主观世界情绪的凝聚的最典型的表现。因此，它不仅仅是一种社会层面上的精神批判，它更主要的是凝聚了作者自身沉思已久的生命哲学：做奴隶本身并不是最可悲的；最可悲的是做奴隶而陷于麻木状态，连一点反抗和同情之心也没有的人们。对于这一现象鲁迅思考的出路或人生哲学就是：以死亡（“无戏可看”）来向麻木的奴隶者“复仇”。为了社会有新生，民族有希望，以“干枯”来“鉴赏”那些麻木者的“无血的大戮”，乃是生命的极致的大欢乐。

这种“复仇”观，有尼采的向庸众宣战的影响，也有阿尔志跋绥夫的《工人绥惠略夫》对群众绝望之后时向群众“复仇”的思想的影响。

在小说《工人绥惠略夫》中，阿尔志跋绥夫作了这样一段描写：绥惠略夫与黑铁匠（幻象中的人物）的一段对话，说明工人领袖为众人的福利而起来斗争，带头罢工闹事，但是，一旦反抗失败之后，“牺牲者”就被大家所冷漠和忘记。

在作品的结尾还特别写到，警察到房子里搜捕绥惠略夫，正好他不在，而亚拉借夫误以为是来逮捕自己，拉响了别人藏在他身边的炸弹，自己也被杀害了。当时，周围的群众，都如“戏剧的看客”们，在看热闹。绥惠略夫站立于群众中间，看到众人走散之后，“沉重的思想仿佛一条无穷的黑线，穿透了他的头颅”。“当他在或死或生的追逐里，凡所遇见的一切，个个都是仇雠，没有一人肯想隐匿他，阻住追捕的人，或者至少也让给他一条路。倘没有脸上现出暴怒，倘没有挡住去路而且伸手要捉住他，那就确凿还只是无关心或好奇的人，不过观看那猎取人类罢了。”“对于这些事的回忆，是最锋利的，而且烧着他的灵魂，较之记起那追捕的人的脸来，尤为苦痛。”最后，他感到自己为大众的幸福而被搜寻追捕，到明天就可能被绞杀了；而那音乐大厅里却“一切安静如常”，人们在音乐的感动中，“起了雷一般的喝彩”。于是，他在对敌人斗争和对群众的信任的双重绝望中，便开枪向群众“复仇”了。鲁迅说，他“对于不幸者们也和对于幸福者们一样的宣战了。于是便成就了绥惠略夫对于社会的复仇”。① 鲁迅这篇散文诗的构思与深层的复仇的哲学思想，与《工人绥惠略夫》这篇作品之间，可以看到一种内在的联系。

自然也与《求乞者》一样，这篇散文诗深层意蕴所体现的鲁迅对“路人们”的“复仇”的生命哲学，如他评说绥惠略夫那样，这大憎里面，仍然是“根于更大的爱的”。

1994 年 11 月 30 日写

1995 年 7 月 25 日修改

关于《复仇(其二)》

《复仇(其二)》写于 1924 年 12 月 20 日，最初发表于 1924 年 12 月 29 日《语丝》周刊第 7 期。

1924 年 12 月 20 日这一天深夜之时，鲁迅怀着“愤激”的情绪，写完了散文诗《复仇》，但是他的心情还是不能平静。一个先觉者不被理解的痛苦，使他将创作的凝聚力，仍然瞩目于对于不觉悟的麻木的庸众以“复仇”的形式进行批判的思绪，于是，他接着执笔，又写下了《复仇(其二)》。

---

① 见鲁迅《译文序跋集·译了〈工人绥惠略夫〉之后》。

两篇关于《复仇》的散文诗，一口气写下来，鲁迅的内心存在的“复仇”的“倔犟性”，给人的感觉，真有点像是读了《秋夜》中写的“在我的后园，可以看见墙外有两株树，一株是枣树，还有一株也是枣树”时感受的那种味道。由两篇《复仇》，可以看见，此时鲁迅看到社会的沉寂和群众的麻木时候，作为一个“先觉者”所产生的孤独痛苦心境的强烈。他作为一个先觉者，对于社会上麻木的庸众，进行精神上“复仇”的生命哲学，都浸透于这两篇作品中了。

同样题目和心境的两篇散文诗，传达的方法却不大一样。前一篇是在幻想的超现实的故事中，表达自己的人生哲学；后一篇是借着《圣经》中记载的耶稣受难的故事，暗示自己的生命哲学的。前者只是对于路人们本身“无戏可看”时的麻木“无聊”与“干枯”的复仇；后一篇则是在“先觉者”耶稣与群众的对立的描写中，揭示了作者对于麻木的庸众的复仇的情感。

《复仇(其二)》中耶稣受难的故事主要采自《新约全书》的《马太福音》和《马可福音》。关于这一点，在李何林先生的《鲁迅〈野草〉注解》一书中，已经作了很清楚的注释。问题是要弄清楚，为了传达自己独特体验的愤激的情绪，鲁迅对于《新约全书》中原来的故事和细节作了怎样的选择和改动；我们才可以知道，鲁迅在自己的这篇散文诗中，突出了什么？削弱和淡化了什么？

关于《复仇(其二)》中耶稣被钉上十字架时的过程和情景，在基督教《圣经》的《新约全书》的《马太福音》27 章和《马可福音》15 章，均有如下有关的记载：

> 到了早晨，祭司长和长老、文士大家商议，要治死耶稣，就把他捆绑解去，交给巡抚彼拉多。彼拉多问耶稣说：“你是犹太

> 人的王么?”耶稣回答说:“你说的是。”……彼拉多又问众人:“那么你们所称的犹太人的王,我们怎么办他呢?”他们又喊着说:“把他钉上十字架。”彼拉多要叫众人喜悦,就将耶稣鞭打了,交给人去钉十字架。他们给他穿上紫袍,又用荆棘编成帽子给他戴上,就庆贺他说:“恭喜犹太人的王啊!”又拿一根苇子打他的头,吐唾沫在他脸上,屈膝拜他。戏弄完了,就给他脱了紫袍,仍穿上他自己的衣服,带他去钉十字架。他们拿没药调和酒给耶稣,他不喝。于是把他钉在十字架上。十字架上写有他的罪状:“犹太人的王。”他们又把两个强盗钉在他的左右。过路的人都辱骂他,祭司长和文士也戏弄他,和他同钉的人也讥诮他。遍地都黑暗了。耶稣大声喊着说:“以罗伊,以罗伊,拉马撒巴各大尼!”翻译出来就是:“我的上帝,我的上帝,为什么离弃我!”耶稣大声喊叫,气就断了。①

耶稣,又称基督,是基督教所信奉的救世主和立教者。据《圣经·新约全书》记载,他是上帝的儿子,为了救赎有罪的人类,降世成人,生于犹太伯利恒地方。自称是“人之子”。他召十二门徒,传教于巴勒斯坦等地,后来遭犹太教当权者的仇视,被拘送交当时统治犹太的罗马帝国驻犹太巡抚彼拉多,由他判决钉死于十字架上。传说耶稣死后复活升天了。

鲁迅的《复仇(其二)》,用了《新约全书》中有关的材料,却又有不少自己的取舍。

第一,减去了《马可福音》中关于祭司长、长老、文士大家商议,

---

① 李何林:《鲁迅〈野草〉注解》,56页,西安,陕西人民出版社,1975年。

要治死耶稣，就把耶稣交给彼拉多，和彼拉多对于耶稣审问的过程，彼拉多问众人怎么处理耶稣，众人喊着："把他钉上十字架!"以及彼拉多要叫众人喜悦，鞭打耶稣等情节。为了尽快地转入对庸众的批判，鲁迅的散文诗的一开头，就以简略的语言，对耶稣被钉上十字架，作了交代："因为他自以为神之子，以色列的王，所以去钉十字架。"耶稣的这些行为，本身是为众人谋幸福的事，反被诬为是一种罪名。语言虽然简单，叙述也很平淡，却已经包含了作者对于无觉悟的无是非观的庸众的"愤激"之情在内的。

第二，略去了巡抚彼拉多对于耶稣的鞭打，着重描写了"兵丁们"对耶稣的侮辱、嘲笑、戏弄、抽打。

> 兵丁们给他穿上紫袍，戴上荆冠，庆贺他；又拿一根苇子打他的头，吐他，屈膝拜他；戏弄完了，就给他脱了紫袍，仍穿他自己的衣服。
>
> 看哪，他们打他的头，吐他，拜他……

彼拉多是罗马帝国驻犹太的巡抚。"兵丁们"却是以色列人自己的同族。这样选择之后的描写，就突出了以色列人群众麻木的一面。他们不仅麻木，而且近于暴君的残忍。这样，就更接近了鲁迅思考的问题——群众的麻木——的中心。

第三，在耶稣的被侮辱和钉杀的时候，与原来的记述不同，鲁迅特别增加了关于耶稣内心对群众悲悯与复仇情绪的渲染。特别是耶稣如何不肯喝"用没药调和的酒"，以清醒的痛苦，来玩味这些群众的愚昧与残忍：

他不肯喝那用没药调和的酒，要分明地玩味以色列人怎样对付他们的神之子，而且较永久地悲悯他们的前途，然而仇恨他们的现在。

四面都是敌意，可悲悯的，可咒诅的。

丁丁的响，钉尖从掌心穿透，他们要钉杀他们的神之子了，可悯的人们呵，使他痛得柔和。丁丁的响，钉尖从脚背穿透，钉碎了一块骨，痛楚也透到心髓中，然而他们自己钉杀着他们的神之子了，可咒诅的人们呵，这使他痛得舒服。

十字架竖起来了；他悬在虚空中。

他没有喝那用没药调和的酒，要分明地玩味以色列人怎样对付他们的神之子，而且较永久地悲悯他们的前途，然而仇恨他们的现在。

前后两段，文字有意地重复；中间着重描写了以色列人钉杀他们的神之子耶稣的过程以及耶稣内心的感觉，和他清醒地“玩味”他们的残忍以进行“复仇”的情形。“较永久的悲悯他们的前途，然而仇恨他们的现在”，非常痛苦地表现了鲁迅对于麻木的不觉悟的群众进行“复仇”的复杂心理。由于这一心理的揭示，耶稣的形象，就注入了鲁迅的独特的感情和理解，而使他成为一个向愚昧的群众复仇的象征了。这一点，并不是《新约全书》固有的意义。经过改造，注入了鲁迅的个人的情绪与复仇的人生哲学，于是便成为20世纪20年代鲁迅的耶稣相了。这一点，正是《复仇(其二)》的核心性的思想。

鲁迅在他的社会史观中，对于麻木的民众，有一种十分愤激但又是客观存在的现实的哲学命题：“暴君治下的臣民，大抵比暴君更暴。”这篇散文诗，就浸透着这样的现实的也是哲学的观念。

耶稣本来是为以色列的幸福而进行传道的。他没有得到以色列人的理解。相反，却遭到以色列民众的迫害。这里包含着一个先觉者的深沉的痛苦和他向群众进行“复仇”的生命哲学。先觉者为群众造福，得到的不是群众的赞同和支持，而是群众对自己的冷漠和迫害。这是鲁迅很早就思考的并引以为痛苦的主题。早在 1907 年写的《文化偏至论》里，就出现以耶稣受难为例证，阐发多数的庸众残害少数的先觉者的论述了。

> 由是观之，彼之讴歌众数，奉若神明者，盖仅见光明一端，他未遍知，因加赞颂，使反而观诸黑暗，当立悟其不然矣。一梭格拉第也，而众希腊人鸩之，一耶稣基督也，而众犹太人磔之，后世论者，孰不云缪，顾其时则从众志耳。①

民众在一种社会习惯的影响之下，守旧因循，憎恶改革。他们“宁卷伏堕落而恶进取”。只要“天才出，必尽全力杀之”。一些以民主自诩的人，名义上是“从众志”，实际上是以群众的“多数”而扼杀为群众奋斗牺牲的先觉的“少数”。拜伦对于希腊奴隶(希腊民众)之不觉悟，所抱的“衷悲而疾视”的态度，就含有了耶稣的对于以色列人的“较永久地悲悯他们的前途，然而仇恨他们的现在”这个思想。进入 20 世纪 20 年代，鲁迅所写的《复仇(其二)》中，描写的“众犹太人”把“一个耶稣”钉在十字架上杀死的场面，正是不“自觉”的民众杀戮天才的典型。②

在写出《文化偏至论》中的那段话的十年之后的 1919 年，鲁迅又

---

① 见鲁迅《坟》。

② 见[日]片山智行《鲁迅〈野草〉全释》，38 页、40 页，长春，吉林大学出版社，1993 年。

在同样的意义上谈到耶稣。他这样写道：

> 暴君治下的臣民，大抵比暴君更暴；暴君的暴政，时常还不能餍足暴君治下的臣民的欲望。
>
> 中国不要提了罢。在外国举一个例：小事件则如Gogol的剧本《按察使》，众人都禁止他，俄皇却准开演；大事件则如巡抚想放耶稣，众人却要求将他钉上十字架。
>
> 暴君的臣民，只愿暴政暴在他人的头上，他却看着高兴，拿“残酷”做娱乐，拿“他人的苦”做赏玩，做慰安。
>
> 自己的本领只是“幸免”。
>
> 从“幸免”里又选出牺牲，供给暴君治下的臣民的渴血的欲望，但谁也不明白。死的说“阿呀”，活的高兴着。①

《文化偏至论》中的耶稣被“众人磔之”的思想，到这里不仅作为例证复见了，更重要的是，鲁迅对群众的麻木以至与先觉者为敌的残暴，进行了理性的升华，深刻地揭示了这些“暴君治下的臣民”们的“渴血的欲望”，乃至他们“拿‘残酷’做娱乐，拿‘他人的苦’做赏玩，做慰安”的心理。这样，在精神批判的程度上，就比前一篇《复仇》更进了一步。《复仇》里的“路人们”，还只是一群“戏剧的看客”，以自己的麻木去鉴赏别人的拥抱或杀戮，他们所有的是自身的“无聊”；而《复仇(其二)》里，“兵丁们”“路人”，乃至“和他同钉的两个强盗”，给耶稣的不仅是“戏剧的看客”的旁观与“鉴赏”，而是残酷的戏弄，侮辱，钉杀，嘲笑，……他们“只愿暴政暴在他人头上”，即使这“他人”，是为包括

① 见鲁迅《热风·随感录·六十五：暴君的臣民》。

他们自身在内的众人们的幸福而呼号奔走受难牺牲的先知先觉。鲁迅以他和他的痛苦经历所得到的切身体验，敏锐地感觉到并深刻地揭示出这样一个残酷的矛盾：为群众而牺牲者终于成为娱乐群众的“牺牲”。他们的牺牲只是满足了“暴君治下的臣民渴血的欲望”。这是一个多么可怕的事实！多么令人痛心的事实！

鲁迅感到这一点，并把这种生命哲学痛苦的思考，演化在一个“神之子”的受难的故事中。他以耶稣的清醒，对于这个“可悲悯的，可咒诅的”事实(人与人之间的一个大悲剧)，以自己的“沉酣于大欢乐和大悲悯中”的心境，作了有力的“复仇”。

读这一篇散文诗，值得注意的一点，是耶稣身份由“神之子”到“人之子”的转变。在《复仇(其二)》的开篇，耶稣就自认为是一个“神之子”。因为据《新约全书》的记载，他是上帝(或称天主)的儿子。为了拯救人类，才降生于世上。而这一点，又成为以色列的统治者和民众(暴君和暴君治下的臣民)治他的罪的一个罪名。他们以此将“神之子”钉杀了。散文诗写道，在被钉杀的过程中，耶稣以他的“神之子”的心境，来玩味这些他为之献身的群众的残忍：“他在手足的痛楚中，玩味着可悯的人们的钉杀神之子的悲哀和可咒诅的人们要钉杀神之子，而神之子就要被钉杀了的欢喜。”但是，在被钉杀的一瞬间，他突然感觉到，那“碎骨的大痛楚透到心髓了”，越是痛苦，他越是“沉酣于大欢喜和大悲悯中”。连腹部也波动了，起了“悲悯和咒诅的痛楚的波”。血腥的钉杀和生命的死亡的到来中，他感到“遍地都黑暗了”。这时，于彻底的绝望中，他喊出了一个被上帝(神)遗弃的“神之子”的痛苦的声音：

“以罗伊，以罗伊，拉马撒巴各大尼?!”(翻出来，就是：我的上帝，你为甚么离弃我?!)

这喊声《新约全书·马可福音》中原来就有的。问题在于鲁迅对于这句话的阐释。鲁迅说："上帝离弃了他，他终于还是一个'人之子'；然而以色列人连'人之子'都钉杀了。""钉杀了'人之子'的人们的身上，比钉杀了'神之子'的尤其血污，血腥。"为什么鲁迅这样重视"人之子"比重视"神之子"更甚，对于钉杀者的谴责更严厉呢？关于这一点，李何林先生这样说："耶稣既是'神之子'，又是'人之子'；鲁迅突出他的'人之子'的意义，估价比'神之子'高得多。他是把耶稣当作为人群谋解放，人群不觉悟，反而为他们所侮辱所残害的孤独的改革者的形象来塑造的。也是作者孤独和愤激的感情的表现。"这些钉杀了"人之子"的以色列人身上，比钉杀"神之子"更多的"血污、血腥"，是"更为罪孽深重的意思"。[①] 李何林先生的解释大体是符合鲁迅原来的意图的。关于鲁迅的这个思想，其他学者，也各有自己的解释。有的说得更深远一些。如片山智行教授说："作者在《摩罗诗力说》中赞美了反抗上帝的撒旦，这里还保留着那种心绪。在他看来，匡济民众的'先觉者'('革命者')——'人之子'耶稣才比'神之子'更伟大的。正因为如此，钉死'人之子'的人们比钉死'神之子'的人们，'尤其血污、血腥'。"[②]鲁迅认为，为人群谋幸福的先觉者所拥有的生命价值，比存在于一部分人们心中的上帝，更为重要。

除了"人之子"包含为人群谋解放和幸福者，被人群杀害，就更应

---

① 见李何林《鲁迅〈野草〉注解》，60页，西安，陕西人民出版社，1973年。

② 见[日]片山智行《鲁迅〈野草〉全释》，38页、40页，长春，吉林大学出版社，1993年。

该咒诅这层意义外，我想，这里还有鲁迅对于“先觉者”的“人”与“庸众”之间关系的思考。

自从在东京从事文艺的启蒙活动的时候起，鲁迅一直重视对于他所提出的“立人”的思想，并进行探索与宣传。他所提出的“立人”的思想的标准，就是那种敢于与当权者及庸众对立的“不为顺世和乐之音”的叛逆者。他们的头上没有神的光环，他们为民众而受难，他们的命运与麻木的民众的命运是相联系的。他们没有高居于民众之上的精神超越感。他们是“绅士阶级的逆子贰臣”。他们在精神与命运上都属于民众的代言人。但是，悲剧就在这里发生了：真正为民众的“人之子”却被群众杀害了，而杀害他的民众反不知自己的罪过。这杀害，比敌人的杀害，是更令人痛苦的。其所以“尤其血污，血腥”，即在此。“神之子”与“人之子”地位不同。“人之子”的反抗，是“绝望的反抗”，更艰难，更悲壮，然而却被他所为之献身的同类所杀，这是鲁迅《复仇(其二)》所流露的内心最深的痛苦吧。这，也就更显示了鲁迅传达的人的生命存在中拥有的“复仇”哲学的深广内涵。

1994 年 12 月 7 日写

1995 年 7 月 3 日修改

关于《希望》

《希望》写于 1925 年 1 月 1 日，最初发表于 1925 年 1 月 19 日出版的《语丝》周刊第 19 期。

在《野草》里存在的“反抗绝望”的生命哲学中，《希望》可能是把这一哲学及鲁迅内心的矛盾表现得最充分，也是最直接的一篇散文诗。

关于《希望》的主题，鲁迅在后来写的《〈野草〉英文译本序》一文中，曾经作过简约的说明：“因为惊异于青年的消沉，作《希望》。”多年以来，研究者们的思路，也就沿着鲁迅的说明，对作品中鲁迅所说的青年的“消沉”的一面，和鲁迅由此产生的痛苦，进行自己的阐释。

近年来，研究者中出现了不同的看法。如有的国外的研究者，根据鲁迅当时与青年的往来接触很多，他当时还参加了女子师范大学的学生运动，每天会见不少的青年学生，由此认为，当时的青年并没有“消沉”，鲁迅在英文译本序言中那样说，和他的对于青年的恨铁不成钢的期待有关。因此，对应该超越自己前进的青年勉励，才是《希望》的主题。①

这种意见，反映了研究者从积极的方面看待鲁迅这篇散文诗中的矛盾心境的意愿，同时，也是为了强调说明，鲁迅的“寂寞”与“消沉”，主要不是来自外界的青年，而是来自自己的内心世界虚无感，这种看法，在对于这篇作品的探索中有更深一步思考的意义。也就是说，鲁迅在《希望》一文中，描述了心中的“寂寞”“衰老”“暗夜”和“虚妄”，表现了从鲁迅的日常生活现实中所无法看出的内面的“苦闷”。②

这为观察鲁迅这篇散文诗中“坚韧的多层面的精神存在”提供了另一种视角。可是，研讨鲁迅的精神层面，如果忽略了他自己的明白的解释，也就是他自身说明的文本创作意图，这恐怕也会对于作品“多层面”的意义产生另一种忽略吧。

鲁迅对于青年的精神状态的观察，有两个生存的环境。一个生存环境，是鲁迅所经常来往并参与他们活动的青年者群，就《鲁迅日记》所载，他与之来往的青年确实是很多。而他们又多对生活抱有积极的

---

① 见[日]片山智行《鲁迅〈野草〉全释》，43页，长春，吉林大学出版社，1993年。

② 见[日]片山智行《鲁迅〈野草〉全释》，43页，长春，吉林大学出版社，1993年。

态度。我们姑且叫作“小生存环境”。同时，另外有一个生存环境，是当时整个社会的青年的精神状态，即五四低潮时期一般青年的消沉的精神现状。我们姑且把它叫作“大生存环境”。鲁迅所说的青年的“消沉”，我以为主要是指后者而言的。鲁迅在他自身内面的苦闷与寂寞的同时，怀着某种希望地去观察这个“大生存环境”的现象的时候，就产生了他的内面之外的绝望感。因此，我以为，鲁迅这篇散文诗的主题，应该是表达了鲁迅的双重的“寂寞”感。而最重要的，也是第一个层面上，这篇散文诗的写作意图，还是如鲁迅说的，是“惊异于青年的消沉”。他内心悲愤而又痛苦的批判的意义远胜过勉励青年的意义。自然，善意的批判也是一种勉励。

在20世纪20年代中期，鲁迅对于青年消沉的感觉，是社会真实的存在的一种反映。这与他同一些青年的交往和参加青年学生的运动，并不矛盾。

关于当时的青年们消沉的情况，鲁迅在许多地方谈到过。他的《为“俄国歌剧团”》里，感叹北京是一片“沙漠”。在那里，“没有花，没有诗，没有光，没有热”。这感叹就包括青年们的消沉在内。在《语丝》杂志创办时，他也曾感到“思想界太沉闷”。他的创办《莽原》，也是不满意青年的消沉，“希望中国的青年站出来”，对于中国的社会和文明进行尖锐的批评。

五四运动高潮过去之后，政治气候低潮中的青年确有一股精神“消沉”的低潮存在。郭沫若就在《星空》序诗里，把自己比做一只天空中“受了伤”的“雁鹅”，陷于苦闷与失望之中。他的这种精神状态，在当时有很普遍的代表性。《两地书》中关于青年更有许多愤激的论述。沈雁冰也批评当时的青年说：“悲观，这两个字，近来是很时髦的；差不多不把悲观两字挂在嘴头，便不足以表现他是一个忧时悯世而且有远见的志士；如果你说‘我觉得没有什么觉得悲观’，便常常被人笑为神经麻木不灵，眼眶里没有眼珠，看不到远处。”①

瞿秋白1924年在中国共产党的机关刊物《新青年》季刊上发表的一篇文章里，关于中国当时的“大生存环境”，也这样说：

> 好个荒凉的沙漠，无边无际的！一片黄沉沉暗淡的颜色，——不要鲜明，不要响亮，不要呼吸，不要生活。霞影里的蜃楼，是我孤独凄凉旅客的唯一安慰，然而他解不得渴，在沙漠里水草是奇珍，我那里去取水呢？
>
> 好个荒凉的沙漠，无边无际的！……鲁迅先生虽然独自“呐喊”着，只有空洞的回音。②

可见，当时青年的消沉，是一种十分严重的客观现象。瞿秋白说的一方面反映了现实的情形，一方面也说明了鲁迅当时的“寂寞”心境中，确实也包含了对于这种现实的真实的感觉在内的。他的写《希望》的主题，也就不仅是对于青年的一种“勉励”的心境，的确含着他自身感觉到的“消沉”现象刺激而产生的巨大的痛苦在内的。他在散文诗里说：

> 然而现在何以如此寂寞？难道连身外的青春也都逝去，世上的青年也多衰老了么？

---

① 沈雁冰《杂感》，载1936年6月2日《文学旬刊》第75页。

② 瞿秋白《荒漠里——一九二三年中国文学》，载1924年《新青年》季刊第2期，署名陶畏巨。

我只得由我来肉薄这空虚中的暗夜了。

“世上的青年”的“衰老”与“消沉”，确实是鲁迅内面世界的真实的感受。这感受，激起鲁迅产生唤醒他们的痛苦的激情与抗争的欲望，于是他在《希望》一篇散文诗中，袒露了他的十分矛盾痛苦的胸怀。

经过女师大学潮，经过“三一八”惨案之后，鲁迅才看到了青年社会反抗意识的觉醒，才看到了“我的可爱的青年们”的愤怒了的“粗暴的灵魂”。由此看来，对于青年的“消沉”，鲁迅确实有过一段痛苦的精神历程。

这篇散文诗，仍然如前面的几篇作品一样，流露出鲁迅内心最深重的寂寞感和对于绝望的抗战的愤激心境。

文章一开始，就是鲁迅平静然而却是十分痛苦的自白：

我的心分外地寂寞。

然而我的心很平安：没有爱憎，没有哀乐，也没有颜色和声音。

鲁迅说“寂寞”和“平安”，看上去是矛盾的，实际是一致的。“平安”只是反语，它正是一种“分外寂寞”的深层的表现。因为鲁迅经过多次的希望与失望的痛苦的折磨，他的心已经麻木。“平安”也是麻木的代名词。鲁迅当时只有43岁，却说自己已经衰老了。这种心理感觉是深含痛苦之情的战斗的疲惫者才会产生的。下面一段话，对于自己的“衰老”的痛苦，写得很形象，但是也很苍凉：

我大概老了。我的头发已经苍白，不是很明白的事么？我的手颤抖着，不是很明白的事么？那么，我的魂灵的手一定也颤抖着，头发也一定苍白了。

接着，鲁迅以诗的方式回顾自身生命的历史，写了自己多年里的内心世界所经历的希望与失望的斗争。

这以前，我的心也曾充满过血腥的歌声：血和铁，火焰和毒，恢复和报仇。而忽而这些都空虚了。但有时故意地填以没奈何的自欺的希望。希望，希望，用这希望的盾，抗拒那空虚中的暗夜的袭来，虽然盾后面也依然是空虚中的暗夜。然而就是如此，陆续地耗尽了我的青春。

从清代末年的反抗斗争，经过辛亥革命的热烈与失望，一直到北洋军阀统治下的生存搏斗，鲁迅都是以一个热诚的改革者的身份参加的。开始，他的心，也曾怎样充满过“血腥的歌声”，即充满着战斗的热情和希望。而后来，他因为失望而变得虚无，感到一切都是“空虚”，虽然有时用自欺的“希望”的盾，去抗拒那空虚中暗夜的袭来，也就是进行绝望的抗战；但是，这样慢慢地耗尽了自己的青春。

关于这种希望与绝望的矛盾的心境，鲁迅在后来回顾自己的时候，曾经说过：“见过辛亥革命，见过二次革命，见过袁世凯称帝，张勋复辟，看来看去，就看得怀疑起来，于是失望，颓唐得很了。……不过我却又怀疑于自己的失望，因为我所见过的人们，事件，是有限得很的，这想头，就给了我提笔的力量。‘绝望之为虚妄，正与希望相同。'"①这段话，既说明了自己失望产生的缘故，也说明自己对失望的怀疑，反抗"绝望"的矛盾的内心境况。这些思考，既发自现实的感受，又有很强的抽象的思辨的色彩。关于此，片山智行教授引用丸山升教授的一种看法：

> 结果，《野草》对抽象的、观念世界的冲动并不是对现实世界的回避，而是使作者更具体地和现实发生关联的弹簧。倘把这种构造视为独特性格的话，那么《野草》的最大独创性也就在这里。其难解的由来，也在于这种坚韧的多层面的精神存在，对我们来说，不是身近之物的缘故。
>
> ——丸山升《鲁迅》，1965 年

由此，片山智行先生认为，鲁迅在《希望》中描述了心中的"寂寞""衰老""暗夜"和"虚望"。一方面，表现了从他的日常生活现实所无法看出的内面的"苦闷"；另一方面，"却仍然是纠缠在外在世界，并和具体的现实紧密衔接的。作者虽面对着隐藏在自身内面的'寂寞'和'空虚'，却又凭借着坚韧的弹簧和现世界对抗。这便是此散文诗的特证"。②

分析阅读这篇散文诗，就应该看到鲁迅内心的这种双重的寂寞感和痛苦感。鲁迅的自我矛盾和现实的斗争及现实的矛盾是纠集在一起，而从未脱离现实，做完全的"抽象的观念世界"的思考。

---

① 见鲁迅《南腔北调集·〈自选集〉自序》。

② 见[日]片山智行《鲁迅〈野草〉全释》，43～44 页，长春，吉林大学出版社，1993 年。

在感慨自身于绝望的反抗中青春的耗尽，而寻找身外青春的存在的时候，鲁迅用了一些象征性的意象来传达自己的复杂的情绪：

> 我早先岂不知我的青春已经逝去了？但以为身外的青春固在：星，月光，僵坠的胡蝶，暗中的花，猫头鹰的不祥之言，杜鹃的啼血，笑的渺茫，爱的翔舞……。虽然是悲凉漂渺的青春罢，然而究竟是青春。
>
> 然而现在何以如此寂寞？难道连身外的青春也都逝去，世上的青年也多衰老了么？

这里的“星”“月光”“僵坠的胡蝶”“暗中的花”“猫头鹰的不祥之言”“杜鹃的啼血”“笑的渺茫”“爱的翔舞”等一系列的意象，鲁迅说都是他所寄希望的身外的“悲凉漂渺的青春”的象征。或者可以说是青年的生命及其对于社会的存在形态的暗示性的象征性的意象。它们分别代表了青年在黑暗的社会中所呈现的微弱的光明；即使是在不幸的环境中仍然葆有的生命的美丽；他们敢于对于社会发出不平与反抗的诅咒；他们与社会的礼教禁锢相背离而拥有自己的生命的爱与笑；等等。关于这段话，李何林先生在他的专著中所作的说明，有助于我们的理解。李何林先生阐释这一段话说：

> 其实我早已知道我的青春已经逝去，我自身不能有所作为了；但总以为我的身外还有不少青春(光明、希望)存在：强烈的太阳的光明是没有的，但天上有星星和月亮的微弱光辉；蝴蝶虽然被摧残得僵坠了，但是究竟还有蝴蝶的美丽；黑暗中的花，究竟还是花，花的美在暗中虽然看不见，但并没有消逝掉；猫头鹰

的不祥之言虽然是不可捉摸的，但既被认为是不祥，就表示他对黑暗不满了；杜鹃鸣啼出血来，是它对某些现象伤心难过的结果；也还存在着渺茫的不可能把捉到它的意义的笑，但究竟是笑（不是哭）；存在着翔舞的不可能把捉到它的意义的爱（为什么爱？爱什么？），但究竟是爱。这一切虽然是色调暗淡的带着悲凉情调的青春（光明、希望），但意义不可捉摸的缥渺的青春，然而，它们究竟是青春，是青年们的进步言行，是黑暗社会中的微弱的光辉和一线希望。①

说身外存在的“悲凉漂渺的青春”，一方面是鲁迅对于这些青春的存在的十分的珍惜和宝贵，即使它们的存在就带有一种悲凉与渺茫的色彩；另一方面，也是鲁迅对于社会的控诉与不满，是那个暗夜一般的社会，对于青春的摧残，才使得正常的生命不能不以扭曲的形式而存在。《秋夜》中被繁霜摧残的可怜的“小粉红花”，就是这种青春的一种存在形式的代表。“杜鹃的啼血”，是用了一个为大家所熟悉的古代的文学典故。杜鹃，相传为五代末年蜀国皇帝杜宇之魂所化，也叫子规、杜宇。宋朝陆佃撰的《埤雅》说：“杜宇苦啼，啼血不止；一名怨鸟，夜啼达旦；苦啼，则倒悬于树。”鲁迅在这里用这个典故，我想不止限于青年对于某些现象伤心的结果这样的含义，而是更强调青年们对于社会不平的痛苦的呼喊与控诉的这种反抗精神的侧面。至于“猫头鹰的不祥之言”，同样是对旧制度的一种诅咒抗争的声音，但“猫头鹰”的运用，这里就包含了鲁迅的反习俗和自己的个人偏爱所蕴藏的意义在内的。一般认为，深夜里听见猫头鹰怪异的叫声，是很不吉祥

① 见李何林《鲁迅〈野草〉注解》，63页，西安，陕西人民出版社，1973年。

的事情。对于人们憎恶的那个社会叫出令那些“治者”们不吉祥的声音，这正是鲁迅所期待并努力躬行实践的。鲁迅的喜欢猫头鹰，已经是人们所知道的事实。①

散文诗在这里开始转入以自身的孤独进行抗争的思考。现实如此的寂寞。身外的青春——世上的青年，也都衰老。痛苦的绝望中，为了反抗那个不合理的制度，打破“寂寞”与“黑暗”，作者开始独自进行绝望中的抗战了。他这样无可奈何地写道：“我只得由我来肉薄这空虚中的暗夜了。”鲁迅于是借着匈牙利诗人裴多菲的《希望》之歌，表达了自己内心存在的希望和绝望这一对立的矛盾的存在及其选择。鲁迅在孤独的作战中悲观了。他说，面对那空虚中的暗夜，“我放下了希望之盾”。这时，他确乎听到了裴多菲的“希望”之歌：

---

① 参见《我的失恋》的阐释。这里再做些有趣的补充。姜德明在《读诗二题》一文中说：在过去的传说中：猫头鹰发出的鸣叫是不祥的，表示不幸。鲁迅由这一传说而来，把猫头鹰视为“给旧时代报丧的鸟”。猫头鹰学名又叫鸱枭，它是鸱枭的一种，作者在后来的《且介亭杂文·序言》(1935年)中也说：“我的言论有时是枭鸣，报告着大不吉利事。”在更早以前，鲁迅在1919年所写的《随感录·四十》中，就曾鼓励青年们说：“我们能够大叫，是黄鹰便黄鹰般叫，是鸱鸮便鸱鸮般叫。”这说明，鲁迅很早以前就对猫头鹰有一种特别的好感，并以它作为与旧制度旧势力对立并对之叫出不祥之音的象征物。据姜德明的文章说，鲁迅很早以前就喜欢猫头鹰了。鲁迅在日本留学时代的好友许寿裳先生，谈到过这一点。鲁迅的学生、好友孙伏园，也证实确有此事。姜德明在文章中特别介绍了一件鲜为人知的趣事。这是鲁迅五四时代《新青年》阵营中的好友、北京大学教授沈尹默谈到的：鲁迅“在众人面前，总是凝然静坐不语，不修边幅，头发蓬乱。因此不知是谁给他取了个外号，叫猫头鹰”。鲁迅还多次亲笔画过猫头鹰的画。鲁迅在杭州两级师范学堂做教员时，在他使用的笔记本的右上角，就有他自己画作装饰的猫头鹰。1927年出版的他的第一本杂文集子《坟》的封面，也以猫头鹰作为装饰的图案。因此，鲁迅的所谓的“猫头鹰的不祥之言”，是自己的社会批评与文明批评对于旧的社会及其代表势力反抗的一种概括，也是对于敢于同旧制度斗争的青年人的一种精神力量和作用的期望。

希望是甚么？是娼妓：
她对谁都蛊惑，将一切都献给；
待你牺牲了极多的宝贝——
你的青春——她就弃掉你。

这位伟大的匈牙利爱国诗人，已经死在哥萨克兵的矛尖上75年了。鲁迅非常痛心地说出一个可悲的事实："悲哉死也，然而更可悲的是他的诗至今没有死。"这个意思，鲁迅曾多次表述过：一个作品，应该随着它所讽刺的那个社会的死亡而死亡，不然的话，人们所存在的社会现实，没有任何改进，就非常可悲了。裴多菲生活的那个社会已经过去75年了，然而他的批判"希望"的作品至今还有生命。这正是鲁迅所感到悲哀与痛苦的事。

一个生命存在中的怀疑的哲学问题，在鲁迅的心中升起：既然"希望"是一种"虚妄"，那么，与它对立的"绝望"，又是怎样一种存在呢？清醒的现实主义者鲁迅，用裴多菲的诗否定了"希望"，接着，他又用裴多菲的另一句诗，进一步说明了"绝望"的"虚妄"性。

"但是，可惨的人生！桀骜英勇如Patofi，也终于对了暗夜止步，回顾着茫茫的东方了。他说：绝望之为虚妄，正与希望相同。"①

① 关于裴多菲的这句诗的出处，过去没有说明。日本著名的鲁迅研究者、关西大学的北冈正子教授，经过认真的查阅资料，最早提出，这句诗出自裴多菲旅行途中寄出的一封信。即后来1981年出版的《鲁迅全集》中注释中所注：此语出自裴多菲1847年7月17日致友人凯雷尼·弗里杰什的信。信中讲述自己乘着一匹自以为恶劣的驽马，以为达不到预定的旅程，"我内心充满了绝望，坐上了大车"，"但是，我的朋友，绝望是那样地骗人，正如同希望一样。这些瘦弱的马驹用这样快的速度带我飞驰到萨特马尔来，甚至连那些靠燕麦和干草饲养的贵族老爷派头的马也要为之赞赏"。

鲁迅把日常书信中的一句平常的话，升华为一种人生哲理的名言。这种运用中，显然是经过自身的生命体验所做的选择和理解。鲁迅在其中“溶注了在中国的现实中生存、战斗而且苦闷着的自己的心绪。”“不论怎样说，这句话都理所当然的是《希望》的文眼。可以认为，这句话在前面出现，是要以之作为主干并构成全文的。作者借裴多菲的清言淡语，将自己浸血的经验和胸中的思绪铸成了箴言。”①片山智行先生的这些论述，深刻地把握了这篇散文诗的精髓和作者的用意。

鲁迅内心交织着的绝望与希望的矛盾，并没有因为这一句裴多菲的箴言而得到消解。绝望既然与希望一样是一种“虚妄”，不是真实的存在。那么，自身就只能在这不明不暗的“虚妄”的偷生中，努力在身外去寻找自身那逝去的“悲凉缥渺的青春”。这是自己所寄于最大希望者。“因为身外的青春倘一消失，我身中的迟暮也即凋零了。”“身中的迟暮”，自然是指自己老年的生命的余烬。从这里可以看到，青年的反抗与进取，也即“身外的青春”，已经是鲁迅生命存在不可分割的一部分。但是，令他失望的，是现实中青年们精神的“消沉”。“然而现在没有星和月光，没有僵坠的胡蝶以至笑的渺茫，爱的翔舞。然而青年们很平安。”孤独的生命存在的沉思，转了一圈，又回到生命沉思的孤独上来。寂寞注定是所有先驱者的命运。于是，鲁迅在整个散文诗的末尾，发出了这样反抗绝望的悲凉而又坚忍的声音：

> 我只得由我来肉薄这空虚中的暗夜了，纵使寻不到身外的青春，也总得自己来一掷我身中的迟暮。但暗夜又在那里呢？现在

① 见[日]片山智行《鲁迅〈野草〉全释》，50页，长春，吉林大学出版社，1993年。

> 没有星，没有月光以至笑的渺茫和爱的翔舞；青年们很平安，而我的面前又竟至于并且没有真的暗夜。
>
> 绝望之为虚妄，正与希望相同！

寻找“身外的青春”已经失望。一掷“身中的迟暮”已势在必然。但是，自己要与之斗争的真正的“暗夜”又在哪里呢？这里，出现了鲁迅反抗绝望中的双重的矛盾和痛苦。身外既没有与暗夜抗争的青年，也没有自己要与之抗争的“真的暗夜”。《秋夜》中那“仿佛想离去人间”的“夜空”，就是没有“真的暗夜”的一种说明。《野草》中后来的《这样的战士》，说举起投枪的战士在“无物之阵中大踏步走”，“他终于在无物之阵中衰老，寿终”，写的也是这个意思。在鲁迅的眼中，敌人的战阵中没有真正的对手。这种孤独和寂寞，是一个真正的战士独特的感觉。

关于这段结尾，冯雪峰在他的关于《野草》的论文中，作过这样的阐释：

> 就是说，青年们很安于“没有星，没有月光……”的现状，对于他们好像没有真的暗夜存在似的，可见他们并没有真的同暗夜奋斗，因而他们也并没有到了应该感到绝望的地步。①

片山智行教授说：“这恐怕是最切近作者的意图解释。青年们甚至没有站在应该感到‘绝望’的位置。‘竟至于并且没有真的暗夜’，意思当

① 冯雪峰《论〈野草〉》，载1955年10月15日～30日《文艺报》第19～20期。

理解为是针对青年连'绝望'都感受不到，处在'冷气''无感觉'状态。"①

我觉得冯雪峰的理解，有两个问题值得讨论。第一是，鲁迅的这篇散文诗中的"星，月光"，与"僵坠的胡蝶""暗中的花""猫头鹰的不祥之言"等一系列意象，应该是指他所希望存在的"身外的青春"，也就是敢于思考和反抗现实的青年们，即青年们的生命；而冯雪峰的解释里，说青年们安于"没有星，没有月光……"的现状，这样就把"星，月光"看成"暗夜"的现实环境状态的象征物了。第二，"但暗夜又在那里呢?""而我的面前又竟至于并且没有真的暗夜"。这两句话中面前没有"真的暗夜"的感觉，是鲁迅自身战斗中对于现状寂寞的感受，并不是说的青年们没有感到真的暗夜的存在，连"绝望"都感觉不到存在。冯雪峰的理解，前者是把主体的象征看成客体的象征了；后者相反，则是把鲁迅的主体的感受看成是"身外的青春"的客体的感觉了。

最后鲁迅重复地引用了裴多菲的话："绝望之为虚妄，正与希望相同"。与前面的引用时，感情色彩上略有不同。前面是通过裴多菲的话说出来的他的感受，是重点在否定"绝望"的不可信，以与他引用的否定希望的"希望"之歌相左；而在散文诗的最后，鲁迅对"身外的青春"彻底绝望了，以至在一掷"身中的迟暮"(孤独的反抗)的时候，竟感到连"真的暗夜"也不存在，即为没有真正的反抗的对手而感到战斗的虚空与寂寞，在这种双重的寂寞和绝望之中，他对于裴多菲的话的运用，就比前面更多一些悲观和愤激的感情色彩。鲁迅的这篇作品是在寻找"身外的青春"的时候，企图努力否定"绝望"，但是在一番无

---

① 见[日]片山智行《鲁迅〈野草〉全释》，52页，长春，吉林大学出版社，1993年。

望的寻求之后，他又重新陷于一种更深的更痛苦的绝望之中。或者说，在散文诗的结尾中，对于绝望和希望同样地感到“虚妄”，成了他这时候的主导感情。“虚妄”成为鲁迅生命哲学中希望与绝望这对矛盾的无法调和的智性化了的“中间物”。美国的学者李欧梵教授说，从这篇散文诗里的“希望的盾”这一反映作者的空虚和苦恼的“镜子似的隐喻”的背后，可以找到那“影”里的主要的东西：一个老人的虚无和失望感。“显然，这一系列相悖的两极正是鲁迅探测他的内部紧张的方法。他似乎是在这希望与失望的两极之间徘徊与挣扎。他将怎样划清内在的自我和身外的现实之间的界限，又怎样陷入矛盾漩涡的存在中找到意义呢？这个问题存在于鲁迅个人‘哲学’的中心。”①

鲁迅从来没有成为一个虚无主义者。他不相信“虚空的暗夜”与人类长存。他所感到的虚无与绝望，是与他内心深处存在的对于历史进化论给予他的希望的生命哲学，同时存在的。他对于抽象的观念的思考没有离开他对于具体现实的关注。当他一旦在现实中发现了使他的抽象的观念发生变化的影子的时候，他就毫不掩藏地袒露自己重新获得的内在的力量和信念。为战胜黑暗，人类要付出比“反抗绝望”更大的血的代价，才能获得“希望”的真正地实现。1926 年，“三一八”事件发生以后，鲁迅即将离开北京去厦门的前夕，出席了由北京女子师范大学学生会召开的“学校破坏一周年纪念会”。他在会上所做的讲演的最后，阐述了他在整个人类的历史发展中对于“希望”的现实的，也是哲学的观念：“我们的许多寿命白费了。我们所可以自慰的，想来想去，也还是所谓对于将来的希望。希望是附丽于存在的，有存在，

① 见李欧梵《铁屋中的呐喊——鲁迅研究》，107 页，中国香港，香港三联书店，1991 年。

便有希望，有希望，便是光明。如果历史家的话不是诳话，则世界上的事物可还没有因为黑暗而长存的先例。黑暗只能附丽于渐就灭亡的事物，一灭亡，黑暗也就一同灭亡了，它不永久。然而将来是永远要有的，并且总要光明起来；只要不做黑暗的附着物，为光明而灭亡，则我们一定有悠久的将来，而且一定是光明的将来。”①

1994年12月14日写

1995年8月6日修改

① 见鲁迅《华盖集续编·记谈话》。

现实的与哲学的(中)

——鲁迅《野草》重释

关于《雪》

《雪》写于1925年1月18日，最初发表于1925年1月26日出版的《语丝》周刊第11期。

《雪》是鲁迅《野草》中一篇抒情性很强的象征主义的散文诗。由于它完全用的是对于象征性意象的具体描写，将自己的主观感情隐藏在意象的背后，就使这篇散文诗显得文字很优美、清隽、壮丽，而内涵却不是那么一下子就可以完全把握得很准确。

过去的一些解释，除了在一个特定时期里，有的研究者过于拘泥历史的实在，抱着鲁迅向往和追随南方革命的先入之见，对其中的“南方的雪”等一些意象，作十分牵强附会的臆说以外，应该说，绝大多数的阐释的意见，还是比较一致的。这就是说，鲁迅通过对于南方的雪和北方的雪的不同的描写，隐蔽地传达了自己这样的思绪：对于南方的雪所象征的美好的理想和境界的赞美与向往，对于寒冷的北方冬天所象征的现实社会与人生处境的诅咒，对于北方的雪所象征的孤独的反抗精神的歌颂与赞美。很多研究者也指出，在关于北方的雪的意象的描写中，也流露了鲁迅的“荷戟独彷徨”的孤独之感。

近年来，片山智行教授在他的《鲁迅〈野草〉全释》一书中，很有见地的提出了散文诗《雪》中描写的“两个世界”的看法，给前此的研究视野与观点带来了一些新意。他把这篇散文诗描写的意境同鲁迅的一些写童年生活的小说联系进来，进行思考。他说，“滋润美艳之至”的柔和的“江南的雪”，孩子们堆雪罗汉的欢快的情景，是一种鲁迅回忆里的过去的“牧歌世界的象征”。这种“牧歌世界”，在鲁迅的小说《社戏》(1922 年)中所描写的“朴素之民”的天真幸福的生活里出现过；在另一篇小说《故乡》(1921 年)中关于明朗快活的少年闰土的回忆里，也出现过。散文诗的另一个世界，“北方的雪”生存的环境所象征的是严酷的“现实世界”。他努力在探寻鲁迅将“两个世界”对立起来描写的深刻用意。他说：正像《故乡》所明确揭示的那样，鲁迅回忆里的过去的牧歌世界(回忆明朗快活的少年闰土)，总是在和现实严酷的社会状况(累于生活的苦难而失去往日快活的闰土，时隔多年再次见到“我”时，叫“我”“老爷”的悲剧般的现实)的比较中具有深刻意义。轻柔和缓的“江南的雪”(过去的牧歌式的世界)最终也是在和“北方的雪”(严酷的现实)的对比当中，不能不含有深刻的意味。“江南的雪”等“故乡”的景物，就像从《故乡》的结尾谈到的“希望”里所知道的那样，是把对新世界(幼小者们)的“希望”隐秘在什么地方描写出来的。①

这种在“两个世界”的对立中对于“江南的雪”隐秘含义的理解——

① 见[日]片山智行《鲁迅〈野草〉全释》，56 页、55 页，长春，吉林大学出版社，1993 年。

对于“新世界(幼小者们)的‘希望’”的理解与把握，似乎在近年对于这篇散文诗的研究中，表现了一种新意。这种新意的开掘，应该说是符合作品的意象可能具有的内涵的。

不管怎样，此前的研究者们对于这篇散文诗的理解，都还没有离开作品所象征的现实层面。即通过两种雪的景象的不同描写，象征地表达了鲁迅对于美好理想境界的赞美，对于寒冷严酷现实环境的不满和对于北方的雪所象征的反抗、斗争品格的歌颂。在这一点上，大家是没有什么大的歧义的。

但是，如果换一个视角，重读这篇作品，再联系鲁迅在这篇散文诗之前写作的《希望》的内容，进入鲁迅对于生命存在的哲学的思考，对于这首散文诗，似乎又能得到一些理解。

研究者们都承认一个事实：这篇散文诗，是鲁迅由外在的自然景物的现实感受引出来的一种创作冲动而产生的成果。但是，却往往忽略了另一个事实：这一篇散文诗，在写作的过程中鲁迅所思考的人生问题的过程和他郁结的心理“情结”。而了解这一点，对于把握这篇散文诗的深层的哲学内蕴，是十分重要的。

《雪》写于1925年1月18日。据《鲁迅日记》载，1924年12月30日这一天，北京连着下了两天的大雪：“雨雪。……下午霁，夜复雪。”第二天，大约晴天，阳光灿烂，但却刮起了北京冬天特有的大风，满地白雪，漫天飘舞，旋转升腾，蓬勃奋飞，一片非常壮观的景象。这种景象，使鲁迅的内心，产生了一种难以抑制的激动。他很少有地在自己12月31日的日记里，写下这样富于感情色彩和浓郁的诗情的话：“晴，大风吹雪盈空际。”这样特有的壮观的自然景色，激动着鲁迅的诗情思考。他还没有找到一种最合适的表现方式，通过这自然景象作为文学的象征物，来传达自己思绪。但是，有趣味的是，就在这日记载“大风吹雪盈空际”的第二天，也就是 1925 年 1 月 1 日，新的一年的元旦的日子，鲁迅于深夜写了“因为惊异于青年的消沉”而感慨至深的《希望》。在这篇散文诗中，鲁迅最痛苦地思考了自身生命的衰老与死亡，感慨一般青年的消沉，和他自身孤独寂寞地与“暗夜”一般的社会“肉搏”，进行“绝望的抗战”等问题。在这时候，浓重的“失望”与“希望”的矛盾，缠绕着他的心。这些思考，是《秋夜》主题的继续，又是《秋夜》主题的深化：鲁迅在人与社会的关系上由现实的生活层面进入人的自身生命存在层面的思考。强烈的孤独感和“身外的青春”与“身内的青春”这两种生命存在形态的构想，是鲁迅这段时间里哲学思考的重要命题。《希望》提出了这一命题，但鲁迅自觉得还没有完成它。这样，在这场纷飞的大雪中和大雪过去之后北京街头的一番景象，就触动了他的新的艺术构思。于是在大雪之夜过后，鲁迅先生关于人生问题思考中的一个最重要的“情结”，就是在与社会的搏斗中，人的生命存在的形式中的反抗者的孤独感，和关于“身外的青春”与“身中的迟暮”以及只身与暗夜肉搏等等思考，就在雪的各种现实和非现实的形态中得到了象征的展现。

在这个时期里鲁迅给许广平的信中，也谈到了他所想到的关于人生经验的最重要的思考：走“人生”长途，最易遇到的两大难关。一个是“歧路”，一个便是“穷途”。对于“穷途”，“听说阮籍先生也大哭而回，我却也像在歧路上的办法一样，还是跨进去，在刺丛里姑且走走。”“我自己对于苦闷的办法，是专与袭来的苦痛捣乱，将无赖手段当作胜利，硬唱凯歌，算是乐趣”，他承认自己这些思考，均属“人生”的问题。并说，这些人生哲学，有些“近于游戏，不像步步走在人生的正轨上（人生或者有正轨罢，但我不知道）”。①

他于同年4月，又在给许广平的信里写道：“由我想来——这只是如此感到，说不出理由——目下的压制和黑暗还要增加，但因此也许可以发生较激烈的反抗与不平的新分子，为将来的新的变动的萌蘖。”“我现在还在寻有反抗和攻击的笔的人们，再多几个，就来‘试他一试’，但那效果，仍然还在不可知之数”。②

鲁迅心中自己踏着人生的荆棘，专与痛苦捣乱，同时感慨青年的消沉，竟是那样的痛苦、愤激和绝望，他又是怎样热切地想在青年中寻找反抗与不平的新分子，这些都说明，在如何面对社会黑暗，寻找反抗力量这一人生的重大问题，在他的心中有着怎样的分量。他在大雪之夜写了《希望》，传达了他心中思考的凝结的希望与失望，反抗与孤独这些人生的哲理；十八天以后，他又在《雪》中，以象征性质的更隐蔽的艺术形式，将这些思绪凝结出一颗更美的果实。

为了说明上面提出的问题，我们不妨从这个视角，作一点文本的阅读。

在《雪》这篇散文诗中，鲁迅关于“暖国的雨”“南方的雪”和“朔方的雪”这三种自然景象的描述，可以看作是他所观照的三种人生存在的生命的形态的象征。

诗的一开头，就是这样一句难于理解的话：“暖国的雨，向来没有变过冰冷的坚硬的灿烂的雪花。博识的人们觉得他单调，他自己也以为不幸否耶？”

这句话在全诗里的作用，一方面固然是为突现后面出现的“北方

---

① 见鲁迅《两地书·二》。

② 见鲁迅《两地书·一〇》。

的雪”的悲壮美丽的形象而设下的伏笔。后面，作者不仅重复了这一句中“冰冷，坚硬，灿烂”的意思，而且把“北方的雪”称为“是死掉的雨，是雨的精魂”，这就看出鲁迅对于“暖国的雨”的生命与“北方的雪”的生命之间之联系的看法。在鲁迅看来，他们同一生命存在的两种形态。一种，是生命的合理的存在的形态；一种，是生命的现实的也是最终的存在的形态。但是，对于这两种生命存在的形态，鲁迅是怎样看的呢？这是这句诗放在全篇的开头的更为重要的目的。鲁迅是想说：这样从来没有变过“冰冷的坚硬的灿烂的”的雪花的“暖国的雨”，理想固然是理想了，但是这理想的人生，不曾经历痛苦磨难的人生，是幸福？还是一种不幸？不同的生命价值观就有不同的判断。鲁迅没有正面回答这个问题。他用“博识的人们”觉得它太“单调”些了，又发问：“他自己也以为不幸否耶?”鲁迅是想说，自认为平安温暖的合理的存在的生命形态，不就是一种幸福的存在的生命形态。

片山先生在他的著作中这样理解作者的用意：

> 作者这里引而不发的是温暖的南方，处在祥和环境(雨变不成雪)里。把“暖国的雨”和“北方和雪”“灿烂地生光”，“旋转而且升腾”的行为相比较，之所以产生“以为不幸否耶”的疑问，就是因为符合这一意思。这里也存在着上一篇作品《希望》中作者所担心的“青年们很平安”，即青年们“无自觉”“无感觉”的问题。①

这就是说，鲁迅对于那种理想的但未经现实的斗争磨炼的生命的存在

---

① 见[日]片山智行《鲁迅〈野草〉全释》，56页、55页，长春，吉林大学出版社，1993年。

的形态，是抱有爱护然而又是不安的态度的。他不认为这是一种幸运的生命的存在。一种没有“跨进去，姑且在刺丛里走走”的人生，沉醉于温暖和“平安”里的人生，是不能看作为幸运的人生。

接着这一句关于“暖国的雨”之后，散文诗很快就转入到对于“南方的雪”的描写。这部分内容，占全诗很大的篇幅，整整用了3段的文字。这是作者童年的生活经历的回忆，又是一种带有理想境界的象征意象的渲染，故写得特别的具体、亲切、细腻；文字也格外的美丽而朴实。但是，如果仔细品味，可以感到3段文字中不同重量的感情色彩。

第1段文字，作者用充满情感和诗意的笔调，为我们描写了一幅“江南雪野”的美丽的图景：

> 江南的雪，可是滋润美艳之至了；那是还在隐约着的青春的消息，是极壮健的处子的皮肤。雪野中有血红的宝珠山茶，白中隐青的单瓣梅花，深黄的磬口的蜡梅花；雪下面还有冷绿的杂草。胡蝶确乎没有；蜜蜂是否来采山茶花和梅花的蜜，我可记不真切了。但我的眼前仿佛看见冬花开在雪野中，有许多蜜蜂们忙碌地飞着，也听得他们嗡嗡地闹着。

可以看出，鲁迅完全带着赞美与怀念之情，来写这幅江南下雪的图景的。他在肯定这种生机蓬勃的世界。这里面有生命的希望，有雪中旺盛的多彩的冬花的开放，有带他回到童年世界中的花丛中嗡嗡的蜜蜂的闹声。江南雪野冬花的图景越写得美丽，也就越使人感到这种景物所象征的生命存在形态的可爱。那里没有肃杀冷酷的严冬的摧残。那里没有生命的孤独与死亡的阴影的笼罩。鲁迅无限向往这种生命存在的境界。[①] 因此，他才接着把这南方下雪景象的描写与孩子们的欢乐联系起来。他写那些可爱的孩子塑雪罗汉，尽管分不清那是壶卢还是罗汉，但对于它，他写道："然而很洁白，很明艳，以自身的滋润相粘结，整个地闪闪地生光。"这描写中的肯定与赞美的感情色彩，是非常明显的。这幅孩子塑雪罗汉的图景，进一步强化了他对这一在美好的环境中生命存在形式的认同与肯定。

但是，从散文诗的自身结构的发展来看，作者对于这种"江南的雪"所象征的生命存在的形态，仍然有自己的保留。这标志，就是接着描写的第 3 段文字所透露的信息。第二天，欢乐的情景过去之后，孩子们再来访问这雪罗汉的时候，看到的境况，只是生命的冷清。

---

① 在同一个时期内，鲁迅所写的小说《在酒楼上》，也有写江南雪景的文字，并与北方的雪景作了比较，虽然不是什么象征的描写，却也看出鲁迅对于南方的雪景赞美的感情色彩。这是从酒楼上眺望"废园"：

"我先前也曾眺望过许多回，有时也在雪天里。但现在从惯于北方的眼睛看来，却很值得惊异了：几株老梅竟斗雪开着满树的繁花，仿佛毫不以深冬为意；倒塌的亭子边还有一株山茶树，从暗绿的密叶里显出十几朵红花来，赫赫的在雪中明得如火，愤怒而且傲慢，如蔑视游人的甘心于远行。我这时又忽地想到这里积雪的滋润，著物不去，晶莹有光，不比朔雪的粉一般干，大风一吹，便飞得满空如烟雾。"

小说中还写道：

"觉得北方固不是我的旧乡，但南来又只能算一个客子，无论那边的干雪怎样纷飞，这里的柔雪又怎样的依恋，于我都没有什么关系了。我略带些哀愁，然而很舒服地呷一口酒。"

前者看出作者对南方的雪的赞美与怀恋之情；后一段就只是在"干雪的纷飞"与"柔雪的依恋"的并列描写中，传达一种客子的"哀愁"。这两段描写，和散文诗《雪》中的描写对照起来读，可以看出两种雪的形态的差异，以及鲁迅的感情色彩，不是没有联系的。

> 但他终于独自坐着了。晴天又来消释他的皮肤，寒夜又使他结一层冰，化作不透明的水晶模样；连续的晴天又使他成为不知道算什么，而嘴上的胭脂也褪尽了。

从这段文字描写叙述的语气上来看，显然包含了鲁迅的惋惜与无可如何的情感在内的。也可以说，除了第一个层面的写回忆中的江南下雪时景象的意义之外，在更深的层面上，这些描写，是以象征的形象传达出作者对于人生存在的一种形态的不满：生命不仅仅是一种欢欣与温暖，也不是供人欣赏和娱乐的存在。在鲁迅的眼里，这样的生命形态，不可能具有永恒的价值。它的存在将随着他的美的消失而被人们所遗忘。

那么，鲁迅所肯定和认同的真正的生命存在的形态是什么呢？这就是鲁迅接着这雪罗汉的消融所写的北方的雪的景象的用意。鲁迅几乎用全部的热情赞颂的“北方的雪”所象征的精神与品格。这雪，是零散的，是孤独的，但却是那样的充满着战斗的意气和风采。在鲁迅的笔下，几乎还很少有这样充满热烈笔调的描写：

> 但是，朔方的雪花在纷飞之后，却永远如粉，如沙，他们决不粘连，撒在屋上，地上，枯草上，就是这样。屋上的雪是早已就有消化了的，因为屋里居人的火的温热。别的，在晴天之下，旋风忽来，便蓬勃的奋飞，在日光中灿灿地生光，如包藏火焰的大雾，旋转而且升腾，弥漫太空，使太空旋转而且升腾地闪烁。
>
> 在无边的旷野上，在凛冽的天宇下，闪闪地旋转升腾着的是雨的精魂……
>
> 是的，那是孤独的雪，是死掉的雨，是雨的精魂。

讲完“江南的雪”所塑雪人的不幸遭际之后，作者用了一个有力的“但是”的语气词，作为向“朔方的雪花”的转折。这本身，就强化了作者对于朔方的雪花的强烈的钟情。他先是写朔方的雪花的桀骜不驯而又孤军奋战的品格。他们在纷飞之后，“永远如粉，如沙，撒在屋上，地上，枯草上，就是这样”。这个句子的感情色彩，给人以孤独而毫无悔意的倔强之感。“就是这样”，是说这就是他的品格和操守。这雪花中，有因“屋里居人的火的温热”而融化了的。他们是幸福者，然而作者所坚持赞美的生命，却是另一番悲壮的景象，他们在旋风中奋飞，在太阳的照耀之下，“灿灿地生光”，他们甚至英武得如“包藏火焰的大雾”，旋转升腾弥漫于太空之中以至使太空也跟着“旋转而且升腾地闪烁”。他们以自身的力量，示威于“凛冽的天宇”之下。他们自身的青春已经死去。他们以自身的“迟暮”在反抗。因此才说，他们是“死掉的雨”，“雨的精魂”。

这种生命的存在形态，才是鲁迅所真正坚守和赞美的人生。孤独，然而坚强；微小，然而广大；死去，然而永恒的存在。他使我们想起鲁迅所歌颂的枣树，被打尽枣子之后的轻松，他也使我们想起了在鲁迅心中萦绕七八年之久的“火的冰”的意象，这个非传统的文学中所有的独特的意象所象征的生命的存在的形态。《火的冰》中，也恰好有一句这样话：“遇着说不出的冷，火便结成冰了。”“火，火的冰，人们没奈何他，他自己也苦么?”这里写“火的冰”，被冻死的火，是为了写“火的冰的人”。那么，这篇散文诗中作者写“死掉的雨”，写被冬天的寒冷“冻死的雨”，写这朔方的雪花就是被“冻死的雨”的孤独的“雨的精魂”，也就是为了写人的一种生命的存在。在这里，我们也似乎可以听到《希望》的末尾中所有的“我只得由我来肉薄空虚中的暗夜了，纵使寻不到身外的青春，也总得自己来一掷我身中的迟暮”这样孤独苍凉然而绝然抗战的声音。

作者在《雪》中所描写的三种生命存在的形态，目的是为了在隐藏的意象中，传达一种《希望》里所要继续阐发的思绪：即使身外的青春真正的已不再存在，那么，在他的“死掉的精魂”之身上，也就是进行“朔方雪花”所象征的孤独反抗的生命存在中，仍然有永不绝灭的希望在的！这些，或许就是我所理解的鲁迅的写作这篇《雪》的深层的象征内涵。

李欧梵先生认为，《野草》这个集子中“写得最好的抒情诗篇或许是《雪》，这里抒情场景围绕着南方和北方两种雪的对比而给以启示：雪的两种形象，成为诗人往昔青年时代和当前的他的隐喻。对南方雪景的描写色彩丰富……，但是诗人现在居住的那里的北方的雪，却是没有色彩的，如粉，如沙，决不粘连。这些描写可以说都是实景，但是在雪化为雨时，所写的景象就不那么现实主义了：

> 在无边的旷野上，在凛冽的天宇下，闪闪地旋转升腾着的是雨的精魂……
>
> 是的，那是孤独的雪，是死掉的雨，是雨的精魂。

在这些抒情诗里，自然景物的描写似乎已经浸透了幻想的、隐喻的意象。这不仅赋予鲁迅的散文诗以诗意，而且由于大胆地离开了中国古诗中自然意象的运用，决定了鲁迅散文诗的现代性。”①雪中现实的和超现实的自然景物的描写，确实远远超出了中国传统诗歌中自然景物

① 见李欧梵《铁屋中的呐喊——鲁迅研究》，101页，中国香港，香港三联书店，1991年。

描写的方法和意义，为中国现代性的散文诗创立了新的范式。就这个意义上讲，说鲁迅的散文诗“绝对地属于象征主义的结构”，应该是一种合乎实际情况的评价。①

1995年1月12日写

1995年8月19日修改

关于《风筝》

《风筝》写于1925年1月24日，最初发表于1925年2月2日《语丝》周刊第12期。

因为，“惊异于青年消沉”，于北京大雪纷飞之后的1925年1月1日，鲁迅愤激而动情地写下了《希望》。18天后，他写了《雪》那篇散文诗。再过6天，又写了《风筝》。3篇散文诗在时间和内容上的联系，是很值得我们注意的。

《希望》是关心青年的精神的状态，希望打破他们的“消沉”，唤起他们自觉的反抗意识。青年不过是长大了的幼者。因此，这《希望》，也应该属于鲁迅所呼喊的“救救孩子”的广大思考范围之内的。只是《希望》所喊的声音，是已经在喊过“救救孩子”的声音而陷于更广大的精神寂寞之后，也就显得更为痛苦一些，更带有一种悲凉和反抗绝望的意味。

在《雪》中，鲁迅的题材一部分直接写的是孩子。他在描写对于故乡“江南的雪”的美好回忆的时候，这样写道：在南方温暖的下雪天里，“孩子们呵着冻得通红，像紫芽姜一般的小手，七八个一齐来塑

① 见李欧梵《铁屋中的呐喊——鲁迅研究》，101页，中国香港，香港三联书店，1991年。

雪罗汉”的欢乐情景。在这一幅图景中，孩子们的“父亲”是作为孩子们共同欢乐的朋友而出现的。即使没有出场的“谁的母亲”，也没有因为孩子们从她的“脂粉奁中偷得胭脂”来涂在雪罗汉的嘴唇上而责备孩子。鲁迅愤激于青年的消沉的时候，对于天真无邪的孩子们却充满了深爱之情。他快慰于他们精神上的欢乐，也愿大人们理解他们的天性，与他们一起欢乐，并为他们创造欢乐幸福的条件。他说的作父亲的应该“背着因袭的重担，肩住了黑暗的闸门，放他们到宽阔光明的地方去”，这心境，是在很长时期里鲁迅思考的一个现实的同时也是哲学性的伦理问题。五四之时的 1919 年及此后，鲁迅先后写的小散文诗《古城》、杂文《我们现在怎样做父亲》，以及小说《故乡》《社戏》等，所要表达的或涉及的，就是这个主题。

继《雪》这篇散文诗写到关于童年的回忆中孩子们的欢乐情景之后，鲁迅或许在继续思考着：如果像他一辈的年长的人，不是如下雪天里这样的尊重孩子们的欢乐的天性，赞同他们的欢乐趣味，并同他们一起做同样欢乐的事情，——“塑雪罗汉”，而是相反，对他们的欢乐的趣味和天性压制和摧残，那么，又将会是怎样一种结果呢？

为了这一个思考的中心问题，即如何尊重儿童的天性？鲁迅开始展开他的下面的，也就是这一篇散文诗主要部分的构思。于是，童年的另一幅“无可把握的悲哀”的回忆的图画，就由于一点物象的触动，而自然地浮现在他的眼前。他需要用自己更深的思考的结果，对于社会上还普遍存在的扼杀儿童快乐的天性问题，做出象征性的形象的回答。这时，鲁迅回忆往事的心，显得异常的不平静。

因此，在《雪》中写作之后的第六天里，鲁迅因为看到北京冬季的天空中一二风筝的浮动，刺激了他长期积压在内心深处的关于对儿童的“精神的虐杀”痛苦的回忆和思考，于是就写下了这一篇散文诗《风筝》。在这个意义上看,《风筝》思考的主题,是与《希望》《雪》中已经含有的人生经验所体现的伦理哲学,可以说是非常紧密地联系在一起的。

《风筝》这篇散文诗,由于写的是由风筝引起的回忆“我”少年的时候对小弟弟“精神的虐杀”的故事,暗示了作者想说的人生哲理,带有明显的象征的性质。也就是说,这里写的是风筝,是生活中常见的事物,但是作品又在风筝这个意象的背后,隐藏了比摧残风筝更深一层的含义。这样,就使这一作品的内涵,具有几个主题线索发展的特征。

一个主题线索是,鲁迅自己,即作品中的“我”,对于幼年的弟弟的“精神的虐杀”的自悔的心境,以现代科学的思想批判了封建的“家长式”的吃人的道德观念和行为;另外一个主题线索是,回忆中的故乡的温暖的春天和现实生活中“四面都还是严冬的肃杀”的环境的对立。这一描写中,暗示作者对于严酷的现实的不满与反抗的情绪;第三个主题线索,是作者,也即作品中的“我”,后来请求长大了的弟弟原谅自己的过失,而弟弟却全然忘却了他的这一过失,似乎根本没有这件事情一样,自己以至无法惭悔。对于“我”,这固然是一种无法弥补的怅惘感;而在作这对于人类天性的思考中,如弟弟一样的人们身上与心灵中,这无异是一种固有的高尚的美德。我读《风筝》这篇散文诗,很自然地感到,这三种主题线索,是以第一种主题,也就是以反省“虐杀儿童的天性”的主题为核心,被作者很自然地交织在一起,而得到生动的表现的。

《风筝》一开始,是现实生活中呈现的情景:“北京的冬季,地上还有积雪,灰黑色的秃树枝丫叉于晴朗的天空中,而远处有一二风筝浮动,在我是一种惊异和悲哀。”这“见景生情”所产生的“惊异”和“悲哀”两种感情，暗示了这篇散文诗是以反省“虐杀儿童娱乐天性”为核心的多重变奏主题线索的开端和展开。

作者说“惊异”，就是天空中出现的“风筝”，竟能在“严冬的肃杀”中唤起自己想到，与此完全不同的江南故乡的风筝时节的那种一片“春日的暖和”的情景。作者是那样满带感情地回忆起江南二月的春天里，天空中那淡墨色的蟹风筝或嫩蓝色的蜈蚣风筝，还有没有风轮的瓦片风筝。最可怀念的当然是那里的环境：与作者身处的寒冷的北方的境界完全不同，他所怀念的江南的“此时地上的杨柳已经发芽，早的山桃也多吐蕾，和孩子们的天上的点缀相照应，打成一片春日的温和”。这是一片令人难以忘怀，又令人十分向往的美好境况。“我”由此更增强了他对于完全相反的现实环境所象征的生存空间的失望的感觉。因此，他于内心中“惊异”的向自己发问：

> 我现在在那里呢？四面都还是严冬的肃杀，而久经诀别的故乡的久经逝去的春天，却就在这天空中荡漾了。

“我现在在那里呢?”鲁迅这一发问，是十分痛苦而又充满了愤懑心情的。这一自身处境与个人在现实中位置的思考，既有生活层面的批判的意义，又有哲学层面上的对于人生问题的怀疑的深层意味。

在哲学的层面上，鲁迅是说：自己的孤独与彷徨之感，在反抗绝望中找不到人生中合理的可以发挥自己的本性的真正的位置。他嚼味着一个先觉者于充满希望的五四新文化运动退潮之后，在人生道路的寻求中所感到的极大的困惑和痛苦。在生活的层面上，鲁迅是说，自己以自然季节的寒冷寓意社会环境的残酷。现实的处境，完全如被一片“严冬的肃杀”所笼罩。“久经诀别的故乡的久经逝去的春天”，在这段文字里，就不仅仅说明鲁迅真实的意义上的离开故乡的时间之久，而且包含了他内心的潜在的语言：自己所处的现实，久已没有一点自由和温暖。这里有的是军阀的黑暗统治，是一片冷酷的肃杀景象。这样，“温暖的春天”和“严冬的肃杀”的强烈的对照，就不仅仅是一种所处空间不同的时令和季节的对比，而是更深层地更曲折地表现了鲁迅对于当时社会环境的不满和抗议的情绪。而且，飘游于北地天空中的那么一点“久经逝去的春天”的荡漾，又怎么能改变自己所与之战斗的寒冷黑暗的社会的现实状况呢？在这里，于环境差异的感慨中，分明透出一个像在荒漠中坚持抗争的战士内心里所具有的孤独感。

鲁迅所说的“悲哀”，就是指天上的那浮动的“一二风筝”，唤起他对于故乡放风筝景象的童年的生活的想象，引起他内心深处藏之已久的痛楚与悲哀的回忆。这就是，他曾怎样以一个长兄的封建“家长式”的威严，摧残了他小兄弟喜爱放风筝的欢乐的兴趣，摧残了儿童合理的天性。

散文诗整整用了两大段文字，描写了这个过程。鲁迅先是写自己怎样不爱放风筝，因为从正统家教得来的观念，认为放风筝一类的游戏，是没有出息的孩子所做的玩意儿；其次，写自己的小兄弟怎样最喜欢风筝，由于“我”的不许他放，他是怎样的不是自己放，而是只能出神地看着别的人放风筝，怎样为别的人的风筝的或升于天空，或跌于地上的命运，而惊呼，而跳跃；这是一种曲折地表达自己儿童的娱乐天性的行为。最重要的，鲁迅在散文诗里，特别用了一段很长的文字，描写了小兄弟如何背着自己的长兄，偷偷地在堆积杂物的小屋里，认真地制作蝴蝶风筝，后来又怎样被“我”发现了，“我”又是如何摆出长兄的威严和力气，愤怒地摧残了小兄弟花很多的心血，苦心制作，但尚没有做好的风筝。

在中国传统礼教思想所统治的社会里，是非常讲究“长幼有序”的伦理道德的。按照那个社会“三纲五常”的规定，一个家庭，一切由一家之长的父亲说了算的。当家长父亲去世以后，家里最大的长兄，就有一切权力，来管制家庭和弟兄的一切。失去了父亲又是长兄的鲁迅，那时候，自然地认为他这种管教弟弟的封建“家长式”的专制行为是十分合理的。于是，他才对小兄弟做风筝的行为进行“愤怒”的摧残，而且觉得是心安理得的事。散文诗中写道：“论长幼，论力气，他是都敌不过我的，我当然得到完全的胜利，于是傲然走出，留他绝望地站在小屋里。后来他怎样，我不知道，也没有留心。”正因为觉得“合理”，自然后果也不必知道，也不用“留心”的了。这一段封建“家长式”的对于儿童娱乐天性的摧残的描写，是很典型的。虽然，后来，周作人和鲁迅的小弟弟周建人都回忆说，当时并没有这件事，可能是鲁迅想象中的一种艺术创造。① 但是我想，这还可能是实有其事。鲁

① 关于这一点，我们可以介绍一下片山智行先生的看法。他在自己的著作中这样写道：就这篇作品有关的事实，周作人有重要的证言。让我们来看一下吧。这所说的小兄弟也正是松寿（周建人），不过《野草》里所说的是“诗与真实”和合在一起，糊风筝是真实，折风筝翅骨等乃是诗的成分了。松寿小时候爱放风筝，也善于自糊风筝，但那是戊戌（1898）以后的事，鲁迅于那年春天往南京，已经不在家里了。而且鲁迅对于兄弟与游戏，都是很有理解，没有那种发怒的事，文章上只是想象的假设，是表现一种意思的方便而已（周启明《鲁迅的青年时代》，1957）。周作人（周启明）说的虽不一定百分之百正确，但在事实关系方面，他谈的确有很高的可信性。周建人也证实，鲁迅并没有反对过放风筝。但不论事实怎样，《风筝》作为文学作品，确实存在着“诗与真实”的问题。就像著名的“幻灯事件”很可能不是事实一样，这作品也略有可能是创作，不过，作者对自我内面的“家长”进行深刻的内省，却是明确的。——“狂人”的苦恼于未必没吃了妹子的肉的《狂人日记》也是如此。作者由衷的心情（内省式的诚实）使这篇作品更接近文学创作（《鲁迅〈野草〉全释》，60 页，长春，吉林大学出版社，1993 年）。

迅写得这么真切，而且不止一次写到这件事，可见这事在他的记忆中的印象之深了。

自我的惩罚来自多年后科学的启迪引起的内心的自省。而产生这一“自省”的思想，在鲁迅，也是由来已久的。

鲁迅回国以后，多年从事教育方面的工作，已经多方面接受了现代教育科学的洗礼。1912 年，他创作了文言小说《怀旧》，写了太平天国军队(长毛)活动冲击下，江南乡村里一个私塾的儿童的天真与蒙师及乡绅们的愚昧，对于儿童的心理和天性，显示了很深的理解。1913 年，鲁迅翻译了日本的心理学者上野阳一的论文《艺术鉴赏的教育》和《儿童的好奇心》等文字。对于儿童的娱乐与求知的天性才有了科学与理性的把握。鲁迅那时候大约也在读《通鉴》。这时他关心与思考的是中国家族制度的罪恶与弊害的问题。对于中国民族仍旧是“吃人的民族”的发现，就是他读《通鉴》的结果。中国封建的“家长式”制度，以自身权威的专制力量，对于年幼者的兴趣天性以及身心的摧残，自然引起他自身的共鸣，引起他关于自身处境和所施行为的思考。

而这个问题，是与整个封建礼教的“吃人”的非人性的罪恶有密切联系的。1918 年，鲁迅写《狂人日记》，提出了中国几千年的家族礼教制度“吃人”的问题，同时，他怀着极大爱心，在这篇作品的末尾，喊出了“救救孩子”这样急切而沉痛的呼声。小说以超常的深邃，专门写了“我”意识到自己无意中也成了“吃人”的人们中的一员。这结尾和作品的中心意图是紧密联系的。作者在小说中因此也就显示了自己对于民族的批判和个人自省的整体性和深刻性。这整体而深刻的“自省”，或许就包含了鲁迅对于自己参与的摧残幼小者行为的反省在内的。这种反省文学的成果，在《风筝》出现之前，在作品中的表现，一个是《狂人日记》，一个是小散文诗《自言自语》中的《我的兄弟》，一个是他介绍日本作家有岛武郎的作品所写的杂文《与幼者》。

《狂人日记》中，作者写出了一个觉悟了的人产生的极大的“自省”者的痛苦：自己在这个“吃人”的社会里，无意中是不是也成了这个“吃人”的家庭中的一员？“我未必无意之中，不吃了我妹子的几片肉”？这个惊人的追问，正是鲁迅特有的内省精神的令人震撼的表现。鲁迅后来在《风筝》中，痛悔于自己对小兄弟所进行的“精神的虐杀”，在“吃人”族的“家长制”的特征上，正是与“狂人”的自省精神的内涵完全一致的。《风筝》中对于小弟弟乐趣的“精神的虐杀”的“自省”，可以说是《狂人日记》中的“狂人”有关“吃”自己妹子的“几片肉”的最后觉察所代表的鲁迅那种“虐杀弱小者”的强烈的“自省”精神的另一种形式的继续。

在 1919 年所创作并发表的《我的兄弟》中，作品已经包蕴着于 6 年以后所写的散文诗《风筝》里体现“自省”精神的核心性的故事的原型。也可以说，《风筝》在故事的主要情节和中心命意等方面，都是从《我的兄弟》而来，加以更丰满的艺术创造而形成的。因此，研究一下两者的内在关系，并作一点比较，可能是我们观察鲁迅《风筝》以及这种自省精神的发展的一个很有趣的事情。

《我的兄弟》的全文是这样的：

> 我是不喜欢风筝的，我的小兄弟是喜欢放风筝的。
>
> 我的父亲死去之后，家里就没钱了。我的兄弟无论怎么热心，也得不到一个风筝了。
>
> 一天午后，我走到一间从来不用的屋子里，看见我的兄弟，正躲在里面糊风筝，有几枝竹丝，是自己削的，几张皮纸，是自

已买的，有四个风轮，已经糊好了。

我是不喜欢放风筝的，也最讨厌他放风筝，我便生气，踏碎了风轮，拆了丝竹，将纸也撕了。

我的兄弟哭着出去了，悄然的在廊下坐着，以后怎样，我那时没有理会，都不知道了。

我后来悟到我的错处。我的兄弟却将我这错处全忘了，他总是很好的叫我"哥哥。"

阿！我的兄弟。你没有记得我的错处，我能请求你原谅么？

然而还是请你原谅吧！

稍加比较，我们就会看到，《风筝》与这篇《我的兄弟》，有许多的不同之处。第一，在《我的兄弟》里，说明自己作为长兄，因为自己不喜欢风筝，是踏毁小兄弟做的风筝的主要原因，没有说明这原因背后的动机；到了《风筝》里，就说明了自己不但不爱而且嫌恶放风筝的原因，这就是："因为我以为这是没出息孩子所做的玩艺。"所谓"有出息"，也就是封建社会所期望的正统教育所培养的孝子，能够成就"齐家治国"责任的承担者的乖孩子。他们被扼杀了自己所应有的个人的乐趣和天性。一切按照儒家礼法从事，应该做到"非礼勿动，非礼勿视，非礼勿言"。这样，就将自己反对小兄弟放风筝与毁坏小兄弟所做的风筝的过失，看成不仅仅是个人的好恶，而是一种封建礼教规范行为指导或影响之下的一个必然行为的结果。这样，就为后者的反省增加了科学与礼教对立的思想深度。

第二，作者由此，加上"我的惩罚终于轮到了"的原因的理性色彩很强的叙述："在我们离别得很久之后，我已经是中年。我不幸偶而看了一本外国的讲论儿童的书，才知道游戏是儿童最正当的行为，玩具是儿童的天使。于是20年来毫不忆及的幼小时候对于精神的虐杀的这一幕，忽地在眼前展开，而我的心也仿佛同时变了铅块，很重很重的堕下去了。”这样的话，在《我的兄弟》中是没有的。而这段话的加入，就把作者对毁坏小兄弟做的风筝的行为“自省”的内涵，推进到当时启蒙思想家所能达到的新的高度。这种民主与科学的启蒙思想，正是那个时代所流行的“幼者本位”的思想。鲁迅是这一思想的接受者和鼓吹者。这一点，只要读一下他于《我的兄弟》差不多时间写的关于介绍有岛武郎的《与幼者》那篇短文，就清楚了。① 这一思想成为五四启蒙者倡导的“民主与科学”的思想的一个重要方面。这一思想的导入，使《风筝》对于自我行为的反省，由个人的施威，转入为一种封建宗法思想对于一个儿童应有的“天性”的“精神的虐杀”。作品思想深度就完全是另一番面貌了。尽管在《我的兄弟》中，已经包含这一思想的萌芽，但那萌芽尚未达到更高理性思考的科学的程度。更为深广的主题是在鲁迅多年后所思考的结果的《风筝》里才得到实现的。

---

① 在《随感录·六十三：“与幼者”》这篇杂文中，鲁迅引了有岛武郎的小说《与幼者》中父亲说的几段很感人话，一段话以时间的发展与人的生命之间的关系，阐明了“幼者本位”的思想的根基：“时间不住的移过去。你们的父亲的我，到那时候，怎样映在你们(眼)里，那是不能想像的了。大约像我在现在，嗤笑可怜那过去的时代一般，你们也要嗤笑可怜我的古老的心思，也未可知的。我为你们计，但愿这样子。你们若不是毫不客气的拿我做一个踏脚，超越了我，向着高的远的地方进去，那便是错的。”“你们该从我的倒毙的所在，跨出新的脚步去。”“幼者呵！将又不幸又幸福的你们的父母的祝福，浸在胸中，上人生的旅路罢。前途很远，也很暗。然而不要怕。不怕的人的面前才有路。”最后，鲁迅说，有岛氏“是一个觉醒的，所以有这等话；但里面也免不了带些眷恋凄怆的气息。”“这也是时代的关系。将来便不特没有解放的话，并且不起解放的心，更没有什么眷恋和凄怆；只有爱依然存在。——但是对于一切幼者的爱。”(见鲁迅《热风》)

第三，《我的兄弟》中，没有空间和时间对比的背景。作者在《风筝》中，加上了故乡放风筝的春天美好温暖的回忆，和在北京放风筝时的“严冬的肃杀”的描写。这样，不仅丰富了抒情的背景，更重要的是在自然季候感觉的对比中，象征地传达出作者对于社会“季候”的感觉和憎恶。这种自然的也是社会的“季候感”，一直贯穿到散文的末尾。作者想逃离自省的痛苦和悲哀，躲到严冬的肃杀中去，“但是，四面又明明是严冬，正给我非常的寒威和冷气”。这种政治和社会的季候的感慨初看去，似乎与这篇作品所要表现的反对施于儿童天性的，“精神的虐杀”，没有什么关系；但是仔细推敲一下，这样描写的意图，还是可以理解的。久经逝去的儿时的回忆里，没有快乐，只有“无可把握的悲哀”，而现实生活中，这种更大的扼杀人性的“悲哀”，仍然在残酷地继续着。那么，我对幼小者的“精神的虐杀”，就不是作为“长兄”个人的过错，而是整个封建的精神与思想的统治的必然滋生的罪恶的结果。鲁迅的已经成为历史的自我谴责，也就具有了针对那个社会与精神的批判的历史的深刻性质。

第四，在寒冷的黑暗王国中，一点依稀光明的希望在哪里？这就是这篇散文诗中所表现的思想主题的第三个线索，即对于人性中存在的深层的内在美的挖掘。

散文诗的后一部分，写小兄弟忘却了自己的错处。自己请求他原谅自己过错，被害的人却完全记不得这些事情了。自己请求原谅，等待的回答应该是“我可是毫不怪你呵”。以使自己负疚的心得到“宽松”。然而，事情却与自己的希望相反：

“有过这样的事么？”他惊异地笑着说，就像旁听着别人的故事一样。他什么也不记得了。

得不到原谅的话，作者心理上得到的是“沉重”；而我们却由此得以了解一种人性中的内在美德：忘却别人的过错。这种美德与原谅别人的过错比较起来，更为珍贵，更为难得。鲁迅的本意可能并不曾注意这一点。但这一为我们把握到的潜在的主题，一开始就存在于作品的原型中了。如前面引录的，还是6年以前作者所写的《我的兄弟》中，就很清楚的有这样的诗句了：“我后来悟到我的错处。我的兄弟却将我这错处全忘了，他总是很好的叫我‘哥哥’。”这里包含了对于忘却别人错处的美德的一种肯定和赞誉。作者对于这一思想没有忘掉，时隔6年，反而更加具体，更加生动地写在散文诗《风筝》的后一部分里，构成这一作品十分深沉的结尾。这一潜在的主题，为我们阅读散文诗《风筝》，提供了一个新的美学欣赏的空间。

1995年1月17日～4月13日，写于阪神大震灾中。

1995年8月22日修改

关于《好的故事》

《好的故事》写于1925年1月28日，最初发表于1925年2月9日《语丝》周刊第13期。

关于这篇散文诗的写作时间，鲁迅于编成《野草》集子的时候，在文章的末尾注的是：“1925年4月24日”(现在的《鲁迅全集》还保留着这个样子)。这个日子，比该篇散文诗在《语丝》杂志上发表的时间晚了两个多月。这应是鲁迅出版《野草》标定写作时间时候的一个误记。

按，查《鲁迅日记》，其中明确有关写作《野草》各篇的记载，只有一次，那就是在1925年1月28日这一天的项下，记有：“作《野草》一篇”。这一天，正是中国旧历新年的正月初五。在《好的故事》的开头，写有“鞭爆的繁响在四近，烟草的烟雾在身边”这样一句话，正好可以与鲁迅日记的有关记载相吻合了。而日记所载的日子，与《语丝》发表的日子之间，只有这一篇属于《野草》的散文诗。所以，这篇作品写作的时间应该是1925年1月28日的夜里。

如上面所说的，在《鲁迅日记》里，我们可以看到有关写作《野草》的记载，只有这一篇。因此，这就变成难得的史料了。从这一天的日记中，我们可以看到鲁迅的生活与工作的一般情形：

> 上午寄马幼渔信。午后品青、衣萍来并赠汤圆三十。下午伏园来。晚寄三弟信。寄李遇安信。寄李小峰信并校正稿及图版。夜译白村氏《出了象牙之塔》二篇，作《野草》一篇。

鲁迅每天的生活是很紧张的。这一天，他下午接待几位客人，写了三封信，译了日本厨川白村的《出了象牙之塔》中的两篇文章；然后，他又坐下来，凝神静思，心有所动，浮想联翩，于深夜里，动手写完了《好的故事》这篇美丽而深邃的散文诗。

关于鲁迅如何写作《野草》的，我们很难找到更多一些直接的有关材料。只能从许广平后来的回忆中，叙述鲁迅这个时候每天的起居生活情况的文字里，看到一点零星的记录。我在《〈野草〉研究》一书中，曾引用过下面这样一段珍贵的记述：

> 因为工作的繁忙和来客的不限制，鲁迅生活是起居无时的。大概在北京时每天到夜里十一——十二时客散。之后，如果没有什么急待准备的工作，稍稍休息，看看书，二时左右就入睡了。他并不以睡眠而以工作作主体，譬如倦了，倒在床上睡两三个小时，衣裳不脱，甚至盖被不用。就这样，像兵士伏在战壕休息一

下一样，又像北京话的“打一个盹”，翻个身醒了，又抽一枝烟，起来泡杯浓清茶，有糖果点心呢，也许多少吃些，又写作了。《野草》，大部分是在这个时候产生出来的。①

读了这段话，我们不仅会了解鲁迅的《野草》是在怎样的情况之下写成的，也许更重要的是它提供了这样一种可能：我们可以猜测，《野草》中这些散文诗所表现的人生哲学和现实感慨，是如何经过鲁迅在非常宁静的深夜里，进行深沉的艺术思考的结果。从而，促使我们将对这些美的果实所提供的哲理与审美的内涵，有一番更深理解的欲望产生。

鲁迅先生说，他的《野草》中的散文诗，与用较为完整的材料写成的小说集《彷徨》不同，大都是他对于现实生活或人的生命思考中的零星的“小杂感”。至于这些“小杂感”的丰富内涵，在发表的当时，很多人是不甚理解的，甚至都感觉到“不懂得”。当时鲁迅的一个学生和朋友，也就是前面写作《好的故事》的这一天的《鲁迅日记》中所记此日的来访者之一章衣萍(中国现代散文作家、《语丝》社的成员)，在离这篇散文诗写作之后近二十多天发表的一篇短文中说过：他们谈到《野草》的时候，鲁迅曾经亲自对他说，“他的哲学都包含在《野草》里面了”。章衣萍的文章片断是这样的：

鲁迅先生的后园养了有三只鸡，这三只鸡自然是朝夕相聚，应该是相亲相爱的了。然而也时常相斗，我亲眼看过的。

---

① 许广平《鲁迅先生的日常生活——起居习惯及饮食嗜好等》，载 1939 年 10 月《中苏文化》第 1 卷第 3 期。

“鸡们斗起来了。”我从窗上看去，对鲁迅先生说。

“这种争斗我看得够了，由他去罢!”鲁迅先生说。

“由他去罢!”是鲁迅先生对于一切无聊行为的愤慨态度。我却不能这样，我不能瞧着鸡们的争斗，因为，“我不愿意!”

其实，“我不愿意”也是鲁迅先生一种对于无聊行为的反抗态度。《野草》上明明说着，然而人们都说“不懂得”。

我也不敢真说懂得，对于鲁迅先生的《野草》。鲁迅先生自己却明白的告诉我，他的哲学都包含在《野草》里面了。①

这篇文章发表的时间，离章衣萍“午后”访问鲁迅并“赠汤圆”，鲁迅在夜里写作《好的故事》的时间，是34天；离《好的故事》在《语丝》杂志上发表的时间，是22天。在《好的故事》到章衣萍的这篇文章在《京报副刊》上发表的1925年3月31日之间，鲁迅还发表的《野草》作品，只有《过客》一篇。章衣萍访问鲁迅家里的次数，这一段时间是很多的。虽然我们不能断定，鲁迅对他说的关于《野草》中包含自己全部的哲学的话，就是在这一次访问中说的。但是，到这个时候为止，《野草》刚刚发表9篇，到章衣萍的文章发表之前的时候，《野草》也不过发表11篇。这里说的人们都说对《野草》“看不懂”，也不会太早于这个时候。因此，鲁迅对章衣萍说的这段话，很可能就在《好的故事》写作的前后不久的时候。

章衣萍说，大家并没有真正“懂得”鲁迅《野草》里的哲学。他认为，“由他去罢!”是鲁迅对于一切无聊行为的愤慨态度(如前面我们已经讲过的《我的失恋》)；“我不愿意!”也是鲁迅一种对于无聊行为的反

① 章衣萍《古庙杂谈(五)》，载1925年3月31日《京报副刊》。

抗态度(可能指《影的告别》，但这里表达的意思不甚准确)。问题在于，章衣萍的这些理解，也是比较表面的，有些很难说是接近作品的实际内容的。

《野草》更为深刻的现实的和人生的哲学在于：在黑暗与光明，失望与希望，生与死，实有与虚无的诸多矛盾之间，以一个坚韧不拔的战士的胸怀，和一个大智者孤独的心境，进行他的绝望的抗战。这才是鲁迅《野草》所包含的生命哲学的精髓。诚然如鲁迅在《野草·题辞》中所说的：

> 我以这一丛野草，在明与暗，生与死，过去与未来之际，献于友与仇，人与兽，爱者与不爱者之前作证。
>
> 为我自己，为友与仇，人与兽，爱者与不爱者，我希望这野草的死亡与朽腐，火速到来。要不然，我先就未曾生存，这实在比死亡与朽腐更其不幸。

理解了上面说明的这一点，才能够更深刻地理解鲁迅创作《好的故事》的命意所在。

《好的故事》这篇散文诗，文字不长，总共不到800字。但是，在很短的篇幅中，却表现了鲁迅关于人生的现实的与哲学的深沉思考。而且，文字的精美，联想的新颖，构思的独特，都是《野草》中此前的作品中所少见的。

散文诗分为3段，以一种开头与结尾相衔接与呼应的“圆形结构”展开作者的构思。第1部分和第3部分，都很短，是写自己身在现实之中，如何进入了梦境；或怎样由梦中醒来，又回到现实中来，对于美丽的梦的失落的追念。而这做梦者所身处的大的环境，是“昏沉的夜”，也就是鲁迅所生存的黑暗现实的象征。

散文诗的第2部分文字最长。包括6个自然段，其中两个大的自然段，是写“我”进入梦境之后所看到的“一个好的故事”，以及这个“好的故事”中所具有的各种“美的人和美的事”。整个散文诗的哲理思考，就在这个“昏沉的夜”与无数“美的人和美的事”的鲜明对立的描写中，得到暗示性的传达。

散文诗的开头，是写“我”自身的现实处境。

这是中国旧历又一个新年的庆祝即将过去之时的一个“昏沉的夜”。“我”一个人在屋子里，是很孤独的。灯火渐渐小了，石油又不是老牌，因此油烟很大，灯罩被熏得昏暗。作者内心的感觉是这样一番景象：“鞭爆的繁响在四近，烟草的烟雾在身边：是昏沉的夜。”按照中国传统的风俗，农历新年的正月初五这一天，是祭祀和迎接财神的日子，又叫“破五”；就是过了几天的新年，又要开始正常的生活了，店铺又要开门营业了，人人希望自己生意兴隆，人财两旺。这一天，按照北方人的风俗习惯，往往全家的人聚在一起，包饺子，而且，每个人都要“捏”饺子，有的还要在饺子里面包上钱币，象征把钱财都包在里边了，谁若是吃着了这样的饺子，就算是有好运气。自然，这一天夜里，同大年除夕一样，一般人家，特别是店铺，放的鞭炮也是最多，最响，和大年除夕的晚上一样。在这样一个喧闹的时刻，觉醒着而又为中国民众的命运思考者的鲁迅，内心是充满着一种分外的孤独感和愤激感的。他在读唐代人徐坚所编的《初学记》，在昏昏中睡着了，进入了梦境。“我在朦胧中，看见一个好的故事。”这以后，一直到最后的“我就要凝视他们……”，但无法看得清楚，就醒过来了，这中间的文字，都是写梦中所见到的景象。

> 这故事很美丽，幽雅，有趣。有许多美的人和美的事，错综起来像一天云锦，而且万颗奔星似的飞动着，同时又展开去，以至于无穷。

所谓“好的故事”者，没有什么“故事”的美丽的梦境之谓也。但是，鲁迅却很认真地首先进行了一番浪漫性的渲染。这里的意思是说明，“我”在还没有展开他的“好的故事”之前，对于“好的故事”的一种内心的感觉：赞美这个故事的“美丽，幽雅，有趣”。说明这“故事”中有“许多美的人和美的事”，而且这些“美的人和美的事”，在梦境的想象中，是怎样的“错综”地交织在一起，如满天飘动的云霞；又是怎样的如万颗奔驰的星光，在不停地飞动着。同时，这梦中的美景，还在扩大，展开，弥漫开幻梦的境界中，以至于变得无边无际。

这是“我”的梦境中美好的实况的描写，也是鲁迅反抗绝望的心境之下，对于“美的人和美的事”所象征的理想境界内心的强烈渴望之情的抒发。

下面，是对于“好的故事”中的许多的“美的人和美的事”的具体展开性的描写。梦境把作者带回了自己心中时时不曾忘怀的江南的水乡。

作者用了两大段文字，写“我”的梦境中在“山阴道上”所看到的风景。

“山阴道上”，这美丽的景色，是客观存在的历史和现实的风物。它专指的是鲁迅的故乡绍兴城南一带风景优美的地方。

鲁迅的故乡绍兴县，是由原来的山阴县和会稽县在民国以后合并而成的。因为很早就有历史上文人的记载，“山阴道上”，不仅成为那个地方美丽景色的代表，而且成为人们心中代表江南美好风景和事物的一种历史积淀的符号。人们一提起“山阴道上”，就会联想起一种美好的自然景色。它几乎成为了人们心中的“美”的代名词。早在公元5世纪的六朝时代，南朝宋文学家刘义庆(403—444)所编撰的著名笔记小说集《世说新语》的《言语篇》里，就有这样的记载：“王子敬云：从山阴道上行，山川自相映发，使人应接不暇。若秋冬之季，尤难为怀。”受这一记载的影响，“山阴道上”，成了那个地方美丽风景的一个代名词。

这篇散文诗写的梦境，以“山阴道上”为美的自然景物的代表，可能与《初学记》有关。本文开始写到“我”在读《初学记》时，于昏沉中进入了梦境。按，《初学记》是一部由唐人徐坚等人编辑而成的类书，共30卷，取材于群经诸子、历代诗赋及唐朝初年诸家的作品。其中也有关于地理的部分。该书第八卷里，就有如下的记载：“《舆地志》：‘山阴南湖，萦带郊郭，白水翠岩，相互映发，若镜若图。’故王逸少云：‘山阴路上行，如在镜中游’。……”由此看来，这篇散文诗一开始，写“我”读着《初学记》，打起瞌睡，就做起梦来了。《初学记》及其他文献关于故乡的记载，也是决定梦的内容的一个原因罢①。

散文诗两大段文字的第一段，写的是梦中过去记忆的经历：“我仿佛记得曾坐小船经过山阴道”上所看到的美丽情景。这景物确是很美的：“两岸边的乌桕，新禾，野花，鸡，狗，丛树和枯树，茅屋，塔，伽蓝，农夫和村妇，村女，晒着的衣裳，和尚，蓑笠，天，云，

① 周作人在散文《乌篷船》中，对于故乡的风物，也有这样的描写：“你坐在船上，应该是游山的态度，看看四周的景色，随处可见的山，岸旁的乌桕，河边的红蓼和白苹，渔舍，各式各样的桥，……偏门外的鉴湖一带，贺家池，壶觞左右，我都是喜欢的，……。”周作人《旧日记里的鲁迅·十三辛丑一》中，也记载鲁迅与他“放舟至啸唫……回棹过贺家池，水天一色……”(见周遐寿《鲁迅小说里的人物·附录一》)

竹，……都倒影在澄碧的小河中”。这里有山阴道上两岸和各种美丽但又很村野化的淳朴的景物，这些景物在水中美丽的倒影，倒影在每一打桨的时候，各各夹带了闪烁的日光的变化的形态，等等。而且，这境界不是一处，“凡是我所经过的河，都是如此”。鲁迅的这段描写，特别用了法国印象派画的手法，充满了动感与光感，充满了对于故乡美丽风景的怀念与向往，对于这景物所象征的心中追求的美好世界的憧憬。

两大段文字的第二段，写的是梦中现在看到的“好的故事”，即无数“美的人和美的事”。这一场景，统一“交错”在“水中的青天的底子”上，“永是生动，永是展开”，以至“我看不见这一篇的结束”。这样的描写，是在强调这梦中的“好的故事”是多么使“我”深深地眷恋，他不愿意这美的境界很快地消失。以梦中的美丽反抗现实中的绝望的心境，就隐藏在这一段看来是很普通的叙述里。说“我看不见这一篇的结束”，作者把这篇散文诗题为《好的故事》，来由也就在这里。

接着，作者描写“现在我所见的故事”。这段“故事”，如把前面的镜头拉近了特写，作者把焦距对准了“野花”。这里写的是河边柳树下的几株瘦削的“一丈红”，即蜀葵。这一丈红该是村女种的吧。一句的叙述之后，就进入了对于大红花与其他景物在水中倒影形成的“美”的非常具体的描写：“大红花和斑红花，都在水里面浮动，忽而碎散，拉长了，缕缕的胭脂水，① 然而没有晕。茅屋，狗，塔，村女，云，……

① 在《好的故事》发表以后的下一期《语丝》杂志(1925 年 2 月 16 日第 14 期)上，有一条很可能是鲁迅自己写的《更正》，其中说道：“二十六行缕上脱如字”，因此，这句话应该是“大红花和斑红花，都在水面上浮动，忽而碎散，拉长了，如缕缕的胭脂水”。但是在成书的时候，可能是鲁迅自己也忘记将“如”这个漏字添上了，因此一直沿误至今。(见拙作《〈野草〉研究》附录一《〈野草〉修改蠡测》)

也都浮动着。大红花一朵朵全被拉长了，这时是泼刺奔迸的红锦带。带织入狗中，狗织入白云中，白云织入村女中……。在一瞬间，他们又将退缩了。但斑红花影也已碎散，伸长，就要织进塔，村女，狗，茅屋，云里去。”

鲁迅把这一段“我”坐在小船里打桨的时候，流动的水里的“一丈红”和其他事物，在水面上所呈现的样子，描写得这么具体而优美，使人如身临其境，突出了古人说的“如境如图”的感觉，突出了“故事”的美的特质。而且，为了和城市的“昏沉的夜”相对立，鲁迅在摄取美的事物时，都是一些村野中最常见的自然景色。

“水中月，镜中花”是美的。但是这只是梦境中的美。而梦境毕竟不是现实。因此，作者继续写的只能是这样的结果：当“我”正要凝视它们，真正把捉住这“美”境界的时候，那有无数“美的人和美的事”的一天“云锦”，忽然凌乱了。如被撕成一片片碎的“影子”一般消失了。这时，“我”醒来了。“我无意识地赶忙捏住几乎坠地的《初学记》，眼前还剩着几点虹霓色的碎影。”就这样，在“圆形结构”的构思中，“故事”又从终点回到了起点。现实存在的一切都没有丝毫的改变。

在散文诗接近最后的尾声，作者还说：“我真爱这一篇好的故事”，想要努力追回它，但是当“我”去取笔的时候，连那一点虹霓色的“碎影”也不复存在了。“只见昏暗的灯光，我不在小船里了。”“我”从美的梦境又回到“昏暗的夜”一般的现实生存环境之中。

到此，作者完成了他全部的构思和命意：昏暗的现实给予他的只有绝望和虚无，孤独和寂寞。美的东西只存在于短暂的梦境中。这是20世纪20年代一个先觉的知识者所不能不感受到的生命存在的痛苦。但是如作者说过的：“我的作品，太黑暗了，因为我常觉得‘惟黑暗与虚无'乃是'实有'，却偏要向这些作绝望的抗战"①。他用《好的故事》中的美丽梦境，与"昏暗的夜"象征的社会现实的对立，写出自己当时存在于意识深处的"作绝望的抗战"的心境。

散文诗的最后，"美的人和美的事"都确实消失了。但作者还是这样写道："但我总记得见过这一篇好的故事，在昏沉的夜……。"这一方面说明，鲁迅在黑暗的现实中仍然抱有对于光明的期望，尽管这期望的东西是多么的渺茫；另一方面也说明，鲁迅反抗绝望，反抗黑暗与虚无的心境与激情，是多么的倔强，多么的不可消除和压服！但是，同样也说明，鲁迅内面世界的那种绝望与孤独的生命哲学仍然在他的内心深处继续着。这是因为，他当时无论怎样也无法摆脱"昏暗的夜"的包围和笼罩。

关于《野草》中的写梦境的散文诗和这篇作品的内涵，李欧梵先生说："诗人的自由联想扩展到更加虚幻的领域。在《好的故事》里诗人深夜坐在一盏灯旁，在朦胧欲睡的状态中，看见一个美好的乡村。这个'好的故事'(它是这个梦魇似的集子里提供的唯一好梦)正在展开时突然因诗人的醒觉而被打断，美丽的形象于是化为难于补缀的碎片，似乎说明这混合融汇着一切美丽事物的完满世界只是幻想，在有着不可解决的两极的现实世界中是不可能存在的。因此，诗人一旦醒来，就不可能追回和完成这个故事。""这些关于梦的诗不一定是真梦的重述，相反，可能倒是一些在艺术上倾向于潜意识，但实际上是有意识的创造。"它们的作用是在提醒读者："这不过是一个梦，从而将读者从现实通常的感觉推开。作者由是便得到一种特许权，可以放任自己

① 见鲁迅《两地书·四》。

的艺术想象浮游于超现实的怪异的领域。”①

1995年4月23日写

1995年8月24日修改

关于《过客》

《过客》写于1925年3月2日，最初发表于1925年3月9日《语丝》周刊第17期。

在《野草》中，有两篇文章与其他的散文诗形式上很不相同。一篇是《我的失恋》，这是一篇“拟古的新打油诗”，讽刺那时的一些流行的恋爱诗的无病呻吟，不能算作散文诗，只是由于它被从《晨报副刊》上无理的抽下来，为了支持因此而一气而辞去编辑职务的孙伏园，才在《语丝》上与其他《野草》的文章一起发表了，于是也就收在《野草》当中了。另一篇就是《过客》。这篇文章，是用戏剧的形式写成的作品，有时间，有场景，有人物身份的介绍，更主要的是全文都是在三个人物的对话中进行的。它似乎更像一个短的独幕话剧。但是，作者这样写，主要的用意还是在探索散文诗的一种表现形式，时间、地点、人物、场景，都不像话剧那样追求真实性，而仅仅是一种象征的需要；整篇的对话，又充满了诗的抒情象征而不是散文的以故事叙述为主的气息，鲁迅也是刻意作为散文诗的形式的一种而精心创作的，因而，我们应该注意的是它在《野草》诸篇作品中的独创性，仍然应该把它看成为作者有意构创的一篇杰出的戏剧对话形式的散文诗。

鲁迅写作《野草》之前，翻译了日本厨川白村的《苦闷的象征》一

① 见李欧梵《铁屋中的呐喊——鲁迅研究》，100～102页，中国香港，香港三联书店，1991年。

书，并以此作为他在北京大学讲授文学理论课的讲义。对于这本书中的一些观点，鲁迅是赞同并有所共鸣的。其中厨川白村所讲的“生命的哲学”的思想，对于《野草》一些篇章的写作，很可能有直接的影响。这一点，片山智行先生在他的书里很清楚地谈到了。他说：“厨川白村在《苦闷的象征》里介绍的‘把生命的力量看作人的生活之根本’的‘生命哲学’，在《过客》当中也和《补天》一样，是成为重要主题的。”①片山先生引用鲁迅于1925年写完《过客》仅仅两个月后所说的一段话，也是研究者们在谈论《过客》的时候必然要引述的一段话，作为这一论点的证明：

> 我自己，是什么也不怕的，生命是我自己的东西，所以我不妨大步走去，向着我自以为可以走去的路；即使前面是深渊，荆棘，狭谷，火坑，都由我自己负责。②

这段鲁迅的自白，同“过客”说的，没有什么不同。它又好像鲁迅自己对于生命的痛苦与创作《过客》意图关系的一种自我阐释性的说明。《过客》中的主要人物，那个从不知什么地方的远方走来的人生的“过客”，虽然不知道自己所要去的理想的前方是什么样子，但他却以自己的生命作牺牲，“向着我自己可以去的路”，“大步走去了”。鲁迅这时确实在思考着人的生命之路与人生之苦闷等诸问题。在写完《过客》之后不久，鲁迅曾这样明白地说：“我想，苦痛是总与人生联带的，

---

① 见[日]片山智行《鲁迅〈野草〉全释》，65页、69页，长春，吉林大学出版社，1993年。

② 见鲁迅《华盖集·北京通信》。

但也有离开的时候，就是当熟睡之际。”[①]这无异地是在说出厨川白村的话，人的生命存在就是一种苦闷的象征。这痛苦，于鲁迅来说，主要来自对于现实的绝望。由这种绝望，进而是对于整个生命存在中绝望与希望矛盾的哲学的求索与思考。而以鲁迅的思想和性格的逻辑，反抗绝望，就成为一个觉醒的知识者在政治形势的低气压之下的环境里的一种积极的“生命的哲学”思考中的必然的选择。“路漫漫其修远兮，吾将上下而求索”，这句中国最有社会使命感而又感受过最深的生命的痛苦的大诗人屈原的诗句，作为与《野草》写作同时创作的小说集《彷徨》的题辞，昭示出鲁迅那个时候的作为一个觉醒者寻求生命之路所感到的深切的痛苦的心境。“过客”在寻路中带有很强的悲剧色彩的生命追求与他的拒绝一切“爱”的布施的近于苦行僧式的生命哲学，结合在一起，显示了这篇散文诗的命意之深刻程度的超越性质。

当时，也就是《过客》刚刚发表一个月之后，一位不相识的青年读者，来信询问这篇散文诗的命意。鲁迅在回信里说得非常清楚：

> 《过客》的意思不过如来信所说那样，即是虽然明知前路是坟而偏要走，就是反抗绝望，因为我以为绝望而反抗者难，比因希望而战斗者更勇猛，更悲壮。但这种反抗，每容易蹉跌在“爱”——感激也在内——里，所以那过客得了小女孩的一片破布的布施也几乎不能前进了。[②]

---

① 见鲁迅《两地书·二》。

② 《致赵其文》，1925年4月11日，见《鲁迅全集》第11卷，442页，北京，人民文学出版社，2005年。

“明知前路是坟而偏要走”的“反抗绝望”的生命意志，因感到其悲壮性而更自觉地追求，并排除一切“爱”等一切生命“容易磋跌”的因素，坚韧地前进。鲁迅对于作品这个非常直接的说明，揭示了《过客》所具有的思考“生命的哲学”的深刻的精神内蕴。了解了这一点，也就了解了进入《过客》文本所特有的象征性质的精神世界的钥匙①。

《过客》中，鲁迅所暗示的“生命的哲学”，是在短剧的 3 个人物的对话中展开的。

这是在一个荒凉破败的原野上。在这里，有一间小土屋，住着一位约 70 岁的老翁和一个约 10 岁的小女孩。东边，是几株杂树和瓦砾；西边，是荒凉破败的坟丛。其间，有一条似路非路的痕迹。应该是有人走过的。于这个背景里，在一天黄昏的时候，女孩正要将坐在树根上的老翁搀扶起来，突然看见远处有一个人走来。他，就是“过客”。对话于是在他们之间展开了。

在过客出场之前，老翁与女孩的一段对话，是颇充满着诗意的。女孩向东望，说：“有谁走来了，看一看罢。”老翁却很淡漠地说：“不用看他。扶我进去罢。太阳要下去了。”但是女孩执意说要“看一看”。

---

① 许广平在读了鲁迅给她的信之后，对于其中谈到“未来”的话，是当成鲁迅对于整个青年的心境去理解的。因此她在复信中，也阐释了鲁迅笔下的“过客”向前走去的精神内涵对于青年的意义。这段话，引在这里，可供参考。许广平说：虽则先生处处给与青年一种前进，悲观中未曾无乐观之诱导：如“并未遇到全是荆棘毫无可走的地方”；“然而人们也不必这样悲观……就是进步”“也可以算是人生的一种慰安”；“‘黑暗与虚无’乃是实有”……先生真是对于青年苦口婆心极了！在先生何常(尝)不晓得“黑暗与虚无”所“实有”者，乃是“黑暗与虚无”。非“非‘黑暗与虚无’”而先生仍必给与青年以一种“不悲观”不绝望，且先生自己也仍以悲观作“不悲观”，以无可为作“可为”仍自往前的走去，这种精神学生是应当得效法。(《两地书·五》，引自《鲁迅景宋通信集》，长沙，湖南人民出版社，1986 年。)

老翁却半带训斥半讲经验地对女孩说了这么一段话："唉，你这孩子！天天看见天，看见土，看见风，还不够好看么？什么也不比这些好看。你偏是要看谁。太阳下去时候出现的东西，不会给你什么好处的。……还是进去罢。"女孩是初在世上生活，而且是在那样一个荒凉寂寞的环境中，陪着老翁过着冷清寂寞的日子。在她的眼里，外界发生什么事情，都有一种新鲜感，何况是多长时间里难得看到一个即将走来的陌生人呢？但是，老翁却与他不同。他已经是久经风霜，饱尝世故，阅历甚深，近于麻木。他与女孩心情当然完全不一样。他已经非常满足于他所生活的现状，因此觉得，天天看见天，看见土，看见风这些习以为常的没有任何新鲜之感的"风景"已经够好看了。没有更高的要求，也就没有更多的美的理想。在他的眼里，当然没有什么东西比这些更好看了。又因为他来自那个没有崩毁的旧社会，他也曾是个觉醒者，他知道那里的种种黑暗与罪恶，也就是鲁迅所说的"黑暗的附着物"。也许他在那个社会里还受过什么创伤。因此，老翁说的"太阳下去的时候出现的东西，不会给你什么好处的"这句带有一种自身感受的哲理味道的语言，大概应该是隐含着他对于那个黑暗的世界不满与愤然这样的含义的罢。

过客，在很大程度上，是鲁迅自己的精神画像。他约三四十岁，时值中年。在人生的道路上，似乎已经跋涉得很久了，从未得到过真正的休息。但是，他又有一颗不肯屈服的心。"状态困顿倔强，眼光阴沉，黑须，乱发，黑色短衣裤皆破碎，赤足著破鞋，胁下挂一个口袋，支着等身的竹杖。"这是一个走了很长的人生之路，而又在荆棘丛中踏过来的"过客"。他那"跄踉走出"的状态，更说明了他的疲惫与无力。他极需要一个短暂的休息的时间。所以，他见到老翁之后的第一件事，就是讨一杯水喝。因为如他说的："我走得渴极了。这地方又没有一个池塘，一个水洼。”他需要用水来补充自己的血，以再前行。

以后，散文诗展开的，是过客与老翁，与小女孩的几场富于象征的诗意的对话。

女孩走进屋子里拿水的时候，老翁与过客的第一场对话，是关于过客的称呼与来去踪迹的问答。先是老翁问过客：“你是怎么称呼的？”过客回答：“称呼？——我不知道。从我还能记得的时候起，我就只一个人。我不知道我本来叫什么。我一路走，有时人们也随便称呼我，各式各样地，我也记不清楚了，况且相同的称呼也没有听到过第二回。”作为人生长途上的跋涉者的过客，他是一个觉醒了的战士。他有一种很浓重的孤独感。这种孤独感伴随着他整个的生涯。鲁迅说过，自己这个时候“又经验了一回同一战阵中的伙伴还是会这么变化”的孤军作战的痛苦。或者更进一步说，一个拥有自我个性的先觉的知识者，他的内心永远是孤寂的。五四时流行的易卜生的剧本《国民公敌》那个敢于冒着被官吏与市民们孤立的危险而坚持真理的医生说的一句话：“世界上最孤立的人是最强大的人。”曾经成为多少觉醒者支撑自我力量的铭言。这里，“从我还能记得的时候起，我就只一个人”。大约应该有这个含义吧。

在鲁迅的战斗生涯中，他曾得到各式各样的“称呼”，有的是对手加在他头上的恶谥。这一点，他在一篇文章中曾经说过：“是‘学者’或‘教授’乎？还是‘学匪’或‘学棍’呢？‘官僚’乎，还是‘刀笔吏’呢？‘思想界之权威’乎，抑“思想界先驱者”乎？抑又‘世故的老人’乎？‘艺术家’？‘战士’？抑又是……乎？乎？乎？乎？乎？”①鲁迅在对旧社会作战中，有很多的痛苦，很多的愤激。特别是他的对手，在对他

① 见鲁迅《华盖集续编·〈阿Q正传〉的成因》。

进行论战或攻击的时候，强加给他许多的称呼；有时，是自己曾用血汗培养的青年人，反转过来对于自己的嘲笑所用的恶谥。他在过客对老翁的回答中，顺手拈来，对于这种现象做了一点讽刺和反击。这里关于自身遭遇的对话所透露的，是一种概括性很大的反讽，这可能是所有敢于冒犯众怒而坚持真理的智者的共同命运。

当老翁再问过客，他从哪里来和到哪里去的时候，过客回答说，连他自己也“不知道”。“从我还能记得的时候起，我就在这么走，要走到一个地方去，这地方就在前面。”“我单记得走了许多路，现在来到这里了。”接着，还要向前面走去。鲁迅在过客的身上，强调了他的坚韧跋涉的精神特征，模糊了他的生命的追求的过程。生命的奋斗中间已经发生过的一切，无论是荣是毁，是苦是乐，均不甚重要，重要的是生命的追求实践的整个过程。一直不停地向“前面”走去，这才是一个拥有理想的生命最重要的价值所在。

感谢了女孩递水的好意之后，过客与老翁、女孩的对话，是第二场对话。作者写得充满了深蕴内涵的诗意。过客对老翁发问：“你可知道前面是怎么一个所在么？”老翁的回答，前面“是坟”。而女孩这时却反驳似的说道：“不，不的。那里有许多许多野百合，野蔷薇，我常常去玩，去看他们的。”由于生命的经历不同，他们对于“前面”是什么做出了迥然不同的回答。老翁的回答，有他的生命的实感在内，这是真实的存在，也象征了他的止于前进而失去理想的追求；小女孩的回答，充满了稚气和纯真，也象征了那些被鲁迅称为“作着好梦的青年”们的天真而弱于对黑暗与死亡等真实存在的理解。过客想得比他们更深更远一些。他“仿佛微笑”地说“不错。那些地方有许多许多野百合，野蔷薇，我也常常去玩过，去看过的。但是，那是坟”。过客是从青年时期过来的。他知道人生中那些美丽的梦，就如他在前一篇

《好的故事》所写的那样。但他毕竟与青年时代的人不同了。他更清醒地知道，老翁的话是对的。人生的终点，——死亡，乃是任何人所不能逃避的："那是坟"。不同于老翁的，是他的生命中所思考和追求的："老丈，走完了那坟地之后呢?"这是一个生命追求之谜。老翁因为没有去过，也不曾思考过，他只能说："走完之后?那我可不知道。"女孩因年纪尚小，还不可能有这样的经验，更没有想到这一点，她只能回答："我也不知道。"过客所想的，是超越"坟"所象征的个体生命死亡之外的一个生命的理想追求的存在的命题。有了这一理想的追求，人的生命存在的价值，就会大不一样。老翁是没有这一理想的追求的，所以，他在人生艰难跋涉的长途中，停留下来了。过客有这样的追求，所以他面对"坟"而自去超越它，在荒野上继续前进着。

对于老翁所走过来的社会，过客最熟悉。他清醒地对之完全绝望，充满了仇恨与愤怒。这就是过客与老翁很有意味的第三场对话。

老翁说："你前去也料不定可能走完"，劝过客回转去。过客是这样回答的：

> 料不定可能走完?……(沉思，忽然惊起，)那不行!我只得走。回到那里去，就没一处没有名目，没一处没有地主，没一处没有驱逐和牢笼，没一处没有皮面的笑容，没一处没有眶外的眼泪。我憎恶他们，我不回转去!

鲁迅的生命哲学的思考总与强烈的现实感紧密联系在一起的。整部《野草》都具有这种回旋于哲学与现实之间的逻辑特征。老翁了解那个社会。他没有反驳过客那些批判旧制度和社会人情的充满于正气的话。但有一点，他是了解而不像过客那么偏激的："你也会遇见心底的眼泪，为你的悲哀。”分歧不在于老翁与过客所说的现象存在与否，而在于过客与老翁的想法不同。过客决然地说：“不。我不愿看见他们心底的眼泪，不要他们为我的悲哀。”鲁迅心中的两种声音，在这里，我们听得很清楚。在决心前行的战士的心里，过多的即使是真实的同情，也是一种精神上和心理上的沉重的负担。更何况那个社会，所充满的残酷，黑暗，压迫和摧残，充满了非人性的令人窒息的空气，充满着附着于黑暗势力的自私之徒，是那么的令人“憎恶”不已！

“我憎恶他们，我不回转去！”这个斩钉截铁的结论，推出的逻辑必然是：“我只得走了”。散文诗的第四场对话，就是围绕着过客的前行问题所展开的。

作者的思考，到这里，又在生命的哲学的层面上更前进了一步。过客先是说自己走的另一个更重要的原因：“况且还有声音常在前面催促我，叫唤我，使我息不下。”但是，我的力气太稀薄了，是血里太少了水(水太少了)的缘故。于是，老翁好心地劝他，如自己一样的休息一下的好罢。过客拒绝了他的好意。两种声音的分歧，到这里，就更明显了。

客——但是，那前面的声音叫我走。

翁——我知道。

客——你知道？你知道那声音么？

翁——是的。他似乎曾经也叫过我。

客——那也就是现在叫我的声音么？

翁——那我可不知道。他也就是叫过几声，我不理他，他也就不叫了，我也就记不清楚了。

客——唉唉，不理他……。(沉思，忽然吃惊，倾听着)不行！我还是走的好。我息不下。……

老翁与过客，同样都听到前面的声音的召唤，老翁“不理他”，他也就不叫了。所以他停留于半路的荒原之上。他不再有前进的力量和勇气。过客仍然时时倾听前面那声音的召唤，为老翁的“不理他”就留下来而“吃惊”，实际上也就是为自己心之深处存在的矛盾而吃惊。心中的另一种声音战胜了。所以他决然地说：“不行！我还是走的好。我息不下。……”在这里，我们看到了鲁迅所多次提倡的对于旧社会作战，反抗绝望中的一种“韧”的哲学。这“韧”，来自他的个性和人生的经验。如他在给许广平的信中所说的①。但是，这里所着重表达的，是对于“前面的声音”的两种态度。态度不同，一个人的生命哲学和对于生命存在方式的选择的结果，也就不同。

至于这“前面的声音”象征的是什么？我以为还是不去过分追求太具体的说明为好。只在从总的意蕴上把握它，就可以了。从总的意蕴上看，那是一种进步的理想声音的呼唤。那是更高的生命存在价值的一种追求和希望。它给人以前进的勇气和力量，给人以向往未来的召唤和吸引。关于这一点，我们可以从《过客》发表前后不久的时间里，鲁迅与许广平的通信中，看到一些证明。

“那前面的声音”是什么？鲁迅在信中批评一切的所谓的理想家，

① 见鲁迅《两地书·二》。鲁迅说：“走‘人生’的长途，最易遇到的有两大难关。其一是‘歧路’，……其二便是‘穷途’了，听说阮籍先生也大哭而回，我却也像在歧路上的办法一样，还是跨进去，在刺丛里姑且走走。但我也并未遇到全是荆棘毫无可走的地方过，不知道是否世上本无所谓穷途，还是我幸而没有遇着。”同一封信中，鲁迅又说：“对于社会的战斗，我是并不挺身而出的，我不劝别人牺牲什么之类者就为此。”

不是怀念“过去”，就是希望“将来”，而对于“现在”这个问题，都交了白卷。他们开出的最好的药方，就是“希望将来”的时候。但鲁迅讲到最后，还是说明了他自身对于“将来”的确信：

> “将来”这回事，虽然不能知道情形怎样，但有是一定会有的，就是一定会到来的，所虑者到了那时，就成了那时的“现在”。然而人们也不必这样悲观，只要“那时的现在”比“现在的现在”好一点，就很好了，这就是进步。①

鲁迅还是确信着有一个较现在更美好一些的“将来”的。这也就是他要在过客的身上写出的倾听“前面的声音”召唤的用意。《过客》刚刚发表，对于其中“那前面的声音叫我走”这句话，许广平作为一个客观的接受者的理解，也是一种积极的光明的呼唤，是一种信念与希望的象征。她说：

> 《过客》的“客”虽则不是按着自己的指南针行去；但是，“那前面的声音叫我走”，他何常(尝)乱闯呢？除非“老翁”才不理那声音，那客人虽则“脚早经破了！”仍“息不下”“还是走好”的，他“不愿意喝无论谁的血”，在“许多伤”“流了许多血”之后，他的心地是何等光明悱恻，“流血”仍且前进“闯入深坑”，在急急的或缓缓的起来，有多大关系呢？②

---

① 见鲁迅《两地书·四》。

② 《两地书·三》，引自《鲁迅景宋通信集》。

许广平关于《过客》对于前面是怎样一个所在的问题，又说：

> 贤哲之所谓“将来”，固然无异于牧师所说的“死后”，但“过客”说过：“老丈，你大约是久住在这里的，你可知道前面是怎么一个所在么?”虽然老人告诉他是“坟”，女孩告诉他是“许多野百合，野蔷薇”，两者并不一样，而“过客”到了那里，也许并不见所谓坟和花，所见的倒是另一种事物，——但“过客”也还是不妨一问，而且也似乎值得一问的。①

这里的所谓“另一事物”，也就是超越于“坟”和“花”之上的一种希望或理由的存在吧。《过客》发表不久，许广平在与鲁迅讨论《过客》的时候，谈到自己对于“怀念‘过去’与希望‘将来’”的看法时说道：我的处方“就是以现在治现在，以现在的我，治我的现在。一步步的现在过去，也一步步地换一个现在的我。但这个‘我’里还是含有原先的‘我’的成分，有似细胞在人体中之逐渐变换代谢一样。”对于这种思想，鲁迅作了分析，在分析中，又进一步阐发了他的生命的痛苦观。鲁迅说：“‘一步步的现在过去’，自然可以比较的不为环境所苦，但‘现在的我’中，既然‘含有原先的我’，而这‘我’又有不满于时代环境之心，则苦痛也依然相续。……总之，人若一经走出麻木境界，便即增加苦痛，而且无法可想，所谓‘希望将来’，不过是自慰——或者简直是自欺——之法，即所谓‘随顺现在’者也一样。必须麻木到不想‘将来’也不知‘现在’，这才和中国的时代环境相合，但一有知识，就不能再回到这地步去了。也只好如我前信所说，‘有不平而不悲观’，也即来信

① 见鲁迅《两地书·三》。

之所谓‘养精蓄锐以待及锋而试’罢。”[1]

许广平理解鲁迅《过客》中“过客”身上所体现的精神。这是人的生命哲学中对先进的理想的一种执着追求的态度。这是人生在为一种目标而奋斗的道路上的一种生存方式的选择。她由此得到启示当然是一种前行奋进的激励。她说：“人总多是前进的，未尝试过，就如‘客人’之‘然而我不能！我只得走。我还是走好罢……’所遇着‘穷途’的时候比较‘歧途’似乎多一点。我也相信，遇着荆棘，正可以尝尝荆棘刺到我的足上的那种风味，刺到腿、身、手、面……是甚么味……。”[2]许广平当时的这种理解与接受，鲁迅自己在与许广平讨论中的说明，表明一个事实：完全用存在主义的哲学，来诠释《过客》乃至整个的《野草》，是不客观的。鲁迅在作品中表明，“自我战胜自我”的力量的来源，不是一种“反抗绝望”的“自我生命存在”的虚无的思想力量，相反，倒是对于生命奋斗的未来的一种坚定的承担，或者说，更主要的还是一个启蒙者所承担的对于改造社会的使命感。老翁丧失了这种使命感，所以他不再前进了。

《过客》到这里，即老翁与过客的第四场对话，本来可以收场了。但是，鲁迅又由女孩馈赠给过客一片裹伤的布片，引出下面的三个人的一场对话。这也是富于更深的诗意与哲理的一场对话。过客不愿意接受女孩的“布施”。他认为这对于他前行来说，没有什么好处。由此，他说了一大段自己为什么不能接受“布施”的理由：

是的。但是我不能。我怕我会这样：倘使我得到了谁的布

---

① 见鲁迅《两地书·五》《两地书·六》。

② 《两地书·三》，引自《鲁迅景宋通信集》。

> 施，我就要像兀鹰看见死尸一样，在四近徘徊，祝愿她的灭亡，给我亲自看见；或者咒诅她以外的一切全部灭亡，连我自己，因为我就应该得到咒诅。但是我还没有这样的力量；即使有这力量，我也不愿意她有这样的境遇，因为她们大概总不愿意有这样的境遇。我想，这最稳当。……

这段话，分为两层意思。前半段话的意思，大意是对于关心我或爱我的人，与我的生命，就有了不可分割的联系。我不愿意看到她被那个黑暗的社会所吞食，也就不会尝味那种唤醒了别的人而让他们更清醒地感到受难或死亡的痛苦。这意思，在《呐喊》自序里讲过。在《过客》写作之后不久的1925年也说过："假使我真有指导青年的本领——无论指导得错不错——我决不藏匿起来，但可惜我连自己也没有指南针，到现在还是乱闯，倘若闯入深渊，自己有自己负责，领着别人又怎么好呢，我之怕上讲台讲空话者就为此。"①"我有几个学生在军中，倘不同化，怕终不能占得势力，倘若同化，则占得势力又于将来何益。一个就在攻惠州，虽闻已胜，而终于没有信来，使我常常苦痛。"②鲁迅又说："又如来信说，凡有死的同我有关的，同时我就憎恨所有与我无关的……，而我正相反，同我有关的活着，我倒不放心，死了，我就安心，这意思也在《过客》中说过，……总而言之，我为自己和为别人的设想，是两样的。所以者何，就因为我的思想太黑暗，但究竟是否真确，又不得而知，所以只能在自身试验，不能邀请

① 见鲁迅《两地书·二》。

② 见鲁迅《两地书·八》。

别人。”①

鲁迅不愿意看到自己的对手尝味自己和与自己有关的人的失败的痛苦。这是他的生命哲学的一个方面。上面的一些话，都与《过客》中那前半段话一样，表达的是同样的意思。

这里也有鲁迅生命哲学的一个重要的方面，就是反对布施，而且拒绝布施，包括感激和爱。《影的告别》中已将这一哲学表达得非常清楚。这里，他更通过拒绝女孩送给他的布片，再一次充分地传达了他的这一人生哲学②。

而后半段，“或者咒诅她以外的一切全部灭亡，连我自己，因为我就应该得到咒诅”。这是一个胸怀大爱者的生命的声音。鲁迅想到的是未来，是下一代：自己肩住黑暗的闸门，放他们(青年人)到宽阔光明的地方去。不仅这样，他还有一种“原罪”的意识：自己是“吃人的人”中的一个。所以咒诅除她(青年)以外的“一切全部灭亡，连我自己”。

“把为了下一代而牺牲自我的‘过渡期的人’的任务，课于一身，准备‘做一世的牺牲，了却四千年的旧账’的作者的痛切之思，在这里也可以看到。”③片山先生提出的这一理解，是接近于作者生命哲学的

① 见鲁迅《两地书·二四》。

② 鲁迅在自己写作《野草》后不久的一封信里，这样说：他的拒绝女孩馈赠的布片，以淡化自己的感激之情，“无非说凡有富于感激的人，即容易受别人的牵连，不能超然独往”。“感激，那不待言，无论从那一方面说起来，大概总算是美德罢。但我总觉得这是束缚人的。譬如，我有时很想冒险，破坏，几乎忍不住，而我有一个母亲，还有些爱我，愿我平安，我因为感激他的爱，只能不照自己所愿意做的做，而在北京寻一点糊口的小生计，度灰色的生涯。因为感激别人，就不能不慰安别人，也往往牺牲了自己，——至少是一部分。”(《致赵其文》，1925年4月11日，见《鲁迅全集》第11卷)

③ 见[日]片山智行《鲁迅〈野草〉全释》，65页、69页，长春，吉林大学出版社，1993年。

思考的实际的。

鲁迅曾经这样说过：

> 我是诅咒“人间苦”而不嫌恶“死”的，因为“苦”可以设法减轻而“死”是必然的事，虽曰“尽头”也不足悲哀。①

“一有知识”者又不肯与旧势力同流合污，就可能成为不满于现状的时代的觉醒者。他一旦觉醒，就会走出“麻木境界”，感觉到一个觉醒着的人的生命的痛苦，而不能回到“和中国的时代环境相合”的“地步”。“过客”之不能回到他所来的地方，也不愿如老翁一样停止在自己生命跋涉的半路上，根本的原因，就在于他是一个真正觉醒了的人，是一个不能与时代环境妥协的人，而且是有一种沉重的关心历史与人民的命运的使命感的人。他的选择注定了他的作为一个“过客”的痛苦的命运。这里没有那种自命不凡者叫喊的生命痛苦在内。与“别人的存在”是自己的“坟墓”那样的个人主义的生命哲学也是毫不相干的。

《过客》的最后一场对话，就充分地展示了“过客”的这种精神。这里有老翁劝他休息下来的好意，有他与老翁、女孩关于布片放在哪里的争论。但作为回答者的主流的声音的，还是过客的执着的一句话：“我只得走”。

他默想，但忽然惊醒，又倾听前面的声音。然后他决然地说：我不能休息，“我还是走好”。他没有听老翁要休息一会儿的劝告，他也没有接受女孩一个布片的馈赠，内心充满矛盾地“徘徊，沉思”，又“忽然吃惊”，像是对自己的内心的另一个“我”在说话：“然而我不能！

① 见鲁迅《两地书·二四》。

我只得走。我还是走好罢……”就这样，他即刻昂了头，奋然地向西方，“向野地里跄踉地闯进去，夜色跟在他后面”。如在《影的告别》中的“影”的结局一样，“独自”的消失在黑暗里了。

过客就这样毅然地踏上荒凉的旷野，独自肩起黑暗的夜色，向他所为之献身的生命之路“闯进去”。过客这一形象所展示的精神内蕴，无疑地凝聚了鲁迅所思考的深广的生命哲学。这里仍然引用片山智行先生的话：

> “支撑着似混浊的《野草》世界的地轴，便是‘我只得走’的鲁迅坚定态度的表白。”山田敬三的此说，也是最强烈地意识到了“过客”的形象。大概这是和革命性的“生命哲学”不无关系。在这个意义上可以说，以几近悲怆的孤独姿态不停步地向前走去的“过客”，便是最能代表《野草》世界的人物形象。①

从这个意义上来看，鲁迅曾经对于接近他的一个文学青年所讲的：《过客》一篇在他脑筋中酝酿了将近十年②。这句话的真实性的分量和所透露的鲁迅思考生命哲学的信息，应该是为我们所特别重视的。我们因此可以说，在“过客”这个人物的形象里，容纳了鲁迅自辛亥革命以来的十多年里，对于人的生命价值的追求，对于美好理想的希求与幻灭，对于启蒙者队伍的聚合与分化，对于旧制度及其依附势力的斗争的经验与痛苦，所做的种种深刻的思考。

鲁迅把自己作为一个启蒙的先驱者的生命体验和反抗绝望的悲剧

---

① 见[日]片山智行：《鲁迅〈野草〉全释》，65页、69页，长春，吉林大学出版社，1993年。

② 见荆有麟《鲁迅回忆》，上海杂志1947年版。

性的姿态，都凝聚在这一形象中了。在这个意义上讲，我们可以把过客看作是“鲁迅的自喻”或“自我画像”。如李欧梵教授所说的那样。他认为，在《过客》中，如伯克特(Samuel Beckett)的荒诞剧《等待戈多》一样，“鲁迅想引出一种人的存在的荒诞感”。但是，“过客”没有停在那里，还是继续“向野地里跄踉地闯进去，夜色跟在他后面。”因为，“从我还能记得的时候起，我就是这么走。”李欧梵先生说：“生活就是一个走的过程，一直走下去，好完成那走向死亡的行程。因此，‘走’成为在‘无意义’威胁下的唯一有意义的行动。和《影的告别》相比，这位主人公的决定似乎较少那种存在主义的虚无。我们感到：在这‘走’的隐喻中鲁迅赋予了不寻常的重大意义，在他自己对生命意义的思索中一定也占有中心位置。”①

《过客》可以说是鲁迅自身内心两种声音的交战，同时也是两种生命哲学的信仰者的心灵的雕塑。在小散文诗《自言自语·古城》里，在杂文《我们现在怎样做父亲》里，在写于《野草》创作同时的小说《在酒楼上》《孤独者》里，我们看到了《过客》中关于在同旧的社会斗争中反抗绝望和坚韧不拔的生命哲学的同类的思考。

这些思考，不只是属于鲁迅那个时代的。过去，现在，以至未来，只要黑暗与罪恶及附着物依然存在，只要有探求者跋涉的生命之路依然存在，只要有真正的生命价值的追求依然存在，就永远会有《过客》所提出的“生命的哲学”的命题和这一类的智慧者的痛苦，在一些人们的内在的心灵和外在的挣扎中，得到各种形式和不同程度的体

① 见李欧梵《铁屋中的呐喊——鲁迅研究》，108 页，长沙，岳麓书社，1999 年。

验和表现。《过客》的永恒性的精神魅力，就在这里。

1995 年 5 月 8 日写

1995 年 9 月 8 日修改

关于《死火》

《死火》写于 1925 年 4 月 23 日，最初发表于 1925 年 5 月 4 日《语丝》周刊第 25 期。

写作《过客》之后的 1 个月零 21 天之后，鲁迅创作了另一篇以写梦境为内容的非常美的散文诗，这就是《死火》。这是《野草》全书此前各篇中，创作时间相隔最长的一篇作品。鲁迅对《过客》和《死火》这两篇散文诗，都是经过很长时间的酝酿的。

关于《死火》的象征寓意，过去的看法大体上是一致的。主要有一种比较流行的看法，那就是李何林先生所代表的意见。李先生认为，“来自人间苦恼世界”的死火，是“曾经革命过的革命者”的一种象征，“冰谷”象征了那个“冷酷的社会”，处于冰谷中的“我”，想带着“死火”设法走出冰谷，这是“我”对于革命者的爱护。①

在论述《野草》的拙作中，也是基本上以这种观点来阐发《死火》的。我认为，鲁迅笔下的“死火”，是“横遭迫害的革命者的象征”，同时，也是“鲁迅内心革命激情的一种形象的写照”，“诗中死火的犹豫和抉择，十分真实地揭示了充满矛盾而又异常光辉的鲁迅的内心世界”。② 我的论述，虽然接触了死火象征的另外一种意义，即鲁迅内

---

① 见李何林《鲁迅〈野草〉注解》，110～111 页，西安，陕西人民出版社，1973 年。

② 见拙作《〈野草〉研究》，75～76 页，北京，中国社会科学出版社，1982 年。

心自身的矛盾和痛苦；但是，主要的阐释的角度，还是把死火当成被迫害与被拯救的“革命者”的象征。没有在外在的现实生活的层面之外作更深一步的思考。

经过重新思考，我认为换一个角度来理解这篇散文诗，会更深地接近作者的原来的创作的意图。这个角度，就是从《秋夜》《希望》开始，一直到这篇散文诗创作之前所写的《过客》，贯穿一致的一个思想：鲁迅自己内心存在的两极对立的主要矛盾，希望与绝望的矛盾，和他以绝大的悲壮性格反抗绝望的心理与生命哲学。从这个角度，来读鲁迅的《死火》，不仅会更实在一些，也可能得到对于这篇散文诗内涵的更深一层的理解。

首先，从鲁迅的性格和一贯的思想，特别是以经过许多的挫折之后的20世纪20年代的思想来看，他不可能以拯救被迫害的曾经革命的革命者这样的使命而自命于身。他离开东京那个特殊的环境之后，就不再认为自己是振臂登高一呼百应的英雄一类的人物。五四时代，他虽然参加《新青年》团体的一些活动，但他始终自认为是为遵奉前驱者的命令而战斗的“马前卒”。进入革命低潮的20年代中期，在那个“两间余一卒，荷戟独彷徨”的客观现实与主观心境中，鲁迅也不可能思考和企望解决那么重大的现实命题。鲁迅在《野草》中向内心矛盾的开掘比向外部的战斗的用力更多一些。特别是在《过客》之前的作品中，这一点表现得更是明显。而鲁迅恰恰是在极度的寂寞和进行“绝望的抗战”的心境之下，写作《过客》和《死火》的。因此，他主要思考的是战胜自我内心的矛盾，走出绝望虚无的境地，而不是以自己的生命的牺牲去拯救别的革命者这样的问题。我曾经引用过鲁迅最知己的老朋友许寿裳先生的回忆中对于这篇散文诗的评论。他没有牵涉到鲁迅渴望救出革命者的内容。他最早明确地说：“至于《野草》，可说是鲁迅的哲学。其中,《死火》乃其冷藏情热的象征;《复仇》乃其誓尝惨苦的模范;《过客》和《这样的战士》,更显然作长期抗战的预告呢!"[①] "冷藏情热的象征",这一看法,可惜没有得到重视和进一步的阐发。许寿裳先生的意见,提供了进入这篇散文诗的一个新的视角。按照这一个思想,《死火》应该是鲁迅写自己内心世界的"冷"与"热"的矛盾,并以救出"死火"的结局,作为自我反抗绝望的生命哲学的追求的一种象征。而且,作者在散文诗中,讲到"死火"的来源时说:"这是死火。……疑这才从火宅中出,所以枯焦。"按,"火宅"为佛家语,在《法华经·譬喻品》中这样写道:"三界(按指欲界、色界、无色界,泛指世界)无安,犹如火宅,众苦充满,甚可怖畏,常有生老病死忧患,如是等火,炽燃不息。"从"火宅"这个意象的出处原生的意义来看,这里隐喻的内涵,也似乎应该是指个人的人生"忧患"之苦。这里也没有完全把"死火"作为外在的客观事物的象征的意思。

李欧梵先生从《野草》整体反映的鲁迅内在心境的矛盾的角度,不同于从强烈的意识形态色彩对这篇散文诗意义的客观性的解释。他说:《死火》"是在叙述者(梦幻者)和主人公(冻结在冰里的奇异的死火)一长串玄奥的对话中描绘出一种悖论的世界"。《影的告别》等一些篇散文诗,可以理解为鲁迅在"实有"和"虚无"问题上挣扎的产物。随着情绪的变化,他也可以赋予这种根本矛盾以另一种色彩。"如果《影的告别》是悲观的、虚无的,另一篇《死火》却有着较积极的光彩。这里不再是独白,采取了梦幻中的诗人和'死火'形象的有趣的对话形式。诗人是在冰谷中遇见这'死火'的,他用自己的体温温暖并唤醒了它……'死火'的未来道路是在绝灭与自我牺牲两者之间的选择。它不

① 许寿裳:《我所认识的鲁迅》,76页,北京,人民文学出版社,1978年。

像那‘影’，选择的是后者：‘那我就不如烧完!’大多数左翼研究者抓住了这个更积极的‘死火’的形象，视为革命的完美象征，它只是在白色恐怖中暂时被冻住了，只需要有如诗人体温的热忱就可以燃烧起来。尽管这种乐观的解释可以说得通，毕竟为时过早。比较恰当的理解是：‘死火’隐喻着鲁迅的内心状况，陷入自己心中那冷的、荒芜的深处是一种受难，他并不愿永远蛰伏下去，因而呼唤一种有行动的生活。但是按照诗中矛盾的逻辑，这行动又终将导致灭亡。看来，这些诗篇是一种矛盾心情的反映：诗人一方面是消极的，抑郁的，另一方面又悸动不安地要求行动。”①

其次，我们联系鲁迅此前的作品，从文本的阅读中，也可以在另一个视角上来把握到这篇散文诗的上述的象征的内涵。

散文诗《死火》，写了一个梦中的“我”所经历的一个荒诞色彩很浓的故事。作品中说：“我”梦见自己在寒冷的冰山间奔驰。这是一座高大的冰山。“上接冰天，天上冻云弥漫，片片如鱼鳞模样。山麓有冰树林，枝叶都如松杉。一切冰冷，一切青白。”这冰山的形象，是作者处于那个暗夜一般冷酷的社会中而又存在着很强孤独感的自我内心的寒冷、虚无情绪的一种深层象征。但是情况突然变化了。梦中奔驰着的“我”，“忽然坠在冰谷中”了。在这冰谷中，“上下四旁无不冰冷，青白。而一切青白冰上，却有红影无数，纠结如珊瑚网。我俯看脚下，有火焰在”。这就是“死火”。接着，作品详细地描写了“死火”的特征：一是它“有炎炎的形，但毫不摇动，全体冰结，像珊瑚枝”。二是它的“尖端还有凝固的黑烟，疑这才从火宅中出，所以枯焦”。三是

① 见李欧梵《铁屋中的呐喊——鲁迅研究》，97～106页，中国香港，香港三联书店，1991年。

冰谷在“死火”照耀之下的情形。“这样，映在冰的四壁，而且互相反映，化为无量数影，使这冰谷，成红珊瑚色。”由此可见，“死火”是处在怎样的与寒冷的“冰谷”对立的被摧残的境界，“死火”又是怎样的美丽了。

《过客》中的“过客”如老翁一样，不再跋涉，停留下来，他的结局会成为什么样子呢？回答就是：“死的火焰”。在《过客》中，鲁迅在那个老翁的身上发掘了这“死的火焰”的一种形态；到了《死火》，鲁迅进一步在他自身的内部的所拥有的痛苦和虚无的思想中，更深层地发现了这“死的火焰”的另一种表现形态。这“死的火焰”，就不是客观的外在物的定形，而是自我内心被冻结的情热的凝视。所以，鲁迅用了这样一段话，来状写他自己关于“死的火焰”的惊奇：“哈哈！当我幼小的时候，本就爱看快舰激起的浪花，洪炉喷出的烈焰。不但爱看，还想看清。可惜他们都息息变幻，永无定形。虽然凝视又凝视，总不留下怎样一定的迹象。死的火焰，现在先得到了你了！”鲁迅在“永无定形”的自我热诚的火焰中，找回了它的现在存在的形态：自我内心里那种被寒冷冻的“冰结”了的“死的火焰”。

下面展开的是“死火”复活的过程和“我”想要救出的方法。

“我”拾起“死火”，正要细看，那冷气已经使指头焦灼。“我”熬着疼痛，把“死火”塞入自己的衣袋中间，同时在思索着走出冰谷的办法。但是，“冰谷四面，又登时满有红焰流动，如大火聚，将我包围”。复活了的“死火”已经燃烧，“烧穿了我的衣裳，流在冰地上了”。现在的“我”，以自身的体温，将被冻结的内心的“死火”救活了。这是“我”的第一个积极性的行动。这被救活的“死火”，于是陷入了“影”的自身生存的悖论之中。

死火说：“唉，朋友！你用了你的温热，将我惊醒了。”他没有回答关于姓名的问话(这一点在“过客”回答老翁的问话时，已经说得很清楚了)，只是答非所问地说：“我原先被人遗弃在冰谷中”，“遗弃我的早已灭亡，消尽了。我也被冰冻冻得要死。倘使你不给我温热，使我重行烧起，我不久就须灭亡。”被“温热”唤醒的死火，对于遗弃它的人，是诅咒他们的灭亡的；对于救它活过来的“我”，表示了由衷的感激。鲁迅之不甘于虚无和寂寞，不甘于内心的情热永被冻结，渴望并快意于情热的重新燃烧，从这些描写中，我们是可以很清楚地感觉到的。如《过客》中过客与老翁的对话，在一定程度上可以说是鲁迅内心的两种矛盾着的声音的对话一样，这里，“死火”与“我”的对话，在深层的意义上看，也可以说是鲁迅在寒冷黑暗的现实处境中，内心存在的两种形态的对话。

散文诗的全篇最富有深刻意味的，是下面所写的“我”同死火关于走出冰谷的方法与前途的对话：

> “你的醒来，使我欢喜。我正在想着走出冰谷的方法；我愿意携带你去，使你永不冰结，永得燃烧。”
>
> “唉唉！那么，我将烧完！”
>
> “你的烧完，使我惋惜。我便将你留下，仍在这里罢。”
>
> “唉唉，那么，我将冻灭了！”
>
> “那么，怎么办呢？”
>
> “但你自己，又怎么办呢？”他反而问。
>
> “我说过了：我要出这冰谷……。”
>
> “那我就不如烧完！”

“我”与“死火”，是鲁迅自身生命存在的两种形态。它们的对话，也就响着鲁迅内心交织着的两种声音。从这段对话里，我们可以清楚地看到，“死火”在冻死和烧完之间选择的矛盾心境，叙述者“我”的一定要走出冰谷的决然的态度，和“死火”在听了“我”的话之后，做出的最后的抉择：宁肯烧完，也要走出冰谷。“我”的坚定的态度和“死火”的毅然的抉择，的确反映了作者这时的一种“悸动不安的要求行动”的积极的思想色彩。

鲁迅这时候对于他的生命哲学的思考，是有一定的联贯性的。我们因此在这里可以进行一点联想性的对比。在《死火》中，“我”的表示：“我说过了：我要出这冰谷……”在这决然的声音里，我们听到了《影的告别》中“影”的这样的声音：“然而你就是我所不乐意的。朋友，我不想跟随你了，我不愿住。”同样，也听到了在《过客》中过客所说的话：“我憎恶他们，我不回转去！”“是的，我只得走了。况且还有声音在前面催促我，叫唤我，使我息不下。”“我”走出冰谷的态度是绝然而坚定的。他与过客同所来自的旧的社会环境的态度一样，同那个冻死了火焰，也同样将会冻死自己的冰山与冰谷，是势不两立的。

这段文字中所传达的“死火”的矛盾心境，即走出冰谷，我将烧完，留在冰谷，我将冻灭，我们在《野草》其他一些散文诗中，也听到过类似的声音。《影的告别》听“影”说：“我不过一个影，要别你而沉没在黑暗里了。然而黑暗又会吞并我，然而光明又会使我消失。”“呜乎呜乎，倘若黄昏，黑暗自然会来沉没我，否则我要被白天消失，如果现是黎明。”《希望》中说：“我只得由我来肉薄这空虚中的暗夜了，纵使寻不到身外的青春，也总得自己来一掷我身中的迟暮。”在《过客》中，有一段老翁与过客的对话：

客——对咧，休息……。(默想，但忽然惊醒，倾听。)不，我不能！我还是走好。

翁——你总不愿意休息么？

客——我愿意休息。

翁——那么，你就休息一会罢。

客——但是，我不能……。

翁——你总还是觉得走好么？

客——是的，还是走好。

过客说的“我还是走好”，和死火说的“那我就不如烧完”，他们的意思是很相似的。过客休息下来，就会变成老翁的颓唐；过客继续走下去，也可能踏进的就是坟墓。但是过客倾听前面的声音的呼唤，还是昂头奋然地向前走去了。影的在光明与黑暗之间选择的犹豫，过客在艰难的跋涉中产生的或停留下来，或向前走去的矛盾心理，就生命的思考内容来讲，是同死火的矛盾心境大体上是一致的。因此，我们从文本内涵的角度，就更有理由说，死火所表现的上述矛盾心境，是鲁迅在20世纪20年代的彷徨时期里，内心存在的生命哲学的一种象征的表述。

《死火》的最后一段是写，燃烧起来的“死火”，在表示了宁肯烧完，也决意走出冰谷的决意之后，竟毫无顾忌地“忽然跃起，如红彗星，并我都出冰谷口外”。可见死火一旦活过来，并确定了自己的生命的存在价值（“那我就不如烧完”），就会无所畏惧地行动。但是，这还不是故事的结束。作品的结尾是：这时候，“有大石车突然驰来，我终于碾死在车轮底下，但我还来得及看见那车就坠入冰谷中”。

“哈哈！你们是再也遇不着死火了！”我得意地笑着说，仿佛就愿意这样似的。

鲁迅在散文诗的最后，构思了这样一个荒诞的结局，意图大约是想表达：即使外在的自我与旧的社会势力(“大石车”所象征的)同归于尽，也坚信并要救出那被旧制度或冷漠的环境(“冰谷”所象征的)所冻灭的自身内生命的情热，使它重得燃烧，如红彗星般跃起，永远离开那个寒冷黑暗的“冰谷”，鲁迅在寻找并呼唤自己“身内的青春”。《希望》中说：“这以前，我的心也曾充满过血醒的歌声：血和铁，火焰和毒，恢复和报仇。而忽而这些都空虚了，但有时故意地填以没奈何的自欺的希望。希望，希望，用这希望的盾，抗拒那空虚中的暗夜的袭来，虽然盾后面也依然是空虚中的暗夜。然而就是如此，陆续地耗尽了我的青春。”鲁迅在希望与失望的尖锐的矛盾中，对于“身外的青春”已经逝去这样的绝境下，开始于反抗绝望的交战中，在自我的身上，呼唤内心深处的被冻灭的火焰，努力使它重新燃烧，即使是自身外在青春在这努力中，与旧的环境同归于尽，也在所不惜。宁肯自己被碾死在大石车下，而只要被冻结的自我的情热(死火)重行燃烧起来，反抗绝望的战斗才能摆脱绝望之境地，因此，被碾死的自我才会这样得意地笑着说：“哈哈！你们是再也遇不着死火了！”在鲁迅来说，反抗绝望，就是对自我生命力量和存在的希望的确信。

在《影的告别》中，鲁迅让“影”说过这样的话：

> 你还想我的赠品。我能献你甚么呢？无已，则仍是黑暗和虚空而已。但是，我愿意只是黑暗，或者会消失于你的白天；我愿意只是虚空，决不占你的心地。

我独自远行，不但没有你，并且再没有别的影在黑暗里。只有我被黑暗沉没，那世界全属于我自己。

《死火》中“我”的自我牺牲，同《影的告别》中“影”所表达的自我在黑暗里“沉没”，我以为讲的是同一个意思。这就是鲁迅不愿别人牺牲的思想。这一独自肩住黑暗的闸门的思想，他在许多杂文中，在给许广平的信中，屡屡有所表述。在后来写的《空谈》一文里，他仍然坚持自身投入对旧社会斗争的“壕堑战”的看法，他说：“这并非吝惜生命，乃是不肯虚掷生命，因为战士的生命是宝贵的。在战士不多的地方，这生命就愈宝贵。所谓宝贵者，并非‘珍藏于家’，乃是要以小本钱换得大的利息，至少，必须卖买相当。”①以自身的生命的殒灭，换得真正生命的如被冻结的“死火”的复燃，这是值得的。在鲁迅的身上，反抗绝望和自我献身是统一的。

第三，从《死火》的构思与成形的过程，也可以找到这篇散文诗主要是内心的剖白这个思想。

这是一个非常有趣的现象：早在《死火》写作的前五年的1919年8月里，鲁迅就在孙伏园编辑的《国民公报》文艺副刊上，发表了一组小散文诗《自言自语》，其中就有一篇题名《火的冰》。这篇被遗忘了将近六十多年的作品的在80年代的被发现，为我们理解《死火》的形成与创作旨意，提供了很有力的证据。我们只要把这篇还是雏形状态的小散文诗与《死火》作一点对比，就可以更清楚地看出《死火》的完整的荒诞性的艺术构想，并不是灵感突然爆发的产物。除序言之外，《火的冰》是那组小散文诗《自言自语》中的第一篇，而且是风格与构想非常

① 见鲁迅《华盖集续编》。

独特的一篇。《火的冰》的内容是这样的：

> 流动的火，是熔化的珊瑚么？
>
> 中间有些绿白，像珊瑚的心，浑身通红，像珊瑚的肉，外层带些黑，是珊瑚焦了。
>
> 好是好呵，可惜拿了要烫手。
>
> 遇着说不出的冷，火便结了冰了。
>
> 中间有些绿白，像珊瑚的心，浑身通红，像珊瑚肉，外层带些黑，也还是珊瑚焦了。
>
> 好是好呵，可惜拿了便要火烫一般的冰手。
>
> 火，火的冰，人们没奈何他，他自己也苦么？
>
> 唉，火的冰。
>
> 唉，唉，火的冰的人！①

这篇小散文诗，写的是“火的冰”，但实际上作者主要感叹的是“火的冰的人”。对于这样的“冷藏情热”的人，别人当然没奈何他，但作者自问：“他自己也苦么？”流动的如珊瑚一样的美的火，遇见说不出的冷，被突然冻成“火的冰”了。但他仍然保持他的珊瑚一样的美。火，拿了要烫手；火的冰，拿了要火烫一样的冰手。这里提出的仍是一个矛盾着的两难的悖论。连作者自己也无法回答和解决。他只能感慨地说：“火的冰的人！”这是作者自身生命存在形态的一种象征性的自况。有趣的是，这篇散文诗，似乎被作者遗忘了。因为在他的生前，所有

---

① 初载1919年8月19日《国民公报》“新文艺”栏，1981年重新发现，收入《鲁迅全集》第8卷。

集子里没有收入这篇作品，任何的佚文集子也没有收进去。但是，作者又似乎没有忘记这篇小散文诗。因为，“火的冰”这一非常富于独创性的象征性很强的意象，在相隔几年以后，又出现在他的《死火》的构思里；而且，在意象的原型意义上几乎没有什么大的改动。只是《死火》比起《火的冰》来，在故事的展开与关联的意象的构成方面，显得丰富多了，深刻多了。一是，《火的冰》是一种直接诉诸想象的描写，而《死火》幻想的是作者在梦境中跌入冰谷之后所展开的一个有头有尾的荒诞性的故事，这里出现的“冰谷”的意象，是《火的冰》所没有的。二是，由对于“火的冰的人”的单纯性的感叹，加了很多的情节，将一个人化为两个，即“我”与“冰冻的死火”，“我”不是一般的主述者，而是荒诞象征故事的参与者。三是，也是最重要的增改，就是增加了“我”要拯救死火走出冰谷的故事情节，特别是由此产生的“我”与死火的一番对话。四是，增加了死火重燃后如红彗星一样跃出冰谷，以及“我”与大石车同归于尽的描写。因此，鲁迅内心的两种声音和他反抗绝望的精神更为突出地得到了象征地呈现。但是，修增之后，从《火的冰》到《死火》，那种“冷藏情热的象征”的寓意还是没有改变的。新的增添，使一个小幅的素描，变成了更为壮美的完成了的丰满的油画。作者在绝望与希望这个两极矛盾中，灰暗的消极的一面如何被肯定热情的积极的一面所克服的反抗绝望的生命哲学，因此也就被表现得更加曲折而丰满，更加深刻而含蓄。这种自我的改写，与鲁迅写作《野草》时关于生命哲学的整体思考是分不开的。同时，它也明显地标志了鲁迅与整个新文学的散文诗创作由幼稚而走向成熟的一个过程。

1995 年 5 月 28 日写

1995 年 9 月 13 日修改

关于《失掉的好地狱》

《失掉的好地狱》写于1925年6月16日，最初发表于1925年6月22日《语丝》周刊第32期。

这又是一篇写梦境，而且是照例以“我梦见自己……”开头的散文诗。然而同前面一些写梦境的散文诗不同的地方，是鲁迅由内心世界的开掘转向对于外在世界的批判(《狗的驳诘》已经开始)；但是，这种批判又充满着鲁迅内心世界对于现实和历史的观察体验所得到的自身宝贵的认识，而且往往是带有一种普遍性的历史观的特征，因此，这些作品与他的思考生命哲学的诗篇一样，是生命存在的逻辑思辨对于中国社会历史与现实的突进，是他关于整体性的历史哲学思考的一个部分。其中，仍然贯穿着对于包含他自身在内的人的生存命运与生存环境的合理性的大变革的执着追求。在这个意义上，可以说《失掉的好地狱》是鲁迅对于如何打破“万难破毁”的“铁屋子”的群体生命哲学的一种象征性的思考。

关于《失掉的好地狱》的写作意图，鲁迅自己的说明文字是比《野草》中的哪一篇都要多一些。在《〈野草〉英文译本序》里，鲁迅这样说：“所以，这也可以说，大半是废弛的地狱边沿的惨白色小花，当然不会美丽。但这地狱也必须失掉。这是由几个有雄辩和辣手，而那时还未得志的英雄们的脸色和语气所告诉我的。我于是作《失掉的好地狱》。”而就在写作《失掉的好地狱》之前的一个多月里，鲁迅在思考中国近代社会变革的历史，特别是由辛亥革命的推翻封建的清朝专制政府，到20世纪20年代连绵不断的军阀混战，给广大人民的生命带来的深重灾难的时候，就曾写下过这样关于以“神与魔”“天国与地狱”为比喻的批判性很强烈的杂感：

称为神的和称为魔的战斗了，并非争夺天国，而在要得地狱的统治权。所以无论谁胜，地狱至今也还是照样的地狱。①

非常显然，《杂感》中鲁迅所思考的中国现代的历史哲学的本质和精髓，已经酝酿着《失掉的好地狱》中的用形象所概括的批判精神。一个深刻的逻辑性的思考，一个月后，在鲁迅的头脑中衍化成为一个惊心动魄的形象的诗篇。这个象征性的艺术世界里所包含的鲁迅的愤激情绪与批判精神是非常明显的。

进入文本的阅读，我们会发现这篇散文诗的结构与《狗的驳诘》不同，不是两方面的对话，而是一个方面的自述。文章的展开是用一种倒叙的方法。“我”梦见自己“在荒寒的野外，地狱的旁边”。这里所说的“地狱”，已经是它的新统治者“人类”战胜了原来的统治者“魔鬼”，经过一番“整顿”之后的有了新的“秩序”的新的地狱。所以才会是这番景象：“一切鬼魂们的叫唤无不低微，然而有秩序，与火焰的怒吼，油的沸腾，钢叉的震颤相和鸣，造成醉心的大乐，布告三界：地下太平”。这种“地下太平”的地狱的景象，当然是鲁迅对于地狱一般的中国社会的一种反讽。但是，这番“太平”的景象是怎么来的呢？于是出现于梦中的是这样一个“伟大的男子”，他“美丽，慈悲，遍身有大光辉，然而我知道他是魔鬼”。下面的全篇文章，就是这个失去了地狱的统治权的“伟大的魔鬼”，给梦中的“我”所讲的“他所知道的故事”。这故事是关于地狱的废弛与整饬，鬼魂们的反叛与再整饬的轮回的过程。“一切都已完结，一切都已完结！可怜的鬼魂们将那好的地狱失

① 见鲁迅《集外集·杂语》。

掉了!”那个曾经战胜过天神，当过地狱的统治者的“伟大的男子”的魔鬼，在为他的“失掉的好地狱”的惋惜的与悲愤不平之中，也讲出了统治者们争夺地狱统治权力的一些真实的情形。

第一场争夺是魔鬼与天神之间的争夺。这个地狱原已废弛得很久了。“剑树消却光芒；沸油的边际早不腾涌；大火聚有时不过冒些青烟，远处还萌生曼陀罗花”，因为地上曾经被大火焚烧过，丧失了它的肥沃，所以这地狱边上的小花，极细小，且“惨白可怜”。这象征中国封建社会的“地狱”经过它的兴旺期之后，已经王纲解体，百事颓废，进入自身发展的衰亡阶段。于是有魔鬼战胜天神，出来收拾这“废弛”的地狱。那个“伟大的男子”似的魔鬼，就是战胜之后，取而代之的这个地狱的新统治者。因此，他讲到他得胜之时的语气，就神情飞扬得多了：“天地作蜂蜜色的时候，就是魔鬼战胜天神，掌握了主宰一切的大威权的时候。他收得天国，收得人间，也收得地狱。他于是亲临地狱，坐在中央，遍身发大光辉，照见一切鬼众”。这种语气里，流露出魔鬼对于他的那个统治地狱的时期，是非常引为自豪和非常怀念的。

但是，军阀的统治代替了封建帝王的统治，对于众多被压迫的鬼魂来说，地狱仍然是地狱，因此他们渴望出离地狱，摆脱他们永生所受的痛苦与折磨。因此，他们受到地狱边上惨白可怜的“小花”的美的蛊惑，“默想至不知几多年，遂同时向着人间，发一声反狱的绝叫”。这样看来，这些鬼魂们，还有觉醒与反抗之心，因此也就不是鲁迅说的那种万劫不复的“奴才”了。因为他们的反抗，地狱中的统治者之间为了巩固地狱的统治的秩序就进行权力的再争斗，这才有了地狱的争夺者之间的轮回式的激烈的斗争。

第二场争夺是“人类”与魔鬼之间的争夺。这“人类”，争的是地狱的统治权，并不是真想把地狱彻底地毁坏，不是争着将鬼魂们解放。他们象征着又一批争夺对于人民实行严酷统治的野心家。他们是很会顺应和利用时机与民意的。当他们一听到鬼魂们“反狱的绝叫”，便认为时机到来了。“人类便应声而起，仗义执言，与魔鬼战斗。战声遍满三界，远过雷霆。终于运大谋略，布大罗网，使魔鬼并且不得不从地狱出走。最后的胜利，是地狱门上也竖了人类的旌旗!”这人类的统治的严厉并不亚于被驱走的魔鬼。鲁迅在散文诗中特别用了一些文字描写了这“人类”的残酷。他“用人类的威严，叱咤一切鬼众”，而且永远不许鬼魂们进行反抗。这是鲁迅通过失去了地狱统治权的魔鬼的口，说出的另一番引人警醒的真实情景：

当鬼魂们又发一声反狱的绝叫时，即已成为人类的叛徒，得到永劫沉沦的罚，迁入剑树林的中央。

人类于是完全掌握了主宰地狱的大威权，那威棱且在魔鬼以上。人类于是整顿废弛，先给牛首阿旁以最高的俸草；而且，添薪加火，磨砺刀山，使地狱全体改观，一洗先前颓废的气象。

曼陀罗花立即焦枯了。油一样沸；刀一样铦；火一样热；鬼众一样呻吟，一样宛转，至于都不暇记起失掉的好地狱。

这是人类的成功，是鬼魂的不幸……。

“人类”夺得地狱的统治权之后，其威严与残酷，远在魔鬼之上。“人类”的成功乃是“鬼魂”的不幸。通过魔鬼的嘴里说出的这个真理，是鲁迅洞察历史和现实中权势者与野心家们无数次的争权夺利斗争所得出的无情的历史哲学。因为，无论他们是哪一伙人，口里都是“仗义执言”，但争夺的却都是地狱的统治权，而不是为着鬼魂们的解放。

新的野心家争得统治权之后，他们的手段与方法，会更加残酷与血腥。对于被统治的鬼魂们来说，地狱永远是地狱。

几千年的中国封建社会，到军阀统治的北京，乃至全国，都是一座人间黑暗的地狱。鲁迅曾在一篇杂文中，概括整个中国的四千年一治一乱的历史，认为很多的分期都是史家的所见，那太烦琐了。最简明扼要地说，就是两句话，可以叫作“想做奴隶而不可得的时代”和“暂时做稳了奴隶的时代”。前一种是乱世，后一种是所谓的治世。无论是前一种时代也好，后一种时代也好，奴隶仍然是奴隶。因为那些“魔鬼”或“人类”，要得到的是地狱的统治权。“所以无论谁胜，地狱至今照样是地狱。”这是对于历史的洞彻，也更是对于未来的预言。

这篇散文诗比较难于解释的，是鲁迅所说的“人类”，也就是他自己后来解释的“几个有雄辩和辣手，而那时还未得志的英雄们”，到底指的是什么人？他们与作品中的两种势力(魔鬼与人类)是什么关系？

李何林先生说得比较肯定。他认为，“魔鬼”是指北洋军阀；“英雄们”是指当时还未取得统治权的国民党反动派的有些人，即国民党的右派。他在自己书的注解中对此还有详细的说明。一般的论者，对于这两个势力的看法也大体与此一致。只有许杰先生的认识与此差距较大。他认为，那个“有雄辩和辣手，而那时还未得志的英雄”，也就是那个“美丽，慈悲，遍身有大光辉”的“伟大的男子”。①

我想，李何林先生的看法是大体接近作品实际的。但也许应该更宽泛一点理解更好一些。因为那种“英雄”，鲁迅看到的不仅仅是冯自由、西山会议派等国民党右派，当时叫喊反对军阀政治，要举兵北伐的要人中间，也有这样的雄辩和辣手的“英雄”在的。片山智行先生认

① 见许杰《〈野草〉诠释》，194页、198页，天津，百花文艺出版社，1981年。

为，这些“英雄们”，不仅应该包括那些广州政府中乘着反帝、反军阀的机运壮大自己的势力，而又反对孙中山的“三民主义”的一些人，也应该包括那些当时挂着“革命”的招牌而实际上是想夺取革命果实的“跳梁”的个人野心家在内。他说：“鲁迅虽然是在广东‘革命策源地’详细地看到了这种情况，但早在一年半之前，他已经觉察到有从内部破坏革命的蛀虫存在。在1925年便预感到可能出现制造新的地狱的‘人类’，鲁迅的这种敏锐的文学直感和政治洞察力不能不令人折服。”①

散文诗中三次提到地狱边上的曼陀罗花。一次是魔鬼说，“它生在地狱的边沿上，花极细小，惨白可怜”。另一次是魔鬼说，“鬼魂们从冷油温火中醒来，从魔鬼的光辉中看见地狱小花，惨白可怜，被大蛊惑，倏忽想起人世，由默想而发出反狱的绝叫。”第三次仍然是魔鬼说的：“人类”完全统治地狱之后，一洗先前颓废的气象，而“曼陀罗花立即焦枯了”。由此看来，这曼陀罗花生在地狱的边上，它的样子虽然惨白可怜，但却能使鬼魂受到想起人间生活的“蛊惑”，以致发出反狱的绝叫来。这小花就有一种象征的意义在内了。它象征着人间的一种美的存在，人世中一种美的有生命的创造。它给人以追求生存价值和生命自由的渴望。所以鲁迅说他的《野草》，“大半是废弛的地狱边沿的惨白色小花”。这一方面写出对于地狱一般的社会及其统治者们的控诉，控诉他们对于美的艺术生命的摧残的罪行；另一方面也是一种象征，象征着美的生命的存在或美的文学创作，对于那些被压在地狱中的“鬼魂”们来说，又是一种希望、生存和美的呼唤。这里令我

① 见[日]片山智行《鲁迅〈野草〉全释》中文版，78页，长春，吉林大学出版社，1993年。

们想起鲁迅关于“铁屋子”和自己的呐喊声音的比喻来。鲁迅在他最寂寞的时候，曾把他的疑虑告诉前来约他为《新青年》杂志撰稿的钱玄同：“假如一间铁屋子，是绝无窗户而万难破毁的，里面有许多熟睡的人们，不久都要闷死了，然而是从昏睡入死灭，并不感到就死的悲哀。现在你大嚷起来，惊起了较为清醒的几个人，使这不幸的少数者来受无可挽救的临终的苦楚，你倒以为对得起他们么？”①我在阅读中隐约感到，这“地狱”的意象与“铁屋子”的意象之间，存在一种内在的联系。这就是鲁迅对于中国社会的历史与现实的清醒的认识。而那最初的“呐喊”和这里的细小惨白的“小花”之间，在呼唤沉睡的人们醒来，发出反狱的绝叫这一种精神作用方面，也是存在共同的悲剧性的美的意义的。

对于这篇散文诗的思辨性的哲学意蕴，李欧梵先生在他的鲁迅研究专著中，是将这篇作品和前面一篇《狗的驳诘》放在一起论述的。他谈到，“在这篇诗里，那些同时引起平静和恐怖感的语言很多引自佛经形象，这是鲁迅曾在1914至1916年间孜孜研究的。但是这一梦魇的篇章中的‘奇丽和狂乱的恐怖’所引出的还不仅仅是预想中的‘现实的错位’，同时也是一个由魔鬼说出的喜剧性的寓言。魔鬼悲悼人类征服了地狱，并使地狱变得更坏了。魔鬼的意思实际上是价值的对换，因为通常认为人比魔鬼、比野兽好，但在这里，人却比魔鬼坏”。它同《狗的驳诘》一样，“似乎是为了实现厨川白村所提倡的‘尼采对价值的再评价’”②。

---

① 见鲁迅《呐喊·自序》。

② 见李欧梵《铁屋中的呐喊——鲁迅研究》，102页，中国香港，香港三联书店，1991年。

李欧梵先生还进一步概括《野草》中几篇写梦境的一些作品说："七篇梦诗中，有四篇写诗人在最后突然醒来了，似乎是再次告诉读者这只是一个暂时的梦魇，是非现实世界。梦中叙述者提供的那一点点与现实的联系，充其量也是消极的，短暂的。体现了鲁迅内心关注的，显然并非作为普通人的诗人叙述者，而是那些非人或超人，如狗或魔鬼。可以把这些形象看作鲁迅内心痛苦的拟人化，其中有些或正是他精神的心理的'第二个我'"，"也可以说在大多数诗中是诗人和自己做了一系列的对话，其中包含的问题和冲突组成了作品意义的范围"。① 对于这种看法，我作一定的保留。写梦和梦魇，属于非现实世界的东西，内中并不一定同现实的生活断绝了联系，说叙述者所提供的那一点点与现实联系，都是"消极的，短暂的"，而把这些作品的内涵完全看成是与现实没有联系的诗人和"第二个我"的对话，这样就把这一类作品的部分蕴含视为是作品"意义"的全部了。而且即使写梦境的散文诗，几篇中每个对于梦魇的醒来的结尾和醒来的处理也不完全相同。就以这一篇来说，散文诗的结尾，不是人的醒来，而是魔鬼的发现：

"朋友，你在猜疑我了。是的，你是人！我且去寻野兽和恶鬼……。"

梦中的"伟大的男子"——魔鬼，在悲愤地讲述他失掉的好地狱的痛惜的"故事"的时候，没有得到一点赞同与支持，他感到的是一种"猜

① 见李欧梵《铁屋中的呐喊——鲁迅研究》，102～103页，中国香港，香港三联书店，1991年。

疑”，于是他发现了：“是的，你是人!”他只好逃离，去与野兽和魔鬼为伍了。这种梦的处理，就不能说是与现实联系的短暂的和消极的表现，而是从梦境的“现实”，回到人的社会的现实，是人的认识历史与现实的力量超过了魔鬼的恐怖的谎言般的回述。何况，鲁迅对于他写作这篇散文诗的现实批判的用意，在《〈野草〉英文译本序》中说得非常清楚。完全以诗人与“第二个我”的对话，和尼采的“价值的再评价”的框架来概括这些作品，似乎只适用于说明一些作品的外在手法的相近，而与作品的意义范围相违了。因此，完全与现实社会生活脱离，全封闭式的在思辨哲学或内藏世界的范围里来理解鲁迅的《野草》中的一些篇章中内心对话的冲突和意义范围，就很可能走向另一个方面的狭窄。

1995 年 6 月 11 日写

1995 年 9 月 19 日修改

关于《墓碣文》

《墓碣文》写于 1925 年 6 月 17 日，最初发表于 1925 年 6 月 22 日《语丝》周刊第 32 期。

《野草》中有两篇散文诗，被认为是最难懂的。一篇是《影的告别》，另一篇就是《墓碣文》。比起《影的告别》来，这篇东西难于把握而理解出现歧义的成分更多一些。

先讲一点对于作品的感觉和解读的方法问题。这篇散文诗，同样是托名为描写梦境的，而且也是以“我梦见自己……”开头。但梦中出现的既不是如《失掉的好地狱》中那样的一个“魔鬼”的独白，也不是像《狗的驳诘》里那样的展开人与狗的对话，而是另有一番带有阴森恐怖气氛的情境：“我”于梦中不仅与一块剥落的墓碣对立，读着上面一些莫名其妙的文字，而且窥见胸腹俱破的死尸，而且死尸竟然坐起来说出谜语一样的话来，以致吓得“我”赶紧逃走，不敢回头看一眼，生怕看见他的追随。这种奇特的构思，在传统的散文中很难找到类似的先例，如果从西方的散文诗来看，这种构思与题材，倒是有的。我们在《墓碣文》中多少可以看到波特莱尔散文诗的影子。在这种描写中，他们有一种“以丑为美”的美学哲学作为指导，生活中所谓丑的东西，经过文学家的创造，可以变成给人以审美的愉快的艺术品。《墓碣文》写的是阴森恐怖性的题材，但那种莫名其妙的情景和谜一样的内涵，却有一种深层表现的艺术作品所独自具有的魅力。如果解读难懂的诗是一种读者特有的审美享受，那么解读这篇《墓碣文》所得到的这种审美的享受，也就可能比起解读《野草》中别的篇章，得到的会更多一些，或体会的味道会更不同一些。

我以为这是一首象征的散文诗。在解读它的时候，有两个问题似乎值得注意。第一个问题，就是要对于诗句内涵的解释留有余地，尽量保留此类创作所具有的思想内容的艺术弹性，不要解释得太死了，太坐实了；第二，要处理好一个象征艺术作品的内涵的开放性与封闭性的关系。开放性，就是用鲁迅的《野草》及其他杂文的一些话来证实这篇东西里的某一句话的意思，这样做是对的。但是过去的研究中的毛病，是往往在一些类似的话之间画等号，散文诗中的某一句话，就是他在别的文章中说的某句话的意思，谁找到了某一接近的句子，也就可以作一种确定性的诠释，找到的不同，解释也就各异；所谓封闭性，我觉得作为一首散文诗，《墓碣文》一旦产生，它的构思与语句（情绪的符号）就有它自身的整体性了。它的产生自有它的内在的逻辑联系和总体内涵的客观性。每一句话，与这种内在联系和总体的客观性是分不开的。离开这一整体性的联系去对每一句话作分别阐释，就可能走到与作者的意图无关，甚至相反的地方去。

其次，我们在进行本文的解读之前，应该大体弄清这个《墓碣文》的"墓碣"同作者之间是什么关系。这一点上，许多研究者是大体一致，没有什么大的歧义的。那就是，这是作者思想的自我解剖的一篇作品。鲁迅于五四运动后参与启蒙运动的过程中，内心生活极为紧张和敏感。他对于自己曾经生活过的生命的存在，总是在进行重新反省与确认，总是在努力发现自己身上存在的"毒气和鬼气"，并想通过一种文字上自我解剖的办法，竭力地去铲除它们，同时也获得在心理紧张方面的缓解与平衡。

如前面我们已经引述过的，在《影的告别》写作的同一天里，鲁迅在给一个青年的信里说："我自己总觉得我的灵魂里有毒气和鬼气，我极憎恶他，想除去他，而不能。我虽然竭力遮蔽着，总还恐怕传染给别人。"①《野草》诸篇写作完成后，他把自己过去写的一些杂文编集成书的时候，说过这样的心境："我的确时时解剖别人，然而更多的是更无情面地解剖我自己，发表一点，酷爱温暖的人物已经觉得冷酷了，如果全露出我的血肉来，末路正不知要到怎样。"②他把这个十多年的作品的集子，叫作《坟》，并说："虽然明知道过去已经过去，神魂是无法追蹑的，但总不能那么决绝，还想将糟粕收敛起来，造成一座小小的新坟，一面埋藏，一面也是留恋。"这样做，也是想"借此暂时看看逝去的生活的余痕"，同时，也给偏爱自己的读者们作为一点纪念，使他们"知道这小小的丘陇中，无非埋着曾经活过的躯壳"③。

① 《致李秉中》，出自《鲁迅书信集》。

② 见鲁迅《坟·写在〈坟〉后面》。

③ 见鲁迅《坟·写在〈坟〉后面》。

从这些话里面，我们可以作这样的推测：《墓碣文》中的坟墓，就是鲁迅为自己“反抗绝望”的生命存在和与之相联系的虚无寂寞的思想，用文学形象所修葺的“一座小小的新坟”。在这个“小小的丘陇”中，不仅仅埋藏着一个启蒙的战士“曾经活过的躯壳”，更埋藏着他的整个生命所探索的思想，以及在这种探索的过程中，他自身内心深处所存在的“毒气和鬼气”，即自身的灵魂中所拥有的那些非常黑暗和虚无的思想情绪，一般也可以叫作“生命存在的虚无哲学”；而且，鲁迅第一次这样尖锐而赤裸的“露出我的血肉来”，在一种充满阴森恐怖感的意象和氛围中，展示他的这一生命哲学，并在超越于严酷之上的自我解剖中，进行灵魂的自我的剖白和搏斗，以非常模糊的语言，充分地揭示了自身当时所进行的这种自我解剖与搏斗的深刻的痛苦和内在的矛盾性。

全文明显地分为两个主要部分：一部分是在墓碣前面的情景；一部分是在墓碣后面的所见和逃出梦境的情形。散文诗中的叙述主体，从头到尾都是第一人称“我”。

先讲墓碣的前面。这是“我”在梦中的一种奇异性的境遇：我自己突然地正与一个墓碣对立着，并开始读着上面的刻辞。大约已是经过了很多年的时光了，所以那似沙石所制的墓碣，已经风化得很厉害，“剥落很多”，上面又“苔藓丛生”，墓碣上面的全部文字，当然也就无法看清楚了。可以看到的，是3段“仅存”的“有限的文句”。

第1段文字，是全文中传达作者思想最重要的一个核心性的语句，同时也是比较费解而在阐释中歧义最多的。这段文字，是这样无头无尾的四句谜语一般的话：

……于浩歌狂热之际中寒；于天上看见深渊。于一切眼中看见无所有；于无所希望中得救。……

20世纪50年代冯雪峰发表的那篇具有相当的理论深度的全面论述《野草》的论文中，对于这段话，只作了一个概括的论断：“作者以自己解剖、批判和否定的态度描写了一种到了可怕程度的空虚的阴暗的心境”，“毫无疑问，这种心境是不可能长期地在作者身上存在的，……但作者自己的解剖和描写也有充分的力量使我们相信在他身上发生过这种心境，同时他自己的态度又是明白的否定：‘我疾走，不敢反顾，生怕看见他的追随’”。① 至于每一句话的意思，冯雪峰先生并没有做出具体的解释。到了70年代，李何林先生的注解性的著作出现，才对这四句话有了比较接近作者原意的阐说。李何林先生对于这四句话的翻译性的解释是这样的：

> 当别人在浩歌狂热中生活着的时候，我感到人世的寒冽。(“我却觉得周围的空气太寒冽了。”——《热风》的《题记》，1925年11月3日写)
>
> 当别人把现实社会看作是天上的乐园，颇为满意的时候，我看见这是地狱似的深渊。
>
> 当别人认为现实的一切都是好的，我却对什么也看不上眼，认为一切都应该否定，在我眼里是“无所有”的，一切都是空虚。
>
> 我认为只有否定现实，对现实“无所希望”，才能“得救”，也就是超脱于现实之外，实质上是绝望。②

---

① 冯雪峰：《论〈野草〉》，《论文集》(下)，369页，北京，人民文学出版社，1981年。

② 见李何林《鲁迅〈野草〉注解》，128页，西安，陕西人民出版社，1973年。

这些解释，对于有非常大的模糊性的散文诗中的这四个短句来说，当然也不失为一种可以供人思考的意见。但是，我觉得这里存在的问题，是李何林先生把每一句话(主要是前三句话)的叙述主体差不多都分为两个，即一个是“别人”，一个是“我”(即死者)；前半段所讲的那些不太好或不甚正确的思想，都是属于“别人”的；相反，另外的一些否定前面的批判性的思想，都属于“我”(这个“我”当然是鲁迅内心世界的象征)。这样，原文中每一个非常具有矛盾性和张力的句子，就都变成了“别人”和“我”的情绪与见解之间的对立。我以为，这样将主述者的思想分别开来的思路所作的阐释，似乎不太符合鲁迅解剖自我矛盾与阴暗心理的原意。

按照常理，一个死去的人的墓碣上，一般所写的内容应该是包含这个人自己一生的经历行藏，他的思想、观点或业绩，他死的原因等等。而散文诗墓碣前面的这四句话，按照我的理解，就应该是这些内容的大体的概括。每一句话里所包含的极端矛盾的两个方面，它所指的主体，应该都是一个人，也就是散文诗中的死者。根据这个思路，我认为这四句话的大意是这样的：

第一句：我在浩歌狂热的时候，突然因为革命的落潮，因为太冷冽的空气，“中寒”得病了。这当然是鲁迅内心矛盾和阴暗空虚思想的自况。

鲁迅于狂飙般的五四运动热潮时，作为一个倡导思想启蒙的改革者，曾经遵奉“革命前驱者的命令”，确曾用他充满战斗火力的文字和热诚的行动，竭力为一种“新的曙光”的出现而“呐喊”过，这也就是“浩歌的狂热”的意思。但是，很快地进入革命的低潮之后，文化思想上的反抗的阵线没有了。他陷入了一种“荷戟独彷徨”的境地，如被冻结的“死火”一样。诚如他在晚于此文创作五个月所写下的《热风·题记》中所说的："我却觉得周围的空气太寒冽了。"1919 年 8 月写的小散文诗《火的冰》中说的，火"遇着说不出的冷"，便冻成了"死火"；《死火》中的"被人遗弃在冰谷中""我也被冰冻冻得要死"，等等，都隐含了这种由"浩歌狂热"到冷冽的"中寒"的过程。

第二句：我在被描绘得如天堂一样的所谓"未来的黄金世界"中，看到了人间地狱般的深渊。这是病中的"昏话"，也是死者的清醒思想的记录。

鲁迅清醒的现实主义和他的浓重的虚无思想纠结在一起，使他从来不相信对于未来的空洞的预言。他的独特的思维，又使他常常透过事物的正面，看到事物的反面，由光明中看到黑暗，由存在中看到虚无，由希望中看到失望，由所谓的"天堂"中看到地狱一样的深渊。如在《影的告别》中说的："有我所不乐意的在天堂里，我不愿去；有我所不乐意的在地狱里，我不愿去"，他不仅仅否定了天堂和地狱的存在，而且也包含了在所谓的天堂中看到了地狱一般苦难的深渊的意思。

第三句：我在似乎存在于别人的眼里的一切事物中，看到了任何事物都是不存在的一种"无所有"的虚无。

鲁迅说过："我的作品，太黑暗了，因为我觉得惟'黑暗与虚无'乃是'实有'，却偏要向这些作绝望的抗战"①。"无所有"，并非如李何林先生前半句说的那样，"当别人认为现实的一切都是好的，我却对什么也看不上眼"，而他讲的后半句话，说得可能更接近原意一些："认为一切都应该否定，在我眼里是'无所有'的，一切都是空虚"。片山智行教授也说：很多人解释作"在死者眼里，一切都是虚无"。死者

① 见鲁迅《两地书·二四》。

对于现实是持否定的态度。[①] 他还引用钱理群在《心灵的探寻》一书中，引述鲁迅在《〈出了象牙之塔〉后记》中说的一句话："在改革者的眼里，以往和目前的东西是全等于无物的"，把这句话解释为死者彻底无视（否定）旧物。我认为，散文诗中死者的这句话，是鲁迅一个时期里虚无的生命哲学的剖白，不能以这句话来说明他对于整个中国文化传统的整体性的彻底否定的态度。因为"一切眼中"的存在之物，与"以往和目前的东西"，不完全是一回事，它和中国整个的传统文化似乎更并非是一回事情。

第四句：意思是说，我的病最终无法救治，在无所希望的绝望之中，由死亡而得到了超脱人间尘世的痛苦。死的解脱，在或一种意义上说，也是一种彻底的"得救"。[②] 这是墓碣文对于死者的客观的记录。

我觉得这句话应该理解为是说"我"的死亡的意思。也就是鲁迅说的"只有我被黑暗沉没，那世界全属于我自己"（《影的告别》）；"我将冻灭了！""那我就不如烧完！"（《死火》）这样似乎才合乎"墓碣文"叙述的情理。如果说，这句话表达的仅仅是否定现实的意思，说对现实"无所希望"，才能得救，也就是超脱于现实之外，实质上是绝望。也就是说：对于现实的彻底绝望才是生命的"得救"。这样理解，就会产生墓中的死者的"死"是否是真的死亡的问题的矛盾。死者似乎只是一假死，真正的是他在绝望中得救了。问题在于，散文诗的原意是否如此？而且，下面明明有关于死者的"游魂"和"死尸"的描写的。片山智

① 见[日]片山智行《鲁迅〈野草〉全释》中译本，80页，长春，吉林大学出版社，1993年。

② 参见拙作《〈野草〉研究》，63页，北京，中国社会科学出版社，1982年。

行先生论述这句诗说的一段话，就似乎是陷入了这种矛盾的一种类似的解释。他说：

> “于无所希望中得救”这句话一看的确是矛盾的。虽然是否定“希望”，但终于也否定“绝望”。如果能想到直到叫喊出“绝望之为希望，正与希望相同”的潜藏在作者心底的无法打消的希望，也就自然可以理解了。①

李何林先生解释，说对于现实绝望，才能得救，中间难以弄清这因果关系的内在思想的联系。片山先生把潜藏在作者心底的希望，看成“得救”的原因。似乎都只是从“得救”的字面的意思上去寻找理解。许杰先生的解释也大体上是同片山先生的意见是类似的。② 而我觉得这里的“得救”，就是死亡或超脱的意思。鲁迅这里用的是他习惯用的反语。阐释的分歧就从对于这个词语的两种不同的理解而来。

下面看墓碣前面的第二段文字：

---

① 见[日]片山智行《鲁迅〈野草〉全释》中译本，80页，长春，吉林大学出版社，1993年。

② 许杰先生说：“对于这四句刻辞的意义，应该说，前三句是一个形式，一个体系，即是从正面看到反面，从积极看出消极，的确是鲁迅先生的‘虚无’的一种表现。但是第四句，却应该和前三句分开——它是从消极看到积极，由绝望中看到希望的。结合这两方面的精神和实质——明明知道黑暗与虚无，乃是实有，却偏要对他作绝望的抗战。这种战斗的现实主义精神，正是鲁迅先生秉有的‘君子自强不息’的中国人的优良传统。”(《〈野草〉诠释》，207～208页，天津，百花文艺出版社，1981年)这种看法，对于鲁迅的四句话，缺乏一种整体性的考虑。把前三句的精神和最后一句话的精神说得截然相反，恐怕很难说是鲁迅的原来的意思。

……有一游魂，化为长蛇，口有毒牙。不以啮人，自啮其身，终以殒颠。……

我觉得，这一“游魂”，就是鲁迅所说的“毒气和鬼气”的载体，就是前面那些悲观虚无思想的拥有者的“我的精神世界的游魂”①。这个“游魂”，化为一条有毒牙的长蛇，但这毒蛇的毒牙，不用来咬别的人，而是用来咬了自己的身体，终于因此而死去了。鲁迅这段话，是说自我精神世界的状态与自我解剖的严酷性的。也就是他说的我解剖自己并不比解剖别人留情面。在《呐喊·自序》中，鲁迅有关自己当时内心精神世界特征的说明，就用了与此非常类似的比喻：“这寂寞又一天一天的长大起来，如大毒蛇，缠住了我的灵魂了。”“这于我太痛苦”，“我于是用了种种方法，来麻醉自己的灵魂，……甘心使他们和我的脑一同消灭在泥土里”实际上，这个因自啮而“殒颠”的“游魂”，也就是鲁迅的“第二自我”的化身。

第三段只有两个字：“……离开！……”李何林先生的解释是“……我离开了人间……”。许杰先生认为，这个解释不尽正确，但是在这里没有做出更详细的说明，详细的解释和论证放在后面了。② 就我的理解，这句“……离开！……”，不是讲“我”的死去，或“离开了人间”的意思，因为前面已经有“终于殒颠”的话，那就是离开人间的意思。这个“离开”前后有删节号，说明是独立的一段，有与上面的内

① 见李何林《鲁迅〈野草〉注解》，128页，西安，陕西人民出版社，1973年。

② 许杰先生说：这一句“只有‘离开’二字，前后都有删节号标明，却又独立自成一行的，实在比较隐晦，着实不容易让人看得明白。李何林先生的试解，同样用加字的方法，解作‘……我离开了人间……’。我想这个‘我’和‘人间’的字样的添加，同样是不妥的。”(《〈野草〉诠释》，209页)

容不同的意义。这意义，是让别的人“离开”自己，也就是鲁迅所说的“不愿将自以为苦的寂寞，再来传染给也如我那年青时候似的正做着好梦的青年”。[①]“我为自己和为别人的设想，是两样的。所以者何，就因为我的思想太黑暗，但究竟是否真确，又不得而知，所以只能在自身试验，不敢邀请别人。”[②]这里真正的意思，是让别的人“离开”他的这种太黑暗和虚无的思想。也即可以理解为，鲁迅在这句话里，非常隐晦曲折地表达了他的一贯的思想，即不愿意将自己灵魂里的“毒气和鬼气”再去“传染给别人”的心境。

散文诗的第二部分，是描写主述者的“我”，绕到墓碣后面，看到的死尸的情状与墓碣阴面残存的文句。作者把读者引进了更加阴森恐怖的氛围中。

“我”绕到墓碣后面，才看到是一座孤坟，上面没有一点草木，而且已经颓坏。“我”即从坟的大缺口中往里面窥视，看见的，是那个“殒颠”者的死尸，“胸腹俱破，中无心肝”，而他的脸上，却绝不显出悲哀或欢乐之状，只是蒙蒙然的，如罩上一层烟雾的样子。这种样子，实在太可怕了。坟墓的没有草木和颓坏无修，可以想象死者在生前就是很孤独的。“中无心肝”，一是后面有的“抉心自食”的结果，也可能蕴含着鲁迅对于当时一些论敌一类的政客文人的反讽之意在内。“不显哀乐之状”，也是鲁迅屡屡讲过的不愿意给反对自己的敌人看到，和使他们快意于自己的痛苦。这些描写，也都不是可有可无的文字。它既交代死者的状况，写出死者的心境，同时在“而脸上却绝不显哀乐之状”的决然的描写中，暗示地传达了鲁迅对于死亡的观念。

---

① 见鲁迅《呐喊·自序》。

② 见鲁迅《两地书·二四》。

看到死尸的情状，实在是令人感到恐怖的。但问题还在后面："我"正在疑虑和恐惧中，想马上走开。但还来不及回身，又看见了墓碣阴面上残存的一些文句，为它所吸引，就读下去了。这文句是：

……抉心自食，欲知本味。创痛酷烈，本味何能知？……

……痛定之后，徐徐食之。然其心已陈旧，本味又何由知？……

……答我。否则，离开！……

如果说，墓碣的前面有关"游魂"化为毒蛇自啮，是暗示与象征鲁迅的严于解剖自己的话，那么，这几段阴面的文字，就是象征鲁迅进行自我解剖在他的生命的精神世界中所可能产生的极端的痛苦和严酷的灵魂拷问中的矛盾感觉。

这里提出一个严于解剖自己的人，生命哲学中存在着的两难选择的一个永恒的命题：解剖者永远无法知道自己自我生命解剖的"本味"。所谓的"本味"，就是对于自我生命存在中的黑暗与虚无等思想清醒的自我确认的清晰感。这种所谓的"本味"，自我是很难得知的。因为，像鲁迅那样"全露出我的血肉来"的"更无情面"的解剖自己，确实是人的生命中一种十分痛苦的事情。其中的"本味"是什么样子，无论在哪种情况之下，都是很难冷静客观而又很清醒地知道的。一个人很难真正地了解自己的全部精神世界，这是一个正常的道理。

第一句话是说：在"抉心自食"的过程中，那种创痛太酷烈了，在超越生命极限的痛苦之中，有什么方法能够知道心的"本味"呢？

李何林先生解释为，这是"想品味一下自己的心肝，为什么对人生对社会有正面所刻的那些思想"，也就是"了解自己，给予评价"。

然而“酷烈的伤痛压倒了味觉，我品味不出是怎样的心肝(思想)，更谈不到评价”。但是又说，因为他的“不觉悟，批判自己才觉得痛”。因为“他怕痛，不愿意批判自己的消极思想”。[①] 鲁迅提出的是一个启蒙者生命自我解剖中存在的无法解决的命题。似乎并不存在“不觉悟”和“怕痛”这个因素在内。

第二句话的意思是：把自己的心抉出来，在痛定之后，再慢慢地去“自食”它；然而，这个心已经陈旧，“本味”又从那里能够知道呢？

李何林先生解释这句话时这样说：“……那么，就过了些时候，挖出来的心(思想)，业已陈旧，已经成为过去，事过境迁了，又如何品味、评价呢？”这里的解释大体是正确的。但是，李何林先生接着进行推断说：“他借口业已成为过去，不愿批判自己的消极悲观思想。揭露他批判的不及时。”这就把一种生命存在的自我解剖的两难对立的哲学问题，变成为一种人在看待或袒露自己的弱点的时候常有的毛病，作过分坐实的理解与批评了。这种批评，似乎不尽符合作者创作这篇散文诗的原意。

第三句话的意思，好像古代神话中的司芬克斯之谜一样，让别的人在两难中做出选择的回答：“……你回答我。如果答复不了的话，就快点离开！……”

这个问题，既然是永远无法解答的自我体认的生命哲学的命题，当然就无法回答。人们唯一的选择就是：“离开！”

这个“离开”，与墓碣正面文句的“离开”的意思，大体是相同的，就是这样的痛苦解剖自我的生命哲学问题，既然没有办法回答，也就是很难找到真正的理解者。那么，为了不把这要解剖的思想“传染给

① 见李何林《鲁迅〈野草〉注解》，129 页，西安，陕西人民出版社，1973 年。

别人”，只有请他们尽快地离开。鲁迅深知自己思想中的“毒气和鬼气”是与一个人的勇猛前行不利的。他愿在自我解剖中得到消解。他“总还怕传染给别人”。“我之所以对和我往来较多的人有时不免觉到悲哀者以此。”不要“和我往来”，就是“离开”。这是鲁迅在自身存在的两难选择的问题倘若提到别人面前(与他往来较多的人和一代有希望的青年)时，所能做出的唯一的回答。

对于前后两次出现的“……离开……”二字，许杰先生不同意李何林先生的全都解释作“离开人间”。他认为，如果这里解作“我离开了人间”，这就成了墓中死尸的自白，不合于墓碣上刻辞的文意了。关于墓碣正面文字“离开”的阐释，许杰先生引用鲁迅先生的文字作证。他说：鲁迅在说了“更多的是更无情面地解剖我自己，发表一点，酷爱温暖的人物已经觉得冷酷了，如果全露出我的血肉来，末路正不知要到怎样。”这句话之后，接着说道：“我有时也想就此驱除旁人，到那时还不唾弃我的，即使是枭蛇鬼怪，也是我的朋友，这才真是我的朋友。……”许杰先生说：这“驱除旁人”4个字，它正好是“离开”两个字的正确的含义和解释。这是对酷爱温暖者的警告与热爱，又是对酷爱自己同情自己的真正朋友的考验。……他一面说，对于自己的更无情面的解剖，的确是太过冷酷，希望酷爱温暖的人，远离一些；但在另一方面，却又觉得，只有热爱自己，同情自己，而且更加欢迎自己深刻解剖的人，才是自己的真正的朋友，甚至不怕这人竟然是枭蛇或鬼怪。① 许杰先生把对于这句非常隐晦的话的理解向前推进了一步。

在《墓碣文》中，最后独立成段，而又于墓碣的阴面有联系的文

① 见许杰《〈野草〉诠释》，210页。

字，是一段更使人感到恐怖和难解的描写。这段文字是这样的：

> 我就要离开。而死尸已在坟中坐起，口唇不动，然而说——
>
> “待我成尘时，你将见我的微笑!”
>
> 我疾走，不敢反顾，生怕看见他的追随。

这是一个非常奇特的艺术构思。作者用了在人意料之中而又出人意料之外的处理方法，来构思这篇恐怖色彩很浓的散文诗的结尾。非常自然而又富有深意的尾声，给人以超于恐怖之上的更进一步的哲理性深思的可能性，更增强了散文诗审美的韵味和作者关于生命哲学思考的深度。

回答不了墓碣阴面文字中提出的两难问题，梦中的“我”，就要离开那墓碣和死尸。万万没有想到，那死尸竟然在坟中坐起来了。他“口唇不动”，却说出这样一句更加扑朔迷离，更为近似谜语的话：“待我成尘时，你将见我的微笑!”

问题在于，对于这一句带有很重的哲理味道的话，究竟怎样理解？

李何林先生解释说：“等我这死尸化为灰尘，行将完全消灭时，才是我的消极悲观的虚无思想的彻底地最后胜利。那时你将见到我的胜利的微笑!”①死尸的“成尘”乃是“我”的消极悲观的虚无思想的最后胜利，死尸的微笑是为此而发的“胜利的微笑”。许杰先生认为，这句话大体与“于无所希望中得救”意思相同，都“代表了墓中人的思想”，

---

① 见李何林《鲁迅〈野草〉注解》，130 页，西安，陕西人民出版社，1973 年。

“有他的矛盾处，但又是统一着的”。[1] 我原来的解释是：墓中的死者在现实的一切中看到了无所有的空虚，把死亡的到来，看成是对绝望的灵魂的一种拯救。因此，他便必然会为自己的最后销迹“成尘”发出满意的微笑。“这句话，可以说是鲁迅对自己过去所存在虚无主义思想情绪的一种形象的表露。”“但是，这时的鲁迅在思想上已经大大向前迈进了。他为这虚无主义思想情绪筑起了一座小小的坟墓，决心把这种思想埋葬掉。听到死尸的话之后，鲁迅写道：‘我疾走，不敢反顾，生怕看见他的追随。’这既是人们惧怕心情的合乎情理的描写，又表露了鲁迅同死尸代表的旧思想毅然决裂的心境。”[2]看来，我可能对于鲁迅埋葬自己的虚无悲观的消极思想，时间估计的过早了一点，而看轻了他这一时期，特别是他这篇散文诗中的思想矛盾的深刻性与激烈性。这一点，我对于片山智行先生的《鲁迅〈野草〉全释》一书中对于我的观点不同意的批评性的见解，既有赞同的方面，也有一定的保

---

① 见许杰《〈野草〉诠释》，211 页，天津，百花文艺出版社，1981 年。

② 参见拙作《〈野草〉研究》，65 页，北京，中国社会科学出版社，1982 年。

留。这里涉及研究《野草》这个特殊对象的方法论的问题。①

片山智行先生在解释死尸起坐之后说的那句话时，他认为，应该说，这句话“正是自食其身，巨痛折躯，最后死掉的‘实’行为者的至今不悔的辞世之言。死者和拯救‘死火’而被碾死在‘大石车’下的‘我’一样，是有充分准备，甘愿去死的。亦和‘以自己的沉没，证明着革命的前行’的叶遂宁、梭波里一样，在他的‘自啮其身’的死的行为里，有着实实在在的‘真实’。因此，他的死才有可能化作有助于下一代的地上的养料”②。这一解释，又过分远离开了死尸的消极虚无的思想，

---

① 片山智行先生不同意我把这篇作品看作“鲁迅埋葬自己思想阴影的一座小小的墓碑”，鲁迅在1925年发生的“五卅”运动的革命高潮中，“促进了他彻底埋葬怀疑群众的个性主义倾向”的看法，片山先生认为如从《影的告别》和《失掉的好地狱》里所看到的，当时“鲁迅并非是乐观地看待革命高潮的”。(片山智行：《鲁迅〈野草〉全释》中译本，85页)我当时的研究，很大的程度上过分地注意了各篇作品的写作时间与当时的社会上发生的重大政治事件之间的联系，而比较忽略了鲁迅的黑暗与虚无思想的矛盾和深刻的性质。但是，《野草》是一个有比较长的创作过程的一本书，鲁迅在写作过程中，思想有他的一贯性和连续性，也应该有他的发展性和变化性。《影的告别》和《墓碣文》之间的连续性，也应该有他的发展性和变化性。《影的告别》和《墓碣文》之间的写作时间差了9个月，似乎不能说鲁迅在这个时间中的思想和情绪就完全没有变化。那样鲁迅后来的思想的改变，就成了一种“突变”性的发展了。而这种变化，有时是很细微的。我们应该用这种一贯性和变化性相结合的观念，来读鲁迅的《野草》，才可能得出比较客观一些的阐述来。这篇散文诗的结尾说的：“待我成尘时，你将见我的微笑!”一句话，是：我将为彻底埋葬了我的虚无与黑暗的思想而发出会心的微笑，还是认为鲁迅这时还没有达到这种认识的可能性？从而认为这一类的看法，“都不过是从‘革命家鲁迅’的视点出发予以图式性解释罢了，谈不上是把《墓碣文》作为文学作品进行充分咀嚼的结果”。(片山智行：《鲁迅〈野草〉全释》中译本，第86页)我认为这是一个象征性的散文诗多义性的不同理解和阐释的问题，很难说都如片山先生那样的概而论之的。

② 见[日]片山智行《鲁迅〈野草〉全释》中译本，84页，长春，吉林大学出版社，1993年。

和自我解剖痛苦的范围，强调了鲁迅的无私与自我牺牲的一面。这里的“成尘”，与甘愿作下一代生长的地上的“泥土和养料”，似乎不是在一个意义上面所说的话。

因为这死尸的思想太虚无了，这个意象也太令人感到恐怖了。所以，最后梦中的“我”，听到死尸的话，只有一种选择：“我疾走，不敢反顾，生怕看见他的追随”。鲁迅的这个梦中的“我”与墓碣文以及死尸的思想之间的矛盾，正是鲁迅自身内部深刻矛盾的一种形象的写照。他的解剖，是为了驱除；“我”的逃走，“我”的“不敢反顾”，怕他的“追随”，是力图摆脱，不是一种眷恋。在这里，我们看到了鲁迅内心的两个方面：虚无和寂寞，而又感到虚无与寂寞的可怕；承认阴暗与孤独，而又想摆脱阴暗与孤独；努力于解剖阴暗面而又感到这解剖的痛苦。但是，我们在整体的描写中，感到鲁迅虚无阴暗的思想的在生命哲学中的存在，同时又会觉得，有同这种虚无、黑暗和寂寞的思想抗争的心境的存在。正是在这个意义上，我在这篇作品中看到了鲁迅同死尸代表的旧思想决裂的心境，当然，这种心境是充满着矛盾和痛苦的。日本著名的中国现代文学和鲁迅研究专家竹内好先生说：“这显然是没被创作出来的‘超人’的遗骸，而且夸张点儿说，便是鲁迅的自画像”①。所谓“超人”，应该就是五四以后的怀着伟大的启蒙目的的改革者，他们就包含鲁迅本人在内。当然这个“自画像”，更多的是属于鲁迅的生命存在的内面世界的。李欧梵先生则认为，在这篇散文诗中，可以找得到鲁迅自身内部存在的“黑暗的‘影’”——与他的孤独的战士形象及他进入 20 世纪 30 年代后参与政治化的状态公众活

① 转引自[日]片山智行《鲁迅〈野草〉全释》，86 页，长春，吉林大学出版社，1993 年。

动形象的对应物。“在《墓碣文》(应当说是《野草》中或所有中国现代文学中最阴森可怖的一篇)中，一个怪异的化为长蛇的鬼魂通过荒凉剥蚀的墓碣述说了自己的故事：……刻在这个意象的墓碣文上，奉献给那抉心自食的复仇的烈士的英魂的，是一个永难解决的矛盾：现在他已死了，他又怎能寻找出他的生命和他的牺牲的意义呢?”①

1995 年 6 月 18 日写

1995 年 9 月 20 日修改

---

① 见李欧梵《铁屋中的呐喊——鲁迅研究》，116 页，中国香港，香港三联书店，1991 年。李欧梵在他的书中，在引述关于游魂化为长蛇“抉心自食”的时候，曾作了一个比较性的注解。全文转录如下，以供参考：值得注意的是，这首诗(指《墓碣文》)和 Stephen Crane 一首诗常相像，虽然我不能证明鲁迅读过 Crane 的这首诗：在沙漠里我看见一个家伙，裸着，像兽一样，他蹲在地上，手里拿着他的心，并且吃着。我问：“朋友，这好吗?”他回答：“这很苦，很苦。但我喜欢它，因为它苦，因为它是我的心。”(见 *Poems of Stephen Crane*，第 8 页。Gerald D. Mcdonald 编，1964 年。)——见《铁屋中的呐喊——鲁迅研究》，119 页。

现实的与哲学的(下)

——鲁迅《野草》重释

关于《颓败线的颤动》

《颓败线的颤动》写于1925年6月29日，发表于1925年7月13日《语丝》杂志第35期。

《野草》中，鲁迅根据自身的深切体验的生命哲学所创造的艺术结晶，常常带有很浓重的痛苦的悲剧性色彩。特别是在关于对青年人的希望与绝望的问题的思考时，他的内心里涌动的感情之至真，痛苦绝望之深沉，往往给《野草》一些篇章中所表现的这种生命哲学的悲剧性色彩，带来除了令人广远的沉思之外的一种更为令人的灵魂震撼和战栗的艺术力量。他由于“惊异于青年的消沉”而写的散文诗《希望》，是如此；他因为痛苦于青年们的忘恩负义而写的散文诗《颓败线的颤动》，更是如此。年垂七旬的法国大作家雨果，看了当时被很多世俗的人们咒骂为“恶魔诗人”的《恶之华》的作者、青年诗人波特莱尔写的一些散文诗的时候，赞许地说，波特莱尔的作品，给整个的法国带来了“新的战栗”。鲁迅的《颓败线的颤动》这篇散文诗，可以说，是以一个象征性极强的一位无名的老年妇女，用她那于深夜的荒原上赤裸的身体的“颓败线的颤动”的意象，给一切富有良知的人们的灵魂，带来了一种永远难忘的“新的战栗”。

过去近50年的《野草》研究中，对于《颓败线的颤动》这篇散文诗，除了个别未被重视的意见之外，比较流行的解释者的思路是：把这篇作品，看作是一首现实主义的散文诗；认为它的旨意，是在于描写中国下层社会妇女命运的悲哀，“显示了崇高的母爱”①。一个“小少妇”，她青年的时候，由于贫穷饥饿，而出卖自己的肉体，来养活自己的女儿；等她到了老年，女儿长大成家之后，自己却被自己抚养的后辈，视为是他们自己难以见人引为耻辱的“怨恨鄙夷”的对象，进行种种羞辱和责骂。

例如，几乎可以代表20世纪80年代之前《野草》研究成果之集大成者的李何林先生的《鲁迅〈野草〉注解》一书，就是这样来看待这篇散文诗的。他说：“作者对于旧中国的妇女的悲惨命运，怀抱着深厚的同情，写下了不少小说和杂文，向旧社会提出了抗议，暗示了或者指出了她们的前途。单四嫂子、祥林嫂、子君、爱姑……这些悲剧的女主人公中，以祥林嫂精神上所受的折磨和痛苦最为深重，其原因在于她被迫嫁过第二个男人。违反了‘饿死事小，失节事大’的封建礼教。而这位小妇人在所谓‘舆论’看来，就要比祥林嫂更要下贱或‘不干净’得多；因而用冷骂和毒笑来迫害她的，不是别人，是她牺牲自己养育大了的亲人！她较之祥林嫂将为更多的人所不齿。这种精神上的痛苦是更为深重的！但她又和祥林嫂不同：她反抗战斗了，虽然结局仍然是悲惨的。”“从千百万被蹂躏的妇女选取题材，用崇高博大的感情和

① 见李何林《鲁迅〈野草〉注解》，137页，西安，陕西人民出版社，1973年。

诗的语言，以极少有的笔法，作者创作了这样一篇感人极深的散文诗，在中国现代文学史上是不多见的。”①虽然，李何林先生在他的著作中论述的最后，也顺便的谈到了另外两种意见：一，“这或者也许是作者当时某些思想感情的一种曲折地表现”，并引用鲁迅给许广平的信中的话，说明这种思想是对于“饮过我的血的人”反过来嘲笑攻击我的以怨报德行为的“报复”；二，“也有人说：这篇作品是作者过去养活周作人一家，反被他们欺侮，因而产生的反抗思想的极为曲折地反映”。②

李何先生补充说明的第一种意见，我以为非常重要，但是却只有一段鲁迅的话的引文，而没有任何论述。而在整体上，研究者是把这篇散文诗作为如同小说《祝福》一样的写实主义的作品来看待的。

我在上面说的“个别未被重视的意见”，主要是指冯雪峰先生在他于20世纪60年代发表的关于《野草》研究的长篇论文里提出的看法。冯雪峰在阐释这篇散文诗的时候，作了故事的叙述和后一段梦境的很长的原文引录之后，明确地说：“作者所设想的这个老女人的‘颤动’——猛烈的反抗和‘复仇’的情绪，不能不是作者自己曾经经验过的情绪，至少也是他最能够体贴的情绪。这种情绪是在爱与憎发生激烈的矛盾斗争时才有的，是一个热烈地爱人们而反抗性也极强烈的人，在遭着像这个老女人这样的待遇的时候才会发生的。这是一种最痛苦的情绪。”③这种显然更接近作品原意的理解，在相当长的时间里没被重视。这与冯雪峰后来的政治遭遇有关，但更主要的是对于鲁迅

① 见李何林《鲁迅〈野草〉注解》，141页，西安，陕西人民出版社，1973年。
② 见李何林《鲁迅〈野草〉注解》，142页，西安，陕西人民出版社，1973年。
③ 见冯雪峰《论文集》(下)，375页，北京，人民文学出版社，1981年。

的后来愈来愈神化趋向的研究，不大可能过多地谈论他的阴暗面的东西，尽管这些是一个作家思想发展过程中的必然出现的客观事实。

20世纪80年代以后的政治空气情况不同了。同李何林先生的上述看法不同，较早与冯雪峰先生的见解接近。能够从上述的关于鲁迅自身思想情绪的表达这个角度，来读解这篇散文诗的，是许杰先生。在他的主要是写于"文化大革命"之前的关于《野草》精神的论文里，他还只是说，对于这篇散文诗所写的"令人颤栗的梦境"，"究竟象征或隐喻什么，自然可以凭着我们自己的认识和能力，细细的去推寻"①。但是，他在80年代初写成的关于《颓败线的颤动》诠释的文字中，除了在谈到散文诗表现了旧社会里的那位"老女人"所受的"冤枉与屈辱"，以及她用"颓败的身躯"的"全面的颤动"，来表达她的"伟大的愤怒和神圣的无言的抗议"之外②，他所提出的进一步的论证与看法，可以说是对于作者创作原意的更为切近的文本阐释。他这样说：

> 一句极其通俗的话，叫作"日有所思，夜有所梦"，我们不敢肯定当时作者鲁迅先生心灵上真有这样的经历，但也不敢肯定鲁迅先生心灵上根本就没有这样的经历。用屈辱偷生、忍辱负重的精神来营养新的一代，然而得不到新的一代的同情与谅解，甚至对他加以讪笑、辱骂、鞭打与杀戮的，在现实生活中，又何尝没有呢？吃的是草，挤的是奶、是血，然而却遭人们鞭打的形象，不就是从另一角度透露这种心情吗？也就是这部《野草》中，《复

① 许杰《〈野草〉精神试论》，见《〈野草〉诠释》，35页，天津，百花文艺出版社，1981年。

② 许杰《〈野草〉精神试论》，见《〈野草〉诠释》，36页，天津，百花文艺出版社，1981年。

仇》其二所写的被钉杀在十字架上的耶稣，“路人都辱骂他，祭司长和文士也戏弄他，和他同钉的两个强盗也讥诮他”，为的不是要把真理带到人间，拯救这些可悲悯的以色列人的前途吗？这并不是一种梦魇，在人间社会中，先驱者的心灵，是可以有这种心灵的经历的。我们又何必推寻这究竟暗示什么、象征什么，作一些无谓的考证呢？①

许杰先生从鲁迅乃至一切先驱者的心灵经历的角度，即他们用屈辱偷生、忍辱负重的精神养育下一代，然而得到的是讪笑与辱骂的恶报，来解释这篇散文诗以梦境的形式出现的故事的内涵。他实际上突破了故事表层的意义，同时对于从某一个人(如周作人一家)的个人恩怨来做无谓的考证的方法，也表示了自己的异义。许杰先生的这种阐释，是接近对于这首非常独特的象征主义散文诗的深层意蕴的把握的。

但是，到此之前，没有一个研究者把这篇作品看作是象征主义的散文诗。从而能对于表层的老妇人的意象的作用与她所象征的深层内蕴之间的关系，做出新的视点出发的理论阐释。说明作品中包含的情绪并不等于回答了作品的创作方法的性质，因此那些说明就可能给另外一些阐释和“象征什么”的考证，留下一种合乎情理的空间。不肯定这首散文诗的象征主义的性质，很难于众说纷纭中弄清比较客观体味的作品内涵的更大的合理性。

1980 年，我开始对《野草》作系统的研究。我惊异地发现《野草》这本散文诗集并不像此前的鲁迅研究者们一直认为的那样，也同《呐

① 许杰《〈野草〉精神试论》，见《〈野草〉诠释》，221～222 页，天津，百花文艺出版社，1981 年。

喊》《彷徨》一样，是一部现实主义的作品，相反，其中的多数作品(并非全部)，乃是象征主义的散文诗。《颓败线的颤动》尤其是这种象征主义散文诗的典型的范式。1981年6月，许杰先生的书尚未出版。我没有机会看到他的那些宝贵的意见。我研究学术史，注意把握冯雪峰先生的研究视角得出的结论，对于《颓败线的颤动》一文的外在的故事和深层的象征内涵进行了的反复的体悟与读解，最后我得出一种认识：这不是一篇写实主义的散文诗，而是一篇纯然的象征主义的作品。按照象征主义作品传达情感方法的特征，它一般有两重或多重的意义。它有文本叙述的故事或意象所传达的表层的意义(称为"能指")，同时，还有这些看来很明白的故事或意象背后所传达的深层的意义，即潜在的象征的意义(称为"所指")。第一个层面的意义在作品中可以独立存在。但是第二或更深层的意义，往往才是这篇象征主义作品最重要的核心性的意旨。鲁迅的这篇散文诗《颓败线的颤动》，就是在老妇人的生命的悲剧与反抗的表层故事的后面，传达的主要是作者作为一个先驱者所经历的心灵深处的一种极端痛苦的情绪和愤怒抗议的精神，即对于自己用鲜血养育的青年一代忘恩负义的道德恶行的复仇。那时候，我在大连召开的鲁迅学术讨论会上发表了我的上述看法，得到了许多与会者的赞同，当然也引起了一些异议和争论。

进入文本的阅读，我们就会发现，《颓败线的颤动》同样是写梦境，表达的手法又有了新的变换。文章一开头就与其他写梦境的诗篇不同，突兀地写出这样一句话："我梦见自己在作梦"。接着是写自己的两段梦，而且是前后相隔二三十年时间的两段梦。

第一段梦是写一个贫苦无告的青年妇人，为了饥饿所迫，养活约略两岁的女儿，在深夜中"紧闭的小屋的内部"，向一个"初不相识"的男人出卖自己的肉体。她开始卖淫了。她那"瘦弱渺小的身躯"，在灯光照亮的破榻上，“为饥饿，苦痛，惊异，羞辱，欢欣而颤动”。当那个男人离去以后，她那“弛缓，然而尚且丰腴的皮肤光润了；青白的两颊泛出轻红，如铅上涂了胭脂水”。可见，她的卖身，没有一种个人性欲的满足，瘦弱的脸色青白的两颊，泛出轻红，是羞辱，也是“欢欣”的快慰。而这“欣慰”，就是为尽着养育女儿的责任而产生的自慰：自己那个两岁的小女孩，为男人离去的门的开阖声惊醒之后，叫喊：“妈！我饿，肚子痛。我们今天能有什么吃的？”她可以回答：“我们今天有吃的了。等一会有卖烧饼的来，妈就买给你。”说这句可以安慰女儿的话时，这个年轻的妇人的心情，其痛苦之深，是可以想象的。鲁迅是这样描述的：“她欣慰地更加紧捏着掌中的小银片，低微的声音悲凉地发抖，走进屋角去一看她的女儿，移开草席，抱起来放在破榻上。”她的生活是多么的贫苦，而她的母性的爱和为这种牺牲自己的生命价值的实现所付出的代价，又是带有多么悲壮与崇高的性质。她安抚着女儿“还早哩，再睡一会罢”。她说着，“同时抬起眼睛，无可告诉地一看破旧的屋顶以上的天空”。这“无可告诉”中，包含了一个弱小和贫穷的青年女人对于那个社会现实最痛苦最悲壮的无言的控诉。这“悲凉地发抖”，同样也是一种无言的控诉。散文诗前面写道：那个凌辱她的男人走了以后，她的感情的震颤是那样的厉害：“然而空中还弥漫地摇动着饥饿，苦痛，惊异，羞辱，欢欣的波涛……”这时，当她看到破旧屋顶以上的天空的时候，散文诗中又这样写道：

空中突然另起了一个很大的波涛，和先前的相撞击，回旋而成旋涡，将一切并我尽行淹没，口鼻都不能呼吸。

前面写的“然而空中还弥漫地摇动着”的五种情感的波涛(饥饿、苦痛、惊异、羞辱、欢欣),如果可以理解为年轻的女人自身的痛苦的颤动,引起的外部(天空)的反响的话;那么,这里写的“空中另起了一个很大的波涛”,是什么意思呢?李何林先生解释说:“这‘悲凉地发抖’——也就是‘颤动’,顿时在‘空中另起了一个很大的波涛’,和‘先前的’五种情感的颤动的波涛‘相撞击’;这是她自身的波涛在空中的回荡!这前后两种波涛(小妇人的悲惨遭遇)压迫着‘我’,使‘我’呻吟,以致醒来了。”[①]这个理解,按我体会是符合散文诗的原意的。她(小妇人)经过“悲凉”地咀嚼之后,于情感深处更清醒地感到的极端矛盾痛苦的“波涛”,也就是她“痛定思痛”时为自己的悲惨命运而产生的内心痛楚,与她所经历的不幸所得到的内心更深一层的悲哀。这一波涛和先前的相“撞击”,也就是互相应合,混成一体,构成了一种悲剧性的人的生存命运所拥有的极大的压力(回旋而成旋涡),这是令人生命窒息的压力。这“波涛”的压力,将一切,包括梦中的“我”,“尽行淹没”,使“我”窒息得“口鼻都不能呼吸”。这是人生中一种非常可怕的噩梦所可能给予梦中人的感觉。于是,在这窒息的压迫中,“我呻吟着醒来”了。

当然,第二种“另起的波涛”,也可以理解为梦中的“我”对于这惨剧痛苦的同情和感应,因前面的惨剧所引起的“我”自己内心的同情和愤怒的波涛。这样的解释,与下文似乎也是相吻合的。按这样的理解,就是说:梦中的“我”的感情的波涛与那个女人震颤于天空中的感情的波涛相呼应,形成一种压迫的力量,窒息得使“我”醒来了。象征的散文诗的诗句存在的模糊性,允许对于它的内涵做出不尽完全一致

① 见李何林《鲁迅〈野草〉注解》,138页,西安,陕西人民出版社,1973年。

的阐释。

散文诗接着写到，这并不是黑暗的长夜的结束，醒来之后，“窗外满是如银的月色，离天明还很辽远似的”。这样的描写，一方面是暗示制造那人生惨剧的时代还没有结束；另一方面，是为了“我”能够继续地做第二段梦。

下面就是写，仍然在一间深夜中“紧闭的小屋的内部”，“我自己知道是在续着残梦”。但是，这已经是多年之后了。年轻的妇人已经垂老。女儿已经结婚，又有了自己的孩子。贫穷的境遇已经不见了。屋子的内外，已经这样整齐；里面住的，就是这对年青的夫妇和他们的孩子。可是，老人的境遇并没有变得幸福，却是更加的悲惨与难堪。

青年的夫妻，一群孩子，“都怨恨鄙夷地对着一个垂老的女人”。男人气愤地说：“我们没有脸见人，就只因为你，你还以为养大了她，其实正是害苦了她，倒不如小时候饿死的好!”自己的女儿也说：“使我委屈一世的就是你!”男的又说：“还要带累了我!”女儿指着孩子接着说：“还要带累他们哩!”甚至于连不懂事的最小的孩子，正玩着一片干芦苇叶，这时候，也向空中挥舞，仿佛一柄钢刀，大声说道：“杀!”

垂老的女人，听见前面的一些怨恨责骂，气愤得已经是“口角正在痉挛”，听到孩子喊出的“杀”声，更是不禁“登时一怔”。但是，她已经清醒地看透了这人生中所出现的各种面目的伎俩，对于这种忘恩负义的丑恶行径，并不感到奇怪，也不为之激动和发火。因此，她很快的“平静”了。这平静中，酝酿着更伟大更雄壮的反抗与复仇。下面这些作为这篇散文诗传达作者情绪的描写，表现的感情的深沉和宏伟的气势，在鲁迅的作品中，几乎是极少看到的：

……不多时候，她冷静地，骨立的石像似的站起来了。她开开板门，迈步在深夜中走出，遗弃了背后一切的冷骂和毒笑。

她在深夜中尽走，一直走到无边的荒野；四面都是荒野，头上只有高天，并无一个虫鸟飞过。她赤身露体地，石像似的站在荒野的中央，于一刹那间照见过往的一切：饥饿，苦痛，惊异，羞辱，欢欣，于是发抖；害苦，委屈，带累，于是痉挛；杀，于是平静。……又于一刹那间将一切并合：眷念与决绝，爱抚与复仇，养育与歼除，祝福与咒诅……。她于是举两手尽量向天，口唇间漏出人与兽的，非人间所有，所以无词的言语。

当她说出无词的言语时，她那伟大如石像，然而已经荒废的，颓败的身躯的全面都颤动了。这颤动点点如鱼鳞，每一鳞都起伏如沸水在烈火上；空中也即刻一同振颤，仿佛暴风中的荒海的波涛。

她于是抬起眼睛向着天空，并无词的言语也沉默尽绝，惟有颤动，辐射若太阳光，使空中的波涛立刻回旋，如遭飓风，汹涌奔腾于无边的荒野。

赤身裸体的老妇人，丢弃了过去所有的耻辱感，剩下的是过往的痛苦和现在咒骂，而这生命存在中的两种苦痛，又在一刹那间合而为一，那就是一个付出整个生命而爱抚下一代却遭到下一代人的凌辱者，他所拥有的感情上最深的矛盾和痛苦：“眷念与决绝，爱抚与复仇，养育与歼余，祝福与咒诅”。这人生中几乎完全是两极对立的矛盾，集于她的一身，使她承载了无法承载的痛苦的悲剧的重量。她在这种最沉重的打击之下，开始了以她所能有的方式，进行伟大庄严的复仇和反抗了。她到最后所有的，连那“无词的言语”也没有了，只剩下“颓败的身躯”的全面的颤动了。这颤动与空中波涛的响应，更加强了一种令人震撼的悲壮感。散文诗中的垂老女人的这种心境和复仇的愤火，在象征的外表之下，最强烈地传达了鲁迅内心对于以怨报德的丑恶伦理道德的复仇的情绪。鲁迅笔下的这些庄严恢宏的描写，绝不仅仅是为了表现对于社会下层劳动妇女悲惨命运同情所运用的笔法。

太令人战栗的噩梦常常使人发生梦魇。而从生理学的角度解释，这梦魇，又往往是由于睡觉时将手搁在胸上的缘故。所以，在散文诗的结尾，写到这一原因之后，说：“我梦魇了，自己却知道是因为将手搁在胸脯上了的缘故；我梦中还用尽平生之力，要将这十分沉重的手移开。”这“十分沉重”的一词的使用，也颇带有鲁迅的感情色彩，说明他是怎样的痛苦和如何渴望摆脱这噩梦的强烈感。

鲁迅在20世纪20年代中期，即他写作《彷徨》《野草》的时候，在自己的生命中确实体验和经历了类似老妇人所经历的痛苦的心灵历程。他热心地用自己的心血和生命，培养青年一代的作家，想多造就一些对于社会不平的新的反抗者。但是，这些人中间，有的等他们成长为自立者并有了一定的名气之后，就由于某一些原因，反过来讥讽、嘲骂，攻击起鲁迅来。鲁迅曾多次对于这种感情作过痛苦的表达。

如在写这篇散文诗的半个月之前，鲁迅在给许广平的一封信里，这样说道：

> 我明知道几个人做事，真出于“为天下”是很少的。但人于现状，总该有点不平、反抗、改良的意思。只这一点共同目的，便可以合作。即使含些“利用”的私心也不妨，利用别人，又给别人做点事，说得好看一点，就是“互助”。但是，我总是“罪孽深重，

> 祸延”自己，每每终于发见纯粹的利用，连“互”字也安不上，被用之后，只剩下耗了气力的自己一个。有时候，他还要反而骂你；不骂你，还要谢他的洪恩。我的时常无聊，就是为此，但我还能将一切忘却，休息一时之后，从新再来，即使明知道后来的运命未必会胜于过去。①

在这篇散文诗写作之后，鲁迅花很多的心血所培养的狂飙社的有的文学青年，为某些很小的事或者完全是误解，就对鲁迅进行攻击和谩骂。鲁迅内心是十分痛苦的。在另一封信里，鲁迅说：“在这几年中，我很遇见了些文学青年，由经验的结果，觉他们之于我，大抵是可以使役时便竭力使役，可以诘责时便竭力诘责，可以攻击时自然是竭力攻击。”②鲁迅曾撰文《所谓“思想界先驱者”鲁迅启事》，回击狂飙社青年的攻击。他说：自己动笔的原因之一，就是“感到了有些青年之于我，见可利用则尽情利用，倘觉不能利用了，便想一棒打杀，所以很有些悲愤之言。不过这种心情，现在早已过去了。”③写这封信的时间，是1926年12月12日，离《颓败线的颤动》的写作近1年零4个多月之后。我们推测鲁迅写作《颓败线的颤动》的时候，可能就是“这种心情”——满腔的“悲愤之言”，不仅还没有“过去”，大约正是处在最强烈的时候罢。实际上，一种人生的最痛苦的体验，鲁迅已经把它上升为一种人生伦理道德的层面进行思考，说是“早已过去”，那只是情感的激动时期的减弱，而这些经验的思想或认识，可能随着时间的推

① 见鲁迅《两地书·二九》。
② 见鲁迅《两地书·六九》。
③ 见鲁迅《两地书·九三》。

移，会愈来愈清晰的。就是情感的痛苦，这方面也很难说完全可以淡漠的。

例如，在写作前一封说“早已过去了”的信之后的第四天，1926年12月16日鲁迅在给许广平的信中又这样更痛苦地说：

> 我先前何尝不出于自愿，在生活的路上，将血一滴一滴地滴过去，以饲别人，虽自觉渐渐瘦弱，也以为快活。而现在呢，人们笑我瘦弱了，连饮过我的血的人，也来嘲笑我的瘦弱了。我听得甚至有人说：“他一世过着这样无聊的生活，本早可以死了的，但还要活着，可见他没出息。”于是也乘我困苦的时候，竭力给我一下闷棍，然而，这是他们在替社会除去无用的废物呵！这实在使我愤怒，怨恨了，有时简直想报复。我并没有略存求得称誉，报答之心，不过以为喝过血的人们，看见没有血喝了就该走散，不要记着我是血的债主，临走时还要打杀我，并且为消灭债券计，放火烧掉我的一间可怜的灰棚。我其实并不以债主自居，也没有债券。他们的这种办法，是太过的。①

一年半之前创作的散文诗《颓败线的颤动》，用形象的手段暗示了自己的独特的情绪；一年半之后的这封信，用理性的内心自述的形式说明了自己独特的情绪。这封信，可以作为《颓败线的颤动》这篇散文诗的最完整的注脚。鲁迅是出于对于那些“饮过我的血的”反过来嘲笑和攻击自己的人，产生了一种“愤怒，怨恨”的情感，并且非常强烈地想用自己的艺术创作，进行“复仇”。他的这篇散文诗中所写的老妇人的两

① 见鲁迅《两地书·九五》。

段经历，和极端痛苦的复仇的情感，就是一种他自身生命体验过的人生哲学思考的结果。他在1926年写的小说《奔月》中，又借古代神话对于背叛自己老师的逢蒙这一形象的卑劣行为，对那些忘恩负义的青年进行了猛烈的挟击。①

关于狂飙社的青年高长虹，当时因为单恋着许广平，而许广平因爱着鲁迅，鲁迅便受到高长虹的攻击，鲁迅开始并不知道这一所谓的“三角关系”的谣言。当他离开北京，到了厦门，才有所耳闻。他因此所感到的人的卑劣，更增加了他感情反抗的强度。在鲁迅给许广平第一次表示爱情的信中，他同时坦然地对于那些青年的背叛行为，做出了自己的批评。他说：“这是你知道的，单在这三四年中，我对于熟识的和初相识的文学青年是怎么样，只要有可以尽力之处就尽力，并没有什么坏心思。然而男的呢，他们自己之间也掩不住嫉妒，到底争起来了，一方面于心不满足，就想打杀我，给那方面也失了助力。看见我有女生在座，他们便造流言。这些流言，无论事之有无，他们是在所必造的，除非我和女人不见面。他们大抵是貌作新思想者，骨子里却是暴君酷吏、侦探、小人。如果我再隐忍，退让，他们更要得步进步，不会完的。我蔑视他们了。我先前偶一想到爱，总立刻自己惭愧，怕不配，因而也不敢爱某一个人，但看清了他们的言行思想的内幕，便使我自信决不是必须自己贬抑到那么样的人了，我可以爱！”②

---

① 见鲁迅《故事新编》。

② 见鲁迅《两地书·一一二》。在这封信里鲁迅讲了关于对他的谣言的来历，高长虹害“单相思病”以及川流不息地到他的家来的原因，“并不是为《莽原》，却在等月亮”。鲁迅说：那时“但对我毫不表示一些敌对的态度，直待我到了厦门，才从背后骂得我一个莫名其妙，真是卑怯得可以。……那时就做了一篇小说，和他开了一些小玩笑”。

一般研究，我尽量少地引述写作之后的别的一些而不是作者的说明的材料，来说明创作时的思想情绪。但这篇散文诗，有些不同。鲁迅对自己的创作《颓败线的颤动》的动因和意旨没有过说明；他的这种诗中的情绪并非偶然的小的感触，而有很大的刺激，属于一种自己最亲近的青年人的忘恩负义行为，有悖于人类的伦理的事情引起的情绪，它将延续很长的时间；鲁迅相信进化论，认为未来必胜于过去，青年人必胜于老年人。对于青年人的关心热爱是尽人皆知的鲁迅的品格。“他对于青年看成小兄弟一样的爱护指导，除非万不得已的不能容忍，是不肯轻易回击的。”[①]上述他所经历的事实，使他感到理论信仰上的幻灭和失望。如日本鲁迅研究者丸尾常喜教授说的：这个“垂老的女人”复仇时的“颓败线的颤动”这样的情形，表现了鲁迅内面的“进化论发生了根本动摇、破碎时的通体剧烈的创痛”。[②] 而鲁迅在讲到这些“愤怒，怨恨，有时简直想报复”的情绪的时候，自己也说：“这种心情，现在早已过去了。”那么也就证明这种心情确实存在过，就在鲁迅写作《颓败线的颤动》这篇散文诗的时候。我们不惮其烦地对于这些材料的引述，也就有很大的必要性了。

鲁迅没有把自己的这种痛苦的生命体验，变成个人的情感的报复，或者是个人的人身的攻击。说这篇散文诗是讽刺周作人的以怨报德，我想那是没有理解象征艺术作品的特点和没有理解鲁迅这个人，

① 许广平《琐谈》，《关于鲁迅的生活》，31 页，北京，人民文学出版社，1954 年。

② 转引自[日]片山智行《鲁迅〈野草〉全释》，92 页，长春，吉林大学出版社，1993 年。

才会做出那样的考证。[①] 鲁迅是在用一个象征的艺术构思和雕塑式的艺术意象，把对于自私的灵魂的卑劣上升到人的生命哲学和普遍性的伦理道德的高度来思考，就为这篇散文诗带来了永久性的批判价值和永恒的艺术魅力。1983 年，日本著名鲁迅研究学者木山英雄教授，与我讨论这首散文诗的时候，他赞同我关于鲁迅对忘恩负义的青年复仇的阐释，但是又不满意这样过于狭窄的理解。他认为，这种复仇包含了整个的人类中存在的丑恶的伦理道德。我赞同他的这种意见。因为这是一首象征主义的散文诗，它的客观的含容量是很深广的。片山

---

① 关于此文为作者过去养活周作人一家，反被他们所欺侮，因而产生这一作品，以表达自己的反抗思想，这种说法，李何林先生的著作中已经指出是不科学的，许杰先生也反对作不必要的索引派式的象征事实的考证。但是时至今日，仍然有这样一类的研究文章发表。我觉得这是鲁迅研究中过去就存有毛病的继续发展。第一，鲁迅在杂文中确曾有不少针对某个人的思想行为而发的作品，但是，即使如此，鲁迅也是把他当成一种社会的“类型”看待的；而散文诗《野草》却不在其列。鲁迅是对于生命存在和社会现实中存在的一些问题和自己的感触，才写这些作品的。他不会为周作人一家的恩怨作此散文诗的。周作人与他可谓同辈手足，并非下一代，而这篇作品分明是写下一代或青年人的忘恩负义的，形象的规定性与创作的动机大体应是一致的；第二，象征主义的作品的多义性，给读者解读作品的形象内涵以更大的想象的空间，但这并不意味着可以对作品的内涵作任意的索解，特别是把作品的意义弄得更为狭窄的理解。对周作人一家报复论，即属此类。读解象征的作品，应该具有创造性的象征的思维，不然就会走入五四前后《红楼梦》研究中的“索隐派”的老路，《野草》研究中屡屡出现这样的毛病，从思维方面的原因来看，根源即在于此。第三，因为这篇作品已经从生活的层面的思考，上升到人类伦理道德的哲学层面进行文明批判，它所容纳的思想就有很大的开放性。周作人一家的行为也属以怨报德的性质，当然可以去做这方面的推测。但是作者创作一篇艺术作品，就鲁迅来说，他甚至不屑于去这样做的。如果一定说作品的复仇情绪里含有这个方面的感情，那也只能是有的阐释者个人理解的作品形象的一种客观意义，而非作者创作这篇散文诗的主观意旨。

智行教授和尾上兼英教授，对于鲁迅笔下的老妇人的反抗的形象的内涵，就有他们不同于一般人的理解。他们在老妇人的“颓败线的颤动”中，看到了鲁迅“对新世界痛切需求的生命力的爆发”的女娲补天式的生命力的创造的精神。①

只要人类的道德中还存在着忘恩负义，以怨报德的丑恶的一面，鲁迅笔下那个赤身裸体地，伟大如石像似的老妇人站在荒野中的复仇的形象，就会不断的发出她的批判的讽刺的光芒。

1995年7月2日写

1995年9月23日修改

关于《死后》

《死后》写于1925年7月12日，最初发表于1925年7月20日《语丝》周刊第36期。

《死后》的写作距上一篇《立论》只有4天，从对社会上存在于人们身上的处世哲学及鲁迅对于它的批判态度这个角度来看，这篇散文诗可以看作是《立论》思绪的一种继续，是鲁迅的人生哲学的批判精神在

① 片山智行先生这样认为，即使在绝望的情况下也仍不停止的鲁迅的“战斗精神”，也在老妇人的“复仇”的行动这一场面中表现出来。作品的几次“颤动”，并非只是表现“愤怒、怨恨、复仇”的情感。“在表现包含心理的‘内心的深刻痛苦’的同时，也表现了对新世界痛切希求的生命力的爆发。这就是和厨川白村所说的‘如电光，如奔流，蓦地几乎是盲目突进不止的生命力’相仿佛的‘颤动’”。他又说：“‘汹涌奔腾于无边的旷野’的，正是伤痕累累的‘垂老的女人’的‘生命之力’。”关于尾上兼英的意见，片山智行先生介绍说：“正是这个连‘卖淫’都干过的‘垂老的女人’——如尾上兼英已经指出过的那样——才是《补天》(1922)中所描写的‘把自己用尽’而死的女娲的再现。”(见《鲁迅〈野草〉全释》，92～93页，长春，吉林大学出版社，1993年)

现实生活层面上的深化；不同的地方是，《立论》的构思较为简约，所涉及的问题也比较集中和单纯；而这篇《死后》的构思则是呈散放性状态的，其中几个似无联系的片断，所涉及的问题，比较的深邃和复杂一些。

《死后》是同样以“我梦见自己……”为开头的最后一篇散文诗。但是，与《野草》中很多用这一表现手法的散文诗不同，它梦中写的不是奇异驰骋的幻象，不是经典宗教的传说，不是一个现实中发生的连续性很强的完整的故事，不是恐怖阴森境遇中的艺术构想，也不是如《立论》那样的非常接近现实生活的一般性的寓言。它的全部构想，是在一个作者奇特的构想所获得的假设的特定状态的框架里，即人在死亡之后，运动神经死亡了而感觉神经并没有死亡，可以感到一切而却丝毫不能动作，作品中“我”的一切的感觉，就都发生在这种无力动弹被视为死人而神志又非常清醒的状态中。而且，这“死后”的人的感觉中所叙述的故事，又都是一些在现实的环境里经常发生的看去是平淡的生活现象，也就是说，在“死后”而又“知觉尚在”这样一个看来是荒诞不经的不平常的想象和构思中，展开他的“一切又根源于平常的生活感受”①的对于现实的和人生哲学这两个层面上的嘲讽。

散文诗一开头就是：“我梦见自己死在道路上。”

鲁迅在《野草》中写死亡的作品不止一次。但这次写死亡，出发点不在自身生命的死亡本身的价值思考，而主要是借死亡这个人的生命存在的归宿的必然状态，来寻找他死亡之后的独特的感觉，借一种非现实的形式，传达他在现实中产生的强烈的爱憎，也深深地表达他对于亲友与仇雠在死亡这一问题上的人生哲学。在传达方法上，也是借

① 见李何林《鲁迅〈野草〉注解》，153 页，西安，陕西人民出版社，1973 年。

“死亡”这个现象，拉开他与现实存在的距离，以便能够更彻底地揭露生命存活时候的种种现象，做出无情但又颇具幽默感的讽刺。

关于死在哪里，怎么会躺到道路上来，以至死亡的原因，作者都用“我全不明白”几个字把它模糊化了。因为这不是散文诗要说明的主要问题。作为转折的方法写的一段，是令人惊异的：大约正当黎明的时候，死去了的“我”，竟还能听到几声喜鹊和乌鸦的叫声，闻到带一些泥土气息的空气的清爽，他想睁开眼睛来，但是却丝毫也不能动，“简直不像是我的眼睛”；于是想抬手，也一样。这时候的“我”，才在特别的恐怖感中知道了一个可怕而又十分荒诞的事实：“恐怖的利镞忽然穿透我的心了。在我生存时，曾经玩笑地设想：假使一个人的死亡，只是运动神经的废灭，而知觉还在，那就比全死了更可怕。谁知我的预想竟的中了，我自己就在证实这预想。”

死亡之后而“知觉尚在”的“我”，就成了死后感觉的经历者和见证人。那些“比全死了更可怕”的所感觉到的一些现象和感觉，就只有在这样的特定境况下发生了。全篇共写了死后的“我”所经历的几种生活现象的感觉。

“我”首先找到的第一个感觉，是活着的路人们对于自己这个死者的非常冷漠的不关痛痒的议论：人与人之间的冷漠感。

首先进入鲁迅批判的视野的当然是麻木的“戏剧的看客”对于路上死者的围观和议论。中国人“永远是戏剧的看客”这个近于残酷然而是事实的命题，鲁迅自1903年的仙台“幻灯事件”时的思考，至他1925年3月写的小说《示众》(早于这篇散文诗4个月)的描绘，一直痛苦地萦绕于他的心。此时，这个折磨他心灵甚久的命题的内涵，又在这里重现了。鲁迅任何时候不忘记将社会批判的锋芒指向这一民族的痼疾。死了的“我”，很想听听他们的议论。但杂乱中毕竟得不到什么结论来。而且这是散文诗，也不可能如《示众》那样作详细的描写。因此，这些议论，归纳起来，不过是这样几类——

"死了？……"

"嗡。……这……"

"哼！……"

"啧。……唉！……"

这是一个很有趣的归纳。细细辨析，在无完整意义的语言里，却能让人体会出它的含义来。这四种最简单不过的声音，包含了麻木的路人们的全部精神特征。第一种人，对于躺在地下的人，是死是活，略带疑惑，但无动于衷，漠不关心；第二种人，大概已确认为死了，但见此状况，仅止感叹，不置可否，与《立论》中的说"啊呀！这孩子呵！您瞧！多么……"是一样的；第三种人，对地上人为死者，明显是知道的了，但与己无关，冷漠得很，只是一声哼然，略含蔑视；第四种人，也是明知此为死亡者，但心里毫无同情与关切，无恨无爱，叹息而已。鲁迅就这样通过"我"听到的这些声音，对于中国的民众"永远是戏剧的看客"这一现象，又一次作了充分的但又十分含蓄的讽刺。这些反应，或属同类，或为高贵者，对于不幸者，没有一点的关心与同情。这一点上他们是无差别的。鲁迅从否定的方面再一次表达了他的批判性的人生哲学：无关心无同情的麻木的人性是中国人生命存在中的大敌。当然，认为从这些声音里，看出"路人们"的"哈哈"论的中庸主义处世哲学和鲁迅自身失望于群众麻木的暗淡心理，可以说是合乎作品的形象逻辑内涵的。①

在这里，更重要的是，鲁迅同时从正面表述了他的战斗生活中的生命哲学：不愿自己的死亡带给朋友以伤心，带给敌人以快意。作品中说："我十分高兴，因为始终没有听到一个熟识的声音。否则，或者害得他们伤心；或则要使他们快意；或则要使他们加添些饭后闲谈的材料，多破费宝贵的工夫；这都会使我很抱歉。"而现在呢，谁也看不见，总算对得起人了。

自己生命的死亡绝不给敌人以快意，这是鲁迅一贯奉行的带有很大的倔强个性的生命哲学。鲁迅在给许广平的信中很清楚地说过："如果遇见老虎，我就爬上树去，等它饿得走去了再下来，倘它竟不走，我自己就饿死在树上，而且先用带子缚住，连死尸也决不给它吃。但倘若没有树呢？那么，没有法子，只好请它吃了，但也不妨也咬它一口。"②鲁迅把自己这些处世哲学，称为是"自己如何在世上混

---

① 冯雪峰的《论〈野草〉》说：《死后》"所反映的作者的情绪是暗淡的"。(《论文集》下 375 页)我想这"暗淡"的内容之一，是指鲁迅对于群众的看法。李何林说：作品中"无动于衷的看热闹的旁观者"，"所发的议论恰恰是《立论》里面所讽刺的不表示真实态度的'哈哈主义'"(《鲁迅〈野草〉注解》，153 页)。片山智行先生则视为两个方面的批判的结合，他说：旁观者"对死者没有丝毫的同情。几乎是用只言片语，作者便象征性地描绘出了'旁观者'式的存在。可以说这和前边《立论》里的'啊呀！这孩子阿！您瞧！多么……阿唷！哈哈！'的'哈哈哈主义'是一脉相承的。"(《鲁迅〈野草〉全释》第 97 页)许杰先生则只着重讲了鲁迅批判群众麻木的一面。他说："如第一大段中许多看热闹的群众对于死者的不置可否的评论，这会使我们对许多类似的场面产生联想。在鲁迅先生的许多文章中，如在《示众》中，在阿 Q 大团圆时那许多围观的群众，特别是在《野草・复仇》中，竟然以仇敌的眼光对待这些无聊的看热闹者。那么，在这里，作者所表示所流露出来的激情，究竟是什么，不也就令人思之过半了吗？"(《〈野草〉诠释》，234 页)

② 见鲁迅《两地书・二》。

过去的方法”，其实这正是他多年经过血的经验教训积累的自身生命存在的哲学的一个重要的部分。而这一生命存在的哲学，就是贯穿于这篇由散漫的故事构成的散文诗的核心思想。

“我”的“死后”遇到的第二件事情，是蚂蚁和苍蝇在身上爬，引起的愤怒的感情。这里改换了叙事的方式，虽然是生活的真实，但是以近似寓言性质的文笔展开的：“我”先是感觉到，一个蚂蚁在脊梁上爬着，痒痒的，另一个在大腿上爬着，但是自己却不能动弹，驱走它们，只能发出这样的愤然的质问：“你们是作什么的？虫豸！?”更坏的是，嗡的一声，有青蝇停在“我”的颧骨上，走了几步，又一飞，开口便舔“我”的鼻尖。作者把这种感觉引向心理上的活动：“我懊恼地想：足下，我不是什么伟人，你无须到我身上来寻作论的材料……”可是说不出来。那青蝇从鼻尖跑下，又用冷舌头舔“我”的嘴唇了，“不知道可是表示亲爱”。还有几只聚在眉毛上，跨一步，“我的毛根就一摇”。这些可恶的虫豸的作为，“实在使我烦厌得不堪——不堪之至”。忽然一阵风，一片东西从上面盖下来，他们就一同飞走了。可是，临走时这些青蝇还说：“惜哉！……”这段并非生活真实的实写，而是拟人化的插曲似的描绘，增强了散文诗的幽默感，也在更深层的意义上拉近了散文诗的叙述主体与现实生活的距离。听到虫豸们的最后的这一声叹息，如听到一些“正人君子”们的故作高雅而又十分无聊的议论，作者写出自己这样痛苦的感觉：“我愤怒得几乎昏厥过去。”

“死后”的感觉是生前现实生活感受的投影。对于青蝇的愤怒是对于人的批判。鲁迅在同一些依附于上层社会势力的文学界中的“正人君子”们的斗争中，深恶痛绝于他们的对于自己对手的种种“作论”的行为。一会儿是“某籍某系”，一会儿是“某某派”。鲁迅用虫豸们的舔皮论骨为比喻，对那些知识阶级某些人的行为给以辛辣的讥刺。诚如李何林先生在他的著作中指出的，鲁迅在写这篇散文诗的3个月之前，于4月4日写了有名的杂文《夏三虫》，在那里，描写了吸血而偏偏发一顿议论的蚊子和舔人油汗而又留下一点污秽的苍蝇，讽刺当时的“正人君子”连苍蝇还不如。在稍早一点的3月21日，鲁迅有感于孙中山的纪念中的一些舆论现象，又写了《战士和苍蝇》这篇颇富诗意短文。在这里，就涉及对于一个曾经奋斗过的正直的人“死后”，那些舔皮论骨的人们所发议论的总体性的抨击：

> 战士战死了的时候，苍蝇们所首先发现的是他的缺点和伤痕，嘬着，营营的叫着，以为得意，以为比死了的战士更英雄。但是战士已经战死了，不再来挥去它们。于是乎苍蝇们即更其营营地叫，自以为倒是不朽的声音，因为它们的完全，远在战士之上。
>
> 的确的，谁也没有发现过苍蝇们的缺点和创伤。
>
> 然而，有缺点的战士终竟是战士，完美的苍蝇也终竟不过是苍蝇。
>
> 去罢，苍蝇们！虽然生着翅子，还能营营，总不会超过战士的。你们这些虫豸们！

这文章是为孙中山死后的各种纪念的议论而发的。但是它同《夏三虫》一样，已经具有人生批评的普遍性的哲学色彩，即包含了鲁迅对于人的生存与死后中的遭遇和命运问题深刻而形象的思考。这些思考的哲理性和情绪的愤怒感，后来就再现于散文诗《死后》中了。“你们是做什么的？虫豸！?”“我愤怒得几乎昏厥过去。”在战士遭遇的生命哲理性质和现实斗争中情感的愤激程度上，这3篇比拟类的散文，可以看出鲁迅这时的极端不平的心态和一以贯之的诗情追求。

进入“死后”的第三个感觉，又由近乎寓言式的讽刺回到现实生活的描写。“我”听到木材摔在地上的声音，前额上感着芦席的条纹。有人来处置“我”这个死去的人了。但那芦席很快就被撤去了，在日光灼热中，听到有人在说：“怎么要死在这里？……”这大约是巡警来处理死者了。这是生活中一句平常的问话，但也反映了人世间的冷漠：首先不是去关心死者死亡的原因，而是责备他死的不是地方。作者写“我”听到这声音之后，自然地引出一段现实批判性很强的议论：“但人应该死在那里呢？我先前以为人在地上虽没有任意生存的权利，却总有任意死掉的权利的。现在才知道并不然，也很难适合人们的公意。”玄奥的哲学在这里是没有的。作者把批判的锋芒指向那个没有“人”的任何权利的不合理的社会。完成了这个讽刺意图之后，鲁迅把这段杂感化文字的批判性，引向另一个方面，这就是他与当时“正人君子”们的斗争。在被抬起来的过程中，“我被翻了几个转身，便觉得向上一举，又往下一沉；又听得盖了盖，钉着钉。但是，奇怪，只钉了两个。难道这里的棺材钉，是只钉两个的吗？我想：这回是六面碰壁，外加钉子。真是完全失败，呜乎哀哉了……”当时，鲁迅与北师大的进步师生一起，正同章士钊、杨荫榆以及站在他们一边的“现代评论”派的“正人君子”们进行斗争。“这回是六面碰壁，外加钉子”，在这里用得非常巧妙，是想象中虚构死亡感觉的实写，又是对于自己与那些黑暗势力及其依存者们斗争处境的一种暗示，在自然的笔调中显露了他讽刺的锋芒。鲁迅之被说成“刻薄”，是他思维机智性的表现，但也往往是在斗争中被“逼”出来的。

“死后”之“我”的第四个感觉，讽刺的力量，是向在死人身上还想赚钱的书店的小伙计而发的。先是写感觉的“气闷”，衣服穿得“草率”

带来的身体的“难受”“不舒服”。作者顺便刺了一下中国人做事的“马马虎虎”的毛病。但用意不在此。“我”在满足于没有什么大的麻烦，可以“静静地静着想”的时候，一个“耳熟的声音”响了。他原来是勃古斋旧书铺跑外的小伙计。对于棺材的“委实太毛糙”这个对感觉神经尚活着的死者更为重要的事，他很漠然，认为“那不碍事，那不要紧”，要紧的是向怎样在已经死了的顾客身上赚钱：“这是明版《公羊传》，嘉靖黑口本，给您送来了。您留下他罢，这是……”死者拒绝了，但那小伙计仍坚持说：“那可以看，那不碍事。”回答只能是：“闭上眼睛”以驱除对他的“烦厌”。鲁迅在北京期间，经常光顾琉璃厂的几家书铺，与那里的老板、小伙计很熟，对他们的生意经也是非常了解的。这个虚拟的“勃古斋的小伙计”，有真实生活的影子。“我”的“烦厌”里，流露了鲁迅真实生活中的种种感觉。人活着，寻求个安宁不易；人死了，寻求个安宁也很难。鲁迅为自身生命拥有的这样的生存环境深深感到悲哀。

散文诗的最后一段，也是作品描写的“死后”的“我”的最后一种感觉，是对于个人内心世界感情的袒露。这是“死掉之后”的人的思想，也是鲁迅对于全篇感觉在生命哲学意义上的升华。“忽而，有一种力将我的心的平安冲破；同时，许多梦也都做在眼前了。几个朋友祝我安乐，几个仇敌祝我灭亡。我却总是既不安乐，也不灭亡地不上不下地生活下来，都不能副任何一面的期望。现在又影一般死掉了，连仇敌也不使知道，不肯赠给他们一点惠而不费的欢欣……”“我”要在快意中哭出来。于是从梦中苏醒，坐起来了。这里所说的“一种力”，我的理解，是自己的死亡没有给仇敌一点“惠而不费的欢欣”的“快意”的冲动，一种对于敌人复仇所获得的胜利的生命之力。这种力，冲破了心的平安，唤来梦中的真谛。这真谛，就是鲁迅重新在这里阐发的他的生命哲学：自己的生命的存在与死亡，绝不给仇敌带来一点惠而不费的欢欣。这是一个毫不妥协的人生战士的生命哲学，生存绝不对仇敌丝毫松弛自己的战斗，死亡绝不给敌人一点胜利的快意。前面所描写的死后种种感觉中的现象，本身就是一种复仇的方式。他说“许多梦也都做在眼前”，是这种复仇情绪在非现实的潜意识世界的延伸。这一点，也许更集中更典型的体现了鲁迅作为一个思想家型的启蒙战士的性格的精髓。如果从这个角度来看这篇作品，就会不满足于鲁迅那些个别的片断性的讽刺的用意，而把我们的认识深入到鲁迅创作这篇散文诗的内在意图结构中去，把握那些属于鲁迅独有而不可能为别个战士所重复的东西。

关于这一彻底复仇的思想性格，本文一开始所引用的鲁迅给许广平的信中以老虎作比喻所阐发的意识，非常清楚地显示了他这一思考的一贯性质。这里再对鲁迅这一独特的复仇的思想性格，作一点探讨。就在写此散文诗的两个月之前，在一篇随想式的杂感中，鲁迅从人类进化历史上，从友与仇的矛盾对立中，由眼泪引发了深远的思考：

> 人们有泪，比动物进化，但即此有泪，也就是不进化，正如已经只有盲肠，比鸟类进化，而究竟还有盲肠，终不能很算进化一样。凡这些，不但是无用的赘物，还要使其人达到无谓的灭亡。
>
> 现今的人们还以眼泪赠答，并且以这为最上的赠品，因为他此外一无所有。无泪的人则以血赠答，但又各各拒绝别人的血。
>
> 人大抵不愿意爱人下泪。但临死之际，可能也不愿意爱人为你下泪么？无泪的人无论何时，都不愿意爱人下泪，并且连血也

> 不要：他拒绝一切为他的哭泣和灭亡。
>
> 人被杀于万众聚观之中，比被杀在“人不知鬼不觉”的地方快活，因为他可以妄想，博得观众中的或人的眼泪。但是，无泪的人无论被杀在什么所在，于他并无不同。
>
> 杀了无泪的人，一定连血也不见。爱人不觉他被杀之惨，仇人也终于得不到杀他之乐：这是他的报恩和复仇。①

这段文字以极深刻的思考，阐发了鲁迅在斗争中对于友与仇的特有的“报恩和复仇”的观念。他追求人类进化的极致，要成为一个“无泪的人”。这样的人，丢掉了一切情感的牵挂。他在什么时候，都不愿爱人下泪，也不愿看爱人的血。因为他已洞彻一切痛苦与悲哀。他拒绝一切的哭泣和灭亡。他的死亡，不愿获得同情者或爱人的眼泪。因此，这样的人之被杀，连血都不见，爱人不会为之悲惨，仇人不会观之快乐。他就用这“无血的大戮”，实现了他的报恩和复仇。对于鲁迅复仇观中这一个特有的内涵，人们用一般的思维是很难达到的，思之颇觉沉痛，味之更感刚毅，一个启蒙而又深味孤独的战士的生命哲学中所含的悲剧色彩，透露于这篇杂感中，也凝聚在《死后》这篇散文诗中。这才是此篇作品由现实生活层面的讽刺上升到生命哲学层面的思

① 见鲁迅《华盖集·杂感》。

考的灵魂之所在。①

如果从这个视角来读《死后》，对于这篇散文诗“主题略有些分散”的感觉是不是可以得到一些消解，而获得一种对于鲁迅创作时的深层用意的一种新的认识。②

1996年5月26日

关于《这样的战士》

《这样的战士》写于1925年12月14日，最初发表于1925年12月21日《语丝》第58期。

这篇散文诗的创作主旨，也是属于鲁迅自己曾经作过明确说明的。《〈野草〉英文译本序》中这样写道：“是有感于文人学士们帮助军阀而作。”因此看来对这篇散文诗的理解，内涵的接受已经有了一定的

---

① 李欧梵论述鲁迅的杂文，认为有些篇章“大胆地离开具体的现实进入一个更隐喻的世界”，《战士和苍蝇》，以“尼采的话为基础，和散文诗的《复仇》的第一篇非常相像”。《杂感》“更加抽象，并且含有《野草》的主题”。其中包含了鲁迅对于死、牺牲、复仇等的思考。“鲁迅通过形象的召唤力对中国现状作出了悲剧的评论，达到寓意的层次。正如在《野草》中一样，他在一种饱满的沉静中，在生与死的悖论的基础上，寻求愤怒(也是‘复仇’主题)的意义。”“他的杂文中有诗，诗中有杂文，而且，一些共同的主题常在他的诗、杂文、小说中交替出现。”(《铁屋中的呐喊——鲁迅研究》第125～126页)另一个译本，说《杂感》等杂文“超越有形的现实而上升到形而上的宇宙”。《杂感》一文包含了鲁迅的“哲学的沉思”。如“更隐喻的世界”在这里即译为“形而上的宇宙”。(乐黛云主编《当代英语世界鲁迅研究》，162～163页，南昌，江西出版社，1993年)由此更帮助我们确信，《死后》怎样追求着“现实的与哲学的”两者结合这一创作思维的特质。

② 片山智行教授说：“总之，《死后》先将恶劣的‘旁观者’式的存在作为问题提出，最后表达出对‘仇敌’的憎恶。”“由此看来，这篇作品的主题略有些分散，作为散文诗，不能不说缺少些凝缩性。”(《鲁迅〈野草〉全释》，98页，长春，吉林大学出版社，1993年)

规定性。但是，诚然如片山智行先生所说的那样，“话虽然是这么说，但正像竹内所指出的那样，这篇作品并非只是单就具体事件所阐发的感想。应该说它是将中国‘黑暗’状况的特征以及与此进行持续战斗的鲁迅的特质鲜明形象化的艺术作品”。① 鲁迅很多的杂文作品，往往均就具体事件有感而发，但又往往经过他作为一个作家独特的思想的熔铸，艺术形象中也就汇进了更深厚的历史的和人生的内容。因此也可以作这样的理解，在《这样的战士》这篇散文诗中，也同前面的其他作品一样，既有它鲜明的历史具体性和普遍性的现实批判精神，又有它属于形而上方面更深远思考的哲理的性质，它是一个现实的与哲学的批判精神的典型的艺术结晶。

进入鲁迅的构思，会发现他是在努力雕塑一个面对敌人进行不懈战斗的精神界战士生命与性格的真实形象。很显然，这首散文诗也“是关于作者自己当时作为一个战士的精神及其特点的一篇最好的写照”。②

“要有这样一种战士”，他已摆脱了如背着雪亮的毛瑟枪的非洲土人的“蒙昧”，他也不像佩着盒子枪的清代绿营兵的“疲惫”。他不乞灵于牛皮和废铁的甲胄。“他只有自己，但拿着蛮人所用的，脱手一掷的投枪。”一，他是孤独但又觉醒的一个人；二，他运用的只是一种精神武器，即手中那支锋利的笔，也即一个精神界战士所拥有的“匕首”与“投枪”。

他面对的是怎样一种特殊的敌人呢？“他走进无物之阵，所遇见

---

① 见[日]片山智行《鲁迅〈野草〉全释》，99页，长春，吉林大学出版社，1993年。

② 见冯雪峰《论〈野草〉》，《冯雪峰论文集》，361页，北京，人民文学出版社，1981年。

的都对他一式点头。他知道这点头就是敌人的武器，是杀人不见血的武器，许多战士都在此灭亡，正如炮弹一般，使猛士无所用其力。"鲁迅首先揭露了这样的战士所面对的敌人残忍的狡猾。他们对战士均一式点头。而这"点头"，比那些张牙舞爪者的狰狞更恐怖：这就是他们"杀人不见血"的武器。许多战士都在此中灭亡了。这个概括里，包含了鲁迅长期身历过的历史的血的经验。《范爱农》中叙述的辛亥革命军中的绿林好汉王金发，是在这"一式点头"中被他宽恕的敌人所杀害了的。《论"费厄泼赖"应该缓行》中谈到的秋瑾女士，也是"被这种劈劈拍拍的拍手拍死的"。①

敌人不仅凶狠毒辣，而且非常虚伪。在"一式点头"的那些"头上"，有各种旗帜，绣出各样好名称：慈善家、学者、文士、长者、青年、雅人、君子……头下有各样外套，绣出各式好花样：学问、道德、国粹、民意、逻辑、公义、东方文明……

"但他举起了投枪"。

一个精神界的战士，面向代表封建势力的敌人，进行毫不容情的战斗品格与精神，到此展开了第一个层面上的意义。很重要的精髓，就是鲁迅的反对残忍者的虚伪。那时，鲁迅围绕女师大学潮问题，正同章士钊、杨荫榆以及"现代评论"派的"东吉祥胡同的正人君子"们，进行着紧张的斗争。在这场斗争中，使鲁迅感受最深的就是，他们怎样以"公理"和"正义"的伪装，用各种美丽动听名义的维护者的身份，出现于舆论界。他们是战斗中的虚伪者。在这篇散文诗写作之后不到

① 见鲁迅《而已集·通信》。在《华盖集·这个与那个》的《捧与挖》一节里，就讲到王金发，绅士和庶民都用起"祖传的捧法"，拜会，恭维，送礼，"捧得他连自己也忘乎所以"。

两个月的时间里，鲁迅在另一篇杂文中，就揭露他们这种丑恶的行径说："我自己也知道，在中国，我的笔要算较为尖刻的，说话有时也不留情面。但我又知道人们怎样地用了公理正义的美名，正人君子的徽号，温良敦厚的假脸，流言公论的武器，吞吐曲折的文字，行私利己，使无刀无笔的弱者不得喘息。倘使我没有这笔，也就是被欺侮到赴诉无门的一个；我觉悟了，我觉悟了，所以要常用，尤其是用于使麒麟皮下露出马脚。万一那些虚伪者居然觉得一点痛苦，有些省悟，知道伎俩也有穷时，少装些假面目，则用了陈源教授的话来说，就是一个'教训'。"①

这里的"无物之阵"和后面的"无物之物"，是鲁迅特殊运用的一个名词，用于概括他在作战中所面对的一些敌人的虚伪、狡猾和软弱。这一名词，最早见于这篇散文诗发表的前一期《语丝》周刊上鲁迅发表的《〈出了象牙之塔〉译本后记》一文，鲁迅说："历史是过去的陈迹，国民性可改造于将来，在改革者的眼里，已往和目前的东西是全等于无物的。"②这里的"无物"，我理解是改革者所反对的一种虚妄的存在，它们有待于以新的眼光进行批判性的价值重估，并非全是指敌人的意思，也非虚无的同义语。而散文诗中的"无物"，则是改革战士面对的敌人。他们虽是一种存在，但虚伪、狡诈、胆怯、软弱，常常披着各式外衣，打着各种旗号，而隐去真实面目，因此在战士的眼里，等于一种无法正式面对的鬼蜮。用"无物"这个名词概括他们，表示了他们的精神特征，也表示了战士对于他们的蔑视。

---

① 见鲁迅《华盖集续编·我还不能"带住"》。

② 此文最初发表于1925年12月14日《语丝》第57期，现收入《鲁迅全集·译文序跋集》。

鲁迅用这个词，可能得之于尼采。在《查拉图斯特拉如是说》第四部《影子》一节中(鲁迅《野草》中《影的告别》显然是由此得到了启示)，讲到查拉图斯特拉的影子，追赶着他，与他的一番对话。这是影子的话：

> 我和你深入一切的禁地，一切最坏和最远的地方：假使我有着所谓的道德，那就是我不惧怕任何的禁制。
>
> 我和你粉碎我的心所敬重的；我推倒了一切的界石和偶像；我追逐了最危险的愿望——真的，我横跨过一切罪恶。
>
> 我和你都不有(要)这会信仰了，言语和价值和伟大的名号。当魔鬼丢掉了他的皮，他的名号不也剥落了么？因为那也是皮。或者魔鬼的自身也是一张皮。
>
> “无物是真实的，一切都是合法的”：我如是对自己说，……①

尼采反对一切传统的制约，推倒一切界石和偶像，对现存的一切进行价值的重估，对一切虚伪的名号无情地剥下它的外皮，让它露出魔鬼的真相，而“无物”，才是它们的真相本身。这里的“无物”，也就是“超人”的战士所反对的“魔鬼”：“当魔鬼丢掉了他的皮，他的名号不也剥落了么?”魔鬼自身也是一张皮，也就是“无物”。尼采的“无物”，是剥去一切伪饰的敌人的真相。这里与鲁迅在散文诗中的运用庶几近之。片山智行教授把“无物”理解为中国社会里的“僵尸”(恶灵)，他们

---

① 据尹溟译《查拉图斯特拉如是说》，327页，北京，文化艺术出版社，1987年。

所统治的社会就是作者所说的“无物之阵”①。李欧梵教授谈到鲁迅这一词语的运用在文章中的作用说：“有些隐喻性的短语是为特定的目的有意设的，如：‘无地’‘无物之阵’，而有些则从佛教中借来，如，‘三劫’‘大欢喜’。这些短语赋予具有讽喻性的短章以哲理的价值(《这样的战士》、《影的告别》)”。②

顺着创作思路，鲁迅在下一层面中对于那些当权者流及依附于他们的“正人君子”们的自谓“公正”，作了彻底的揭露。“他们都同声立了誓来讲说，他们的心都在胸膛的中央，和别的偏心的人类两样。他们都在胸前放着护心镜，就为自己也深信心在胸膛中央的事件作证。”鲁迅笔下的战士根本不相信他们这种谎言。他仍然毫无宽假地倔强地说这个战士：“但他举起了投枪。他微笑，偏侧一掷，却正中了他们的心窝。”鲁迅在这首散文诗写作前一个星期，在一篇杂文中说：“我今年也看见有用了这畜生道的方法来毁坏的。古人常说‘鬼蜮伎俩’，其实世间何尝真有鬼蜮，那所指点的，不过是这类东西罢了。这类东西当然不在话下，就是只做侍卫的，也不配评选这一言半语，因为这种工作，做的人自以为不偏而其实是偏的也可以，自以为公平而其实

① ［日］片山智行《鲁迅〈野草〉全释》，101页。《希望》中，鲁迅说：“我只得由我来肉薄摘这空虚中的暗夜了。”“但暗夜又在那里呢？现在没有星，没有月光以至笑的渺茫和爱的翔舞；……而我的面前又竟至于并且没有真的暗夜。”这里所谓的隐形的敌人，也有“无物之物”的意思。另如鲁迅说，“流言”的制造者们，其胆怯而隐藏，使你觉得似与“无物之物”战斗。“但这种‘流言’，造的是一个人还是多数人？姓甚，名谁？我总是查不出；后来，因为没有多工夫，也就不再去查考了，仅为便于述说起见，就总称之曰畜牲。”“虽然分了类，但不幸这些畜牲就杂在人们里，而一样是人头，实际上仍然无从辨别。”(《华盖集·并非闲话(三)》)。

② 李欧梵：《鲁迅创作中的传统与现代性》，乐黛云主编《当代英语世界鲁迅研究》，95～96页，南昌，江西人民出版社，1993年。

不公平也可以，但总不可‘别有用心’于其间的。”[①]散文诗写作半个月后，鲁迅又说：“此后又突然遇见了一些所谓学者，文士，正人，君子等等，据说都是讲公话，谈公理，而且深不以‘党同伐异’为然的。”[②]鲁迅散文诗中寓意的批判锋芒所指是十分清楚的。

接着，构思进入另一层意思：揭露敌人的无力与狡猾。

> 一切都颓然倒地；——然而只有一件外套，其中无物。无物之物已经脱走，得了胜利，因为他这时成了戕害慈善家等类的罪人。
>
> 但他举起了投枪。
>
> 他在无物之阵中大踏步走，再见一式的点头，各种的旗帜，各样的外套……。
>
> 但他举起了投枪。

这是一个精神界战士洞察历史与现实之后，在面对狡猾敌人的战斗中必然的遭遇和所可能采取的唯一的方式。“外套”，也就是尼采所说的魔鬼的“皮”的意思。鲁迅写作这篇散文诗之前 3 个月，在一篇杂文里说：“偏执的弗罗特先生宣传了‘精神分析’之后，许多正人君子的外套都被撕碎了。但撕下了正人君子的外套的也不一定就是‘小人’，只要并非自以为还钻在外套里的不显本相的角色。”[③]鲁迅作品里寓意那些“无物之物”，即是鲁迅所说的“自以为还钻在外套里的不显本相的

---

① 见鲁迅《华盖集·并非闲话(三)》。

② 见鲁迅《华盖集·题记》。

③ 见鲁迅《华盖集·“碰壁”之余》。

角色”。

鲁迅在战斗中有很强的孤独感。这是一个先觉者的特有的意识。鲁迅自己在《野草》的《复仇》中，已作了深刻的表现。他在此文中，同样流露了这样的思绪，如冯雪峰说的，这篇作品中反映出来一个“个人主义的战斗”者的“孤独和空虚的感觉”。①

> 他终于在无物之阵中老衰，寿终。他终于不是战士，但无物之物则是胜者。
>
> 在这样的境地里，谁也不闻战叫：太平。
>
> 太平……。
>
> 但他举起了投枪！

一个桀骜不驯的精神界的战士，他的先驱者所有的孤独感与他至死也不放弃对敌人战斗的绝不妥协的精神品格的统一，在这里熔铸成一种崇高的悲剧性的境界。到这里，我们更清楚地看到，鲁迅所要表现的，不仅是一种现实斗争的感受，一个活着的战士的情怀，一个个性主义战士的顽强与孤独，他更要通过这个战士形象的雕塑，阐发他内心涌动的强烈的情绪流。

这种情绪流，从直接的现实层面来看，就是面对中庸而来的绝不妥协，绝不宽假的“打落水狗”的精神。这一点是有感而发的。在写这篇散文诗20天之前的《语丝》杂志上，周作人在一篇短文中，提出在《语丝》上，“除了政党的政论以外，大家要说什么都是随意，唯一的

① 见冯雪峰《论〈野草〉》，《冯雪峰论文集》，363页，北京，人民文学出版社，1981年。

条件是大胆与诚意，或如洋绅士所高唱的所谓‘费厄泼赖’(fair-play)，——在这一点上我们可以自信比赛得过任何绅士与学者，这只须看前回的大虫事件便可明了，我们非绅士之手段与态度比绅士们要‘正’得多”。① 两个星期之后，也就是《这样的战士》写作前的一周之前，周作人又在一篇文章中，说“君师之大狼狈，下野之兆已见”，“到了现在段君即将复归于禅，不再为我辈的法王，就没有再加以批评的必要，况且‘打落水狗’(吾乡方言，即‘打死老虎’之意)，也是不大好的事，……”“呜呼哀哉，现在这个出气的机会也有点要逸过去了：一日树倒胡狲散，更从那里去找这班散了的，况且在平地上追赶胡狲，也有点无聊，卑劣，虽然我不是绅士，却也有我的体统与身分。”②这篇文章发表的一周之后的《语丝》杂志上，又发表了林语堂的《插论语丝的文体——稳健·骂人·及费厄泼赖》一文，其中赞同周作人的观点，说：“再有一件就是岂明所谓‘费厄泼赖’。此种‘费厄泼赖’精神在中国最不易得，我们也只好努力鼓励，中国‘泼赖’的精神就很少，更谈不到‘费厄’。惟有时所谓不肯‘投井下石’即带有此义。……对于失败者不应再施攻击，因为我们所攻击的在于思想非在人，以今日之段祺瑞章士钊为例，我们便不应再攻击其个人。”“大概中国人的‘忠厚’就略有费厄泼赖之意，……此种健全的作战精神，是‘人’应有的与暗放冷箭的魑魅伎俩完全不同，大概是健全民族的一种天然现象，不可不积极提倡。”③鲁迅在与段祺瑞、章士钊之流斗争的火头上，对于这种议论当然是不满的，而且是与他一向遵奉的哲学相

① 岂明《答伏园论〈语丝〉的文体》，载1925年11月23日《语丝》第54期。

② 岂明《失题》，载1925年12月7日《语丝》第56期。

③ 林语堂《插论语丝的文体——稳健·骂人·及费厄泼赖》，载1925年12月14日《语丝》第57期。

悖谬，就在林语堂文章发表的当天晚上(12 月 14 日)，鲁迅写了散文诗《这样的战士》，半个月后，12 月 29 日，又写下那篇著名的杂文《论“费厄泼赖”应该缓行》。前者以诗的形式，塑造了具有“痛打落水狗”精神与品格的战士形象，后者以血的教训，阐发了“痛打落水狗”的斗争原则。两个作品是在精神上一脉相承的“姐妹篇”。

但是，《这样的战士》显然超越于一般现实生活的层面，有鲁迅自身生命哲学的思考在内的。它包含着鲁迅多年的历史感受与现实体验，又对自己的生命思考作了哲学的升华。它所融汇的对于人生战斗精神的赞颂，就带上了很浓重的形而上性质的特征。这种战斗精神，自《摩罗诗力说》中拜伦等人的魔鬼诗人的叛逆与反抗，到鲁迅 20 世纪 20 年代介绍的罗曼·罗兰所赞扬的“真勇主义”，显然看得出鲁迅的选择与接受同他自己奉行的生命哲学之间的深层精神联系。

1924 年《鲁迅日记》附“书帐”10 月项下记有：“近代思想十六讲一本”。这是一本日文书。查此书，内有《罗曼罗兰的真勇主义》一文，为日本中泽临川、生田长江合撰。至 1926 年 4 月 25 日出版的鲁迅主编的《莽原》第 7、8 期合刊，为“罗曼罗兰专号”。在此专号上，就发表了鲁迅关于上述罗曼·罗兰的译文。在译后记中，鲁迅说：“这是《近代思想十六讲》的末一篇，1915 年出版，所以于欧战以来的作品都不提及。但因为叙述很简明，就将它译出了。1926 年 3 月 16 日，译者记。”此书于《野草》开始写作时已购进，鲁迅先生一定是读过的。对于其中论罗曼·罗兰一文，因为论述的“简明”，可能印象更深。其中一些关于罗曼·罗兰的“真勇主义”的论述，显然对鲁迅产生过一定的影响。

论文作者说，罗曼·罗兰在贝多芬那里，看到了“勇气和力量的化身，是具现了真英雄主义的大人物”。“世间只有一种勇气，这就是照实在的看人世，——而且爱它”，不逃避，不畏惧，从正面站向人生，饱尝了那带来的无论怎样残酷，怎样害恶，知道它，而且爱它罢。正直地受着命运的鞭笞，尽量地吃苦去。但决不可为命运所战败，要像贝多芬似的，“抓住运命的喉咙，拉倒它”。这是他的英雄主义的真髓。

论文说，罗曼·罗兰的英雄主义，是取了两种形式的表现。一个是，在认识上，刚正的真实欲；一个是，在行为上，则成为宣说战斗福音的努力主义。关于前者，作者说，他“始终追求着真实”，“最恶虚伪”。关于后者，作者说：“他将人生看作一个战场，和残酷的恶意的运命战斗，战胜了它，一路用自己的手，创造自己的，是人类进行的唯一的路。”他这种视受苦和战斗为平常事，是“以尼采一流的强有力的个人主义为根据”的。

文章还说：“战斗，——人生就是战斗，不绝的战斗。而这是为生命的战斗。”“罗兰的努力主义，第一，是宣传为生命的战斗。他说，‘我所寻求的，不是平和，而是生命。’由战斗得来的平和，也就酿成战斗。这样，人生便是从战斗向战斗推移。但是，在这推移之间，生命就进化着。”直至死亡。约翰·克利斯托夫说：生命“是一出悲剧。”

“所谓生命者，确是一出悲剧。是从永不完结的战斗连接起来的悲剧。”他知道了要在这个世上，在“人”的名目上，成为相当的人，则对于动辄想要剥碎生命之力的暴力应该作无休息的战斗。神告诉他说——

“去，去，决不要休止！”

“但是，神呵，我究竟往那里去呢？无论做什么，无论到那里，归结岂不还是一样么？就是这样，岂不是‘死’就是尽头么？”

“向着神去。你这无常者。到苦痛里去，你这该得苦痛者。人的生下来，并非为有幸福，是为了执行我的法则。苦罢，死罢。然而应该成为一个富有者——应该成为一个人。”

“这样，他就在这人生的战场上，继续着无休无息的战斗。罗兰所描写的克里斯托夫的一生，委实是惨澹的战斗的一生。”①

鲁迅显然接受了，或者他的生命哲学契合了这里“真勇主义”的两个原则。一个是反虚伪，一个是决不休止的战斗。生命本身就是一出战斗者的悲剧，它由生到死，都在嚼味这人生的悲剧中战斗着，就是从战斗向战斗的推移。鲁迅的《这样的战士》写在这篇文章翻译出版之前3个多月，在鲁迅笔下的“战士”形象身上，不难看出这种“真勇主义”的生命哲学悲剧性的闪光。

“岂不是‘死’就是尽头么?”鲁迅懂得这一个人生战士生命的结局，但是他更懂得对敌人至死决不宽假的复仇的哲学：“但他举起了投枪!”鲁迅在写作《这样的战士》之后的第3天，在他的文章中说，有人劝他不要再写这样的杂感短评。他说：“然而要做这样的东西的时候，恐怕也还要做这样的东西，我以为如果艺术之宫里有这么麻烦的禁令，倒不如不进去；还是站在沙漠上，看看飞沙走石，乐则大笑，悲则大叫，愤则大骂，即使被沙砾打得遍体粗糙，头破血流，而时时抚摩自己的凝血，觉得若有花纹，也未必不及跟着中国的文士们去陪莎士比亚吃黄油面包之有趣。”“而我所获得的，乃是我自己的灵魂的荒凉和粗糙。但是我并不惧惮这些，也不想遮盖这些，而且实在有些爱他们了，因为这是我转辗而生活于风沙中的瘢痕。凡有自己也觉得在风沙中转辗而生活着的，会知道这意思。”②一个战士的现实使命感与

① 载1926年4月25日《莽原》半月刊第7、8期合刊。

② 见鲁迅《〈华盖集〉题记》。

他的生命哲学就是这样的完整地熔融在一起，从而构成了“这样的战士”的特有的精神性格。

1996年6月4日

关于《聪明人和傻子和奴才》

《聪明人和傻子和奴才》写于1925年12月26日，最初发表于1926年1月4日《语丝》第60期。

这篇散文诗，是以近于寓言形式的故事构架中三个人物的对话来展开的，属于素称难懂的《野草》中意义比较明了的一个作品。比起前面的《影的告别》《复仇》等篇来，构思显得简单平淡，没有太多的隐藏性。如果我们先是从现实生活的层面进入这个寓言式的艺术世界，就会非常清晰地看出，对于现存不合理的社会制度压迫地位差异的三种人生的三种不同的现实态度，看出鲁迅的爱憎与赞美的情感倾向。

“聪明人”是鲁迅所一贯反抗与批判的敌对者。他们属于“主子”的“帮忙”或“帮闲”者。但从作品中的整个基调看出，比起“聪明人”来，鲁迅更多着墨，也更加憎恶地关注和描写的是“奴才”的安于卑微地位与对“主人”的奴颜婢膝。这里牵扯着鲁迅一生中最关心的人民群众的不觉悟这个启蒙者心中萦绕的根本问题。所以，鲁迅选择了构成这一故事结构核心的事件，是从奴才这个人物的“诉苦”开始的。

“奴才总不过是寻人诉苦。只要这样，也只能这样。”“有一日，他遇到一个聪明人。”这篇散文诗的第一大部分，就是他的诉苦与聪明人的反应。这反应，鲁迅用非常概括的方法，写出了三种形式：一，奴才哭诉他的地位之苦，“过的简直不是人的生活”，“聪明人”听了之后，惨然地说：“这实在令人同情。”二，奴才得到同情，再继续诉说为“主人”做工之苦，“聪明人”的回答是“唉唉……”的叹息，“眼圈有些发红，似乎要下泪”。三，奴才再进一步说想要“另外想法子”，但是又无法可想。“聪明人”就只能发出这样麻醉灵魂的安慰：“我想，你总会好起来……。”这等同于鲁迅一直批判的《炭画》中那位牧师对老妇人的空话一样的安慰。

鲁迅对于这个奴才灵魂怯懦可悲的揭露近于非常的无情了。他让这个奴才听了聪明人的安慰之后，说出这样一段话：“是么？但愿如此。可是我对先生诉了冤苦，又得你的同情和慰安，已经舒坦得不少了。可见天理没有灭绝……。”这一笔，是鲁迅神圣的憎恶所发出的“智慧的痛苦”的闪光。它直刺这个奴才的麻木到令人震颤的灵魂深处。鲁迅说过，一个奴隶，仅仅是奴隶并不可怕；可怕的是他安于奴隶的地位。毫无反抗之意，那他就是万劫不复的奴才了。鲁迅这篇散文诗中，尖锐的笔下塑造的正是这样一个十分可憎的奴才的典型。

平淡的故事，由此引向一个相对结构的发展：奴才又向另一个人诉苦。没想到，他得到的却是完全不同的声音：“混帐!”那个人大叫起来，使他吃惊了。那是一个傻子。傻子听了奴才再一次的诉苦，竟毫不犹豫地说：“你不会要你的主人开一个窗的么?”这回答显然超出了奴才的正常的思维轨道。“这怎么行？……”可是当傻子立即动手就砸那奴才称为“比猪窠还不如”的屋子的泥墙的时候，戏剧性的变化沿着奴才固有的思维逻辑出现了：他始而大惊，害怕主人要骂的，继而大声召唤别的奴才来制止傻子的行为：“人来呀！强盗在毁咱们的屋子了!”结果自然是一群奴才出来，把傻子赶走了。鲁迅在与傻子的行动和精神对照中，更深一层地揭露了这个万劫不复的奴才自甘于奴隶命运，而对于反抗者进行残害的丑恶与无耻。帮助他改变命运的傻子于是得到“强盗”的谥号。

第三部分，故事的尾声，更耐人寻味。奴才丝毫不理解傻子行动对于改变他痛苦命运的意义，反而自鸣得意地向主子和聪明人表示自己的怎样赶走傻子的功劳。“有强盗要来毁咱们的屋子，我首先叫喊起来，大家一同把他赶走了。”他还对聪明人表白主人的夸奖，“大有希望似的高兴”起来。奴才得到主人的“夸奖”乃是奴才最大的满足。这是怎样一种令人痛心的现实的悲剧。

这悲剧有些近于滑稽，但更多的是令人震惊，使人痛苦，发人深思。

鲁迅构思这样一个“故事”，也许有现实的原由。这里不妨作一点猜测。

在创作这篇散文诗之前的一个时期内，正是鲁迅和《语丝》同人，与章士钊以及“现代评论”派那些“东吉祥胡同的正人君子”们斗争最激烈的时候。就在这篇散文诗发表的前一期《语丝》杂志上，发表了林语堂的一篇文章，其中这样说道：“华北大学诸君子不曾骂人，正是因为他们对执政的谦恭，并不使我十分起敬，但是由他们方面却正以为谦恭于执政是学者的态度，肆口谩骂者正是一号流氓。由此我们更明白(如 14 日《京副》上冯文炳所说)，还是我们的不干净为干净，‘我们的不干净也是干净，否则世上到那里去找干净’！(《从牙齿念到胡须》)所以有人说《语丝》社尽是土匪，《猛进》社尽是傻子(这是由旭生口里传来的，唯愚意未尝不可调转过来，其实都不相干，或者大家以土匪资格而兼傻子，利益均沾，也可以)，这也是极可相贺的事体，可喜我们不曾沦入学者团。”①

《京副》上冯文炳的文章，由鲁迅杂文题目翻用而来，鲁迅定是看过的。至于对于《语丝》《猛进》社被骂为“土匪”“傻子”之事，鲁迅很可

① 林语堂《论骂人之难》，载 1926 年 12 月 28 日《语丝》第 59 期。

能也已有所闻。写这篇散文诗之前一个半月前，1925 年 11 月 9 日《鲁迅日记》载：“上午往北大讲。午后访徐旭生。”写此散文诗 12 天之前，1925 年 12 月 14 日《日记》载：“寄北大学生会稿。……夜得徐旭生信并稿。”给北大学生会稿即《我观北大》，里面针对“正人君子”们的攻击，坦然承认自己是“北大派”。这期间，来访的北大学生及《语丝》同人就更多。他们如林语堂那样，以“土匪资格而兼傻子”自诩的思绪，也定当是共同的感情与认识。与此相对的，当然是那些“谦恭于执政”的“学者团”，也即所谓的聪明人。有感于当时社会的斗争，鲁迅回击那些“土匪兼傻子”的谩骂，产生了创作此文的冲动，是很有可能的。

况且，这里所概括的思想，是鲁迅多年来一直思考的启蒙思想的重大问题。早在《摩罗诗力说》中，鲁迅就思考着在社会改革中这样一个问题，面对“主子”的统治压迫，作为社会的人的生存形态的三极结构：一种是“立意在反抗，指归在动作”的社会叛逆者，一种是“宁卷伏堕落而恶进取”的安生者，一种是或“心神所往，辽远在于唐虞”，或以“不撄人心”为圭臬的“爱智之士”。实际上来看，第一种人，就是所谓的傻子，第二种人，是奴才，第三种人，就是所谓的聪明人。在这种三种人的生存形态中，鲁迅把希望与赞美，一直放在傻子，也即社会的反抗者身上。“苟奴隶立其前，必衷悲而疾视，衷悲所以哀其不幸，疾视所以怒其不争”。这篇散文诗构想的图式，正是鲁迅面对黑暗势力压迫对于麻木群众“怒其不争”所思考的问题艺术形式的再现。

刺激和启发鲁迅创造这样一个三极结构故事的另一个重要的动因，可能是他这个时期所翻译的厨川白村的《出了象牙之塔》一书。在这篇散文诗写作之前不久，鲁迅刚刚完成这本书的翻译。并怀着改造中国社会的强烈冲动，写了一篇译后记。在这个后记中，鲁迅认为，在这本书里，厨川白村对日本社会与民族的“微温，中道，妥协，虚假，小气，自大，保守”等，进行了辛辣的攻击和批评。鲁迅说：“但当我旁观他鞭责自己时，仿佛痛楚到了我的身上了，后来却又霍然，宛如服了一帖凉药。”鲁迅是想借此先将那割出身上的疮的“肿痛”，来提醒“生在陈腐的古国的人们”①。鲁迅显然在借别人的攻击来针砭中国的社会与民族性。

《出了象牙之塔》有几段文章攻击日本国民性，还有几段的题目就是《聪明人》《呆子》《改造与国民性》和《尚早论》等。在厨川白村的攻击与批评中，一个重要的内容，就是对于聪明人的揭露和对于呆子的赞许。书中这样写道：“我对于这样的聪明人，始终总不能不抱着强烈的反感。”“无论看那里，全是绝顶的聪明人。日本今日第一必要的人物，也不是谋士，也不是敏腕家，也不是博识家，这样的多到要霉烂了。最望其有的，只是一直条的热烈而无底的呆子……”这里鲁迅译作呆子，也就是他散文诗中说的傻子。

什么样的人是这样的傻子呢？“特地出了王宫，弃了妻子，走进檀特山去的释迦，是大大的呆子。被加略的犹大所卖，遭着给家狗咬了手似的事情之后，终于处了桀刑的基督，也是颇大的呆子。然而这样的呆子之大者，不独在日本，就是现今的世界上，也到底没有的。”“所谓呆子者，其真解，就是踢开利害的打算，专凭不伪不饰的自己的本心而动的人；是决不能姑且妥协，姑且敷衍，就算完事的人。是本质底地，彻底底地，第一义底地来思索事物，而能将这实现于自己的生活的人。是在炎炎地烧着的烈火似的内部生命的火焰里，常常加添新柴，而不怠于自我的充实的人。”从聪明人的眼睛看来，这样的呆子也许是“愚蠢”的和“任性”的，会如尼采一样“给关进疯人院”。“这

---

① 见鲁迅《译文序跋集·〈出了象牙之塔〉后记》。

就因为他们是改造的人，是反抗的人，是先觉的人的缘故。是为人类而战斗的 Promethcus 的缘故。……是因为没有在因袭和偶像之前，将七曲的膝，折成八曲的智慧的缘故。”然而，“世界总专靠着那样的大的呆子的呆力量而被改造。人类的现今进到这地步者，就因为有那样的许多呆子之大者拼了命给做事的缘故。宝贵的大的呆子呀！凡翻检文化发达的历史者，无论是谁，都要将深的感谢，从衷心捧献给这些呆子的！”

厨川白村还说，这样的大呆子，“偶尔有一个要动作前进的出来，大家就扑上去，什么危险思想家呀，外来的思想宣传者呀，加上各样的坏话，想将他打倒。虽不过是跄跄踉踉摇摇荡荡之辈，但多数就是大势，所以很难当。倘没有很韧性的呆子出来，要支持不下去了。好个有趣的国度！”①

鲁迅的《出了象牙之塔》译本后记，就刊登于 1925 年 12 月 10 日《语丝》第 57 期上。过半个月后，鲁迅写了《聪明人和傻子和奴才》。厨川白村那种“快刀斩乱麻”似的割疮的“痛快”，似乎还激动着鲁迅的思绪。鲁迅在近一年后仍这样说：“世界却正由愚人造成，聪明人决不能支持世界，尤其是中国的聪明人。”②聪明人，傻子的形象及其内涵，在厨川白村的笔下，都已有相当完备的揭示，至于奴才，也就是厨川说的“在因袭和偶像之前，将七曲的膝，折成八曲”这样的人物。当然，鲁迅在借鉴中，由思想的批评转化为艺术的创造时，对于这样三种人物，是大大的丰富与发展了，他在一个并不存在的虚构的故事

---

① 厨川白村《出了象牙之塔》，见《鲁迅译文集》第 3 卷，北京，人民文学出版社，1958。

② 见鲁迅《坟·写在〈坟〉后面》。

中，凝聚了这样三个人物身上具有的独自的精神特征。这三个人物在社会批判和文明批判这方面，就有了广泛而深刻的典型性。鲁迅将嘲讽与蔑视，给了那个奴才；将深的感谢与赞美，“从衷心捧献给”那个敢于造反的傻子。这种现实的批判启迪的自然是现实的思考。

可是，当这种现实批判的思考，进入内心世界和人生意义层面的时候，就会游离于具体的历史生活环境，升华为形而上层面的充满哲学意味的观照。厨川白村的批判中，本来就已包含了这种思想的萌芽。他一面在批判社会存在的聪明人，一面在自我身上寻找这种聪明人的分子。“在自己，却还觉得似乎还剩着许多聪明的分子。很想将这些分子，刮垢除痂一般扫除尽，从此拼了满身的力，即使是小小的呆子也可以，试去做一番变成呆子的工夫。倘不然，当这样无聊的时代，在这样无聊的国度里，徒然苟活，就成为无意义的事了。”鲁迅构思的这篇散文诗，显然也曾作过这样的“自省”，他在讲聪明人决不能支持世界的时候，就说自己，“就是思想上，也何尝不中些庄周韩非的毒”，“我觉得古人写在书上的可恶思想，我的心里也常有”，他为自己“背了这些古老的鬼魂”而感到“气闷的沉重”。①

但是，这篇散文诗的哲学思考，我认为主要表现为对于人生的三种生存形态的探究上。而这一点，可能与鲁迅创作《野草》时得到他接受尼采思想影响的“余热”有关。

尼采在他的社会批判与人文批判中，对于上述这三种生命存在形态，曾作过哲学层面的思考。

尼采强烈反对聪明而虚伪的慈善者。在《查拉图斯特拉如是说》中，他这样说，“真的，我不爱他们，那些慈善者，他们因他们的怜

① 见鲁迅《坟·写在〈坟〉后面》。

悯而快乐；他们太无所谓‘害羞’了”。① “一切大热爱如是说：它甚至克服了宥恕和怜悯。”“唉，世界上什么地方的疯事，比慈善家所在的地方更多些呢？世界上谁做的恶事，比慈善家做的疯事更多些呢？”② “一切的大爱高出于它的怜悯。”③显然，尼采赞美的是反抗的傻子精神，不赞成怜悯与施舍。他说：“反抗，这是奴隶之可贵处。”④对于受难者的或穷困者的“奴隶”的帮助，是以不怜悯与施舍的灵魂的纯净为前提的：

“所以我帮助了受难者，我要洗净我的两手；同时我也洗净我的灵魂。

“但是，我是给予者：我喜欢以朋友的身分给予朋友。但是，让外来者和穷困者自己采摘我树上的果实罢：这使他们不害羞些。

“乞丐是应当被取消的！真的，对于他们，无给予或不给予，都使人生气。”⑤

尼采自称傻子：“我曾经化装我自己坐在他们中间，反抗我自己而容忍了他们，并愿意说服我自己：‘你傻子哟，你不懂得人们！’”“从前我是傻子，他们错认了我，我姑息了他们，甚于姑息我自己，我常常为这种姑息对我自己复仇。”⑥

而对于安于奴隶命运的奴才，尼采则给予强烈的蔑视。他称从强力的灵魂流出的卫生健康的自私为可祝福。这灵魂，“也从自己放逐

① 据尹溟译《查拉斯图拉如是说》，102 页，北京，文化艺术出版社，1987 年。
② 据尹溟译《查拉斯图拉如是说》，104 页，北京，文化艺术出版社，1987 年。
③ 据尹溟译《查拉斯图拉如是说》，105 页，北京，文化艺术出版社，1987 年。
④ 据尹溟译《查拉斯图拉如是说》，51 页，北京，文化艺术出版社，1987 年。
⑤ 据尹溟译《查拉斯图拉如是说》，103 页，北京，文化艺术出版社，1987 年。
⑥ 据尹溟译《查拉斯图拉如是说》，222 页，北京，文化艺术出版社，1987 年。

了一切怯懦”，并且这样：“它说：——那便是恶！在它看来，那永远悲愁者，叹息者，不幸者，贪小利者都是可污蔑的。”它以“怯懦的灵魂的道路”为可鄙。“它以阿谀的，狗样的，降伏的，乐天安命的人为卑下；也以有着降伏的，狗样的，虔信的，和阿谀的，乐天安命的智慧为卑下。”“它憎恨而厌恶，那永不自卫的人，那吞咽了有毒的唾液和恶视的人，那太忍耐的人，那长久受苦的人和太柔顺的人：因为这便是奴隶的态度。这可祝福的自私，它唾弃一切种类的奴隶：无论他们是在精神和神圣的步舞之前卑躬，或在人类，在无智的人类舆论之前屈膝。”“一切卑辱的，一切屈膝的，那有着不自由的眼的和缩压的心，那虚伪的，归顺的种类，那以大而怯懦的嘴唇亲吻的，它都叫作恶。”①

尼采所开掘的是三种人的生命存在的形态。以慈善者面貌出现的聪明人，以奴隶身份而敢于反抗的傻子，身为奴隶而狗样的卑躬屈膝的奴才。他反对聪明的慈善家，认为他们做的恶事比谁做得都多；他赞美傻子，因为他有奴隶的反抗的精神，而且自己以傻子而自诩；对于一切卑辱的，屈膝的，长久受苦而却安于柔顺的奴隶命运的奴隶，以及有着这种“智慧”的人，尼采以更多的文字和愤怒的情感，给予无情的憎恶与批判。后者—为他所“唾弃”的“一切种类的奴隶”，尼采把它视为一种可憎恶的怯懦灵魂的“道路”和“智慧”，这也就是尼采的一种关于生命存在的哲学。鲁迅处在与尼采不同的时代与立场上，对于强者和弱者的概念内涵也有不同的理解。但是，在作为一个人的生命存在形态这一点上，他的思考与尼采的哲学走到一起了。也可以说，鲁迅在尼采的哲学中找到了自身生命哲学思考的基点。《聪明人和傻子和奴才》的艺术构思，就可能成为这种生命哲学化成的内在火焰的

① 据尹溟译《查拉斯图拉如是说》，228 页，北京，文化艺术出版社，1987 年。

一种形象状态的释放。在鲁迅神圣的愤怒与讽刺中，隐藏着他对人民的大爱在内的。这也许正是鲁迅与尼采之间的一点区别罢。这篇散文诗似乎没有很深的哲学，而一向不被一些向潜深处开掘的研究者所注意。其实，在对奴才的神圣的愤怒中，在对傻子的精神、行动与遭遇的描写中，我们仍然可以看到鲁迅《野草》所体现的"悲剧的主旨"。[①]

对于聪明人，冯雪峰的见解是很值得我们注视的。他说，"'聪明人'其实也是一种奴才，不过是高等的奴才；他很聪明，知道迎合世故和社会的落后性，以局外人或'主子'的邻居的姿态替'主子'宣传奴才主义哲学，所以也是一种做得很漂亮的走狗"[②]。其实，聪明人与奴才在本质上是一样的，而且他们很可能出现地位的互相转换。一旦奴才改变了地位，他就会成为"主子"面前的"聪明人"，而降为奴才地位的聪明人也必然拥有作为一名奴才的"智慧"。在主子不改变他的压迫者地位之前，聪明人与奴才，都只是奴才而已。

1996 年 6 月 21 日

关于《淡淡的血痕中》

《淡淡的血痕中——记念几个死者和生者和未生者》写于 1926 年 4 月 8 日，最初发表于 1926 年 4 月 19 日《语丝》周刊第 75 期。

在《〈野草〉英文译本序》中，鲁迅说明了这篇散文诗的写作背景："段祺瑞政府枪击徒手民众后，作《淡淡的血痕中》。"问题在于，在段祺瑞执政府一手制造的"三・一八"惨案之后，鲁迅已经写了多篇文

① 见李欧梵《铁屋中的呐喊——鲁迅研究》，115 页，中国香港，香港三联书店，1991 年。

② 见冯雪峰《论〈野草〉》，《冯雪峰论文集》(下)，361 页，北京，人民文学出版社，1981 年。

章，包括像于此前8日写成的《记念刘和珍君》这样的深情而富于战斗性的散文，揭露了敌人的残暴与血腥，文人政客流言的卑劣；对英勇的死者表示了由衷的赞美与哀痛，为什么还要写这篇《野草》一类散文诗形式的作品？这篇作品又传达了作者怎样一种更为深广独特的思考与情绪呢？

要探讨清楚这个问题，我们还是首先进行文本的重读。

散文诗从一开始，作者就避开了关于同一背景的已有的杂文那种对于敌人凶狠残暴的谴责，由现实生活层面的愤怒情感进入关于带有普遍性的人类的创造者(造物主)孱弱本质和他所造成的人类生存的矛盾处境的直视。

> 目前的造物主，还是一个怯弱者。
>
> 他暗暗地使天变地异，却不敢毁灭一个这地球；暗暗地使生物衰亡，却不敢长存一切尸体；暗暗地使人类流血，却不敢使血色永远鲜秾；暗暗地使人类受苦，却不敢使人类永远记得。

作者愤怒而冷静的谴责的这个“造物者”，显然是与人类对立的。但他自身又存在着无法克服的矛盾。他看去是凶狠残暴，可以屠戮人类，屠杀青年，但他面对无情的历史，终究“还是一个怯弱者”。鲁迅在散文诗中揭示的四个矛盾，就是他的“怯弱”的明证。这“怯弱”的矛盾，集中在他施威于人类时所表现的“暗暗地”做残酷摧残人类之事与“却不敢”使之让人永远记得这个无法同一的两难处境。这“不敢”的关键所在，就是他对于人类觉醒的大恐惧。“暗暗地使人类流血，却不敢使血色永远鲜秾；暗暗地使人类受苦，却不敢使人类永远记得。”一旦这些“永远”得以实现，人类就有悠远的仇恨产生，就有连绵不断的觉醒和反抗出现，以致会使他(造物主)的统治不得永久，最终不得不陷于灭亡的境地。这“怯弱”来自于他的本性。目的就是一个：为了稳固他对于“人类”的统治。但为此，残忍凶暴与胆怯软弱是永远不能分割地纠缠在他的身上。鲁迅对造物主的谴责里，显然包含了他对包括段祺瑞反动政府在内的现实罪行和他们的本质的批判在内，而且这种批判，与同类题材其他杂文比较，是已经被充分诗化了的，更富于一种隐藏性；但是，更重要的是，在这些谴责里面，已经上升为对一切与人类为敌，对于人类实行血腥屠戮的当权的残暴者们内在本质的揭示。生活的实写在这里已经转化为具象传达的理性思辨。

散文诗的第2段，对于造物主的谴责进入更深的一个层面：将这种谴责与对“人类中的怯弱者”的麻木精神状态的揭露结合在一起了。

> 他专为他的同类——人类中的怯弱者——设想，用废墟荒坟来衬托华屋，用时光来冲淡苦痛和血痕；日日斟出一杯微甘的苦酒，不太少，不太多，以能微醉为度，递给人间，使饮者可以哭，可以歌，也如醒，也如醉，若有知，若无知，也欲死，也欲生。他必须使一切也欲生；他还没有灭尽人类的勇气。

“造物主”为了维持他的统治，不仅为他自身设想，竭力去实现上面那些两难的矛盾处境，同时也为“人类中的怯弱者”设想，让他们呈现于一种十分麻木的不觉悟的生存状态中。这里作者所选择的，仍然是剖析“造物主”如何实现自己企图的视角。这个企图，就是要做到“人类中的怯弱者”既要生存，又不反抗，成为鲁迅所一再投以憎恶的奴才式的“暴君治下的臣民”。一个是“设想者”，一个是“选择者”。这两种角色的共存，才构成了“治者”社会地位的稳定。

这些“设想”的办法是什么呢？首先，是为人类的“怯弱者”提供一种生存状态的选择。“用废墟荒坟来衬托华屋”，是为反抗而死亡(如“三·一八”烈士那样)，还是为升官富贵而生存？“华屋”自然是对人类中“怯弱者”的一种极大的诱惑。“用时光来冲淡苦痛与血痕”，就是要“人类中的怯弱者”忘却对鲜血与痛苦的记忆，忘记对于“治者”的复仇。“以时间的流驶，来洗涤旧迹，仅使留下淡红的血色和微漠的悲哀。”“在这淡红的血色和微漠的悲哀中，又给人暂得偷生，维持这似人非人的世界。”①是记住烈士的鲜血与苦痛而反抗复仇，还是任时间冲淡血色与痛苦而屈辱偷生？这又是生者面对的一种人生的选择。“人类中的怯弱者”自然选择了后者。

其次，是为人类的“怯弱者”提供精神麻木的药方。日日斟以“微甘的苦酒”，不多不少，使之陷于如醒如醉，欲生欲死，若有知若无知的状态，既可以供“治者”们的长久压迫与享用，又可以驯服安顺而让“治者”永远放心。关于这一点，鲁迅在一年前所写的一篇杂文中，就作了尖锐的揭露。他以细腰蜂的毒针为比喻，讲到“治者”对被治者进行精神麻痹的“黄金理想”：通过尽力施行“各种麻痹术”，使他们的生命处于“不死不活的状态”，因为“要服从作威就须不活，要贡献玉食就须不死；要被治就须不活，要供养治人者又须不死”②。鲁迅所写的造物者为人类中的怯弱者“设想”的状态，正是这种“麻痹术”所实现的目的。造物主的不敢毁灭“一个这地球”，他的“必须使一切也欲生；他还没有灭尽人类的勇气”，原因正在于此。怯弱的造物主的怯弱本身就是十分自私的：他施行各种精神麻痹术以使人类中的怯弱者

① 见鲁迅《华盖集续编·记念刘和珍君》。

② 见鲁迅《坟·春末闲谈》。

永远处于麻木状态，驯服地做他们的“服役和战争的机器”，他们统治地位也就能够得到长治久安。

散文诗的第三大段，由对于造物主的揭露转而对于更广大人们麻木的精神现状的批评。作者拉开了读者与造物主的距离，引入对于社会上活着的“人们”生存状态的一般性思考。这也许就是造物主的“设想”产生的结果，或者说是统治者施行各种麻痹术的一部分“奏效”吧：

> 几片废墟和几个荒坟散在地上，映以淡淡的血痕，人们都在其间咀嚼着人我的渺茫的悲苦。但是不肯吐弃，以为究竟胜于空虚，各各自称为“天之僇民”，以作咀嚼着人我的渺茫的悲苦的辩解，而且悚息着静待新的悲苦的到来。新的，这就使他们恐惧，而又渴欲相遇。

这里的“人们”，就是前面说的“人类中的怯弱者”。他们果然实现了造物主的“设想”。他们成了真正的精神上麻木的“庸人”。为人类前程奋斗的死者的“废墟”和“荒坟”冷落了，烈士与前驱者的鲜血淡漠了，这些，只成了这群“庸人”们“咀嚼”人我“悲苦”的材料，即鲁迅所最憎恶的“戏剧的看客”茶余饭后的“谈资”。他们以能有此“谈资”为胜于自身生命的“空虚”；而且，自称为“天之僇民”，以自身之有罪作为咀嚼人我的悲苦的辩解。他们是一群驯服的奴隶。在自我的辩解中还等待着“新的悲苦”的到来。这“新的”谈资，新的咀嚼的材料，“使他们恐惧，又渴欲相遇”。因为怯弱，故感到恐惧，因为惯作“看客”，故又“渴欲相遇”①。对于这种“中国人永远是戏剧的看客”的麻木精神状态，鲁迅关注久矣。从仙台留学的幻灯事件时的愤慨，一直到《阿Q正传》《示众》，以及《野草》中的两篇《复仇》中的思考，均表示了他作为一个启蒙者的发自内心深处的神圣的憎恨。在这里，在“三·一八”烈士的血色中，这种“看客”的“庸人”的灵魂，再一次唤起鲁迅的愤激的火焰。鲁迅在此以长久的体验和诗的语言，重新雕塑出了一部分怯弱而麻木的国民的灵魂。

在造物主与人类的怯弱的鲜明对比中，鲁迅完成了他对于真正的反抗者精神的赞美与塑造。

> 叛逆的猛士出于人间；他屹立着，洞见一切已改和现有的废墟和荒坟，记得一切深广和久远的苦痛，正视一切重叠淤积的凝血，深知一切已死，方生，将生和未生。他看透了造化的把戏；他将要起来使人类苏生，或者使人类灭尽，这些造物主的良民们。
>
> 造物主，怯弱者，羞惭了，于是伏藏。天地在猛士的眼中于是变色。

这个“叛逆的猛士”具有非常清醒的品格。他屹立于历史与现实之上。

① 李何林先生的《鲁迅〈野草〉注解》中说：“这样，新的悲苦既使他们恐惧，唯恐来了受不了；但是又想把旧的悲苦换一换，所以‘又渴欲相遇’新的悲苦。总之他们是安于新旧悲苦的人们，都是造物主(统治者)的驯良的百姓。”这段解释，大体符合作品原意，但没有更重视鲁迅揭示的“戏剧的看客”的心理上的特征：人我的悲苦既成为他们咀嚼的资料，他的对新的“谈资”的渴遇就是麻木的一种必然。仅说“安于新旧的悲苦”，尚未看出鲁迅这段话的深层用意。只有这样，鲁迅说的“这都是造物主的良民。他就需要这样”才可以得到真正的理解。

他不仅洞察自己民族的一切献身者的死亡，苦痛，流血，而且深知整个民族过去，现在和未来；他看清了自己带有悲剧性的历史使命，也看透了造化所玩弄的一切“把戏”，这“把戏”，即以种种方法制造大批的“人类中的怯弱者”——造物主的良民们，以延长自己的统治。因此，这“叛逆的猛士”要起来反抗，或者“使人类苏生，或者使人类灭尽”，后者，就是“时日曷丧，余及汝偕亡”的悲壮结局。鲁迅在这个变化中，看到了压迫者与麻木者的“羞惭”与“伏藏”，看到了人类新生的希望：“天地在猛士的眼中于是变色。”

本文的解读完成之后，对于鲁迅写作这篇散文诗与他的其他杂文之间的不同及其深层内蕴，就比较好理解了。我们不妨对鲁迅创作此文的思绪状态作一追踪。

1926 年 3 月 18 日，发生段祺瑞政府枪杀徒手请愿的爱国学生与民众这一事件的前 10 天，鲁迅在他的杂文《无花的蔷薇》中说：“预言者，即先觉，每为故国所不容，也每受同时人的迫害。大人物也时常这样。他要得人们的恭维赞叹时，必须死掉，或者沉默，或者不在面前。”他以孔丘、释迦、耶稣为例，说他们“如果活着，只得迫害他”。[①] 历史的论述中，已经藏有鲁迅一贯的对于先觉者命运的哲理性的思考。“三·一八”事件发生的当天，鲁迅正在写作杂文《无花的蔷薇之二》。上午，他知道有群众向执政府请愿的事，“下午便得到噩耗，说卫队居然开枪，死伤至数百人，而刘和珍君即在遇害者之列”。他停下原来的构思，马上写下了这样一些话：“现在，听说北京城中，已经施行了大杀戮了。当我写出上面这些无聊的文字的时候，正是许多青年受弹饮刃的时候。呜呼，人和人的灵魂，是不相通的。”

---

① 见《鲁迅全集》第 3 卷，256 页，北京，人民文学出版社，2005 年。

> 如果中国还不至于灭亡，则已往的史实示教过我们，将来的事便要大出于屠杀者的意料之外——
>
> 这不是一件事的结束，是一件事的开头。
>
> 墨写的谎说，决掩不住血写的事实。
>
> 血债必须用同物偿还。拖欠得愈久，就要付更大的利息！
>
> …………
>
> 实弹打出来的却是青年的血。血不但不掩于墨写的谎语，不醉于墨写的挽歌；威力也压它不住，因为它已经骗不过，打不死了。①

血，青年的血，对于鲁迅的心是一个极大的刺激和昭示。造物者(在这里指统治者)们灵魂的怯弱、卑劣与凶残，青年们灵魂的"粗暴"与英勇，历史所昭示的过去、现在与未来，这时都随着青年们流血的悲壮，进入他的充满愤怒的不平静的思想当中。3月25日，《日记》中写道："上午赴刘和珍、杨德群两君追悼会。"当晚，他写下一篇杂文《"死地"》，痛斥研究系机关报《晨报》上发表的一些污蔑爱国青年受"奸人"利用，"自蹈死地"的滥言，在尖锐的战斗文字中，鲁迅仍没有忘记引用罗曼·罗兰剧本《爱与死的搏斗》中富于哲理性的故事，并由此阐发了一个民族生存的真理："会觉得死尸的沉重，不愿抱持的民族里，先烈的'死'是后人的'生'的唯一的灵药，但倘在不再觉得沉重的民族里，却不过是压得一同沦灭的东西。"②先烈的'死'和后人的'生'，就具有了对于"死者和生者和未生者"思考的内涵，对于抱持死

① 见《鲁迅全集》第3卷，262～264页，北京，人民文学出版社，2005年。

② 见《鲁迅全集》第3卷，267页，北京，人民文学出版社，2005年。

尸“不再觉得沉重的民族”，就包含了对“人类中的怯弱者”咀嚼人我的悲苦的麻木的愤激。鲁迅在血的痛苦中思考着先烈的死与民族再生的关系问题。“三·一八”血案后，段祺瑞政府下令通缉徐谦、李大钊等五人，3 月 26 日，《京报》登载消息说，段祺瑞政府通缉令罗列的罪犯中，有鲁迅的名字在内。鲁迅于是日写了《可惨与可笑》，仍在揭露敌人的阴谋。后来在友人敦促下，也为了安慰自己的母亲，暂避起来。29 日《日记》：“上午入山本医院”。4 月 1 日，他写了那篇《记念刘和珍君》。文章中，已经将他于此事件中超越常人的思考，凝聚成这样一段光彩的文字：

> 真的猛士，敢于直面惨淡的人生，敢于正视淋漓的鲜血。这是怎样的哀痛者和幸福者？然而造化又常常为庸人设计，以时间的流驶，来洗涤旧迹，仅使留下淡红的血色和微漠的悲哀。在这淡红的血色和微漠的悲哀中，又给人暂得偷生，维持着这似人非人的世界。我不知道这样的世界何时是一个尽头。
>
> ……
>
> 时间永是流逝，街市依旧太平，有限的几个生命，在中国是不算什么的，至多，不过供无恶意的闲人以饭后的谈资，或者给有恶意的闲人作“流言”的种子……

在这里，已经凝聚了鲁迅关于造物主、人类中的怯弱者与叛逆的猛士这样三种社会力量和不同生命存在形态的哲理性的思考，“造化为庸人设计”与“叛逆的猛士”这一对立形态的创作构想，也已在他的头脑中逐渐成形了。这样，鲁迅在 4 月 8 日“下午出山本医院”后的当天晚上，心绪不得宁静，许多更深沉的声音澎湃于胸中，于是他写就了

《淡淡的血痕中》这篇散文诗，将大多已经初步闪现的思想，加以更近于人生哲理的普遍性的升华，这也就是他所以用了《记念几个死者和生者和未生者》作为本文的副标题的深刻用意之所在。

从对立形态的构思可以看出，鲁迅所关注的，仍然是他多年里所思考的先觉者与麻木者，"独异"的个人与怯弱的庸众相对立这样一个带有现实性和哲理性相结合性质的命题。怯弱的造物主，怯弱的庸人与叛逆的猛士的对照，这个形象组合构成，最适合于传达他的这个思想。而这个思想的超越现实事件的特性，也就给他摆脱现实事件的描写，进入思辨性的形象创造，提供了很自由的可能实现的空间。这就是《淡淡的血痕中》与《记念刘和珍君》等散文杂文之间，虽然有思理的同质，但整体特征上却存在的不同之处。

关于这一点，李欧梵先生关于《野草》中被一种特殊的人道主义扭曲的尼采的论述，可以提供我们一种在各篇的内在联系中进行思考的新角度。他对比了《野草》中两篇《复仇》的调子和情绪："在第一篇里，那孤独的一对和庸众的对立，比较地说，是'个人主义'的；第二篇的结尾却比较'人道主义'。耶稣最后对上帝失望了，但这并未导致害怕和颤抖，而是反讽地肯定了他的'人'的地位。（按：指肯定了'人之子'）尽管鲁迅的大胆的洞见使他接近西方存在主义精神的境界，他毕竟还是中国人道主义传统之子，这传统是把天上和地下的力量看作是一个相互作用的整体的。"他接着说，"如两篇《复仇》中所表现的，鲁迅的人道主义仍是悲剧性的。地上的生活远非玫瑰色，它比地狱还要坏。人生既有如此的问题和反讽，造物者也必是一个'怯弱者'，所以鲁迅以对独异个人的肯定来代替这位至高无上者。在《野草》的最后两篇诗《淡淡的血痕中》和《一觉》中，他唤起了一个'叛逆的猛士'的壮美形象。这个猛士'出于人间'，'记得一切深广和久远的苦痛'，又'看透了造化的把戏’，‘他将要起来使人类苏生，或者使人类灭尽’。这正是经过了一种特殊的人道主义扭曲的尼采‘超人’，因为，正如另一篇《这样的战士》中所指出的那样，鲁迅的‘叛逆的猛士’始终是一个孤独者，注定要在‘无物之阵’的庸众中无休止地战斗。”李欧梵说，鲁迅所歌颂的，“并非这猛士的胜利，而是那种固执的、西西弗斯式的精神(Sisipuean spirit)”①。

李欧梵先生说：在这《野草》的最后两篇散文诗里，虽然鲁迅都说明了它们的写作与现实历史事件的关系，但如鲁迅的其他作品一样，“他的文学想象超越了当时他所关心的直接的政治事件”。②

我想，鲁迅的创作上这种文学想象超越性的特征，再应该加上他对于人类生存的不同状态(怯弱的“造物主”、怯弱的“庸人”与“叛逆的猛士”)在一个民族存亡中的作用这一普遍性问题的关注，就构成了在他这篇现实性很强的散文诗中，决然去掉了与事件本身直接关联的叙述成分，实现了情感与理智于诗的形象和语境中向哲学层面的艺术突进。在20世纪初年，鲁迅所痛切呼唤的与“宁卷伏堕落而恶进取”相对立的尼采式的“真人”，经过多少次大的和小的血的教训，经过充满对于被压迫者的流血与苦痛同情的“特殊的人道主义”的“扭曲”，出现于20世纪20年代中期的仍然具有独异个性特征的“叛逆的猛士”，就超越了尼采的“超人”，而具有了个性主义战士与为被压迫者抗争的集体主义的猛士的双重的色彩。而且，不能不承认这种双重色彩出现了向后者倾斜的“再扭曲”。

---

① 见李欧梵《铁屋中的呐喊——鲁迅研究》，112页，中国香港，香港三联书店，1991年。

② 同上，116页。

基于这一事实，我们可以这样说，作为“中国人道主义传统之子”的鲁迅，他笔下出现的“判逆的猛士”这一形象，表现的丰富的深层内蕴和新的时代色彩，是鲁迅理想中的“真人”的一个发展，他们已与广大的觉醒者葆有深刻的精神联系，如在此时所写的《记念刘和珍君》中对于中国青年女子们的勇敢的赞美，如在稍后的《一觉》中所说的：“这些不肯涂脂抹粉的青年们的魂灵便依次屹立在我眼前”，“然而他们苦恼了，呻吟了，愤怒，而且终于粗暴了，我的可爱的青年们”，“他使我觉得是在人间，是在人间活着”。这个“叛逆的猛士”，似不再如李欧梵所说的，与“这样的战士”等代表的“独异”者族群一样，“始终是一个孤独者”。在仍然是与“庸众”对立的形式中，他的身上有了一些新的色彩。作者创作时的潜在意识的变化，超越于西方存在主义哲学的这种精神现象在“叛逆的猛士”身上传达的信息，可能是对于上述李欧梵先生的略带静观性的理论判断的一点补充。“真人”——“独异者”——“真的猛士”，这里有精神联系的一贯性，也有不同时期的发展的变异性。《野草》最后两篇散文诗《淡淡的血痕中》和《一觉》，与前面的作品相比较，“真的猛士”这一意象表现的创作主体一些精神上微妙的差异，可能就在这里。

1996 年 7 月 27 日

关于《一觉》

《一觉》写于 1926 年 4 月 10 日，最初发表于 1926 年 4 月 19 日《语丝》周刊第 75 期。

这是鲁迅《野草》中最后一篇作品。鲁迅在《〈野草〉英文译本序》中说：“奉天派和直隶派军阀战争的时候，作《一觉》。此后我就不能住在北京了。”

这篇散文诗，写于《淡淡的血痕中》一文创作的两天之后，在同一期的《语丝》杂志上发表，作者创作时的思绪与作品传达的思想，也甚接近。

鲁迅在《〈野草〉英文译本序》中说，写作《淡淡的血痕中》，“其时我已避居别处”。仅事隔一天，写了这篇《一觉》之后，“我就不能住在北京了”。鲁迅在这个时期，过了他在北京，甚至是一生中最难忘的避难生活。了解鲁迅的这段非常态的生活经历，对于更深地理解这篇已是尾声的《野草》的内涵，是很重要的。

鲁迅的避难生活，自3月末始，断断续续，一直到5月初才结束。据《日记》载，共分三次。第一次，3月26日离家去西城锦什坊街96号莽原社，后于29日“上午入山本医院”。4月8日，“下午出山本医院”。这次避难，是因为在“三·一八”事件之后，当时《京报》披露了段祺瑞执政府将通缉北京文化教育界人士的消息，鲁迅也列名其中。他在友人齐寿山的敦促下，与许寿裳等人一起，离寓入山本医院暂避。第二次，4月15日：“往山本医院。……晚移住德国医院”。23日：“晚自德国医院回家”。这次，是因为冯玉祥国民军撤离北京，奉系军阀张作霖的先头部队到达高桥，使北京形势趋于紧张，鲁迅又与许寿裳，先往山本医院，很快转至德国医院暂避。这中间，因盛传奉军入京将与国民军发生冲突，鲁迅曾于17日夜，将母亲与朱夫人接至东安饭店暂住，她们很快即回家。第三次，4月26日：“上午往北大讲，……夜往法国医院”。5月2日：“下午回家一转，仍往医院。……夜回家”。这是因为进步报人邵飘萍被奉系军阀杀害，为防止意外，鲁迅暂避于法国医院。6日：“往法国医院取什物”。可见，一直到这时，才算结束一个多月的避难生活，安定下来。他的《淡淡的血痕中》和《一觉》这两篇散文诗，就写在第一次避难生活结束，刚回家之后，到第二次离家避难的短暂的空隙时间里。

迫使鲁迅过起避难生活的，是来自两个方面的对于生命的威胁：一个方面，是段祺瑞执政府于“三·一八”惨案发生后对于进步人士的迫害。这包括“三·一八”事件半个月后，4月26日，进入北京的奉系军阀，以宣传“赤化”的罪名，封闭《京报》，逮捕并枪毙了《京报》经理兼总编辑邵飘萍，北京进步文化界笼罩于白色恐怖之中；另一个方面，是奉系军阀和直系军阀联合进攻冯玉祥国民军时，在北京上空的轰炸带来的危险。这双重的危险，威胁着鲁迅的生命安全。如鲁迅在《如此“讨赤”》中说的，“奉天飞机三临北京之空中，掷下炸弹”。(此文作于4月6日，此后奉军飞机还多次到北京轰炸)鲁迅在避难生活中，仍然不断外出赴部，上课，访友，会客，归家探视；同时执笔创作，坚持同黑暗势力的斗争。他的《可惨与可笑》《记念刘和珍君》《空谈》《如此“讨赤”》《大衍发微》和《朝花夕拾》中的《二十四孝图》《五猖会》《无常》①等文，以及《野草》中最后这两篇散文诗，均为避难中的作品。许寿裳先生回忆说：“为的三·一八惨案以后，有要通缉50人的传说，我和鲁迅均列名在内。等到张作霖入京，先头部队已抵高桥了，经老友齐寿山的怂恿，我和鲁迅及其他相识者十余人，便避入德医院的一间堆积房，夜间在水门汀地上睡觉，白天用面包和罐头食品充饥。鲁迅在这样境遇中，还是写作不辍。”②

在这样生命面临死亡威胁的时候，鲁迅心灵深处回荡已久的绝望

---

① 鲁迅在《朝花夕拾·小引》中说：“中三篇(按，指《二十四孝图》《五猖会》《无常》)是流离中所作，地方是医院和木匠房”。

② 许寿裳《鲁迅的避难生活》，1947年10月17日《时与文》(周刊)(上海)第2卷第6期。

与希望矛盾的主题，又在面对一些青年的觉醒产生的喜悦中，以半是现实半是哲理的形式，出现于这篇《一觉》的构思中了。

散文诗一开始，就写奉军飞机每日上午在北京城上空飞行。在机件搏击空气的声音中，感到一种轻微的生命的紧张。“宛然目睹了‘死’的袭来，但同时也深切地感着‘生’的存在。”待爆炸声响过，飞机离去之后，虽有人死伤了，然而天下“却似乎更显得太平”。就在这样的紧张中的宁静里，由避难生活归来，更深切地感到“生”的存在与美好。“窗外的白杨的嫩叶，在日光下发乌金光；榆叶梅也比昨日开得更烂漫。收拾了散乱满床的日报，拂去昨夜聚在书桌上的苍白的微尘，我的四方的小书斋，今日也依然是所谓‘窗明几净’。”这里有对“生”的存在的珍惜，也深含着对于残害人民的军阀战争带给现实生活紧张与不幸的不满。这里的“窗明几净”，写的是鲁迅的工作室“老虎尾巴”，是有逃难生活后的一种反讽意味的表述。①

在随时都有遭遇不幸的可能，自身的“生”与“死”都难以把握的时候，这即文中说的“因为或一种原因”，作者着手做的是，编校和清理积压在手里的青年作者的文稿。由此，作者很快引到散文诗的核心主题：对于青年觉醒问题的新的感觉与思考。“我照作品的年月看下去，这些不肯涂脂抹粉的青年们的魂灵便依次屹立在我眼前。他们是绰约

---

① 许寿裳曾说：记得初次避入德国医院的一间堆积房，日子约在十二或十三。（因为鲁迅的日记和我自己的都不在身边，记不清了。总之是张作霖的卫队，已经到了高桥，我得友人齐君电话，教我立即移居，我便立即通知鲁迅，入院已经傍晚。是晚作霖入京。）以前虽时零星离寓，倒是为避客，并非避难。其回寓约在五月初旬或中旬，也忆不真了。《一觉》中所谓“四方的小书斋”，“白杨”及“榆叶梅”，都是“老虎尾巴”窗内外的景色，并非说临时避难的处所。1944年2月4日许寿裳复林辰信，见林辰《对于许寿裳先生的感谢与悼念》，载1948年5月《中国作家》（上海）第1卷第3期。

的，是纯真的，——阿，然而他们苦恼了，呻吟了，愤怒，而且终于粗暴了，我的可爱的青年们!”这些“不肯涂脂抹粉”的青年的灵魂，变得“粗暴”，敢于面对“淋漓的鲜血”，愤怒而反抗，正是鲁迅于希望与绝望的矛盾痛苦中所企盼的。所以他的感情的表述是那么的激动。

沿着这个思绪，作者从各个侧面，赞美这样“粗暴的魂灵”的种种内涵与姿态。先出现的是一段这样充分抒情化了的诗的旋律：

> 魂灵被风沙打击得粗暴，因为这是人的魂灵，我爱这样的魂灵；我愿意在无形无色的鲜血淋漓的粗暴上接吻。漂渺的名园中，奇花盛开着，红颜的静女正在超然无事的逍遥，鹤唳一声，白云郁然而起……。这自然使人神往的罢，然而我总记得我活在人间。

鲁迅描绘了两种截然不同的人的精神存在。对于那种“超然物外”，不关世事的置身桃源世界的人生，他是否定的。他肯定了，赞美了那些辗转于风沙中，“被风沙打击得粗暴的魂灵”。“无形无色”，是说与“奇花”“红颜”相对立的一种存在形式，这样的“鲜血淋漓的粗暴”，指默默无闻的奋斗并为之献出生命的青年们。这种被风沙打得“粗暴的魂灵”，是鲁迅在青年生命中的发现，也是他自身生命所获得的一种认同。鲁迅谈小品文时说，“何况在风沙扑面，狼虎成群的时候，谁还有这许多闲功夫，来赏玩琥珀扇坠，翡翠戒指呢”。他说，倘真的赏玩，一般的“青年摩挲了这‘小摆设’，由粗暴而变为风雅了”。[①] 这里的“风沙”“狼虎”，自然是强暴者势力的象征，它包含了当时鱼肉人

---

① 见鲁迅《南腔北调集·小品文的危机》。

民，残害青年生命的反动政府和他们统治的现实在内的。面对现实，鲁迅在《一觉》创作之前4个月，1925年12月31日所写的《华盖集·题记》中，这样描绘自己的人生和审美选择："我以为如果艺术之宫里有这么麻烦的禁令，倒不如不进去；还是站在沙漠上，看看飞沙走石，乐则大笑，悲则大叫，愤则大骂，即使被沙砾打得遍身粗糙，头破血流，而时时抚摸自己的凝血，觉得若有花纹……""而我所获得的，乃是我自己的灵魂的荒凉和粗糙。但是我并不惧惮这些，也不想遮盖这些，而且实在有些爱他们了，因为这是我转辗而生活于风沙中的瘢痕。凡有自己也觉得在风沙中转辗而生活着的，会知道这意思。"这里的心境和意象，都与《一觉》很酷似了。鲁迅于《一觉》里，在青年的灵魂的"粗暴"中，产生了自己"粗暴的魂灵"的认同感，找到了自身追求的战斗的人生形态的精神显现。

接着，鲁迅转入3段叙事性的情感表述。第1段，讲他在北京大学教员休息室里，如何接受一位不熟识的青年，默默地向他馈赠一本《浅草》①。由《浅草》的停办，说到《沉钟》的创刊。"那《沉钟》就在这风沙澒洞中，深深地在人海的底里寂寞地鸣动。"鲁迅在馈赠与鸣动

① 1925年4月3日《日记》："午后往北大讲。浅草社员赠《浅草》一卷之四期一本。"冯至回忆说：那天下午，鲁迅讲完课后，我跟随他走到教员休息室，把一包用报纸包好的《浅草》交给他。他问我什么书，我简短地回答两个字"浅草"。他没有问我的名姓，我便走出去了。后来鲁迅在1926年4月10日写的《野草》最后一篇《一觉》里提到这一年前的往事时，却说是"两三年前"，可能是作者记错了。其理由是，鲁迅《一觉》里说，"可惜那《浅草》不再出版了"，这当然指的是日记里写的"《浅草》一卷之四期"，也就是《浅草》的最后一期。而在《鲁迅手迹和藏书目录》第二册"期刊部分"中也只有一卷四期一册。(《鲁迅与"沉钟社"》，《鲁迅回忆录》二集，1979年上海文艺出版社）据另一材料，这赠送给鲁迅《浅草》的，是浅草社的成员陈炜谟。

中，感到了青年灵魂的“粗暴”的信息。第2段，用托尔斯泰说的，他的写出小说《哈泽·穆拉特》，是怎样受了“野蓟经了几乎致命的摧折，还要开一朵小花”的启示而感动。就这一件事，鲁迅进一步由现实生活进入思辨层面的默想，发掘了一个倔强者的人生的哲学意义。草木在干旱的沙漠中生长，“拼命伸长他的根，吸取深地中的水泉”，造成碧绿的林莽，固然是为了自己求“生”的意志的需要，但这奋斗的结果，给疲劳枯竭的旅人以“暂时息肩之所，这是如何的可以感激，而且可以悲哀的事！?”感激，是他为别人进行的顽强的博取；悲哀，是他自身付出的巨大的牺牲。真正的生命价值的这种矛盾，是不可改变的。先驱者的觉醒者的生命价值，就在这“感激”与“悲哀”的交错里实现。第3段，是引用了《沉钟》的《无题》——代启事，直接说明青年灵魂的“粗暴”在文字上的表现。在这3段的铺垫之后，鲁迅自己思索已久的人生主题，在散文诗里再一次出现，写出了青年灵魂的粗暴与自我生命的存在两种感觉交织而成的赞歌：

> 是的，青年的魂灵屹立在我眼前，他们已经粗暴了，或者将要粗暴了，然而我爱这些流血和隐痛的魂灵，因为他使我觉得是在人间，是在人间活着。

流血和隐痛的灵魂的屹立于眼前，反抗的带有悲剧性的灵魂的存在于人间，才显出人类生存的希望，也才会给这“人间”以活气，使真正人的合理生活的渴望者与追求者，有“在人间活着”的感觉。鲁迅一向反对超越现实的虚无缥缈的幻想家，而执着于充满矛盾痛苦，荒凉黑暗的现实的战斗。自身作一名“乐则大笑，悲则大叫，愤则大骂”的精神界战士，也渴望青年成为灵魂粗暴的反抗者。他在《淡淡的血痕中》歌颂的“叛逆的猛士出于人间”，“他将要起来使人苏生，或者使人类灭尽”。《一觉》中这段青年粗暴的“流血和隐痛”的魂灵的颂歌，就是对于前者“苏生”与“灭尽”的价值意义的最好的诠释。

散文诗完成了主题的情绪的传达，进入一段生活的实写，又是情感的象征的结尾。在编校青年的文稿中，时近黄昏，灯火初现。于这微茫的接续的灯光中，“各样的青春在眼前一一驰去了”，昏黄环绕的“疲倦”中，自己在“无名的思想”中进入“很长的梦”。“忽而惊觉，身外也还是环绕着昏黄”，只有手中燃着的纸烟，烟缕上升，徐徐幻出“难以指名的形象”来。这是梦中的“惊觉”，可读为散文诗题目“一觉”的本意。而这“一觉”，似乎也可理解为一觉醒来颇有新的感悟之意，作者似想暗示人们，身外的昏黄环绕所象征的黑暗的现实，要改变它，不是很轻易的事，这是需要更久的战斗和流血才能获取的一个“很长的梦”。

鲁迅《野草》中反抗绝望的情绪，在两个方面找到了始终一贯的开掘口。一个方面，是对于麻木的庸众的复仇，一个方面，是对于消沉的青年呼唤。这两个侧面的生命探求，到《野草》结束前写的最后两篇散文诗里，都作了一个思考的小结。前者《淡淡的血痕中》，在对于觉醒反抗的青年——叛逆的猛士的歌颂中，完成了对于麻木庸众怯弱灵魂的刺进；后者《一觉》，在对于青年灵魂粗暴的赞美中，找到了人生寻求的希望所在。而两者之间共同的一点，是鲁迅对于青年生命状态认识的新的突进。

鲁迅反抗绝望的哲学所蕴含的生命痛苦之一，就是青年的消沉。在 1925 年 1 月 1 日，也就是《淡淡的血痕中》和《一觉》这两篇散文诗写作的前 1 年零 4 个月的时候，鲁迅在《希望》里，深刻剖析了他的这种生命的痛苦感。他说：“然而现在何以如此寂寞？难道连身外的青春也都逝去，世上的青年也多衰老了么?”同年5月，鲁迅在一篇杂文里，对青年的精神状态作了这样具体的分析：“青年又何能一概而论?有醒着的，有睡着的，有昏着的，有躺着的，有玩着的，此外还多。但是，自然也有要前进的。”“青年又何须寻那挂着金字招牌的导师呢?不如寻朋友，联合起来，同向着似乎可以生存的方向走。你们所多的是生力，遇见森林，可以辟成平地的，遇见旷野，可以栽种树木的，遇见沙漠，可以开掘井泉的。”①这时的鲁迅，对于“身外的青春”，虽然不一定就寻到了，他看到的青年还是消沉者居多，但是他在他们中间，仍看到了“醒着的”和“前进的”，并相信他们身上“所多的是生力”。经过了女师大风潮，特别是“三·一八”惨案，他目睹了中国的青年女子办事的“干练坚决，百折不回的气概”，看到了许多青年挺身奋斗，殒身不恤的事实，更产生了灵魂的大震撼。他对于青年灵魂的觉醒和粗暴，由于血的经验，产生了新的认识和体验。于是，这样一个分道而行的生命之路，或人的生命存在的形态的思考产生了：“苟活者在淡红的血色中，会依稀看见微茫的希望；真的猛士，将更奋然而前行。”鲁迅在现实斗争生活发展的启迪下，完成了自身反抗绝望的生命痛苦寻求的一个精神历程：从对“身外的青春”的绝望，到对于“真的猛士”灵魂的“粗暴”的发现。找到了真正的身外的青春，也就找到了大时代中“在人间活着”的感觉。无论是“生”，也无论是“死”，都“在人间活着”的真正的人生充实感。一年后，发生了“四一二”反革命政变，鲁迅经过又一次更大的血的洗礼，将自己的这种生命体验，更鲜明地写在《野草·题辞》中了。“过去的生命已经死亡。我对于这死亡有大欢喜，因为我借此知道它曾经存活。死亡的生命已经朽腐。我

① 见鲁迅《华盖集·导师》。

对于这朽腐有大欢喜，因为我借此知道它还非空虚。”再过8个月后，1927年12月7日，即在写作《一觉》的一年多之后，鲁迅在为一部描写青年的小说所写的序言中，这样说：

“在我自己，觉得中国现在是一个进向大时代的时代。

“但这所谓大，并不一定指可以由此得生，而也可以由此得死。许多为爱的献身者，已经由此得死。在其先，玩着意中而且意外的血的游戏，以愉快和满意，以及单是好看和热闹，赠给身在局内而旁观的人们；但同时也给若干人以重压。

“这重压除去的时候，不是死，就是生。这才是大时代。”①这里的“许多为爱的献身者”，就是在大时代中觉醒斗争的青年们，即这时鲁迅说的“真的猛士”，灵魂已经“粗暴”了的青年。他们的生，或者死，给人的，都是生活在一个“大时代”里的感觉，给人以博取未来的希望。这所谓的“大时代”，也就是鲁迅《一觉》中所说的“在人间活着”。身内的青春与身外的青春，均战胜了寂寞消沉，走向愤怒和反抗的时候，就是中国“大时代”到来的时候。这是鲁迅所一直期盼的。是他的一个“很长的梦”。

1996年8月7日

① 见鲁迅《而已集·〈尘影〉题辞》。

下辑　诗域撷晖

20 世纪中国新诗：1917～1949

作为中国现代文学的一种重要文体的中国的新诗，诞生于 1917 年的五四新文化运动的高潮中。新诗既是对于有几千年发展历史的中国古典诗歌进行变革的产物，也同古典诗歌传统在精神和艺术方面保持着深刻的联系。

自从《诗经》、楚辞为开端，中国古典诗歌经过魏晋时期，到了唐代，达到了异常辉煌的高峰，曾经出现了像王维、李白、杜甫、白居易、李商隐这样的伟大和杰出的诗人。以后的宋元明清各个时代，又有苏轼、陆游、辛弃疾、龚自珍等大诗人产生，推动了中国古代诗歌的不断向前发展。但是，到了清代晚叶，古典诗歌这种固守十分整齐的形式和韵律的诗体，已经不能适应表达许多新鲜思潮和自由抒发个人情感的需要，诗的语言传达也与人们的生活口语离得越来越远。为了改变这一状况，清代末年的一些启蒙思想家、文学家，如黄遵宪、梁启超、谭嗣同、夏曾佑等人，便积极倡导“诗界革命”的改良运动。他们提出了“我手写我口”“以旧风格含新意境”“新世瑰奇异境生，更搜欧亚造新声”等革新诗歌语言和内容的主张，并创作了一些语言通俗、略加突破格律束缚的新体诗。这一“诗界革命”虽然失败了，但它是对于发难期的新诗运动，“在观念上，不在方法上，却给于很大的影响”。① 这一运动的出现，预示了中国古典诗歌时代的终结，一个更加彻底的诗歌革命时代的必然到来。

随着《新青年》倡导的思想启蒙运动的开展，反对旧思想，提倡新思想；反对旧文学，提倡新文学的文学革命运动的兴起，白话的新诗突破文言旧体诗而自立，由于胡适的率先提倡，便成了五四文学革命的先导。1917 年 2 月，胡适在《新青年》上发表了《白话诗八首》，接着，1918 年 6 月，胡适又在该刊物发表了 3 首《白话词》；8 月号的《新青年》又集中刊登了胡适、沈尹默、刘半农的 8 首白话新诗。这 8 首白话诗，有些作品由于内容和形式的新颖，产生了较大影响。中国白话新诗由此而宣告诞生。这些白话诗作，虽然仍旧保留着很多旧诗词格调的痕迹，有的诗就是在旧诗词的框架里运用白话抒情；但是，它们以接近现代口语的白话，自由地抒写现代人的民主、自由精神，与个性解放的思想情怀，表现了知识分子的觉醒，他们的人道主义的精神，个性解放的思想，从内容到形式，均和传统诗作了彻底的决裂。这些幼稚的作品说明，新诗已经具备了代替旧诗的广泛的内涵性和自由的体式与品格。由于胡适的大力提倡，以及对于旧文学营垒攻击新诗进行反驳的需要，当时的许多启蒙运动的先驱者和文学家们，都参加了新诗的写作，如鲁迅、李大钊、陈独秀、周作人、刘大白、沈玄庐等。响应《新青年》同人对新诗的提倡，当时的《新潮》杂志，北京和上海的《京报》《晨报》《民国日报》《时事新报》等主要大型报纸的副

① 见朱自清《中国新文学大系·诗集·导言》，1935 年上海良友图书印刷公司。

刊，都先后以很多的篇幅发表白话新诗。1920年，胡适出版了他的《尝试集》，1921年8月，郭沫若的《女神》出版，中国新诗便由诞生期而进入立足之后的创造时期了。

从1917年到1949年，中国现代诗歌的发展大体上可以分为三个阶段。在每个阶段里都有许多诗潮、流派和诗人出现。他们的创作内容与多向探索，不仅反映了30多年中的民族苦难与斗争的历史，展示了中国知识分子丰富的内心世界，在艺术方面，也构成了纷繁复杂而又逐渐走向成熟的诗歌美学探索的历程。

一

1917年到1927年，可以看作是中国现代诗歌发展的第一个阶段。

胡适不仅是新诗的最早的开创者，他的《尝试集》也是中国现代文学史上的第一部新诗集，在当时产生了很大的影响。他用几近现代口语的句子，写出一个启蒙者的思想和情怀：追求民主、个性和人道主义，反抗黑暗暴力的统治压迫，赞美人的解放和爱情的自由。他的《一念》《老鸦》《应该》《一颗星儿》《一笑》《四烈士冢上的没字碑歌》等，都是他自己认为的真正能够成立的新诗作品。《尝试集》中有的作品写得自然而有诗意，如《湖上》一诗："水上一个萤火，水里一个萤火，平排着，轻轻地，打我们的船边飞过。他们俩儿越飞越近，渐渐地并作了一个。"写对于提倡文学革命的朋友的思念和自己离别之后的寂寞感，情感真挚，表现含蓄，明显看出是受到了美国的意象主义(Imagism)诗运动的影响，着意物象的描写，传达感情的蕴蓄，比起他的一些过分直白的诗来，更有一点韵味。他的白话诗起了开风气之先的作用，在新诗的诞生期产生了很大的影响，不少青年仿效他的诗作，或受到他的启发，开始自己的创作。这些大体诗风相近的诗人的初期白话诗作品，因此也被称为“胡适之体”。

胡适也是新诗理论的最初构建者。他先后发表的《谈新诗》《〈尝试集〉再版自序》等文章，提出新诗要打破旧体诗词的格律与平仄押韵的种种束缚，实现“诗体的大解放”。“不拘长短；有什么题目，做甚么诗；诗该怎么做，就怎么做。”新诗革命要从诗体的大解放入手，只有诗体解放了，“丰富的材料，精密的观察，高深的思想，复杂的感情，方才能跑到诗里去”。新诗“须要用具体的写法，不可用抽象的写法”，① 白话新诗运用的音节，应该是“自然的音节”。② 胡适提倡“有什么话，说什么话，话怎么说，就怎么写”。他反对旧体诗的同时，又很留意从古典诗中吸取好的东西，如他提倡写诗要含蓄，要具体的描写，有鲜明的物象，以便创造出“逼人的影像”来。他还从心理学的角度提出艺术创新的重要性，反对陈陈相因的诗的“套语”。胡适的一些新诗理论在初期白话诗的建设中，产生了很大的影响。

在胡适的影响之下出现了一些格调近似的新诗作者，后来的批评家称这个诗人群体的创作为“初期白话诗”。沈尹默有很深的古典诗词的修养。他的《月夜》《三弦》等诗，或写人的个性独立，或写人与人在贫富差异之下的隔膜，重环境的与氛围的描写，在平淡朴实中有一种蕴蓄的味道。刘半农是他们中间最有诗人才华的一位。他重视以朴素的白描手法，写出自己心中对社会黑暗与贫富不均的抗议，对下层劳动人民美好品格与精神的由衷赞美。收于他的《扬鞭集》(1926)里的《相隔一层纸》《学徒苦》《一个小农家的暮》《敲冰》等诗，都是当时为人

① 胡适《谈新诗——八年来一件大事——》，见《中国新文学大系·建设理论集》，上海，上海良友图书印刷公司，1935～1936 年。

② 胡适《〈尝试集〉再版自序》，见《中国新文学大系·建设理论集》，上海，上海良友图书印刷公司，1935～1936 年。

称道的名篇。他于 1920 年到法国留学以后所写的诗，有的作品在写实中吸收一些象征的手法，意境和形象都有些朦胧。他在自己关于照相的理论主张中，提倡“模糊”的美，这种美学观点在他的一些诗中也有体现。刘半农用江阴方言、仿照江阴民歌调式写了一本模仿歌谣体的新诗《瓦釜集》(1926)。他在《代自叙》中说，要尽自己的力量，“把数千年来受尽侮辱与蔑视，打在地狱底里而没有呻吟的机会的瓦釜的声音，表现出一部分来”。他的实践，为探索新诗向民歌学习的路子，作了可贵的尝试。刘大白由旧诗的路上转为写新诗，作品便不免带有较多的古典诗歌影响的色彩。他以平淡而质直的语言，表现了批判社会，同情劳苦人民，赞美光明与平等的民主思想和人道精神。他的《红色的新年》《卖布谣》等诗，代表了他摆脱旧诗，向民歌学习的成绩。他的代表诗集是《旧梦》(1923)、《邮吻》(1926)。在初期白话诗的创作中，康白情的诗集《草儿》(1922)也是影响比较大的一部。他重视语句的绘画感。他常以富于色彩的语言，写出了当时青年人进取的精神和乐观的心境，《送客黄浦》《江南》《和平的春里》等诗，在描写与抒情之中自有一种“新境界”在。这是《和平的春里》：“遍江北的野色都绿了。柳也绿了。麦子也绿了。细草也绿了。水也绿了。鸭尾巴也绿了。茅草盖上也绿了。穷人底饿眼儿也绿了。和平的春里燃烧着几团野火。”朴素的几近单调的诗句，画出江北春野的景象，欢快中透出对于穷苦人饥饿处境的愤懑和不平。只是他的很多诗写得太散文化了，集子中有不少“名为诗而实为散文”的作品。① 当时《新青年》的同人中很多都参与了白话新诗的创作。有的目的就是为新诗的诞生起一点

① 见朱自清《中国新文学大系·诗集·导言》，上海，上海良友图书印刷公司，1935～1936 年。

“敲敲边鼓”的作用。周作人、鲁迅大体为此也都写过一些白话诗的作品。他们的作品较少传统影响的痕迹，被朱自清先生称为“全然摆脱了旧镣铐”者。[①] 周作人后来出版有诗集《过去的生命》(1929)。他的长诗《小河》，模仿法国波特莱尔(C. Baudelare)的象征的散文诗，通过象征自由精神的小河受到人为的阻挡，出现了种种的扭曲的现象，提出了当时最热点的人的个性解放的社会问题，语言质朴，表现真挚。他当时提倡“人的文学”，反对“非人的文学”的人道主义和个性解放的思想，在带有寓言性质的叙事里传达得很自然。这首诗颇为当时的人们所称许。鲁迅对于象征主义艺术接触较早。他的几首白话诗很有一些象征的色彩，表现的思绪意蕴也颇为幽深。《梦》《爱之神》《他》等，代表了他的这种特色。

初期白话诗在反对者的激烈攻击中萌芽与生长，自然避免不了粗糙幼稚的毛病。开辟者不一定就是成熟者，但是，他们的诗在幼稚中自有自己的价值。诚如后来批评家沈雁冰所说的三个特点：他们“力求解放而不作炫奇”，留心“句中的音节的和谐”，“一贯而坚定的方向是写实主义”；但是也有普遍性的毛病，即说理的成分过重，“病在说尽，少回味”，“明快有余而深刻不足”。[②]

在初期新诗创作风潮的启发下，又接受了西方浪漫派诗人惠特曼(W. Whitman)、雪莱(P. B. Shelley)等的影响，在日本留学的郭沫若，由于五四运动风潮的影响，便产生了火山爆发一般的诗的激情，开始了自己充满了创造精神的新诗的创作。他曾先后在上海的《时事新报》

---

① 见朱自清《中国新文学大系·诗集·导言》，上海，上海良友图书印刷公司，1935～1936年。

② 茅盾《论初期白话诗》，载1937年1月1日《文学》第8卷第1号。

副刊《学灯》上面，发表了《浴海》《立在地球边上放号》《地球，我的母亲！》《匪徒颂》《晨安》《凤凰涅槃》《天狗》等诗篇，以狂飙突进的风格引起了人们的瞩目。1921年他的诗集《女神》出版，标志中国新诗的浪漫主义达到了这一文体的第一个高峰。《女神》以粗犷豪放的格调，绝端自由的形式，贴近生活的语言，尽情地抒发了诗人强烈的反叛精神与赤热的爱国情感。“啊，我年青的女郎！我不辜负我的殷勤，你也不要辜负了我的思量。我为我心爱的人儿燃到了这般模样！”(《炉中煤》)诗人在遥远的异国，唱出了这样动人的爱国情肠与声音。郭沫若接受西方泛神论哲学的影响，并在创作中有所表现。一种“物我合一”“人神合一”的泛神论思想流溢于诗中，给许多诗篇带来了崇尚自由，崇尚自我，崇尚个性的抒情内涵和抒情姿态。“无数的白云正在空中怒涌，啊啊！好幅壮丽的北冰洋的情景哟！无限的太平洋提起他全身的力量要把地球推倒。”郭沫若的这首《立在地球边上放号》和《晨安》《我是一个偶像崇拜者》《太阳礼赞》等诗，自觉追求一种雄广豪放的风格，在诗中塑造了一个异常强大的抒情诗人的自我形象，具有被称为“大诗”的一种独特的英雄基调和恢宏之美。《女神》中也有一些热情而又具有宁静之美的诗，如《炉中煤》《地球，我的母亲！》等。海涅(H. Heine)、泰戈尔(R. Tagore)对于郭沫若这一风格的诗的创作有很大影响。《女神》最要紧的是他的精神完全是时代精神。① 稍后，他又出版了诗集《星空》(1922)。情感的内涵已经没有五四时代那种狂飙突进的精神燃烧了。郭沫若自觉主张浪漫主义的诗歌美学。他提出了“诗是诗人心境的自然流露”的主张。他反对诗对自然的模仿，主张诗

① 闻一多：《女神之时代精神》，《闻一多全集》第3卷，351页，北京，生活·读书·新知三联书店，1982年。

要是高于自然的创造，认为诗人不应当做自然的儿子，而应当做自然的老子。他的浪漫主义的诗歌主张，在新诗美学建设上有重要的理论价值。在郭沫若诗风的影响下，创造社一些诗人的作品，也大都带有不同程度的浪漫主义的色彩。

与创造社的浪漫主义诗风相近的，是沉钟社的诗人冯至。冯至善于吸收外国现代诗歌中的有益养分，在创作中融会贯通，出版有《昨日之歌》(1927)、《北游及其他》(1929)，多以短小的抒情诗，向内心世界开掘，写出了五四以后知识青年抑郁苦闷与渴求光明的心态。冯至在他的诗里面，善于用奇妙的想象，调动幻想的力量，引进隐喻和象征的方法，把感情婉转流动地织在形象的诗句之中。一个正直的知识分子的爱与恨，向往光明与憎恶黑暗的灵魂，屹立在诗中。他的一些写友谊与爱情的诗篇，如《我是一条小河》《在郊原》《默》《蛇》等，结构精心，想象丰富，在出人意料的诗句中巧妙地传达自己的感情。五四以来的新诗中，长篇的叙事诗一直很少佳作问世。冯至能够运用现实和传说中的故事，写了《吹箫人》《蚕马》《帷幔》等篇幅较长的叙事诗，在新诗的发展中有开创性的意义。朱自清说，冯至的“叙事诗堪称独步”。① 冯至后来被鲁迅先生称为是“中国最为杰出的抒情诗人”。②

以朱自清为代表的文学研究会的一些诗人，主张“质朴”与“率真”的现实主义作风。他们以朴实真挚的语言，抒写时代精神在个人内心的投影，对于社会的黑暗与不公，表示愤懑与抗议，把自己的同情唱

① 见朱自清《中国新文学大系·诗集·导言》，上海，上海良友图书印刷公司，1935～1936年。

② 见鲁迅《中国新文学大系·小说二集·导言》，上海，上海良友图书印刷公司，1935～1936年。

给一切不幸的人们。写社会的黑暗，写劳苦者的悲剧，写个人对自由、光明、理想的追求与向住，他们的诗唱出了五四运动中觉醒一代青年的心声。朱自清有诗集《踪迹》(1924)，其中的《送韩伯画往俄国》《赠AS》等诗，为人们所喜爱。他的长诗《毁灭》，抒发了社会革命低潮时期自己内心的痛苦与彷徨，挣扎与奋进，解剖自己的苦闷彷徨，又写了战胜自己的心态，形象而真实地反映了当时一部分知识青年的普遍心境，曾经产生了很大的影响。俞平伯的《冬夜》(1922)、《西还》(1924)、《忆》(1925)，徐玉诺的《将来之花园》(1992)，王统照的《童心》(1925)等，都是这一诗潮中有影响的作品。另外，朱自清、郑振铎、叶圣陶、周作人等8位文学研究会的作家合出的诗集《雪朝》(1922)，集中代表了他们的现实主义作风和关心人生社会的热情。文学研究会的诗人刘延陵、叶圣陶、朱自清，还以中国新诗社的名义，创办了新诗诞生之后的第一本诗歌刊物《诗》(1922)。此外，陆志韦的诗集《渡河》(1922)努力吸收西方诗的方法，最早进行了新诗格律的探索。

属于现实主义与浪漫主义潮流之间的一个诗歌群体，是冯雪峰、应修人、潘漠华、汪静之等年轻人组成的“湖畔诗社”。他们也有思考社会、同情劳动人民悲苦命运的作品，更多的诗是写爱情的美好与欢悦，痛苦与悲哀，在清新朴实的语言里，表现了对于封建社会与封建礼教的不平和反抗。他们受旧诗的影响不深，无意摆脱却能更彻底摆脱了旧诗的束缚。他们的诗合集《湖畔》(1922)、《春的歌集》(1923)、汪静之个人的诗集《蕙的风》(1922)等，代表了这一群体的成就与风格。他们五四时代的这些歌唱，在缺少“坦率告白”式的爱情诗的中国，有可贵的反封建的意义。因此，朱自清先生曾说：他们是在五四新诗产生以后“真正专心致志做爱情诗”的“四个年轻人”。①

20世纪20年代上半叶，产生了以冰心为代表的“小诗运动”。受印度泰戈尔与日本的短歌俳句的影响，冰心运用几行隽永清丽的文字，表现自己对时代，对大自然，对母爱，对人生的零碎的情思与感受，在新颖自由的诗句里传达出时代激发的种种思想和理趣。冰心出版有《繁星》(1923)和《春水》(1923)两本诗集。“大海呵，哪一颗星没有光？哪一朵花没有香？哪一次我的思潮里没有你波涛的音响？”冰心的诗，有自己的真情实感，想象丰富，善于摘取大自然中的种种物象，化入亲切清丽的诗句之中。一颗闪亮的星星，一朵美丽的鲜花，一阵大海的涛声，一场急骤的风雨，一个难忘的梦境，都在她的笔下转化为富于哲理意味的诗意，写出耐人寻味的诗篇，不仅给人们以思想的启示，也能够给人们以美感的享受。冰心的小诗是思理与形象的完整结合。自然，也有一些篇章概念多于形象，缺少感人的艺术力量。在她的影响下，20年代曾经出现了一个创作小诗的热潮，许多诗人尝试用这一体式写作，后来把这一诗潮称为“小诗运动”。其中，宗白华的《流云小诗》(1923)，以短小的篇幅，表现了他对于人生一些问题哲理性的思考，特别是对泛神论思想的沉思，成为这一小诗运动中有较大影响的诗集。但是，作的人多了，小诗逐渐流于形式的泛滥，缺乏真实感受与艺术的新境界，到1925年“五卅”运动之后，便渐渐衰落下去了。

五四之后，一些诗人便热心对西方象征主义诗歌的介绍，并写出了尝试性的作品。梁宗岱的诗集《晚祷》(1924)中，已经有一些象征手

---

① 见朱自清《中国新文学大系·诗集·诗话》，上海，上海良友图书印刷公司，1935～1936年。

法的参入，但是，总的看来，还多是比较明白的抒情。真正象征派诗的产生，是从李金发的诗作发表开始的。1925年，留学法国的李金发出版了他的第一部诗集《微雨》，接着，又出版了《为幸福而歌》(1926)、《食客与凶年》(1927)。这些诗，均写于诗人在法国、德国留学和旅行之时。诗人倾心于法国象征派诗。他模仿与借鉴象征派诗人波特莱尔、魏尔伦(P. Welaine)的方法与风格，以晦涩的语言和象征的意象，表现个人生命的悲哀与欢乐，爱情的幻灭与追求，为新诗带来了一种"别开生面"的风气。李金发的诗着重意象的创造，重视暗示性的传达，他的许多诗篇不是追求诗的意义，而是用一些不连贯的意象和诗句，暗示自己的感觉和情调。因此，他的诗往往像散乱的珠子，诗人藏起了那串儿，读者要自己用想象去把它穿起来。"靠一根草儿，与上帝之灵往返在空谷里。我的哀戚唯游蜂之脑能深印着；或与山泉长泻在悬崖，然后随红叶而俱去。"(《弃妇》)讲自己的灵魂不能与上帝相通，个人的痛苦无人理解，意象很新，字面上很朦胧，难于看懂。他的《弃妇》《有感》《里昂车中》《夜》《在淡死的灰里……》等诗，都表现了他的这种诗艺追求所创造的风尚。朱自清先生称李金发的诗是新诗中突起的"一支异军"，法国象征派诗人的手法，"李氏是第一个人介绍它到中国诗里"。

原来属于创造社的几位青年诗人，在20年代中期，也转向写作象征派诗。王独清的《圣母像前》(1926)、穆木天的《旅心》(1927)、冯乃超的《红纱灯》(1928)，都是这一诗潮的代表作品。他们对胡适代表的初期新诗过分的直白与散文化进行反思，反对直露描写和呐喊式的抒情，提倡暗示与隐蓄，提倡表现的曲折与朦胧，为新诗表现方法的扩大进行了新的开拓，同时也带来了过分追求形式和晦涩的弊病。1926年，先后发表的穆木天的《谭诗——寄沫若的一封信》，王独清的《再谭诗——寄给木天伯奇》这两篇文章，是在20世纪20年代介绍与阐释象征主义诗歌理论的重要文字。

为了匡正新诗过分散文化的毛病，一些诗人对新诗的形式与格律进行探索。闻一多、徐志摩等诗人，于1926年创办《晨报·诗镌》，从理论到创作实践提倡现代格律诗。特别是闻一多明确提出了新诗要具备“音乐的美(音节)、绘画的美(辞藻)和建筑的美(节的匀称和句的均齐)”[①]，并且写出有很高艺术水平的诗作，在当时新诗创作中产生了很大的影响。新诗由打破旧诗的格律又进入重建自己新的格律。这是自身的一个重大的变革。当时进行这种尝试的诗人很多。闻一多、徐志摩是他们的领袖人物。闻一多的《红烛》(1923)、《死水》(1928)，徐志摩的《志摩的诗》(1925)、《翡冷翠的一夜》(1927)，朱湘的《草莽集》(1927)，刘梦苇、饶梦侃、杨子蕙、于赓虞等人的诗作，都是新格律诗的代表作品。

闻一多的诗表现了他的强烈的爱国感情和对美的追求。他的诗风凝练而深沉。他讲究形象的鲜明，想象的新颖，在整饬的形式中传达一种热烈的情感。《忆菊》《太阳吟》《李太白之死》《剑匣》等，都是为人们称道的名篇。闻一多的对于美的追求与他的爱国的情怀是诗人整体感情的两个侧面。他曾经怀着对于幻想中的“如花的祖国”诚挚的爱，唱出了热烈动人的思乡之曲。回国之后，当他看到一个满目疮痍有如“一沟绝望的死水”的黑暗现实的时候，便怀着无比痛苦的感情，写下了一些愤懑、诅咒、抗议与揭露的诗篇。“我来了，我喊一声，迸着血泪，‘这不是我的中华，不对，不对！’我来了，因为我听见你叫我；

① 闻一多：《诗的格律》，《闻一多全集》第3卷，415页，武汉，湖北人民出版社，1993年。

鞭着时间的罡风，擎一把火，我来了，不知道是一场空喜。”这样就使他的爱国诗作向更深沉、更丰厚发展。感情的浓烈，比喻的新奇，有时又用一些象征的方法，使得他的这些格律诗成为现代浪漫主义诗歌的成熟的佳作。如《发现》《死水》《心跳》《荒村》等，都是为人们传诵的重要诗篇。闻一多也写爱情，写自然美，写对于亡女的思念，感情真挚，做到意象与情感的结合，在同类题材的诗中也是佳品。他爱美好的事物，爱祖国，爱祖国古老的文化，也爱自己内心世界拥有的一切，这些成为他诗的中心主题。他的诗里燃烧的热爱祖国和祖国文化的感情，是中国一个正直的知识分子在当时所能达到的精神高度的标志。朱自清曾经说过：“抗战以前，他差不多是唯一有意大声歌咏爱国的诗人”。①

徐志摩坚持自由民主的政治理想。他满怀热情地为这一理想而歌。他的《雪花的快乐》《我有一个恋爱》等诗，反映了他的这种思想情怀。他曾经非常渴望有一个象征着理想的新世界的伟大的“婴儿”的诞生。在散文诗《婴儿》里，他用一个母亲分娩的极大阵痛象征了这个理想实现的艰难。但当他看到现实并不如他想象的那样富有希望的时候，便有了一种强烈的痛苦感与失望之感产生。他对于军阀统治的世界有强烈的谴责，同情劳动人民乞丐一般的悲剧命运，写有《盖上几张油纸》《一条金色的光痕》等诗。但是更多的还是表现他的民主自由者的情怀。如《为要寻一颗明星》《天国的消息》等，他的一些爱情诗有自己亲切活泼的个性。徐志摩诗风飘逸潇洒，诗句轻盈多变，他努力于吸收西方各种诗体，进行中国现代格律诗的实践，他的诗显示了五

① 朱自清：《新诗杂话·爱国诗》，《朱自清全集》第2卷，357页，南京，江苏教育出版社，1988年。

四以后浪漫主义另一种风格新诗的实绩。他这一时期写的名篇《石虎胡同七号》《沙扬娜拉一首(赠日本女郎)》《残诗》《海韵》《我来扬子江买一把莲蓬》《半夜深巷琵琶》等，都是足以代表格律新诗成绩而为人们所瞩目的佳作。

朱湘的抒情诗在宁静的美中具有一种热情。他特别有意吸收歌谣的养分，所写的《采莲曲》《催妆曲》《摇篮歌》等诗，诗意浓厚，风格清丽，有歌谣的风韵与节奏，在当时的同伴中吟唱，为人们所喜爱。他认为，中国语言适宜于写长诗，并努力去实践。他的长篇叙事诗《王娇》《猫诰》，或化用古典小说的故事，或编织虚构的寓言，或真挚，或幽默，在叙事诗表现方法的探索方面，是有意义的开拓。中国诗中历来缺少诙谐与幽默，他的《猫诰》通过虚拟的一个老猫训子的故事，讽刺了当权者的贪婪和虚伪，扩大了新诗的表现方法。他同时是20世纪20年代诗人中最努力于探索西方诗体的一个人，对于新诗这方面建设，付出了很大的努力。

这个后来被称为“新月派”的诗人群体的艺术追求与创造，到了30年代又有了新的更大的发展。

二

1927年到1937年，是中国现代新诗发展的第二个阶段。

1927年，一幕历史的悲剧“四一二”反革命政变发生，政治气候处于一种高压的沉闷时期；1931年起，日本先后侵略东北和上海，中国人民抵抗日寇侵略的斗争急剧发展，民族爱国的情绪高涨。这些情况，改变着中国人民的社会现实与广大知识分子的精神历程，同时也改变了现代文学，包括现代诗歌的发展道路和方向。同时，诗艺发展内部不断创新的规律的运动，也推动着新诗进行着求新性的变革。

这一时期的新诗便出现了政治倾向多种形态、艺术道路多向探索的新的创造局面。

忠于时代主潮的进取精神，忠于人民历史命运的真诚感情，始终是新诗现实主义潮流的宝贵品格。1927年后，新诗的这种品格，在复杂的环境与氛围下有了进一步的发扬。进步的或左翼的诗歌在社会政治的重压下曲折而蓬勃的生存与发展，是20世纪30年代诗歌的一个极为重要的历史现象。一些五四时代的诗人，由追求个性自由与光明的启蒙的歌唱，变为抒写对黑暗时代的反抗之歌。郭沫若在黑暗的白色恐怖之中，继续保持他的革命的政治热情，唱出新的反抗之歌。他出版了诗集《前茅》(1928)和《恢复》(1928)。在这些诗里，这位狂飙时代的浪漫主义诗人，用他更为沉实而豪放的调子，艺术表现上显然比较粗糙的诗句，唱出了大转折时代的激进的最强音，表现了一个不惧黑暗与压迫的战士的坚贞品格和斗争精神。与郭沫若作风相近的革命诗人，当时有蒋光慈。他自苏联归来之后，写了很多富于战斗性的诗篇，他在1927年之前，就出版了《新梦》(1925)、《哀中国》(1927)，唱出了一个爱国知识分子的理想与渴望、愤怒与反抗之歌。1928年，他参与在上海成立了太阳社，出版了《太阳月刊》，1930年，他又在中国左翼作家联盟的影响下成立普罗诗社，提倡无产阶级的诗歌运动。左联的青年诗人胡也频，早期曾受李金发诗风的影响，写过象征风气的诗，以比较阔大的气势和富有韵味的语言，抒发爱情与人生的情思与感慨，出版有《也频诗选》(1929)。他到这个时期以后，虽仍有新诗发表，但主要以写小说为主了。倒是新出现的另一个有才华的青年诗人殷夫，在无产阶级诗歌运动中显示了突出的成绩。殷夫投身于革命运动，又以生命和鲜血写他的诗篇。他的初期诗作，也多写爱情和青年的苦闷，收于诗集《孩儿塔》中。后来，他的诗的内容与作风有很大的变化，诗句亲切、热情，富有鼓动力。他的被称为“红色鼓动诗”的许多作品，与他一起投入了时代的革命和民族的解放的斗争之中，充满了战斗的生活气息。他倾入全部的心血，写出了《血字》《一九二九年五月一日》《别了，哥哥》等许多战斗的诗篇，鲁迅称赞殷夫的诗是有“别一意义在”的，“这是东方的微光，是林中的响箭，是冬末的萌芽，是进军的第一步，是对于前驱者的爱的大纛，也是对于摧残者的憎的丰碑。一切所谓圆熟简练，静穆幽远之作，都无须来比方，因为这诗属于别一世界。”①

现实斗争的呼唤，文学大众化问题的讨论与冲击，使得现实主义诗歌通俗化与大众化的方向，成为不少诗人的共识和实践。1932 年，由象征派转向现实主义的诗人穆木天，和蒲风、杨骚、任钧等一起，在上海发起成立“中国诗歌会”；接着，他们创办了《新诗歌》周刊，提出了“新诗歌谣化”与诗歌大众化的口号。穆木天一改 20 世纪 20 年代提倡“诗越不明白越好”而以朦胧暗示为特征的“纯粹的诗”的主张，②明确提倡，新诗必须走现实主义的道路。他认为诗歌应该“比较直接地表现出来”诗人对于现实的“情绪”，而越是代表着那种具有“历史的进步性”的“时代为本质的情绪”，便“越发是上乘的诗人”。③ 他的诗表现了对民族命运的深切关心，对日本侵略者带给人民与家乡苦难的强烈愤怒与抗争。个人自身流亡的内心痛苦与整个民族的巨大灾难，紧密地交织在他的歌唱之中。这一时期，他有诗集《流亡者之歌》

① 鲁迅《白莽作〈孩儿塔〉序》，《鲁迅全集》第 6 卷，494 页，北京，人民文学出版社，2005 年。

② 穆木天《谭诗——寄沫若的一封信》，载 1926 年 3 月《创造月刊》第 1 卷第 1 期。

③ 穆木天《诗歌与现实》，载 1934 年 6 月《现代》第 5 卷第 2 期。

(1937)出版。在中国诗歌会中，影响和成绩最大的，是诗人蒲风。蒲风更多地关心于农村的生活和斗争。他的诗集《茫茫夜》(1934)，长篇叙事诗《六月流火》(1935)，都能以音韵自然的诗句，描绘了被压迫、被剥削的农民痛苦和他们的斗争情绪与生活，以及时代大变动冲击后的农村新的姿态，“而且那些描绘和刻划还相当深刻与动人”；自然，也存在着因生活的不足所造成的一种“空虚之感”。[①] 蒲风诗的创作热情很高，产量也很大，充分表现了一个革命诗人的巨大使命感和创造力。他吸收民歌的成分，进行了歌谣体新诗的大量探索与实践。但是，写作的过分匆忙，加上对于诗的艺术美学的偏狭的观念，使得他的诗在艺术表现上大多是比较粗糙的。

苦难的时代呼唤与造就扎根于养育伟大民族的土地的歌者。从欧罗巴带回一只“彩色的芦笛”的艾青，于黑暗的铁窗中开始了诗歌的创作。他以朴实而深情的语言，与现代口语相一致的散文化的诗句，写实与象征结合的笔调，写出那首不朽之歌《大堰河，我的保姆》，唱出了一个背叛了自己阶级的大地的儿子，对于养育自己的奶娘的最深情的怀念与赞美之歌。大堰河，这个贫苦而善良的农村妇女的形象在诗中被写得十分动人。在此前后，艾青写出了《芦笛》《巴黎》《马赛》《拿撒勒人的死》《透明的夜》等著名诗篇。在这些诗里，唱出了他对于养育自己的人民最深厚的爱与同情，唱出了对于资本主义不公道的世界最强烈的诅咒，唱出了跃动的夜中贫困农民们的内心的痛苦，和对他们身上的原始生命力与反抗精神的赞美。艾青这时还写了一些异国风物，狱中情思的作品，不少诗篇带有现代派色彩，有一种朦胧的美。他汇集了这一时期诗作的第一部诗集《大堰河》(1936)，出版以后引起

① 森堡《茫茫夜·序》，见蒲风《茫茫夜》，1934年4月国际编译馆出版。

了很大的反响。艾青充满叛逆于旧世界的人道主义的声音，他的诗里繁复的意象和自然亲切的现代口语，构成了风格独特的艺术世界。艾青的诗作，当时就被誉为是在黑暗痛苦的现实中迸放出来的一株“人的花朵”。① 他在此时和抗战以后有更大的发展的创作，预示着五四以来的新诗现实主义潮流，找到了自己的更高层次的领袖，将会在众多人的努力之下，突破胡适等人代表的20世纪20年代现实主义诗歌创作已有的范式，将自身的发展推进到一个新的艺术探索的高峰。

在现实主义诗潮中，臧克家是一个重要的新人。他来自中国破产了的充满贫困的农村。他熟悉被凌辱被欺压的农民的生活和他们的悲苦遭遇。他在咀嚼自己人生体验的胆汁的同时，更多地把自己的同情的目光投向充满苦难的中国农村底层，用自己的冷峻中带有热情的笔，写出他们的深远的苦痛和坚忍，仇恨与不平；他在新诗的领域里还第一次揭露了披着宗教外衣的伪善者们带给善良人们的不幸与灾难。他在这个时期出版的诗集有《烙印》(1933)、《罪恶的黑手》(1934)、《自己的写照》(1936)。他的《烙印》《老马》《老哥哥》《当炉女》等，都是有名的诗篇。臧克家为此获得了“农民诗人”的称号。“总得叫大车装个够，他横竖不说一句话，背上的压力往肉里扣，他把头沉重的垂下！这刻不知道下刻的命，他有泪只往心里咽，眼里飘来一道鞭影，他抬起头望望前面。”(《老马》)这首诗中老马的形象，概括了整个苦难中的农民以及其他劳苦人民悲惨的遭遇和坚忍的精神品格。没有自己生活的坚忍性也就没有他的这些深刻的诗篇。闻一多认为，臧

① 吕荧：《人的花朵》，《吕荧文艺与美学论文集》，248页，上海，上海文艺出版社，1984年。

克家的诗“没有一首不具有一种极顶真的生活的意义”。[①] 他厌弃神秘派诗歌的颓废，也不赞成普罗诗派的过分政治化而忽略诗歌艺术的诗观，而是努力追求生活的坚实与艺术的完整的统一，特别努力于吸收古典诗歌的凝练含蓄的特点，苦心于诗句与用字的锤炼，力求沿着现实主义之路进行新的探索，“想给新诗一个有力的生命”。[②]

最年轻的诗人田间，给20世纪30年代的新诗带来了另一种特异的风格。他先后出版了诗集《未明集》(1935)、《中国牧歌》(1935)、叙事长诗《中国农村底故事》(1936)。田间以他充满革命激情和节奏短促的声音，唱出了特定时代里中国广大农民的愤懑情绪，唱出了自己内心的热情和骚动，写出了现实的种种黑暗和自己不平的呼声，为现实主义的诗歌潮流带来了富于年轻人的战斗朝气的旋律。批评家吕荧在他《人的花朵》一文中说，田间的诗明显地受了苏联伟大的革命诗人玛亚可夫斯基诗风的影响，企图创造一种“突击、战斗、急旋”风格的诗篇，里面充满了诗人所歌唱的“感觉、意象、场景的色彩和情绪的跳动”的憧憬与意象，当时不为一些人所接受。但是，诗人田间凭着战斗的狂热的激情，健康的真理的信念，年青的诗人的心弦，凝结成诗的整体，“本能的”走近了“诗的大路”。(吕荧引胡风：《田间底诗》一文语)在这一潮流中间，还有王亚平、石灵、黄婴宁等一些诗人，均以他们各自的格调和风采，写着忠于社会和现实的诗篇。

20世纪20年代即开始以提倡新格律诗而影响一时的新月派诗人群，进入这个时期以后，又有了新的拓展与成绩。原有的诗人大都继

---

① 闻一多《〈烙印〉序》，见《闻一多全集》第3卷，389页，武汉，湖北人民出版社，1993年。

② 臧克家《〈烙印〉再版后志》，见《烙印》，上海，上海生活书店出版社，1934年。

续创作。几个年轻的诗人又加入了这一行列。1928年，徐志摩、胡适、梁实秋等人创办《新月》杂志；1931年，徐志摩又主编出版《诗刊》；同年，由新起的新月派诗人陈梦家编选的收入18个人作品的《新月诗选》出版。由此，新月派诗人群产生了更大的影响。他们除了继续提倡格律诗以外，又针对包括革命诗歌在内的诗的艺术泛滥的倾向，提出“健康”与“尊严”的原则。陈梦家在《新月诗选・序言》中说，他们的这些作品“并没有可以使人惊异或赞美的光辉”，只是代表了这些少数人共同努力的“一个约略的方向”，这就是他们“在相似或相近的气息之下禀着同样以严正态度认真写诗的精神(并且只为着诗才写诗)”，强调新的感情和“新的印象的获取”，通过诗人想象的锻炼，提选出“坚实的菁华”，他认为格律会给诗带来“更明显，更美”的品格，“格律在不影响于内容的程度上我们要它，如像画不拒绝合适的金框”。[①] 闻一多在后期新月派时代，除了1931年送出一首“十年不鸣，一鸣惊人”的长诗《奇迹》以外，主要转向了新诗批评与古典文学研究。他的对于新格律诗的理论与实践，还产生着极大的影响。陈梦家在《新月诗选・序言》中认为，闻一多的关于诗的“音乐的美，绘画的美，建筑的美”的理论，和徐志摩的一些主张，是“对于建设新诗格律(Form)唯一的贡献，是他们最不容抹杀的努力”。诗人徐志摩出版了《猛虎集》(1931)、《云游》(1932)，其中有一些诗作如《我不知道风是在那一个方向吹》《再别康桥》《拜献》《我等候你》《爱的灵感》等，或写对于异国故地的情思，或写爱情的矛盾心态，或写理想期待的焦渴，从情感内容到艺术表现都比较完整。诗风仍然那样潇洒。如他写自己再别美丽的剑桥大学时的心境：“悄悄的我走了，正如我悄悄的来；

---

① 陈梦家《〈新月诗选〉序》，见《新月诗选》，1931年9月上海新月书店版。

我挥一挥衣袖，不带走一片云彩。”但是，多数的诗篇与他前期的作品相比较，明显地缺乏积极的信仰与生活的底蕴，都只能向“枯窘”与“瘦小”的方面发展。

这时已经脱离了新月派群体的朱湘，仍然延续了以前的作风。他主要的成就，还在于对外国格律体诗所做的多方面的实验。他尝试了各种诗体，其中写得最多的是英国和意大利体的十四行诗。这些作品表现了对生活的思考与体验，有深切的哲理韵味。一粒普通的种子，被风抛落在地上，由春雨与阳光的培养，“它便会膨胀，会发育……那时光，便是天的意旨，也不能拦阻！有许多的伟大酝藏在渺小。五谷是神工，花儿肌理细腻，喷出了浓香将人、蝶给醉迷，树木纷披着亮晶晶的绿袍：或是，塔一般，它的株柯十抱将生欲高举到天的视听里。”朱湘在十四行诗里，哲理的睿智成分有所增强，这首诗通过写一粒种子长成大树，传达了关于渺小与伟大的关系的哲学思考，就是一个例子，但是，更主要的还是他在诗体的探索方面做出了有益的尝试。这些诗都收在他去世后出版的《石门集》(1935)中。诗人生前的好友柳无忌曾说：“他的七十余首十四行诗是他诗集中最有价值的一部分。”①

在这时的新月派诗人中，孙大雨、陈梦家、林徽因、方玮德等人，是成绩突出者。孙大雨是在《晨报·诗镌》时期已开始创作的新月派诗人，到新月派后期他显示了诗的意识的不断强化与跃进。他也努力于尝试十四行诗(又据译音称“商籁体”[Sonnet])，收在《新月诗选》中《决绝》《回答》《老话》三首“商籁体”诗，做到了操纵自如，“给我们

① 柳无忌《朱湘的十四行诗》，载 1934 年 12 月 5 日天津《益世报·文学周刊》。

对于试写商籁体增加了成功的指望”。[1] 孙大雨与陈梦家写的同题《悔与回》，受到闻一多的称赞。20 世纪 30 年代，在新月派诗人中逐渐产生了向现代派诗转化的意识。孙大雨就是突出的一个。他自觉地接受了英国现代派诗人 T. S. 艾略特的著名长诗《荒原》的影响，以整齐而又句内参差，叙述自由对话结合的形式，写了上千行的长诗《自己的写照》。美国纽约城复杂的生活成为全诗的中心内容。诗里写出纽约这一大都会的现代文明与被扭曲的异化了的人性，底层的穷困与富人的奢侈，对黑人的种族歧视与打字小姐的卖身纵欲等等，构成了一部美国现代社会文明的讽刺的交响。在这首长诗中，象征了现代文明的颓毁的蝗虫飞过乃是一片“荒原”的意象，对于社会各个侧面的许多批判性的思想，不断出现的讥刺与反讽手法的运用，明显受到了《荒原》的启发。因此，这一篇作品被称为是一首“精心结构的惊人的长诗，是最近新诗中一件可以纪念的创造。他有阔大的概念从整个的纽约城的严密深切的观感中，托出一个现代人错综的意识。新的词藻，新的想象，与那雄浑的气魄，都是给人惊讶的”。[2] 陈梦家在新起的诗人中是杰出的。他善于在细腻的观察与体味中开掘诗的境界，凝视平常的生活和瞬间的感受，化成朴素的诗行。他出版有《梦家诗集》(1931)、《铁马集》(1933)等。林徽因是一个有很高素养与才华的女诗人。她的诗内容除少数涉及民族与国家的命运以外，多数篇章是以一种恬静细密的笔调探掘爱情与生活的诗意，于完美的构思与明快的语言里，传达出隽永的哲理思考。她的《笑》《别丢掉》《静院》《病中杂诗(9 首)》等均是值得嚼味的佳篇。“静，真的，你可相信这平铺的一

① 陈梦家《〈新月诗选〉序》，见《新月诗选》，1931 年 9 月上海新月书店版。

② 陈梦家《〈新月诗选〉序》，见《新月诗选》，1931 年 9 月上海新月书店版。

片——不单是月光，星河，雪和萤虫也远——夜，情绪，进展的音乐，如果慢弹的手指能轻似蝉翼，你拆开来看，纷纭，那玄微的细网怎样深沉的拢住天地，又怎样交织成这细致飘渺的彷徨!"(《静院》)静夜中的一种情绪和感受，写得朦胧，又有玄想的色彩。她的一些诗作已经突破新月派诗的浪漫主义框架，而带有一些现代派诗的特色。

20世纪20年代中期兴起的象征派诗潮，到了30年代初期，有了新的拓进与磅礴的发展。初期白话诗代表的现实主义和浪漫主义诗潮，或重在描写式的抒情，或重在直露式的抒情，均缺少比较含蓄曲折的诗的韵味，以致过分地忽略了对诗的艺术本质的探求，造成诗歌创作的泛滥，使人们丧失了对新诗的信任；李金发代表的初期象征派诗，带着过分模仿法国象征诗人的气息，过分晦涩，为人所难懂，其中几位象征派诗人，创作实践的成绩跟不上理论的思考，也没有能显示出这个流派诗歌的真正的长处来。两种诗潮的弊病，引起一群年轻诗人的深刻反思。戴望舒、卞之琳、何其芳、废名、林庚、金克木、徐迟、路易士和其他一些诗人的艺术思考与实践，就代表了在这种双重的反思中对中国民族的象征诗的开拓和创造的成绩。

戴望舒在20年代就开始了象征派诗的尝试。他对古代诗的传统艺术养分，对于法国由波特莱尔开始到20世纪初期的一些象征派诗人，有比较深厚的了解和吸收。他重视意象、象征和暗示的运用，在带有感伤的具有音乐美的调子中，抒写自己的爱情，自己对于生命的感喟，唱出了超越于初期象征派诗人创作的歌声。朱自清曾恰切地说明道："戴望舒氏也取法象征派"，"他也注重整齐的音节，但不是铿锵的而是轻清的；也找一点朦胧的气分，但让人可以看懂；也有颜色，但不像冯乃超氏那样浓。他是要把捉那幽微的精妙的去处”。[①]他的《山行》《十四行》《雨巷》等诗，是这一时期的代表作品。《雨巷》音节优美，意象朦胧，在忧郁的调子里传达了阴霾的时代中一部分青年人的徘徊与苦闷的心境。当时叶圣陶赞誉这首诗“替新诗的音节开了一个新的纪元”。[②] 不久，他写了《我的记忆》等诗，开始了“对于诗歌音乐性的反叛”，象征派诗艺的追求也进入了一个新的阶段。他更倾心于法国20世纪20年代的后期象征派诗人的诗风，主张“诗不能借重音乐，它应该去了音乐的成分”，而追求一种与情绪的抑扬顿挫相一致的内在的节奏美，即“在诗情的程度上”的自然的美。（戴望舒《论诗零札》语）戴望舒出版了他的第一本诗集《我的记忆》(1929)。1932年，戴望舒参与，由施蛰存等人主编的《现代》杂志创办发行，接着又出版了戴望舒的诗集《望舒草》(1933)、《望舒诗稿》(1937)，卞之琳也先后有诗集《三秋草》(1933)、《鱼目集》(1935)问世，何其芳、卞之琳、李广田出版了合著的诗集《汉园集》(1936)，何其芳的诗集《预言》(1945)中的作品这时也大都发表。1934年，卞之琳、巴金在北京创办《水星》杂志，发表不少现代派的诗作。1936年，戴望舒、卞之琳、冯至、孙大雨、梁宗岱又创办了在新诗史上影响颇大的《新诗》杂志。还有当时的曹葆华等人主持的《北平晨报》副刊《诗与批评》以及天津《大公报》的《文艺》副刊等等。这些杂志、副刊、作品以及相近作风的其他诗人的诗集的先后出版，他们的理论的进一步提倡，便逐渐形成了30年代象征派、现代派诗潮的兴起与蓬勃。这一松散的诗人群体

① 朱自清：《中国新文学大系·诗集·导言》，上海，上海良友图书印刷公司，1935～1936年。

② 杜衡《〈望舒草〉序》中引语，见《望舒草》，1932年上海复兴书局版。

形成的现代派诗潮，一时蔚为气候，产生了很大的影响，在当时即被一些批评家所承认。因《现代》杂志而得名的现代派诗潮，被视为 30 年代诗坛上与中国诗歌会代表的“新诗歌派”、徐志摩代表的“新月诗派”鼎足相峙的三大诗派之一，他们一起构成了新诗“短暂中衰”之后的一个“复兴期”。①

重视向内在的心灵世界和平凡的日常生活开掘诗的题材，运用象征的意象与曲折隐藏的方法，传达自己对于社会与人生，对于自然与生命的哲学的思考，对于现实处境与民族命运的关注，是现代派诗人群体创作的共同审美追求与特征。戴望舒实际上成为这个诗潮与诗派的领袖。他的诗作进入了一个成熟的时期。从《我的记忆》开始，戴望舒摆脱了音乐对诗的束缚，运用舒卷自如的现代口语，服从于诗人情绪展开需要的内在节奏，表现自己心灵潜藏的爱与寻梦的呼声。他的许多诗篇，如《印象》《秋蝇》《深闭的园子》《寻梦者》《乐园鸟》《赠克木》等，表达现代知识分子的寂寞感，抒写他们的追寻如梦一般的美好理想的“虽九死其犹未悔”的执着精神，歌唱在理想无法实现时的苦闷与自我解嘲式的洒脱，都能在富于深层象征韵味的意象中，传达了诗人的悠远的意绪。他笔下的那个“华羽的乐园鸟”是追求现代理想的知识分子“寻梦者”群的最高象征。它一年四季不分昼夜地飞着，饥渴时以饮露为餐，“这是幸福的云游呢，还是永恒的苦役?”“这是神仙的佳肴呢，还是为了对于天的相思?”永恒飞翔的乐园鸟这一意象象征的丰富内涵极为深远，它几乎可以代表了自屈原以来的先觉的知识分子的宝贵精神与品格，意象的传统性与意识的现代性在这一形象中得到了完

① 蒲风《五四到现在的中国诗坛鸟瞰》，载 1935 年 3 月 25 日《诗歌季刊》第 1 卷第 2 期。

美的融合。戴望舒主张诗是诗人“隐秘的灵魂”的“泄露”，是“一种吞吞吐吐的东西”，诗的创作动机，“是在于表现自己与隐藏自己之间”。[①] 他的诗作在表现内在灵魂的深度与传达方法隐藏的适度方面，都很好地体现了自己的带有东方特征的民族性质很强的现代性审美原则与艺术追求。戴望舒因此也就成了中国民族的现代派诗人的领袖和当时所能达到的成就的杰出的代表者。

诗人卞之琳的创作初期受新月派诗风的影响。不久他接近 T. S. 艾略特《荒原》与他的其他短诗以及叶芝(W. B. Yeats)、瓦雷里(Paul Valery)、里尔克(R. M. Rilke)，得到启迪，开始用比较整齐但又自由灵活的体式，抒写对于北国荒凉的景象、人们灵魂的悠闲与麻木的愤懑，对于社会现实的思考与批判，表现了 20 世纪 30 年代社会现实中“一个青年人在荒街上沉思”时思考的锐敏和深刻。他着意赋予自己的诗歌意象以独创性的象征的内涵，在中国传统诗歌与西方现代诗歌的含蓄和暗示，意境和“戏剧化处境”“戏拟”(parody)之间，进行现代化的沟通与融合；他自觉实践现代诗的美学原则，努力在日常生活的平凡事物里发掘诗意，并给它们以深层象征的赋形；他在自己的诗中表达一种相对的哲学观念，并用非常富于独创性的意象暗示出来，给人以很深的思考的天地。他开辟了以冷静的哲理思考为特征的现代“智慧诗”的新路。“我要有你怀抱的形状，我往往溶化于水的线条。你真像镜子一样爱我呢。你我都远了乃有了鱼化石。”(《鱼化石》)这首诗是一条鱼或一个女子的自白。里面容下了中国传统与西方文化的多种内涵，或表现爱情的痕迹，或写人生的“雪泥鸿爪”，多义的内涵与曲折的传达，都体现了一种特有的朦胧美。卞之琳主张吸收西方象征

① 杜衡《〈望舒草〉序》中引语，见《望舒草》，1932 年上海复兴书局版。

主义诗中的亲切与暗示，认为这些是中国传统诗歌中固有的东西，应当做“化古与化欧”结合的创造性转化的工作。这样，就使他努力实践自己美学理想的诗篇具有了东方民族现代诗的先锋性的品格。他的诗作《几个人》《断章》《白螺壳》《圆宝盒》等诗，都是至今为人们所喜爱的佳作。

何其芳以一首《预言》诗而开始闻名。这时他还带着从浪漫气息转向象征诗创作的痕迹，“大都细腻而仿佛有点滞碍”。他以后的一些诗篇，进入了一种更成熟的境界，“他缺乏卞之琳先生的现代性，缺乏李广田先生的朴实，而气质上，却更其纯粹，更是诗的”。① 他曾有过浪漫的梦想，在爱与温馨的气氛中谛听幻想里的女神的到来，后来，当他接触了现实的黑暗与残酷，又从喜爱西方浪漫主义的诗转向接受 T. S. 艾略特《荒原》的影响，诗歌创作的思想深度与艺术表现方式都有所改变。他开始以更为深邃的眼光与笔致，在描写城市的冷寂和荒芜中批判社会现实，在失望中寻求美丽的人生之梦。西方象征派诗的深沉与晚唐五代诗词的丰富想象，对他的诗作都产生了一定的影响。诗人想逃离沙漠一般的现实，但是，“逃呵，逃到更荒凉的城中，黄昏上废圮的城堞远望，更加局促于这北方的天地。说是平地里一声雷，泰山，缠上云雾间的十八盘，也像是绝望的姿势，绝望的叫喊。(受了谁的诅咒，谁的魔法！)望不见落日里黄河的船帆，望不见海上的三神山……”(《古城》)对现实的绝望，使诗人发出了极为痛苦的呼声。除这首《古城》之外，何其芳的不少名篇，如《月下》《梦后》《失眠夜》《扇》等诗，都表现了他诗歌创作中一贯的美学追求：“我不是从一

① 刘西渭(李健吾)：《〈画梦录〉——何其芳先生作》，《咀华集》，201 页，上海，上海文化生活出版社，1936 年。

个概念的闪动去寻找它的形体，浮现在我心灵里的原来就是一些颜色，一些图案。”“我喜欢那种锤炼，那种色彩的配合，那种镜花水月。”①他这时出版的那本充满诗意的散文《画梦录》，由于他诗的气质与才华在别一种文体中得到充分的释放而具有了不朽的价值。

以诗情体小说而著名的作家废名，写诗的数量很少，却能在当时现代派的诗人群系中独树一帜。他有很强的现代意识和精于佛老的独特文化结构，又非常喜欢并研究过晚唐的李商隐与温庭筠的诗词，努力在对新诗的诗意本质的探求中，划清诗与散文的界限。这样，就使他能在富于佛学禅理与老庄思想的意象和诗趣中，开掘出特有的象征意义；又习惯于用几乎近于潜意识和“意识流”的情感表达方式，诗行与诗句跳跃性非常之大，呈现出一种难以进入的朦胧境界，同时也给人以独特的美感。如他的《十二月十九夜》：“深夜一枝灯，若高山流水，有身外之海。星之空是鸟林，是花，是鱼，是天上的梦，海是夜的镜子。思想是一个美人，是家，是日，是月，是灯，是炉火，炉火是墙上的树影，是冬夜的声音”。这实际上是一首无题诗。诗人于冬夜里独对孤灯，寂寞中这灯乃成了唯一的理解者，它像古典故事中说的，乃如“高山流水”，成了自己的知音。在想象的美丽世界中遨游，可能驱除寂寞烦恼，但仍脱离不了现实的羁绊。或者说，彻悟了人生之后，才会有最大的自由。他的这些为数不多的诗篇都收在后来与别人合出的诗集《水边》(1945)里。被废名称为“在新诗里很自然的，同时也是突然的，来一分晚唐的美丽”的林庚，以现代的意识化用中国传统诗歌里的意象与境界，或者捕捉现实与幻想中的物象，引入他自

① 何其芳《论梦中道路》，载1936年7月19日天津《大公报·文艺》第182期《诗歌特刊》。

身体验的象征的内涵，在自然与亲切的诗句中写出生命体验和感悟的真性情来。他的许多好诗往往就是一个独特的美丽而又难于把捉的世界。林庚的诗具有现代性的抒情意境，朦胧而清澈，跳跃很大而又十分完整。他先后出版的诗集中以《夜》(1933)、《春野与窗》(1934)产生较大的影响。林庚努力将现代口语与诗行节奏的特点结合起来，探索现代绝句式的新格律诗，出版有格律诗集《北平情歌》(1936)、《冬眠曲及其他》(1937)。金克木的诗，多写自己人生的体悟和爱情，在朦胧的诗境中充满了透明感。他的《生命》一首短诗暗示了人生由诞生到死亡的全部历程。想象新颖，构思独特。他对于现代派诗的特征有精到的理论思考与论述。徐迟是这一诗人群系的后来者。他思想敏锐，努力介绍并较多地接受了西方现代派诗的影响，跳跃性很大的诗句和意象中透出一种现代大都会的气息。他这时有诗集《二十岁人》(1936)出版。施蛰存以开创新感觉派小说而闻名于当时，但是他在译介英国与美国的意象派诗人的作品方面，也开了风气之先。他在《现代》杂志上率先发表一组题为《意象抒情诗》的作品，并在理论上加以提倡，对于这种现代风气的诗歌创作的发展，起了推波助澜的作用。诗人路易士(纪弦)出版有《易士诗集》(1933)、《行过之生命》(1935)、《火灾的城》(1937)等，他写爱情与人生，时有新鲜的意象和抒情，有时又不免粗糙与平淡。后来，他到了台湾，于 50 年代提倡现代派诗，成为一个诗潮的领袖。曹葆华努力于十四行诗的探索，他的许多无题诗，或写爱情，或写对于生与死的哲理思考，朦胧得近于幽深晦涩，大都收在诗集《寄诗魂》(1930)、《无题草》(1937)中。现代派诗人的作品，多写个人内心世界的情绪和体验，往往以短诗为主要形式，这样，也应属于这个诗潮中的孙毓棠稍晚的时候所写的叙事长诗《宝马》(1939)的产生，就显得十分宝贵了。

现代派诗人群系是一个复杂的诗潮现象。他们的美学原则主要是开掘内心和传达的朦胧，对于新诗艺术表现的含蓄与丰富，对于诗的艺术本质的思考和探索，是有积极意义和独特贡献的。但是，由于一部分诗人的作品内容的过分狭窄，有一些诗本身思想苍白，艺术表达也肤浅，水平很不平衡。他们的一些艺术局限，使得他们无法适应时代大潮发展的需要。面对民族抗日战争风暴的冲击，他们的蜕变与解体便是必然的历史趋势了。

三

1937 年到 1949 年末，是中国现代诗歌发展的第三个阶段。

1937 年 7 月，爆发了日本军队进一步侵略中国的卢沟桥事变。全民族的伟大的抗日战争宣告开始。中国人民以血肉筑起新的长城，威武艰难地演出了这一巨大的历史壮剧；一些诗人不断接受内外新的艺术营养，激发起自己更强烈的创新意识；抗日根据地的新生活以及新的意识形态的出现，对诗人的创作源泉与激情的补偿；20 年来新诗走过的道路中的种种经验与教训，也到了在更高的层次上进行反思与突破的时机；所有这一切酿成的主观的与客观的条件，都必然地会引起中国现代诗歌的进程发生带有历史性的大的变化。

1945 年，抗日战争结束以后，中国的历史又演出了一幕光明与黑暗残酷斗争的悲剧。

中国的现代诗人，与自己的祖国自己的民族有深厚的血肉联系，他们苦恋着民主与光明。他们具有的先进知识分子的良知、社会承担精神与社会使命感，这些驱使他们的诗歌创作同时代激荡与愤怒的脉搏保持完全同步的状态。中国新诗在这个特殊时期里，不仅为民族的生存与新生尽了自己的时代的责任，同时，也在时代的呼唤与推动下，得到了空前发展与创造的机会。新诗走进了一个多向开拓和渐趋成熟的丰收的历史阶段。

现实主义的诗潮与浪漫主义的诗潮发展的汇合，成为这个时代中唱出的强烈的主调。许多诗人迅速聚集在抗日的旗帜下，让诗歌成为挽救民族危亡的战斗的号角与鼓声。穆木天、冯乃超等人主编的诗刊《时调》于1937年10月出版，提出诗人要以各自的声音投入战斗的呼唤。接着，在《时调》《诗时代》《五月》，以及《大公报》等刊物上，在延安的战歌社，在重庆的诗人群里，都先后提倡和发表朗诵诗，开展朗诵诗活动，很快形成了朗诵诗的热潮。延安的一些诗人将短小的鼓动诗贴在墙上，倡导街头诗运动。新诗第一次如此广泛地走进街头与人民群众之中，发挥着自己的战斗作用。当时有名的朗诵诗人与街头诗的提倡者，有高兰、徐迟、光未然、柯仲平和田间等人。《高兰朗诵诗集》(1938)，由光未然作词、冼星海谱曲的《黄河大合唱》的演出，徐迟的诗集《最强音》(1941)，田间的诗集《呈在大风沙里奔走的岗卫们》(1938)、《给战斗者》(1939)等，都是这一时期的收获。

民族全面抗战爆发不久后，在日本潜心研究中国古代历史与甲骨文字的郭沫若，“又当投笔请缨时，别妇抛雏断藕丝”，结束了10年异邦的生涯，化装回国，投身抗战。他沉默了多年的歌喉又开始唱出新的声音。听到上海“八·一三”抗击日寇进攻的炮声，他便十分兴奋地写道：“战声的一弛一张关系民族的命运，我们到底是要作奴隶，还是主人?”他以高亢的调子写出了很多富于鼓动性的诗篇。这些作品大都收在《战声集》(1938)里。

抗日战争初期，由于一些诗人“创造力的贫弱”与“感情”和“思想力”的“不够深沉”，肤浅的作品里面多是“一些伪装的情感，和仅只是一些流行的概念的思想”；创作时间的仓促，使得一些诗人尚来不及把自己的热情转化成艺术形象；大众化文艺的提倡，诗歌大众化运动的推行，又使得诗的创作受到接受者的水平的制约；新诗因此出现了以空泛的政治口号的叫喊代替丰厚的艺术创造的普遍现象。这一现象很快引起了诗歌队伍自身的不满与反思。经过许多诗人的共同努力，一些具有深厚生活内容与丰满的艺术形象的作品开始出现，使得抗战时期的新诗进入了“一个果实累累的收获的季节”。这些丰盛的收获的原因，除了20年来诗人们前赴后继的热情创造与灌溉之外，更重要的是由于诗人们“对于中国土地与人民的热爱，和诗人们的参加战争的勇敢，以及诗人们向前进伟大的时代的奔驰，与无比丰富无比浓烈的现实生活的森林的突进所得来的结果”。① 最先显示这一时期诗歌成就的，是以艾青为代表的现实主义诗潮与诗派。

艾青从创作开始就具有丰厚坚实的生活底蕴和艺术修养。他同中国农村的下层劳苦人民在感情深处始终保持着朴素而真挚的联系。对于中外诗歌的多种艺术养分的吸收，使他在创造性的转化中很快地找到了自己抒情的个性与风格。抗战爆发之后不久，他就曾满怀深情地唱出：“假如我是一只鸟，我也应该用嘶哑的喉咙歌唱：这被暴风雨所打击的土地，这永远汹涌着我们的悲愤的河流，这无止息地吹刮着的激怒的风，和那来自林间的无比温柔的黎明……——然后我死了，连羽毛也腐烂在里面。为什么我的眼里常含泪水？因为我对这土地爱得深沉……”(《我爱这土地》)这样朴素动人的诗句，最典型的表现了艾青的诗的感情和个性。艾青是一个敏感的诗人。他善于敏锐地捕捉

① 艾青《论抗战以来的中国新诗——〈朴素的歌〉序》，载1942年4月10日《文艺阵地》第6卷第4期。

现实中最普通而又带有象征意义的形象，然后运用亲切的现代口语进行抒情，就很容易走进人们的感情世界，为新诗带来了独特的散文美的风格。他是这样深切的刻画出北中华人民的悲哀："在冰雪凝冻的日子，在贫穷的小村与小村之间，手推车，以单独的轮子，刻画在灰黄土层上的深深的辙迹，穿过广阔与荒漠，从这一条路、到那一条路。交织着北国人民的悲哀。"(《手推车》)他的《雪落在中国的土地上》《北方》《乞丐》《树》《太阳的话》《黎明的通知》等诗篇，都真挚地表现了自己对苦难中的民族和人民的无限的同情，对关系民族生死存亡的抗日战争的由衷歌颂，以及对光明胜利的热切渴望与坚定信念。土地、太阳、黎明、吹号者这些意象，在艾青的诗中具有了深层而悠远的象征意蕴。艾青诗中的"农民的忧郁"是灾难深重的中国民族的痛苦与忧郁的反映。他的诗集有《旷野》(1940)、《北方》(1942)、《黎明的通知》(1943)、《献给乡村的诗》(1945)等等。艾青的长诗《他死在第二次》(1939)、《向太阳》(1940)、《火把》(1941)，糅写实、象征、浪漫的方法于一炉，充分抒发了民族的战斗热情与时代精神，有很大的鼓动力和感染力，将中国叙事和抒情长诗的创作推进到了一个新的高峰。艾青诗作所达到的高度，他对抒情主体"突进现时生活的森林"的诗歌美学的思考与实践，为新诗的由艺术综合而形成的现代性的现实主义诗潮的发展和走向成熟做出了重要的贡献。

与艾青同时产生很大影响的是诗人田间。田间在20世纪30年代初期走进诗坛。抗战之前，他就出版了诗集《未明集》(1935)、《中国牧歌》(1935)、《中国农村的故事》(1936)，以短促的节奏唱出了民族的苦难与抗争，愤怒与呼啸，受到人们的肯定。① 在抗战开始以后，他艺术风格意识更加自觉，努力将自己的激情纳入一种鼓点式的短促急骤的旋律之中，写出了很多的街头鼓动诗与小抒情诗。他的政治抒情诗《给战斗者》(1938)和叙事长诗《她也要杀人》(1947)，将个人内心的激情与整个民族的愤怒复仇的情绪融合在一起，唱出了时代与民族的心声。田间的政治抒情诗和街头诗被视为时代的号角，他因此也被闻一多先生誉为"时代的鼓手"。"亲爱的人民！抓出木厂里墙角里泥沟里我们底武器，挺起我们被火烤的，被暴风雨淋的，被鞭子抽打的胸脯，斗争吧！""在斗争里胜利或者死……在诗篇上，战士底坟场会比奴隶底国家要温暖要明亮。"(《给战斗者》)对于田间诗的这种诗的风格，闻一多说，他"摆脱了一切诗艺的传统手法，不排解，也不粉饰，不抚慰，也不麻醉，它不是那捧着你在幻想中上升的迷魂音乐。它只是一片沉着的鼓声，鼓舞你爱，鼓动你恨，鼓励你活着，用最高限度的热与力活着，在这大地上"。②

在以艾青为代表的现实主义的诗潮中，活跃于诗坛的"农民诗人"臧克家以更加宽广的眼界凝视人民的苦难和斗争，社会的新生和黑

① 如胡风说：田间是"震荡在民族革命战争的狂风暴雨里面""养育"出来的一个"战斗的小伙伴"。他的诗里面，"在独创的风格里表现着感觉的新鲜和印象的泛滥"。田间的最初创作则表现了"诗人底力量"和他"所要歌唱的对象"的统一与"融合"，因此他"本能地走近了"一条"诗的大路"；同时认为，田间的诗在突破一种表现方法的庸俗性的同时，"也就有走入自我溺爱的路上去的危险"。(《田间底诗——中国牧歌》序)王淑明说：田间的诗"形式的奔放，与内容的充实，尤能显出他有过人的天赋"。(《未明集》序)以上均见田间《未明集》，1935年群众书店版。

② 闻一多《时代的鼓手》，见《闻一多全集》第3卷，404页，武汉，湖北人民出版社，1993年。

暗，民族的创伤和希望，唱出了许多激昂又深沉的歌声。他出的诗集《从军行》(1938)、《泥淖集》(1939)、《呜咽的云》(1940)、《淮上吟》(1940)、《泥土的歌》(1943)等，突破了抗战以前用诗歌来咀嚼自己的人生的胆汁，吟咏人民苦难的抒情格局，而更多留心于挖掘民族身上的潜在的活力和抗争精神，努力抒写他们的新生，他们的奋战，他们的献身精神。有的诗表现了诗句的巨大的概括力量："孩子在土里洗澡；爸爸在土里流汗；爷爷在土里埋葬。"(《三代》)他的叙事长诗《古树的花朵》讴歌模范的抗战将领范筑先先生的光荣事迹，在当时产生了很大影响。臧克家的诗作讲究字句的凝练，在比较整齐的诗行里发挥自由体白话诗的长处，为新诗的现代化的探索做出了贡献。

进入 20 世纪 40 年代中期的政治黑暗时代之后，在国民党统治区出现了一个政治讽刺诗创作的潮流。臧克家是这个诗歌潮的积极参与者。他的讽刺诗写得含蓄机智，敢于触及社会的重大问题，用一些典型的现象揭露社会的黑暗与丑恶，喊出人民心里的呼声。他在这个时期出版的诗集《宝贝儿》(1946)、《生命的零度》(1947)，用现实的方法，描写当时社会的黑暗，人民生命的可怜，因为讽刺的深刻和艺术的完整而在当时产生了很大的影响。讽刺诗运动的发展，是中国现代诗歌现实主义潮流在一个特定时期里的深化与开拓。它把新诗关心现实和人民命运的宝贵传统拓进到了一个新的侧面，更大地发挥诗歌的战斗作用。在这方面做出成绩并产生很大影响的诗人，还有袁水拍。他大胆尝试将城市民歌与民谣融化到新诗的创作中，以易于口头流传的歌谣体诗讽刺了现实中的种种黑暗与腐败的现象，做到了锋利泼辣而又幽默机智。这些以马凡陀的笔名所写的山歌，当时曾广泛地流传，在现实斗争中发挥了一定的激励和鼓动作用。如"军阀时代水龙刀，还政于民枪连炮。镇压学生毒辣狠，看见洋人一只猫；妙呜妙呜，要要要!”(《一只猫》)语言上口，易于记忆和流传，又有辛辣的讽刺味道。袁水拍创作并出版的《马凡陀山歌》(1946)、《马凡陀山歌(续集)》(1948)，在新诗发展历史上具有独特的价值。袁水拍在此前还出版有抒情诗集《人民》(1940)、《冬天，冬天》(1942)、《向日葵》(1943)等。抗日战争的八年中，活跃于新诗创作界的诗人，还有萧三、严辰、邹狄帆、吕剑、公木、王亚平、柳倩、苏金伞、青勃、方殷、林林、韩北屏、黄婴宁、陈残云等。

艾青诗歌的巨大成就与独特的美学追求，在当时曾产生了笼罩一时的影响。争取民族解放和人民民主的火热斗争，呼唤许多爱好文学的青年走进了现实主义诗歌创作的行列。中国新诗现实主义诗潮不仅获得了空前的蓬勃发展的机会，也为审美意识和观念方面新的开掘和探索提供了一定的基础与条件。可以这样说，在艾青和田间的影响下，出现了五四以来第一次新诗现实主义潮流的飞跃性的发展。这一诗潮在20世纪30年代后期到40年代末的10多年的时间里，出现了很多大小不同的诗人群体，其中影响比较大的是以胡风为首的“七月派”诗人群体。

抗日战争全面爆发不久，胡风于1937年10月创办了《七月》杂志，以后又办了《希望》杂志，大量发表以他的理论与美学观点选择的新诗作品；接着，他又主编了《七月诗丛》，努力推出青年人的诗作。胡风在创作新诗的同时，还积极提倡自己具有特色的诗歌美学的理论主张。这样就在当时的特定环境下，有力地促进了七月诗派的蓬勃发展。

胡风是评论家，同时也是诗人。他对七月诗派形成的作用主要不在他的诗歌，而在他的理论倡导和对青年诗人的培育。他的第一部诗集《野花与箭》(1937)，记录了一个知识分子的苦闷和对真正爱国主义寻求的心路历程。抗战以后，他出版有诗集《为祖国而歌》(1943)，对祖国与民族的命运表现了一个爱国知识分子发自内心的炙热感情和战斗呼声。胡风坚持以鲁迅为代表的新文学战斗传统，深刻反思了五四以来新诗发展的曲折复杂道路的经验得失，提出了富有更为开放性内涵和现代意识的诗歌美学理论。他摈弃脱离现实的苍白的吟咏，也反对缺乏激情的客观描写与抒情，更反对没有融汇入真实感情的空洞的呼喊。针对这些情况，他特别强调诗人的主观激情对现实生活的拥抱与融化在诗歌创作中的作用。他认为："诗底特质是对于现实关系底艺术家主观表现，艺术家对于客观对象所发生的主观情绪波动，主观的意欲。"①在表达时代精神与人民情感的时候，"诗首先应该是诗"。(胡风引别林斯基语)真诚的诗人，"要走进历史的深处"，跟随时代底生命前进；而时代的精神与人民的情感必须化为诗人对生活的思想力与感受力，诗人的主观就在这里起到很大的作用。"在现实生活上，对客观生活的理解需要主观精神的突击，在诗的创造过程中，只有通过主观精神上的燃烧才能使杂质成灰，使精英更亮，而凝成浑然的艺术生命。"②基于诗歌要扎根人民生活的土壤的观念，胡风提出诗人的生活与人民的生活彼此相成紧密相连，诗人与人民结合的见解，认为人民就"在你底周围"，起点就"在你底脚下"，"哪里有生活，哪里就有斗争"，因此哪里也就有诗。诗人应该成为在"受难的祖国大地上"

---

① 胡风：《文艺笔谈·为执笔者的创作谈》，《胡风评论集》(上)，229 页，北京，人民文学出版社，1984 年。

② 胡风：《在混乱里面·关于题材，关于"技巧"，关于接受遗产》，《胡风评论集》(中)，362 页，北京，人民文学出版社，1984 年。

升起的“庄严的诗”的创造者，是“真诚地为人民而歌”的“庄严的诗人”。① 胡风的思考是对现实主义的新诗美学带有突破性的重要发展。

“七月诗派”诗人群的创作，在总体上所表现的一致性是：坚持忠于时代和人民，深入和拥抱人民的生活，并在经过主观世界的融化中唱出富有个性的歌声。由于生活境遇和美学情趣的差异，他们又各自拥有自己的抒情领域和艺术风采。阿垅的作品显得丰富而深邃，他的《哨》《再生的日子》《誓》《犹大》《纤夫》《琴的祭献》《无题》等诗，或写自己内心的独白，或写人民与时代的苦难，或谴责叛变行为的可耻，或歌唱新的根据地的生活，大都表现了一种含蓄深沉、激越有力的艺术魅力。他到了新的土地，唱出这样深情的歌：“现在我到了你这里；我才有了这一分真正的欢悦。因此干枯得只剩沙粒的两眼会放光。铁液一样无情的泪滴会在笑里流出来。而微笑，注视你的时候微笑得如此美，我要为你抚奏！——即使仅仅为你，为一个人，即使这琴不剩一弦。”(《无弦琴》)阿垅的诗都收在诗集《无弦琴》(1942)中。绿原，是这个诗人群体中的年轻的“后来者”之一，但又是一位最具有现代意识而又大胆进行艺术开拓的诗人。他收入“七月诗丛”的第一本诗集《童话》(1942)，以新奇的想象表现幻化的世界，在率真里有童心和幼稚。抗战胜利后，他在痛苦的探索中走向成熟。他以大开大合的丰富的想象，深刻而又富于哲理的思考，无拘无束而又变化多端的散文化的诗句，淋漓尽致地抒写自己对社会的批判，对人生哲理的透视，常常给人们一种震撼的力量。他的长篇政治抒情诗《给天真的乐观主义者们》《终点，又是一个起点》《伽利略在真理面前》，是代表他这种艺术风格

① 胡风：《为了明天·给为人民而歌的歌手们》，《胡风评论集》(下)，238页，北京，人民文学出版社，1984年。

和思想深度的名篇。这是政治抒情长诗《给天真的乐观主义者们》中的一节："大街上，警察推销着一个国家的命运；然而严禁那些龌龊的落难者在人行道上用粉笔诉写平凡的自传。这是一片宝岛：货币集中者们像一堆响尾蛇似的互相呼应，共同象征着一种意志的实践：光荣的城永远坚强地立在地球上。"抗战中黑暗现象，诗人用反讽的笔调写出，愤怒的批判精神在具象与抽象结合的诗句中得到深刻而有强度的传达。绿原的诗集《集合》(1948)、《又是一个起点》(1948)，对新诗的现代性与表现方法的多样性的探索，做出了有重要价值的贡献。鲁藜的诗带着泥土的气息和清新的音调。他的《延河散歌》在《七月》发表，由于歌唱了中国人民的一片新的天地，引起人们的重视。他的诗篇幅短小，重视韵味，在新生活的歌唱中传达出诗人提炼的哲理沉思。如他的《泥土》："老是把自己当作珍珠，就时时怕被埋没的痛苦。把自己当作泥土吧，让众人把你踩成一条路。"这首小诗一直受到人们的深爱。鲁藜这一时期先后出版有诗集《醒来的时候》(1941)、《锻炼》(1943)。天蓝的长诗《队长骑马去了》《G. F. 木刻工作者》，精心挖掘人民身上的精神潜力，在鞭挞黑暗与丑恶中努力展示人的灵魂的光明和辉煌。他的这些诗，都收在编入"七月诗丛"的诗集《预言》(1942)中了。冀汸以创作长篇抒情诗为主，热情与亲切的调子中有一种农民的质朴和纯真。他有诗集《跃动的夜》(1941)、《有翅膀的》(1951)，均收在"七月诗丛"里。曾卓出版有诗集《门》(1944)，以具有独特个性的风格和语言，唱出了民族的坚韧，奉献和牺牲精神的高尚，诗情没有矫饰，有的是一颗诚实而热烈的心。同样带着浓烈的乡土气息的青年诗人牛汉和杜谷，他们的作品在生活内容与艺术表现方面，又有不同的风采。牛汉的《鄂尔多斯草原》《西中国的长剑》《草原牧歌》等抒情长诗，第一次为我们写出了大北方草原和大西北人民的粗犷和刚毅，豪迈与热情，带有强烈的浪漫与幻想的色彩。他的诗集《彩色的生活》(1951)也被收入“七月诗丛”出版。杜谷的诗风由追随何其芳转变为学习艾青，他的《泥土的梦》和长诗《写在一个人的墓前》，写对于人民和土地的热爱，写对于战友被害牺牲的愤怒，深沉而真挚，含蓄而清新。这个诗人群体还有孙钿、彭燕郊、方然、钟瑄、胡征、芦甸、徐放、鲁煤、化铁、朱健、朱谷怀、罗洛等。

“七月诗派”的诗人群赞同和实践艾青提倡的新诗“散文美”的主张，大多运用自由的符合内在感情节奏的现代口语写诗，诗的形式无拘无束，急促与舒缓自如，在散文的句式中充满诗意的美。① 由于“七月诗派”一大批诗人群的努力，他们在美学思想和创作实践上取得的突出的成绩，不仅为抗战时期的新诗尽快地克服自身的弊病，向内容的充实与艺术的完美相结合的方向发展，做出了重要的贡献；而且以他们对于各种艺术方法吸收的广泛性，对于时代精神与主观激情相互融合着追求，丰富了中国新诗的现实主义传统，为推动新的走向成熟尽了重大的历史责任。后来，这个诗人群体因胡风的冤案而受难，

① 艾青关于诗的“散文美”的主张，见于他1939年发表的论文《诗的散文美》。他在文章中说：“欣赏韵文到欣赏散文是一种进步；而一个人写一首诗，用韵文写比用散文写要容易得多。”“散文的自由性，给文学的形象以表现的便利；而那种洗炼的散文、崇高的散文、健康的或是柔美的散文之被用于诗人者，就是因为它们是形象之表达的最完善的工具。”这一观点曾经遭到很多误解。后来，艾青自己说明：“我说的诗的散文美，说的就是口语美。”这种口语，“具有内在的节奏，念起来顺口，听起来和谐完美。这种口语美就是散文美”。(《与青年诗人谈话》，载1980年10月号《诗刊》)。他在另一篇文章里又说：“强调散文美，就是为了把诗从矫揉造作、华而不实的风气中摆脱出来，主张以现代的日常所用的鲜活口语，表达自己所生活的时代——赋予诗以新的生机。”(《诗论·前言》，1980年人民文学出版社版)他的《诗的散文美》一文，当时收于《诗论》一书，1941年9月由桂林三户图书出版社出版。

诗歌的创作生命也因此而中断了几十年，这是新诗历史上最大的悲剧。

活跃在晋察冀抗日根据地的诗，同战斗在其他抗日根据地的诗人们一样，用生命与鲜血投入民族自卫战争的同时，又以诗歌作武器为民族的苦难和新生而歌唱。他们有两个诗社即战地社和铁流社，诗人田间是他们的同伴和诗风的鼓吹者。他们既是战士又是诗人。其中影响较大者，有邵子南、史轮、方冰、魏巍(红杨树)、陈辉等人。他们提出“诗人是时代的喇叭”，因此诗人“要以其全生命歌颂时代的声音”。[①] 他们的诗中，充满了火辣辣的热情与活生生的现实。魏巍后来出版的《黎明的风景》，方冰的长篇叙事诗《柴堡》，陈辉的组诗《新的伊甸园记》等，代表了这个诗人群体的创作特色。他们的一些人甚至为民族的解放献出了自己的生命。

20 世纪 40 年代的新诗发展中，一些诗人潜心于长篇叙事诗的创作，使得这一诗体获得了较大的发展，取得了可喜的成绩。除了艾青的几篇长诗和前面已经提到的孙毓棠的《宝马》等一些作品以外，还有田间《戎冠秀》(1946)、柯仲平的《边区自卫军》(1940)、《平汉路工人破坏大队》(1940)、力扬的《射虎者及其家族》(1943)等。其中一部分长诗尝试以大众化与民族化的形式写人民的火热斗争生活，也有的诗人在自己创作中吸收象征与寓言的手法，融写实、象征、浪漫的方法于一炉，写实与抒情相结合，努力在更深的层面上描绘和抒写民族的苦难历史，雕塑出民族的深远的仇恨与不屈的性格。上边说到的力扬的长诗，就是通过中国农村的一个普通射虎者家庭的悲剧与复仇的历

---

① 袁勃《论诗三则(一)》，见洪球编《现代诗歌论文选》(上)，上海仿古书店 1980 年版。

史，力图概括整个民族的命运，喊出民族复仇与希望的声音。力扬的长诗在中国新诗历史上是一种非常有意义的尝试。

在抗日战争开始以后的新诗发展中，有两种现象的呈现值得我们注意。一种是，原来一些现代派的诗人群体的艺术方向的转化：或者抛弃原有的美学追求，走上现实主义的道路；或者让原有的象征主义的方法参与现实主义诗歌的创造，丰富发展了新诗的现实主义品格。一种是，在新的现实环境和艺术氛围中，吸取西方现代主义诗潮的艺术养分，凝聚并逐渐崛起了一个20世纪40年代的新兴现代主义诗潮。

属于前者的，有戴望舒、卞之琳、何其芳、曹葆华、方敬等诗人。戴望舒在抗战以后的诗作中艺术追求有所变化。他一方面放弃了过分隐藏的象征主义的美学追求，用十分清楚的语言抒发一个爱国诗人的情怀；一方面将象征的方法，甚至是超现实的方法引入创作，写出了情感深厚而又意象新颖的爱国主义的佳作，如《致萤火》《狱中题壁》《我用残损的手掌》《等待》等诗篇。如他在狱中思念苦难中的中国，想象用残损的手掌抚摸祖国广大的土地，“这长白山的雪峰冷到彻骨，这黄河的水夹泥沙在指间滑出；江南的水田，你当年新生的禾草是那么细，那么软……现在只有蓬蒿；岭南的荔枝花寂默地憔悴，尽那边，我蘸着南海没有渔船的海水……无形的手掌掠过无限的江山，手指沾了血和灰，手掌粘了黑暗”。丰富新奇的想象对于表达感情所造成的效果，是仅仅用现实主义方法所无法达到的。这些诗都收在戴望舒的最后一部诗集《灾难的岁月》(1948)中。相近的美学观点使他同艾青一起创办诗刊《顶点》，为推进抗战诗歌的走向深化尽了一分责任。卞之琳放弃了原有的十分超前的美学追求，到了延安和其他抗日根据地，在抒写对象和传达方式上都发生了变化。他吸收抗战初期来到中国的英国诗人奥登(W. H. Auden)等人作品的方法，用比较整齐的形式和有力度而又朴实无华的语言，歌颂抗日的将领和普通人民，出版了诗集《慰劳信集》(1940)，在当时曾产生了很大的影响。何其芳结束了以美丽的笔画自己的梦的时代，走进延安和抗战后方的火热生活，诗风也发生了很大的转变。他用清新但又满带情感的口语，歌颂全新的生活，歌唱青年男女在自由而热烈的环境中的欢乐心境，特别是留意对于在新的环境里知识分子以及自我内心矛盾与新生的自我解剖，写实中参入一些现代的手法，自有一种亲切感人的力量在。他的诗集《夜歌》(1945)和后来扩大编成的《夜歌和白天的歌》(1952)代表了抗战诗歌的新的探索。抗战前，曹葆华、方敬都是象征诗和现代派诗的提倡者和实践者，时代的变化带来了他们诗风的转变。曹葆华为抗战而歌，但主要转为马克思主义文学理论的译介；方敬放弃原来写作诗集《雨景》(1942)时现代派诗的艺术追求，转为以朴实的笔调为民族的斗争而歌唱，为人民民主而歌唱，出版有诗集《声音》(1942)、《受难者短曲》(1948)、《行吟的歌》(1948)。原来的现代诗的修养，对于他们充满现实生活激情的歌唱起到了艺术深化的作用。

属于后者的，即在大时代的潮流激荡中，自觉或是不自觉的吸取象征诗和现代派诗的方法，参与自己的艺术探索与创造，情况就比较复杂。有的诗人只是在特定的环境之下对于多种艺术方法的运用，并不是向现代主义诗风的自觉迈进。20世纪30年代以文学批评和文学理论活跃于文坛的冯雪峰，是20年代的“湖畔诗社”的成员。他对于象征派的艺术多有了解，又由于在他身陷黑暗的上饶集中营的囹圄中的时候，不能自由地发表思想，只能将思绪情感隐蔽化，这时他写的许多诗就不能不带有浓重的象征色彩。他写于狱中的长篇抒情诗《灵山歌》《雪的歌》以及其他许多政治抒情诗，无论是歌颂战士坚贞的品格，还是鞭挞敌人的残忍，或是揭示内心的矛盾斗争，都往往将他的思想家型诗人的情感内蕴隐藏在一些或显或晦的物象之中，有的诗达到了象征的境界。他出版有《真实之歌》(1943)，后来又去掉一些作品抽编为《灵山歌》(1946)再度发行。冯雪峰的诗作在现实主义诗歌如何吸收象征的方法以增强自身的艺术表现深度这一方面，有值得珍视的历史价值。

20世纪40年代里，真正自觉吸收现代诗的表现方法，而又具有很强的现代意识的追求的，是诗人冯至。20年代偏于浪漫主义的沉钟社的诗人冯至，30年代时，在《骆驼草》等刊物发表一些新诗，已有融入人生哲理与表现更为含蓄的倾向。40年代初，他在西南联合大学任教期间，出版了产生很大影响的抒情诗集《十四行集》(1942)。这些诗篇，努力在极为普通的日常生活事物中发掘诗意的内涵，个人体验，历史人物，自然现象，都经过艺术的提炼，化入内心的诗情。他说，“从历史上不朽的人物到无名的村童农妇，从远方的千古名城到山坡上的飞虫小草，从个人的一小段生活到许多人共同的遭遇，凡是和我的生命发生深切的关联的，对于每一件事物我都写出一首诗”。[①] 作者通过对于这些事物的体验和感悟所抒发的情思，表现了自己深切关心大时代的社会现实与深入思考人生内蕴的种种哲理的高度结合。像《什么能从我们身上脱落》《原野的哭声》《歌德》《有多少面容，有多少语声》等，都体现了诗人深刻的思考和艺术的追求。例如他写陌生的行路人，在一个生疏的房子里度过一个“亲密的夜”，匆匆中就别离了。谁也不会再回来。“闭上眼吧！让那些亲密的夜，和生疏的地方织在我们心里：我们的生命像窗外的原野，我们在朦胧的原

① 冯至《〈十四行集〉再版序》，载1948年8月《中国新诗》第3期。

野上认出来，一棵树，一湖闪光，它一望无际，藏着忘却的过去、隐约的将来。”(《我们有时度过一个亲密的夜》)人生的一种感悟和体验，隐藏于具象的抒情之中，很好地体现了冯至诗作的总体特征。冯至在30 年代即与戴望舒、卞之琳等人合作，开始探索现代派诗的新路。此时，他大胆地将象征与写实的方法熔为一炉，寻求诗中意象的深层韵味，传达的隐藏性，感情的亲切，境界的朦胧，并在融西方的十四行诗体于民族化的现代新诗的创造这一方面，做了成功的尝试。因此，这 27 首十四行诗，在中国现代新诗的发展中也就具有了特别的意义和价值。诗人兼诗论家李广田称这些作品为“沉思的诗”，它们是诗人“在关联变化中向前向上的宇宙观之最切实的体认”。① 朱自清说冯至是“从敏锐的感觉出发，在日常的境界里体味出精微的哲理的诗人”，被认为“更富现代意味”的《十四行集》，不仅成为现代派诗由 30 年代向 40 年代更加蓬勃发展的桥梁，也是新诗在整体上逐渐走向成熟的“中年”的标志。②

20 世纪 40 年代中期开始崛起的以辛笛、穆旦为代表的“中国新诗”派诗人群体，是在更加自觉的意义上追求和探索新诗现代主义的诗歌潮流。他们中间有些诗人，在 30 年代就开始了属于现代派诗风的创作，如辛笛、陈敬容等；有些人是西南联大的学生，直接在闻一多、冯至、卞之琳的影响和指导之下，又接受西方现代诗人的新的艺术养分，开始自己诗的创作，如穆旦、郑敏、杜运燮、袁可嘉；有的

---

① 见李广田《诗的艺术·沉思的诗》，1943 年重庆开明书店出版。

② 见朱自清《新诗杂话·诗与哲理》。朱自清在该文中讲了冯至的《十四行集》中的两首诗以后说：“闻一多先生说我们的新诗好像尽是些青年，也得有一些中年才好。冯先生这一集大概可以是中年了。”(《朱自清全集》第 2 卷，第 336 页)

是坚守在上海或西北的青年诗人，由自己的艺术寻求走上现代主义诗歌之路。他们由各自不尽相同的探索走到一起来了。经过将近10年的凝聚过程，到40年代中后期，终于形成了一个影响很大的诗歌流派。由于他们在1948年出版了集中显示这一群体创作特色的刊物《中国新诗》，我们称之为"中国新诗"派。

"中国新诗"派在理论上提倡诗人忠于时代和忠于诗的艺术的统一。他们把戴望舒、冯至、卞之琳、艾青代表的"感性革命"的传统，视为自己艺术的前驱，要在这一艺术链条上，"企图有一个新的出发点，批判地接受内外来的新的影响"，推进新诗现代化的运动。在重视诗应当解释、反映人生现实性的同时，"绝对肯定诗作为艺术时必须被尊重"的"诗之艺术的特质"。反对把诗作为政治宣传的工具，也反对诗的单纯追求艺术而忘记时代的责任；在语言和节奏方面，反对流行的庸俗肤浅曲解原意的"散文化"，追求"变化多，弹性大，新鲜，生动的文字与节奏"，以有效的"表达现代人感觉的奇异敏锐，思想的急剧变化"；① 由此，他们阐明自己新的艺术倾向的纲领性主张："这个新倾向纯粹出自内发的心理需求，最后必是现实、象征、玄学的综合传统；现实表现于对当前世界人生的紧密把握，象征表现于暗示含蓄，玄学则表现为敏感多思，感情意志的强烈结合及机智的不时流露"。② 这些美学原则的提出与这个诗人群体的大量创作实践，标志着新诗的现代主义的运动进入了一个更加自觉的新的阶段。

在"中国新诗"派诗人群系里，诗人辛笛（王馨迪）是最年长者。辛

---

① 袁可嘉《新诗现代化——新传统的寻求》，载1947年3月30日天津《大公报》副刊《星期文艺》。

② 袁可嘉《新诗现代化——新传统的寻求》，载1947年3月30日天津《大公报》副刊《星期文艺》。

笛的创作开始于20世纪30年代初。他努力吸收西方现代派诗、印象派绘画的艺术方法，许多传统的意象又经过了具有艺术上创新的现代意识的改造和融化，因此在他的诗里能将对于现代人类社会的思考，对于现实社会黑暗现象的批判，融进优美朦胧的意象和诗句之中，使得很多诗作具有一种宁静而引人深思的境界。“你锥形的影子遮满了圆圆的井口。你独立，承受各方的风向。你在宇宙的安置中生长，因了月光的点染，你最美也不孤单。风霜锻炼你，雨露润泽你，季节交替着，你一年就那么添了一轮。不管有意无情，你默默无言。听夏蝉噪，秋虫鸣。”(《山中所见——一棵树》)诗里用山中的一棵极为普通的树这一自然景物，表现人生或民族的自强自立，不畏摧残的信念和精神，写得如一幅印象派的画。他的诗里面，流溢着一种经过现代意识选择与熔化了的古典的美。他的诗第一次为我们带来了大量异国人情与自然美的现代性感悟与描绘，丰富了新诗题材的表现领域。《尼亚加拉瀑布》《刈禾女之歌》等是这方面的名篇。辛笛的这些诗，都收在《珠贝集》(1935，合著)、《手掌集》(1947)中。

另一个较早开始创作的陈敬容。陈敬容是一位很有才华的女诗人。她20世纪30年代开始发表具有现代派诗风的作品。她善于在普通的事物里体悟富于哲理的诗意，然后找到象征的意象，用一种暴风一般迅速的调子、气势与节奏抒发出来，寓强烈的现代意识于新奇的意象之中。“我常常停步于偶然行过的一片风，我往往迷失于偶然飘来的一声钟。无云的蓝空也引起我的怅望。我啜饮同样的碧意，从一株草或是一棵松。待发的船只，待振的羽翅，箭呵，惑乱的弦上，埋藏着你的飞驰。火警之夜，有奔逃的影子。在熟悉的事物面前，突然感到陌生。将宇宙和我们，断然的划分。”在表现黎明到来之前现代知识分子的内心焦灼、矛盾和渴望为光明献身这一主题方面，陈敬容40

年代后期的诗作有较深的开掘，如《逻辑病者的春天》《力的前奏》《珠和觅珠人》都是这方面的代表作品。她先后出版有诗集《盈盈集》(1948)、《交响集》(1947)。

杜运燮、穆旦、郑敏当时被称为“西南联大三诗人”。杜运燮的诗以活泼的想象和机智的风趣见长。在他的笔下，严肃的现实题材往往通过聪慧的讽刺性构想写出来，有时用反讽的手法，更加强化了作品的讥刺的力度。他善于用富于活泼的现代口语组成的诗句处理重大的生活题材，赞美与讥讽交织在一起，形成强烈的反差，让爱与憎自然地流出。如《滇缅公路》一诗，写那些为民族的解放而用鲜血和生命修筑滇缅公路的劳动人民的坚强无畏的精神，于似乎平淡的诗句中，有一种磅礴的抒情气势，在当时就产生了很大的影响。他有诗集《诗四十首》(1946)出版。他的被认为“最足以代表现代化倾向”的两首短诗《露营》和《月》，用富于“间接性，迂回性，暗示性”的手法，传达了自己抗战中在印度月夜露营的感受，表现了诗人“对于自己所感所思的不可逼视的忠实”。①

年轻的女诗人郑敏，谙熟于中国传统诗歌和西方音乐、绘画艺术，深受其熏陶；又自觉地吸取里尔克诗歌美学追求的精髓，在自己的抒情中努力达到一种音乐的流动美和充满力度的雕塑感。她善于在一些常见的生活事物、自然景象中，在人们熟悉的一幅画，一支乐曲中，发掘出具有诗意的深层象征内涵，然后用富于质感的意象和诗句，传达她那饱含哲理意蕴的沉思。张大千的一幅墨荷，诗人写了那朵花，“用它仿佛永不会凋零的杯”盛满了开花的快乐，“载着人们忘

① 袁可嘉《新诗现代化的再析——技术诸平面的透视》，载1947年5月18日天津《大公报》副刊《星期文艺》。

言的永恒”；而那一卷舒展的稚叶，“在纯净的水里保藏了期望”，穿过水上的朦胧“望着世界”。诗人的思考接着把人们引向更深的地方：一枝弯折的荷梗。“但，什么才是那真正的主题，在这一场痛苦的演奏里？这弯着的一枝荷梗，把花朵深深垂向你们的根里，不是说风的摧打，雨的痕迹，却因为它从创造者的手里承受了更多的‘生’，这严肃的负担。”(《荷花》，一幅国画)，一幅画里的整个构成，特别是一个细节，诗人却能敏锐地穿透表面，经过想象进入底层，挖掘出人生中的引人深思的“主题”。郑敏是一个沉思的美的雕塑者。她的《金黄的稻束》《树》《小漆匠》《荷花》等诗，都体现了她的独特的富于现代性的美学追求。她的意象构成有时用现代派诗的感官交错的方法，给人以新奇感与陌生感。在一棵静穆的大树身上，她看到了处于苦难中民族的新生的希望的象征，她不说春天来到时枝条的抽芽，却说：“当春天来到时，它的每一枝强壮的手臂里，埋藏着千百个啼扰的婴儿。”(《树》)郑敏诗中的形象世界丰富多彩而内蕴深沉，有一种超越时空的历史的和艺术的力量。因此，当时的评论就说：“她仿佛是朵开放在暴风雨前历史性的宁静里的时间之花”，用她那特有的美丽的哲人的感喟“歌颂着至高的理性”。[①] 她这时期的作品均收在《诗集 1942—1947》(1948)中了。

西南联大的青年诗人袁可嘉，诗作形式比较整齐，善于在讥刺与反讽中表达自己的思想，有许多诗内容现实批判性很强，如《上海》《南京》《难民》，也有的诗寓有作者的人生哲学的沉思。如《空》《墓碑》等。袁可嘉在发表富于现代主义风格的诗作的同时，更主要的贡献是对新诗现代化理论的思考。他发表的《新诗现代化——新传统的寻求》

① 唐湜《郑敏的静夜里的祈祷》，见《意度集》，1950 年 3 月平社出版。

等一组系列诗论文章，在总结五四以来新诗现代化探索发展的道路的基础上，第一次系统地阐述了中国现代主义新诗美学的一些基本原则，探索了这一诗潮在忠于时代与忠于艺术相统一的思想原则下，如何促进新诗更加快步子走向现代化的道路和方法。他提出的诗歌的主题意识与表现方法的“高度综合的性质”，实现诗的“现实、象征、玄学”的综合原则，以及比较完整的关于实现中国新诗现代化所应经过的艺术道路与方法的思考和意见，都有完备的理论性和极大的超前性。这些观点至今在新诗现代化的建设中仍然具有理论的生命和实践的价值。

穆旦(查良铮)是这一诗人群体中现代主义诗风最自觉的追求者。他的诗的创造意识中有很强的现代性。他自觉地吸收消化中国古典诗词的内蕴美，接受西方现代诗的意识，特别是 T. S. 艾略特的传统，也自觉地承传艾青、冯至的艺术探索之路，以惊人的创造力进行他现代派诗的“探险”。他写诗勤苦，成绩甚丰，短短的时间里，有三部诗集《探险队》(1945)、《旗》(1948)和《穆旦诗集 1939—1945》(1947)出版。穆旦将高度的智性的抽象，和用肉体与感性去观照生活紧密地结合在一起，用富于生命的内在自我生活的感觉，体味与同化外在的一切，使进入诗中的一切变为那么有生命力。这是一首春天的歌：“绿色的火焰在草上摇曳，他渴求着拥抱你，花朵。反抗着土地，花朵伸出来，当暖风吹来烦恼，或者欢乐。如果你是醒了，推开窗子，看这满园的欲望多么美丽。蓝天下，为永远的谜蛊惑着的，是我们 20 岁的紧闭的肉体，一如那泥土做成的鸟的歌，你们被燃烧，卷曲又卷曲，却无处归依。呵，光，影，声，色，都已经赤裸，痛苦着，等待伸入新的组合。”(《春》)他的诗又常常把生命体验中的极为矛盾的两种情感纠结在一起，深度地揭示自己和一代知识分子内心的“丰富的痛苦”，又用带有深厚感情色彩的意象和诗句展示出来，给他的诗带来了沉厚凝重而又有一种紧张感的风格。思考的深沉与超前，表达的过分陌生与隐曲，使他不少诗的境界与内涵较难为人们所理解，有时甚至显得晦涩。他写的著名的爱情诗篇《诗八首》，将神与人的声音，自然与生命，感情与理智，热烈与冷静，非常复杂的纠合在一种隐曲的意象里，其丰富深层的内涵，至今仍为人们喜爱而又难于把握。如其中的一节：“水流山石间沉淀下你我，而我们成长，在死的子宫里。在无数的可能里一个变形的生命，永远不能完成他自已。我和你谈话，相信你，爱你，这时候就听见我底主暗笑，不断地他添来另外的你我，使我们丰富而且危险。”他的《赞美》等抒情诗，对民族命运的深切关心和对现代主义诗艺的执着追求达到了复杂完美的结合。穆旦的诗的探险，带有T. S. 艾略特以来的新传统的光彩，又拥有了自己的强烈的艺术个性，“他以全身心拥抱自我，也因而拥抱了历史的呼吸，拥抱了悲壮的‘山河交铸’”，他所表现的是“他的全人格，新时代的精神风格、虔诚的智者的风度与深沉的思想的力量”。①

“中国新诗”派中的杭约赫、唐祈、唐湜，也都有风格各异的诗艺探索。杭约赫与唐祈，与辛笛、陈敬容、唐湜，或一起斗争生活，或一起办诗刊，出诗的丛书，在相近的美学观点的氛围中进行新诗现代化探求的实践。杭约赫(曹辛之)是这一诗派重要的核心人物。他开始与臧克家合办《诗创造》，后来成为《中国新诗》的主持者和中坚。他的诗作富于很强的现实性和艺术的探索性。他更留意运用各种风采的语言写广阔的社会生活图景，在机智的抒情和生动的画面里，传达讥讽社会、思考人生的内容。出版诗集有《撷星草》(1945)、《噩梦录》

① 唐湜《穆旦论》，载1948年8月《中国新诗》第3期。

(1947)、《火烧的城》(1948)和长诗《复活的土地》(1949)。诗人唐祈带来了西北风情和社会底层的苦难，唱出了对于残忍黑暗社会的愤怒和抗议，他有长诗《时间与旗》和诗集《诗第一册》(1948)出版。唐湜善于长篇的结构，他写的一部6000多行的长诗《英雄的草原》(1948)，表现虚构的理想中的世界，气势恢宏，富有浪漫的色彩。他的短诗在新颖的意象和亲切的诗句中，执着于现实的批判和讽刺，收于《飞扬的歌》(1950)中。唐湜是有影响的诗歌评论家。他许多诗论与诗人论的文章，收于《意度集》(1950)中。他以现代主义的美学眼光，对从冯至到“中国新诗”派的诗人唐祈、穆旦、郑敏等人的创作，进行了富有深度的把握和探讨，在推进现代主义诗潮的发展中有积极的意义。

“中国新诗”派的诗人群，是新诗现代化探索道路上的一群“严肃的星辰”。这一群诗人们和“七月诗派”这两个诗的“新生代”一起，形成的强大的新诗创作“浪峰”的起伏澎湃，组成了20世纪40年代诗歌领域里“相互补充，相互救助，又相互渗透”的充满个性风采的时代“大合唱”。①

20世纪40年代另一个引人瞩目的新诗潮流，是民歌体新诗创作的兴起。20年代到30年代，都有诗人留意于吸收民歌的养分以促进新诗发展的问题，并在大众化的各个侧面上进行了实践。由于诗人活动条件的限制，生活与艺术源泉的制约，通俗化的单一方向观念的导向，民歌并没有真正进入一种新的诗歌潮流品格的生产与创造。抗日根据地和解放区的开辟，诗人深入大众生活和艺术世界之后对于民歌魅力惊奇地发现，以及让艺术真正地接近人民大众，成为为人民所喜闻乐见的作品的使命感，为有丰富表现力的民歌走进诗人的创作，促

① 唐湜《诗的新生代》，载1948年2月《诗创造》第8期。

进民歌体新诗潮流的产生与磅礴，创造了有利的条件。

在这一时期里有许多诗人进行民歌体新诗的尝试。成绩较突出的是，李季运用陕北流行的民歌信天游的体式，大胆地引入民歌的原句，或化用民歌的比兴手法，写出了叙事长诗《王贵与李香香》(1946)，男女爱情的故事和人民争取翻身解放的斗争生活交织在一起，唱出了人民心中的渴望，暗示了他们只有经过斗争摆脱压迫才能走向自由美好的爱情的必然的历史道路。这一尝试的成功，在当时产生了很大的影响。《王贵与李香香》的出现，开辟了民歌经过艺术的转化真正进入新诗创作的一个新的天地。诗人阮章竞的叙事长诗《圈套》(1949)、《漳河水》(1950)，也是这方面成功的作品。后者写太行山区漳河边上三个妇女解放斗争的故事，用河北地方民众中流行的各种体式民歌的调子，又吸取了古典诗词的意境和句式，在叙事中有浓厚的抒情色彩。“漳河水，九十九道湾，往日的凄惶也诉不完。百挂挂大车拉百挂大车纸，大碾盘磨墨写也写不起。”“声声泪，声声泪，声声泪泪山要碎！桃花坞，杨柳树，漳河河水长声哭!”阮章竞融民歌与古典诗歌于新民歌体新诗的尝试，为新诗大众化的走向更高的层次进行了比较成功的探索。在这方面做出成绩的还有其他一些诗人。如田间的《赶车传》(1949)、张志民的《死不着》(1950)等。民歌体新诗创作潮流的发展，在探索新诗与大众结合得更为现实的道路，新诗如何吸取民间的艺术养分以丰富自己的表现方法等方面，是五四以来新诗发展进程中一个可贵的开拓。

中国是一个有辉煌的诗的发展历史的国度。现代新诗短暂的历程，还没有可能出现与古代诗相媲美的令世界瞩目的灿烂的成就和高峰。即使与新文学中的其他领域的成就比较起来，也不能不说是大有逊色的。但是，中国现代诗在他的自身前进中，仍然有它自己不可漠视的宝贵的传统和品格。

中国新诗30年的发展历程，始终是与中国人民为争取民族和民主解放的斗争紧密相连的。这是中国诗人们的必然的历史选择，是中国新诗自身道路的殊荣。时代风云呼唤着无愧于自己的歌手，诗人的创造融进了时代的脚步。许多杰出的诗人，在完成时代的崇高使命中完成了自己的艺术灵魂的铸造。

在30年坎坷曲折的历史进程中，中国现代诗歌产生了许多忠诚于人民的艺术探险者。

人们将永远看到：郭沫若、闻一多、徐志摩、戴望舒、卞之琳、何其芳、艾青、田间、臧克家、冯至、辛笛、穆旦、郑敏、绿原等许多杰出诗人的艺术创造，不仅留下了这一时期人民大众、知识分子的外部世界与内在世界充满惊心动魄的矛盾与斗争的历史画卷，也深刻地烙下诗人们艰难探索中国新诗发展道路的足迹。

人们将永远珍视：忠于时代的历史使命感与忠于艺术良心的艺术使命感的统一；向中国古典诗歌优秀传统与向世界各种艺术潮流的诗人吸取营养的结合；各个不同思想与艺术取向的诗潮流派竞相发展同个人美学风格自由追求的一致；这些在很多诗人身上所不同程度体现的原则，构成了新诗的十分宝贵的传统，也成为新诗向前发展的最值得珍视的历史经验。新诗最早于其他新文学形式而诞生，因而，也遭遇到了比其他的文学形式更多的攻击和责难。

中国现代诗歌的发展之路是一条充满荆棘之路。

艺术的生命在于永无止息的创新。泥故守旧不是新诗的精神品格。在30年坎坷不平的岁月中，新诗从未停止过迅速探索的脚步。新诗人有着不肯屈服的性格。新诗有着其他新文学形式所无法比拟的不断进行的艺术与美学超前性的追求。

诚然如批评家李健吾先生所说的："初期写诗的人可以说是觉醒者的彷徨，其后不等一条可能道路的发现见，便又别是一番天地。这真不可思议也真蔚然大观了。通常以为新文学运动，诗的成效不如散文，但是就'现代'一名词而观，怕要落后多了。"①

历史将证明：许多杰出的诗人用自己心血创造的艺术结晶，会跨越时间与空间的界限，走进人们渴求美与智慧的心灵。它已经走进并将继续走进中国新诗现代化的再造的足迹。他将永远用自己的声音参与现在和将来的中国新诗变革大潮的涌动。中国现代诗歌不仅属于自己民族的世界。现代杰出诗人们用心血浇灌的许多丰硕的优秀果实，必将会突破语言的障碍得到越来越多的世界各国人民的理解和热爱，而永远进入人类现代文化艺术的精神宝库之中。

1994 年 1 月 5 日

---

① 刘西渭(李健吾)：《〈鱼目集〉——卞之琳先生》，《咀华集》，132～133 页，上海，上海文化生活出版社，1936 年。

卞之琳：沟通中西诗艺的“寻梦者”

中国新诗自诞生之日起，就是在挣脱传统诗歌文言用语和韵律形式束缚的要求下，接受西方现代诗歌影响而进行创造的。当它脱离了民族传统诗歌的轨道，努力重建自身的艺术传统的时候，始终面临着一个与生俱来的带有永恒的命题：如何在外国与民族诗歌艺术营养的双重吸收中，寻找和沟通中西诗歌艺术之间的深层联系，建立现代民族诗歌的新的道路和规范。这是中国新诗80多年来一个最美丽的梦想。现代许多杰出的诗人都为这个梦的实现做过不懈的努力。卞之琳先生就是其中最富建设性的“寻梦者”之一。

为了反驳早期新诗倡导者对于民族传统的过分疏离，闻一多先生不但勇于破坏，也勇于建设。他反对“欧化的狂癖”的倾向，提出了创造中西艺术结婚后的“宁馨儿”的诗歌美学理想。但是他们过分依恋英美古典诗歌的形式美，在摆脱自己的镣铐的同时又多少陷入西方新镣铐的束缚。李金发提出在东西方诗人之间“思想、气息、眼光和取材”的“同一”处试为“沟通”和“调和”，但他的过于欧化的实践使这些设计成为空洞的理想。周作人提出，在传统诗歌的“兴”与西方诗歌的“象征”之间，进行融合与创造，期望走出新诗比较隐蓄朦胧的道路，但这个空疏的设想也没有可能更多地付诸实践。卞之琳与他们不同的地方在于：他真正地用自己的理论思考与卓越实绩，超过西方古典主义和浪漫派提供的抒情范式与空间，进入现代诗歌对于日常生活中诗性的发现；超越坦白直露的抒情方式，进入更深层的含蓄隐藏方式的探索；超越单纯模仿象征派造成的生硬晦涩，追求将西方的象征的精髓融入民族诗歌固有的灵魂；他在这样的构想框架中，与西方“现代主义”文学是“一见如故”，“有所写作不无共鸣”，自觉地探索着一条民族的现代主义诗歌的道路。

1932年，刚刚22岁的卞之琳，在《新月》杂志上发表了尼可孙《魏尔伦与象征主义》的译文，在“译者附识”中，他肯定象征主义诗歌，但反对李金发式的晦涩，明确地提出，这篇文章中提倡的象征派诗的“亲切与暗示”，其实正是中国传统“旧诗词的长处”，“可惜这种长处大概快要——或早已——被当代一般新诗人忘掉了”。他的慨叹与批评，是自觉地在借“他山之石”，匡正当时中国新诗人过分忽略自己民族传统诗歌艺术，盲目崇拜西方象征主义诗歌的弊病，他想在“暗示与亲切”这两个方面，找到传统与现代诗歌艺术的结合点，为新诗的现代性发展开辟一种新的可能性。“亲切”，就是要用敏锐的感觉在日常生活里发现诗，拉近诗的题材与人们情感及生活之间的联系，让诗更加贴近人的心灵。“暗示”，就是要避免诗歌传达的过分明白直露，用“契合”或“客观对应物”，象征和暗示诗人的情感与智性思考，给读者更多吟味和想象的美的空间。卞之琳的《断章》《圆宝盒》《白螺壳》《几个人》《鱼化石》《距离的组织》《半岛》《寂寞》等许多诗篇，所以耐人寻味，引人遐想，在物象与情趣的巧妙结合中传达朦胧的旨趣，几十年后仍然给人超越时空限制的人生启示和美的享受，原因首先就在这里。

卞之琳与现代主义文学“一见如故”，他喜欢并学过波德莱尔、T. S. 艾略特，但却从不生硬地模仿象征派、现代派诗歌的方法。他以人文主义的博大爱心，关注北京街头普通人的痛苦与欢乐、麻木与荒凉、寂寞与辛酸。也在现实与理想的矛盾中痛苦地追寻人生的真谛。在民族的悲凉中他唱出《尺八》这样故国之思。为了以美的极致传达自己的真实的心，他总是从自身固有的深厚古典诗词修养中，调动自己认为可能具有鲜活性的艺术的积累，与西方现代诗歌的艺术方法进行融合与创造，努力探索一种富有民族化的抒情之路。他自觉地探索中国古典诗歌的重视“意境”与西方现代诗的“戏剧性处境”之间的内在联系，淡化诗的浪漫的感伤成分，加强诗的智性与客观色彩，使得诗最大限度地具有像艾略特所说的那种“模糊与浓缩”的特征。卞之琳自己说：“在自己的白话新体诗里所表现的想法和写法上，古今中外颇有不少相通的地方。”“我写抒情诗，像我国旧诗一样，着重‘意境’，就常通过西方的‘戏剧性处境’做戏剧性台词。”他把这种追求，说成是倾向“小说化，典型化，非个人化”（《雕虫纪历》序）。他的诗因此有一种颇具深度的普遍性的魅力。《西长安街》中叙述者的声音，与老人，与站岗的黄衣兵的联想，巧妙地纠合在一起，构成一个历史与现实感极深的批判境界。《几个人》中几个人物真实与荒诞的生活片段，带我们走进一个令人战栗的世界。《白螺壳》在抒情主体的不断转换中完成了理想追求者永恒怅惘心境的开掘。《水层岩》在拟想的小孩子与母亲在水边的对话中，暗示了时光易逝的生命悲哀的哲理。这悲哀不是属于他个人的：“‘水哉，水哉！’沉思人忽叹。古代人的感情像流水，积下了层叠的悲哀。”这种抒情诗创作上的小说化，“非个人化”，有利于比较能“跳出小我，开拓视野，由内向到外向，由片面到全面”。他的沟通中西诗艺的形式探索，是为他的诗走进更多人们的心灵世界。

心灵的沟通需要有对于现代艺术的理解。民族象征诗的艺术“寻梦者”戴望舒，为此提出了适应民族接受的诗美的传达尺度：“隐藏自己和表现自己之间”。卞之琳用自己的理论和实践，为这样的审美追求做了最好的诠释。他与李健吾先生著名的关于《鱼目集》的反复讨论，他与朱自清之间关于《距离的组织》一诗的说明，不仅解除了对于自己诗的误读，也阐明了现代主义诗歌阅读与理解的理论和方法。关于《圆宝盒》，他这样说：“我写这首诗到底不过是直觉的展出具体而流动的美，不应解释得这样‘死’。我以为纯粹的诗只许‘意会’，可以‘言传’则近于散文了。但即使不确切，这样的解释，未尝无助于使读者知道怎样去理解这一种所谓‘难懂’的，甚至于‘不通’的诗。”他又说：诗的“‘独到之处’，并大量标新立异，在文字上故弄玄虚或者把字句弄得支离破碎，叫人摸不着头脑，假若你自己感觉不具体，思路不清，不能操纵文字，不能达意，那没有话说，要不然，不管你含蓄如何艰深，如何复杂的意思，一点窗子，或一点线索总应当给人家，如果您并非不愿意他理解或意会或正确的反应”(《关于鱼目集》)。他翻译纪德的《浪子回家集》中，为《纳蕤思解说》所写的序，更对象征诗的诠释提出了许多宝贵的见解。他的许多诗，朦胧而不艰深，含蓄而不隐晦，隐藏复杂但给你可以走进的“一点窗子”或“一点线索”，他的诗美，也就是读者经过思考可以接近而领悟的了。那首著名的《鱼化石》就是一个例证：

我要有你的怀抱的形状，
我往往溶化于水的线条，

你真像镜子一样的爱我呢。

你我都远了乃有了鱼化石。

因为诗人给了一个副标题："一条鱼或一个女子说"，又加了这样的注解："鱼成化石的时候，鱼非原来的鱼，石也非原来的石了。这也是'生生之谓易'。近一点说，往日之我已非今日之我，我们乃珍惜雪泥上的鸿爪，就是纪念。"这样，作者就给你在多义上把握这首诗的"窗口"和"线索"。你可以追踪作者的想象，领略更多的艺术给予的美丽。

在悼念卞之琳先生离我们而去的悲痛时刻，我头脑中总是回响着他《白螺壳》中这样的诗句："我梦见你的阑珊：檐溜滴穿的石阶，绳子锯缺的井栏……时间磨透于忍耐！黄色还诸小鸡雏，青色还诸小碧梧，玫瑰色还诸玫瑰，可是你回顾道旁，柔嫩的蔷薇刺上，还挂着你的宿泪。"卞之琳是位自觉地追求民族化的现代主义诗人。他有世界的眼光，他更有现代的意识。他不拒绝"欧化"，也从不忘记"古化"。他在西方与传统诗歌之间寻找一种艺术结合的平衡点。用他自己的话说，就是："一方面，文学具有民族网络才有世界意义；另一方面，欧洲中世纪以后的文学，已成世界的文学，现在这个'世界'当然也早已包括了中国。就我自己论，问题是看能否写得'化古''化欧'。"诗人几十年后写下的这番充满理性的论述，包含了一个民族现代诗的"寻梦者"一生心血探索的结晶。

对中国传统诗现代性的呼唤

——废名关于新诗本质及其与传统关系的思考

废名(1901—1967)的《谈新诗》①，包含了他关于中国新诗评论和研究的主要思想和观点。在此书初版的时候，周作人先生在序言中就说过，这里边“有他特别的东西，他的思想与观察”。② 李健吾先生在评论废名诗论的时候说：“这沉默的哲人，往往说出深微的见解，可以显示一部分人对于诗的探索。他有偏见，即使是偏见，他也经过一番思考。”③这里，我就《谈新诗》及其他个别的文章，来看一下

---

① 废名(冯文炳)的《谈新诗》，是他任教于北京大学时讲授现代文艺课程所写的讲义。前12章写于1937年抗日战争爆发之前。这份讲义，写出后每章均经北京大学出版组印刷过，发给学生；抗战爆发后，废名回湖北黄梅县避难，依据学生黄雨君保存的一份底稿，曾以《谈新诗》的书名，于1944年由北平新民印书馆印行，书前有周作人撰写的一篇《序》文。抗战胜利后，废名重回北大执教，又续编该讲义第13至16章。1984年，将前后两部分合并，并加上作者于1934年发表于《人世间》杂志上的一篇《新诗问答》一文，仍名为《谈新诗》，由人民文学出版社出版。

② 周作人《谈新诗》序，见1934年版《谈新诗》一书。

③ 刘西渭(李健吾)：《〈鱼目集〉——卞之琳先生作》，《咀华集》，132页，上海，上海文化生活出版社，1936年。

这位“沉默的哲人”对于新诗的思考与观察所拥有的是怎样一些“特别的东西”。

一、在探讨新诗本质的时候，提出了一个颇带偏激色彩但含有诚实真理的理论判断

废名思考的一个重要的美学起点，是在对于五四以来新诗创作发展的整体性的反思中，寻找一种符合他的审美标准的新诗的本质和发展道路。

他在自己关于新诗的讲义的开篇，就说清楚了萦绕于他心里的一个核心性的问题：怎么样的诗，才算是真正的新诗？他把自己对于这个问题的思考工作与操作过程，称为是一番“灵魂的冒险”。①

他说：“怎么样才算是新诗？这个标准在我的心里依然是假定着。”他又说，胡适在他的《谈新诗》等理论文章中，所讲的是作新诗的技巧，而“我所注意的乃是中国自有新诗以来十几年内新诗坛上有了许许多多的诗，因而引起了我的一种观察，什么样才是新诗”。②

废名以胡适的一首新诗《蝴蝶》，和为胡适在文章中所称道的一首元人小令马致远的《天净沙》作为例子，进行比较，断定说，胡适的《蝴蝶》算得一首新诗，而那首“枯藤老树昏鸦”的小令，却是旧诗的滥调而已。“我以为新诗与旧诗的分别尚不在乎白话与不白话，虽然新诗所用的文字应该标明是白话的。”③因为那首被胡适称赞为“具体的

① 废名：《谈新诗》，3页，北京，人民文学出版社，1984年。以下该书引文均同此版。

② 见废名《谈新诗》。

③ 见废名《谈新诗》。

写法”有的旧诗，“是模仿的，没有作者的个性”。他认为，旧诗之成为诗，应该“都不只有调子，里头都有性情”。《天净沙》“只是调子而已”，而《蝴蝶》则“仿佛这里头有一个很大的情感”。① 在对于新诗同传统诗的比较中，他得出了一个自己的思考的焦点，也就是新诗应该在反思自身同传统诗歌的关系中寻求它的正确的发展道路：“总之我以为重新考察中国已往的诗文学，是我们今日谈白话新诗最紧要的步骤。”②

在这个比较中，废名引述了胡诗关于《蝴蝶》产生过程的情景的叙述，由此，他得出了自己关于思考新诗的本质的一个十分重要的观念：“这一段记事，我觉得可以帮助我说明什么样才是新诗。我尝想，旧诗的内容是散文的，其诗的价值正因为它是散文的。新诗的内容则要是诗的，若同旧诗一样是散文的内容，徒徒用白话来写，名之曰新诗，反不成其为诗。”③

他的这个思想，不是来自理论逻辑的推理，而有他自身创作实践的体验。他说：“有一天我偶然又写得一首新诗，我乃大有所触发，我发见了一个界线，如果要做新诗，一定要这个诗是诗的内容，而写这个诗的文字要用散文的文字。已往的诗文学，无论旧诗也好，词也好，乃是散文的内容，而其所用的文字是诗的文字。我们只要有了这个诗的内容，我们就可以大胆的写我们的新诗，不受一切的束缚。”④ 这里，显然废名对于旧的传统诗内容与形式的特征，有他自己独特的理解；但这一方面不是他所探索的重点，更重要的是，废名在这里提

① 见废名《谈新诗》。
② 见废名《谈新诗》。
③ 见废名《谈新诗》。
④ 见废名《谈新诗》。

出了一个非常重要的思想，即“新诗的内容是要诗的”，文字则可以是散文的。

废名这个关于旧诗与新诗性质的差别的这一理论判断，不是一种偶然的标新立异的结果，而是他深思熟虑之后得出的一个结论。因此，关于这个思想，他在自己的书中，曾从各个不同的角度和侧面，进行过阐述和论证。《谈新诗》出版之后，他的这个思想可能难于为更多的人所接受，甚至可能有些不理解的非难。因此，在一篇问答谈话形式的文章中，当问到“什么是我们的新诗的内容”的时候，废名又对他的这个思想作了详细的解释。他说：“旧诗之所以成为诗，乃因为旧诗的文字，若旧诗的内容则可以说不是诗的，是散文的。这话骤然听来或者有点奇怪，但请随便拿一首诗来读一下，无论是诗也好，词也好，古体诗也好，今体诗也好，其愈为旧诗的佳作亦愈为散文的情致，这一点好象刚刚同西洋诗相反，西洋诗的文字同散文的文字文法上的区别是很少的，西洋诗所表现的情思与散文的情思则显然是两种。中国诗中，像‘前不见古人，后不见来者，念天地之悠悠，独怆然而涕下’，确是诗的内容，然而这种诗正是例外的诗。‘姑苏城外寒山寺，夜半钟声到客船’其所以成为诗之故，岂不在于文字么？若察其意义，明明是散文的意义。我先前所引的李商隐的‘我是梦中传彩笔，欲书花叶寄朝云’确不是散文的意义而是诗的，但这样的诗的内容用在旧诗便不称，读之反觉其文胜质，他的内容失掉了。这个内容倒是新诗的内容。我的意思便在这里，新诗要别于旧诗而能成立，一定要这个内容是诗的，其文字则要是散文的。旧诗的内容是散文的，其文字则是诗的。”①

① 《新诗问答》，载 1934 年 11 月 5 日《人间世》第 15 期。现收入《谈新诗》。

废名关于旧诗与新诗性质上差异的这一思考，我以为包含了两个方面的意义。

一个方面，是作为一个现代派的诗人和批评家，以现代人的眼光为标准，对于传统诗歌的内在诗性特征的新的观照。作者以西方诗的内容为自己的参照系统，揭示了传统诗的内容对于语言传达形式音乐性的依赖，说明很多散文的内容可以借着诗的形式而存在。这样，就在根本上否定了胡适之所说的白话诗自古有之，白话新诗是从传统的白话诗发展而来的理论，从而为新诗的生命的发展，或者说为新诗走上真正的现代性的道路，在传统诗歌中努力作新的寻求创造一种理论上的根据。新诗的真正的发展道路应该与旧诗，包括胡适之所说的旧诗中的白话诗道路不同。旧诗同新诗的区别不是在于语言的表式，而在于它们内在的性质上的差异。废名说："我尝说旧诗的内容是散文的，而其文字则是诗的，我的意思并不是否定旧诗不是诗，只是说旧诗之成其为诗，其性质不同。"①

第二方面，废名作为当时"少数的前线诗人"②之一，在对于五四初期白话诗和新月派诗的双重反思中，思考着新诗的本质，从诗的外在的功能承载的重视转向于对诗的内在美质的寻求，在新诗的内在诗性的存在这一特质的基础上，追求一种富于现代性的中国新诗的建设，以此来寻找新诗的发展的正路。废名说，新月派的过分追求诗的形式，不仅"他们走的是一条冤枉路"。③ 从这一批评中，可以看出废名关于新旧诗不同性质的思考，在诗的内容的诗性特征重视方面，是

---

① 见废名《谈新诗》。

② 刘西渭(李健吾)：《〈鱼目集〉—— 卞之琳先生作》，《咀华集》，135 页，上海，上海文化生活出版社，1936 年。

③ 见废名《谈新诗》。

对于新月派主张的注重新诗外在美的美学观念的超越。他实际上是在为反对诗对于音乐的依赖的中国现代派诗的产生和发展制造舆论。

他的论断的偏激性在于：虽然如他说的那样，不是要否定旧诗，但却是用了一个现代性的尺度去框束旧诗。他意在寻找和肯定传统诗中与中国新诗内容中应有的现代性特质相吻合呼应的东西。但是他没有全面地看到，在中国传统诗的发展中，对于音律的追求和衍变，这也是它们艺术自身的一个很大的进步和特色；同时，也没有更深地看到，这种音乐成分的介入已经与诗的内容本身形成为完整的一体，并增强了诗质的表现和完成。而且，事实上，就在这一个传统的体式中，一些伟大的或杰出的诗人也已经以各不相同的个性与风格，诗情和格调，创造出了丰富的成果。他们把中国传统诗歌的艺术，推进到了世界文学宝库中异常辉煌的高度。废名对于自身追求的新诗美学尺度之外的传统诗内容方面的诗的特质的过分漠视，把这些诗的内容均归为散文的内容，这本身就是对于旧诗整体性观察的一种很大的偏颇。这样做的结果，他就必然地把一部分诗人以外的中国传统诗的主流，在内容方面的诗的特质，都排斥在诗的范畴之外，一概说成了内容是散文的了(尽管这“散文的”一词在他可能并不是贬义)。

以一种流派的美学视角的透视代替了全景性的观察，因而就很难说这是对于中国传统诗的性质和发展道路的科学的评价了。

二、在“温李”代表的晚唐诗词中，发现现代派诗人美学需求的因素，对这一传统中存在的诗性做出新的阐释

前面说到，废名说他在创作的体验中发现了是否有诗的内容的

“界线”，他并且说，在陈子昂的《登幽州台歌》和李商隐的“我是梦中传彩笔，欲书花叶寄朝云”的诗句中，发现了旧诗框架所容纳不下的“新诗的内容”。一个是初唐诗人的直抒胸臆的感怀，一个是晚唐诗人奇思异想的意象，两者却同时得到他的关于具有诗的内容独特性的评价，因而我们不能不说，这个发现本身，就是从一个流派的审美标准出发，带着一种现代意识和眼光对于传统所进行的新的观照的结果。

正是基于这种对传统的重新发现，使得当时一批现代派诗人都热衷于温庭筠、李商隐所代表的晚唐诗词。废名说：“现有的几位新诗人都喜欢李商隐的诗，真是不无原故哩。”[①]这所谓的“几位诗人”，就是现代派诗人戴望舒、卞之琳、何其芳、林庚、施蛰存等。他们的创作或多或少都受了晚唐诗词的影响。而喜爱李商隐的林庚，废名更是直接地说，他的新诗创作，“在新诗里很自然的，同时也是突然的，来一份晚唐的美丽了”。[②] 而废名的《谈新诗》可以说是 20 世纪三四十年代的现代派诗人中存在的这股“晚唐诗热”的一种理论上的释放。

不同时代、不同流派的诗人，对于传统就有不同的价值取向。废名等诗人选择“温李”一派诗，而放弃胡适推崇的“元白”一派诗，这种转变本身，就是超越五四的审美观念的一种表现。

五四新诗革命初期，由于新诗面对的是如何打破强大的旧诗传统的束缚，实现诗体的大解放，胡适选择了“明白易懂”作为自己的美学标准，并以此标准作根据，向传统作艺术的寻求。他很自然地也很必然地就找到了传统的以“元白”所代表的白话诗的潮流，作为新诗发展的源头和正路。对于难懂的“温李”一派的诗，则作了否定性的评价。

---

① 见废名《谈新诗》。

② 见废名《谈新诗》。

如胡适在他的《五十年来中国之文学》一文中，把中唐的元稹、白居易作为白话诗传统的代表，而把李商隐一派的作品，视为唐末出现的“妖孽诗”。① 他认为，从汉代白话的乐府民歌出现以后，“中国的文学便分出了两条路子：一条是那模仿的，沿袭，没有生气的古文文学；一条是那自然的，活泼泼的，表现人生的白话文学。向来的文学史只认得那前一条路，不承认那后一条路。我们现在讲的是活文学史，是白话文学史，正是那后一条路”。② 在他的观念中，五四以来的白话“新体诗”，乃是《三百篇》以来“元白”代表的“中国诗自然趋势所必至的”。③ 他曾不讳认地说：“我初做诗，人都说我像白居易一派。”④当白话新诗的发展到20世纪30年代的时候，新诗所面临的新旧之争已经转变为美丑之争，胡适的这种白话诗演进论的观念势必遇到新的挑战。废名等人的推崇晚唐诗，就是对胡适的美学观念的否定。这是适应新诗的现代性走向而进行反思所出现的理论上的必然的趋势。废名说：“旧诗向来有两个趋势，就是‘元白’易懂的一派同‘温李’难懂的一派，胡适之先生只是从两派中取了自己所接近的一派，而说这一派是诗的正路，从古以来就做了我们今日白话新诗的同志，其结果我们今日的白话新诗反而无立足点，元白一派的旧诗也失其存在的意义了。”⑤与此相反，废名提出：“这里确是很有趣，胡适之先生所推崇的白话诗，倒或者与我们今日新散文的一派有一点儿关系。反

---

① 胡适《五十年来中国之文学》(1922.3)，见《胡适文存》二集。

② 胡适《白话文学史》上卷，16～17页，上海，上海新月书店，1931年。

③ 胡适《谈新诗——八年以来一件大事》，出自《中国新文学大系·建设理论集》，上海，上海良友图书印刷公司，1935～1936年。

④ 胡适《〈尝试集〉自序》，最初题为《我为什么做白话诗》，发表于1919年5月《新青年》第6卷第5号，收入1920年亚东书局初版《尝试集》。

⑤ 见废名《谈新诗》。

之，胡适之先生认为反动派‘温李’的诗，倒似乎有我们今日新诗的趋势。李商隐的诗应是‘曲子缚不住者’，因为他真有诗的内容。温庭筠的词简直走到自由路上去了，在那些词里表现的东西，确乎是以前的诗所装不下的。”①

废名先生在解释他的这些话的内涵时说：“我又说，胡适之先生所认为反动派温李的诗，倒有我们今日新诗的趣势，我的意思不是把李商隐的诗温庭筠的词算作新诗的前例，我只是推想这一派的诗词存在的根据或者正是有我们今日白话新诗发展的根据了。”②这正是我们关注废名提出对传统的新的观照或探寻的关键问题。那么，我们就来看一看废名在怎样一些“存在的根据”中找到了新诗同温李代表的晚唐诗派之间的联系的。

在废名的著作里，首先被肯定的是关于温李诗的幻觉和想象。新诗初期，缺乏的是想象和幻想这一诗的特质。而旧诗，在废名看来，又多是情生文文生情的，诗的内容不充分。温李的诗，在盛唐诗高度发展之后，能够“于唐人中别开一境”③，这主要表现，是他们的诗突破了旧诗的情生文文生情的局限，而能够充分驰骋他们的幻想和想象，在他们所创造的“超乎一般旧诗的表现”的诗的世界里，极大地增强了诗的素质和内容。废名因此说，在温词里面所“表现的东西确乎是以前的诗所装不下的，问题便在这里”。

在阐释这里的“问题”时，废名这样说：“温词为向来的人所不能理解，谁知这不被理解的原因，正是他的艺术超乎一般旧诗的表现，

① 见废名《谈新诗》。

② 见废名《谈新诗》。

③ 见[清]沈德潜《唐诗别裁》。

即是自由表现，而这个自由表现又最遵守了他们一般诗的规矩，温词在这个意义上真令我佩服。温庭筠的词不能说是情生文文生情的，他是整个的想象，大凡自由的表现，正是表现着一个完全的东西。”“在谈温词的时候，这一点总要请大家注意，即是作者是幻想，他是画他的幻想，并不是抒情，世上没有那样的美人，他也不是描写他理想中的美人，只好比是一座雕刻的生命罢了。……他的美人芳草都是他自己的幻觉。”①“温庭筠的词都是写美人，不是作者抒情。”②废名举了温庭筠收于《花间集》中前两首《菩萨蛮》为例：

小山重叠金明灭，鬓云欲度香腮雪。懒起画蛾眉，弄妆梳洗迟。照花前后镜，花面交相映。新贴绣罗襦，双双金鹧鸪。

水晶帘里颇黎枕，暖香惹梦鸳鸯锦。江上柳如烟，雁飞残月天。藕丝秋色浅，人胜参差翦。双鬓隔象红，玉钗头上风。

废名解释说，第一首是极力写一个女子新妆的脸，粉白黛绿，金钗明灭。开头的“鬓云”二句，“鬓云”是诗里用惯了的字眼，但是“在温词里则是想象，于发曰云，于颊上粉白则曰雪，而又于第一句‘小山’之山引动来的，在诗人的想象里仿佛那儿的鬓云也将有动状，真是在那里描风扑影”，“而‘欲度’二字正是想象里的呼吸，写出来的东西乃有生命”。③ 温词另有“小娘红粉对寒浪”之句，④ 这些“都足以见其

① 见废名《谈新诗》。

② 见废名《谈新诗》。

③ 见废名《谈新诗》。

④ 见《花间集》卷二《荷叶杯》之二：“镜水夜来秋月，如雪，采莲时。小娘红粉对寒浪，惆怅，正思惟。”

想象，他写美人简直是写风景，写风景又都是写美人了”。[①] 关于第二首，废名说，前两句是说美人睡。而其中的“暖香惹梦”“完全是作诗人的幻想”，“梦见了什么他偏不说，这个不是梦中人当然不能知道，……于是暖香惹梦鸳鸯锦比美人之梦还要是梦了。世上难裁这么美的鸳鸯锦。所以我说温庭筠的词都是一个人的幻想”，“都是诗人之梦”。“江上柳如烟”二句，仿佛风景也就在闺中，而闺中也不外乎诗人的风景了。最后一句“玉钗头上风”，把一个“风”字落到玉钗头上去，更是想象得新奇。由此，废名得出这样的论断：温词“都不是上下文相生的，都是一个幻想，上天下地，东跳西跳，而他却写得文从字顺，最合绳墨不过，居花间之首，向来并不懂得他的人也说‘温庭筠最高，其言深美闳约’了。我们所应该注意的是，温词所表现的内容，不是他以前的诗体所装得下的”，像这样，“才真是诗体的解放，这个解放的诗体可以容纳得一个立体的内容，以前的诗体则是平面的。以前的诗是竖写，温庭筠的词则是横写的。以前的诗是一个镜面，温庭筠的词则是玻璃缸的水——要养个金鱼儿或插点花儿这里都行，这里还可以把天上的云朵拉下来”。[②] 废名把这种旧诗中想象和幻想的诗的品格，看作新诗存在的“根据”。他在后面又一次说：“我们在温庭筠的词里看着他表现一个立体的感觉，便可以注意诗体解放的关系，我们的白话新诗里头大约四度空间也可以装得下去，这便属于天下诗人的事情了。”[③]废名显然是在温庭筠的词中寻找他属于现代性的新诗的美学观念的东西。

---

① 见废名《谈新诗》。

② 见废名《谈新诗》。

③ 见废名《谈新诗》。

同样，他也是以这样的眼光和尺度来看待李商隐的诗的。废名认为，李商隐诗里的文采，“深藏了中国诗人所缺乏的诗人的理想，这一点他也自己觉着”。“温庭筠的词，可以不用典故，驰骋作者的幻想。反之，李商隐的诗，都是借典故驰骋他的幻想。因此，温词给我们一个立体的感觉，而李诗则是一个平面的。实在李诗是‘人间从到海，天上莫为河’，‘星沉海底当窗见，雨过河源隔座看’，天上人间什么都想到了，他的眼光要比温庭筠高得多”。[①] 他举一千年来议论纷纷的《锦瑟》一诗，先是引了胡适说的这话：“这首诗一千年来也不知经过多少人的猜想了，但是至今还没有人猜出他究竟说的是什么鬼话。”然后废名认为，这首诗大约总是情诗，废名提出自己的看法说，“我们想推求这首诗的意思，那是没有什么趣味的。我只是感觉得‘沧海月明珠有泪，蓝田日暖玉生烟’这两句写得美”。他讲解了李商隐在这两句诗中怎样巧妙的化用典故之后，说李商隐靠诗人的灵感，能在别人联不起来的字眼里“得一佳句”，“于是典故与辞藻都有了生命”。废名还举到另外一些诗，如《月》：“过水穿楼触处明，藏人带树远含清，初生欲缺虚惆怅，未必圆时即有情。”如《板桥晓别》：“回望高城落晓河，长亭窗户压微波，水仙欲上鲤鱼去，一夜芙蓉红泪多。”前者在动态中写月色，以传达一种自慰之情；后者写别情离绪，于典故中展开美丽的想象。废名说：这些诗“作者似乎并无意要千百年后我辈读者懂得，但我们仿佛懂得，其情思殊佳，感觉也美”；后一首句子写得也很美，但是“因为他用的是典，我们容易忽略他的幻想，只鉴赏他的文采，实在他的想象很不容易捉住”。[②]

① 见废名《谈新诗》。

② 见废名《谈新诗》。

废名之所以这样注意挖掘晚唐“温李”一脉诗人的幻想与想象这一“诗的内容”方面的特质，是他以现代人的审美的眼光，对传统诗美学的一种独特的观照，是与他的现代派诗的美学观念的需求相一致的。

他曾经说过，温李一派“那样自由表现其诗的感觉和理想，在六朝文章里已有这一派的根苗，这一派的根苗又将在白话新诗里自由生长”。他把这件事叫作“文艺复兴”。① 在废名于20世纪40年代创作的带有自传性质的小说《莫须有先生坐飞机以后》中，主人公莫须有先生曾经对一个不喜欢新文学的小学校长说：“我生平很喜欢庾信。”因为校长是武昌师范英文科毕业的，他接着又说了一段“投机”的话：“我喜欢庾信是从喜欢莎士比亚来的，我觉得庾信诗赋的表现方法同莎士比亚戏剧的表现方法一样。……我读莎士比亚，我读庾子山，只认得一个诗人，处处是这个诗人自己表现，不过莎士比亚是以故事人物去表现自己，中国诗人则是以辞藻典故来表现自己，一个表现于生活，一个表现于意境。表现生活也好，表现意境也好，都可以说是用典故，因为生活不是现实生活，意境不是当前意境，都是诗人的想象。”②废名又说：“六朝文的生命还是不断的生长着，诗有晚唐，词至南宋，俱系六朝文的命脉也”，“六朝文是乱写的，所以生香真色人难学也”③。“读庾信文章，觉得中国文字真可以写好多美丽的东西，‘草无忘忧之意，花无长乐之心’，‘霜随柳白，月逐坟圆’，都令我喜

① 见废名《谈新诗》。

② 废名：《莫须有先生坐飞机以后》，第七章，《废名选集》，539～540页，成都，四川文艺出版社，1988年。

③ 废名《三竿两竿》，《废名选集》，726～727页，北京，人民文学出版社，2007年。

悦。‘月逐坟圆’这一句，我直觉的感到中国难得有第二人这么写。”①他的推崇庾信和六朝文章，用意也还在于他在那个传统的文学中看到了现代诗人的美学所需要的东西；换句话说，就是他说的新诗与旧诗的“存在的根据”，“诗人的想象”就是其中之一。

废名在古代文学传统里所发现的，正是他在现代诗人身上所肯定的。他在自己的一篇文章中说，从前曾写了一首诗，题目为《梦》：

> 我在女子的梦里写一个善字，
> 我在男子的梦里写一个美字，
> 厌世诗人我画一幅好看的山水，
> 小孩子我替他画一个世界。②

这是说，诗人驰骋自己的想象可以创造一个极美的世界。从这个视点出发，他肯定卞之琳的诗“观念跳得厉害，无题诗又真是悲哀得很美丽得很，我最初说卞诗真个象(像)温飞卿的词，其时任继愈君在座，他说也象(像)李义山的诗”。③ 他在肯定冯至先生的《十四行集》的诗，说“当初新文学运动者所排斥的古典派乃正是今日新诗的精神了。古典派是以典故以辞藻驰骋想象，总而言之是有想象，今日的新诗也无非是有想象罢了。今日新诗的生命便是诗人想象的跳动，感觉的敏锐”。④ 他肯定林庚的诗“最见作者的性情”，“难得想象之不可抑制”，说“卞诗确乎像《花间集》卷首的词，林庚确乎象玉溪生的诗”。为了说

① 废名《中国文章》，《废名选集》，733页，北京，人民文学出版社，2007年。
② 废名《中国文章》，《废名选集》，732页，北京，人民文学出版社，2007年。
③ 见废名《谈新诗》。
④ 见废名《谈新诗》。

明问题，他选了林庚的一首《无题》诗：

一盆清丽的脸水
映着天宇的白云万物
我俯下去洗脸了
肥皂泡沫浮满了灰蓝色的盆
在一个清晨或一个傍晚
光渐变得微弱了的时候
我穿的盥衣是一件国货
华丽的镶边与长穗的带子
一块湖滨新买来的面帕
漂在水上如白净的船逢
于是我想着一件似乎很长很怅惘的事
在把一盆脸水通通的倒完时

或许是爱情，或许是美，或许是创造的灵感，失落之后的一种怅惘之感，写得很朦胧，也很美。废名说这是关于女子的事，林庚这里的豪放，“是美丽，是幻想，都是自己的私事，……温飞卿的词每每是这种写法，由梳洗的私事说到天宇的白云万物了，不过温词是约束，林庚的诗确是豪放”。盆水里“倒出去的都是诗人的幻想，所以美丽得很”。①

废名说：“我同下之琳是一派。”②显然，废名是代表20世纪30年

① 见废名《谈新诗》。
② 见废名《谈新诗》。

代现代派诗人群体，超越五四，超越胡适之所代表的新诗的审美原则的历史局限，也超越新月派诗人的过分注重新诗的形式的美学追求，用全新的审美的眼光与价值尺度，在晚唐“温李”一派的诗人创作中，发现了自己艺术创造所需要的东西，发现了合乎新诗的应该具备的本质的一条道路。这正是新诗的本质和生命追求之所在。在废名的对于传统的重新选择与认同中，包含了对中外诗歌艺术在现代意义上的融合论的重要思考。

三、强调“诗的感觉”作为诗的内容的重要因素，在感觉方式或传达方式上寻求新诗美学的现代性的走向

废名在几处都谈到为人们所喜爱的初唐诗人陈子昂的《登幽州台歌》，并说“这首诗是诗的内容”，是旧诗里“例外的诗”。① 这首诗的诗性的表现，究竟有什么特别的地方呢？

我以为，起码有两个方面值得注意。第一，是它的楚骚古风的自由表现的形式，显示了诗体上的自由与解放；第二，是它所传达的作者的感情完全性，也就是作者在一个伟大的草创时代具有的那种前瞻后顾，苍茫无物，感慨至深，动人心魄的人生悲哀之感。这是由登上幽州台后触物生情而产生的整体的诗感。

关于这两个方面，20 世纪 30 年代象征派诗人和理论家梁宗岱曾经作过清楚的论述。他说：陈子昂的《登幽州台歌》这首诗，在字面上酷像屈原《远游》里的“唯天地之无穷兮，哀人生之长勤！往者吾不及知兮，来者吾不闻”。陈子昂读过《远游》是不成问题的，“说他有意抄袭屈原，恐怕也一样不成问题”。但是这只可能是一种诗感的启迪，

① 见废名《谈新诗》。

更主要的，“唯一合理的解释，就是：或者陈子昂登幽州台的时候，屈原这几句诗忽然潜意识地变相涌上他心头；或者干脆只是他那霎时胸中油然兴起的感触，与《远游》毫无关系。因为永恒的宇宙与柔脆的我的对立，这种感觉是极普遍极自然的，尤其是当我们登高远眺的时候”。①

后面的“合理的解释”，无论是哪一种，都存在一个诗人“诗的感觉”的问题，而这一点，正是废名努力在晚唐温李诗派的诗作中寻找的东西。

废名认为，胡适所推崇的一些白话诗家，“他们缺少诗的感觉而他们又习惯于一种写韵文的风气”，“他们缺少诗的感觉，他们有才气，所以他们的诗信笔直写，文从字顺，落到胡适之先生眼下乃认为同调，说他们做的是白话诗”。相反，“真有诗的感觉如温李一派，温词并没有典故，李诗典故就是感觉的联串，他们都是自由表现其诗的感觉与理想”。② 晚唐诗人的诗，与盛唐的诗比较，“他们用同样的方法做诗，文字上并没有变化，只是他们的诗的感觉不同，因之他们的诗我们读着感到不同罢了”。譬如，古今人头上都有一个月亮，但古今人对月亮的观感并不是一样的。“永月夜同孤”正是杜甫；“明月松间照”正是王维；“举杯邀明月，对影成三人”正是李白。这些诗我们读来都很好，但李商隐的“嫦娥无粉黛”又何尝不好呢？“他对于月亮所引起的感觉与以前不同。”又好比雨，晚唐人的句子“春雨有五色，洒来花旋成”，这总不是晚唐以前诗里所有的，以前人对于雨总是“雨

① 梁宗岱《谈诗》，载1934年11月5日《人间世》第15期，后收入《诗与真二集》。

② 见废名《谈新诗》。

中山果落”“春帆细雨来”这一类闲逸的诗兴，到了晚唐人，他却望着天空的雨想到花想到颜色上去了。因此，“感觉的不同，我只能笼统的说是时代的关系。因为这个不同，在一个时代的大诗人手下就能产生前无所有的佳作”。①废名还举李商隐的诗“嫦娥应悔偷灵药，碧海青天夜夜心”为例子，说在一个平常的典故，他能很亲切的用来作一个象征，表达人的比什么都美的哀愁。“我以现代的眼光去看这诗句，觉得他是深深的感着现实的悲哀，故能表现得美，他好象想象着一个绝代佳人，青天与碧海正好比是女子的镜子，无奈这个永不凋谢的美人只是一位神仙了。”②在《谈新诗》和《神仙故事（一）》《神仙故事（二）》《赋得鸡》《诗与词》等文章（均见《废名选集》）中，都以诗的实例，讲到李商隐的诗怎样运用典故和神话进行想象的联串，讲到李商隐的“感觉美”，讲到李商隐在运用神话和典故的创造来传达情感这方面与屈原之间存在的内在联系。

废名用这个有无“诗的感觉”的标准来观照新诗，对于新诗人的作品作出不同的评价。如他称赞沈尹默的《月夜》和胡适的《湖上》“有这个新诗的感觉，自然写得这个散文的句子”。称赞刘半农的《母亲》有“深厚的感情”，这样的诗“旧诗里头不能有”。说鲁迅的《他》是坟的象征，里面有他“诗的感觉”。说冰心的《春水》中的落花一诗，是“真有一个诗的内容”，“直接的诗感又直接的写在纸上了”。称赞冯至“是诗人，有诗人的‘烟士披里纯’”。这些都说明，废名是在同一性质存在的美学“根据”上，来看待旧诗与新诗的。他对于传统的重新观照，旨在寻找属于建设新诗的本质性的东西，即具有现代性的诗的内容而不

① 见废名《谈新诗》。

② 见废名《谈新诗》。

是诗的形式。

问题在于，这种“诗的感觉”为什么会在晚唐诗人“温李”的身上得到突出而被废名所认同的呢？总观《谈新诗》的论述，废名并没有把这个问题说透。但从他的散见的观念里，也可以自然地会推出这样的一个观点：晚唐诗人“温李”之值得引起现代派诗人们的关注，主要是他们的诗的隐藏朦胧的美学追求，符合了现代派诗人们的审美要求。在20世纪30年代初，戴望舒提出象征诗人创作诗的动机“是在于表现自己和隐藏自己之间”。① 更早在1926年，周作人就在谈论新诗的时候，提出了新诗的写法，应以中国传统诗中所谓的“兴”最有意思，“用新名词来讲或可以说是象征”，“这是外国的新潮流，同时也是中国的旧手法；新诗如往这一路去，融合便可成功，真正的中国新诗也就可以产生出来了”。② 而废名在探讨晚唐诗和新诗的关系方面，恰好是非常注意诗的“古风”以及它们的感觉方式和表现方法的特点的。他说：“卞之琳的新诗好比是古风，他的格调最新，他的风趣却最古了，大凡‘古’便解释不出。”所谓的“解释不出”，就是因为诗的隐藏和朦胧。“卞之琳有些新诗便是如此，如此的诗你不懂得它好，旁人真无从解释。”③讲到卞之琳的《道旁》一诗，他又说：这首诗古朴得好，新鲜得好，意境也是真好，“你若问我这首诗到底有什么意思呢？我告诉你这种诗是新诗的古风，很难说有什么意思的”。④ 废名又说六朝的诗是一种古风的脉系。我认为，这一脉系的源头，就是由《诗经》开创而由楚骚完成的以“兴”的方法去感觉客观和传达情绪的传统。而

① 见杜衡《〈望舒草〉序》。

② 见周作人《〈扬鞭集〉序》。

③ 见废名《谈新诗》。

④ 见废名《谈新诗》。

这一点，正是废名推崇的“温李”一派晚唐诗人的“文艺复兴”所表现的重要审美追求的价值之所在。

李商隐自己在《谢河东公（柳仲郢）合诗启》中就说：“盖以徘徊胜境，顾慕佳辰，为芳草以怨王孙，借美人以喻君子。”可见他在诗文中对于《楚辞》的“比兴”的艺术感觉方式和传达方法运用的自觉意识。

历来的诗词论家在评论温李的诗词的时候，也大都清楚地看到了这一点。清朱鹤龄《笺注李义山诗集序》中说：“《离骚》托芳草以怨王孙，借美人以喻君子，遂为汉魏六朝乐府之祖，古人之不得志于君臣朋友者，往往寄情婉娈，结深怨于蹇修（指媒人），以序其忠愤无聊缠绵宕往之致。唐至太和以后，阉人暴横，党祸蔓延。义山扼塞当涂，沉沦记室。其身危，则显言不可而曲言之；其思苦，则庄语不可而谩语之。计莫若瑶台琼宇歌筵舞榭之间，言之可无罪，而闻之足以劝。其《梓州吟》云：‘楚雨含情俱有托。’早已自下笺解矣。吾故曰：义山之诗，乃风人之续音，屈宋之遗响。”杭世骏《李义山诗注序》说：“盖诗人之旨，以比兴为本色，以讽喻为能事。抽青媲白，俪叶骈花，眩转幻惑以自适其意，固非可执吾之谀闻半解，以揣测窥度之而已。而玉溪一集，盖其尤也。楚雨含情，银河怅惘，玉烟珠泪，锦瑟无端，附鹤栖鸾，碧城有恨，凡其缘情绮靡之微词，莫非隘塞牢愁之寄托。”清陆昆山《李义山诗解凡例》也说：“诗自六朝以来多攻赋体，义山犹存比兴。”钱钟书《谈艺录》说李商隐诗“最擅”比兴曲喻之法，“着墨无多，神韵特远”。周振甫在《〈李商隐选集〉前言》中也说，李商隐“深受《楚辞》的影响”，“《离骚》运用不少象征手法，借具体的形象来代抽象的概念，如善鸟香草以配忠贞，香花以表高洁。商隐的咏物诗里也运用了这种手法”。关于温庭筠的词与楚骚的关系，清陈廷焯《白雨斋词话》云：“飞卿词，全祖《离骚》，所以独绝千古；《菩萨蛮》《更漏子》诸词，已臻绝诣，后来无能为继。”（卷一第七）又说：“飞卿《菩萨蛮》十四章，全是变化楚骚，古今之极轨也。徒赏其芊丽，误矣。”（卷一第一一）清张惠言《词选》也说，《菩萨蛮》第一首为“感士不遇也”，“照花”四句为“《离骚》初服之意”。① 俞平伯先生说：“飞卿之词，每截取可以调和诸物象，而杂置一处，听其自然融合，在读者心眼中，仁者见仁，智者见智。”②

俞平伯先生的话，已经接触到废名先生对晚唐“温李”诗词重新发现的问题实质。这就是：废名在“温李”诗词中存在的楚骚所具有的“兴”的感觉方式与表现手法中，找到了现代诗人那种诗应处于“隐藏自己与表现自己之间”的美学需求。这一美学给新诗带来的隐藏与朦胧的美的特质，是与他的诗的或者整体性的文学观分不开的。他自己的诗作和小说创作，就有一种古典诗歌的朦胧的美，比较难懂，以致周作人在给他的小说《枣》和《桥》写序言的时候，说“废名君的文章近一两年来很被人称为晦涩”。但又极称赞他的“文章之美”，“用了他简练的文章写所独有的意境”。废名说的给新诗送来一份“晚唐的美丽”的林庚的诗，也是有一种深藏的美。如废名自己在谈林庚时说的：“这种诗都是很不容易有的，要作者的境界高，局促于生活的人便不能望见南山。”③而谈到卞之琳的诗，更说他已涉于“神秘”。其实，这种朦胧和“神秘”，正是现代派诗人追求的美学特质。而废名，正是想从对这一诗的传统的呼唤中，找到自己一派诗人现代性的感觉和传达方式存在的“根据”，也企图为新诗寻找一条更富于诗的特质的道路。

---

① 转引自华钟彦《花间集注》，1983年中州书画出版社版。

② 转引自华钟彦《花间集注》一书《菩萨蛮》之二“水精帘里颇黎枕”注。

③ 见废名《谈新诗》。

从《诗经》、楚骚而发展至于温李的所谓“兴”，实质上就是个人内心的诗的感觉与客观事物的契合，是诗人为隐藏情感所产生的一种独特的感觉方式和传达方法。在这里，废名和胡适对传统选择的分歧，说到底是涉及诗的传达的“隐”与“显”的问题。对于这个当时纷争甚多的问题，差不多与废名探讨晚唐诗的同时，朱光潜先生在他发表的论文中说：“‘显’与‘隐’的功用不同。我们不能要一切诗都‘显’，说赅括一点，写景的诗要显，言情的诗却要‘隐’。梅圣俞说诗‘状难写之景如在目前，含不尽之意见于言外’，就是看到写景宜显写情宜隐的道理。写景不宜隐，隐易流于晦；写情不宜显，显易流于浅。”①所谓“隐”，用“兴”的方法来表现，实际上就是诗人的感情与外物的融合无间，以物象藏情，以物象托情，这也就是废名在《谈新诗》中所讲的诗人“刹那间的感觉”通过具体的物象表现出来，“把一刹那一刹那的影子留下来，然后给人一个活动的呈现”。② 就自然客观物来说，这是写实；就传达的感情来说，这是寄托，这是象征，而象征又是离不开朦胧和神秘的。废名谈卞之琳的诗时说：“惟其实乃有神秘者，因为你看见的东西我不一定看见，我看见的东西你不一定看见，写出来每每不在意中，故神秘得很。”③隐藏和神秘，结果给新诗带来的是一种超越内在的浅显和外在的赋形所具有的独特的深蕴的美。

废名把晚唐温李等诗人的“诗的感觉”的特殊性绝对化了。他没有准确地说清楚，这种“诗的感觉”，因为“时代的关系”，与苏（轼）黄（庭坚）辛（弃疾）陆（游）等人的“诗的感觉”有什么样的差异，就断言

① 朱光潜《诗的隐与显（关于王静安的《人间词话》的几点意见）》，载1934年4月5日《人间世》第1期。

② 见废名《谈新诗》。

③ 见废名《谈新诗》。

"苏黄辛陆"等代表的一派，有诗的才华，但"缺少诗的感觉""习惯于一种写韵文的风气"，因而他们的诗，乃至整个旧诗的内容，都是散文的。这种观念，实际上仍是以一个时代诗人的感觉作标准，来衡量所有时代的诗人的感觉，把具有一种独特诗质的晚唐诗词的一种感觉与传达方式，视为整个的传统诗应该具有的唯一的"本质"。"诗的感觉"的差异性代替了"诗的感觉"的存在性。寻找诗的"存在根据"的思考变成了判定"诗的内容"有无的思考。因此，废名对于胡适之先生的只认白话诗传统为唯一的新诗的源头的错误是一种现代性的匡正，但是在思维方法上，他同样地走进了胡适迷入误区的陷阱。李健吾说，废名的理论是"经过思考"的"偏见"。但这种对于传统诗整体性的"偏见"毕竟是对于历史的很大程度上的误读。

这就牵涉到我隐约地感觉到的废名"思考"的一个深层的用意，也就是在新诗理论中存在着的两种含蓄观的问题。胡适在他的新诗进化观念的系统中，是没有朦胧和隐藏这些现代性诗的美学的位置的。虽然他在给沈尹默谈诗的信等文章中，也谈到寄托诗的"言近而旨远"的"诗的标准观念"。他说：所谓"言近而旨远"，就是"从文字表面上看来，写的是一件人人可懂的平常实事；若再进一步，却还可寻出一个寄托的深意"。"'言近'则越'近'（浅近）越好。'旨远'则不妨深远。言近，须要不依赖寄托的远旨也能独立存在，有文学的价值。"①但是他的这种寄托诗的含蓄观是以明白清楚作为审美的前提的。如他在谈"言近而旨远"的时候，就把用典的寄托诗说成是"七凑八凑的怪文字"，在文学上"不能有什么价值"。他认为"好"与"妙"的文学，有三

① 胡适《寄沈尹默论诗》，见《中国新文学大系·建设理论集》，上海，上海良友图书印刷公司，1935～1936年。

个条件："第一要明白清楚，第二要有力能动人，第三要美。"而他所谓的"美就是'懂得性'（明白）与'逼人性'（有力）二者加起来自然发生的结果"。① 以此为标准，胡适在肯定杜甫的白话古诗与一些近体诗的同时，对于杜甫的律诗的种种探索却作了否定的评价，他甚至认为，杜甫著名的诗篇《秋兴八首》，"传诵后世，其实也都是一些难懂的迷。这种诗全无文学价值，只是一些失败的诗顽艺儿而已"。② 废名的美学思考当然是在现代性的轨道上进行的。他由对晚唐诗的重新发现所体现的新诗的含蓄观，在承认不承认"懂得性"这一点上与胡适们分道扬镳了。他的论述显然对于"懂得性"作为诗的标准作了否定，由此将传统所说的含蓄的美学范畴，增加了鲜明的现代性色彩，而使之成为现代派诗人创作美学追求的朦胧与隐藏的一个组成部分了。在废名的诗论中，含蓄，这一晚唐诗人拥有的传统的美学特质与西方现代象征主义诗人崇尚的暗示观念融而为一，产生了它自身全新的意蕴。这已经是比胡适的第一个原生层面的含蓄迈向了更高层面上的具有现代性的诗的美学范畴。新诗的感觉方式和传达方法应该升华到一个新的境界。废名先生对于中国传统诗的现代性呼唤的重要意义之一，就在这里。

1995 年 12 月 3 日

① 胡适《什么是文学——答钱玄同》，见《胡适文存》一集。

② 见胡适《白话文学史》上卷，355 页，上海，上海古籍出版社，1998 年。

论何其芳30年代的诗

1936年3月，何其芳与卞之琳、李广田3人一起，出版了诗合集《汉园集》，其中何其芳的《燕泥集》，收诗16首。1938年10月，何其芳出版了诗与散文合集《刻意集》，收诗18首。后来，何其芳将《汉园集》的诗删1首，留15首，《刻意集》的诗删4首，留14首，合在一起，加上写于1936年至1937年的5首，共34首诗，编为《预言》，于1945年2月由上海文化生活出版社出版。《预言》可以说是全面反映何其芳抗战之前新诗创作成就的唯一的一本诗集。

何其芳后来说："我的第一个诗集《预言》是这样编成的：那时原稿都不在手边，全部是凭记忆把它们默写了出来。凡是不能全篇默写出来的诗都没有收入。这也可以说明我当时对于写诗是多么入迷。"①沙汀在回忆中也说过：1939年，初到冀中那段时间，何其芳"一有空他就埋头抄写他抗战前所作的诗歌。字迹又小又极工整。这个手抄本我

① 何其芳：《写诗的经过》，《何其芳文集》第5卷，137页、139页，北京，人民文学出版社，1983年。

曾经一一拜读，尽管它们的内容同当时的环境很不相称，但我多么欣赏其中那篇《风沙日》啊!”[1]《预言》很快于第二年得以再版。不久，何其芳在给巴金的一封信中，还商量能否“重印”，以“留作一点纪念”。[2] 这个愿望后来实现了。1957 年由人民文学出版社出了第 3 版。何其芳逝世后，1982 年上海文艺出版社又出了第 4 版。《预言》的美丽和真挚获得了许多读者的心。

现在能看到的，何其芳的《预言》及抗战以前的集外和佚诗近 80 首。本文仅就何其芳 20 世纪 30 年代这些诗篇的情感世界和艺术追求，作一点粗浅的探索。

青春与爱的人生“独语”

五四以后，打破封建传统思想的束缚，中国新诗产生了自己最初的爱情诗创作趋向。这是近百年诗歌发展在传达情感与表现题材方面的一个现代性的突破。朱自清在肯定这种突破的意义时，曾引述闻一多的话说，中国“缺少情诗，有的只是‘忆内’‘寄内’，或曲喻隐指之作；坦率的道白恋爱者绝少，为爱情而歌咏爱情的更是没有”。他认为，五四时期的爱情诗，只是做到了“告白”的一步。[3] 但是，这个时期的“告白”式的爱情诗，创造的主体的意识和接受者的内心反响，往往过分注意于这些诗中所具有的反封建礼教的意义，这一类的作品也

① 沙汀：《〈何其芳选集〉题记》，《何其芳选集》第 1 卷，4 页，成都，四川人民出版社，1979 年。

② 何其芳致巴金，《何其芳选集》第 3 卷，1 页，成都，四川人民出版社，1952 年。

③ 见朱自清《〈中国新文学大系·诗集〉导言》，上海，上海良友图书公司，1935～1936 年。

往往遭到了更多的非议。如鲁迅说的，“听说前辈老先生，还有后辈而少年老成的小先生，近来尤厌恶恋爱诗”。① 到了20世纪30年代这种情况有了很大的转变。诗歌创作者反封建意识的淡化而对于生命本体体验追求的增强，是爱情诗主题发展中一个十分明显的走向。爱情不再是一种社会思想的载体，而是人生美丽与痛苦的情感体验。一些诗人选择了爱情诗这个领域，历史也选择了这样一些以爱情为题材的诗人。戴望舒、何其芳等人，就是这方面的代表。

何其芳中学时就开始新诗创作的尝试。他先曾模仿过冰心《繁星》体的小诗，写过很多幼稚的尝试之作。当他于1929年进入上海中国公学读书的时候，17岁的年轻人就倾心于当时诗坛上交相辉映的闻一多、徐志摩代表的“新月派”诗和戴望舒代表的“现代派”诗，接受了他们的影响。梁宗岱的关于法国后期象征派大诗人瓦雷里的评介和所译瓦雷里的长诗《水仙辞》，更为何其芳所喜爱和耽读。何其芳开始以现代格律诗的形式，象征的或浪漫的意蕴，抒写自己的生命的感受。其中最重要的内涵，就是对于青春与爱情的吟诵。1931年4月，进入北大哲学系前，他曾用“秋若”的笔名，在《新月》杂志上发表一首题为《莺莺》的爱情诗，在一个带有神化色彩的传说的浪漫故事里，唱出了青年人女性爱的痴情与男子爱的负心的悲剧。他在与杨吉甫合编的小刊物《红砂碛》上发表的十几首新月派风的短诗，也弥漫了青春与爱的赞美与叹息。但这些诗都由于情感的浮泛和传达的幼稚，成为他进入成熟之前的一种遗迹。直到1931年秋天创作的一首《预言》，何其芳的爱情诗才算结出了一颗美丽的果实。

---

① 鲁迅：《集外集拾遗·诗歌之敌》，《鲁迅全集》第7卷，238页，北京，人民文学出版社，1981年。

后来，何其芳说，“那种未成格调的歌”继续了半年，“直到一个夏天，一个郁热的多雨的季节带着一阵奇异的风抚摸我，摇憾我，摧折我，最后给我留下一片又凄清又艳丽的秋光，我才像一块经过了磨琢的璞玉发出自己的光辉，在我自己的心灵里听到了自然流露的真纯的音籁。阴影一样压在我身上的那些19世纪的浮夸的情感变为宁静，透明了，我仿佛呼吸着一种新的空气流。一种新的柔和，新的美丽”，“这才算是我的真正的开始”。① 这所谓的“奇异的风”，就是“我遇上了我后来歌唱的‘不幸的爱情’”。② 因为是一种过去了的“不幸的爱情”，诗人的理智没有让他沉湎于失意的痛苦感伤，而是将这种情感的经历作为一种体验去“咀嚼”，情感的升华与艺术的升华于是就产生他那些充满着美丽真挚的青春与爱的“独语”。对于这些诗，他总“有一点偏爱”，“读着那些诗行我感到一种寂寞的快乐……如另外一篇未收入集中的《夏夜》所描写：

说呵，是什么衷怨，什么寒冷摇撼
你的心，如林叶颤抖于月光的摩抚，
摇坠你眼里纯洁的珍珠，悲伤的露？
——是的，我哭了，因为今夜这样美丽。
你的声音柔美如天使雪白之手臂
触着每秒光阴都成了黄金……

---

① 何其芳《论梦中道路》，载天津《大公报·文艺》，1936年7月19日第182期(《诗歌特刊》创刊号)。

② 何其芳《〈刻意集〉序》，1937年6月15日上海《文丛》第1卷第4期。

我是一个留(流)连光景的人，我喜欢以我自己的说法来解释那位18世纪的神秘歌人的名句，在刹那里握住了永恒。”①

是的，何其芳没有留给我们太多的爱的失意和忧伤。他对于爱的思考超越了个人感情的得失和叹息。爱是一种生命的美丽，青春的美丽。诗人所感觉的生命，“触着每秒光阴都成了黄金”。他的一些爱情诗，就是这种爱与青春的“永恒”的歌。

那首《预言》，是“预言”中的“神”与人的对话，更是诗人内心的“独语”。爱的期待与失落，人生思考的哲理，充满着宁静与和谐。《欢乐》对于“欢乐”充满美好想象的描写，给“忧郁”增添了别一种情感的色彩。《雨天》写了自己的伤感的“心里的气候”：“是谁窃去了我十九岁的骄傲的心，而又毫无顾念的遗弃?”但很快就转向对爱情美好的咀嚼与回味：“爱情原如树叶一样，在人忽视里绿了，在忍耐里露出蓓蕾，在被忘记里红色的花瓣开放。”寂寞的泪里，流的是寂寞的宁静和美丽。在人们熟知的《花环》中唱道：“开落在幽谷里的花最香，无人忆记的朝露最有光，我说你是幸福的，小玲玲，没有照过影子的小溪最清亮。”这种象征对早夭的青春或逝去的爱情的埋葬，给诗人与读者的是一种对生命的赞美：“你有美丽得使你忧愁的日子，你有更美丽的夭亡。”《祝福》写“青色的夜”里自己爱的思念，它长着“一双红色的小翅膀又轻又薄”，飞到自己所爱的人“梦的边缘”，最后再回到自己的心里，于是，“我的心张开明眸，给你每日的第一次祝福”。《月下》原名《关山月》，诗题借自古诗，就将现实爱的绝望与艺术的情感传达拉开了距离，真实的情感经过充分艺术化的处理，虽然无望的怨化为美丽的梦的歌唱，但那梦中的声音是一种爱的失落所获得的美的

① 何其芳《〈燕泥集〉后话》，《新诗》，1936年10月10日第1卷第1期。

体验：

今宵准有银色的梦了，
如白鸽展开着沐浴的双翅，
如素莲在水影里坠下的花片，
如从琉璃似的梧桐叶流到，
积霜似的鸳瓦上的秋声。
但渔阳也有这银色的月波吗？
即有，怕也凝成玲珑的冰了，
梦纵如一只满帆顺风的船，
能驶到冻结的夜里去吗？①

将自己的思念放到一个特定的情感环境里，因月光的点染，那美丽的梦也披上“银色”的温柔。连着几个美丽的比喻，将梦情的纯洁，轻盈和美，写得真实而亲切。后面的设问，虽然在情感色彩上是绝望的，踌躇的，但又显出一种思念的执着，情感的深沉。何其芳说，“我成天梦着一些美丽的温柔的东西。每一个夜晚我寂寞得与死接近，每一个早晨却又依然感到露珠一样的新鲜和生的欢欣。……我那时唯一可以骄矜的是青春。但又几乎绝望的期待着爱情”。而这爱，“那只是一种无可奈何的存在”。后来已经“无法获得同样的体验了，甚至有一点惊异当时的激动了”②。他的诗便是这“不幸的爱情”过后的“情感

① 此诗原发表和收入《汉园集》题为《关山月》，收入《预言》改为《月下》，文字也有改动，此处据《汉园集》。

② 何其芳：《〈刻意集〉序》，1937年6月15日上海《文丛》第1卷第4期。

的足印”，一种曾经有过的生命“存在”的“体验”。

朱自清说，徐志摩、闻一多、林徽因等“新月派”诗人的诗里，有“真实的爱情”诗，也有“理想的爱情”诗。我认为，何其芳的这些爱情诗，已经是基于个人的苦乐悲喜而又超越于苦乐悲喜，基于真实与理想而又超越于真实与理想，曾有过热恋而又超越于热恋生活层面。净化后的情感变得更冷静，更透明，从而进入了一种生命体验的美丽的“艺术的爱情”。何其芳称《燕泥集》是“情感的灰烬的墓碑”。[①] 而“可爱的灵魂都是倔强的独语者”。[②] 诗人何其芳的爱的“独语”，因此也就成为诗人失落美丽的爱情和排遣寂寞的人生之歌。

《预言》的重新阐释及其他

放在当时的大的历史环境里，就一种价值尺度来看，何其芳的爱情诗传达的感情是有些过分的狭窄。对于这个问题，还在抗战爆发之前，何其芳就带着十分矛盾的心情进行过自省。他一方面说，对于《燕泥集》第一个时期里的诗中的那些日子，自己“颇为珍惜，因为我作了许多好梦”；但他同时又说，“有时我厌弃自己的精致”。[③] 稍后，他更清楚地说，“我那时由于孤独，只听见自己的青春的呼喊，不曾震惊于辗转在饥寒死亡之中的无边的呻吟”。[④] 别人批评《画梦录》时，曾引他“厌弃精致”的话说，“当我们往坏处想只是颓废主义的一个变

① 何其芳《〈燕泥集〉后话》，《新诗》，1936 年 10 月 10 日第 1 卷第 1 期。

② 《独语》，见《画梦录》，上海，文化生活出版社，1936 年。

③ 何其芳《论梦中道路》，天津《大公报·文艺》，1936 年 7 月 19 日第 182 期(《诗歌特刊》创刊号)。

④ 何其芳《〈刻意集〉序》，1937 年 6 月 15 日上海《文丛》第 1 卷第 4 期。

相”。[①] 何其芳说，“那句议论很对”，自己“也不缺乏一点自知之明，很早很早便感到自己是一个拘谨的颓废者”。[②] 但抗战爆发以后，当艾青就他的《画梦录》和那个时期的思想进行批评的时候，何其芳却起来辩护了。这辩护当然也包含他的《预言》中的诗。

艾青说，何其芳“把糖果式的爱情看为生活的最高意义的基调”。他“有旧家庭的闺秀的无病呻吟的习惯，有顾影自怜的癖性，词藻并不怎样新鲜，感觉与趣味都保留着大观园小主人的血统”。[③] 何其芳在答辩中，说明了写作《画梦录》中部分散文和《汉园集》第一辑作品前后的思想历程，承认自己“当时有一些虚无的悲观的东西”，但更主要是批评了艾青判断的“不公平”。他认为，艾青没有发现他的作品“一个基本的共同点：由于一种被压抑住的无处可以奔注的热情”。[④] 何其芳的辩护给我们提供了一种思路：如何理解何《预言》及其他爱情诗的情感内涵。两种不同意见走入的是同一思维的轨道。为什么一定要把青春与爱的“呼喊”与饥寒交迫的声音对立起来，将青春与爱的歌唱看作是“顾影自怜”的“无病呻吟”呢？艺术现象与人生的复杂关系，为什么不可以从复杂而丰富的人生情感世界中去寻找解释呢？

先看《季候病》。诗的开始是写：“说我是害着病，我不回一声否。说是一种刻骨的相思，恋中的征候。但是谁的一角轻扬的裙衣，我郁郁的梦魂日夜萦系？谁的流盼的黑睛像牧女的铃声，呼唤着驯服的羊

---

① 刘西渭（李健吾）：《画梦录——何其芳作》，《咀华集》，193～194 页，200～201 页、203 页，上海，文化生活出版社，1936 年。

② 何其芳《我和散文（代序）》，见《还乡日记》，1939 年良友图书公司版。

③ 艾青《梦·幻想与现实——读〈画梦录〉》，《文艺阵地》，1939 年 6 月 1 日第 3 卷第 4 期。

④ 何其芳《给艾青先生的一封信——谈〈画梦录〉和我的道路》，《文艺阵地》，1940 年 2 月 1 日第 4 卷第 7 期。

群，我的可怜的心?”到这里，何其芳的声音确实没有逃出一些浪漫的调子。但是，接着诗人给我们是这样的回答：“不，我是梦着，忆着，怀想着秋天！九月的晴空是多么高，多么圆！我的灵魂将多么轻轻地举起，飞翔，穿过白露的空气，如我叹息的目光！南方的乔木都落下如掌的红叶，一径马蹄踏破深山的寂寞，或者一湾小溪流着透明的忧愁，有若渐渐地舒解，又若更深的绸缪…… ”这里确实有一个年轻人爱的感伤和脆弱的心灵的独语，但同样深潜着诗人内心一种“被压抑住的无处可以奔注的热情”。他的爱的“怀想”，不仅区别于旧传说中的爱的无病呻吟，也区别于滥调的新诗中那种狭窄的伤春悲秋的感叹。“秋天”的阔大和“南方”的优美的意象，已经成为一种感情的象征。它画出了诗人爱情的情感世界。它们成为诗的情绪的主潮。这是象征，也是内在情感的真实。他们给人一种健康美丽的信息。“一湾小溪流着透明的忧愁”，或许是何其芳爱情诗整个情感世界的一种象征。人类的情感世界中，健康的忧郁和感伤，透明的忧愁，也是一种美。

何其芳说，这些诗在他记忆里“展开了一个寒冷的热带”。“热带”和“南方”，在何其芳的爱情诗中成为经常出现的意象。这些意象又往往以与北方的荒凉寂寞和萧条寒冷对立形态而出现。这就象征地表现了诗人的情感世界中一种深层的追求与取向。《预言》里那位“年青(轻)的神”，被猜测一定来自“温郁的南方”，“告诉我那里的月色，那里的日光！告诉我春风是怎样吹开百花，燕子是怎样痴恋着绿杨!”这是诗人难以忘怀的情景：“阿(啊)，那是江南的秋夜！深秋夜正梦得酣熟，而又清澈，脆薄，如不胜你低抑的脚步!”(《脚步》)诗人曾说，这些是他梦中获得的诗句：“南方的爱情是沉沉地睡着的”，而“北方的爱情是警醒着的”，由此他写成了一首诗，其中有“当南风无力地从睡莲的湖水把夜吹来，原野更流溢着郁热的香气”(《爱情》)。诗人深情地唱着那位“如花一样无顾忌地开着”的“南方的少女”，“你不知忧愁的燕子，你愿意飞入我的梦里吗，我梦里也是一片黄色的尘土?”(《再赠》)诗人听到所爱的人“向晚的秋天”的细语，然后就进入了一种温馨的抒情：“不要默默得如一枝白茶花，让我们来谈说我们的乡土：那儿四季有明媚的日光，快乐的风托着小鸟的翅，花瓣上散着蜂蜜的味。”(《细语》)诗人的爱是热烈的：“但你知道，我们是往热带去，那儿的气候是适宜于爱情的，我们将有永远的夏夜的梦”，“那你是木棉，高大的有红艳的花的木棉，而我是多绿叶的长春藤，从你的足一直缠到颈间”(《冬夜》)。在诗人笔下，南方或热带，成为温暖，自由与美丽的象征。在这些意象中，寄托了诗人爱的独特情感世界。这些意象的凝聚包含了诗人的生命选择和人生热情的追往。热爱人生，热爱生活，热爱青春的美丽，这潜在的内涵本身就是一种诗的价值。

《预言》这首诗深藏着富于人生哲理的情感世界。此诗写于1931年秋天。读这首诗，人们根据诗中匆匆而来又匆匆而去的“神”的形象，认为诗里所写的是诗人自己初对爱情来临的惊喜，对于爱的美丽的憧憬和热烈，以及爱情失落之后的怅惘。而被赞美的是一位骄傲的女神。过去我也是从这个层面来读这首诗的。但如果我们联系何其芳在稍后文章中婉转的自述，就会进入这首诗感情世界的另一番天地。1933年所写的一篇对话剧式的散文《夏夜》里，即将离开北方某城的一个中学教师齐辛生，与恋着他的女教师狄珏如谈话时，狄曾拿起书架上的书，念起《预言》诗开头两段，问道：“这就是你那时的梦吧。”

齐：(被动的声音)那也是一个黄昏，我在夏夜的树林里散步，偶然想写那样一首诗。那时我才十九岁，真是一个可笑的年龄。

狄：你为什么要那“年青的神”无语走过。不被歌声留下呢？

齐：我是想使他成为一个“年青的神”。

狄：“年青的神”不失悔吗？

齐：失悔是更美丽的，更温柔的，比较被留下。

狄：假若被留下呢？

齐：被留下就会感到被留下的悲哀。

狄：你曾装扮过一个“年青的神”吗？

齐：装扮过。但完全失败。

在他们不得不分离的眷恋中，齐“带着泪声”地说：“我接受了‘生命底贿赂’，却拒绝了‘生命底生命’。并走近书架，读起了《预言》的最后一节：“我激动的歌声你竟不听，你底脚步竟不为我的颤抖暂停，象静穆的微风飘过这黄昏里，消失了，消失了你骄傲的的足音…… 啊，你终于如预言所说的，无语而来、无语而去了吗，年青的神？”①这里带有很大的自我解释的性质，但同时又是何其芳对于人生思考的哲理性的结晶。我们看到，《预言》中的“年青的神”，并不是瓦雷里诗中那位的“年青的命运的女神”的转化，而是诗人自我诗性的化身。整首诗是一位女性的倾诉。无语而来又无语而去，“消失了骄傲的足音”的，不是年青的“女神”，是诗人自己。在这篇《夏夜》里，作者就通过人物齐辛生的口说，“第一天我说，‘我是年青的神’。第二天我说，‘好意是能拒绝的吗？’第三天我说，‘爱情是能够拒绝的吗？’第四天就轮到

① 何其芳：《刻意集》，39～40 页、60 页、56 页，上海，文化生活出版社，1946 年。

该我哭泣了，‘我是受了生命的贿赂’。以后我常自语着，如一狂人似地，‘我没有爱她，我并没有爱她。’但那记忆是一直缠着我，到现在——”在解释拒绝一个女性的爱，是否故意想“排演残忍的悲剧”时，齐辛生回答说：“我以前同一个朋友谈过：人生如一条车道似的，沿途应该有适宜的车站。比如第一站是温暖的家庭；第二站是良好的学校教育；第三站是友谊与爱情；第四站是事业；最后一站是伟大的休息。在这条道上，缺少了某站或者排列颠倒了都是不幸的。”①这段“自白”，揭示了《预言》中“年青的神”拒绝了“生命的生命”所持的人生哲理的根据。

在一篇小说《迟暮的花》中，何其芳通过虚拟的主人公欧阳先生的作品，回顾20年前构想的故事中两个人物的私语：一段失落的爱情的经历。一个青年为了消除“对于爱情的闯入无法拒绝的惊惶”，竟在一个郊外的森林里度过了一个下午。

我自己给自己编成了一个故事。我想象在一个没有人迹的荒山深林中有一所茅舍，住着一位因着干犯神的法律而被贬谪的仙女；当她离开天国时预言之神向她说，若干年后一位年青的神要从她茅舍前的小径上走过，假若她能用蛊惑的歌声留下了他，她就可以得救；若干年过去了，一个黄昏，她凭依在窗前，第一次听见了使她颤悸的脚步声，使她激动的发出了歌唱。但那骄傲的脚步声踟蹰了一会儿便向前响去，消失在黑暗里了。

——这就是你给自己说的预言吗？为什么那年青的神不被留

① 何其芳：《刻意集》，39～40页、60页、56页，上海，文化生活出版社，1946年。

下呢?

——假若被留下了他便要失去他永久的青春。……

——现在你还相信着永久的青春吗?

——现在我知道失去了青春人们会更温柔。

……

倾听着这低弱的幽灵的私语直到这个响亮的名字，青春，象回声一样迷漫在空气中，象那痴恋着纳耳斯梭的美丽的山林女神因为得不到爱的报答而憔悴而变成了一个声响，我才从化石似的冥坐中张开了眼抬起了头。①

何其芳这里提到的纳耳斯梭，即希腊神话中的水仙。据出版于《预言》写作之前的梁宗岱译瓦雷里《水仙辞》时介绍:“水仙，原名纳耳斯梭，希腊神话中之绝世美少年也。山林女神皆钟爱之，不为动，回声恋之尤笃，诱之不遂而死。”②“纳耳斯梭”这译名及所叙故事大体一致，说明何其芳创作《预言》时显然已读到过梁宗岱《水仙辞》的译文。比较一下梁宗岱的介绍，可能尚有别的借鉴。希腊神话中说，森林女神厄科，因被罚舌头不能讲话。一天，她看到一个猎人，叫那喀索斯(即纳耳斯梭)，是个绝世男子。她强烈地爱恋他，悄悄跟踪他，但总得不到他的答应。因为解释不清，她只好扑向那喀索斯，试图把他抱住。可是这位美男子一个箭步躲开了，接着就消失在茂密的树林中。她失望中，日夜在山里流荡，为爱的折磨，逐渐消瘦，最后变成了一

① 何其芳:《迟暮的花——欧阳先生的演讲》(《浮世会》第三)，《刻意集》，106～107页，上海，上海文化生活出版社，1946年。

② 梁宗岱:《译者附识》，见《水仙辞》，上海中华书局1931年版。梁宗岱《水仙辞》诗译文先此已发表于《小说月报》1931年1月10日第22卷第1期。

种声音，在山林里回荡，成了人们呼喊时的“回声”①。这些情节，是与前面所引何其芳的叙述相吻合的。何其芳创作中没有取瓦雷里《年青的命运的女神》的思路。他在关于纳耳斯梭的“拒绝”森林女神爱的传说里找到自己情感世界共鸣的元素，找到了创作《预言》的灵感。

过去读《预言》，我们忽略了诗人上面那些充满着诗意的“解释自己”的自述，忽略了诗人为自己“编的故事”与《预言》之间的联系，因此也就忽略了这首诗中说的“年青的神”的原初象征意义。我们并不否认以前对于这首美丽的诗理解的情感内涵的合理性。象征的现代诗本来就有多义的特征。但是，这种多义如果遇上诗人反复的自我阐释的时候，却不能视而不见。接近诗人通过神话传达的深层次的象征，就会发现诗中角色转换后的全然不同的意义呈现。原来，《预言》里传出的是一个少女对于一个男性的“年青的神”的爱的倾诉。根据神话故事和何其芳散文中两个虚拟的老人的对话，或许可以更大胆一点推测，这乃是诗人在爱的热潮过去之后自我内心两种声音的对话，是诗人情感矛盾中一种心灵的自审。热情浪漫的意象背后实则包含着冷静的智性的思考。在诗人看来，人生应该是一个有序的轨道。对于青春的珍惜常常伴随对自我的残忍而来。如果“年青的神”留下来，他就会“失去永久的青春”。这首爱情诗是诗人对自己情感矛盾的自剖和自身悲剧命运的“预言”。它的情感世界包容一个冷峻的哲理命题。

何其芳说：“有很长一个时期我的生活里存在着两个世界。一个是出现在文学书籍和我的幻想里的世界。那个世界闪着光亮的，是充满着纯真的欢乐、高尚的行为和善良可爱的心灵的。另外一个是环绕

① [法]马里奥·默尼耶：《希腊罗马神话和传说》，梁启炎译，73页，桂林，漓江出版社，1995年。

在我周围的现实的世界。这个世界却是灰色的，却是缺乏同情、理想，而且到处伸张着堕落的道路的。我总是依恋和留连于前一个世界而忽视和逃避后一个世界。”①无论是对于爱的赞美，还是对于爱的拒绝，何其芳《预言》中的爱情诗的情感世界，就是他所说的由“幻想里的世界”生长出来的一些“闪着光亮”的精神花朵。

“荒原”意识与自省精神

在出版诗集《预言》同一年里，何其芳就曾说，集子中的“那些诗差不多都是飘在空中的东西”。② 这是过分的自省。其实，就在那些“飘在空中的东西”里，可以清楚地看到何其芳自内心深处发出来的另外一种声音。

《汉园集》刚出版不久，何其芳就说过，《预言》第二辑，即1933年到1935年里的那些作品，多是“不寐的夜晚里的长叹和辗转反侧”，他找到的是“一片荒凉”。③ 1933年夏，诗人曾短暂的返回故乡万县。他看到了社会与人生更广大的一面；同时，当他走进童年的王国——一个柏树林子，发现“在我带异乡尘土的足下”，这“昔日的王国”竟是那样“可悲泣的小”。他的情感世界越过了一个界石，“从它带着零落的盛夏的记忆走入了一个荒凉的季节里”。在回归后写的一首诗《柏林》的结尾说：“从此始感到成人的寂寞，更喜欢梦中道路的迷离。”结束“少年”时期温柔的幻想，走进“成人”寂寞思考的深沉，给何其芳的诗带来了新的创作姿态和理性色彩。

---

① 何其芳：《写诗的经过》，《何其芳文集》第5卷，137页、139页，北京，人民文学出版社，1983年。

② 何其芳《〈夜歌〉初版后记》，见《夜歌》，重庆诗文学社，1945年。

③ 何其芳《〈燕泥集〉后话》，《新诗》，1936年10月10日第1卷第1期。

当何其芳回到沙漠一样的北京这座大城的时候，“我垂下了翅膀。我发出一些‘绝望的姿势，绝望的叫喊’。我读着 T. S. 艾略特，这古城也便是一片‘荒地’。”①这时，他“更感到了现实与幻想的矛盾，人的生活的可怜”。② 这时，他“更喜欢”的 T. S. 艾略特的《荒原》所具有的对于人类社会与精神堕落的批判意识，或者被称为“毁灭的意识”③，与何其芳的诗歌创作的精神世界相通了，并化为了他内在思想的一种驱动力，成为他诗歌创作的一个重要的精神情结和意识。

这种“荒原”意识的表现，是他以批判的眼光审视现实社会，以深层的象征意象，发出了一些“绝望的姿势，绝望的叫喊”。《风沙日》原发表时题为《病中杂咏》，诗的中间插入了“黄昏”里一段温馨的“记忆”，“我们是往热带去，那儿我们将变成植物”，但是回忆的前面，背景的设计已经转换成为一种“荒原”的氛围了：大的风沙，湖水的黑浪，厚厚的壁，郊外古式的停顿的骡车……都被赋予了象征的意蕴。这种一系列意象构成的荒凉背景与温馨回忆相对立，更增强了对如沙漠一般的现实的批判色彩。这种现实中的沙漠，成了诗中的人生与社会荒凉的象征。它们已成为一种感觉浸透入诗人的意识深处。这是一首诗的开头：“正有人从迢遥的乡梦，回来，有人梦里也是沙漠。”这梦者，暗喻的正是不眠的诗人自己。他听见的，是深夜的梆声，迷路

① 何其芳《论梦中道路》，天津《大公报·文艺》，1936 年 7 月 19 日第 182 期(《诗歌特刊》创刊号)。

② 何其芳《给艾青先生的一封信——谈〈画梦录〉和我的道路》，《文艺阵地》，1940 年 2 月 1 日第 4 卷第 7 期。

③ 邵洵美《现代美国诗坛概况》，《现代》1934 年 10 月 1 日第 5 卷第 6 期。此文中说，T. S. 艾略特的《荒土》，“‘这是一个战后的宇宙：破碎的制度，紧张的神经，毁灭的意识，人生已不再有严重性和连贯性——我们对一切都没有信仰，结果便是对一切都没有了热诚。’(见威尔生 Edmund Wilson《论爱里特》)”

的街巷的犬吠，夜行车颤抖的鸣叫，病孩在母亲手中的啼哭，白发人呓语惊不醒乘车人的麻木，……结尾："车啊，你载着各种不同的梦，沿途拣拾些上来，又沿途丢下去。"(《失眠夜》)这梦，已经由个人的"望着天上的星星做梦"，转换成含着社会批判成分的人生的幻灭感。诗人对夜色的感觉也不同了。市声"退潮"之后，看到的是一个时代的衰落的象征："最后一乘旧马车走过"，更听到一种穿透现实与历史的哭声："宫门外有劳苦人，枕着大的凉石板睡了，深夜醒来踢起同伴，说是听见了哭声，或远或近地，在重门锁闭的废宫内，在栖满乌鸦的城楼上，于是更有奇异的回答了，说是一天黄昏，曾看见石狮子流出眼泪……"(《夜景(一)》)在下弦月的雾里，诗人笔下的"夜景"是凄寂欲绝的马蹄声，剥落的朱门前归来的"黑影子"，和"把你关到在世界以外了"的无家可归的衰落感(《夜景(二)》)。这些冷漠意象的抒写，象征了诗人对现实与历史追问的清醒。诗人关注民族的命运。冷漠中深藏着愤激和热情。诗人以T.S.艾略特的"荒原"意象来概括他眼中的古城北京。这本身就是一种总体性的追问。这追问所含蕴的愤激与抗争之情，凝结在《古城》一诗中。诗一开头，就是一种冷静的倔强和愤懑的发问："有客从塞外归来，说长城象(像)一大堆奔马正当举颈怒吼时变成石头了(受了谁的魔法，谁的诅咒！)"接着，进入历史征战与死亡的缅怀，塞外大漠风吹进古城的描写，"浪游人"一段冷清的梦的叙述，当他梦醒后，听到的只有："长长的冷夜"冻得"早已僵死了"的地壳上远处"铁轨的颤动"。这个"浪游人"只能悲故国的荒凉逃走了。

逃呵，逃到更荒凉的城中，
黄昏上废圮的城堞远望，

更加局促于这北方的天地。
说是平地里一声雷响，
泰山：绕上云雾间的十八盘
也象是绝望的姿势，绝望的叫喊
（受了谁的诅咒，谁的魔法！）
望不见黄河落日里的船帆！
望不见海上的三神山！

长城、泰山，都是诗人心中故国的崇高与生命力的象征。它们竟由飞奔和高耸而变成了“绝望的姿势，绝望的叫喊”。象征着希望与美好的黄河落日里的船帆，海上的三神山，也都渺不可见。“古城”变成了冰冷的“荒原”。而生活在那里的人们，却是那样的麻木。在“湖水成冰”到“湖冰成水”的不断轮回的长夏里，又“围着桌子喝茶”了。这平静的意象抒写里，我们感到了诗人那种对于人生的热情与对社会现实愤激。同时，在另外一首《风沙日》中，诗人同样慨叹北京“满天的晴朗变成满天的黄沙”，梦醒拉开窗帘来，“看到底是黄昏了，还是一半天黄沙埋了这座巴比伦?”“古城”“巴比伦”的意象，都可以说是“荒原”意识的体现和《荒原》意象原型转化性的创造。

“荒原”意识，还体现于诗人自我对于个体生命存在的荒诞性的思考。《预言》创作的第二个时期里，出现了这方面内容的诗作。个人存在与现实的不协调，和由此而产生的人生焦虑与对现实的反讽心境，常常以一种非理性的方法，传达出“自嘲”与“荒诞”的情境，成为这一类诗的共同的特征。如《风沙日》，初发表时题为《箜篌引》，午间放下自己的帘子，因为“太阳是讨厌思想的”，自己感到成了《仲夏夜梦》中被放逐到海上的主人公了。而这时自己叫不应自己的名字，“二十年来未有的大风，吹飞了水边的老树想化龙，吹飞了一垛墙，一块石头，到驴子头上去没有声息”。想梦醒来“落在仙人岛边”，让人拍手笑“秀才落水呢”，不要将木槿的花汁滴在自己的眼皮上，那样“我醒来第一眼看见的，可能是一匹狼，一头熊，一只猴子……”梦中失落自我的荒诞、迷惘，在调侃与嘲讽的笔调中揉成一种对现实和自我生命困境的批判性思考。《六月插曲》写一个有着“彷徨的灵魂”的“行人”，在黄昏时的一段“奇异的幻想”，一段“乱梦”。梦醒后抒情主人公惊叫：“这不是我的家!”传达了现实的荒谬引起的一个孤独“寻梦者”失去精神家园的迷惘。《古代人底情感》在表现这一类情感方面，最值得注意。深巷柝声远去声中，听一阵铁轨的震动，由夜车的开行，想起古代的别离的情感。而自己为什么会有这种“凄惶”的感觉呢？这种情感，“仿佛跋涉在荒野，循磷火的指引前进。最终是一个古代的墓圹。我折身归来，心里充满生底搏动”，但走入我的屋子“四壁剥落，床上躺着我自己的尸首”。荒原般的现实，被扭曲的人性，竟会将一点仅存的生机变而为自身情感的泯灭。而这种“情感”，不是“古人”的，也不是一个人的。“七尺木棺是我底(的)新居，再不说寂寞和黑暗了。坟头草年年的绿，坟侧的树又可作他人的棺材。”[①]这种“情感”，是与“古代人”那种“此处惆怅的一挥手，始有彼处亲切的笑脸”的亲切情感完全不同的。诗人曾说：“我叹息我丧失了许多可贵的东西，”“夜色和黑暗的思想使我感到自己的迷失。我现在倒底在哪儿?”正是“现代人”普遍存在的这种个人迷失，现实引起的内心“寂寞和黑暗”的感觉，被诗人嵌进一些极度荒诞性的意象中，又常常与城

---

① 《古镜》《古代人底情感》《六月插曲》均为重新发现的集外佚诗，见拙作《〈北平晨报·学园〉附刊〈诗与批评〉读札》，《新文学史料》1997年第3期。

市的荒凉，风沙，夜晚的死寂描写为背景，交相呼应，因此这些诗也就并不是意在引向颓废，而是深藏着诗人对于社会，对于人生的清醒的反讽意识的。

何其芳说，从这时“彷徨在‘荒地’里的‘绝望的姿势，绝望的叫喊’”里①，可以听见“对于人生我实在是充满了热情，充满了渴望，因为孤独的壁使我隔绝了人世，我才‘哭泣着它的寒冷’”。② 他在街头幻想中编出的故事里，常常叹息着“世界上为什么充满了不幸和痛苦。于是我的心胸里仿佛充满了对于人类的热爱”。③ 他自己重读的小说《王子猷》的一些句子，“在情感的灰烬里找到了一些红色的火花”。如“……谁是真受了老庄的影响？谁是真沉溺于酒与清谈的风气？都是对生活的一种要求。都是要找一点欢快，欢快得使生命颤栗的东西！那狂放的阮籍，不是爱驱车独游，到车辙不通的地方就痛哭而返？那哭声，那时代的哭声呵，就是王子猷这时抑在心头的哭声了”。何其芳说：这时“我仿佛听见了我那时抑在心头的哭声。我想起了我重写那样一个陈腐的故事并不是为着解释古人而是为着解释自己”。④ 同样，在何其芳或寂寞与荒凉，或荒诞的，或历史题材的诗篇中，可以听得见他那出于对人生的热情的爱与恨而产生的“抑在心头的哭声”。正是这种内在的人生热情，使诗人写出了《预言》中的《云》等几篇告别自身的局限，走向更广大社会的歌唱。这是“荒原”意识的必然发展。

---

① 何其芳《〈刻意集〉序》，1937年6月15日上海《文丛》第1卷第4期。

② 何其芳《我和散文(代序)》，见《还乡日记》，1939年良友图书公司版。

③ 何其芳：《街》，《还乡杂记》，19页，上海，文化生活出版社，1949年。

④ 何其芳《〈刻意集〉序》，1937年6月15日上海《文丛》第1卷第4期。

属于“他自己”的独特艺术拥有

20世纪30年代，李健吾说，“一般人视为晦涩的，有时正相反，却是少数人的星光。何其芳先生便是这少数人中间的一个，逃出废名先生的园囿，别自开放奇花异朵。这也就是说，他的来源不止一个而最大的来源又是他自己”。[①] 李健吾又说，何其芳“生来具有一双艺术家的眼睛，会把无色看成有色，无形看成有形，抽象看成具体，他那句形容儿童的话很可以用来形容他自己‘寂寞的小孩子常有美丽的想象’”。[②] 说何其芳具有“艺术家的眼睛”和“美丽的想象”，这无疑是正确的。但是，这种概括似乎还没有完全接触到何其芳30年代诗最独有最富个性的美学特质。

那么这种属于何其芳“他自己”的最富个性的东西是什么呢？何其芳谈自己写诗过程时曾说到，受中国古代诗歌和西方象征主义诗的影响，形成他自己拥有的一种思维和传达方式。“我喜欢那些锤炼，那种色彩的配合，那种镜花水月。我喜欢读一些唐人的绝句。那譬如一微笑，一挥手，纵然表达着意思但我欣赏的却是姿态。我自己的写作也带有这种倾向。我不是从一个概念的闪动去寻找它的形体，浮现在我心灵里的原来就是一些颜色，一些图案。”“我惊讶，玩味，而且沉迷于文字的彩色，图案，典故的组织，含义的幽深与丰富。”[③]这里包

① 刘西渭(李健吾)：《画梦录——何其芳作》，《咀华集》，198页、193～194页、203页、200～201页，上海，文化生活出版社，1936年。

② 何其芳《论梦中道路》，天津《大公报·文艺》，1936年7月19日第182期(《诗歌特刊》创刊号)。

③ 何其芳《论梦中道路》，天津《大公报·文艺》，1936年7月19日第182期(《诗歌特刊》创刊号)。

含了超越于一般艺术想象之上的诗的创作运作中的两个最重要的问题：诗的思维运作方式和诗的语言锤炼方式。超越概念运动去找形象，浮现于心灵里的原来就是“一些颜色，一些图案”，属于前者；喜欢语言的锤炼和色彩的配合，属于后者。两者结合，成了何其芳诗歌创作独特的艺术姿态，也成为他创作的审美动力和最大快乐。“我倾听着一些一些飘忽心灵的语言。我捕捉着一些在刹那间闪出金光的意象。我最大的快乐或酸辛在于一个崭新的文字建筑的完成或失败。”①

何其芳的具象运作思维，使他的诗带给人的不是概念的形象化呈现，而是无数意象本身引起的幽深和丰富的联想，一种令人回味的情绪的意境和氛围。“襟上留着你嬉游时双桨打起的荷香，袖间是你欢乐的泪，慵困的口脂，还有一枝月下锦葵花的影子，是你合眼时偷偷映到胸前的。”(《罗衫怨》)这是对所爱少女的怀想。“寂寞的砧声散满寒塘，澄清的古波如被捣而轻颤。我慵慵的手臂欲垂下了，能从金碧里拾起什么呢?”(《休洗红》)这是爱的情感的怅惘。“黄色的佛手柑从伸屈的指间，放出古旧的淡味的香气；红海棠在青苔的阶石的一角开着，像静静滴下的秋天的眼泪；鱼缸里玲珑吸水的假山石上，翻着普洱草叶背的红色；小庭前有茶漆色的小圈椅，曾扶托过我昔年的手臂。”(《昔年》)这是对于童年时光的回忆。生活的事物，自然的场景，古诗的意象，往往以自身的具象形态进入诗人思维的运作。从概念或观念出发去寻找形象化的表现物的思维方式，对于何其芳是不适用的。

① 何其芳《论梦中道路》，天津《大公报·文艺》，1936年7月19日第182期(《诗歌特刊》创刊号)。

深夜踏过白石桥
去摸太液池边的白石碑，
（月光在摸碑上的朱字，）
以后逢人便问人字柳
倒底在哪儿呢，无人理会。

——《古城》

西风里换了毛的骆驼群，
举起四蹄的沉重
又轻轻踏下，
街上已有一层薄霜。

——《岁暮怀人（二）》

你梦过绿藤缘进你窗里，
金色的小花坠落到你发上。
你为檐雨说出的故事感动，
你爱寂寞，寂寞的星光。

——《花环》

是的，一株新的奇树长在我心里了，
且快在我唇上开出红色的花。

——《夏夜》

路尽处也许是一间屋，
走进半开的门也许遇见
一假托耳聋的老妇。
——甚么在屋顶上摇？
如果有月光会认作是青草。

——《六月插曲》

或暗示沙漠般的“古城”中生命的死寂和人情的淡漠，“人字柳”在诗里已成为一种象征物本身；或写离别怀友的淡淡的愁绪，诗里暗暗地化用了“鸡声茅店月，人迹板桥霜”的诗句，表达现代人的幽深而诚挚的感情；或写幻想中一个少女的深深寂寞，她的内心世界是一片寂寞的星光；或抒发爱的热烈渴望的情感，抽象的感情变成了富有生命的意象；或者是表达一个“彷徨的灵魂”，在寻梦的过程中无路可寻的寂寞荒凉心境。诗人给予的是他眼中的一幅图画，一个色彩。它们本身变成了诗人的一种思维运动形态的呈现。每个图画和色彩的背后，有让人去品味和思索的隐藏的或象征的意义。另如《爱情》《祝福》《月下》《夜景(一)》《圆月夜》等名篇，具象性思维构成的都是一个个“闪出金光的意象”的世界。

诗人自幼孤独，养成了他以想象为生活的习惯。童年家庭旧书箱中的藏书，晚唐诗词的艳丽和古典小说的阔大世界，使他沉醉地走入了“想象的国土”。唐人绝句那种丰富想象和意象连接的特殊境界给他思维形成和发展以很深的影响。后来读了很多象征派的诗，也给他用物象暗示自己情感以启迪。这几乎形成为他的一种思维习惯。生活与创作中，甚至在课堂上，听着大学哲学教授枯燥的讲解，他可以望着窗外的阳光，“不自禁的想象着热带的树林，花草，奇异的蝴蝶和巨大的象”。[①] 他注重“避免抽象”，绝少“直然裸露”，注重诗中的想象与思维的表现姿态。他以美的雕绘和匀称的光影，唤起“一个完美的想象的世界”。[②] 那首充满象征色彩的诗篇《扇》，被诗人用在《画梦

① 何其芳《我和散文(代序)》，见《还乡日记》，1939年良友图书公司版。

② 刘西渭(李健吾)：《鱼目集——卞之琳先生作》，《咀华集》，144页，上海，文化生活出版社，1936年。

录》的代序《扇上的烟云》里：

> 设若少女妆台间没有镜子，
> 成天凝望悬在壁上的宫扇，
> 扇上的楼阁如水中侧影，
> 染着剩粉残泪如烟云……
> “你说我们的听觉视觉都有很可怜的限制吗？”
> “是的。一夏天，我和一患色盲的人散步在农场上，顺手摘一朵红色的花给他，他说是蓝的。”
> “那么你替他悲哀？”
> “我倒是替我自已。”①

这里暗示一种美学追求：诗人要具有超越感官限制的充满着美的想象的思维。最没有想象力的诗人是最可“悲哀”的。而这表达本身就不同一般的思维方式。何其芳诗的这种思维特征，可以说已经融入了他自身的气质。李健吾说“何其芳先生要的是颜色，凸凹，深致，隽美”，② 与“汉园三诗人”的其他人相比，“何其芳先生更是一位诗人”，“他缺乏卞之琳先生的现代性，缺乏李广田先生的朴实，而气质上，却更其纯粹，更是诗的”。③ 何其芳20世纪30年代的诗，除了它们所

① 何其芳《扇上的烟云(代序)》，见《画梦录》，上海，文化生活出版社，1936年。

② 刘西渭(李健吾)：《画廊集——李广田先生作》，《咀华集》，188页，上海，文化生活出版社，1936年。

③ 刘西渭(李健吾)：《画梦录——何其芳作》，《咀华集》，198页、193～194页、203页、200～201页，上海，文化生活出版社，1936年。

开辟的情感世界之外，更为独特的个性，也更有艺术魅力的地方，也许就在他的诗中这种通过语言的锤炼所凝固下来的超越于一般形象思维之上的意象组合，或可称为流动性的情感的雕塑。

20 世纪 20 年代，胡适在新诗的开创期，就倡导诗要用“具体的写法”，反对用“抽象的写法”，以创造出“鲜明扑人的影像”。[①] 从“中国文学套语的心理学”的角度，反对陈陈相因的“套语”，提倡以新的想象力创造出诗的“具体意象。”[②]但这只是一种理想而已。闻一多就清醒地批评初期的新诗，除郭沫若等极少数人之外，“弱于或竟完全缺乏幻想力”，即想象力的毛病[③]。徐志摩、闻一多等人重视诗的想象力给新诗的创造带来了活跃的新局面。几乎同时，象征主义理论最初的倡导者穆木天，反思初期新诗想象力的贫乏和散文化的偏执，借鉴西方现代性诗艺的审美追求，提出要找到一种“直接用诗的思考法去思想”的“诗的思维术”的超前性思考[④]。但是他们自身的创作并没有完成这一意愿。到了 30 年代，戴望舒、卞之琳、何其芳和稍后的冯至等人，追求新诗现代性，对诗人的想象力在诗中的作用进行了新的思考，这种思考和实践被称为新诗的“感性革命”，即“传统感性与象征手法的有效配合”[⑤]这种诗的“感性革命”，在思维上来看，实质上

① 胡适《谈新诗——八年来一件大事》，见《中国新文学大系・建设理论集》，308 页，上海，上海良友图书印刷公司，1935～1936 年。

② 胡适《寄沈尹默论诗》，见《中国新文学大系・建设理论集》，313 页，上海，上海良友图书印刷公司，1935～1936 年。

③ 闻一多：《〈冬夜〉评论》，《闻一多全集》第 2 卷，69 页，武汉，湖北人民出版社，1993 年。

④ 穆木天《谭诗——寄沫若的一封信》，1926 年 3 月《创造月刊》第 1 卷第 1 期。

⑤ 袁可嘉《新诗现代化》，1947 年 3 月 30 日天津《大公报・星期文艺》。

乃是T. S. 艾略特提出的"外界事物和情感之间的完全对应"而产生的一种方法：寻找"客观对应物"，"换句话说，是用一系列实物、场景，一连串事件来表现某种特定的情感"。① 何其芳30年代的新诗创作，对于具象性思维的追求，就是这一新诗现代性探索谱系中的一种更富独特个性的构成。他的独特性在于：这种"客观对应物"不是在寻找中实现的，它们就是诗人的情智和思维运动的本身。何其芳将新诗的想象力追求推进到一个新的境界。他30年代的诗，拥有的属于"他自己"的最富个性的艺术魅力，根源之一，或许就在于此。

① T. S. 艾略特：《哈姆雷特》，《艾略特诗学文集》，9页，北京，国际文化出版公司，1989年。

论李金发诗歌的意象构建

1935年，李健吾论述20世纪20年代诗歌发展的几种趋势时说，与徐志摩领袖的倡导新格律诗的新月诗派、郭沫若领袖的宏大热情的自由诗派不同的，是“李金发先生领袖的一派”。这种不同主要在于：他们完全不顾形式，追求“晦涩”与“涵蓄”，主要是“从意象的联结，企望完成诗的使命”。“李金发先生仿佛一阵新颖过去了，也就失味了。但是，他有一点可贵，就是意象的创造。”他和他以后反对音乐成分的诗作者们，“意象是他们的首务”。他们以自由的形式表现内在的复杂，“运用许多意象，给你一个繁复的感觉”。①

同年8月，朱自清也肯定李金发，“他要表现的不是意思而是感觉和情感；仿佛大大小小红红绿绿的一串珠子，他却藏起那串儿，你得自己穿着瞧”。这种法国象征派诗人

① 刘西渭(李健吾)：《鱼目集——卞之琳先生》，《咀华集》，129～131页，上海，文化生活出版社，1936年。

的手法，“李氏是第一个人介绍它到中国诗里”。[①] 到了20世纪40年代，朱自清说，“跟音乐完全分家”之后，“诗完全转到意义中心的阶段”，“字面的影象(像，下同)”如果必须用，“就要配合全诗的各部分那中心的意义，说出那要说的话”，用以“引起人们奇丽的感觉”。[②] 这里所说的“影象”，即是“意象”(image)。[③] 我的理解，朱自清所讲的李金发诗中的“大大小小红红绿绿的一串珠子”，主要指的，就是他诗歌中的意象，或称“影象”。朱自清所论及新诗由关注音乐成分而转入“意义中心”的阶段，这是一种新诗现代性的进步。而这新诗中的“意义”的载体，最重要之一，是诗歌的意象。

最早在中国自觉介绍西方现代派“纯诗”理论的李健吾和朱自清[④]，在对于象征派诗的发现与推举中，这些非常具有现代性的见

---

① 朱自清《中国新文学大系·诗集·导言》，上海，上海良友图书印刷公司，1935年。

② 朱自清：《论百读不厌》，《朱自清全集》第3卷，228、230页，南京，江苏教育出版社，1988年。

③ 英语image，可译为肖像、形象、意象、影象等。1912年美国意象派诗运动的“意象”，用的即为“image”。胡适留美日记中全文剪贴了美国《意象派宣言》。梁实秋说胡适的文学改良主张和新诗倡导都受了“美国印象主义者”的影响。1922年2月刘延陵发表的《美国的新诗运动》中将美国“意象派”(image)译为“幻象派”。这里的“印象主义”“幻想派”均指美国“意象派”。胡适在《谈新诗——八年来一件大事》一文中将“image”译为“影象”或“意象”。朱自清显然接受了胡适所译“影象”的概念。他说：“胡适强调‘诗的具体性’，具体的说，就是要诗在接受者脑子里发生一种或许多种‘明显逼人的影象’，或称‘明了浓丽的影象’，‘鲜明扑人的影象’。而这些，都是‘眼睛里的影象’。”(《胡适〈谈新诗〉指导大概》，《朱自清全集》第2卷，161页)

④ 朱自清李健吾曾合译英国批评家A. C. Bradley的《为诗而诗》(载《一般》第3卷第3号，1927年11月5日)，自己译有在清华大学西洋文学系任教的R. D. Jameson的《纯粹的诗》(1927年10月)。

解，揭示了中国现代诗学批评对于李金发的诗歌在意象创造中地位与价值的认同。

一、意象：进入象征和暗示

五四初期新诗诞生以后，胡适、康白情、闻一多、徐志摩等一些诗人，都曾注意诗歌意象建设的探讨。但是，真正将新诗的意象建设引入象征和暗示的轨道，在理论上和实践上致力于意象的象征化，即"朦胧了文字的意义，用暗示来表现情调"①的审美创造的，却是李金发。

李金发早年并没有关于倡导诗歌意象的见解发表。直到写作《微雨》十年之后的1933年，他第一次强调了"意象"在诗歌创作中的极端重要性。他说："诗之须要image(形象、象征)犹人身之需要血液。在现实中没有什么了不得的美，美是蕴藏在想象中，象征中，抽象的推敲中。"②由此可见，李金发的美学观念中，对于"意象"这个美学概念以及它在诗歌创作中具有的特殊意义，是非常重视的。同时也看得出一种矛盾的情况：他对于"意象"这个现代美学范畴，又存在着模糊的理解所造成的某种误读。一方面，李金发已经注意"意象"在现代诗歌审美创造中的重要性，视"意象"为诗歌的生命；另一方面，他又将"意象"(image)这个概念的理解宽泛化了，模糊化了。如果将"image"理解为"形象""意象"，还接近词的本意，说"image"即是"象征"(英语为symbol)，就是一种有意或无意的误读了。但是，有趣的是，在这

---

① 朱自清：《新诗杂话·抗战与诗》，《朱自清全集》第2卷，345页，南京，江苏教育出版社，1988～1997年。

② 李金发《序林英强的〈凄凉之街〉》，1933年8月《橄榄月刊》第35期。

个“误读”中，李金发将由想象产生的“意象”与“象征”连在一起进行理解，也无意中透露出他的一个观念：在他的审美视点中，自觉地将“象征”引入“意象”创造的范围，建立了一种意象与象征的同一性的理念。这样就在实践中，将如朱自清说的歌创作的“意义中心”阶段，由一般的重视意象的形象性与含蓄性，转向重视意象的象征性与暗示性。

李金发的引象征与暗示入新诗意象的构建，主要贡献不在理论的阐发，而在创作的实践。用前面引述的李健吾的话讲，就是“意象的创造”，或以“意象的联结”来完成诗的使命。这种意象创造，大体有三种情形。

第一种类型，是有深层意义的象征意象。他写诗的开始，自觉接受了法国象征派的创始者波特莱尔、魏尔伦的影响，在许多诗里，突出了意象和意象联结在抒情中的功能，避免抽象的情感倾诉的与直白的叙述，努力赋予意象以自身意义之外的象征内涵。诗里的意象和意象组合，成为某种情调与思绪的象征物。

《微雨》的开篇《弃妇》，由许多不相关联的意象构成，而这些意象又模糊了它们的含义，遂造成怪异朦胧的效果。但如果从意象的象征这个角度进入，我们就会读到一个含义幽深的抒情世界。“长发披遍我两眼之前，遂隔断了一切羞恶之疾视，与鲜血之急流，枯骨之沉睡。”一个被遗弃的妇女，无心梳洗的长发，遮住了自己的两眼，同时也遮住了世俗的人们投来的羞辱的眼光。“鲜血”的急流，“枯骨”的沉睡，这两个意象，暗示的意思是：生的渴望与死的痛苦，都已经与自己无关了。后面的“黑夜”，“狂呼”在清白耳后的“蚊虫”，“如荒野狂风怒吼”，也是一组暗示“人言可畏”和自身恐惧心理的意象。为了表达弃妇内心强烈的孤独感，诗人创造了一些在当时新诗里也是属于令人惊奇的意象：

> 靠一根草儿，与上帝之灵往返在空谷里，我的哀戚惟游蜂之脑能深印着；或与山泉长泻在悬崖，然后随红叶而俱去。

自己个人的痛苦与哀戚，无法去向上帝倾诉，也得不到世人的理解，更没有人会来倾听，只能如山泉红叶一样飘逝得无影无踪。“一根草儿”“空谷”“山泉”“悬崖”“红叶”，这些意象的组合，初读起来很陌生，但仔细地进入诗人的思路，就不仅理解了诗情的意义，还会有余味无穷的感受。象征诗的意象的魅力，就在这里。下面一节诗，从象征意象的创造上看，也是非常精彩的：

> 弃妇之隐忧堆积在动作上，夕阳之火不能把时间之烦闷。化成灰烬，从烟突里飞去，长染在游鸦之羽，将同栖于海啸之石上，静听游子之歌。

弃妇隐忧的沉重，烦闷心境的无法排遣，这些“意义”，都被模糊了。“夕阳之火”“灰烬”“游鸦之羽”“游子之歌”等几个意象，进行有机地组合，形象地把弃妇的心境一层一层地暗示出来了。透过这些意象组合的整体，我们感受到诗人在“弃妇”这个象征的意象里隐含的对于人生命运的悲哀的深深慨叹。引象征进入新诗意象的创造，使意象带有深层多义的象征性质，《弃妇》在初期的新诗里，可以算是一个难得的范例。

第二种类型，是并无深层含义的一般象征意象。黑格尔说：“象征一般是直接呈现于感性观照的一种现成的外在事物，这种外在事物并不直接就它本身来看，而是就它所暗示的一种普遍的意义来看。因此我们在象征里应该分出两个因素：第一是意义，其次是意义的表现。意义就是一种观念和对象，不管它的内容是什么，表现是一种感性存在或一种形象。”“象征在本质上是双关的或模棱两可的”，这也就是象征意象的“暧昧性”。① 李金发的诗作，像《弃妇》这样的外在事物（“弃妇”）与表达意义（人生命运）有多层结构的象征意象，并不是很多。多数的情况是，全诗并没有太深的象征内涵，要传达的意义比较单一和明显。这样，诗歌意象的象征功能，如何体现呢？李金发的方法是：避免直白，创造意象的新奇怪异，由此模糊了意象的意义，构成一种“模棱两可”的“暧昧性”，从而达到以暗示传达情调和情感的效果。这里我们看看《给蜂鸣》一诗的片段：

> 淡白的光影下，我们蜷伏了手足，口里叹着气如冬夜之恶狼；脑海之污血循环着，永无休息，/脉管的跳动显出死之预言。深望黑夜之来，遮盖了一切。耻辱，明媚，饥饿与多情；地狱之门亦长闭着如古刹，任狐兔往来，完成他们之盛会。我愿长睡在骆驼之背，远游西西利之火山与地上之沙漠；无计较之阳光，将徐行在天际，我死了多年的心亦必再生而温暖。……奴隶之奴隶，还带点微笑，两手靠在胸后似与人作揖。捷克斯拉夫人之胜利与傲气，将到世界之终期而不衰歇。

此诗 1922 年写于法国小城第戎（Dijon），可能是赠给和他一起在那里

① ［德］黑格尔：《美学》第 2 卷，10～12 页、15 页，北京，商务印书馆，1979 年。

学习美术的同乡兼好友林风眠的。全诗写的是诗人与友人在寒冷里的感觉。“淡白的光影”“冬夜之恶狼”“地狱之门”“火山”与“沙漠”、奴隶的“微笑”等等，这些意象，构成一个寒冷的世界及其给人的恐怖和企望摆脱的感觉，后一节说明，即使怎样困窘，但仍保持自己年轻人的抗争与傲气。因为回避了直白的抒情，以怪异的意象传达情感，就显得暧昧与晦涩。类似的抒情传达方式，在李金发的诗里是很多的。如一节常常被引用的诗：“中伤的野鹤，从未计算自己的命运，折翼死于道途，还念着：多么可惜的翱翔。”(《诗人凝视……》)用遭遇不幸的“野鹤”的意象，隐喻和暗示自己人生奋斗的命运。隐喻是“磨砺人们钝质的砥石”。(梁宗岱引雪莱诗语)朱自清说：“李金发先生等的象征诗”，是在“向精细的地方发展”，他们要“创造新鲜的隐喻”，以更充分发挥“暗示力量”。① 李金发的这类意象，没有更深层的象征意义，用的是以隐喻的意象暗示情感的方法，因此，意象本身仍具有象征的品格。

第三种类型，是并无象征的意义，仅仅是抒情比喻的需要，但因为运用了“远取譬”的方法，拉开了被比喻的本体(情感、意义)与用来比喻的意象之间的距离，造成一种陌生化的感觉，用陆志韦的话，叫作“经验隔断”。② 这些意象就与“近取譬”的浪漫或写实的抒情不同，也具有了一种象征诗常有的特征。

我以冒昧的指尖，感到你肌肤的暖气，小鹿在林里失路，仅

---

① 朱自清：《杂话・诗的形式》，《朱自清全集》第2卷，397页，南京，江苏教育出版社，1988～1997年。

② 陆志韦《杂样的五拍诗》引言，《文学杂志》第2卷第4期。

有死叶之声息。

——《温柔》

心为宿愿跳跃着：/谁爱这垂杨，/夜如死神般美丽！

——《心为宿愿》

草地的浅绿，照耀在杜鹃的羽上。

——《里昂车中》

我的灵魂是荒野的寺钟。

——《我的》

用失路的迈步轻盈的“小鹿”，“死叶”的声息，比喻爱的情感的恬静，用“死神”的美丽比喻夜的安宁，用杜鹃的羽毛，比喻草地的绿色，用寂寞的荒野的“寺钟”，比喻灵魂的废弃与荒凉，这些比喻，因为能够在事物之间似乎没有联系的情况下发现某些微妙的关联，并构成新颖的意象，组成被比喻的本体和比喻的喻体之间的模糊结构，成为象征派诗的一个独特的创造。有时，这种微妙的联系，几乎是很难找到合理的说明，带有强扭的性质，但因为这种比喻的距离增大，造成强烈的陌生与新奇，也就给人以超长的冲击。

人说生活是随处暗礁？那么唯你的温爱与半红的唇是灯塔之光。

——《明星出现之歌》

你梦向海岸哀哭，月色之鸟儿啼泪。

——《举世全是诱惑》

希望成为朝雾，来往在我心头的小窗里。

——《希望与怜悯》

生命如你眼瞳般清澈么？虽不相信这点，但你面貌的娴静，如雨后的新霞。

——《你爱日光……》

吁，你的杂乱之小径，与随风之水磨，在深夜之底，如黑色寡妇之孤儿。

——《朕之秋》

“灯塔之光”之于温爱红唇，“月色之鸟”的啼泪之于梦的哀哭，“朝雾”之于希望，“生命”之于清澈的眼瞳，小径、水磨之于寡妇之孤儿，似乎他们之间根本没有什么联系，但放在这里，突兀地显示了他们的“新关系”，会给你一种意想不到的美。又如：“盛年的初春，我的灵起居在老旧的故宫里，但随着季候流泪，如伤兵溅血在平野。”(《耳儿……》)“爱情岂不是仅有之 oasis(按：绿洲)/微笑为棕榈之荫的清新。”(《初夜》)“世纪的衰病，攻打我金发之头，如秋深的雾气，欲使黑夜更朦胧。”(《印象》)“你前额严重的微皱，给我多少回想，你心窝如远寺般沉寂，但眼里有晨星般的光耀。”(《絮语》)这些诗句，与前面的诗例，都可以说明，寻找与发现这些比喻的意象与被比喻的主体之间的微妙联系，几乎已经成了李金发诗歌创造的一种独特的思维与想象的方式。在他这里，重要的不是喻体与本体之间意义联系的直接与明确，而是二者之间的朦胧的连接关系所产生的暗示的效能。

许慎《说文解字序》说：“近取诸身，远取诸物。”《论语·雍也》说：“能近取譬，可谓仁之方也已。”朱自清借用此来说诗：“象征诗派要表现的是些微妙的情境，比喻是他们的生命；但是‘远取譬’而不是‘近取譬’。所谓远近不是指比喻的材料而是指比喻的方法；他们能在普通人以为不同的事物中看出同来。他们发见事物间的新关系，并且用最经济的方法将这关系组织成诗。”[①]宗白华也说，文艺上的“象征境界”及技术，就是“幽眇(渺)以为理，想象以为事，惝恍以为情”(见叶燮《原诗》)，然后运用声调、辞藻、色彩，“巧妙地烘染出来，使人默会于意象之表，寄托深而境界美”。[②] 李金发用独特的思维与想象，努力去“发见事物间的新关系”，模糊了文字和意象的意义，在“远取譬”的意象中，达到使人默会于心的目的。他诗里的许多意象，就是这样创造的艺术结晶体。

二、意象与自然的感兴

李金发说，自己是一个“下笔吟哦千言，对着湖光山色兴叹”的“工愁善病的诗人”。“诗人之灵，是宇宙间最灵活最明察的东西，花草的摇动，岁月的疾流，都会使他无限感兴，而至于凄怆泣下。”[③]诗人谈到自己说：“常观察遍万物之喜怒，为自己之欢娱与失望之长叹。”(《诗人》)“牧童扶杖而歌，/山泉泛出白雾如海啸之浮沫，给诗人多少感兴。”(《赠 Br……女士》)“你的眼泪在瞳里，但绿色之裳的美丽是你的。”(《Sonnet》)他热爱自然，沉醉于“湖光山色”，以自然引起的“无限感兴”入诗，他在诗歌创造的一个重要方面，就是如何将丰富多彩的自然物象，凝成新奇怪丽而又多带朦胧色彩的诗歌意象。

李金发从西方现代绘画和象征派诗歌的理论中吸取营养，构成了自然物象与自我情感相互契合的美学思想。他认为，艺术不可能刻板冷漠地复制自然，而必须经过主体情感的和谐与发现。他说，大自然

---

① 朱自清：《新诗杂话·新诗的进步》，《朱自清全集》第 2 卷，320 页，南京，江苏教育出版社，1988～1997 年。

② 宗白华《略论文艺与象征》，1947 年 9 月 6 日，《观察》第 3 卷第 2 期。

③ 李金发《拉马丁〈谐和〉》译者小序，1929 年 10 月，《美育》第 3 期。

“只向能给它声音的人说话”。“它的变动的景象，于我们好像是神秘复杂的灵魂之思想，我们的灵魂深处与之和谐。”“自然之于艺术家之前，不再是一件纯粹外表的东西，他爱慕着，寻求着其情绪于大自然之身。”“艺术家画的不是事物的本身，而是其感觉”，艺术家在自然中发现、谛听、明了万物的语言，于是大自然就会“给我们之情绪及变化无穷的动象，成为我们象征灵魂之运动”。① 这些思想，与波特莱尔倡导的自然万物是“象征的森林”，人与自然万物的“契合”“交响”构成象征的理论，是大体一致的。自然给诗人“变化无穷”的“对象”，诗人的灵魂深处“与之和谐”，由此形成一种“象征灵魂之运动”，就是自然与诗人情感契合而产生诗歌意象的过程。

李金发在诗歌里多次说明自己对于自然爱好和感悟。他的“诗神”与自然美和他的热爱自然密不可分。“诗人之灵，永在显象界愚昧着……大自然的谄笑，惟诗人能长久记忆在心窝之底。”(《诗人》)“吁，可爱之诗神，你欲在我老旧心田里，播残麦之粒，香花之神，待金风随气候掠过时，/好给居民一柔和之气息么。”(《诗神》)“我欲细问爱好自然之诗人曾否受此劫掠：一根花片之飞舞，埋怨蜂蝶的狂乱；暮年的松条，雪花作其白发。”(《旧识》)“但是在你(按：指故乡)的怀抱里，‘自然’是我的褓姆，飘忽的温爱，于是能长大神奇的新气！”(《偶然的home－sick》)“自然之华丽，吁，你出自什么王国，/你妩媚而雄伟之精神，惟我心能承认及降伏而歌。”(《自然》)有了这种对于自然的情怀与感悟，李金发在诗歌创作中，才能够自觉地将自然物象转化为诗的意象，为丰富新诗自然美意象的创造，做出了可贵的努力。

朱自清在谈到胡适所说的“影像”的时候，曾经说：“所谓明了的

① 李金发《风景画论》，1929 年 10 月，《美育》第 3 期。

影像或感觉其实只是某种景物或某种境地的特殊性质；某种景物所以成为某种景物，某种境地所以成为某种境地，便在这特殊的性质或个性上。"[①]在李金发诗里，这种"某种景物"的"特殊性质或个性"，主要表现为将情感渗透到自然物象里面去，即传统所说的"移情于物"，自觉地造成景物的拟人化效果，使诗里的自然意象更多的亲切感与暗示力。自然意象成了诗人对于自然景物的"个人精神与心灵的升华"。[②]因此，在他的笔下，自然万物都有了生命，都被赋予了人的"特殊性质"。

远处的风唤起橡林之呻吟，枯涸之泉滴的单调。但此地日光，嬉笑着在平原，如老妇谈说远地的风光，低声带着羡慕。我嫉妒香花长林了，更怕新月依池塘深睡。

——《迟我行道》

何以你有沉静的心灵，闲懒的工作：微风赶着池水冰冻，雪花重演老旧之舞，细雨抹煞芭蕉的烦闷。正在这时期之开始，我心头有摇动的火光，如临流灯塔之明慧，暖我无血而劲健之四肢。

——《冬》

风在橡枝上嘶着，欲用青白之手，收拾一切残叶，以完成冷冬之工作；……

——《风》

---

① 朱自清：《胡适〈谈新诗〉指导大概》，《朱自清全集》第 2 卷，164 页，南京，江苏教育出版社，1988～1997 年。

② 李金发《卢森的诗集〈疗〉序》，诗时代出版社 1941 年版。

落日为了晚霞而嫉妒，还想有半秒的回顾，奈毛发愈散愈赤，颊儿也胀红了，只得羞赧地掩面而去；……

——《一无所有》

老大的日头，在窗棂上僵死，流泉暗哭在荷根下，荷叶还临镜在反照里；归鸦痛哭失路的兄弟，因秋气凛冽到四方。我多孔的心，做梦在莲叶柳条上，每个空间的颤响，给他多少惊醒之因。

——《秋老》

击破沉寂的惟有枝头的春莺，啼不上两声，隔树的同僚，亦一齐歌唱了，赞叹这妩媚的春光。

——《下午》

人能嗅到的海风里，带来池塘微笑之消息，若远山仍拥紫黛之袍来，情爱亦必比去年多一色彩。

——《故乡的梁下》

无论是橡林的呻吟，日光的嬉戏，依池塘深睡的新月，有沉静心灵的冬天，羞赧而去的落日，秋老僵死在窗棂上的太阳，还是赞叹妩媚春光的啼莺，海风带来的池塘的微笑，远山的紫黛之袍，都是诗人的主观情趣和自然的客观物象相互渗透和相互融合的结果。景物有了诗人的感情，诗人的情感倾注在景物之中，已经不是一般的以景物作比喻，而是通过意象进入物我两忘的境界了。而且这种“物我两忘”，进入了自我对于自然物象的深层感悟与体验。“镀金的草场，为不忠实之月色管领去了，若流泉黑夜而休歇，芦苇便失去酬唱之侣伴。我站立愁惨之景象里，听空间一切生动之痛哭，因笑声卒去不可再来，热情之泪永在生命之前路。”(《夜归凭栏二首》)“新出世的嫩芽，向着日光取暖，但在每个吹拂里，摇动如新妇青色之长发，小鸟亦无力在枝头久立了。”(《调寄海西头》)“天空虽有水晶色的希望，但全无花枝开放的消息。”(《听，时间驰车走过》)这里的草场、流泉、新芽、天空，无论有没有诗人自我的参入，都有了活生生的情感。站立于愁惨景象之中，倾听空间一切痛苦的情感。这说明诗人写自然景物与主体的抒情在情感色调上达到了完全的和谐一致。它们的描写，也就超越了“拟人化”的方法，而进入了一个更高的人与自然和谐一致的境界。

20世纪30年代初，最早撰文系统论述李金发诗歌象征派艺术的苏雪林，曾经指出李金发诗象征艺术特征之一是善用“拟人法”，他“比闻一多更用得奇特，大有想入非非之慨。如‘晴春露出伊的小眼正睨视着我的背脊和面孔’‘蜂儿无路出晴春之窟’‘万物都喜跃地受温爱的鲜红……月光还在枝头踯躅’‘睡莲向人谄笑，桐叶带来金秋之色’‘晨光在我额上度来度去’‘无计较之阳光徐行天际’‘在苍立的松边遇见金秋之痛哭’。”[①]但是，这些论述还是只列举了创作手法的现象，没有进一步揭示“拟人法”与“意象”创造之间的关系。将意象的创造与诗人的情趣联系起来，并给以现代性说明的，是朱光潜。朱光潜引述了克罗齐在《美学》里说的一段经典论述：“艺术把一种情趣寄托在一个意象里，情趣离意象，或是意象离情趣，都不能独立。”他阐述这一观点，还系统论述了情趣与意象在诗的境界创造中的意义，这样说：“每个诗的境界都必有‘情趣’(feeling)和‘意象’(image)两个要素。”而“移情作用”(或称为“拟人法”)，就包含了内在的情趣与外来的意象之间的相互融合与相互影响，以达到情景相生。“情景相生而且相契合

① 苏雪林《论李金发的诗》，1933年7月1日，《现代》第3卷第3期。

无间，情恰能生景，景也恰能传情，这便是诗的境界。”①李金发诗中情景相生的意象，就超越中国魏晋诗歌以来常常使用的“拟人法”，进入了19世纪西方象征主义诗中“移情”的审美追求。王国维《人间词话》说：“有我之境，以我观物，故物皆着我之色彩。”朱光潜认为，“有我之境”又可称为“同物之境”，就是“移情作用”，“移情作用是凝神注视，物我两忘的结果”。自然景物由起“比兴”作用而进入以有生命的自然本身为吟咏对象的“移情”，即“同物之境”，是对于原始民族与婴儿心理思维特色的回归，也是艺术思维走向“不古”的“一种大解放”。②

三、意象与感觉的开掘

朱自清将李金发放在具有敏锐的感觉的诗人脉系里，讨论了诗歌的想象与感觉的问题。他说：“想象的素材是感觉，怎样玲珑飘渺的空中楼阁都建筑在感觉上。感觉人人有，可是或敏锐，或迟钝，因而有精粗之别。而各个感觉间交互错综的关系，千变万化，不容易把捉，这些往往是稍纵即逝的。偶尔把捉着了，要将这些组织起来，成功一种可给人看的形式，又得有一番工夫，一幅(副)本领。”他认为诗人这种感觉走向现代的一个重要标志，就是于大自然和人生的悲剧的“花和光”以外，在日常的生活里，在那些“阴暗，潮湿，甚至霉腐的角落上”，发现许多“未发现的诗”。“山水田野里固然有诗，灯红酒酽里固然有诗，任一些颜色，一些香气，一些味觉，一些触觉，也都可

① 朱光潜：《诗论》，《朱光潜全集》第3卷，54页，合肥，安徽教育出版社，1987年。

② 朱光潜：《诗论》，《朱光潜全集》第3卷，59—61页，合肥，安徽教育出版社，1987年。

以有诗。惊心怵目的生活里固然有诗，平淡的日常生活里也有诗。发现这些未发现的诗，第一步得靠敏锐的感觉，诗人的触角得穿透熟悉的表面向未经人到的底里去。”①朱自清开列的“分别向这方面努力的”闻一多、徐志摩、冯乃超、姚蓬子、戴望舒、卞之琳、冯至等一串名单里，就有李金发在内。

李金发说自己：“满腔欲滴之诗意，扰乱了每夜的深梦。”(《心》)他那异常活跃的诗思，在自然、生活和情感的各个领域里，以细腻的感觉或自由的想象，发现一些“未发现的诗”，并将自己的想象、感觉与物象凝合在一起，或是主体，或是比喻，在作品中捕捉和创造出不少富有诗意的意象。这些意象所涉猎的范围是非常广泛的：徜徉于丘墓之侧的弃妇与衰老的裙裾(《弃妇》)，列车中女人的小臂和细弱的灯光(《里昂车中》)，异国中沉睡的小城和枯老的池沼(《夜之歌》)，如拍兔之野狮的多情之黑夜(《夜之歌》)，枯瘦的巴黎如死神之手般高插空际的教堂的寺塔，染蓝了孤客之心的寒冬里窗外之夜色(《寒夜之幻觉》)，巴黎道旁之腐水(《巴黎呓语》)，耶稣行刑之血腥(《丑行》)，斜阳送落叶上道的枯瘦的园子(《秋》)，远寺之回音，阴灵之舞蹈(《人》)，冷落的坟田(《“间把绣丝牵……”》)，生命的枯萎如牲口践踏之稻田(《时之表现》)，死神唇边的笑(《有感》)……这些意象，或美丽，或丑恶，或熟悉，或怪诞，或健康，或颓废，或明朗，或朦胧，无论如何，总是给缺乏幻想和意象创造的初期新诗，带来了一个“别开生面”的陌生天地。

在日常平淡的生活里，捕捉与创造新鲜的诗的意象，最重要的是

① 朱自清：《新诗杂话·诗与感觉》，《朱自清全集》第2卷，326页，南京，江苏教育出版社，1988～1997年。

靠诗人感觉的细腻和想象的丰富。那首著名的散文诗《晨》，典型地表现了李金发所具有的这种艺术品质。散文诗《晨》，可爱的感觉，想象极妙。

> 你一步一步走来，微笑在牙缝里，多疑的手按着铃儿，裙带儿拂去了绒菊之朝露，气息如何，我全不能分析。
>
> 镀金的早晨，款步来了，看呀，或者听环佩琅琅作响了，来！数他神秘的步骤。
>
> …………
>
> 夜鸦染了我眼的深黑，所以飞去了；玫瑰染了你唇里的深红，所以随风谢了。我们到小径隐藏了去，看衰草在松根下痛哭。
>
> 你呼吸在风里，我眺望在远处，他们都欲朝黑夜之面而狂奔了。

这里描写早晨时间里自己爱的情境，无论是真实的爱情，或是理想的爱情，都属于日常的生活情景，却被诗人充分的诗化了，美化了，细节的捕捉，感觉的深微，透露出诗人的才华。读起来你会发现，诗人的感觉非常细腻、微妙、贴切、实写、想象和比喻的配合，也都非常之美。人的自然化与自然的人化，在诗里真的被融为一体了。《晨》的意象创造无愧为新诗中一份神妙的作品。

凭着这样的想象和感觉，李金发创造的诗中的意象，具有象征派诗人拥有的审美的超越性，与习惯的想象、思维带来的譬喻和描绘不同，大多能够给人一种新颖的陌生感，对于接受者因而会产生更大的审美的嵌入力。

欲笑还愁的日光，盖覆了女孩的长发，几哭金色之泪了。

——《春思》

年岁迅疾地飞翔。仅如晚妆之轻纱一瞥，带给我兰桂之残香，忘了收拿牧场之草色。……我用残冬之叶饰毛发，但怕他春来还绿。

——《哀吟》

我从你淡白之肤色里寻趣味，如神往入暮之残阳的余艳，每经深夜之思索，遂欲溅血济生命之泉的枯涸。

——《Elan(冲动)》

我抚慰我的心灵安坐在油腻之草地上，静听黑夜之哀吟，与战栗之微星，张其淡白之倦眼，细数人类之疲乏，与牢不可破之傲气。我灵魂之羽，满湿着花心之露，惟时间之火焰，能使其温暖而活泼。音乐之震动，将重披靡其筋力，与紫红之血管吗？

——《希望与怜悯》

我愿你的毛发化作玉兰之朵，我长傍花片安睡，游蜂来时平和地唱我的梦；……

——《心愿》

读了这些诗歌片断里的意象，谁能不产生一种新奇和美的感受？写的都是平常事：日光照耀女孩长发的瞬间感觉，岁月疾驰中自我对自然的感悟，爱的情感冲动的个人内在体味，心灵惆怅与抚慰之间的微妙平衡，情爱热烈时内心深处发出的誓言与絮语……在李金发的笔下，感觉几乎成为在日常事物中作诗美发现的手段，在感觉和想象的世界里，人的自然化与自然的人化的浑然一体的结构，成为他诗歌意象创造的不二法门。在一首诗里他这样说："莫说生命是无涯之火宫，荆棘里找到半开之玫瑰，向草长春风微笑，荣光如失路之犬的忠实。"(《断句》)他有一种生命创造之火，他向"荆棘"丛里寻找"半开的玫瑰"。在生命融入于自然的创造中，收获的荣光如"失路之犬"的忠实一样常常是属于他的。他的努力，使他在实践着"诗人的触角得穿透熟悉的表面向未经人到的底里去"的创作方向。

在日常的和平淡的事物里发现诗，必然也会在日常和平淡的事物里发现哲学。诗人穆木天20世纪20年代在阐述象征派诗歌理论时候说："诗的世界在平常的生活中，但在平常生活的深处。"[①]后来朱自清又说，"在日常的境界里体味哲理，比从大自然体味哲理更进一步。因为日常的境界太为人们所熟悉了，也太琐屑了，它们的意义容易被忽略过去；只有具有敏锐的手眼的诗人才能把捉得住这些。"[②]李金发不赞同强调艺术在道德教化方面的作用，他认为"感情的美学价值，是不能以他的道德法去衡量的。全凭他所能觅到的意象本身之丰富谐和"。[③] 人生亦然。发现哲理并不是用诗去说明哲理，也不是以哲理去进行诗的说教。而是将这种哲理融化于诗的意象之中，变成为"意象本身之丰富谐和"所创造的美。由此，在平淡的日常事物中发现诗性的人生哲理，并赋予诗的意象一种哲理的韵味，是李金发诗歌意象探索的一个侧面。

李金发的一些好诗的哲理蕴涵都是以富有诗意的意象而出现的。

① 穆木天《谭诗——寄沫若的一封信》，1926年10月5日，《创造月刊》第1卷第1期。

② 朱自清：《新诗杂话·诗与哲理》，《朱自清全集》第2卷，334页，南京，江苏教育出版社，1988～1997年。

③ 李金发《科学与美》，1929年10月，《美育》第3期。

《弃妇》在一个最底层的最富悲剧性的妇女意象中，朦胧地暗示了个人命运的孤立无援的痛苦。《里昂车中》写的是列车行驶中车内与窗外的琐细的见闻，却有着个人生命漂泊与世事不平慨叹的蕴涵。《在淡死的灰里……》由淡死的灰里可寻出当年爱情的火焰，抒写爱的波动与情感的永恒。小诗《律》在自然微末的变化里，诗人领悟到万物不可抗拒的律动。《手杖》能在最常见的琐细的事物——身边一根"忘年交"的手杖这个意象里，注入了个人心里颇带悲凉的感悟——人生的匆促和苍凉："往昔过处，悉存你之气息，及死神般之疾视。奈时光之流去，如林鸟一唱，奔飞在我们眼下。地已荒凉了，独有冷风细雨，如末路之英雄。……我终久靠着你，过此广漠之野。"《完全》一诗，则纯写一种个人生命孤独静寂的感觉：

> 赭红色的屋瓦下，方墙围着我，慎重的动作，倒映而深黑了。风在城头嘶过，灯儿熄了，我摸索我四体，这方？那圆？前一刻的去，正为后一刻的来，他们的行程，不因沙漠火山而休止。我待黑夜来抚慰，偏见新日的微笑。呵，静寂万岁！才好给人一个完全。

在一个没有灯光的瓦屋里，摸索着自己和身边的琐碎杂物，时间在身边无情的流过，内心的孤独无法抚平，诗人发现，只有在寂静与孤独里，自己才能获得一种生命"完全"的感觉。这里的分体意象、瓦屋、方墙，城头嘶叫的风，熄灭了的灯儿，如沙漠火山一样永不停息的时间，多情的黑夜，新日的微笑等，组合起来，构成一个孤寂的"自我"的总体意象，诗的哲理，就隐藏在这个"自我"的外在"动作"的心理描绘中。最平常的事物，最没有诗意的动作，却被诗人穿透表面，透到底里，在琐屑事物的感觉与组合中，完成了一个意象本身的“丰富谐和”。

这些意象的创造，是感觉敏锐的结晶，还是象征派诗美学或写作的习性使然？这很难说清楚。波特莱尔开始的象征派诗潮，追求以日常生活的琐碎事物入诗，颠覆浪漫主义诗歌题材的庄严性。现实或幻象世界的任何事物都可以成为诗的材料。李金发显然接受了这一影响。他曾说：“我平日做诗，不曾存在寻求或表现真理的观念，只当它是一个抒情的推敲，字句的玩意儿。”①如果不把这些话狭隘地当成“文字的游戏”的诗学观来理解，而视“抒情的推敲，字句的玩意儿”为一种对于感觉的发掘与表现方法的追求，那么我们可以得出这样的推想：李金发诗歌日常生活意象的创造，是由于他偏爱的美学“观念”造就了他对于生活另一个方面的关注和敏感。一个方面的迟钝造成了另一个方面的敏锐，这是艺术创造中常有的情形。因此可以说，美学观念形成的写作追求与习性，对于一种生活事物诗的感觉的敏锐，综合地作用促使李金发诗歌意象的创造为初期新诗艺术开辟了新的天地。闻一多说，五四初期的新诗缺乏新颖的“幻象”这种质素。因为缺乏“幻象”便不能“超越真实性”，因为弱于或竟完全缺乏幻想力，因此诗中很少“浓丽繁密而且具体的意象”。而“中国式的词调同意象是怎样的粗率简单，或是怎样的不敷新文学的用”。② 李金发也提到，“人尽做散文在诗里”“如野人叫喊”表达了他对于胡适代表的直白式抒情的初期新诗艺术粗糙的不满，对于作家不认识事物创新匮乏的针砭。他

① 杜格灵、李金发：《诗问答》，1935年2月15日，《文艺画报》第1卷第3号。

② 闻一多：《〈冬夜〉评论》，《闻一多全集》第2卷，77页，武汉，湖北人民出版社，1993年。

的注重诗歌意象新奇丰富的开掘，不但努力廓清着诗与散文的界限，也为初期新诗的意象建设带来了新的美学突进。

四、意象：异国的与城市的

《微雨》出版后，有人评论说，李金发诗的一个特点是“异国情调的描绘”，“这是近代我国新诗人不曾发展过的路径”。[①] 后来论述李金发诗歌艺术特征的文章，也指出了他的诗拥有的“富于异国的情调”这一特色：“李氏发表《微雨》后大多数读者即说：‘他的诗我们虽不大了解，但我们总爱他那一种移人的异国情调’”。他的诗，大半产生于法国的第戎、巴黎，德国的柏林等地，“所叙之情，所写之风景，以异国为多，所以他的诗也就天然变成异国的了”。[②] 这些论述，只是从题材与抒情内容方面的观察和判断，并没有得到进一步的阐发。后来的一些论者，继续这个思路，对于李金发诗歌的这一特征多有阐释。从诗歌题材和情感表达方面，如果我们换一个新的角度，来透视这种“异国情调”追求的结果，就会发现，在李金发诗里一个突出的表现，是大量富有异国色调的意象的创造。

李金发诗给新诗带来了异国的景色、人物、风情的多彩的描绘与抒情，这些诗里异国情调的意象，浸润着诗人热爱生活的情怀和艺术感悟的敏锐。这是小城镇里一种宁静悠闲情景的素描：

> 喷泉下的水，发出淡白的微雾，孩子的木艇，被风浪的摧折，荡到此地也搁浅住了。她的小册子，仍是在指端旋转，鸟儿

---

① 博董（赵景深）《李金发的〈微雨〉》，1927年1月25日，《北新周刊》第22期。

② 苏雪林《论李金发的诗》，1933年7月1日，《现代》第3卷第3期。

在草地上嬉戏的声音，使她头儿转过去，虽思路打断了，总是入神地望。

——《景》

喷泉流水散成的白雾，草地上的嬉戏的鸟儿，天真可爱的孩子，专心致志而又十分悠闲的读书女人，……在随手拈来的意象中，一幅异国城市欢快和谐的生活景观，便出现在读者眼前。这是圣诞之夜宁静美丽的图景：

池塘里银色的返照，带火光之金色，赤足的思春女儿之梦，在那儿洗浴。榆树，紫藤花，天门冬和浅草，都因黄昏之舞蹈的疲乏而沉睡了。

——《明(耶稣诞之夜)》

月色、火光、池塘，在水中浴足的思春少女的梦，树木和花草，黄昏之舞蹈后沉睡的宁静……一种宗教文化和肃穆纯洁的情感，在异国情调的意象里，得到了那么真实而亲切的呈现。诗里涉猎的异国的风情，更表达了异国文化的丰富多彩。这是异域民族讴歌舞蹈的描写：

唔！我们是无限界之国王，可以痛饮狂歌，与非洲野人舞蹈在火炬之下。

——《超人的心》

阿拉伯人跳舞在阳光下，/你别跳舞在冻港里。去呀，到伸的人之拥抱里，你可以得到蜜糖的滋味。

——《给 Doti》

当党徒叛乱的时候，西班牙人犹自娱玩着，以金色的小褂跳跃在人群中；女人拍着小鼓，腰儿转了又转。

——《夜起》

极北的天空下，两队失业的百姓，(发儿覆额，憔悴极了)奏着破琴而歌；用西班牙式的舞蹈去陪衬。

伊们恋着最初的祖先，但找不到去路，遂和我哭在地壳凹处。

在我的眼下，恐怖可怕之回想，如幼鹿在林间走过，因死叶的声息而战栗了。

——《幽怨》

无论熊熊火炬下的非洲人，炽热阳光下的阿拉伯人，豪放自娱着的西班牙人，以及北方天空下困窘失业的百姓，他们的热烈豪爽，痛饮狂欢，憔悴痛苦，舞蹈，讴歌，跳跃，敲鼓……都以一种新奇的气氛和色彩，进入了新诗的意象世界。有时连诗人自己也成了参与者，与他们拥抱、舞蹈，甚至给诗人的自我形象，带来了一种全新的个性与姿态："法兰(西)之人！但我们终得半面之识，噫吁，你婉转之喉音，如大河之 Sirène，临舟子而歌。我，长发临风之诗人，满洲里之骑客，长林中满贮着我心灵失路之叫喊，与野鹿之追随。"(《给 X》)诗人自己，超越了传统诗歌与新诗里已有的资源贮藏，以一个崭新的异国漂泊者与心灵探寻者的意象而出现。这种抒情主体意象的异国情怀和色调，在初期新诗中几乎是很难见到的。

李金发曾说他非常重视女性的美。他努力在爱情诗中描写女性心理与个性。当他笔涉异国女性风情的时候，感觉的敏锐与细腻的观察，给他诗中的意象带来了特有的异国色彩。

细弱的灯光凄清地照遍一切，使其粉红的小臂，变成灰白，软帽的影儿，遮住她们的脸孔，如同月在云里消失！

——《里昂车中》

长带着你女郎之眼，与民族之高鼻，逃脱在朦胧之黑夜里。磨砺你的武具！预备碎女神之首，奈心头之火焰，销失在时光之耳后。

——《A Lowisky》

前者，诗人对于车厢中灯光色彩，女人粉红小臂上光的变化，脸孔在软帽影子遮盖下给人的朦胧美的感觉，如一幅油画小品，写出了异国妇女的宁静与美丽；后者，用粗犷的笔调，写外在形貌和内在心态，勾勒出一位异国复仇女性的粗放与无奈。在李金发的诗里，我们看到的不仅有这些如油画小品的新颖的局部，也有爱的情感与人物全景的素描。一个如梦幻一般天真多情的少女(《Erika》)，一个钟情于自己的欢快朴实的橱下女人(《钟情你了》)，一个热切等待情人到来的阿拉伯妇女(《亚拉伯人》)，幻想中与自己幽会于园中的有"金色发儿"的女郎(《汝可以裸体……》)。这些爱情诗里的女性意象，都带有或浓或淡的异国情调与色彩，遂使得李金发的艺术尝试，不仅扩大了新诗表现的题材范围，也在很大的程度上拓展了新诗意象创造的空间。

因较长时间生活在异国的城市巴黎和柏林，现代大都市充满矛盾的生活与气息，进入李金发的感觉和想象。他的诗中因此出现了一些富有新鲜感的城市意象。这些意象有的表现诗人对于现代社会的敏锐感受，如对于飞驰的火车内外景象的观察与人生哲理的思考中，留下瞬间感悟的意象(《里昂车中》)，女王在广场上举行典礼的欢乐情景的幻象(《幻想》)，“存留着诗人之叹息，少年之爱慕，与逃遁者之眼泪，长与钟声而谐和也”的卢森堡公园(《卢森堡公园(重返巴黎)》)。有的在诸多杂乱与腐朽的意象里，发出自己内心的诅咒。如他是这样描写柏林夜晚喧嚣的闹声：“吁，这等可怕之闹声，与我内心之沉寂，如海波漾了旋停，但终因浮沫铺盖了返照，我无能去认识外体之优美与奇丑。”(《柏林之傍晚》)。巴黎有闷塞“孱弱之胸膈”的“雾气”，巴黎的夜色是：“热情之灯光，以本能之忠实而安排，/时将你的影儿，倒照在行人之背而走！不安睡的人，全辗转在上帝之肘下，用意欲的嬉戏，冰冷自己的血。”诗里描写神秘之沉睡充满“金属之长城”与商人之呼唤先帝的名字。

> 他预示天人之诅咒，赭色晨光中之疾笑，可爱之腰儿，再不舞蹈在 Vieux Faubourg 之旁。淡月下之钟声，如夜猿长叫在空谷之侧；海潮与舟子细语，而泣下，凄怆，战栗。
>
> ——《巴黎的呓语》

诗人还将自己对于寒冷的内心感受，注入到幻象中巴黎塞纳河水泛滥的景象里，出现了这样病态的城市意象：

> 巴黎亦枯瘦了，可望见之寺塔，悉高插空际。如死神之手，Seine 河之水，奔腾在门下，泛着无数人尸与牲畜，摆渡的人，亦张皇失措。
>
> ——《寒夜之幻觉》

显然，李金发笔下这些城市的意象，融进了他自己的厌恶现代城市生活的主观情感与批判性的思考。它反映了一个世纪性的文化现象。一个来自落后民族的学子，没有为物资发达国家里腐烂与享乐的城市文化所吞没，当他思考自己面对的文化差异与心理差异的时候，一种无法融进的压抑感，个人遭际的痛苦感，与艺术吸收的新奇感结合起来，于是在波特莱尔笔下的憎恶城市物质生活的愤激批判，到李金发的手里就变成了感受生活的孤寂沉思，本土文化的反思转化为异国情调的诅咒了。李金发诗里一些城市意象所以多带批判性，根源就在这里。

在异国城市生活中，李金发诗歌里另一个值得注意的创造，是他对于日常生活里平民的或漂泊者意象的描写。伫立于街头，“将因劳作而曲其膝骨，得来之饮食，全为人之剩余”的青年工人群像（《街头青年工人》），风雨发狂的夜里，站立路旁得不到慈悲关怀渐被冻僵的“残废之乞丐”的身影（《诗人凝视……》），在“世纪的初年”里，心里郁结着失败与失望的“颓败的牧人”，“不得志的歌人”，“找不到去路”的悲惨憔悴的失业者们（《幽怨》），站立在冷清的大街上，唱着悲哀情歌的“街头音乐家”（《“musicien de rues”之歌》），以“舞蹈之音”战栗我“残暴之同情”的“无情的歌女”（《一段纪念》），用平庸的舞蹈与耀眼的目光吸引人注意与爱怜的女人（《美人》）……，这些多少浸润着一些青年诗人人文关怀的意象或准意象的创造，显露出中国初期新诗对于城市诗歌关注和探索的萌芽。其中有的作品，以独特的生活发现与艺术描写，成为初期城市诗歌富有特色的作品。他的《红鞋人在 kafè 所见》，就是这样一首难得的诗。诗的开始，描写舞蹈开始时咖啡店里的气氛：杂沓的嬉笑声音，突然静寂下来，人造的灯光，闪烁中显出炫眼之蓝黛，人们屏收了几分气息。

于是徐徐地，墙角里红鞋的人蹑足来了，深黑的花冠，琅铛的环佩，多色的胸褡，如雨后新虹之工整；稀薄的轻纱，朦胧地似无力裹住乳儿，几欲狂跳出轻纱以外；头儿微侧，手在腰间驻扎；用脚尖作拍，伊是狂跳了，从东角跑到西隅，有时曲着背，张着两手，一半嗤笑向人，如野人之骇愕，但从不忘记脚的节奏。俄顷乐人呼的一声，舞的形势，亦顿变了，Tambourin 亦开始拍了，[①] 吁，几裂耳膜之音，四座的人益形担心，觉得千金一刻来了，红鞋人不过转着，转着，终久旋转着，Tambourin 拍得更形厉害，劳作之热焰，使伊心房跳荡；眼里满装欲焚之火焰，(多么好看之技，将如何去收场!)但伊象忿怒的神气，脚儿微带点停的意思，拍的一声，倒了去了！僵卧着，如悲剧之殉教者，手儿无力，向地板上懒洋洋地摊着，蓝黛之光，顿成黑暗，像给人多少诗意和死之回想似的。

全诗没有文外之意的象征，文字全以叙述写实出之，却能在细腻的观察和真实的笔触里，富有动态感地描写了一个“红鞋人”——咖啡店舞蹈者的意象：在气氛的渲染中，她的佩带、服饰、神态，她的舞姿与动作、热情与疯狂，她在长鼓敲响的节奏声中千金一刻的飞速旋转，她的富有戏剧性的突然倒地的一瞬，她在灯光黑暗中无声的结尾留给观众的诗意与死的回想。这些，能在冷静的凝视与情感的倾注中，完成了主观与客观结合的城市意象的艺术创造。在这个下层社会的大都会咖啡舞女的形象里，寄托的是诗人对于艺术或人的殉道者的人文情怀，是对于艺术美本身以及它所包含的诗意的赞美，还是对于人生与

---

① 法文，长鼓。

死亡哲理的沉思？这些看来并不重要。重要的是，它所带来的对于新诗发展中一种新的美学质素产生的预示：现代城市诗对于新诗意象“繁复”性的拓展与丰富。

描写现代都会生活的城市诗，是新诗发展中现代性趋向的一个重要方面。呼唤城市诗的产生，已经成为中国新诗现代性走向历史的必然。19世纪20年代，鲁迅在介绍俄国现代“都会诗人”勃洛克时说：“他之为都会诗人的特色，是在用空想，即诗底幻想的眼，照见都会中的日常生活，将那朦胧的印象，加以象征化。将精气吹入所描写的事象里，使它苏生；也就是在庸俗的生活，尘嚣的市街中，发见诗歌的要素。”他慨叹：“中国没有这样的都会诗人。我们有馆阁诗人，山林诗人，花月诗人，……，没有都会诗人。”①30年代现代派诗人，介绍了表现现代机械文明的美国现代“城市诗人”的出现。说桑德堡(C. Sandberg)的《芝加哥》，能以新的题材，新的字汇，新的技巧，表现出“城市的卑俗与复杂”“愤怒的申斥与痛快的咒骂”。② 现代诗的倡导者施蛰存，也明确主张，中国现代诗要表现现代人的“现代生活”与“现代情绪”，而这现代生活，就包含汇集着大船舶的港湾，轰响着噪声的工厂，深入地下的矿坑，奏着Jazz乐的舞场，摩天楼的百货店……，这些生活给予人的情感与“上代诗人”从他们生活中得到的情感是不相同的。③ 但是，在20年代，王独清、冯乃超等人对于城市诗的尝试(如《我从Cafè中来……》《玫瑰花》等)，主要还是在情调、色彩与音律的实验上，捕捉现代城市生活、情调、题材的意象，尚没有

① 鲁迅：《〈十二个〉后记》，《鲁迅全集》第7卷，299页，北京，人民文学出版社，1981年。

② 邵洵美《现代美国诗坛概观》，1934年10月1日，《现代》第5卷第6期。

③ 施蛰存《又关于本刊中的诗》，1933年11月1日，《现代》第4卷第1号。

更多的自觉意识。直到30年代，真正反映都会现代生活与情绪的城市诗，才在徐迟、路易士等几位诗人的尝试中成为自觉的追求，显示出一定的实绩。在这种情况下，产生于1925年以前的李金发诗歌中对于异域城市意象创造的尝试，无论怎样的幼稚和零碎，它们所具有的前驱性的探索意义和价值，还是值得我们珍视的。

五、意象：丑恶与死亡

现代诗人中，再没有比李金发更着意于丑恶与死亡意象的创造了。20世纪20年代末一篇专论李金发的文章中就说，“当时评论称之为‘唯丑的诗人’”。[①] 李金发接受波特莱尔“以丑为美”美学观念的影响，形成了他的“审丑”意识的自觉和与之相联系的艺术创造追求。他认为：“世界任何美丑善恶皆是诗的对象。诗人能歌咏人，但所言不一定是真理，也许是偏执与歪曲。”[②]其实，李金发对于“丑恶”“死亡”意象的关注与描写，并非全是对生活的“偏执与歪曲”，其中也包含了他对于真善美追求的一种曲折的表达方式。

李金发自己是追求美而憎恶丑的。他憎恶犹大出卖耶稣的丑恶行为(《丑行》)，谴责现代人类对于物质的贪婪(《丑》)，他爱人间的美和爱：“究有何等侥幸，生长在这有花有爱的人间”(《恸哭之因》)。“但终因浮沫铺盖了反照，我无能去认识外体之优美与奇丑。”(《柏林之夜晚》)因此他说，“我们愿丑恶之世界化在我们起居里，然后据其上座，取尽一切自然之供给爱情之培养”。(《Ballade(按：叙事诗)》)，“任何地点，任何欢乐的 Moment(一致——笔者注)，他总找美丑的裁判，

---

① 黄参岛《〈微雨〉及其作者》，1928年12月，《美育》第2期。

② 杜格灵、李金发《诗问答》，1935年2月15日，《文艺画报》第1卷第3号。

生命的价格与归宿”。(《彼之 Unite》)。死亡与丑恶，往往表现了他寻找自己美丽与梦想失望之后的无奈与愤激：

> 我梦想微笑多情之美人，仅有草与残花的坟墓，在我们世界里，惟这个是真实。
>
> ——《心游》
>
> 我灵魂受了文艺的攻打，蹒跚狂呼而喘气，呵，快选一安顿之坟藏。
>
> ——《Elegie(按：哀歌)》

这种悲剧性的“真实”观说明，他的描写丑恶与死亡，固然含有许多病态的颓废情感，但同时也隐藏着对于现实生活与既成秩序的否定情绪在内的。李金发诗中“审丑”的意象反映的情感内涵，它包含的颓废的气息以及如何评价，此前已经多有论述，[①] 我这里所关注的，是与此相关的意象创造，在美学方面有着怎样的意义。

在“审丑”意象创造方面，李金发诗中最常用的方法，是以丑的意象与被比喻的对象强行搭配，造成一种传达上强化自己的情绪和读者接受印象的效果。为了写回忆的痛苦，他说：“我在荒地里反复踯躅，践踏了死猫残骨之余块而心酸。”(《Souvenir(按：回忆)》)为了形容昏睡平野上风的气息，他写：“又如破屋瓦砾中，随死之猫的尖叫，毫毛为血腥胶着，尽力作最后之悲鸣。”(《草地的风上》)这是牲口的叫喊与飞鸟的悲鸣：“微闻的牲口之叫喊，引人到地狱之恐怖；飞鸟悲哀

---

① 关于如何看待李金发诗歌的颓废问题，请参看陈厚诚著《死神唇边的笑——李金发传》，86～87 页，中国台湾，业强出版社，1994 年。

生命迫促，一何如野鹤的闲散——”。(《A Henrie ttd′Ouche》)他这样描述自己黎明时刻的感觉与想象的贫乏：“天空掩着半死之色，夜游之神将睡眠，恶魔收拾我脑汁如取乳之村妇。”(《晨间不定的想象》)或是直写，或是比喻，李金发这样描写的意图，并不在欣赏诗里存在的这种“丑”的本身。他是将“丑”作为一种强化自己情感的手段，企望在一种“异常”的意象里，让接受者的视觉和感觉，得到有别于一般比喻所造成的冲击力。

为了达到这样的效果，他甚至不惜时常将鬼的恐怖意象引入诗中：

呵妇人，无散发在我庭院里，你收尽了死者之灰，还吟挽歌在广场之隅，跳跃在玫瑰之丛。

——《爱憎》

我浸浴在恶魔之血盆里，渴望长跪在你膝下。呵，倦睡之歌人。

——《远方》

我看见魔鬼在黄金年岁的头上跳跃，张牙欲啮，于是我遨游着，接收当头的一棒。

——《生之炎火》

有的是写自己已经失去的爱情，在爱与憎之间所产生的想象，现在的恐怖与“往昔温柔之气息”，形成强烈的反差。有的是写爱情丧失之后的孤独与苦痛，心灵的企求。末一首是写自己的死亡，在厌恶一切欺骗中，追求人生的纯真。诗前引波特莱尔的诗句：“愚蠢、谬误、罪恶、吝啬占据我们的精神，吞噬我们的身躯”，显然在丑的意象所包含的批判意识里，隐藏着一种超越“欺骗”与“罪恶”等世俗存在的精神丑恶的主题。他追问，面对“一切傀儡我的坏人”，自己“心头的几片红英，就如此飞散吗？远处的天鹅，流血在呼唤里”，不忘情于心中人情美的失落，只能在自然美里寻求精神的抚慰。或在玫瑰之丛里，或在黄金年岁上跳跃着的魔鬼，或魔鬼的血盆，这些生活里属于“丑”的意象，在李金发笔下，已经失去它本体的恐怖与丑恶的性质，转化为艺术功能上能够传达更强烈情绪的意象，“丑”经过创造，可以在接受中淡化了现实的恐怖性，强化了欣赏距离带来的新奇性，意象本身在被接受中就产生了一种美感的特性。

他那首有名的《夜之歌》，更是这种以丑的意象强化或渲染感情的典型创造：

> 我们散步在死草上，悲愤纠缠在膝下。粉红的记忆，如道旁朽兽，发出奇臭，遍布在小城里，扰乱了无数甜睡。

这里写的是爱情的失意之后，自己不愿再回忆过去那段美好时光（“‘粉红’的记忆”），但却用“发出奇臭”的“朽兽”的意象来形容，而且想象这臭味怎样遍布整个小城，扰乱了人们的睡眠。这样通过非现实的丑恶意象处理的结果，传达情感的强烈程度，比起直接用美的或平淡的现实意象来，要大得许多。关于这种“以丑为美”的现代性美学思想，从波特莱尔到罗丹，都曾给李金发以深刻的影响。闻一多同样也有意进行了这方面的成功尝试。他曾说：“‘丑’在艺术中固有相当的地位，但艺术底神技应能使‘恐怖’穿上‘美’的一切的精致，同时又不失其要旨。”①给死亡、恐怖、污秽与丑恶，穿上“美”的衣裳，这是李金发以“审丑”原则进行意象创造的一个普遍的方法。

在道德的范畴里，李金发谴责人间的丑恶与污秽。他厌恶“丑恶的世界”。他反对乡人的械斗造成人的生命无辜死亡的悲惨。而在诗歌表现的领域，他却刻意于死亡与丑恶意象美的探索。这种生活道德与艺术追求的悖谬，揭示李金发诗歌的一个独特现象：他将自己现代性的美学意识，凝聚于自己对生活和艺术的敏感里，使这一类“审丑”的意象，在进入他的诗歌艺术世界的时候，也就取得与其他纯洁性的传统意象相等的地位。“审丑”意象如此众多的出现，而且与传统意象在美学上价值的一视同仁，引起了新诗创造者与接受者审美心理的一个变革。人们不再以传统道德的而是以现代审美的眼光，来看待李金发的创造，也就不会为新诗的“纯洁”被打破，被“引入歧途”而惊诧了。

李金发这种审美变革意识几乎成为一种意象选择的癖好。他的诗歌里，对于“丑”的凝视，已经成为对于美的挖掘的变形。在他的诗里到处看到：骨之余灰，死的囚徒，地狱之恐怖，颓败的花，死叶葡萄在沟里，恶魔的羞怨，恶魔收拾我脑汁，你像死叶被风搁置在瓦坑，日光斜照着，我心是阴处之死叶么？你到枯涸的池沼里，死莲上有我们入世的说明，等等，在自己的审美意识里，他不再坚守哪些事物不能入诗的界限。在他，“死亡”与坟墓，已经成为一种象征，一种境界，一种人生归宿，一种宁静和美丽。他说：“希望当你秘密之荣光实现时，你的诗人之心既为死神之客座。”(《Encore a toi》)他可以在众

① 闻一多：《〈冬夜〉评论》，《闻一多全集》第2卷，69页，武汉，湖北人民出版社，1993年。

多死亡的意象里，完成着自己诗歌世界里生命与死亡的对话。

山谷的深处，——贴近英雄之墓，——死灵蹲踞着，满披金色之秋叶。

——《断句》

无形体之手抚藉我肩膀，如倒睡在慈母怀里，倦怠而轻的黑花之香，盖满未来黄沙之坟墓。

——《哀吟 7》

快选一安顿之坟藏，我将颓死在情爱里，垂杨之阴遮掩这不幸。

——《Eligie》

我见惯了无牙之颚，无色之颧，一切生命流里之威严，有时为草虫掩蔽，捣碎，终于眼球不能如意流转了。

——《生活》

……终倒死在木板下，张着可怖之两眼。青紫之血管，永为人们之遗嘱，并颤动在原野，与远山谐其色泽。

——《死者》

这些“死亡”和“坟墓”的意象，或温馨，或颓废，或实写，或夸张，或写死亡的丑恶状态，或画出死亡与自然的和谐，都能在艺术的层面上，给读者情绪与审美的暗示，情感的介入与共鸣。死亡与坟墓与其他意象一样，不再带着“丑”与恐怖色彩，自然地参与人们情感世界的对话，走进了人们的道德与审美的视野。艺术的道德律在这些意象创造中不再是诗人的禁忌。诗人因此获得的是意象创造的更大的驰想自由和艺术空间。

更进一步是，诗人自觉地在死亡意象里开掘关于人生的哲理，赋予死亡意象以更富意蕴的承载。这里有两种情况。一种是对于死亡进入形而上层面的思考，将死亡与生命看成不可分割的一部分，是生命必然的延续，在死亡意象里显示出生的美丽。

死！如同晴春般美丽，季候之来般忠实，若你设法逃脱。呵，无须恐怖痛哭，他终久温爱我们。

——《死》

心为宿愿跳跃着：谁爱这垂杨，夜如死神般美丽！

——《心为宿愿》

无论属于对死亡美丽的赞美，还是仅仅以死神来作比喻，这种死亡或死神的意象创造本身，反映出诗人进入另一个层面之后的思考：生命死亡和夺取生命的死神的恐怖色彩，被大大消解了。死亡只是生命的一种必然归宿。它如“季候之来般忠实”。你无法回避，也无法逃脱。面对它们，人们应该有的，有超于恐怖之上的宁静与“温爱”。死亡的意象从哲学层面上的创造，被诗人赋予了美丽的色彩。

另一种情况，死亡意象的创造，生命哲学的思考，比兴传达方法的追求，有时完全融合在一起，达到了深警的抒情效果。《生活》能在各种意象的描写中，传达生活的终点就是生命的死亡这样的意蕴。《英雄之歌》在死亡、坟墓与死神的意象里怀想生命里英雄精神的失去与永存。《过去与现在》用很多自然意象和想象世界的抒情传达对于生的来源与死的凄寂情绪的寻找。《爱憎》在纷繁的意象中，展开想象中生者与死者关于爱的对话，奏出生命与死亡的交响。李金发那首著名的《有感》，在异常鲜明的死亡意象里，传达了生命与死亡近在咫尺，

“对酒当歌，人生几何”的思绪：

如残叶溅
　血在我们
　　脚上

生命便是
　死神唇边
　　的笑

诗里的情感，无论是传统的生命短促的慨叹，借酒与美人安慰心灵的颓废，还是现代的生命与死亡的辩证哲思，随着时间的淘洗，这些内涵本身，会越来越为人们所淡漠。留在人们记忆中的，可能倒是诗里惊人的意象创造本身，是“残叶溅血”奇妙比喻的生动性和“生命便是死神唇边的笑”哲理性凝结而成的意象的美丽与奇警，由于这二者巧妙配合，以及用参差的断句，特殊的移行，将“残叶”“血”“生命”“死神”“笑”等突出嵌入读者印象，起兴的喻体与被比喻的本体微妙的暗示性的联系，通过这样综合的手段造成了特殊的效果。“生命是死神唇边的笑”因此已经成为20世纪新诗中一个经典性意象。他的“审丑”追求由于哲理沉思的融入，给这些死亡意象创造带来了幽深的意蕴与审美的品格。

朱自清评介一个现代青年诗人时说：“头发一般细的心思和暗泉一般涩的节奏带着人穿透事物的外层到深处去，那儿所见所闻都是新鲜而不平常的。……这不是颓废，也不是厌倦；说是寂寞倒有点儿，可是这是一个现代人对于寂寞的吟味。”[1]李金发给我们的这一类意象，就具有这种“穿透事物的外层到深处去”的“新鲜而不平常”的特点。这里确实有颓废，有厌倦，有寂寞，有绝望，有世纪末的感伤，有一个青年诗人的批判与愤激，当然，它们更拥有自己的一份创造的美丽。20世纪30年代末，一个美国评论家说：“我们所称为‘现代’的诗，原来是，现在还是，一种‘文学的叛变’的诗。这样的诗适于破坏经验之种种旧的诗的组织，而不适于创造经验之种种新的诗的组织。”[2]借用这里的评论术语，我们可以说，李金发诗里包括“死亡”在内的“审丑”意象，就是这种“文学的叛变”的诗歌创造的艺术实践之一。它们是对于诗歌旧的传统经验的破坏与挑战，也丰富与拓展了新诗的经验所拥有的更大的自由空间。李金发与闻一多等诗人，由新诗意象创造引起的一场悄悄的审美变革，也就在这里发生了。

2000年9月18日

---

① 朱自清：《新诗杂话·北平诗——〈北望集〉序》，《朱自清全集》第2卷，362页，南京，江苏教育出版社，1988～1997年。

② [美]阿奇保德·麦克里希：《诗与公众世界》，载1939年6月《大西洋月刊》，朱自清译，引自《新诗杂话》附录，《朱自清全集》第2卷，420页，南京，江苏教育出版社，1988～1997年。

“对话”：互动形态的阐释与解诗

五四之后的文学批评，包括诗歌批评，经过众多人的参与建设，已经获得了一种多元探索的品格。它在与诗人思想、文学作品互动关系的探讨中发展，成为文学思潮掘进中一种独立的艺术部门。随着以象征派为主体的泛现代主义诗潮的逐渐蓬勃，相对复杂与“晦涩”的诗歌文本的不断涌现，读者对于“难懂”作品接受的质疑与超越呼声的增强，以及批评家自身文学现代性追求意识与文学素质的演进，诗歌的文本批评呈现出一种新的趋向：以客观的文本（包括作品小文本与作家大文本）阐释为主的本体性批评，开始向批评者与作家双向经验互动的主体性批评转变。

这种主体性批评的特征是：批评本身被看作是一种与创作同等重要的艺术创造。批评家与作家、诗人，在文本意义蕴藏上，进行更深层面上的交流，由此而展开的两个或多个艺术创造者之间的“对话”，直接介入了文本的阐释，这就为现代文学批评，特别是中国现代解诗学理论与实践的深化，提供了一个新的发展空间。20世纪30年代中期，李健吾与巴金，李健吾与卞之琳，朱自清与卞之琳，他们关于诗歌文本内涵阐释的“对话”，就是这方面颇具文学史意义的探索。

一、双向经验交汇与批评主体意识的强化

五四之后的许多现代文学批评家中，再没有李健吾那样极端重视批评者的主体意识和文学批评的独立性特征的了。他甚至执拗地认为，过去的文学批评、批评家，努力认同作家的作品，强调的是对于作品的“尽量的忠实”。而他自己则认为，文学批评是“一种独立的艺术”，特别强调批评家以自己的人生和艺术“经验”，参与文本的理解和阐释，而作为一个参与者，本身也应当有一个批评者主体的“富丽的人性的存在”。他是在对于巴金《爱情三部曲》、沈从文《边城》等创作文本的批评中，开始完整地阐述自己的这种文学批评观的。

李健吾认为，传统的批评观，总是“希望把作品原封不动解释出来”。这种解释，追求的只是文本隐含的客观意义，它“需要尽量忠实”作家和作品的本来意义。与此相区别，他提出批评者应该在文本中额外放上“另一个存在”的思想：“但是临到解释，批评者不由额外放上了些东西——另一个存在，于是，看一篇批评，成为看两个人的或离或合的苦乐。批评之所以成为一种独立的艺术，不在自己具有术语水准一类的零碎，而在具有一个富丽的人性的存在。一件真正的创作，不能因为批评者的另一个存在，勾销自己的存在。批评者不是硬生生的堤，活活拦住水的去向。堤是需要的，甚至于必要的，然而当着杰作面前，一个批评者与其说是指导的、裁判的，倒不如说是鉴赏的，不仅礼貌有加，也是理之当然。这只是另一股水：小，被大水吸没；大，吸没小水；浊，搅浑清水；清，被浊水掺上些渣滓。一个人性钻进另一个人性，不是挺身挡住另一个人性。头头是道，不误人我

生机，未尝不是现代人一个聪明而又吃力的用心”。①

由批评家对于作品“额外”地放进“另一个存在”，“另一个人性”的思想，实际上就是对于批评主体性思想的形象阐述。他的这些阐述里，起码包含了几个方面的意义：(1)就文学批评与被批评对象的关系而言，一个富有创造性的批评家的批评文字，不应该是对文学作品既成文本原封不动的解释，而应该是批评者与作者两个人之间“或离或合的苦乐”，是他们的一种共同的艺术创造。(2)就文学批评自身的特性而言，批评所以成为一种独立的艺术，其根本原因，不在批评者拥有一定的理论与术语，而在于他具有一个批评者理解作家与阐释作品时，所拥有的自己的“富丽的人性”，也就是作者对于人生经验与艺术美的深刻独到的体悟。(3)就批评的功用而言，它对于被批评者不是指导与裁判，而是理解与鉴赏。不能以一个存在，勾销自己的存在。这种理解与阐释，只能是人生经验、人性的交流与对话，“是一个人性钻进另一个人性，不是挺身挡住另一个人性”。这三个方面内容的提出，使得批评与作家作品之间，由单向性评判的关系，而开始转向并建立一种双向同构性的互动关系。

基于这种主体性批评的思想，批评意识的一个重要转变，就是尽量减少批评者对于作家与文本的依附性，增强批评者自身的个人创造性。李健吾如是强调批评作为一种艺术的独立和尊严：批评“它有它的尊严。犹如任何种艺术具有尊严；正因为批评不是别的，也只是一种独立的艺术，有它自己的宇宙，有它自己深厚的人性做根据。一个真正的批评家，犹如一个真正的艺术家，需要外在的提示，甚至于离

① 刘西渭(李健吾)：《爱情的三部曲——巴金先生作》，《咀华集》，2～3页，上海，上海文化生活出版社，1936年。

不开实际的影响。但是最后决定一切的，却不是某部杰作或某种利益，而是他自己的存在，一种完整无缺的精神作用，犹如任何创作者，由他更深的人性提炼的精华，可以成为一件单独生存的艺术品。他有他不可动摇的立论的观点，他有他一以贯之的精神"①。李健吾要求批评家对于作家和作品的，不是如何尽量地忠实，而是在批评家与作家的经验双向交汇中，如何实现人生经验的体味、重合与发现。阐释者在阐释中成为以丰富人生经验为依据的创造者。一个批评者"他有自己做人生现象解释的根据：这是一个复杂或者简单的有机的生存"，这个"生存"，"限制小而一己想象的活动，大而人性浩瀚的起伏"。这种人生解释的"根据"，比起过往的批评来，极大地突现了作为批评者的"自己"：自己的整个生命存在与经验积蓄。他这样思考"自己"在批评中的位置说："在了解一部作品以前，在从一部作品体会一个作家以前，他先得认识自己。我这样观察这部作品同它的作者，其中我真就没有成见，偏见，或者见不到的地方？换句话，我没有误解我的作家？因为第一，我先天的条件或许和他不同；第二，我后天的环境或许和他不同；第三，这种交错的影响做成彼此似同而实异的差别。他或许是我思想上的仇敌。我能原谅他，欣赏他吗？我能打开我情感的翳障，接受他情感的存在？我能容纳世俗的见解，抛掉世俗的见解，完全依循自我理性的公道？禁不住几个疑问，批评者越发胆小了，也越发坚定了；他要是错，他整个的存在做他的靠山。"②显然，突现自己，对于一个批评家最重要的，是要清醒地看到自己与

---

① 刘西渭(李健吾)：《答巴金先生的自白》，《咀华集》，50～51页，上海，上海文化生活出版社，1936年。

② 刘西渭(李健吾)：《爱情的三部曲——巴金先生作》，《咀华集》，3页，上海，上海文化生活出版社，1936年。

被批评对象之间的距离、差异，甚至隔阂，常常警醒地对自己做理性的追问："我有没有误解我的作家?"然后，努力打开或扫除自己与作家作品之间感情的"翳障"，不是全部以挖掘作品"客观意义"为评论的依据，而是将批评视为以自己生命经验和人性美丽为"靠山"的发现、参与，和如他所说的"二次创造"。

论述中李健吾认为最重要的，是对人生经验与美丽人性的深刻体味，因批评者与作者之间的差异，在这种"二次创造"中所带来的无数距离、隔膜，"美丽"的快乐和"深澈"的"痛苦"。在他看来，一个批评家，需要广大的胸襟，但是，"不怕没有广大的胸襟，更怕缺乏深刻的体味"。然而这种"深刻的体味"就全部解决问题了吗？不然。"虽说一首四行小诗，你完全接受吗？虽说一部通俗小说，你担保没有深厚人生的背景？在诗人或小说家表现的个人或社会的角落，如若你没有生活过，你有十足的想象重生一遍吗？如若你的经验和作者的经验参差，是谁更有道理？如若你有道理，你可曾把一切基本的区别，例如性情、感觉、官能等等，也打进来计算？没有东西再比人生变幻莫测的，也没有东西再比人性深奥难知的。了解一件作品和它的作者，几乎所有的困难全在人与人之间的层层隔膜。我多走进杰作一步，我的心灵多经一次洗练，我的智慧多经一次启迪：在一个相似而实异的世界旅行，我多长了一番见识。这时唯有愉快。因为另一个人格的伟大，自己渺微的生命不知不觉增加了一点意义。这时又是感谢。而批评者的痛苦，唯其跨不上一水之隔的彼土，也格外显得深澈。"①一个聪慧的批评家，一个富有创造精神的批评家，就是要在这"二次创造"

① 刘西渭(李健吾)：《爱情的三部曲——巴金先生作》，《咀华集》，4～5页，上海，上海文化生活出版社，1936年。

中，在这"跨不上一水之隔的彼土"的不断接近中，反复地嚼味由于经验的或"重合"或"隔膜"中带来的这样一种"快乐"与"痛苦"："有一本书在他面前打开了。他重新经验作者的经验。和作者的经验相合无间，他便快乐；和作者的经验有所参差，他便痛苦。快乐，他分析自己的感受，更因自己的感受，体会到书的成就，于是他不由自己地赞美起来。痛苦，他分析自己的感受，更因自己的感受体会到书的窳败，于是他不得不加以褒贬。他有自己做证明。所有批评家的挣扎，犹如任何创造者使自己的印象由朦胧而明显，由纷零而坚固。"①

这种批评主体性的张扬，伴随批评者"灵魂的冒险"所带来的"批评家的挣扎"的，是那些闪光卓越的思想见解，与人性及智慧的美丽。在主体性很强的文学批评里，虽然不可避免地多一些主观的成分，多一些浮光掠影的感喟，少一些深度和实证，少一些闪光思想背后坚实的支撑，如巴金在回答李健吾对他《爱情三部曲》的批评时所说的那些热情而中肯的话："是这么流畅的文笔！你写得这么自然。简直像一首散文诗！""我仿佛看见你那指手画脚，眉飞色舞的姿态，你好像在对一群敬爱你的年轻的学生演说。不！你好像一个富家子弟，开了一部流线型的汽车，驶过一条宽阔的马路。一路上你得意地左右顾盼，没有一辆汽车比你的华丽，没有一个人有你那驾驶的本领。你很快地就达到了目的地，现在是坐在豪华的客厅里的沙发上，对着几个好友叙述你的见闻了。你居然谈了一个整夜。你说了那么多的话。而且使得你的几个好友都忘记了睡眠。朋友，我佩服你的眼光锐利。但是我却要疑惑你坐在那样迅速的汽车里面究竟看清楚了什么？"巴金担心被

① 刘西渭（李健吾）：《答巴金先生的自白》，《咀华集》，52～54页，上海，上海文化生活出版社，1936年。

“误会”，自己还特意加了一条注释，进一步地解释说，“这个比喻太笨拙，不及你的聪明。你不要误会我是在故意挖苦你。我真心地佩服你的眼光的锐利。但我希望你能够看得更深一点”①。但是，作为一种批评理论的倡导者与实践者，李健吾在自己的意识中，始终坚持与纯印象派批评的距离与界线：一是对于文学材料在解释中的高度重视，一是对于超越印象和经验的个人观察体会与人类以往经验的高度重视。他说一个真正公正的批评家应该是这样的：“他永久在搜集材料，永久在证明或者修正自己的解释。他要公正，同时一种富有人性的同情，时时润泽他的智慧，不致公正陷于过分的干枯。他不仅仅是印象的，因为他解释的根据，是用自我的存在印证别人一个更深更大的存在，所谓灵魂的冒险者是，他不仅仅在经验，而且要综合自己所有的观察和体会，来鉴定一部作品和作者隐秘的关系。他不应当尽用他自己来解释，因为自己不是最可靠的尺度；最可靠的尺度在比照人类自己以往所有的杰作，用作者来解释他的出产。”②

重视自己拥有和蕴藏的丰富人生经验和人性感悟，重视用材料来证明或修正自己的解释，重视吸收人类以往的所有优秀艺术杰作，“用作者来解释他的出产”——自我的人生体验，丰实的批评材料，比照人类杰出文本之下的作者作品的发现，这样三位一体的思想与实践，不断地“用自我的存在印证别人一个更深更大的存在”，一种颇富有现代性的主体性批评思想的完整构成，就这样地浮现出来了。这种与20世纪30年代北平卞之琳等“少数的前线诗人”的创作探索相适应

① 巴金：《〈爱情三部曲〉的作者自白》及注释，《咀华集》，46～47页，上海，上海文化生活出版社，1936年。

② 刘西渭(李健吾)：《〈边城〉——沈从文先生作》，《咀华集》，68页，上海，上海文化生活出版社，1936年。

的、同样具有先锋性的文学批评观念与实践的出现，是中国现代文学批评史的一个重大的突破性的发展，也使中国现代诗学批评走进批评家与诗人的互动“对话”形态，成为一种可能，为开拓现代解诗学思想另一个新的空间，提供了非常坚实的理论基础。

二、“对话”的介入与走向深化的解诗

以先锋诗人和翻译家为创作起点的卞之琳，同样非常关注诗人的复杂文本与读者接受之间的关系，并且自觉地提出了旨在缩小这两者之间距离的沟通与交流的现代解诗学思想。

这种注重文本解释的思想，与李健吾主体性批评的思想，心神相知，猝然相遇，不仅使“对话”的解诗学形态产生成为可能和现实，也为20世纪30年代先锋性探索诗人的作品如何走近读者，提供了某种进入实践轨道的范式和前景。批评家与诗人之间，就现代诗歌复杂文本问题，进行的平等切磋的“对话”，成为一种深化的解诗学形态，开始进入了现代诗歌理论与批评的视野。《大公报·文艺副刊》为这场“对话”，提供了自由往复的空间①。

由于不赞成死板生硬地解释蕴蓄较深的诗作，谈到关于《白螺壳》一诗解释的时候，卞之琳在文章中，与李健吾开始进行“对话”。

他这样说：“这首诗我相信字句上没有什么看不懂的地方，倘真如此，那就够了，读者去感受和体会就行了，因为这里完全是具体的境界，因为这首诗，果如你所说，不是一个笨谜，没有一个死板的谜底搁在一边，目的并不要人猜，要不然只有越看越玄。纪德在《纳蕤

① 刘西渭（李健吾）和卞之琳在《大公报·文艺副刊》就《鱼目集》往复探讨，前后历时3个月，引起很多诗爱好者的关注。

思解说》的开端与结尾都说‘一点神话本来就够了’。我前几天还写过一句：解释一首诗往往就等于解剖一个活人。”①对于一些“难懂”的诗，看起来诗人卞之琳好像强调的，是一个作品有它具体完整的传达境界与充满灵性的美，应该让读者自己去“感受体会”就够了，一旦用文字去解释它，就可能破坏了诗的意境和艺术完美。但是，这不等于说卞之琳一概地反对解诗。就在提出这种解诗是对于诗的一种“伤害”的看法的同时，卞之琳在强调“纯粹的诗”美的完整性的时候，却也能够从尊重读者接受的角度，肯定了进行一定限度的解诗的必要性：“然而，我写这首诗到底不过是直觉的展出具体而流动的美感，不应解释得这样‘死’。我以为纯粹的诗只许‘意会’，可以‘言传’则近于散文了。但即使不确切，这样的解释，未尝无助于使读众知道怎样去理解这一种所谓‘难懂’的，甚至于‘不通’的诗。”②

作为一个“少数”的追求艺术先锋性探索的诗人，如此重视诗人自己的作品能够为批评家和读者所理解、所接受，渴望通过自己作品与读者之间进行思想与审美的交流，因而虽然肯定诗美的不可破坏性，如李健吾引用瓦雷里的一句话说的，“诗不能具有散文的可摧毁性”③，同时却也有意识地主张并非对于诗美的“摧毁”，而是引导读者对于诗美的“进入”，即帮助他们努力去读懂或理解，甚至进一步欣赏那些“难懂”的诗篇，在这个非常重要的审美解读的链条上——即卞

① 卞之琳：《关于“你”》，《咀华集》，182页，上海，上海文化生活出版社，1936年。

② 卞之琳：《关于〈鱼目集〉》，《咀华集》，156页，上海，上海文化生活出版社，1936年。

③ 刘西渭（李健吾）：《〈画廊集〉——李广田先生作》，《咀华集》，185页，上海，上海文化生活出版社，1936年。

之琳说的对于诗的"即使不确切"的"解释"——包括李健吾等的"解诗"思想与实践在内，表示了明确的理解和肯定的意见。

就是这些零散的见解，而并非系统的议论，构成了卞之琳现代解诗学思想的理论基础与思考起点。加之卞之琳与李健吾之间，有着同样的艺术趣味，又是很要好的朋友。在此基础与起点上出发，他们之间就《鱼目集》中的某些作品，展开了双向互动的"对话"，成为一种难得的解诗学现象①。

得到沈从文的热心帮助，卞之琳于1933年自费出版了他的第一本诗集《三秋草》。对于这本收录了18首短诗的"彼俏的小书"，朱自清当时曾发表了一篇短文。其中虽然还没有可能就一些作品，做出文本细读的批评，但他已经敏锐地看到，这些诗里隐含着用"现代人尖锐的眼"，在"平淡无奇"而"极小的角落里"，发现"精微的道理"这样的现代意识自觉追求；而且，朱自清还指出了卞之琳诗传达上的"出奇"，其根源主要是由于"跳跃"与"联想"。他的诗的"出奇是跳得远的时候"，这种观念与观念、意象与意象之间"跳得远"，虽然笔下仍是

① 李健吾还在20世纪20年代，就与朱自清一起译介过西方纯诗的理论，曾研究法国象征派诗，30年代也曾发表过一些象征派诗歌。30年代初，在北平林徽因家中的文学沙龙里，李健吾与卞之琳是经常的参与者和朋友。1937年夏，卞之琳翻译纪德的《窄门》，"最后一小部分于8月完成于上海炮声中"，就是在"李健吾先生家里"(卞之琳：《安德雷·纪德〈窄门〉初版译者序》"附记"，《卞之琳文集》下卷，525页，合肥，安徽教育出版社，2000年)。1937年在上海，卞之琳想利用春假做一点工作，动手翻译法国本雅明·贡斯当的小说《阿道尔夫》，也与李健吾有密切关系："朋友李健吾先生就推荐这本书给我译，除了把法文原本借给我，还找出一本英国版的译本给我做参考，并且还留我在家里小住以完成译事，令我承受了他和他夫人至今想起来还如在目前的厚谊。1940年在《西洋文学》上发表也是他给我拿去的。"(卞之琳：《本雅明·贡斯当〈阿道尔夫〉译者序》"附记"，《卞之琳文集》下卷，535页，合肥，安徽教育出版社，2000年)

清清楚楚，但将他们之间的“桥却拆了”；由于联想“出奇”，比喻也“用得别致”，有时候“不但没有桥，连原来的岸也没有了”①。朱自清的批评，已经接触到了解读复杂难懂文本的一个最重要的思维秘密。即面对一种无“桥”无“岸”境界的隔膜，以很强的主体性创造和参与意识，来搭“桥”寻“岸”，一一解读文本，通过对于这“桥”这“岸”的意象或语言或思维的追踪破译，追寻这些现代性诗歌文本的显在的或潜在的意义，这就成了走向深化的解诗及其“对话”形态产生的动因。朱自清自己也进行了“对话”的实践。

然而，开“对话”解诗风气之先者，是围绕《鱼目集》的诗展开的批评与讨论。1936年，朱自清自己动手解释卞之琳《距离的组织》一首诗的时候，曾经这样说过：“《鱼目集》里有几篇诗的确难懂，像《圆宝盒》，曾经刘西渭先生和卞先生往复讨论，我大胆说，那首诗表现的怕不充分。”②诗本身的表现如何，且不去管。这里所说的“往复讨论”，指的就是批评家李健吾与诗人卞之琳之间，关于诗集《鱼目集》和其中的一些诗，在天津《大公报·文艺副刊》上，进行的文本阐释的批评与回答的“对话”，以及由此“往复讨论”而阐发的现代解诗学思想。

李健吾与卞之琳这种“对话”形态的解诗实践，就诗歌文本意义的接受与理解的角度来看，大体上可以分为以下三种。

第一种，是批评家的解释超越了作者创造原有的意图。如《寂寞》一诗：“乡下小孩子怕寂寞，枕头边养一只蝈蝈；长大了在城里操劳，

① 朱自清《〈三秋草〉》，载1933年5月22日天津《大公报·文学副刊》第281期。

② 朱自清：《新诗杂话·解诗》，《朱自清全集》第2卷，324页，南京，江苏教育出版社，1988～1997年。

他买了一个夜明表。小时候他常常羡艳，墓草做蝈蝈的家园；如今他死了三小时，夜明表还不曾休止。"对于这首小诗，李健吾根据自己的体悟，这样地解释说：

> 时光是酷虐的，不顾人力的挣扎，河水一样泛滥下来，冲洗掉生命的庐舍。短促的渺微的生命！禁不起寂寞，
> "他买了一个夜明表"，
> 为了听到一点声音，那怕是时光流逝的声音；但是
> "如今他死了三小时，
> 夜明表还不曾休止。"
> 为了回避寂寞，他终不免寂寞和腐朽的侵袭。①

李健吾这种表现人生的"悲哀"的解释，得到了诗人真诚的首肯。卞之琳回答批评家的文章，坦诚说明，他的发现超出了自己创作时的意图，使自己"觉得出我意料之外的好"。他说：

> 西渭先生：你解释《寂寞》，说"禁不起寂寞，'他买了一个夜明表'，为了听到一点声音，那怕是时光流逝的声音。"又说"为了回避寂寞和腐朽的侵袭"，觉得出我意料之外的好，因为我当初只是想到这么一个乡下人，简单的写下了这么一个故事，然后在本文里找了这么两个字为题目，自己原不曾管有什么深长的

① 刘西渭(李健吾)：《〈鱼目集〉——卞之琳先生作》，《咀华集》，145～146页，上海，上海文化生活出版社，1936年。

意义。①

作者对于诗作原有意图的说明，只是一个普通“乡下人”的偶然的“故事”，并没有“什么深长的意义”，究竟是真实的表白，还是有意的遮盖，我们已经无从查考，不得而知。批评家的解释，却的确从更深的层面上，揭示了诗的意象组合里面潜在的生命哲学的意义。它超越“故事”的表层，而走进诗的意境的深处，告诉人们这首诗隐含的一个更为悠远的蕴涵：“深长的意义”。诗人认同了这种解释，也就认同了批评家阐释的超越性与合理性。

李健吾关于《航海》一诗的解释，也属此类。这首诗，同样写的是平淡的生活小事，却构思更为精致，传达更为隐蔽，意境也更为幽远：

> 轮船向东方直航了一夜，大摇大摆的拖着一条尾巴，骄傲的请旅客对一对表——“时间落后了，差一刻。”说话的茶房大约是好胜的，他也许还记得童心的失望——从前院到后院和月亮赛跑。这时候睡眼朦胧的多思者，想起在家乡认一夜的长途，于窗槛上一段蜗牛的银迹——“可是这一夜却有二百浬(里，下同)?”

诗人卞之琳想用这个有意编织的“故事”，告诉人们，聪慧的“多思者”(即诗人自己)对于生命的一种思考：人生就像“航海”一样，一切都是相对的，茶房“好胜”的得意与童心天真的“失望”，“多思者”在不同时

① 卞之琳：《关于〈鱼目集〉》，《咀华集》，153页，上海，上海文化生活出版社，1936年。

空里感受到的长短无定的差异：窗槛上蜗牛一夜爬行的“银迹”与轮船在海上航行了“二百浬”。这种认识与生命的相对性，对于人生来说，是一种无奈与悲哀。

李健吾在解释中认为，这首诗，由《寂寞》的时间的思考，进入生命的空间的凝想，同样表现了人生一种无法逃避的“悲哀”：“这种悲哀，或者迷怅，要是仅仅属于时光，也还罢了。不幸更有一种东西作祟，那助纣为虐的空间，或者距离。时空远远相交，诗人正好走在二者的交切点，却又一切不和他相干。他的心(童心?)自己起了这种错觉作用，还是这种错觉勾上他的心的反应？长短没有一定。犹如《逍遥游》提示的哲理，我们的诗人同样奇怪‘蜗牛的银迹’成功‘二百浬’的一夜。他虽是时空的交切点，可是他不正受二者的讥讪吗？……他完成历史的进行，地域也不见其就是他的障碍。是谁影响谁？谁是谁的主宰？神秘的交错!”①对于这样出于一个睿智者经过感悟与深思，所作出的接近或超越诗意本身的美丽的解释，诗人卞之琳同样没有表示什么异议。他的缄默也可以说是一种认同或赞赏。

第二种，是批评家与诗人之间就作品的理解发生了差异，甚至是批评家的误读。《圆宝盒》是《鱼目集》中结构较为复杂的一首诗。其意象背后蕴藏的意义，及各个意象之间的复杂关联，也不甚清晰。它的内涵因此也就不很容易把握了。当批评家进入这首“难懂”的诗，对它进行具体解释的时候，就不免与作者原来要想传达的意义，产生了某种距离，甚至是误读。李健吾以一个现代批评家的勇气，走入《圆宝盒》，进行了这样“猜测”式的“冒险”：

① 刘西渭(李健吾)：《〈鱼目集〉——卞之琳先生作》，《咀华集》，144～149页，上海，上海文化生活出版社，1936年。

什么是《圆宝盒》？我们不妨猜测一下。假如从全诗提出下面四行：

“别上什么钟表店
听你的青春被蚕食
别上什么古董铺
买你家祖父的旧摆设。”

是否诗人想用《圆宝盒》象征现时。这个猜测或者不见其全错。那“桥”——不就隐隐指着结连过去与未来的现实吗？然而诗人，不似我们简单，告诉我们：

“可是桥
也搭在我的圆宝盒里；”

那么，如若不是现时，又是什么呢？我们不妨多冒一步险，假定这象征生命，存在，或者我与现实的结合。然后我们可以了解，生命随着永生“顺流而行”，而“舱里人”永远带有理想，或如诗人所云：“在蓝天的怀里。”是的，在这错综的交流上，生命——诗人的存在——不就是

“好挂在耳边的一颗
珍珠——宝石——星？”

李健吾颇自信地认为，这样的诗的结尾，清楚地表现了诗人叹息人生悲哀的意图：“还有比这再悲哀的，我们对于人生的解释？”诗里挂在耳边的诸个饰物，似乎都在说明，一切在人生，仅仅“都是装饰”而已①。

① 刘西渭（李健吾）：《〈鱼目集〉——卞之琳先生作》，《咀华集》，144～149页，上海，上海文化生活出版社，1936年。

难懂的复杂文本的这种阐释差异，呼唤出了诗人与批评家之间就诗歌意图与诗歌接受问题更深层面的“对话”。卞之琳自己的文章中，坦率真实而具体细微地说明了自己写这首诗的原有意图，说明了李健吾的这些批评与自己作品原有意义之间存在的一些差异和距离。

可是您起初猜“圆宝盒象征现时”，因为“桥”指“接连过去与未来的现实”，显然是“全错”。既然时光是河流，则过去与未来当为河流的本身，上游和下游，勉强的说。您后来说是“我与现实的结合”，似乎还可以，但我自己以为更妥当的解释，应为——应为什么呢？算是“心得”吧，“道”吧，“知”吧，“悟”吧，或者恕我杜撰一个名目，beauty of intelligence，“舱里人永远在蓝天的怀里”解释为“永远带有理想”仿佛还差不多。我前年春天写过一首诗，从未发现过，现在完全抛弃了，其结尾三行，虽然意思不同，但可以帮助理解如何可以说“永远在蓝天的怀里”，特录在这里。

“让时间作水罢，睡榻作舟，
仰卧舱中随白云变幻，
不知两岸桃花已远。”

《圆宝盒》中有些诗行本可以低回反复，感叹歌诵，而各自成篇，结果却只压缩成了一句半句。至于“握手”之“桥”呢，明明是横跨的，我有意的指感情的结合。前边提到“天河”，后边说到“桥”，我们中国人大约不难联想到“鹊桥”。不过我说的“感情的结合”不限于是狭义的，要知道狭义的也可以代表广义的。在感情的结合中，一刹那未尝不可以是千古。浅近而不恰切一点的说，忘记时间。具体一点呢，如纪德 Gide 所说，“开花在时间以外”。然而，其为“桥”也，在搭桥的人是不自觉的，至少不能欣赏自己的搭桥，有如台上的戏子不能如台下的观众那样欣赏自己的演戏，所以，说这样的桥之存在还是寄于我的意识，我的“圆宝盒”。而一切都是相对的，我的“圆宝盒”也可大可小，所以在人家看来也许会小到像一颗珍珠，或者一颗星。比较玄妙一点，在哲学上例有佛家的思想，在诗上例有白来客(W. Blake)的“一砂(沙)一世界”。合乎科学一点，浅近一点，则我们知道我们所看见的天上一颗小小的星，说不定要比地球大好几倍呢；我们在大厦里举行盛宴，灯烛辉煌，在相当的远处看来也不过是“金黄的一点”而已：故有此最后一语，“好挂在耳边的珍珠——宝石？——星?”此中“装饰”的意思，我不甚看重，正如在《断章》里那一句“明月装饰了你的窗子，你装饰了别人的梦。”我的意思也是着重在“相对”上。至于“宝盒”为什么“圆”呢？我以为“圆”是最完整的形相，最基本的形相。《圆宝盒》第一行提到“天河”，最后一行是有意的转到“星”。①

关于《圆宝盒》的构思遣词的另一个秘密，卞之琳也作了如下说明：这首诗一开始就来了一个“幻想”，其实我用“幻想”者，是因为怕人家看“死”了，以为我是告诉他我当真有一在哪一条河流上“捞到了一只‘圆宝盒’，而骂我说梦话”②。上述这些自我解释和说明，是难得的一次文本自我阐释。它包含了这样几个方面的内容：(1)批评家李健吾，

① 卞之琳：《关于〈鱼目集〉》，《咀华集》，153～156页，上海，上海文化生活出版社，1936年。

② 刘西渭(李健吾)：《答巴金先生的自白》，《咀华集》，49～52页，上海，上海文化生活出版社，1936年。

将《圆宝盒》解释为"现时"的象征，将"桥"看作接连"过去与未来"的"现实"，作者说这样的理解是"全错"了，说是"我与现实的结合"也只是与原意有些接近，但并非诗里原来要传达的意思。(2)《圆宝盒》的真正象征意义，是"心得"，是"道"，是"知"，是"悟"，"或者恕我杜撰一个名目，beauty of intelligence"，意思是"智慧的美丽"。而其中的"握手"之"桥"，则是横跨于河上的，诗人有意地指"感情的结合"。前边提到"天河"，后边说到"桥"，中国人大约不难联想到"鹊桥"。但这里说的"感情的结合"，不限于是狭义的，它也可以代表广义的。在感情的结合中，一刹那未尝不可以是千古。"浅近而不恰切一点的说，忘记时间。"具体一点呢，如纪德所说，"开花在时间以外"。(3)其为"桥"，在搭桥的人是不自觉的，这样的桥之存在，还是寄于我的意识，我的"圆宝盒"，即"智慧的美丽"。而这一切又都是相对的，我的"圆宝盒"也可大可小。诗里的许多意象渲染传达的都是这种意思。将那些"珍珠""宝石""星"等相关联的意象解释为人生"装饰"的"悲哀"，显然是与原来意思离得太远了。(4)"舱里人永远在蓝天的怀里"，对于这句诗，批评家解释为"永远带有理想"，诗人说"仿佛还差不多"。诗人并且移用了另外创作的三行诗作，来作为一种补充性的说明。

批评家李健吾，除这里的第三点外，其他对于诗的理解，都与作者原意产生了很大的距离。有些就是一种或隔膜或美丽的"误读"。它们之间的意义，有时差之甚远，多数是没有可通融之处的。李健吾自己后来就出来承担并坦然说明了自己这种误读。"有趣的是，检点一下我的《圆宝盒》，临到这首诗，我再三使用'不妨'和'猜测'，预先给自己埋伏一个退步，好充来日抽身而下的掩护。不幸是我那个'全错'，出来做成了我的奸细。然而临到交锋失利，与其指摘奸细，宁可搜寻一己的疏忽，我最冒昧的是，抓住我的形而上的线索死不放。

而第二个错误，要不是作者如今把‘圆’和‘宝盒’分开，我总把‘圆宝’看做一个名词。第三个，我把‘你’字解做诗人或读者，没有想到这指情感而言。同时第四，犹如作者所谓，我过分注目‘挂在耳边’，联想到上面那首小诗的‘装饰’字样。”①

第三种，是批评家的解释与诗人作品原意产生了歧义，但可以并存而互补。这种发生在著名的短诗《断章》理解中非常突出的理解歧义与互补的现象，几乎成为现代解诗学中的一个经典性现象。李健吾评论《鱼目集》文章里解诗时认为，《圆宝盒》的结尾处说：“好挂在耳边的一颗/珍珠——宝石？——星？”他由此发挥说：

> 还有比这再悲哀的，我们诗人对于人生的解释？都是装饰：
> “明月装饰了你的窗子，
> 你装饰了别人的梦。”
> 但是这里的文字那样单纯，情感那样凝炼，诗面呈浮的是不在意，暗地却埋着说不尽的悲哀。②

对于这种“人生悲哀”论的理解与阐释，诗人卞之琳是并不赞同的。如前面已经引述的那样，他这样解释自己这首诗的创作意图：“此中‘装饰’的意思我不甚着重，正如在《断章》里的那一句‘明月装饰了你的窗子，你装饰了别人的梦’，我的意思也是着重在‘相对’上。”一个是“装饰”的人生悲哀的象征，一个是“相对”冷峻哲学的隐喻，距离是十分

① 刘西渭(李健吾)：《答〈鱼目集〉作者》，《咀华集》，174～178页，上海，上海文化生活出版社，1936年。

② 刘西渭(李健吾)：《〈鱼目集〉——卞之琳先生作》，《咀华集》，144～149页，上海，上海文化生活出版社，1936年。

明显的。

于是，这里出现了一个“对话”解诗形态的完整运作过程：批评家李健吾进行了自己所理解的诗意阐释。为了免遭更多的误解，卞之琳自己出来说话了。他指出了这种诗意阐释与诗作原意之间的偏离。而最富有解诗学意义的姿态，是他们并没有到这里止步。批评家李健吾似乎不甘于就此“认错”，又出来进一步为自己的阐释作了承担和辩白：“一首诗唤起的经验是繁复的。所以在认识上，便是最明白清楚的诗，也容易把读者引入殊途。”例如，对于仅仅四行的小诗《断章》，“我贸然看做寓有无限的悲哀，着重在‘装饰’两个字，而作者恰恰相反，着重在相对的关联。我的解释并不妨害我首肯作者的自白。作者的自白也绝不妨害我的解释。与其看做冲突，不如说做有相成之美。”①批评家与诗人之间，这种围绕解诗所进行的诗意阐释——自白说明与批评答辩，不仅仅达到了对于一个美丽而蕴蓄的文本内涵的深入开掘，而且因此将现代解诗学在繁复经验的多向思考中推到了歧义互补的互动层面。一个“对话”形态的深层解诗学实践系统，就因此而得到了完成性的呈现。

三、解诗者的尴尬与解诗的美丽

批评家与诗人就复杂文本进行“对话”的解诗，一个可能的结果，是诗人站出来对于自己作品作出说明性的“自白”。解诗中不可避免地出现的一些隔膜、距离、缝隙、多义理解、出乎作者意外的见识，甚至差之毫厘或“风马牛不相及”的误读，会是常常存在的诗学现象。在

① 刘西渭(李健吾)：《答〈鱼目集〉作者》，《咀华集》，174～178页，上海，上海文化生活出版社，1936年。

误读性的阐释出现后，一旦诗人出来对于自己作品进行“自白”，就自然会给解诗者带来某种尴尬的处境。这种尴尬处境，是面对现代诗歌复杂文本必须付出的批评代价。

解释古代诗人的诗作，或已故现代诗人的作品，当然不存在这样的问题。面对许多健在于世的当下诗人的复杂难懂的文本，细读批评或阐释意义及结构的解诗本身，确然可能是一种“灵魂的冒险”。

20世纪产生的现代诗人的先锋性作品意蕴深厚、复杂，诗意传达中运用了许多象征、隐喻手法，多作“远取譬”而非“近取譬”，创造新颖的隐喻和自创性很强的意象，利用诗句的空白与跳跃等“经济的”方法，创造复杂曲折的书写结构等，因此就产生了相当隐晦与朦胧的特色。一般读者，如果只在常识里兜圈子，就“不免有隔雾看花之憾”①。但每一个这样的好的作品，都可能是一个复杂而美丽的有机体。读者和批评家，与这些作品的接近和理解，因此就出现了比较多的艺术的障碍。即如有的先锋诗人所说的，他们艺术创造所追求的，就譬如是自己过了河，却把那连接的桥给拆掉了，“让读者运用自己的想象力搭起桥来”②，去填补他们充满跳跃和空白的艺术空间。一旦接受者批评者进行一番苦心的解释，发生了误读的缝隙，或“全错”的阐释，作者出来说：“对不起，我原来的意思不是这样的。”接受者与批评家的解诗，就会陷入一种审美阐释的尴尬处境。朱自清对于卞之琳《距离的组织》的解释出现的误读，李健吾批评《圆宝盒》时产生的偏离，就是这种解诗尴尬的实例。这种主体性的阐释是批评家的权

① 朱自清：《新诗杂话·诗与哲理》，《朱自清全集》第2卷，334页，南京，江苏教育出版社，1988～1997年。

② 朱自清：《新诗杂话·新诗的进步》，《朱自清全集》第2卷，320页，南京，江苏教育出版社，1988～1997年。

利，也是阐释中批评家必然经受的痛苦。一些有现代意识的批评家，已经深刻认识到这一点与作者“经验参差”之间的关系，并采取了理性的思考姿态。他们认为，作者与解诗者之间经验的差异造成的理解的歧义，其根源在于，“作者的自白（以及类似自白的文件）重叙创作的过程，是一种经验；批评者的探讨，根据作者经验的结果（书），另成一种经验。最理想的时节，便是这两种不同的经验虽二犹一。但是，通常不是作者不及（不及自己的经验，不及批评者的经验），便是批评者不及（不及作者的经验，不及任何读者的经验），结局作者的经验和书（表现）已然形成一种龃龉，而批评者的经验和体会又自成一种龃龉，二者相间，进而做成一种不可挽救的参差，只得各人自是其是，自是其非，谁也不能强谁屈就”，“这是批评的难处，也正是它美丽的地方”。正如圣佩夫（Sainta Beuve）说的：“因为我这样引出了你所有的理由”，批评者无法封住作家的“自白”，作家的“自白”同样不能强我去影从。“我全说了；你也回答了；细心的读者自会裁判的。”①

“对话”形态的批评解诗，不可替代的意义还在于，无论是属于哪一种形式的“对话”，最重要的，是可以促使“对话”双方，获得一种与不同经验者进行交流的机会。这样才能够从不同方向与思路，实现两个创造者艺术思维的碰撞，完成对于各自合理意见的修正、认同、吸收与提升，在互动性的创造话语“对接”中，获得对于作品内涵更深入的理解。即以《圆宝盒》解释中的一些误读或理解差异为例，卞之琳的出来“自白”、解释，获得更为开阔和符合作品意义思考可能的，还是批评家本身。李健吾就是在与诗人“对话”中，这样坦率地承认了自己

① 卞之琳：《关于〈鱼目集〉》，《咀华集》，153～156页，上海，上海文化生活出版社，1936年。

理解作品的“粗浮”，说明了自己对于诗的不同理解，为自己的特异阐释进行了理性的辩护：

现在，我的解释要是“全错”，出乎作者意外，我相信，至少我顺着我那根红线，走出我给自己布置的迷宫。

经过作者的指示，我体会出来自己何等的粗浮。作者开首不明明告诉我，他

“捞到了一只圆宝盒”

吗？这“捞”字清清楚楚说出这“宝盒”——理智——不是他自己原来就有的。等到理智(?)捞到了手，

“跟了我的船顺流
而行了”

理智已然情感化了。这“船”象征生存也难说。但是，即使我们顺从作者，把“桥”看做(作)情感的结合，我们能够三言两语，说明全诗的印象吗？例如，现在我重读这首诗，到了这句：

“永远在蓝天的怀里，”

虽说诗人不屑于抛弃我俗浅的解释：“永远带有理想”。我自己如今觉得，譬做自然，同样可以说得过去，甚至于接受字面，不妄附会，我觉得更其自然些。而最初我没有弄懂的第一个“你们”，或许正指理智和自我，或者诗里的“人”和“宝盒”。①

因为有了这样平等往复的“对话”，作者、读者和批评家对于诗歌里面

① 刘西渭(李健吾)：《答〈鱼目集〉作者》，《咀华集》，174～178页，上海，上海文化生活出版社，1936年。

的一些复杂传达技巧、意象和语言运用的认识，得到了提升。诗人也为读者提供了“曲径通幽”的隐秘的钥匙①。通过这种“对话”形式下的批评家的反复说明和辩白，作品的“意义”也就有可能获得更深的理解与阐释，批评家也以自己进一步思辨的结果，补充作者自身创造时所没有料到的“意外”的“意义”。由此，“对话”形态的解诗，便超越了批

① 卞之琳在发表了《关于〈鱼目集〉》，回答李健吾的《〈鱼目集〉——卞之琳先生作》之后，李健吾发表了《答〈鱼目集〉作者》，卞之琳似乎觉得言犹未尽，再发表了《关于“你”》一文，对于诗里的一些传达问题，进一步作了说明。文章说：“问题的中心是诗中的‘你’。”如写小说往往用第一人称“我”来叙述故事，而这个“我”，当然不必是作者自己，有时候就代表小说里的主人公。这样是“为了方便，为了求亲切，求戏剧的效力”。写诗也“常有‘你’来代表‘我’，或代表任何一个人，或只是充一个代表的听话者，一个泛泛的说话的对象”。“这个道理也可以应用到《圆宝盒》的解释。这首诗里，我自己觉得，‘人’与‘物’的界限不算不清楚。这里所谓‘物’不是物质，也包括精神的，抽象的东西，比如理想，希望。先明白了这一点，就不易误会诗中的‘你’指感情了。我在《关于〈鱼目集〉》中只说‘握手’指感情的结合，并未说‘你们的握手’指感情的结合。顺便说了一句，我也并未把‘圆宝盒’解释为‘理智’，因为‘心得’，‘道’，‘悟’，‘知’等都并不等于‘理智’，尤其是‘心得’，这在字面上正可以解释‘捞到’呢。这首诗里的‘我你他’都是指人。‘我’无问题，‘你’呢？‘含有你昨夜的叹气’里的‘你’，也可以代表‘我’，也可以代表任何一个人。”至于

“别上什么钟表店
听你的青春被蚕食，
别上什么古董铺
买你家祖父的旧摆设。”

“这是‘悟’出来的教训（虽然不是严肃的教训），可以教训随便那一个人。‘你看我的圆宝盒跟了我的船顺流而行了’的‘你’，更是随便那一个人了。……其次说‘你们’，全诗中只有两个。‘你们的握手’的‘你们’，其实可以写作‘两个人’，我现在想。一个人自然也可以握手，左手握右手，但这样意思便不同了；三个人也可以握手，但这又不是普通的习惯；两个人是双方的意思。而这两个人又是随便两个人。不过在这里若说了‘两个人’，便显得平易了。”（卞之琳：《关于“你”》，《咀华集》，179～181页，上海，上海文化生活出版社，1936年。）

评家解诗的尴尬，冰释了人们将往复答辩视为“骂人”的“古怪的误会”①，而进入了一种因“自白”而创造的新的思考空间，从而获得新的多向理解作品意义的可能。

于是，在接受诗人这种“自白”，并进行互动“对话”的过程中，批评家确立了这样清晰的自觉意识：欢迎与认同“自白”意义的同时，对“自白”的接受也要保持“格外小心”的警醒。“等到作家一自白，任何高明的批评家也该不战自溃。对着一件艺术的制作，谁的意见最可听信，如若不是作者自己？比较来看，也只有他自己的叙述差可切近他制作的经验。假使他不夸张，不铺排，不谦虚，不隐晦；假使他有质直的心地，忠实的记忆，坦白的态度；一件作品最真实的记录，任凭外人推敲，揣测，信口雌黄，到头依然只有作者值得推心置腹。关于作品的第一等的材料，对于一个第三者，绕来绕去，还须求诸它的创造者。这就是为什么，我们通常那样欢迎作家任何种的‘自白’，同时却也格外加了小心去接受。他把他的秘密告诉我们，而且甚于秘密，把一个灵魂冒险的历程披露出来。唯其经过孕育的苦难，他最知道儿女的性格和渊源。唯其具有母性的情感，我们也得提防他过分的姑息。”②在“对话”形态的解诗中，面对诗人自己关于作品的“自白”，无论是正确理解，或者是误读尴尬，批评家采取的姿态，都不应该是“不战自溃”，而应该坚持自身独立不倚的批评人格。

“对话”形态的解诗实践，获得的另一个效果，是解诗的“美丽”和“幸福”。这种“美丽”和“幸福”，来自现代象征诗蕴藏本身，也来自批

① 卞之琳：《关于“你”》，《咀华集》，179页、182页，上海，上海文化生活出版社，1936年。

② 刘西渭（李健吾）：《答巴金先生的自白》，《咀华集》，54页，上海，上海文化生活出版社，1936年。

评家再创造中的审美超越。

一些现代性很强的象征诗，本身就蕴藏了诗人所进行的美的创造。面对这些特殊诗歌现象的批评家已经意识到，由抒情的感伤到具体的描绘，诗歌美学的这一转折，隐含了一种朦胧传达艺术范式的诞生。由此而使得不仅诗的解释成为必要，而且这解释本身也成为一种特殊的审美活动。"从前我们把感伤当做诗的，如今诗人却在具体地描绘画。从正面来看，诗人好像雕绘一个故事的片段；然而从各面来看，光影那样匀称，却唤起你一个完美的想象的世界，在字句以外，在比喻以内，需要细心的体会，经过迷藏一样的捉摸，然后尽你想象的可能，启发你一个永久的诗的情绪。这不仅仅是'言近而旨远'；这更是余音绕梁。言语在这里的功效，初看是陈述，再看是暗示，暗示而且象征。"①在对于这样先锋性作品的解诗批评中，批评家注入了自己的创造性理解和独有的人生经验体悟，使得解诗本身可能也成为一种参与诗人作品接受中的艺术再创造活动。这样一来，对于富有灵性的批评者与接受者来说，作者的"自白"，不仅不是阻挡接近或理解作品意义的障碍，反而给自己提供了认识和接近作品的思维空间，从而获得一种再创造者拥有的解诗的"美丽"和"幸福"。

于是，向"对话"的诗人，向读者，批评家确实可以这样理直气壮地回答了：

> 但是，如今诗人自白了，我也答复了，这首诗就没有其他"小径通幽"吗？我的解释如若不和诗人的解释吻合，我的经验就

---

① 刘西渭（李健吾）：《〈鱼目集〉——卞之琳先生作》，《咀华集》，144～149页，上海，上海文化生活出版社，1936年。

> 算白了吗？诗人的解释可以撵掉我的或者任何其他的解释吗？不！一千个不！幸福的人是我，因为我有双重的经验，而经验的交错，做成我生活的深厚。诗人挡不住读者。这正是这首诗美丽的地方，也正是象征主义的高妙的地方。这不是笨谜。一个谜，等你猜出来以后，除去那点儿小小得意的虚荣之外，只是一个限制好了的呆呆的对象。但是，一首诗，当你用尽了心力，即使徒然，你最后得到的不是一个名目，而是人生，宇宙，一切加上一切的无从说起的经验——诗的经验。①

“对话”因此就在更高的意义上，可能促使一首诗在接受的“用尽心力”再创造中获得美丽的“重生”。

一个西方智者说，“一行美丽的诗，由它的灰烬，无限制地重生出来”。在引述瓦雷里的此句警语之后，批评家李健吾作了已为大家熟知的这样著名的关于象征诗审美特性及读者再创造可能的经典性的阐释：“一行美丽的诗永久在读者心头重生。它所唤起的经验是多方面的，虽然它是短短的一句，有本领兜起全副错综的意象：一座灵魂的海市蜃楼。于是字形，字义，字音，合起来给读者一种新颖的感觉；少一部分，经验便有支离破碎之虞，象征主义不甘愿把部分的真理扔给我们，所以收拢情感，运用清醒的理智就宇宙相对的微妙的关系，烘托出来人生和真理庐山面目。”②诗创造者的“富有”与解诗的“美丽”，诗的复杂疑难与豁然冰释，都在这诗人与批评家(或读者)平等往复的“对话”中得到升华了。

---

① 刘西渭(李健吾)：《答〈鱼目集〉作者》，《咀华集》，174～178页，上海，上海文化生活出版社，1936年。

② 刘西渭(李健吾)：《答〈鱼目集〉作者》，《咀华集》，174～178页，上海，上海文化生活出版社，1936年。

孙玉石主要著作目录

一、专著

1.《新诗十讲》，北京：中信出版社，2015。

2.《〈野草〉二十四讲》，北京：中信出版社，2014。

3.《荒野过客：鲁迅精神世界探论》，合肥：安徽大学出版社，2013。

4.《〈野草〉研究》，北京：北京大学出版社，2010。

5.《走近真实的鲁迅：鲁迅思想与五四文化论集》，北京：北京大学出版社，2010。

6.《中国现代主义诗潮史论》，北京：北京大学出版社，2010。

7.《中国现代诗学丛论》，北京：北京大学出版社，2010。

8.《中国现代诗歌艺术》，北京：北京大学出版社，2010。

9.《中国现代解诗学的理论与实践》，北京：北京大学出版社，2010。

10.《中国初期象征派诗歌研究》，北京：北京大学出版社，2010。

11.《现实与哲学的：鲁迅〈野草〉重释》，北京：北京大学出版社，2010。

12.《现代文学漫议》，北京：北京大学出版社，2010。

二、主编

1.《阅读王瑶》(与钱理群合编)，北京：北京大学出版社，2014。

2.《中国新诗总系(1927—1937)》，北京：北京大学出版社，2010。

3.《象征派诗选》，北京：人民文学出版社，2009。

4.《中国现代诗导读：1917—1937》，北京：北京大学出版社，2008。

5.《中国现代文学作品精选》(与严家炎、温儒敏合编)，北京：北京大学出版社，2008。

6.《中国现代诗导读：穆旦卷》，北京：北京大学出版社，2007。

7.《中国现代诗导读：1937—1949》，北京：北京大学出版社，2007。

8.《二十世纪中国经典散文诗》(与王光明合编)，武汉：长江文艺出版社，2005。

9.《朱湘散文选集》，天津：百花文艺出版社，2004。

10.《戴望舒名作欣赏》，北京：中国和平出版社，1993。

11.《六十年散文诗选》(与李光明合编)，南昌：江西人民出版社，1985。